BRIAN DALEY

HAN SOLOS ABENTEUER

DREI ABENTEUER IN EINEM BAND

AUF STARS END • DIE RACHE
DAS VERLORENE VERMÄCHTNIS

GOLDMANN VERLAG

Aus dem Amerikanischen übertragen von Heinz Nagel
(Auf Stars' End),
Tony Westermayr (Die Rache) und
Heinz Zwack (Das verlorene Vermächtnis)
Titel der Originalausgaben:
HAN SOLO AT STARS' END – HAN SOLO'S REVENGE –
HAN SOLO AND THE LOST LEGACY
Originalverlag: Ballantine Books, A Division of
Random House, Inc.

Umwelthinweis:
Alle bedruckten Materialien
dieses Taschenbuches
sind chlorfrei und umweltfreundlich.
Das Papier enthält Recycling-Anteile.

Made in Germany · 2. Auflage dieser Ausgabe · 10/92
»Auf Stars' End«
© der Originalausgabe 1979 by The Star Wars Corporation
TM Twentieth Century-Fox Film Corporation
© der deutschsprachigen Ausgabe 1980
by Wilhelm Goldmann Verlag, München
»Die Rache«
© der Originalausgabe 1979 by The Star Wars Corporation
TM Twentieth Century-Fox Film Corporation
© der deutschsprachigen Ausgabe 1980
by Wilhelm Goldmann Verlag, München
»Das verlorene Vermächtnis«
© der Originalausgabe 1980 by Lucasfilm, Ltd. (LFL)
© der deutschsprachigen Ausgabe 1982
by Wilhelm Goldmann Verlag, München
Umschlaggestaltung: Design Team München
Druck: Elsnerdruck, Berlin
Verlagsnummer: 23658
SN/Herstellung: Peter Papenbrok/sc
ISBN 3-442-23658-4

AUF
STARS' END

I

»Es ist schon ein Kriegsschiff. Verdammt!«

Die Anzeigetafeln im Cockpit der *Millennium Falcon* blitzten und leuchteten in einer Vielfalt von Farben. Warnsignale schnarrten, und die Sensoren belieferten die Lagedisplays mit sämtlichen Informationen über die Kampfsituation.

Han Solo, der nach vorn gebeugt im Pilotensessel kauerte, ließ scheinbar ungerührt den Blick von einem Instrument zum anderen und dann zu den Bildschirmen schweifen. Hastig verschaffte er sich ein Urteil über seine Lage. Sein schmales, jugendliches Gesicht wirkte besorgt. Hinter der durchsichtigen Kuppel des Cockpits rückte die Oberfläche des Planeten Duroon immer näher. Irgendwo unter ihnen, achtern, hatte ein schwer bewaffnetes Raumschiff die *Falcon* geortet und näherte sich ihnen, um sie zu stellen. Daß das Kriegsschiff die *Millennium Falcon* überhaupt hatte orten können, beunruhigte Han. Die Fähigkeit, zu kommen und zu gehen, ohne aufzufallen, insbesondere offiziellen Stellen aufzufallen, war für einen Schmuggler lebenswichtig.

Er begann Feuerleitdaten in die Waffensysteme des Schiffes einzugeben. »Hauptbatterien laden, Chewie«, sagte er, ohne den Blick von seiner Konsole zu wenden, »und sämtliche Abwehrschirme. Wir befinden uns in einer Verbotszone. Wir dürfen nicht zulassen, daß sie uns anhalten oder das Schiff identifizieren.« Ganz besonders nicht bei der Ladung, die wir führen, dachte er.

Zu seiner Rechten gab der Wookiee Chewbacca ein Geräusch von sich, das man sowohl als Grunzen als auch als Bellen hätte identifizieren können, und seine pelzbedeckten Finger huschten geschickt über die Steuerschalter. Der hünenhafte, haarige Wookiee kauerte nach vorn gebeugt in dem überdimensionierten Sessel des Copiloten. Nach Wookiee-Art zeigte er seine respektheischenden Reißzähne, während er das Sternenschiff mit einigen Lagen von Verteidigungsenergie umgab. Gleichzeitig schaltete er die Offensivwaffen der *Falcon* auf Maximalleistung.

Während Han sein Schiff kampfbereit machte, tadelte er sich dafür, diesen Auftrag überhaupt angenommen zu haben. Er hatte sehr wohl gewußt, daß er damit in Konflikt mit der *Autorität*, wie sich das Führungsgremium dieses Wirtschaftssektors nannte, geraten würde, und das inmitten einer Verbotszone.

Der Anflug des Schiffes der Behörde ließ Han und Chewbacca nur noch eine Frist von Sekunden für ihre Entscheidung: Sie konnten entweder aufgeben und die Flucht ergreifen oder versuchen, ihre Lieferung dennoch ans Ziel zu bringen. Han studierte seine Steuerkonsole und hoffte, dort eine Anregung zu finden.

Das andere Schiff holte nicht auf. Tatsächlich schien die *Falcon* sogar an Vorsprung zu gewinnen. Ihre Sensoren registrierten Masse, Bewaffnung und Schub ihres Verfolgers, und Han sagte: »Chewie, ich glaube nicht, daß das ein Linienschiff ist. Mir sieht es eher wie ein bewaffneter Frachter aus. Ich schätze, die sind gestartet, als sie uns entdeckten. Verdammt, haben diese Burschen wirklich nichts Besseres zu tun?«

Aber eigentlich war es ganz logisch: Die einzige größere Anlage der *Autorität* auf Duroon, die einzige mit einem komplett ausgestatteten Hafen, lag auf der anderen Seite des Planeten, wo jetzt gerade die Dämmerung über den grauen Himmel heraufziehen würde. Han hatte so weit wie möglich abseits von dem Hafen landen wollen, inmitten der Nachtseite.

»Wir landen«, entschied er. Wenn es der *Falcon* gelang, den Verfolger abzuschütteln, konnten Han und Chewbacca ihre Ladung löschen und mit etwas Glück sogar entkommen.

Der Wookiee brummte mürrisch, und seine schwarzen Nüstern blähten sich.

Han funkelte ihn an. »Weißt du etwas Besseres? Um uns zu trennen, ist es ein wenig spät, oder?«

Er steuerte den umgebauten Frachter in eine steile Sturzbahn, gab Höhe zugunsten gesteigerter Geschwindigkeit auf und drang tiefer in den Schatten von Duroon ein.

Das Schiff der *Autorität* bremste sogar noch stärker, stieg durch die Atmosphäre des Planeten in die Höhe und gab Geschwindigkeit zugunsten von Höhe auf, um die *Millennium Falcon* weiterhin in den Sensoren behalten zu können. Han ignorierte den Funkspruch, der ihn zum Anhalten aufforderte. Die Anlage, die automatisch die Identität seines Schiffes als Reaktion auf eine offizielle Anfrage hätte senden sollen, war schon vor langer Zeit demontiert worden.

»Die Deflektorschirme auf voller Leistung halten«, befahl er. »Ich lande jetzt. Ich habe keine Lust, uns von denen die Haut versengen zu lassen.«

Der Wookiee tat, wie ihm geheißen war, um damit überschüssige Wärmeenergie, die durch den schnellen Atmosphäreflug der *Falcon* erzeugt wurde, abzuleiten. Die Steuerorgane des Sternenschiffes zitterten, als sie in die dichtere Luft eindrangen. Han gab sich große Mühe, den Planeten zwischen sich und das Schiff der *Autorität* zu legen.

Das war bald gelungen, und die Anzeigegeräte registrierten die gestiegene Reibungshitze. Sein Blick wanderte zwischen den Sensoren und der durchsichtigen Kuppel hin und her. So entdeckte Han schnell seinen ersten Markierungspunkt, eine vulkanisch aktive Bodenspalte, die in ostwestlicher Richtung verlief, wie eine riesige, brennende Narbe im Fleisch von Duroon. Er zog die *Falcon* aus dem Sturzflug heraus und spürte, wie das Schiff sich dagegen aufbäumte. Nur wenige Meter über der Planetenoberfläche ging er in Waagerechtflug über.

»Jetzt sollen die mal versuchen, uns anzupeilen«, sagte er zufrieden.

Chewbacca brummte nur. Aber was er damit sagen wollte, war klar: Diese Deckung würde nicht lange nachhalten. Die Gefahr, hinter dieser Verwerfung in der Oberfläche Duroons optisch oder mit Instrumenten entdeckt zu werden, war tatsächlich gering, denn die *Falcon* würde vor einem Hintergrund aus Eisenschlacke, infernalischer Hitze und radioaktiven Stoffen verschwinden. Aber sie konnten hier auch nicht besonders lange bleiben.

In dem grell orangefarbenen Licht der Spalte, welches das Cockpit erhellte, mußte Han dem Wookiee zustimmen. Er hatte bestenfalls die Spur abgerissen, und das Verfolgerschiff würde die *Falcon* nicht mehr entdecken können, selbst wenn sie genügend Höhe gewannen, um sie wieder in den Sensorbereich zu bringen. Er beschleunigte überaus stark, um weiterhin die Masse von Duroon zwischen sich und den Verfolger zu legen, während er eine Landestelle suchte. Zu seinem Leidwesen gab es keine vernünftigen ortsfesten Navigationshilfen. Er mußte sich also ganz auf sein Gefühl verlassen und konnte sich im übrigen auch nicht einfach aus dem Cockpit beugen und irgendeinen Passanten nach der Richtung fragen.

Binnen weniger Minuten hatte das Schiff sich dem westlichen Rand der Vulkanspalte genähert. Han mußte abbremsen; es war höchste Zeit, sich nach irgendwelchen Markierungen umzusehen. Er versuchte sich an die Anweisungen zu erinnern, die man ihm gegeben hatte, Anweisungen, die er nur seinem Gedächtnis eingeprägt hatte. Im Süden ragte eine gigantische Bergkette auf. Er zog die *Falcon* scharf nach backbord, legte ein paar Schalter um und jagte nun geradewegs auf die Berge zu.

Die speziellen Terrainsensoren des Schiffes erwachten. Han hielt den Bug des Frachters dicht über einer Oberfläche aus abgekühlter Lava und gelegentlich aktiven Bodenspalten, winzigen Abkömmlingen der großen Vulkanspalte. Ganz dicht jagte das Schiff über die vulkanischen Ebenen dahin; die *Falcon* war praktisch in Landehöhe.

»Wenn jemand dort unten ist, muß er sich eben ducken«, meinte Han, ohne die Terrainsensoren aus dem Auge zu lassen.

Ein Pfeifton ertönte: Sie hatten den Bergpaß entdeckt, den er die ganze Zeit gesucht hatte. Er paßte den Kurs an.

Komisch. Seine Informationen besagten, daß die Bergspalte für die *Falcon* breit genug war, aber sie wirkte selbst auf dem TS verdammt eng. Eine Sekunde lang überlegte er, ob er schnell steigen sollte, um über die hohen Gipfel hinwegzufliegen, aber auf die Weise geriet er vielleicht erneut vor die Teleskope der *Autorität*. Er war jetzt zu nahe an seinen Lieferort gelangt, als daß er das Risiko eingehen wollte, die Ladung einfach aufzugeben und zu fliehen.

Und dann war der Augenblick vorbei, in dem er es sich noch anders hätte überlegen können. Er verringerte die Fluggeschwindigkeit noch mehr und entschied, daß er den Paß in geringer Höhe überfliegen würde.

Schweiß sammelte sich auf seiner Stirn, Hemd und Weste klebten am Leib. Chewbacca gab sein polterndes, tiefes Brummen von sich, das ein Zeichen höchster Konzentration war, während beide Partner sich ganz auf die Steuerung der *Millennium Falcon* konzentrierten. Das Bild des Passes auf dem TS wurde keineswegs ermutigender.

Hans Hände krampften sich um die Steuerhebel und spürten, wie seine Flughandschuhe darauf drückten. »Chewie, dieses

8

Ding ist kein Paß, sondern eine *Spalte!* Halt die Luft an, wir werden uns durchzwängen müssen!«

Und damit begann Han mit seinem Schiff zu kämpfen. Chewbacca brachte jaulend sein Mißfallen an jeglicher Art von unkonventionellen Manövern zum Ausdruck und schaltete die Bremsdüsen ein, aber auch sie reichten nicht aus, um die Katastrophe abzuwenden. Die Spalte begann Form anzunehmen, wurde zu einer geringfügig helleren Fläche am Himmel, die von den Sternen und einem der drei Monde beleuchtet wurde und sich mehr oder weniger deutlich vor der Silhouette der Berge abzeichnete. Aber sie war — wenn auch nicht viel — zu eng.

Das Sternenschiff stieg etwas höher, seine Geschwindigkeit verringerte sich. Diese paar Extrasekunden gaben Han Zeit, seine ganze Pilotenkunst einzusetzen, die rasiermesserscharfen Reflexe und instinktiven Fähigkeiten aufzurufen, die ihm in der ganzen Galaxis immer wieder geholfen hatten, Gefahren zu bestehen. Er löschte sämtliche Schirmfelder, die sonst mit dem Felsen kollidiert wären und sich überladen hätten, und riß das Steuer herum, ließ die *Millennium Falcon* auf der Backbordseite stehen. Zu beiden Seiten rückten die schroffen Wände näher, so daß das Brüllen der Triebwerke des Frachters von den Klippen widerhallte. Han führte winzige Korrekturen durch, starrte Felswände an, die durch die Sichtkuppel auf ihn zuzurasen schienen, und stieß eine Reihe von Flüchen aus, die überhaupt nichts mit seiner Pilotenarbeit zu tun hatten.

Es gab einen leichten Ruck, gleich darauf war das Kreischen von abgerissenem Metall zu hören, abgerissen wie ein Stück Papier. Die Fernsensoren verlöschten; ein Felsvorsprung hatte die Antenne von der Außenhülle abgerissen.

Und dann war die *Falcon* durch.

Das Gesicht Hans war mit Schweiß bedeckt, das hellbraune Haar hing ihm in feuchten Strähnen in die Stirn. Er klopfte Chewbacca auf die Schulter. »Was hab' ich gesagt? Ich hab' mich doch schon immer auf Eingebungen spezialisiert.«

Das Sternenschiff donnerte über dem dichten Dschungel dahin, der hinter den Bergen begann. Han zog das Schiff wieder in Normallage zurück und wischte sich mit der behandschuhten Hand über die Stirn. Chewbacca gab ein leises Grollen von sich.

»Richtig«, sagte Han ernst, »das war wirklich ein blöder Einfall, dort einen Berg hinzustellen.«

Er suchte auf dem Bildschirm nach der nächsten Landmarke und entdeckte sie schnell: einen sich windenden Fluß. Die *Falcon* fegte im Tiefflug über dem Flußbett dahin, während der Wookiee die Landeeinrichtung des Schiffes ausfuhr.

Innerhalb weniger Sekunden hatten sie die Landefläche in der Nähe eines eindrucksvollen Wasserfalles erreicht, dessen Fluten in blauweißen, gespenstischen Arkaden im sanften Licht der Sterne und der Monde in die Tiefe rauschten. Han fand nach einem Blick auf die Kontursensoren eine Lichtung inmitten der dichten Vegetation und ließ das Schiff langsam hinunter. Die breiten Scheiben der Landestützen sanken ein wenig in den weichen Humus ein, dann war ein Schmatzen der Hydraulik zu hören, und die *Millennium Falcon* hatte es sich bequem gemacht.

Han und Chewbacca saßen ein paar Augenblicke lang reglos in ihren Pilotensesseln, zu ausgepumpt, um etwas zu tun. Außerhalb der Sichtkuppel des Cockpits war der Dschungel ein Gewirr von Schlingpflanzen und farnähnlichen Gewächsen, die bis zu zwanzig Meter emporwuchsen. Dichter Bodennebel wälzte sich durch das Unterholz und umwallte die Lichtung.

Der Wookiee schnaufte im tiefen Baß.

»Das hätte ich auch nicht besser sagen können«, pflichtete Han ihm bei. »Packen wir's an.«

Die beiden nahmen die Kopfhörer ab und verließen ihre Kontursitze. Chewbacca nahm seine Armbrust und einen Schultergurt mit Munitionsbehältern. Dieser Gurt diente zugleich als Tragriemen für einen Beutel, den der Wookiee gewöhnlich an der Hüfte trug. Han hatte seine Waffe bereits umgeschnallt, die Spezialanfertigung eines Blasters mit fest aufgesetztem Makroskop, das vorn abgefeilt war, um das schnelle Ziehen zu erleichtern. Das ausgeschnittene Halfter, an dem der Abzug frei lag, hing tief an Hans Hüfte und war am Unterende mit einem Lederriemen an seinem Schenkel befestigt.

Nach dem Planetenalmanach war die Atmosphäre von Duroon für humanoides Leben ohne Atemgeräte brauchbar. Die beiden Schmuggler gingen daher unmittelbar zur Rampe des Schiffes. Der Lukendeckel hob sich, und die Rampe fuhr lautlos aus. Der Geruch von Pflanzen, von verfaulender Vegetation und heißem Dschungel, in den sich der Dunst gefährlicher Tiere mischte, drang herein. Der Dschungel war von tausend Geräuschen, Schreien der Jäger und der Gejagten, dem schrillen

Schnattern von Vögeln und dem Rauschen des Wasserfalles im Hintergrund erfüllt.

»So, jetzt müssen die sich plagen, uns zu finden«, sagte Han.

Er sah sich im Dschungel um, entdeckte jedoch keine Spur von Leben. Kein Wunder. Vermutlich hatte die Landung des Frachters die meisten Lebewesen aus der unmittelbaren Umgebung der Landefläche verjagt. Er wandte sich zu seinem zottigen Ersten Offizier/Co-Piloten/Partner. »Ich werd' auf sie warten. Schalt die Sensoren ab, leg die Maschinen still und so weiter — alle Systeme eben, damit die uns nicht orten können. Und dann sieh nach, wie stark die *Falcon* oben beschädigt worden ist, als sie sich mit den Felsbrocken am Rücken kratzte.«

Chewbacca gab einen bellenden Laut der Zustimmung von sich und schlurfte davon. Han zog die Fliegerhandschuhe aus, stopfte sie sich in den Gürtel und ging die Rampe hinunter, die auf der Steuerbordseite des Schiffes, achtern vom Cockpit, ausgefahren war. Er betätigte einen Schalter am Visier seiner Waffe, um damit das Nachtsichtgerät parat zu haben, und sah sich dann um. Das Bild, das er bot, war das eines schlanken, jungen Mannes in hohen Raumfahrerstiefeln und dunkler Uniformhose mit roten Seitenstreifen sowie einem Zivilhemd mit Weste. Die Uniformjacke, der die Rangabzeichen fehlten, hatte Han schon vor Jahren aufgegeben.

Er überprüfte die Unterseite der *Falcon* und vergewisserte sich, daß dort kein Schaden angerichtet worden war und das Landesystem fest und sicher stand. Dann überzeugte er sich, daß die Interrupterplatten sich automatisch über die Servopeiler der Rumpftürme geschoben hatten, so daß die Vierlingskanone nicht versehentlich Landestützen oder Rampe wegblasen konnte, falls er sie, solange das Schiff hier ruhte, betätigen mußte.

Anschließend begab er sich zufrieden zur Rampe zurück. Er blickte zum leeren Himmel und zu den Sternen hinauf und dachte: *Soll die Autorität mich doch suchen. Diese ganze Region von Duroon ist voll von heißen Quellen, Magmaspalten und Strahlungsanomalien. Die brauchen einen Monat, um mich zu finden, und in zwei oder drei Stunden bin ich hier bereits wieder weg.*

Er saß am Fußende der Rampe und wünschte sich, er hätte sich etwas zu trinken mitgenommen; unter der Konsole im Cockpit stand noch eine Flasche uralten Düsensaftes. Aber ihm war jetzt nicht danach, die Flasche zu holen. Außerdem wartete noch Arbeit auf ihn.

Langsam begannen die nächtlichen Lebewesen Duroons wieder in der Lichtung aufzutauchen. An weiße Spitzen erinnernde Geschöpfe schwebten durch die Luft, und in den nahen Farnbäumen hielten sich Lebewesen auf, die wie Strohbündel aussahen und sich langsam an breiten Farnbüscheln nach vorn bewegten. Han behielt sie im Auge, bezweifelte aber, daß sie es wagen würden, sich der fremdartigen Masse seines Sternenschiffes zu nähern.

Jetzt segelte eine kleine, grüne Kugel in einem hohen Bogen aus dem Unterholz und landete mit einem deutlich hörbaren *Boing*. Auf den ersten Blick schien sie völlig glatt zu sein, aber dann fuhr sie einen augenähnlichen Stengel aus, der die *Falcon* mit ruckartigen Bewegungen beobachtete. Als die Kugel den Piloten entdeckte, verschwand der Augenstengel, und die Unterseite der Kugel drückte sich zusammen. Mit einem zweiten *Boing* hüpfte das Ding in den Dschungel zurück.

Han wandte sich wieder seinen Gedanken zu und lauschte dabei auf Chewbaccas Schritte an der Oberseite des Schiffes. Wie viele Lichtjahre waren die fremden Konstellationen am Himmel eigentlich von dem Planeten entfernt, auf dem Han geboren worden war?

Das Leben als Schmuggler und Charterpilot barg Gefahren in sich, die er mit einem Schulterzucken hinnahm. Aber mit einer Landung, die ihm sofort standrechtliche Hinrichtung eintragen würde, wenn man ihn schnappte, in einen verbotenen Raumsektor einzudringen, das war eine andere Sache.

Der kommerzielle Sektor war ein einziger Ausläufer eines Astes am Ende eines Spiralarmes der Galaxis, aber dieser Ausläufer enthielt Zehntausende von Sternsystemen, und in keinem einzigen hatte man auch nur eine einzige eingeborene intelligente Gattung entdeckt. Keiner wußte, weshalb das so war. Han hatte gehört, daß in den Konvektionsschichten jeder einzelnen Sonne dieser Region Neutrino-Anomalitäten entdeckt worden seien, etwas, das sich vielleicht wie ein Virus zwischen den Sternen dieses isolierten Sektors ausgebreitet hatte.

Jedenfalls hatte man die Kommerz-Sektorbehörde ins Leben gerufen, um die unschätzbaren Reichtümer dieser Region auszubeuten — einige sagten sogar, zu plündern. Die Behörde war

Besitzer, Arbeitgeber, Vermieter, Regierung und Militär gleichzeitig. Ihr Reichtum und ihr Einfluß stellten alle Regionen der Galaxis, abgesehen vielleicht die wohlhabendsten Sektoren des Imperiums, in den Schatten, und demzufolge verwendete sie auch viel Zeit und Energie darauf, sich gegen Störungen von außen abzukapseln. Konkurrenz besaß sie keine, aber das machte die Kommerzsektorbehörde um nichts weniger eifersüchtig und rachsüchtig. Jedes Schiff von außen, das außerhalb der festgelegten Handelskorridore entdeckt wurde, war für die Kriegsschiffe der Behörde Freiwild, und diese Kriegsschiffe waren von der gefürchteten Sicherheitspolizei besetzt.

Aber was soll man machen, fragte sich Han, wenn man mit dem Rücken an der Wand steht? Warum hätte er eine nette, lukrative Fahrt ablehnen sollen, als ihm der habgierige Ploovo Two-For-One die Reichtümer geschildert hatte, die es zu holen gab.

Ich kann ja immer noch Schluß machen, dachte er. Ich kann mir irgendwo einen netten Planeten suchen und dort seßhaft werden. Die Galaxis ist groß.

Doch er schüttelte den Kopf. Es hatte keinen Sinn, sich etwas vorzumachen. Ehe er seßhaft wurde, konnte er genausogut tot sein. Was konnte denn ein Planet, welcher auch immer, jemandem bieten, der sich wie er so lange zwischen den Sternen herumgetrieben hatte? Der Drang zu den endlosen Weiten des Weltraumes war jetzt ein Teil seiner Persönlichkeit geworden.

Und so hatten sie natürlich sofort zugegriffen, er und Chewbacca, als sie, hoch verschuldet, aufgefordert worden waren, eine Mission in den Kommerzsektor zu fliegen. Trotz all der Gefahren und Unsicherheiten erlaubte ihnen dieser Auftrag, wieder die Freiheit des Weltraumes zu genießen. In ihren Augen war das Risiko, dabei zu sterben oder gefangengesetzt zu werden, das kleinere Übel gewesen.

Aber das führte zum nächsten Punkt. Irgendwie hatte das Schiff der Kommerzbehörde die *Millennium Falcon* geortet, ehe diese das Schiff mit ihren eigenen Sensoren entdeckt hatte. Ohne Zweifel hatte die Sicherheitspolizei irgendein neues Ortungsgerät, und das machte Hans und Chewbaccas Leben um eine Zehnerpotenz gefährlicher. Sie würden in nächster Zeit sehr auf der Hut sein müssen.

Han sah sich im Dschungel um und wünschte, er hätte die

Scheinwerfer des Schiffes eingeschaltet gelassen. Eine Stimme neben ihm verkündete plötzlich: »Wir sind da.«

Han fuhr mit einem halbunterdrückten Schreckensschrei herum, und plötzlich hielt er den Blaster in der Hand, als hätte jemand ihn dort hingezaubert.

Dicht neben der Rampe, höchstens einen Meter von ihm entfernt, stand ein Geschöpf. Es war fast so groß wie Han, ein Zweibeiner mit einem flaumigen, kugelförmigen Torso und kurzen Armen und Beinen, mit mehr Gelenken, als ein Mensch sie besitzt. Sein Kopf war klein, aber mit großen, starr blickenden Augen ausgestattet. Mund und Hals des Geschöpfes waren lose, taschenartige Gebilde, und es ging ein Geruch von ihm aus, der sich dem des Dschungels anpaßte.

»Auf die Weise können Sie leicht geröstet werden«, brummte Han, der inzwischen seine Fassung zurückgewonnen und den Blaster wieder in das Halfter gesteckt hatte.

Das Geschöpf ging nicht auf die Bemerkung ein. »Haben Sie uns das gebracht, was wir brauchen?«

»Ich habe Ladung für Sie. Darüber hinaus weiß ich nichts. Wenn Sie allein gekommen sind, dann haben Sie jetzt ganz schön zu tun.«

Das Geschöpf drehte sich um und gab eine Folge gespenstisch klingender, pfeifender Laute von sich. Plötzlich schienen Gestalten aus dem Boden zu wachsen, Dutzende von Gestalten, die alle den Piloten und sein Schiff stumm anstarrten. Sie hielten irgendwelche Gegenstände in den Händen, die Han für Waffen hielt.

Dann hörte er über sich ein Grollen. Han trat vor und sah Chewbacca auf einer der Bugzangen des Schiffes stehen. Seine Armbrust war auf die Fremden gerichtet. Han gab ihm ein Signal, worauf sein behaarter Erster Offizier die Armbrust hob und mit ihr wieder im Schiffsinneren verschwand.

»Wir wollen keine Zeit vergeuden«, sagte Han zu dem fremden Geschöpf. Dieses ging auf die *Falcon* zu, und seine Gefährten folgten ihm. Han stoppte sie mit erhobenen Händen. »Nicht der ganze Knabenchor, mein Freund. Zuerst einmal nur Sie.«

Der erste brummelte seinen Kollegen etwas zu und ging allein weiter.

Im Schiffsinneren hatte Chewbacca die Notbeleuchtung etwas heller geschaltet. Der hünenhafte Wookiee war bereits damit beschäftigt, die Deckplatten von den verborgenen Fächern zu entfernen, die, in der Nähe der Rampe angeordnet, gewöhnlich dazu dienten, Konterbande aufzunehmen. Chewbacca bückte sich, löste Gurte und Klammern und stemmte schwere, rechteckige Kisten aus den Tiefen. Daß sie schwer sein mußten, konnte man an dem Spiel seiner mächtigen Muskelstränge erkennen.

Han zog eine Kiste heran und riß sie auf. In ihr lagen Waffen. Man hatte sie so behandelt, daß sie das schwache Licht nicht reflektierten. Han nahm eine heraus, überprüfte die Ladung, überzeugte sich, daß sie gesichert war, und reichte sie dem Fremden.

Es handelte sich um einen Karabiner — kurz, leicht, unkompliziert. Ebenso wie alle anderen in der Kiste, war dieses Stück mit einem einfachen optischen Teleskop, einem Schulterriemen, einem Zweibein und einem einklappbaren Bajonett ausgestattet. Obwohl der Fremde ganz offensichtlich nicht gewöhnt war, mit Energiewaffen umzugehen, ließen doch die Art und Weise, wie er danach griff und sie dann in der Hand hielt, erkennen, daß er nicht zum erstenmal eine solche Waffe sah. Jetzt blickte er in den Lauf und untersuchte dann sorgfältig den Abzugsmechanismus.

»Zehn Kisten, tausend Karabiner«, erklärte Han und holte einen weiteren heraus. Er schob die Deckplatte im Kolben zurück und zeigte die Adapter, mit denen das Energiepaket der Waffe nachgeladen werden konnte. Nach modernsten Begriffen handelte es sich um veraltete Waffen, aber dafür hatten sie auch keine beweglichen Teile. Sie waren ungewöhnlich dauerhaft gebaut und ließen sich daher ohne Beschichtung oder sonstige Schutzmittel versenden und lagern. Wenn man einen dieser Karabiner an einen Farnbusch im Dschungel lehnte und ihn nach zehn Jahren wieder abholte, würde er immer noch funktionsfähig sein. Auf dieser Welt war das ein wesentlicher Vorteil, denn es war offenkundig, daß die neuen Besitzer dieser Karabiner ihnen nur wenig Wartung würden angedeihen lassen können.

Der Fremde nickte; er hatte begriffen, wie der Lademechanismus funktionierte. »Wir haben bereits kleine Generatoren aus den Lagern der Behörde gestohlen«, erklärte er Han. »Wir sind hierher gekommen, weil die uns Arbeit und ein gutes Leben versprochen haben. Wir haben gefeiert und uns gefreut, denn unsere Welt ist arm. Aber sie haben uns wie Sklaven behandelt und ließen uns nicht mehr weggehen. Viele von uns sind entkommen, um in der Wildnis zu leben; diese Welt ist der ihren nicht unähnlich. Jetzt, mit diesen Waffen, werden wir uns wehren können . . .«

»Halt!« herrschte Han ihn an, so daß das fremde Geschöpf zurückzuckte. Dann zügelte er sein Temperament und fuhr mit etwas leiserer Stimme fort: »Ich will das nicht hören, kapiert? Ich kenne Sie nicht, und Sie kennen mich nicht. Mich geht das Ganze hier nichts an, also *erzählen Sie es mir nicht*!«

Die großen Augen starrten ihn an. Er wich dem Blick aus. »Ich habe die Hälfte meiner Bezahlung im voraus bekommen, beim Start. Die andere Hälfte kriege ich, wenn ich hier rauskomme, also holen Sie sich Ihr Zeug, und machen Sie sich dünn. Und nicht vergessen: Diese Dinger werden nicht abgefeuert, solange ich hier bin. Sonst könnte ein Schiff der Behörde etwas entdecken.«

Er erinnerte sich an die Anzahlung, die er bekommen hatte: Glühperlen, Feuerknoten, Diamanten, Nova-Kristalle und andere Edelsteine, die irgendwelche Sympathisanten der Sklaven unter erheblichem Risiko von diesem Bergwerksplaneten geschmuggelt hatten. Anstatt sich ihre eigene Freiheit zu erkaufen, indem sie sich an Bord der *Falcon* begaben, waren diese Flüchtlinge im Begriff, eine dem sicheren Scheitern geweihte Rebellion gegen die Macht der Kommerzsektorbehörde zu unternehmen. Idioten.

Han gab dem fremden Geschöpf den Weg frei. Der andere beobachtete ihn eine Weile und trat dann an die offene Luke, um seinen Gefährten zu pfeifen. Jetzt strömten sie über die Rampe. Man konnte ihre Waffen sehen, primitive Speerwerfer und Blasrohre. Einige trugen Dolche aus vulkanischem Glas. Sie hatten geschickte Hände mit drei Fingern, die man in alle Richtungen bewegen konnte. Sie strömten an Bord und mühten sich zu sechst oder siebt ab, die Karabinerkisten hochzuheben. Chewbacca sah ihnen belustigt zu. Han fühlte sich an eine bizarre Begräbnisprozession erinnert, als er beobachtete, wie die Kisten in den Dschungel geschleppt wurden.

Dann fiel ihm etwas ein, und er nahm den würdevoll blickenden Anführer beiseite. »Hat die Behörde hier ein Kriegsschiff? Großes — großes Schiff mit viel Kanonen?«

Das Geschöpf überlegte einen Augenblick. »Ja, ein großes

Schiff, das Last und Passagiere befördert. Es hat große Kanonen und trifft sich oben am Himmel mit anderen Schiffen, um sie zu beladen oder zu entladen — manchmal.«

Genau wie Han gedacht hatte. Er war keinem echten Kampfschiff begegnet, eher einem schwerbewaffneten Leichter. Nicht so schlimm, wie er gedacht hatte.

Aber der andere war noch nicht fertig. »Wir brauchen noch mehr«, sagte er. »Mehr Waffen, mehr Hilfe.«

»Sprechen Sie mit Ihrem Geistlichen«, schlug Han trocken vor und half Chewie dabei, die Deckplatten wieder zu befestigen. »Oder machen Sie durch Ihre eigenen Kanäle wieder einen Handel, so wie den hier. Ich bin fertig, mich sehen Sie nicht wieder. Ich mache bloß Geschäfte.«

Das fremde Geschöpf legte den Kopf etwas zur Seite und sah ihn an, als versuche es zu begreifen. Han verdrängte den Gedanken daran, wie das Leben in einem Zwangsarbeiterlager wohl sein mochte. Eine Existenz ohne Lebensfreude, unter beständigem Druck — im Kommerzsektor war das nicht ungewöhnlich —, naive Außenweltler, die man mit falschen Versprechungen angelockt hatte und die sich vertraglich verpflichtet hatten und dann Gefangene wurden, sobald sie die Lager erreichten. Und was konnten diese paar Flüchtlinge schon erreichen?

Wie die Würfel eben fielen, dachte er. Mit Recht und Gerechtigkeit hatte das Leben sehr wenig zu tun. Mit Recht und Gerechtigkeit konnte man auf Tatooine nicht einmal eine Eieruhr vollbekommen. Man spielte eben die Karten aus, die einem zugeteilt wurden, und Han Solo gehörte zu denen, die es vorzogen, Profit zu machen.

Chewie starrte ihn an. Han seufzte. Der große Lümmel war ein guter Erster Maat, aber schrecklich weichherzig. Nun, der Tip bezüglich des Schiffes der Behörde war etwas wert — einen Tip vielleicht, eine nützliche Lektion. Han nahm dem Anführer der Flüchtlinge den Karabiner weg.

»Merken Sie sich eines: Ihr seid Verfolgte, klar? Ihr müßt wie Verfolgte denken und euren Verstand benutzen.«

Der andere begriff und trat näher, stellte sich auf Zehenspitzen, um besser sehen zu können, was Han mit dem Karabiner machte.

»Es gibt hier drei Einstellungen, sehen Sie? Sicherung, Einzelschuß und Dauerfeuer. So, die Sicherheitspolizei benutzt hier

Maschinenpistolen, stimmt's? Abgesägt, Doppelkolben? Denen macht es richtig Spaß, Dauerfeuer zu geben, weil sie es sich leisten können, Energie zu verschwenden und wie mit einem Feuerschlauch herumzuspritzen. Ihr könnt euch das nicht leisten. Was ihr könnt, ist, diese Karabiner auf Einzelfeuer zu stellen. Und wenn ihr in einen nächtlichen Kampf verwickelt werdet oder im tiefen Dschungel seid, wo die Sicht schlecht ist, dann müßt ihr immer auf diejenigen schießen, die Dauerfeuer geben. Ihr wißt dann, daß das nicht eure Leute sind, es muß also Polizei sein. Ihr müßt anfangen, euren Verstand zu benutzen.«

Der Kleine sah ihn an, musterte den Karabiner und dann wieder Han. »Ja«, versicherte er ihm und nahm die Waffe zurück, »wir werden daran denken. Vielen Dank.«

Han verdrehte die Augen. Er wußte, wieviel sie noch zu lernen hatten. Und sie würden es auf ihre Weise lernen müssen, sonst würde die Behörde sie einfach zertreten. Und auf wie vielen Welten tat die Behörde genau das!

Plötzlich hallte fernes Blasterfeuer aus dem Dschungel zu ihm herüber. Das fremde Geschöpf hatte sich an die Luke zurückgezogen und hielt den Karabiner auf Han und Chewie gerichtet. »Tut mir leid«, erklärte es, »aber wir mußten die Waffen erproben, um sicher zu sein, daß sie funktionieren.«

Es senkte den Karabiner und floh die Rampe hinunter, rannte auf den Dschungel zu.

»Ich nehme alles zurück«, sagte Han zu Chewie, als beide sich zur offenen Luke hinauslehnten. »Vielleicht machen sie es doch noch richtig.«

Ihre Fernsensoren waren lahmgelegt worden, als die Scheibenantenne der *Falcon* beim Anflug abgerissen worden war. Das Schiff würde also einen blinden Start versuchen und dabei das Risiko eingehen müssen, daß sie irgendwo Ärger bekamen.

Han und Chewbacca mühten sich fast eine Stunde, auf dem Dach der *Falcon* die beschädigte Antennenfassung zu reparieren. Han reute die Zeit nicht; die Mühe hatte sich gelohnt, und die Flüchtlinge hatten damit zumindest die Chance bekommen, die Gegend zu räumen. Denn eines war so sicher wie der Gestank in einem Raumanzug: Der Start der *Falcon* würde geortet werden, und anschließend würde man diese Gegend gründlich absuchen.

Sie konnten nicht länger warten. Sobald es hell wurde, würden jeder Scanner und jedes bewaffnete Boot, das die Beamten der Behörde zur Verfügung hatten, mit der Suchaktion beginnen. Chewbacca, der Hans Stimmung spürte, machte in seiner eigenen knurrenden Sprache eine Bemerkung.

Han senkte den Feldstecher. »Richtig. Starten wir.«

Sie gingen hinunter, schnallten sich an und begannen mit den Startvorbereitungen — Maschinen anwärmen, Waffenbereitschaft, Abschirmung. Han erklärte: »Ich wette, daß dieser Leichter auf uns lauert. An einer Stelle, wo seine Sensoren ihm den größten Nutzen bringen. Wenn wir hochkommen, müssen wir versuchen, ihm zu entweichen und schleunigst in den Hyperraum zu tauchen.«

Chewbacca gab ein japsendes Geräusch von sich.

Han stieß ihn in die Rippen. »Was ist denn? Wir müssen das einfach zu Ende spielen.«

Er wußte wohl, daß er nur redete, um seine eigene Stimme zu hören. Er verstummte.

Die *Millennium Falcon* stand auf, schwebte einen Augenblick lang reglos in der Luft, während die Landestützen einfuhren. Dann lenkte Han sie vorsichtig durch die Öffnung im Blattwerk des Dschungels.

»Tut mir leid«, entschuldigte er sich bei seinem Schiff, wohl wissend, was ihnen bevorstand. Er zündete die Düsen, richtete das Schiff auf und gab Vollschub. Das Sternenschiff schoß in den Himmel und hinterließ eine Dampfwolke im Dschungel. Duroon sank schneller hinter ihnen zurück, und Han begann schon zu glauben, sie hätten ihr Problem gelöst.

Da erfaßte sie der Schleppstrahl.

Der Frachter erzitterte, als der kräftige Zugstrahl ihn erfaßte. Der Kapitän der Kommerzbehörde hatte hoch über ihnen gewartet und jetzt zugeschlagen. Er wußte, daß er es mit einem Gegner zu tun hatte, der schneller und gewandter als er war. Nun, da er den Schmuggler ausgetrickst hatte, ließ er sein Schiff in den Gravitationsschacht des Planeten fallen und nahm dabei genügend Geschwindigkeit auf, um jedem Ausweichmanöver der *Falcon* gewachsen zu sein. Der Schleppstrahl kettete die beiden Schiffe untrennbar zusammen.

»Alle Bugschirme — schrägstellen und Feuerbereitschaft!« Han und Chewbacca arbeiteten fieberhaft an ihren Schaltkonsolen und kämpften verzweifelt darum, ihr Schiff freizubekommen. Doch bald mußten sie erkennen, daß jede Mühe vergebens war.

»Achtung — bereithalten, alle Deflektoren sind nach achtern zu schalten«, befahl Han und legte den Knüppel um. »Jetzt müssen wir bluffen, Chewie.«

Das Brüllen des Wookiees ließ das Cockpit erdröhnen, während sein Partner den Frachter auf neuen Kurs legte, geradewegs auf das feindliche Schiff zu. Die gesamte Defensivenergie der *Falcon* war jetzt auf die Bugschirme gelegt. Das Schiff der Kommerzbehörde raste mit beängstigendem Tempo auf sie zu; der Abstand zwischen den beiden Schiffen schrumpfte binnen Sekunden zusammen. Die Feuerstöße des Gegners schüttelten die *Falcon* zwar, richteten aber keinen größeren Schaden an.

»Noch nicht schießen, noch nicht schießen!« befahl Han. »Wir richten alle Batterien nach achtern und treffen sie, sobald wir vorbei sind.«

Die Steuerknüppel vibrierten unter ihren Händen, als die Maschinen der *Falcon* das letzte Quentchen an Energie lieferten. Eine Salve der Blasterkanonen des Gegners ließ ihre Deflektorschirme zucken. Die *Falcon* jagte auf einer Säule blauer Energie auf den Leichter zu, als sehnte sie sich förmlich nach dem feurigen Tod bei der Kollision. Statt gegen den Schleppstrahl anzukämpfen, warf sie sich ihm förmlich entgegen. Das Schiff der Kommerzbehörde war bereits mit bloßem Auge zu sehen und füllte Augenblicke später die ganze Sichtkuppel der *Falcon*.

Im letzten Augenblick verlor der Kapitän des Kriegsschiffes die Nerven. Der Schleppstrahl verlosch, und der Leichter versuchte auszuweichen. Mit Reflexen, die schon eher an die Kunst eines Hellsehers erinnerten, warf Han alles, was er hatte, in ein ähnlich verzweifeltes Ausweichmanöver. Ganz sicher waren die Abschirmfelder der beiden Schiffe höchstens ein oder zwei Meter voneinander entfernt, als sie aneinander vorbeipreschten.

Chewbacca schaltete bereits sämtliche Schirme nach achtern. Die ebenfalls achtern gerichteten Hauptbatterien der *Falcon* hämmerten aus geringster Distanz auf das Schiff der Kommerzbehörde ein. Han erzielte zwei Treffer, mit denen er vielleicht nur oberflächlichen Schaden anrichtete, nach einer langen, schlimmen Nacht aber immerhin wenigstens einen moralischen Sieg errang. Das gegnerische Schiff erzitterte. Chewbacca heulte auf, und Han freute sich: »Getroffen!«

Der Leichter schoß in die Tiefe, konnte seinen Sturzflug nicht schnell genug bremsen. Und der Frachter jagte aus der Atmosphäre von Duroon hinaus in die Leere des Weltalls, wo ihre Heimat war. Weit unter ihnen begann das Kommerzschiff seinen Sturz zu bremsen, hatte aber jede Chance, sie noch einzuholen, verloren.

Han fütterte die Sprungdaten in den Navigationscomputer, während Chewbacca das Schiff nach Beschädigungen überprüfte. Nichts, was nicht repariert werden konnte, stellte der Wookiee fest. Han Solo und er hatten ihr Geld und ihre Freiheit gerettet.

Die brüllenden Triebwerke des Sternenschiffes legten einen Faden aus blauem Feuer über die Unendlichkeit. Han schaltete den Hyperdrive ein. Die Sterne schienen nach allen Seiten vor ihnen zu fliehen, als das Schiff dem trägen Licht davonraste. Der Hauptantrieb der *Millennium Falcon* dröhnte, und sie verschwand, als hätte es sie nie gegeben.

2

Sie wußten natürlich, daß sie von dem Augenblick an, als sie ihren zerbeulten Frachter ins Dock brachten, beobachtet werden würden.

Etti IV war ein Planet, der dem allgemeinen Handel offenstand, eine Welt, wo trockene Winde über bernsteinfarbene, moosbedeckte Ebenen und seichte Salzseen unter zinnober rotem Himmel fegten. Der Planet verfügte über keinerlei Bodenschätze von Wert, war aber für Menschen und Humanoide bewohnbar und lag an einem strategischen Punkt der stellaren Handelsrouten.

Die Mächtigen des Kommerzsektors hatten auf Etti IV großen Wohlstand angesammelt und mit diesem Wohlstand auch das angezogen, was Wohlstand immer im Gefolge hat: immenses Verbrechertum. Han und Chewbacca schlenderten über eine Straße aus mit Fusionsgeneratoren glattgebrannter Erde zwischen niedrigen Gebäuden. Bald hatten sie den Raumhafen hinter sich gelassen und näherten sich der behördlichen Geldwechselstation. Der Wookiee zog einen gemieteten Luftkissenkarren hinter sich her. Auf dem Karren lagen Kisten, die an Fels erinnerten, und diese Kisten waren auch der Grund, warum die beiden vermuteten, beobachtet zu werden. Kisten von dieser Art pflegten das Interesse krimineller Elemente auf sich zu ziehen.

Die beiden wußten aber ebenso, daß jeder, der sie beobachtete, das Risiko gegen den möglichen Ertrag irgendwelcher Aktionen abzuwägen wußte. Und in die Spalte ›Risiko‹ mußte man Hans professionell getragenes Revolverhalfter und seinen lockeren, selbstbewußten Schritt ebenso einordnen wie Chewbaccas hünenhafte Gestalt und die schußbereit getragene Armbrust, ganz zu schweigen von der bekannten Fähigkeit der Wookiees, einen Angreifer ohne viel Federlesens in seine Bestandteile zu zerlegen.

Die behördliche Geldwechselstelle hatte keine Ahnung, daß sie einer Transaktion Vorschub leistete, hinter der Waffenschmuggel und Aufruhr standen. Han und Chewbacca hatten bereits die Edelsteine, mit denen man sie bezahlt hatte, gegen wertvolle Metalle und seltene Kristalle getauscht. Und in einem Kommerzsektor, der Zehntausende von Sternsystemen umfaßte, war es unmöglich, jede Zahlung zu registrieren. So hatte Han Solo, Kapitän eines Tramp-Frachters, Schmuggler und freiberuflicher Gesetzesbrecher, ohne Mühe den größten Teil seiner Gage in einen netten, fetten Geldgutschein der Kommerzbehörde umgetauscht. Hätte er einen Hut besessen, so hätte er ihn ohne Zweifel vor dem leise zirpenden Zahlungsroboter gezogen, der ihm den Gutschein überreichte. Er schob die kleine Plastikkarte in die Westentasche.

Als sie die Börse verließen, gab der Wookiee einen seiner langen, bellenden Freudenschreie von sich.

Han antwortete: »Schon gut, schon gut, wir spielen bald Ploovo Two-For-One, aber zuerst haben wir noch etwas zu erledigen.«

Sein Begleiter knurrte laut und erregte damit das Interesse einiger Passanten und zugleich auch etwas gefährlichere Aufmerksamkeit. Eine Gruppe von Sicherheitspolizisten löste sich aus dem Gewirr von Menschen, Androiden und Nichtmenschen, die die Straße bevölkerten.

»Reiß dich zusammen, Kumpel«, murmelte Han aus dem Mundwinkel. Die braununiformierten Sicherheitspolizisten kamen in Viererreihen, argwöhnisch unter ihren Kampfhelmen hervorblickend und mit schußbereiten Waffen, die Straße herunter, während die Fußgänger sich alle Mühe gaben, ihnen aus dem Weg zu gehen. Han sah, wie zwei der schwarzen Kampfhelme sich bewegten, und wußte, daß sie den Ausbruch des Wookiee gehört hatten. Aber offenbar reichte die Störung nicht dazu aus, ihrer besonderen Aufmerksamkeit würdig zu sein, und die vier Polizisten zogen weiter.

Han starrte ihnen nach und schüttelte den Kopf. Es gab alle möglichen Arten von Polizisten in der Galaxis; einige davon taugten etwas, andere nicht. Aber die private Sicherheitspolizei der Behörde — ›Espos‹ nannte sie der Slang — gehörte zu den schlimmsten. Das, was sie unter Polizeiarbeit verstanden, hatte nichts mit Gesetz oder Gerechtigkeit zu tun, nur mit den Edikten der Kommerzsektorbehörde. Han hatte sich nie zusammenreimen können, was dazugehörte, um aus einem Menschen einen gehorsamen Espo-Bullen zu machen, und so begnügte er sich damit, dafür zu sorgen, daß ihre Wege sich nicht kreuzten.

Jetzt erinnerte er sich an Chewbacca und setzte das Gespräch fort: »Wie gesagt, wir spielen Ploovo. Ich brauche nur ein paar Minuten. Und anschließend gehen wir unserer Wege.«

Der besänftigte Wookiee knurrte nichtssagend und schloß sich wieder seinem Partner an.

Da die besitzenden Klassen von Etti IV ihren Wohlstand auch zeigen wollten, beherbergte der Raumhafen einige Läden, in denen exotische Haustiere zum Verkauf standen, darunter auch seltene und einmalige Exemplare aus den endlosen Weiten des Imperiums. *Sabodors* galt allgemein als das führende Geschäft am Platz. Dorthin lenkte Han seine Schritte.

So teuer auch das Dämpfungssystem des Ladens war, konnte es doch nicht alle Gerüche und Laute der seltenen Lebensformen überdecken, die sich hier unter der etwas zweifelhaften Klassifikation ›Haustiere‹ versammelt hatten. Zu den zum Verkauf stehenden Gattungen gehörten seltene Exemplare wie die spinnenartigen Nachtsegler von Altarn, die irisierend gefiederten Singschlangen aus den Wüsten des einzigen Planeten von Proxima Dibal und die winzigen, verspielten Beuteltiere von Kimanan, die man allgemein als Pelzbälle bezeichnete. Käfige und Kisten, Tanks und Umweltblasen waren voll von glühenden Augen, rastlosen Tentakeln und zitternden Pseudopoden.

Der Besitzer, Sabodor selbst, ein Bürger von Rakrir, erschien sofort. Sein kurzer, segmentierter, rohrähnlicher Körper eilte auf fünf Paaren vielseitiger Glieder einher, und seine zwei langen Augenstiele drehten sich beständig. Als Sabodor die beiden erblickte, erhob er sich auf seinen zwei letzten Beinpaaren. Seine Augenstiele reichten fast bis zu Hans Brust und inspizierten ihn von allen Seiten.

»Tut mir sehr leid«, zwitscherte Sabodors Stimme aus dem Sprechorgan, das etwa in der Mitte seines Körpers angebracht war. »Ich führe keine Wookiees. Das ist eine vernunftbegabte Gattung; man kann sie nicht als Haustiere benutzen. Illegal. Ich kann keinen Wookiee gebrauchen.«

Chewbacca stieß ein wütendes Brüllen aus, ließ dabei seine angsterregenden Zähne sehen und stampfte dann mit seinem haarigen Fuß, der von der Größe einer Vorlegeplatte war, auf. Die Regale und Käfige erzitterten. Der erschreckte Sabodor schoß quietschend an Han vorbei, die Vorderbeine über die Türöffnungen gedrückt. Der Pilot versuchte seinen großen Freund zu beruhigen, während Dutzende von Tieren zirpten, summten und schrien und völlig verängstigt in ihren Behältern herumhuschten.

»Chewie, ruhig, er hat's nicht böse gemeint«, versuchte Han den Wookiee zu besänftigen und ihn damit daran zu hindern, den zitternden Ladenbesitzer körperlich anzugreifen.

Sabodors zitternde Augenstengel tauchten beiderseits von Hans Knien wieder auf. »Sagen Sie dem Wookiee, ich wollte ihn nicht beleidigen. Ein verzeihlicher Fehler, nicht wahr? Ich wollte ihn wirklich nicht kränken.«

Chewbacca beruhigte sich etwas. Han, der an die vielen Sicherheitspolizisten im Hafen denken mußte, war darüber froh. »Wir sind hierhergekommen, um etwas zu kaufen«, erklärte er Sabodor, während der Ladenbesitzer sich im Rückwärtsgang von ihm entfernte. »Haben Sie gehört? Kaufen!«

»Kaufen? Kaufen! Oh, kommen Sie, Sir, sehen Sie, sehen Sie! Jedes Haustier, das es wert ist, in ein Haus aufgenommen zu werden, ist bei Sabodor zu haben, dem besten Geschäft im Sektor. Wir haben . . .«

Han brachte ihn mit einer Handbewegung zum Schweigen und legte freundlich die Hand auf die Stelle, wo die Schulter des Ladenbesitzers gewesen wäre, hätte er eine besessen. »Sabodor,

24

das wird eine ganz einfache Transaktion. Ich will einen Dinko. Haben Sie einen?«

»Dinko?« Sabodors winziger Mund und seine Riechfäden gaben sich im Verein mit seinen Augenstengeln große Mühe, ein Gefühl des Abscheus zum Ausdruck zu bringen. »Wozu? Ein Dinko? Widerwärtig, pfui!«

Hans Mund verzog sich zu einem schiefen Lächeln. Er holte eine Handvoll Geldscheine heraus und blätterte in ihnen. »Haben Sie einen für mich?«

»Ich kann einen besorgen. Warten Sie hier!«

Sabodor wogte erregt in ein Nebenzimmer. Han und Chewbacca hatten kaum Zeit, sich umzusehen, als der Besitzer schon wieder zurück war. Seine zwei oberen Gliedmaßenpaare hielten einen durchsichtigen Behälter. Im Inneren des Behälters war der Dinko.

Nur wenige Geschöpfe genossen den zweifelhaften Ruhm, der Dinkos anhaftete. Ihr Temperament erinnerte häufig an das von Psychopathen. Eines der großen Geheimnisse der zoologischen Welt war, wie die kleinen Scheusale einander lange genug ertragen konnten, um sich fortzupflanzen. Klein genug, um in die Hand eines Menschen zu passen — falls dieser Mensch gewillt sein sollte, ihn aufzuheben —, funkelte der Dinko sie an. Seine kräftigen Hinterbeine bewegten sich andauernd, und die zwei Halteextremitäten an seiner Brust bewegten sich auch unablässig, suchten etwas, an dem sie sich festklammern konnten. Seine lange Zunge zuckte immer wieder zwischen bösartig glitzernden Fängen vor und zurück.

»Ist es entwittert?« fragte Han.

»Oh — nein! Und es ist seit der Lieferung auch dauernd läufig. Aber entgiftet hat man es.«

Chewbacca grinste und verzog dabei seine schwarze Nase.

»Wieviel?« fragte Han.

Sabodor nannte eine exorbitante Summe. Han blätterte in seinen Geldscheinen. »Ich gebe Ihnen genau die Hälfte davon, einverstanden?«

Die wild fuchtelnden Augenstengel schienen den Tränen nahe zu sein. Der Wookiee schnob und beugte sich über Sabodor, der wieder Zuflucht unter Hans Knien suchte.

»Geben Sie's ruhig zu, Sabodor«, sagte Han grinsend, »das ist ein gutes Angebot.«

»Meinetwegen«, jammerte der Ladenbesitzer.

Er hielt Han den Behälter hin. Der Dinko warf sich mit schäumendem Mund in dem kleinen Behälter hin und her.

»Eines noch«, sagte Han. »Ich möchte, daß Sie ihm eine kleine Dosis eines Betäubungsmittels verpassen, damit ich wenigstens einen Augenblick lang damit zurecht komme. Und dann hätte ich gern einen anderen Behälter, einen, der nicht durchsichtig ist.«

Das waren in Wirklichkeit natürlich zwei Dinge, aber Sabodor war sofort damit einverstanden und wäre es nur gewesen, um den Wookiee, den Menschen und den Dinko so schnell wie möglich loszuwerden.

Ploovo Two-For-One, Kredithai und ehemaliger Räuber, Schläger und intimer Kenner der Cronwolke, sah mit Vergnügen dem Zusammentreffen mit Han Solo entgegen, in dessen Verlauf dieser seine Schulden bei ihm begleichen würde.

Er war nicht nur deshalb erfreut, weil sein ursprüngliches Darlehen ihm und seinen Hintermännern beträchtlichen Profit einbringen würde, sondern auch, weil er Solo aus tiefster Seele haßte und sich ihm eine interessante Form der Rache angeboten hatte.

Die Nachricht, mit der Solo ihm angekündigt hatte, daß er seine Schulden begleichen würde, war auch verbunden gewesen mit der Aufforderung zu einem Zusammentreffen hier auf Etti IV, im elegantesten Bistro des Raumhafens. Ploovo Two-For-One war damit einverstanden gewesen; er hielt sehr viel davon, wann immer möglich das Angenehme mit der Arbeit zu verbinden. Und *The Free-Flight Dance Dome* war nicht nur ausreichend, sondern sogar opulent. Ploovo selbst war alles andere als charmant. Er war ein übellauniger, vierschrötiger Bursche mit einem nervösen Zucken im Gesicht. Immerhin war sein Einkommen so hoch, daß ihm das auch Türen öffnete, die ihm sonst verschlossen geblieben wären.

Er flegelte auf einer Konturliege an einem Ecktisch, umgeben von den drei Angestellten, die er mitgebracht hatte. Zwei davon waren Menschen, hartgesottene Männer, ausgestattet mit einer Vielzahl von Waffen, die sie an verschiedenen Stellen ihres Körpers versteckt hielten. Der dritte war ein langschnauziger, schuppenhäutiger Zweibeiner von Davnar II, dem nichts so großes Vergnügen bereitete, wie jemanden zu töten.

Ploovo ließ ein dickes Bündel Geld sehen, um sich damit eine besonders gastfreundliche Behandlung durch die Kellnerin zu sichern, und kratzte sich dann an seinem schwarzen, öligen Haarknoten, der seinen Kopf zierte. Während er wartete, genoß er die Vorfreude seiner Rache an Han Solo. Nicht, daß der Pilot seine Schulden nicht bezahlen würde. Der Kredithai war sicher, sein Geld zurückzubekommen. Aber Solo ärgerte ihn schon lange, hatte es immer wieder fertiggebracht, sich auf raffinierte Art und Weise um das Bezahlen zu drücken. Er hatte Ploovo verspottet und ihn gleichzeitig auch verwirrt. Ploovo hatte mehrere Male wegen Zusammenstößen mit Solo bei seinen Hintermännern an Gesicht verloren, und seine Hintermänner waren nicht die Sorte Menschen, denen so etwas Spaß machte. Die Gaunerehre hielt Ploovo davon ab, den Kapitän und Eigner der *Millennium Falcon* den Behörden zu melden, gab es hier doch günstige Umstände, die den Zwecken des Kredithais ebenso dienlich waren.

Han Solo trat mit Chewbacca, einen Metallbehälter in der Hand haltend, ein und sah sich wohlgefällig in dem Lokal um.

Wie auf fast allen zivilisierten Planeten mischte sich hier eine Vielfalt von Gattungen in einem Durcheinander, das einem immer wieder fremd und doch auch vertraut vorkam. Han hatte mehr als die meisten anderen von der Galaxis gesehen und mußte dennoch immer wieder feststellen, daß er bestimmt die Hälfte der nichtmenschlichen Typen, die hier zugegen waren, nicht identifizieren konnte. Nicht, daß das ungewöhnlich gewesen wäre. Es gab so viele Sterne, daß niemand imstande war, all die vernunftbegabten Rassen zu katalogisieren, die von ihnen hervorgebracht worden waren. Han konnte sich gar nicht mehr erinnern, wie oft er schon einen solchen Raum betreten hatte, der angefüllt war mit einem Sammelsurium fremder Gestalten, Geräusche und Gerüche. Ohne sich anzustrengen, konnte er ein Dutzend Typen von Atemgeräten und Lebenserhaltungsapparaten entdecken, die von Geschöpfen benutzt wurden, deren Körperbiologie einer menschlichen Standardatmosphäre nicht gewachsen war.

Besonders sagten Han jene menschlichen und quasi-menschlichen weiblichen Geschöpfe zu, die in Schimmerseide gekleidet

27

waren. Eine, ein hochgewachsenes, schlankes Mädchen mit Haar wie geflochtenes Silber und einer Haut wie alter Wein, schwebte auf ihn zu. Sie trug ein Kleid, das aus weißem Nebel gewoben schien.

»Willkommen, Raumfahrer.« Sie lachte und legte den Arm um ihn.

»Wie wär's mit einer Runde in der Tanzkuppel?«

Han nahm seine Tragelast in die andere Hand, während Chewbacca ihn mißbilligend ansah; einige ihrer weniger erfolgreichen Abenteuer hatten ganz genau so angefangen.

»Sicher«, antwortete Han begeistert. »Laßt uns tanzen, laßt uns einander näherkommen, *laßt uns eins werden*!« Er schob sie sachte von sich. »Etwas später.«

Sie ließ ein wahrhaft atemberaubendes Lächeln aufblitzen — um ihm zu zeigen, daß sie die Ablehnung nicht persönlich nahm — und zog weiter, um sich dem nächsten Gast zuzuwenden, ehe eine andere ihr zuvorkam.

The Free-Flight Dance Dome war ein Lokal ersten Ranges, das mit einem erstklassigen Gravitationsfeld ausgestattet war. Zwischen all den Flaschen, Hähnen und Anschlüssen und den anderen Bar-Artikeln konnte man deutlich seine Konsole sehen. Das Feld erlaubte es der Geschäftsleitung, die Schwerkraft an jedem beliebigen Punkt des Lokals zu verändern, und so waren die Tanzfläche und die Kuppel darüber zu einer akrobatischen Spiellandschaft geworden, auf der einzelne Gäste, Paare und Gruppen mit müheloser Eleganz schwebten, sprangen und sich drehten. Han entdeckte auch einzelne Nischen und Tische, wo es sich Bewohner von Niederschwerkraftwelten bequem gemacht hatten, nachdem man die Umgebung ihren Bedürfnissen angepaßt hatte.

Han und Chewbacca drangen tiefer in das Zwielicht des Lokals ein, umgeben vom Klirren von Trinkgefäßen vieler Arten und Dutzenden von Sprachen, die alle vom Lärm aus dem Lautsprechersystem übertönt wurden. Sie atmeten den Duft verschiedener Aerosole und Drogen ein.

Es bereitete keine Schwierigkeiten, Ploovo Two-For-One zu entdecken; er hatte einen großen Tisch in der Ecke gefunden, um besser nach seinem Schuldner Ausschau halten zu können. Han und Chewbacca schlenderten zu ihm hinüber. Ploovo zwang sein wohlgepolstertes Gesicht zu einem etwas gequälten, keineswegs überzeugenden Lächeln. »Solo, alter Kollege. Kommen Sie, setzen Sie sich.«

»Ersparen Sie uns den Guano, Two-For-One.«

Han setzte sich neben Ploovo. Chewbacca hängte sich die Armbrust über die Schulter und nahm auf der anderen Seite des Tisches Platz, so daß er und Han sich gegenseitig im Auge behalten konnten. Han stellte den Behälter ab, den er in der Hand trug. Ploovos gierige Augen liebkosten ihn.

»Sie können ruhig geifern«, lud Han ihn ein.

»Aber, Solo«, antwortete Ploovo, jederzeit bereit, eine Beleidigung zu vergeben, solange ihm nur genügend Geld bezahlt wurde. »So sollten Sie wirklich nicht mit einem alten Wohltäter sprechen.«

Ploovo hatte bereits von seinen Kontaktleuten erfahren, daß diese beiden Weltraumtramps eine größere Menge von Wertgegenständen gegen Bargeld eingetauscht hatten. Seine Hand griff nach dem Behälter. Aber Han kam ihm zuvor. Der Pilot hob die Braue und sah den Kreditthai herausfordernd an. »Ihr Geld ist dort drinnen. Mit Zinsen. Anschließend sind wir quitt, Ploovo.«

Ploovo nickte seltsam ruhig, und sein Dutt zitterte dabei etwas. Han war das unheimlich, und er wollte schon eine Frage stellen, als ihn Chewbaccas warnendes Knurren daran hinderte. Eine Gruppe von Sicherheitspolizisten hatte das *Free-Flight* betreten. Einige bezogen an den Türen Station, während die anderen sich im Raum verteilten.

Han löste den Halteriemen von seinem Blaster. Ploovo drehte sich herum.

»Äh, Solo, ich schwöre, daß ich damit nichts zu tun habe. Wir sind, wie Sie gerade selbst erwähnten, quitt. Selbst *ich* würde niemanden verpfeifen und mich in schlechten Ruf bringen.« Er legte seine fette, habgierige Hand auf den Behälter. »Ich glaube, diese Herren in brauner Uniform suchen einen Mann, auf den Ihre Beschreibung paßt. Wenn ich auch jetzt kein Interesse an Ihrem Wohlbefinden mehr habe, würde ich doch vorschlagen, daß Sie und Ihr behaarter Kollege sich sofort von hier entfernen.«

Han vergeudete keine Zeit darauf, sich den Kopf darüber zu zerbrechen, wie die Kommerzbehörde es doch geschafft hatte, seine Spur zu finden, obwohl er sich eine neue Registriernummer für die *Falcon* und ebenso neue Papiere für sich und

Chewbacca beschafft hatte. Er beugte sich zu Ploovo hinüber, ohne die rechte Hand von seinem Blaster zu nehmen.

»Warum bleiben wir eigentlich nicht eine Weile sitzen, *Kollege*? Und wenn wir schon so gemütlich beisammensitzen«, fügte er, zu Ploovos Hilfstruppen gewandt, hinzu, »erlaube ich euch allen, die Hände auf den Tisch zu legen, wo Chewie und ich sie sehen können. *Jetzt!*«

Auf Ploovos Oberlippe standen dicke Schweißtropfen. Wenn jemand jetzt schoß, würde er sicher die erste Leiche im Raum sein. Er stotterte einen Befehl, und seine Männer akzeptierten Hans Vorschlag.

»Reißen Sie sich zusammen, Solo!« sagte Ploovo, obwohl Han ganz ruhig schien; Ploovos Gesicht war es, das plötzlich weiß geworden war. »Sie sollten jetzt wirklich Ihr Temperament zügeln. Sie und der Wookiee können manchmal so unvernünftig sein. Denken Sie nur an damals, als Big Bunji so unaufmerksam war, Sie nicht zu bezahlen, und Sie beide seine Druckkuppel beschossen. Er und seine Leute hatten kaum noch Zeit, ihre Schutzanzüge anzulegen. Von solchen Dingen bekommt man einen schlechten Ruf, Solo.«

Ploovo zitterte jetzt, sein Geld schien er beinahe vergessen zu haben.

Die Sicherheitspolizisten hatten sich inzwischen im Saal umgesehen, und drei von ihnen, ein Sergeant und zwei gewöhnliche Polizisten, blieben an ihrem Tisch stehen. Ploovo war zutiefst beunruhigt.

»Alle an diesem Tisch die Pässe zeigen.«

Chewbacca hatte seine unschuldigste Miene aufgesetzt, und seine großen, blauen Augen sahen die Soldaten treuherzig an. Er und Han hielten ihre gefälschten Papiere hin. Die Hand des Piloten schwebte über dem Griff seiner Waffe, obwohl er bei einer Schießerei in dieser Situation bestimmt keine Chance gehabt hätte.

Der Espo-Sergeant ignorierte die Papiere von Ploovo und seiner Bande. Nach einem kurzen Blick auf die Dokumente Hans fragte er: »Stimmen die? Sie sind Eigner und Kapitän des Frachters, der heute gelandet ist?«

Han wußte, daß Leugnen keinen Sinn hatte. Außerdem war er bereits so gut wie tot, falls die Kommerzbehörde eine Verbindung zwischen seiner neuen Identität und der illegalen Landung

30

auf Duroon hergestellt hatte. Trotzdem schaffte er es, leicht amüsiert und etwas erstaunt zu blicken.

»Die *Sunfighter Franchise*? Natürlich, Sergeant. Ist etwas nicht in Ordnung?« Unschuldig wie ein Neugeborener blickte er sie an.

»Der Dockaufseher hat uns Ihre Beschreibung gegeben«, antwortete der Espo-Sergeant. »Ihr Schiff ist beschlagnahmt.« Er warf die Papiere auf den Tisch zurück. »Es entspricht nicht den Sicherheitsvorschriften der Behörde.«

Han schaltete blitzschnell.

»Ich habe aber sämtliche Prüfstempel«, widersprach er; Han mußte das schließlich wissen, nachdem er sie selbst gefälscht hatte.

Der Espo tat das mit einer Handbewegung ab. »Die sind abgelaufen. Ihr Schiff entspricht nicht den neuen Vorschriften. Die Behörde hat die Leistungsprofile neu definiert, und nach allem, was ich gehört habe, Kumpel, entspricht Ihr Frachter denen in mindestens zehn Punkten nicht und erscheint auch nicht auf der Ausnahmeliste. Schon bei oberflächlicher Betrachtung hat man festgestellt, daß das Antriebs-Massen-Verhältnis und die Waffenklassifizierung für ein nichtmilitärisches Fahrzeug unzulässig sind. Außerdem sind Unregelmäßigkeiten im Anlegemechanismus, zu starke Abwehrschirme, Hochleistungsbeschleunigungskompensatoren und unzulässige Fernpeilgeräte festgestellt worden. Einen ganz schönen Knallfrosch haben Sie da.«

Han spreizte bescheiden die Hände; ihm war jetzt gar nicht danach zumute, mit seinem Schiff, das sonst sein ganzer Stolz war, zu prahlen.

Der Espo-Sergeant fuhr fort: »Wissen Sie, bei einem so heißen Ofen muß die Kommerzbehörde ja geradezu annehmen, daß Sie illegale Absichten haben. Sie müssen Ihr Schiff umbauen lassen; Sie sollten vor der Hafenbehörde erscheinen und das Nötige veranlassen.«

Han lachte zuversichtlich, auch wenn ihm nicht danach zumute war. »Ich bin sicher, daß hier ein Irrtum vorliegt.«

Dabei wußte er, daß er von Glück reden konnte, daß sie die Schleusen nicht aufgeschweißt und sich im Schiff umgesehen hatten. Wenn sie die Anti-Sensoranlagen und die Breitbandmonitorausrüstung entdeckt hätten, dann hätte man ihn jetzt verhaftet. Und was wäre erst gewesen, wenn sie die Behälter für

31

Konterbande gefunden hätten?

»Ich wickle nur noch meine Geschäfte ab und erscheine dann im Büro des Hafenmeisters«, versprach Han.

Jetzt begriff er, weshalb Ploovo Two-For-One so zufrieden gewesen war. Der Kreditthai hatte sich durchaus im Rahmen des Ehrenkodex der Unterwelt gehalten und dadurch seine eigene Mannschaft nicht gegen sich aufgebracht. Er hatte gewußt, daß die *Millennium Falcon* unter keinen Umständen den behördlichen Vorschriften entsprechen würde.

»Geht nicht«, sagte der Espo-Sergeant. »Meine Anweisung lautet, Sie sofort hinzubringen. Der Hafenmeister möchte, daß diese Geschichte umgehend geklärt wird.«

Plötzlich waren die Espos sehr wachsam.

Hans Lächeln wirkte mitfühlend und schmerzerfüllt. Platitüden wie diese prallten an ihm ab. Unterdessen überlegte er scharf, was er tun konnte. Die Kommerzbehörde würde vollen Aufschluß über seine Schiffspapiere, das Logbuch und seine persönlichen Papiere verlangen. Wenn dabei Differenzen auftraten, würde es zu einer gründlicheren Untersuchung kommen: Porenmuster, Netzhaut, die Gehirnindizes — eben alles. Und am Ende würde man feststellen, wer Han und sein Erster Maat wirklich waren, und dann würde es wirklich unangenehm werden.

Für Han Solo war es geradezu eine Art Glaubensbekenntnis, nie einen Schritt näher an das Gefängnis heranzugehen, als unumgänglich war. Aber solange er hier saß, konnte er keinen Widerstand leisten. Er warf Chewbacca einen Blick zu, der sich damit amüsierte, den Espos in einem breiten Grinsen die Zähne zu zeigen. Aber der Wookiee bemerkte Hans Blick und neigte leicht den Kopf.

Dann erhob sich der Pilot. »Gut, bringen wir diese unangenehme Geschichte hinter uns, Sergeant.«

Chewie schlurfte voraus und sah sich, mit einer Pfote am Riemen seiner Armbrust, zu Han um. Han sagte noch zu Ploovo: »Vielen Dank für das nette Gespräch, alter Kollege. Wir kommen so bald wie möglich zu Ihnen zurück, das verspreche ich. Und ehe ich es vergesse, hier ist Ihre Bezahlung.« Er klappte den vorderen Deckel der Box auf und trat zurück.

Ploovos Hand fuhr in den Behälter. Er gierte danach, herrliches Geld zwischen die Finger zu bekommen. Statt dessen bohrten sich scharfe, kleine Fänge in seinen Daumen. Ploovo stieß einen Schrei aus, als der wütende Dinko herausschoß und seine nadelscharfen Klauen in seinen puddingartigen Leib schlug. An der Rückenflosse des Dinko hing der Bargeldgutschein der Behörde, mit dem Han seine Schulden beglich, die finanziellen wie die persönlichen — mit Zinsen.

Als der Kredithai aufheulte, wandte sich die Aufmerksamkeit der Espos dem Tisch zu. Einer von Ploovos Gefolgsleuten versuchte, den Dinko von seinem Arbeitgeber zu reißen, während die anderen mit offenem Mund zusahen. Aber damit war der Dinko nicht einverstanden; die scharfen Sporen seiner Hinterbeine rissen ihm die Hände auf, und anschließend bespritzte er alle am Tisch Anwesenden mit dem stinkenden Saft aus seinem Duftsack. Es gibt nur wenige Dinge in der Natur, die widerlicher sind als die Abwehrsekretion eines Dinkos. Menschen und Humanoiden taumelten zurück, husteten und würgten und vergaßen ihren Boß.

Die Sicherheitspolizisten versuchten zu begreifen, was hier vor sich ging, während alles floh und Ploovo dem wilden, kleinen Scheusal überließ. Der Dinko versuchte nun energisch — wenn auch etwas überoptimistisch —, Ploovo zu verschlingen, wobei er mit dessen Nase anfing, die ihn an einen seiner vielen natürlichen Feinde erinnerte.

»*Uuhhh!*« jammerte Ploovo und zerrte an dem entschlossenen Dinko. »Nehmt ihn doch weg!«

»Chewie!«

Das war alles, was Han schreien konnte. Er verpaßte dem ihm am nächsten stehenden Espo einen Schlag, weil er auf so kurze Distanz nicht schießen wollte. Der Espo taumelte überrascht zurück und schlug um sich. Chewie machte es besser, indem er die zwei anderen an ihren Uniformjacken und Gurten packte und ihre Köpfe zusammenschlug, was zu einem paukenähnlichen Geräusch führte, als die Helme aufeinanderprallten. Dann tauchte der Wookiee geschickt in die Menge und folgte seinem Freund.

Die Espos an den Türen brachten schwere Blaster in Anschlag, aber im Lokal herrschte ein solches Durcheinander, daß keiner richtig begriff, was wirklich vorging. Die Antigrav-Tänzer landeten, einer nach dem anderen, auf der Tanzfläche, und die vielrassigen Gäste des Lokals wandten ihre Aufmerksamkeit von den verschiedenen Stimulantia, Drogen, Psychotropen und Placebos ab. Ein Gewirr von Stimmen erfüllte den Saal, und wahrscheinlich fragte jeder in seiner Sprache dasselbe: »*Ha?*«

Ploovo Two-For-One, dem es endlich gelungen war, den Dinko von seiner malträtierten Nase mit Gewalt abzureißen, schleuderte ihn durch den Raum. Der Dinko landete auf dem Abendessen einer wohlhabenden, älteren Dame und raubte damit jedem am Tisch Anwesenden den Appetit.

Ploovo, der sich immer noch die verletzte Nase hielt, drehte sich gerade noch rechtzeitig herum, um Han Solo über die Bar setzen zu sehen.

»Dort ist er!« rief der Unterwelt-Boß.

Die beiden Barkeeper versuchten Han aufzuhalten, schwangen die Lähmstöcke, die sie unter der Bar bereithielten, um für Ruhe und Ordnung zu sorgen. Dem ersten begegnete Han mit überkreuzten Handgelenken und stoppte damit den Lähmstock. Er riß sein Knie hoch und stieß den ersten Mixologen mit dem Ellbogen gegen den zweiten. Chewbacca, der seinem Partner mit einem vergnügten Bellen, das die Lichter an der Decke klirren ließ, über die Bar gefolgt war, fiel über die Barmixer.

Ein Blasterschuß, den einer der Espos an der Tür abgefeuert hatte, ließ eine Kristallkaraffe mit vierhundertjährigem novanianischen Grog platzen. Die Menge schrie, und die meisten warfen sich zu Boden. Zwei weitere Schüsse sprengten Fragmente aus der Bar und schmolzen die Rückseite der Registrierkasse.

Han hatte sich an dem wilden Knäuel, den Chewie und die beiden Barkeeper bildeten, vorbeigezwängt. Jetzt riß er den Blaster heraus und zielte auf die beiden Espos, gab eine Salve auf sie ab. Einer stürzte, an seiner Schulter rauchte es, während die anderen Deckung suchten. Irgendwo in der Nähe konnte Han hören, wie Ploovo und seine Männer sich den Weg zwischen den schreienden, wild gewordenen Gästen des Lokals hindurch einen Weg bahnten.

Er strebte auf die Bar zu.

Han hatte erreicht, was er suchte: die Gravitationsschalter. Da er nicht die Zeit hatte, sie gründlicher zu untersuchen, schob er einfach die Knöpfe auf Maximalleistung. Zum Glück aller Anwesenden, die sich nicht in der Isolierzone rings um die Bar befanden, fand er den Hauptschalter erst, als keine Nullschwerkraft-Tänzer mehr in der Luft waren. Auf diese Weise stürzte keiner ab, und es gab keine ernsthaften Verletzungen.

Han steigerte die g-Ladung des Lokals auf 3,5 Standard. Wesen aller Rassen sanken zu Boden, vom Gewicht ihrer eigenen Körper niedergedrückt — offenbar befanden sich keine Bewohner vom Hochschwerkraftplaneten im Lokal. Die Espos sackten mit den anderen zu Boden. Ploovo Two-For-One erinnerte, so stellte Han im Vorübereilen fest, jetzt deutlich an einen an Land gespülten Blähfisch.

Abgesehen vom keuchenden Atem der Gäste und dem halb erstickten Stöhnen jener Unglücklichen, die leichte Verletzungen davongetragen hatten, herrschte Stille. Niemand schien ernsthaft verletzt. Han steckte seinen rauchenden Blaster ein, studierte die Schalter des Schwerefeldes und überlegte, daß er eigentlich eine Isolierzone brauchte, um nach draußen zu kommen. Aber er wußte nicht, wie er es machen sollte, und biß sich auf die Lippen. Seine Finger schwebten unschlüssig über dem Gerät.

Chewbacca hatte inzwischen die beiden Barkeeper beiseite geschoben und gab nun einen ungeduldigen, schrillen Laut von sich, packte Han an der Schulter und schob ihn zur Seite. Der Wookiee stand vor der Konsole, und seine langen Finger tanzten geschickt über die Skalen, wobei er immer wieder zur Tür sah. Nach wenigen Augenblicken bewegten sich zwei oder drei Gäste, die entlang dem von ihm benötigten Korridor lagen. Alle anderen, inklusive der Espos und der Schutztruppe Ploovos, blieben am Boden festgeklebt.

Chewbacca stemmte sich vorsichtig über die Bar und auf die Normal-g-Passage. Dann knurrte er Han vergnügt zu.

»Nun, daran gedacht habe ja schließlich *ich*, oder?« lachte der Pilot, der hinter seinem Freund hereilte.

Vor dem Lokal angekommen, schloß er die Tür hinter sich und zupfte sich die Kleider zurecht, während Chewie sich von Kopf bis Fuß abklopfte.

»Hey, Chewie, deine Linke war aber ein wenig langsam, oder?« meinte Han. »Fängst wohl an nachzulassen, Alter?«

Chewbacca grunzte böse; sie spotteten dauernd gegenseitig über ihr Alter.

Han hielt eine Gruppe vergnügter Nachtschwärmer auf, die gerade auf das *Free Flight* Kurs genommen hatten. »Dieses Lokal ist offiziell geschlossen«, verkündete er wichtig. »Es steht unter Quarantäne. Fronk's Fieber.«

Die Nachtschwärmer, die der gefährliche Klang des Namens jener imaginären Krankheit erschreckte, kamen nicht einmal auf die Idee, irgendeine Frage zu stellen. Sie drehten sofort um. Die beiden Partner schnappten sich das erste Robo-Taxi, das ihnen über den Weg kam, und jagten zu ihrem Schiff.

»Das Leben eines unabhängigen Geschäftsmannes wird auch immer schwieriger«, lamentierte Han Solo.

3

Einige Minuten später setzte das Robo-Taxi Han und Chewbacca gleich um die Ecke ihrer Anlegebucht, Nummer 45, ab. Sie waren übereingekommen, die Gegend zuerst zu erkunden, um festzustellen, ob die Kräfte von Gesetz, Ordnung und kommerziellen Dividenden ihnen etwa zuvorgekommen waren. Als sie vorsichtig um die Ecke spähten, sahen sie, wie gerade ein Angestellter aus dem Büro des Hafenmeisters pflichtschuldig die Strahltüren ihrer Bucht versiegelte. Han beriet sich mit seinem Ersten Maat. »Wir können jetzt nicht abwarten, bis die Luft rein ist, Chewie. Inzwischen haben die sicher im *Free Flight* angefangen, die Dinge auseinanderzusortieren. Außerdem ist dieser Knilch dabei, die Bucht dichtzumachen, und die Espo-Streifen würden bestimmt ein wenig neugierig werden, wenn sie sähen, daß wir uns den Weg durch die Strahltüren freibrennen.«

Er spähte wieder hinaus. Der Mann hatte inzwischen fast sämtliche Kabelverbindungen zwischen der Alarmanlage und den Solenoiden der Strahltüren hergestellt. Ohne Zweifel war die Außentür der Bucht ebenfalls gesichert. Han sah sich um und entdeckte hinter ihnen einen von der Kommerzbehörde lizenzierten Laden für alkoholische Getränke und Drogen. Er griff nach dem Ellbogen seines Partners.

»Hör zu, was wir machen . . .«

Eine Minute darauf hatte der Mitarbeiter der Hafenmeisterei die massiven Teile der Strahlschleuse so angeordnet, wie das für seine Arbeit nötig war. Er hatte auch die Sicherung befestigt. Die Strahltüren schlossen sich wie eine Irisblende, die immer kleiner wurde und schließlich ganz verschwand. Der Mann holte einen Molekularschlüssel aus seinem Schlitz und aktivierte die Anlage. Wenn man sie jetzt zu betätigen versuchte oder gar beschädigte, würde auf der nächsten Espo-Station ein Alarm erklingen.

Der Mann schob sich den Schlüssel in eine Tasche, die er am Gürtel trug, und schickte sich an, die Stätte seines Wirkens zu verlassen. In diesem Augenblick taumelte ein Wookiee, ein großer, etwas heruntergekommener Bursche, betrunken heran. Seine dicke, haarige Pranke hielt einen Zehn-Liter-Krug mit irgendeinem überriechenden Gebräu umfaßt. Gerade als der Wookiee an dem Hafenbeamten vorüberging, kam von der anderen Seite ein Mann, der versäumt hatte, dem unberechenbaren Kurs des Wookiee auszuweichen. Es kam zu einer schnellen, komplizierten, dreifachen Kollision, die dazu führte, daß der Wookiee mit dem unglücklichen Hafenbeamten zusammenstieß und ihn von Kopf bis Fuß mit seinem Schnaps übergoß.

Ein Gewirr von Stimmen erhob sich, Anklagen und Gegenanklagen flogen durch die Luft. Der Wookiee fauchte die beiden Menschen an, schüttelte seine mächtigen Fäuste und deutete immer wieder auf den entleerten Krug. Der Angestellte der Hafenmeisterei wischte erfolglos an seiner mit Schnaps durchtränkten Uniformjacke. Der dritte Teilnehmer des Zwischenfalles gab sich große Mühe zu helfen.

»Oh, das tut mir wirklich leid«, wiederholte Han immer wieder scheinheilig. »Hey, die Brühe hat sich da wirklich festgesetzt«, sagte er und versuchte, die Uniformjacke des anderen auszuwinden. Der Beamte und der Wookiee fuhren immer noch fort, sich gegenseitig die Schuld an dem Zusammenstoß zu geben. Passanten, die vorbeikamen, beeilten sich, die Szene zu verlassen, um nicht in den sich anbahnenden Streit mit hineingezogen zu werden.

»An Ihrer Stelle würd' ich mir diese Jacke schnellstens waschen lassen«, riet Han Solo, »sonst wird sie diesen Gestank nie mehr los.«

Der Beamte zog mit einer letzten, finsteren Drohung, den Wookiee anzuzeigen, ab. Seine Schritte beschleunigten sich, als ihm etwas besorgt klar wurde, daß jeden Augenblick ein Vorgesetzter vorbeikommen und ihn sehen — oder noch schlimmer: riechen — könnte. Er eilte weiter und überließ es den beiden anderen, die Schuldfrage zu klären.

Kaum war er um die Ecke verschwunden, verstummte die Auseinandersetzung. Han zeigte Chewbacca den Schlüssel, den er in dem Durcheinander dem Beamten aus der Tasche gezogen hatte, und reichte ihn Chewbacca. »Geh, wärme das Schiff an, aber verlange keine Freigabe! Vermutlich hat der Hafenmeister uns die Starterlaubnis entzogen. Wenn ein Streifenschiff in der Nähe ist, hätten wir das augenblicklich am Hals.«

Er schätzte, daß etwa acht Minuten vergangen waren, seit sie aus dem *Free Flight* geflohen waren.

Chewbacca machte sich hastig an die Startvorbereitungen, während Han an den einzelnen Ladebuchten entlangrannte. Er passierte drei Docks, ehe er dasjenige erreichte, welches er suchte. In der Bucht lag ein Frachter, der jenem ähnelte, welcher die *Millennium Falcon* einmal gewesen war. Dieser hier war freilich sauber, frisch lackiert und gepflegt. Sein Bug trug stolz den Namen und die ID-Symbole, und Arbeitsandroiden waren damit beschäftigt, unter Aufsicht der Mannschaft Ladung an Bord zu bringen. Die Mannschaft wirkte zum Kotzen ehrlich. Han lehnte sich durch die offenen Strahltüren und winkte freundlich. »Tag, Leute. Startet ihr immer noch morgen?«

Einer der Männer winkte zurück, blickte aber etwas verwirrt. »Nicht morgen, Kumpel, heute abend, einundzwanzig Uhr Planetenzeit.«

Han tat überrascht. »Oh? Nun, offenen Himmel.«

Der Mann erwiderte den traditionellen Raumfahrergruß, während Han unauffällig weiterschlenderte. Als er außer Sichtweite war, fing er zu rennen an.

Als er zur Bucht 45 zurückkam, war Chewbacca gerade dabei, die Innenseite der Strahltüren abzuschließen und die Sicherungsanlage wieder zu befestigen. Han nickte zufrieden. »Kluger Junge. Sind wir soweit?«

Der Wookiee gab ein bejahendes Geräusch von sich und schob die Strahltüren zu. Nachdem er sie wieder versperrt hatte, diesmal freilich von innen, warf er den Molekularschlüssel weg.

Han hatte inzwischen im Cockpit bereits Platz genommen. Er stülpte sich die Kopfhörer über und rief die Hafenkontrolle. Indem er Namen und ID des Frachters in Dockbucht 41 angab, bat er darum, die Startzeit von einundzwanzig Uhr planetarischer Zeit auf ›sofort‹ vorzuziehen, ein Ansinnen, das von einem Tramp-Frachter, dessen Flugpläne sich plötzlich ändern konnten, keineswegs ungewöhnlich war. Da nicht viel Verkehr herrschte und die Freigabe des Schiffes bereits erteilt war, wurde ihm die Starterlaubnis sofort gegeben.

Chewbacca war noch damit beschäftigt, sich anzuschnallen, als Han bereits startete. Die Schubdüsen flammten auf, und die *Falcon* vollzog einen für ihre Begriffe gemäßigten und zurückhaltenden Start von Etti IV. Wenn die Espos an Dockbucht 45 auftauchen und sich den Weg freischweißen würden, sagte sich Han, würden sie sich den Kopf zerbrechen müssen, um herauszubekommen, wie es jemandem gelungen war, ein Sternenschiff vor der Nase des Hafenmeisters zu starten.

Die *Falcon* verabschiedete sich vom Schwerefeld von Etti IV. Chewbacca, dem die gelungene Flucht Freude bereitete, war bester Laune. Die lederartige Schnauze des Wookiee verzog sich zu einem auf Uneingeweihte schrecklich wirkenden Grinsen, und er sang — besser gesagt, er tat das, was unter seinesgleichen als Singen galt — nach Leibeskräften. Der Lärm, der dadurch in dem engen Cockpit herrschte, war unbeschreiblich.

»Hör schon auf, Chewie«, bat Han und klopfte an ein Skalenglas. »Da zittern ja sämtliche Instrumente.«

Mit einem Ton, der wie das Jodeln eines Walfisches klang, verstummte der Wookiee.

»Außerdem«, fuhr Han fort, »haben wir das schlechte Wetter noch keineswegs hinter uns.«

Die selbstzufriedene Miene Chewbaccas verschwand, und er gab einen fragenden Laut von sich.

Han schüttelte den Kopf. »Nee, Ploovo hat sein Geld, und seine Hintermänner spucken ganz bestimmt nichts für einen Kontrakt gegen uns aus, und wenn er noch so sauer ist. Nein, ich wollte damit sagen, daß die Antenne des Telesensors, die wir zusammengeflickt haben, nicht ewig halten wird. Wir brauchen eine neue, ein Spitzenmodell. Außerdem habe ich gehört, daß die Espos — und wahrscheinlich auch die meisten anderen Typen, denen es Spaß macht, Leute zu verhaften — ein neues Sensormodell haben, das man nicht anpeilen kann. Wir brauchen auch so ein Ding, sonst sind wir nicht mehr konkurrenzfähig. Und noch etwas: Wir benötigen eine von diesen Freigabebescheinigungen, wenn wir hier tätig sein wollen. Irgendwie müssen wir uns in diese Liste hineinschwindeln. Verdammt noch mal, die Kommerzsektorbehörde hat Tausende von Sonnensy-

39

stemen ausgequetscht; ich rieche das Geld förmlich. Ich hab' doch keine Lust, auf all das Moos zu verzichten, bloß weil irgend jemandem hier unser Schub-Masse-Verhältnis nicht schmeckt.«

Rasch hatte er auch die Berechnung für den Sprung in den Hyperraum abgeschlossen und wandte sich grinsend an seinen Partner. »So, und da die Behörde weder dir noch mir einen Gefallen schuldig ist — was bleibt uns da übrig?«

Sein pelzbedeckter Erster Maat knurrte. Han legte die Hand aufs Herz und tat so, als wäre er schockiert. »Ungesetzlich, hast du gesagt? *Wir?*« Er lachte glucksend. »Recht hast du, Kollege. Wir werden der Behörde so viel Geld wegnehmen, daß wir einen Anhänger brauchen, um es zu transportieren.«

Der Hyperdrive begann anzusprechen.

»Aber zuerst müssen wir uns mit ein paar alten Freunden treffen und sie begrüßen. Anschließend tun alle gut daran, ihr Geld mit beiden Händen festzuhalten«, schloß Han.

Das mußte natürlich in Stufen erfolgen. Ein Hypersprung führte sie zu einer beinahe verlassenen, ausgebeuteten Bergwerkswelt, wo die Behörde sich nicht einmal die Mühe machte, ein Büro zu unterhalten. Ein Hinweis, den sie dort von einem alten Mann bekamen, führte sie zum Kapitän eines Erzfrachters auf Fernfahrt. Nach einigen komplizierten Verhandlungen, in deren Verlauf sie einmal ihr Leben aufs Spiel setzen mußten, bis man überprüft hatte, daß sie tatsächlich — nach den Begriffen ihrer Verhandlungspartner — »ehrliche Leute« waren, nannte man ihnen einen Treffpunkt.

Und an diesem Treffpunkt erwartete sie im Tiefraum ein kleines Beiboot. Als die bewaffnete Besatzung des Beibootes sich nach einer gründlichen Durchsuchung der *Falcon* überzeugt hatte, daß tatsächlich nur der Pilot und der Copilot an Bord waren, brachte man die beiden zum zweiten Planeten eines nahe gelegenen Sternsystems. Das Beiboot trennte sich von ihnen, und sie landeten vor den Mündungen schußbereiter Turbo-Laser. Der Landeplatz wirkte wie ein planloses Durcheinander schnell errichteter Hangar-Kuppeln und bewohnbarer Traglufthallen. Ringsum wimmelte es von Schiffen und anderen Geräten der verschiedensten Typen, von denen die meisten bereits im Verfall waren und offenbar nur noch dazu dienten, daß man Er-

40

satzteile aus ihnen ausbaute.

Als Han die Rampe seines Schiffes verließ, leuchtete auf seinem Gesicht jenes intensive Lächeln, aufgrund dessen früher viele Männer nachgesehen hatten, was ihre Frauen gerade taten. »Hallo, Jessa. Wir haben uns lange nicht gesehen.«

Die Frau, die ihn am Fuß der Rampe erwartete, musterte ihn etwas abweisend. Sie war groß, ihr Haar war eine Masse schwerer, blonder Locken. Der schmucklose Technikeroverall, den sie trug, vermochte ihre Figur keineswegs zu verbergen. Ihre Stupsnase wurde geziert von einer Sammlung von Sommersprossen, die sie sich von einer Vielzahl von Sonnen geholt hatte. Jessa hatte fast so viele Planeten besucht wie Han. Im Augenblick freilich konnte man aus ihren großen, braunen Augen nichts als Spott herauslesen.

»Lange, Solo? Ich bin sicher, du bist inzwischen in einem Kloster gewesen. Oder auf Wirtschaftskonferenzen. Du hast Lieferungen für die Interstellare Kinderhilfe organisiert, was? Nun, kein Wunder, daß ich nichts von dir gehört habe. Was ist schon ein Standardjahr mehr oder weniger, wie?«

»Ein ganzes Leben, Kind«, antwortete er glatt. »Du hast mir gefehlt.«

Er stand jetzt vor ihr und griff nach ihrer Hand. Jessa wich ihm aus, und Männer mit gezogenen Waffen tauchten auf. Sie trugen Overalls, Schweißermasken, Werkzeuggürtel und ölige Stirnbänder.

Han schüttelte betrübt den Kopf. »Jess, du schätzt mich wirklich ganz falsch ein, das wirst du gleich sehen.« Aber er wußte sehr wohl, daß ihm im Augenblick eine deutliche Warnung erteilt worden war, und er beschloß daher, daß es besser wäre, zur Sache zu kommen. »Wo ist Doc?«

Jessas Züge glätteten sich, doch sie ging nicht auf seine Frage ein. »Komm mit, Solo.«

Han überließ es Chewbacca, auf die *Falcon* aufzupassen, und er folgte ihr über den provisorischen Stützpunkt. Das Landefeld war eine ebene Fläche, die von einem Fusionsreaktor geglättet worden war (fast jede Art von Material eignete sich zur Behandlung mit einem Fusionsreaktor, das wußte Han; Mineralien, pflanzliche Stoffe oder irgendwelche alten Feinde, für die man keine Verwendung mehr hatte). Männer und Frauen, menschliche ebenso wie nichtmenschliche Techniker arbeiteten an Fahrzeugen und Maschinen jeglicher Kategorie. Sie wurden unterstützt von einem vielfältigen Sortiment von Androiden und anderen Automaten, die mit Reparatur- und Umbauarbeiten beschäftigt waren.

Han bewunderte das, was er sah. Man konnte fast überall einen Techniker finden, um irgendein illegales Gerät einzubauen, aber Doc, Jessas Vater, führte hier ein Geschäft, das unter den Gesetzesbrechern im ganzen Universum berühmt war. Wenn man eine Schiffsreparatur benötigte, bei der niemand Fragen stellte, Fragen beispielsweise, warum man in ein Feuergefecht verwickelt gewesen sei, oder wenn man eine Änderung des ID-Profils eines Schiffes brauchte und Gründe dafür vorlagen, die man besser nicht erwähnte, oder wenn man größeres Gerät, das ›heiß‹ war, kaufen oder verkaufen wollte — stets wandte man sich dann am besten an Doc, vorausgesetzt, man konnte den sehr strengen Anforderungen genügen, die er an seine Geschäftspartner stellte.

Einige der Modifikationen der *Millennium Falcon* waren hier entstanden; Doc und Han hatten häufig miteinander zu tun gehabt. Han bewunderte den verschlagenen, alten Mann, weil die Kommerzbehörde und andere offizielle Stellen ihn seit Jahren suchten, ihn aber nie ausfindig machen konnten. Doc hatte immer für gute Tarnung gesorgt, und er verfügte andererseits über genügend Verbindungen zu bestechlichen Bürokraten und Informationsträgern, um stets auf dem laufenden zu sein. Mehr als einmal waren militärische Einheiten gegen Docs Basis vorgestoßen, hatten dort aber nur verlassene Gebäude und unbrauchbaren Schrott vorgefunden. Doc brüstete sich damit, der einzige Missetäter in der Galaxis zu sein, der eines Tages eine Altersversorgung für seine Mitarbeiter würde ins Leben rufen müssen.

Jessa führte Han an halbdemontierten Schiffsrümpfen, summenden Maschinen und Motoren vorbei und zu guter Letzt durch den größten Hangar des Stützpunkts. An einem Ende war aus Permexscheiben ein würfelförmiges Büro zusammengeschweißt worden. Als freilich auf Jessas Befehl die Tür aufglitt, konnte Han erkennen, daß Docs Geschmack nicht unter seiner Umgebung gelitten hatte. In dem Büro lagen herrliche wrodianische Teppiche, an denen ohne Zweifel Generationen gearbeitet hatten. In den Regalen reihten sich seltene Bücher, die Wände waren mit prunkvollen Gobelins und Gemälden behängt, und in

42

Wandnischen standen Skulpturen von den größten Künstlern der Geschichte und andere von der Hand Unbekannter, die Doc einfach nur gefallen hatten. Der Raum wurde von einem monolithischen, handgeschnitzten Schreibtisch aus Duftholz beherrscht, auf dem nur ein Gegenstand zu sehen war, ein Holokubus von Jessa. In dem Hologramm trug sie ein elegantes Abendkleid und lächelte, glich viel mehr einem hübschen Mädchen bei ihrem Debüt als einer genialen Technikerin außerhalb der Gesetze.

»Wo ist der Alte?« fragte Han, als er erkannt hatte, daß das Büro leer war.

Jessa machte es sich in dem Kontursessel hinter dem Schreibtisch bequem. Sie grub die Hände in die dicken, luxuriösen Armlehnen des Sessels, bis ihre Finger fast verschwanden.

»Er ist nicht hier, Solo. Doc ist weg.«

»Wie interessant! Ich hätte das nie geahnt, nachdem das Büro doch leer ist. Hör zu, Jess, ich hab' jetzt keine Zeit für Spielchen, und wenn du noch so gern spielen möchtest. Ich will . . .«

»Ich weiß, was du willst.« Ihr Gesicht wirkte bitter; das überraschte ihn. »Niemand kommt zu uns, ohne daß wir wissen, was er will. Aber mein Vater ist nicht hier. Er ist verschwunden, und bis jetzt ist es mir nicht gelungen, irgendeinen Hinweis für seinen Aufenthalt zu bekommen. Du kannst mir glauben, daß ich alles versucht habe, Solo.«

Han nahm ihr gegenüber Platz.

Jessa fuhr fort: »Doc ging auf Einkaufsreise — du weißt schon, auf die Suche nach Sachen, für die Bedarf ist, oder irgendeine Spezialbestellung. Er machte drei Besuche und traf an seinem vierten Treffpunkt nicht ein. Einfach so. Er, seine dreiköpfige Mannschaft und eine Sternenjacht — einfach verschwunden.«

Han dachte an den alten Mann mit den schwieligen Händen, dem schnellen Grinsen und der weißen Mähne, die seinen Kopf wie ein Heiligenschein umgab. Han hatte ihn gerngehabt, aber wenn Doc nicht mehr da war, konnte man nichts machen. Nur wenige Leute, die unter solchen Umständen verschwanden, tauchten je wieder auf. Berufsrisiko. Han war stets mit leichtem Gepäck gereist, und die Gefühle waren das erste, was er hinter sich gelassen hatte; schließlich waren Mitleid und Trauer ein viel zu schweres Gepäck, um zwischen den Sternen herumge-

43

schleppt zu werden.

Blieb ihm also nur, *Lebewohl, Doc!* zu sagen und mit Jessa, dem einzigen Kind, das Doc hinterlassen hatte, seine Geschäfte abzuwickeln. Aber als seine kurze Reminiszenz vorüber war, sah er, daß sie die ganze Zeit sein Gesicht beobachtet und damit wohl seine Gedanken nachvollzogen hatte. »Du hast den Abschied ziemlich schnell hinter dich gebracht, wie, Solo?« fragte sie mit vorwurfsvoller Stimme. »Du läßt nicht gern zu, daß dir etwas unter deine wertvolle Haut geht, wie?«

Das ärgerte ihn. »Wenn ich mich abgemeldet hätte, hätte Doc da zu weinen und zu wehklagen angefangen, Jess? Oder du? Es tut mir leid, aber das Leben geht weiter, und wenn du das vergißt, Süße, dann kannst du dich auch bald abmelden.«

Sie schickte sich an, darauf zu antworten, überlegte es sich dann aber anders und wechselte ihre Taktik. Ihre Stimme wurde scharf wie eine Vibroklinge: »Also gut, kommen wir zum Geschäft. Ich weiß, was du suchst: die Sensoranlage, die Antenne und die Freigabe. Ich kann das alles beschaffen. Wir haben hier eine kompakte Sensoranlage, ein Militärgerät, für Fernaufklärer gebaut. Irgendwie hat die Anlage ihren Weg aus einem Arsenal hierher gefunden — ein glücklicher Zufall, an dem ich etwas mitgewirkt habe. Die Freigabe kann ich auch beschaffen. Bliebe nur« — sie musterte ihn kühl — »die Frage des Preises.«

Han gefiel die Art und Weise, wie sie das sagte, gar nicht. »Das Geld muß stimmen, Jess. Ich habe nur ...«

Wieder unterbrach sie ihn: »Wer redet von Geld? Ich weiß *genau*, wieviel du hast, Freundchen, und woher du es hast, und wieviel du Ploovo gegeben hast. Glaubst du denn nicht, daß wir über kurz oder lang alles erfahren? Du meinst wohl, ich glaube, ein Schwachsinniger, der sich mit Waffenschmuggel abgibt, sei ein reicher Mann?«

Sie lehnte sich zurück und schlang die Finger ineinander.

Han war verwirrt. Er hatte die Absicht gehabt, mit Doc über ein längeres Zahlungsziel zu verhandeln, zweifelte aber daran, daß ihm das mit Jessa auch gelingen würde. Wenn sie wußte, daß er nicht allzuviel bezahlen konnte, weshalb sprach sie dann überhaupt mit ihm? »Wirst du das näher erklären, Jess, oder erwartest du, daß ich jetzt meine berühmte Gedankenleserschau abziehe?«

»Halt die Klappe, Solo, und hör mir zu. Ich will dir einen

Handel anbieten.«

Das machte ihn argwöhnisch, weil er wußte, daß er von ihr keine Großzügigkeit zu erwarten hatte. Aber was blieb ihm schon übrig? Er war auf sie angewiesen, andernfalls hätte er ebensogut an den galaktischen Rand fliegen und in die Müllbranche einsteigen können. So antwortete er mit süßsaurer Miene: »Ich will dir die Worte von den Lippen ablesen.«

»Eine Abholung, Solo, mit Gewalt natürlich. Es gibt Einzelheiten, aber die sind gleich gesagt: Du triffst dich mit ein paar Leuten und bringst sie dorthin, wo sie hinwollen. Sie werden nichts Unvernünftiges von dir fordern, kein riskantes Ziel. Das solltest du doch schaffen.«

»Wo soll ich sie abholen?«

»Orron III. Das ist im Wesen eine Ackerbau-Welt — nur daß die Behörde ein Datenzentrum hat. Und dort sind deine Passagiere.«

»In einem Daten-Center der Kommerzbehörde?« ereiferte sich Han. »Und wie soll ich dort hineinkommen? Da wimmelt es doch von Espos, wie bei ihrem Jahreskongreß. Hör zu, Süße, ich will das Zeug von dir, aber außerdem will ich auch alt werden. Ich habe vor, eines Tages im Heim für alte Raumfahrer auf einem Schaukelstuhl zu sitzen, und das, was du mir hier vorschlägst, paßt da nicht rein.«

»So schlimm ist es auch nicht«, erwiderte sie ruhig. »Die Sicherheitsvorkehrungen sind nicht besonders gründlich, weil nur zwei Fahrzeugtypen auf Orron III landen dürfen — Robot-Frachter für die Ernte und Schiffe der Kommerzbehörde.«

»Ja, aber falls du das bisher noch nicht bemerkt hast, die *Falcon* ist keines von beiden.«

»Bis jetzt noch nicht, Solo, doch das werde ich ändern. Wir verfügen hier über den Rumpf eines Robot-Frachters, den haben wir uns im Flug geschnappt. War nicht besonders schwierig; schließlich handelt es sich um ziemlich blöde Roboter. Ich werde die *Millennium Falcon* mit einer Außenlenkung ausstatten und sie dort einbauen, wo normalerweise die Steuerkapsel eingesetzt wird. Meine Leute können den Rumpf so tarnen, daß die Espos oder die Hafenbeamten nichts merken. Du landest, nimmst mit den betreffenden Leuten Verbindung auf und startest wieder. Die durchschnittliche Bodenzeit für einen Robot-Frachter beträgt etwa dreißig Stunden, also hast du auch genügend Zeit, um alles zu erledigen. Sobald du wieder gestartet bist, wirfst du den Frachterrumpf ab und bist fertig.«

Er überlegte. Er mochte es nicht, wenn sich jemand an seinem Schiff zu schaffen machte. »Warum hast du gerade mich für diese große Ehre ausgesucht? Und warum die *Falcon*?«

»Erstens, weil du etwas von mir brauchst, also wirst du es machen. Zweitens, weil du der heißeste Pilot bist, den ich kenne, wenn du auch ein unmoralischer Söldnerknecht bist. Immerhin hast du schon alles geflogen, angefangen von einer Rucksackdüse bis zu einem kapitalen Schiff. Und was die *Falcon* angeht, so hat sie gerade die richtige Größe und genügend freie Computerkapazität, um den Frachter zu steuern. Es ist wirklich ein fairer Handel.«

Eines war ihm noch unklar. »Wen soll ich denn abholen? Immerhin gibst du dir gehörige Mühe für die Leute.«

»Du kennst sie nicht. Es sind reine Amateure, und sie zahlen gut. Was sie machen, geht dich nichts an. Wenn sie es dir sagen wollen, ist das ihre Sache.«

Er blickte empor zur Decke, in die Glühperlen eingelassen waren. Jessa bot ihm alles, was er brauchte, um die Behörde auszumanövrieren. Wenn er das bekam, was er brauchte, konnte er den Waffenschmuggel aufgeben und brauchte auch nicht mehr um ein Trinkgeld Hinterwäldlerplaneten anzufliegen.

»Nun«, redete Jessa ihm zu, »soll ich jetzt meinen Leuten sagen, daß sie sich an die Arbeit machen, oder hast du mit deinem Wookiee-Kollegen vor, der Galaxis zu demonstrieren, wie wenig profitabel die Verbrecherlaufbahn ist?«

Er richtete sich auf. »Du läßt mich das besser zuerst Chewie beibringen, sonst sind deine Schraubenschlüsselartisten bloß noch als Ersatzteile für die Organbank zu gebrauchen.«

Docs Organisation — oder besser gesagt, Jessas Organisation — war alles andere als oberflächlich. Sie hatten die ursprünglichen Herstellerspezifikationen der *Millennium Falcon* und komplette Konstruktionshologramme für jedes einzelne Zusatzgerät. Mit Hilfe von Chewbacca und einer kleinen Schar von Technikern dauerte es nur ein paar Stunden, bis die Motorenabschirmung entfernt und die Lenksysteme freigelegt waren.

Service-Androiden huschten hin und her, atomare Schweißanlagen zischten, und Techniker vieler Rassen krochen in dem

Frachter herum. Es beunruhigte Han, so viele Werkzeuge, Hände, Tentakeln und Servomechanismen an seinem geliebten Schiff tätig zu sehen, aber er biß die Zähne zusammen und begnügte sich damit, überall gleichzeitig zu sein — was ihm beinahe gelang. Das, was er übersah, erledigte Chewbacca, der die Techniker oder Androiden immer wieder damit überraschte, daß er schrille Warnlaute von sich gab, wenn sie im Begriff waren, irgendwo einen Fehler zu machen. Jeder wußte, was der Wookiee mit dem Übeltäter veranstalten würde, der das Sternenschiff beschädigte.

Han wurde von Jessa unterbrochen, die an die Baustelle gekommen war, um nachzusehen, welche Fortschritte sie erzielten. In ihrer Begleitung befand sich ein seltsam aussehender Android, der wie ein Mensch wirkte. Die Maschine war untersetzt gebaut, kleiner als die Frau und über und über mit Beulen, Kratzern und Schweißstellen bedeckt. Ihre Brustpartie war ungewöhnlich breit, und die fast bis zu den Knien hängenden Arme verliehen ihr eine gewisse Ähnlichkeit mit einem Affen. Man hatte den Androiden vor langer Zeit braun lackiert, jetzt blätterte die Farbe an manchen Stellen ab, und seine Bewegungen wirkten ruckartig. Die roten, starren Fotorezeptoren des Androiden richteten sich auf Han.

»Ich will dir deinen Passagier vorstellen«, meinte Jessa.

Hans Züge umwölkten sich. »Daß ich einen Androiden mitnehmen soll, hast du mit keinem Wort erwähnt.« Er musterte das alte Metallgebilde. »Womit wird er denn angetrieben, mit Torf?«

»Nein. Ich hab' dir ja gesagt, daß es noch Einzelheiten geben würde. Bollux gehört dazu.« Sie wandte sich an den Androiden. »Okay, Bollux, mach deinen Bauchladen auf.«

»Ja, Ma'am«, erwiderte Bollux gedehnt. Das Summen von Servomotoren ertönte, die Brustplatte des Androiden teilte sich in der Mitte, und die Hälften schwangen nach beiden Seiten. Zwischen den Innereien des Androiden war ein spezieller Behälter untergebracht, und in dem Behälter gab es eine weitere Einheit, eine separate Maschine, die ungefähr würfelförmig war und einige Vorsprünge und zusammengefaltete Auswüchse aufwies. Oben an dem Würfel war die Fassung eines Fotorezeptors mit einem Monokular angebracht. Das Gebilde war blau lackiert. Das ›Auge‹ leuchtete auf.

»Du kannst jetzt Captain Solo begrüßen, Max«, wies Jessa das Gebilde an.

Die Maschine in der Maschine studierte Han von oben bis unten, und ihr Fotorezeptor bewegte sich auf und ab.

»Warum?« fragte sie. Ihre Stimme klang wie die eines Kindes.

Jessa konterte ungerührt: »Weil, wenn du es nicht tust, Max, der nette Mann deinen zarten, albernen Hintern in den Tiefraum hält — deshalb.«

»Hallo!« zirpte Max gezwungen freundlich. »Ein großes Vergnügen, Ihre Bekanntschaft zu machen, Captain.«

»Die Leute, die ihr abholt, müssen aus dem Computersystem auf Orron III Daten entnehmen«, erklärte Jessa. »Sie können natürlich unmöglich die dortige Behörde um geeignete Geräte dafür bitten, ohne Verdacht zu erwecken, und wenn du mit Max unter dem Arm hineingehst, könnte das auch einige Probleme aufwerfen. Aber auf einen alten Arbeitsandroiden wird keiner achten. Wir haben ihn Bollux genannt, weil es uns so viel Mühe bereitet hat, ihn wieder herzurichten. Seinen Sprechapparat haben wir nie besonders gut hingekriegt.

Jedenfalls heißt der nette Kleine im Bauchladen von Bollux Blue Max — Max deshalb, weil wir ihn mit maximaler Computerkapazität vollgestopft haben, und Blue aus Gründen, die selbst dir, Solo, klar sein müßten. Blue Max hat einige Mühe bereitet, selbst uns. Er ist winzig, aber er hat einen Haufen Geld gekostet, obwohl er nicht mobil ist und wir eine ganze Menge der üblichen Zubehörteile weglassen mußten. Aber er ist alles, was die brauchen, um dieses Datensystem anzuzapfen.«

Han studierte die beiden Maschinen und hoffte, daß Jessa jetzt gleich sagen würde, daß sie sich über ihn lustig gemacht hatte. Er hatte schon verrücktere mechanische Gebilde gesehen, aber nie auf einer Passagierliste. Er mochte Androiden nicht sehr, glaubte jedoch, mit diesem hier leben zu können.

Er beugte sich vor, um Blue Max besser sehen zu können. »Und du bleibst die ganze Zeit dort drinnen?«

»Ich funktioniere autonom oder angeschlossen«, quiekte Max.

»Fabelhaft«, sagte Han trocken. Dann klopfte er Bollux gegen die Stirn. »Kannst wieder dicht machen.«

Als die braunen Brustsegmente sich über Max schlossen, rief Han Chewbacca zu: »He, Partner, such einen geeigneten Platz für diese Molluske und verstau sie, ja? Er kommt mit!«

48

Er wandte sich wieder Jessa zu. »Sonst noch etwas? Eine Musikkapelle, beispielsweise?«

Sie kam nicht dazu, ihm Antwort zu geben, denn in diesem Augenblick ertönten Sirenen, heulten Hörner, und die Lautsprecher an der Decke riefen sie in ihr Büro zurück. Überall im Hangar ließen die Techniker ihre Werkzeuge fallen und rannten zu ihren Gefechtsstationen. Jessa drehte sich um und lief auch weg. Han hetzte hinter ihr drein und schrie Chewbacca zu, er solle beim Schiff bleiben.

Die beiden eilten quer durch den Hangar. Menschen, Nichtmenschen und Maschinen stürzten nach allen Richtungen, so daß sie immer wieder ausweichen mußten. Die Kommandostation war ein einfacher Bunker, aber als sie unten an der Treppe angekommen waren, traten Jessa und Han in eine gut ausgestattete, vollbemannte Operationsstation. Ein riesiger Holotank beherrschte den Raum mit seiner Phantombeleuchtung und zeigte ein Analogon des sie umgebenden Sonnensystems. Sonne, Planeten und die anderen größeren astronomischen Körper waren zu sehen.

»Die Sensoren haben ein nichtidentifiziertes Flugobjekt aufgenommen, Jessa«, sagte einer der diensthabenden Offiziere und deutete auf einen gelben Punkt am Rande des Systems. »Wir warten noch auf positive Identifizierung.«

Jessa biß sich auf die Lippen und starrte mit allen anderen Insassen des Bunkers auf den Tank.

Han trat neben sie. Der gelbe Punkt bewegte sich auf die Mitte des Holotanks zu, und Han wußte, daß dies der Planet war, auf dem er stand, und der von einem weißen Lichtpunkt dargestellt wurde. Die Geschwindigkeit des Unbekannten verringerte sich, und die Sensoren zeigten nun eine Anzahl kleinerer Lichtpunkte, die sich von ihm lösten. Dann beschleunigte das ursprüngliche Objekt, beschleunigte weiter und verblaßte kurz darauf im Tank.

»Das war ein Flottenschiff der Kommerzbehörde, eine Korvette«, sagte der Offizier. »Es hat eine Gruppe von Jägern abgesetzt, vier, und ist dann wieder in den Hyperraum getaucht. Die Korvette muß uns entdeckt haben und ist zurückgeflogen, um Hilfe zu holen. Die Jagdmaschinen haben sie hiergelassen, um uns zu beschäftigen, bis die Korvette zurückkehrt. Ich verstehe bloß nicht, wie sie überhaupt auf die Idee kamen, dieses System zu durchsuchen.«

Han bemerkte, daß der Offizier ihn musterte. Das taten sämtliche im Raum Anwesenden, und einige hatten an ihre Waffen gegriffen. »He, Jess«, protestierte er und sah ihr in die Augen, »wann stand ich je auf der Seite der Espos?«

Einen Augenblick lang war ihr Ausdruck unsicher, aber wirklich nur einen Augenblick. »Wenn du ihnen den Tip gegeben hättest, wärst du bestimmt nicht hiergeblieben«, räumte sie ein. »Außerdem wären die gleich in ausreichender Zahl erschienen, wenn sie gewußt hätten, daß wir hier sind. Aber daß es ein seltsames Zusammentreffen ist, mußt du zugeben, Solo.«

Er wechselte das Thema. »Warum hat die Korvette nicht einfach einen Hyperraumspruch abgesetzt? Die sind doch sicher nahe genug an einem Stützpunkt, um Hilfe zu rufen.«

»Die Region wimmelt von stellaren Anomalien«, sagte sie abwesend und konzentrierte sich wieder auf die Unheil verheißenden Punkte im Holo. »Das bringt den Hyperraum-Funkverkehr völlig durcheinander; nicht zuletzt deshalb hatten wir uns ja diesen Planeten ausgesucht. Wann erwarten Sie die Maschinen?« fragte sie den Offizier.

»ETA« (das bedeutete: ›estimated time of arrival‹ oder ›geschätzte Ankunftszeit‹)»unter zwanzig Minuten«, antwortete der.

Sie blies die Luft aus. »Und wir haben hier selbst nichts Kampftüchtigeres als Jäger. Es hat keinen Sinn, die Köpfe einzuziehen. Fertigmachen zur Evakuierung.«

Sie sah Han an. »Wahrscheinlich sind das Hornissen. Die werden mit allem fertig, was ich ihnen entgegenschicken kann, ausgenommen vielleicht ein paar alte Abfangjäger, über die ich verfüge. Ich muß Zeit gewinnen, und ich habe fast niemanden hier, der je eine Jagdmaschine geflogen hat. Hilfst du uns?«

Er sah, daß immer noch alle ihn anstarrten. Er führte Jessa zur Seite, strich ihr über die Wange und sagte mit leiser Stimme: »Jess, Darling, *das* haben wir nicht vereinbart. Ich will doch einmal ins Heim für pensionierte Raumfahrer, das hab' ich dir doch erzählt. Ich hab' wirklich keine Lust, meinen Hintern noch einmal in einen dieser Selbstmordschlitten zu zwängen.«

Ihre Stimme war eindringlich: »Das Leben meiner Leute steht auf dem Spiel. Wir können hier nicht rechtzeitig evakuieren, selbst wenn wir alles liegen- und stehenlassen. Wenn es sein muß, schicke ich auch unerfahrene Piloten hinaus, aber diese Espo-Jäger reißen die in Stücke. Du hast mehr Erfahrung als wir alle zusammengenommen.«

»Eben, und genau deshalb weiß ich, daß ich keine Chance hätte«, parierte er, schlug aber dann die Augen nieder, als er ihren Blick bemerkte.

»Dann geh und versteck dich«, sagte sie mit so leiser Stimme, daß er es kaum hören konnte. »Aber deinen grandiosen *Millennium Falcon* kannst du dann vergessen, Solo, denn keine Macht im Universum kann den wieder flugfähig machen, ehe die uns hier festnageln. Und sobald die Verstärkung eingetroffen ist, werden sie diesen Stützpunkt in Atome zerblasen.«

Sein Schiff, natürlich, das war es, was die ganze Zeit an ihm genagt hatte, sagte sich Han. Das mußte es gewesen sein. Die Turbo-Laser würden niemals imstande sein, schnelle Jäger aufzuhalten, und dann würden die Angreifer tatsächlich den Stützpunkt in Stücke reißen. Vielleicht konnten er und Chewbacca mit dem Leben davonkommen, aber ohne ihr Schiff würden sie nicht viel mehr als namen- und heimatlose interstellare Tramps sein.

Er atmete tief ein.

»Jess?«

Sie starrte ihn an, sein schiefes Lächeln verwirrte sie. »Hast du einen Helm für mich?« Er tat so, als bemerke er nicht, wie ihr Ausdruck plötzlich weich wurde. »Etwas Sportliches in meiner Größe, Jess, mit einem Loch, groß genug für das Loch, das ich im Kopf habe.«

4

Han hetzte hinter Jessa her, wieder ging es quer durch den Stützpunkt. Sie betraten eine der kleineren Hangarkuppeln, die vom Pfeifen von Hochleistungsmaschinen erfüllt war. Sechs Jagdmaschinen parkten dort, die Bodenmannschaften waren damit beschäftigt, ihren Ladezustand zu überprüfen, die Bordwaffen, die Deflektoren und die Kontrollsysteme.

In erster Linie waren die Maschinen als Abfangjäger gedacht — oder besser gesagt, waren sie als solche vor einer Generation gedacht gewesen. Es waren Z-95-Maschinen aus einer frühen Produktion (Kopfjäger nannte man sie), kompakte, zweimotorige Maschinen mit zurückgezogenen Tragflächen. Ihr Leitwerk, die Tragflächen und die gegabelten Heckflügel waren mit Tarnfarbe gestrichen. Die Stellen, wo früher einmal Raketen- und Bombenschächte befestigt gewesen waren, waren jetzt frei.

Han deutete mit dem Daumen auf die Maschinen und fragte Jessa: »Was hast du denn gemacht? Ein Museum ausgeraubt?«

»Ich habe sie von einer Planetenverwaltung, die pleite gegangen ist, gekauft. Die hatten sie gegen Schmuggler eingesetzt. Wir haben sie zum Verkauf überholt, sie dann aber behalten, schließlich sind es die einzigen Kampfmaschinen, die wir im Augenblick haben. Und sei nicht so herablassend, Solo, du hast selbst eine Menge von den Dingern geflogen.«

Damit hatte sie recht. Han rannte zu einem der Kopfjäger, während ein Mann von der Bodenmannschaft gerade dabei war, ihn aufzutanken. Er zog sich ins Cockpit hinauf, um sich umzusehen. Im Laufe der Jahre waren die meisten Armaturen entfernt worden, so daß man nun die freiliegenden Drähte und Verbindungselemente sehen konnte. Das Cockpit war noch genauso eng, wie er es in Erinnerung hatte.

Trotzdem war der Z-95-Kopfjäger immer noch ein gutes, kleines Schiff. Hinsichtlich seiner Widerstandskraft ging ihm ein geradezu legendärer Ruf voraus. Sein Pilotensessel — der ›Lehnstuhl‹, wie er im Piloten-Slang hieß — war im Dreißiggradwinkel nach hinten geneigt, um den Andruck erträglicher zu gestalten. Der Steuerknüppel war in die Armlehne eingelassen. Han ließ sich wieder hinunter.

Einige Piloten hatten sich bereits angesammelt, und soeben tauchte ein weiterer, ein Humanoid, auf. Sie wirkten keineswegs beunruhigt. Han schloß daraus, daß sie bis jetzt noch keine Kampfeinsätze geflogen hatten. Jessa drückte ihm einen alten, stumpf gewordenen Fliegerhelm in die Hand.

»Hat einer schon einmal eines von diesen Biestern geflogen?« fragte er, während er den Helm aufzusetzen versuchte. Der paßte schlecht, war zu eng. Han zog und zerrte an den verschwitzten Riemen in seinem Inneren.

»Wir sind alle schon damit geflogen«, antwortete ein Pilot. »Wir haben die Basistaktik geübt.«

»Oh, großartig«, murmelte Han und hatte immer noch mit

dem Helm seine Last. »Dann werden wir die dort oben in Stücke reißen.«

Der Helm saß einfach zu straff. Jessa schnalzte ungeduldig mit der Zunge, nahm ihn ihm weg und machte sich selbst daran zu schaffen.

Er wandte sich an sein augenblickliches Kommando. »Die Kommerzbehörde hat neuere Schiffe; sie können sich alles leisten, was sie haben wollen. Dieses Jagdgeschwader, das auf uns zukommt, besteht wahrscheinlich aus Hornissen, frisch aus den Fabriken. Es sind vielleicht Prototypen, vielleicht auch Produktionsmodelle. Und die Burschen, die diese Hornissen fliegen, haben ihr Geschäft auf einer Akademie gelernt. Es wäre wahrscheinlich zuviel, zu hoffen, daß hier einer eine Akademie besucht hat?«

So war es. Han fuhr fort und hob seine Stimme, um den lauter werdenden Motorenlärm zu übertönen: »Hornissen sind in Geschwindigkeit überlegen, aber dafür können diese alten Kopfjäger auf engerem Raum wenden, und sie ertragen auch ziemlich viel, deshalb sind sie immer noch da. Hornissen sind aerodynamisch nicht besonders gut, das liegt an ihrer Konstruktion. Ihre Piloten tauchen nur höchst ungern in planetarische Atmosphäre ein; diese bezeichnen sie als Kleister. Nur müssen diese Knaben herunter, wenn sie den Stützpunkt unter Beschuß nehmen wollen. Aber wir können nicht warten, bis sie hier herunterkommen, um sie zu treffen, sonst könnte es sein, daß welche durchkommen.

Wir haben sechs Schiffe. Das sind drei Zweierteams. Wenn ihr etwas habt, das ihr mit diesen Fliegerhelmen beschützen wollt, dann merkt euch eines gut: Bleibt mit eurem Partner zusammen. Ohne ihn seid ihr tot. Zwei Schiffe zusammen richten fünfmal soviel aus als jedes für sich allein, und die Sicherheit ist zehnmal so groß.«

Die Z-95 waren startbereit, und das Eintreffen der Hornissen würde auch nicht mehr lange auf sich warten lassen. Es gab tausend Dinge, die Han diesen grünen Fliegern hätte beibringen wollen, aber wie sollte er ihnen im Laufe weniger Minuten ein ganzes Flugtraining verpassen? Er wußte, daß das nicht mehr ging.

»Ich will es ganz einfach machen: Haltet die Augen offen und achtet immer darauf, daß ihr mit den Kanonen und nicht mit dem Heck auf den Feind zielt. Da wir hier eine Bodenanlage schützen wollen, müssen wir unsere Opfer reiten. Das bedeutet, daß ihr, wenn ihr nicht sicher seid, ob der Gegner getroffen ist oder nur so tut, euch auf seinen Schwanz setzen und sicherstellen müßt, daß er unten bleibt. Glaubt bloß nicht, daß er, wenn er in den Sturzflug übergeht und einen Kondensstreifen hinterläßt, erledigt ist. Das ist ein alter Trick. Nur wenn ihr eine Explosion hört, ist alles in Ordnung. Wenn ihr Flammen seht, laßt ihn fliegen, dann ist er erledigt. Aber sonst reitet ihr euren Gegner bis in den Keller. Wir haben hier zuviel zu verlieren.«

Bei dieser letzten Bemerkung dachte er vor allem an die *Falcon*. Alle menschlichen Motive wies er weit von sich und redete sich ein, daß sein Schiff der Grund war, der ihn dazu veranlaßte, seine wertvolle Haut zu Markte zu tragen. Eine rein geschäftliche Angelegenheit also.

Jessa hatte ihm den Helm hingeschoben. Er probierte ihn erneut an; jetzt saß er perfekt. Er drehte sich herum, um sich zu bedanken, und bemerkte zum erstenmal, daß auch sie einen Flughelm in der Hand hielt.

»Jess, nein, kommt überhaupt nicht in Frage!«

Sie verzog das Gesicht. »Zuerst einmal sind das meine Schiffe. Doc hat mir alles beigebracht; ich fliege schon seit meinem fünften Lebensjahr. Und wer, glaubst du wohl, hat diesen anderen hier die Grundbegriffe vermittelt? Außerdem gibt es hier niemanden, der so qualifiziert ist wie ich.«

»Übungen bei Trainingsflügen sind etwas ganz anderes.« Aber zuallererst wollte er sich dort oben nicht auch noch ihretwegen Sorgen machen müssen. »Ich nehme Chewie, der hat . . .«

»Oh, brillant, Solo! Wir setzen einfach eine Zusatzkuppel auf die Kanzel, und dann kann dein Staubbesen mit der Schilddrüsenüberfunktion das Schiff mit der Kniescheibe fliegen.«

Han fand sich mit der Tatsache ab, daß ihr Einwand logisch war.

Sie wandte sich an die anderen Piloten. »Solo hat recht, das wird unangenehm werden. Wir wollen sie nicht draußen im Weltraum in den Kampf verwickeln, weil dort alle Vorteile auf ihrer Seite sind. Aber wir wollen sie auch nicht zu nahe an die Planetenoberfläche heranlassen. Unsere Abwehranlagen werden mit einem Jagdgeschwader nicht fertig. Also müssen wir die Grenze irgendwo in der Mitte ziehen, je nachdem, wie die es anpacken, wenn sie uns angreifen. Wenn wir Zeit gewinnen, haben die Leute vom Bodenpersonal eine Chance, die Evakuierung abzuschließen.« Jessa sagte zu Han: »Die *Falcon* eingeschlossen. Ich habe Anweisung gegeben, die Arbeit fertigzustellen und die *Falcon* dann so schnell wie möglich dichtzumachen. Ich mußte dafür ein paar Männer von anderen Aufgaben abziehen, aber versprochen ist versprochen. Und Chewie habe ich informiert, was geschehen ist.«

Sie stülpte sich den Helm über den Kopf. »Han leitet den Einsatz. Ich teile die Teams ein. Los jetzt!«

Mit schrillem Kreischen schossen die sechs Z-95-Kopfjäger wie gesprenkelte Pfeilspitzen in den Himmel. Han zog seine Maschine herunter und schob sich den getönten Gesichtsschutz zurecht. Wieder überprüfte er seine Waffen, drei Blaster-Kanonen in jeder Tragfläche. Zufrieden lenkte er seine Maschine so, daß sein Partner hinten über ihm stand, bezogen auf die Steigebene. In seinem nach hinten geneigten Lehnstuhl sitzend, ganz oben in der durchsichtigen Kanzel, hatte Han fast dreihundertsechzig Grad Sicht; das war etwas, was ihm an diesen alten Kopfjägern gefiel.

Sein Partner war ein schlaksiger, wortkarger junger Mann. Hoffentlich vergaß der Bursche nicht, sich in der Nähe zu halten, wenn das Theater losging.

Das Theater, Pilotenjargon. Er hatte nie gedacht, daß er diese Sprache noch einmal brauchen würde, daß er wieder an die tausend Dinge würde denken müssen, auf die es beim Lenken eines Abfangjägers ankam, an Feinde, Verbündete und sein eigenes Schiff. Und wenn irgend etwas schiefging, war das Theater für ihn zu Ende.

Außerdem war das Theater eine Domäne der Jugend. In einen Abfangjäger konnte man Gravitationsabsorber nur bis zu einer gewissen Grenze einbauen, genug, um einfache Linearspannungen zu verringern und schnell sein Ziel zu erreichen, aber nicht genug, um auch die Folgen eng geflogener Kurven oder plötzlicher Beschleunigung zu vermeiden. Luft- und Weltraumkämpfe blieben das Prüffeld junger Reflexe.

Einmal war diese Art von Fliegen Hans ganzes Leben gewesen. Er hatte seine Ausbildung unter Männern erfahren, die wenig anderes im Kopf hatten. Selbst außer Dienst war es die ganze Zeit nur um Gleichgewicht, Lenksysteme und die Geschicklichkeit im Umgang mit dem Steuerknüppel gegangen. Er hatte einmal sogar in betrunkenem Zustand, wenn man ihn mit einer Decke und einer Handvoll Bolzen in der Hand in die Luft prellte, mitten in der Luft einen Salto schlagen und drei oder vier Bolzen nacheinander ins Ziel werfen können. Er hatte Schiffe wie dieses und auch viel schnellere geflogen, und er hatte jedes Manöver gesteuert, das man sich überhaupt vorstellen konnte.

Früher einmal . . .

Han war keineswegs alt, aber einen solchen Wettkampf hatte er schon lange nicht mehr bestehen müssen. Jetzt ordnete sich das Kopfjägergeschwader in Paare, und er stellte fest, daß seine Hände sich beruhigt hatten.

Sie zogen die Tragflächen ihrer Maschinen ein, um den Luftwiderstand zu reduzieren, wobei der Anstellwinkel sich automatisch anpaßte. Sie würden am Rand des Weltraumes angreifen.

»Kopfjägerführer«, verkündete er über das Sprechfunkgerät, »an Kopfjägerflug. Sprechfunkprobe.«

»Kopfjäger zwei an Führer, verstanden.« Das war Han Solos Partner.

»Kopfjäger drei, Roger«, ertönte Jessas klare Altstimme.

»Kopfjäger vier, alles klar.« Das war Jessas Partner gewesen, der grauhäutige Humanoid von Lafra, an dem Han rudimentäre Flugmembranen entdeckt hatte, woraus er schloß, daß das Wesen überlegene Fluginstinkte und einen guten Begriff für Raumbeziehungen besaß.

Er hatte inzwischen auch erfahren, daß der Lafraianer vier Minuten tatsächliche Kampferfahrung hatte, und das war ein gutes Zeichen. Eine ganze Anzahl von Jägerpiloten wurde bereits in den ersten Kampfminuten ausgeschaltet.

Kopfjäger fünf und sechs meldeten sich, zwei von Jessas Monteuren, die zu allem Überfluß auch Brüder waren. Es war unvermeidbar gewesen, daß die beiden als Partner eingeteilt wurden; sie würden ohnehin zueinander tendieren, und wenn man sie mit jemand anderem zusammensteckte, hätte sie das nur verwirrt.

Die Bodenkontrolle meldete sich. »Kopfjägerflug, ihr solltet den Gegner binnen zwei Minuten im Visier haben.«

Han ließ die Formation aufschließen. »Bleibt in Paaren. Wenn die Burschen einen Frontalangriff versuchen, dann nehmt ihn an; ihr seid mindestens ebenso manövrierfähig wie sie.«

Daß die andere Seite über mehr Reichweite verfügte, behielt er für sich. Er ließ fünf und sechs, die beiden Brüder, weit nach hinten zurückfallen, damit sie irgendwelche Feinde angriffen, die durchbrechen würden. Die beiden übrigen Elemente schwärmten so weit aus, wie dies möglich war, ohne die Trennung zu riskieren. Ihre Sensoren und die der herannahenden Schiffe identifizierten einander, worauf komplizierte Gegenmaßnahmen eingeleitet und Zerhackersysteme eingeschaltet wurden. Han wußte, daß dieser Kampf in Sichtweite ausgetragen werden würde; all die komplizierten Sensoren neigten dazu, sich gegenseitig zu kompensieren, und so vertraute er ihnen nicht.

Die Nah-Bildschirme zeigten vier Punkte.

»Auf Sichtgeräte schalten!« befahl Han, und die Holographen wurden aktiviert.

Durchsichtige Projektionen ihrer Instrumente hingen vor ihnen in den Kanzeln. Sie konnten sich ganz auf ihre Umgebung konzentrieren.

»Da kommen sie!« schrie jemand. »Auf eins-null Strich zwofünf!«

Bei den feindlichen Schiffen handelte es sich in der Tat um den neuen Typ ›Hornisse‹, Jagdmaschinen mit wulstigem Leitwerk und der auffälligen Triebwerksanordnung, die für jene neueste Militärkonstruktion charakteristisch war. Es handelte sich um Prototypen. Han sah, wie die Angreifer ihre Formation auflösten, in zwei Paaren angriffen, die in perfekter Präzision nebeneinander flogen.

»Neue Formation!« rief er. »Holt sie euch!« Er führte seinen Partner nach Steuerbord, den beiden Hornissen entgegen, während Jessa und ihr humanoider Partner nach Backbord abfielen.

Das Funknetz erwachte, von überall her hallten Warnrufe. Die Espo-Flieger hatten auf jegliches Ausweichmanöver verzichtet und rasten geradewegs auf sie zu, sie suchten Blut. Offenbar haben sie Anweisung, dachte Han, die Techniker von Doc rücksichtslos anzugreifen.

Aus den Spitzen der Hornissen zuckten gelb-grüne Energieblitze. Die Deflektorschirme waren eingeschaltet. Han knirschte mit den Zähnen, die Hand um den Steuerknüppel verkrampft. Mit eiserner Disziplin hielt er sich davon ab, jetzt zu feuern. Er kämpfte dagegen an, den Kopf zur Seite zu drehen und nachzusehen, was sein Partner machte; für den Augenblick war jedes Paar von zwei Schiffen auf sich allein gestellt. Er konnte nur hoffen, daß alle zusammenhalten würden, denn wenn ein Pilot in einer solchen Reihe den Anschluß verlor, dann überlebte er das nur selten.

Han und der Staffelführer der Gegenseite bogen zur Seite und rasten aufeinander zu. Ihre Partner, die sich abseits hielten, waren zu sehr damit beschäftigt, ihre Position nicht zu verändern und die Aktion ihrer Anführer nachzuahmen, um selbst zum Schießen Zeit zu haben.

Die Strahlen der Hornissen erzielten die ersten Treffer und ließen die kleineren Kopfjäger erzittern. Jetzt war Han in Schußweite, hielt aber immer noch mit dem Feuer zurück; er reagierte ganz gefühlsmäßig. Vielleicht wußte der Hornissen-Pilot nicht einmal über die Reichweite der alten Z-95 Bescheid, aber Han glaubte zu wissen, was der Mann tun würde, sobald er das Feuer erwiderte. Er jagte den zuckenden Kopfjäger durch den Hagel ihm entgegenschlagender Schüsse, ließ sich Zeit und hoffte, daß seine Abschirmung halten würde.

Er zögerte es so lange hinaus, wie er es wagte, dann gab er einen einzelnen, kurzen Feuerstoß ab. Wie vermutet, hatte der Feind nie die Absicht gehabt, bis zum Ende durchzuhalten. Die Hornisse ließ sich auf den Rücken fallen, feuerte immer noch, und Han bekam die Chance zu dem Fangschuß, auf den er gehofft hatte. Aber die gegnerische Hornisse tanzte wie ein Schemen in sein Fadenkreuz hinein und wieder heraus, und so wußte Han, daß er keinen großen Schaden angerichtet hatte. Die Schiffe der Kommerzbehörde waren noch schneller, als er vermutet hatte.

Und dann veränderte sich die Lage plötzlich völlig, weil die Hornissen allem zum Trotz, was er je gelernt hatte, sich trennten. Die Flügelmänner kippten plötzlich zur Seite ab. Hans Partner jagte hinter dem anderen her und rief erregt: »Ich hole ihn mir!«

Han brüllte ihm nach, er solle gefälligst zurückkommen und nicht ohne Not die Sicherheit aufgeben, die ein Team aus zwei Schiffen sich gegenseitig bot.

Der Anführer des Hornissengeschwaders schoß unter Han dahin. Han wußte auch, was das bedeutete: Der Feind wollte sie von hinten angreifen — aus einer todsicheren Position. Wäre

Han allein gewesen, hätte er Vollgas gegeben mit Kurs auf den freien Weltraum, bis er wußte, was hier vorging. Aber das Gespräch zwischen Jess und ihrem Flügelmann verriet ihm, daß das andere Hornissenpaar sich ebenfalls getrennt und sie und ihren Begleiter hinter sich hergezogen hatte.

Er jagte seinen Kopfjäger mit Höchstbeschleunigung nach oben, versuchte gleichzeitig nach allen Seiten zu blicken und brüllte immer noch seinem Flügelmann zu: »Bleib bei mir! Die wollen dich weglocken!«

Aber sein Partner ignorierte ihn.

Der Anführer des Hornissengeschwaders, auf den er geschossen hatte, hatte nicht abgedreht. Die ganze Strategie der Angreifer, die darin bestand, die Formation der Verteidiger zu stören, war nun klar, auch wenn diese Erkenntnis zu spät kam. Der Hornissenführer hatte erneut einen halben Bogen geschlagen und griff jetzt Hans Partner von hinten an. Die andere Hornisse, der Köder, raste auf die Nachhut zu, die Kopfjäger fünf und sechs. Eine der beiden Hornissen, denen Jessa gegenübergestanden hatte, schloß sich an, so daß ein neues Schiffsteam gebildet wurde.

Die Espos haben darauf gebaut, daß die im Luftkampf unerfahrenen Techniker die Formation nicht halten würden, überlegte Han. Wenn wir zusammengeblieben wären, hätten wir jetzt den Boden mit ihnen aufwischen können.

»Jess, verdammt, die haben uns ausgetrickst!« rief er, als er herumkam, aber Jessa hatte eigene Sorgen. Sie und ihr Partner hatten sich trennen lassen, und das hatte einer Hornisse Gelegenheit gegeben, sich an ihrem Heck festzuklammern.

Han sah, daß sein eigener Partner Schwierigkeiten hatte, war aber nicht schnell genug, um ihm helfen zu können. Der Hornissenführer hatte sich an dem Kopfjäger festgeklammert, und der schlaksige, junge Techniker bettelte: »Helft mir doch! Holt ihn weg!«

Han war zwar noch außer Reichweite, feuerte aber dennoch, in der Hoffnung, damit wenigstens die Konzentration des Gegners zu stören. Aber der Feind ließ sich nicht aus dem Konzept bringen. Er wartete, bis er den Kopfjäger perfekt im Visier hatte, und drückte dann den Feuerknopf zu einem kurzen Feuerstoß nieder. Ein gelb-grüner Strahl erfaßte die Z-95, die in einer Wolke aus weiß glühendem Gas und einem Wirbel von Metallteilen verschwand.

Han hätte seine übriggebliebenen Schiffe in Kreisformation zusammenziehen müssen. Auf die Weise hätte jeder den anderen schützen können. Aber während er noch Flüche ausstieß, setzte er Kurs auf die siegreiche Hornisse. Das Blut kochte ihm in den Adern, und er schlug alle Vorsicht in den Wind und dachte dabei: *Niemand nimmt mir meinen Partner weg, Kumpel! Niemand!*

Plötzlich kam ihm in den Sinn, daß er nicht einmal den Namen des Jungen gekannt hatte.

Jessas Partner, der Lafraianer, schrie: »Schere rechts, Kopfjäger drei! Schere!«

Jessa brach in einem raffinierten Ausweichmanöver nach rechts aus, während feurige Finger nach ihr tasteten. Sie holte aus ihrer Maschine heraus, was diese hergab, während ihr Partner im steilen Winkel hereinkam und seine eigene Geschwindigkeit abbremste, so daß Jessa und ihr Verfolger seine Flugbahn kreuzten. Der Lafraianer bezog eiskalt Schußposition, beschleunigte und eröffnete das Feuer.

Rote Feuerstrahlen schossen aus den Blasterkanonen in den Flügeln des Kopfjägers. Das Schiff der Angreifer erzitterte, während Stücke von seinem Leitwerk abgerissen wurden. Es kam zu einer Explosion, und die weidwund geschossene Hornisse flatterte hilflos, als wäre ihr ein Flügel abgebrochen. Dann stürzte sie auf den Planeten zu, von der Schwerkraft zum Tode verurteilt.

Weit unten hatten Kopfjäger fünf und sechs, die beiden Brüder, die durchgebrochenen Angreifer in ein Gefecht verwickelt. In der Ferne umkreisten sich Han Solo und der Anführer der Hornissen in dem seltsamen Ballett des Luftkampfs erfahrener Piloten und stachen mit bunten Feuerstrahlen aufeinander.

Aber Jessa wußte, worauf es nun ankam, und fünf und sechs waren ihre schwächsten Flieger. Im Augenblick riefen sie um Hilfe. Sie und ihr humanoider Partner schlossen auf und jagten auf die beiden zu.

Ein Angreifer hing am Heck von Kopfjäger fünf und hämmerte auf die Maschine ein, hielt sich die ganze Zeit an seinem Opfer fest, als klebte er daran. Der Techniker am Steuer des Kopfjägers schob seinen Knüppel in die Ecke, um zur Seite abzukippen, war aber dafür zu langsam. Die Strahlen der Hornissen durchschnitten sein Schiff, ließen es aufplatzen und sägten ihn selbst an der Hüfte auseinander. Die Hornisse nahm sogleich Kurs auf den anderen Bruder, Kopfjäger sechs, während ihr Begleiter auf den Planeten und den dort befindlichen Stützpunkt zuraste.

In diesem Augenblick trafen Jessa und ihr Partner ein und riefen Kopfjäger sechs zu, bei ihnen Deckung zu suchen.

»Kann nicht, hänge fest«, antwortete der Mann.

Die Hornisse, die zurückgeblieben war, hatte inzwischen einen eleganten Looping vollführt und sich an ihm festgehängt. Jessas Flügelmann warf sich in den Kampf, um zu helfen, und sie raste dicht hinter ihm. Die Kette von vier Schiffen stürzte gemeinsam der Oberfläche des Planeten entgegen.

Dann hatte die Hornisse ihr Ziel erreicht. Kopfjäger sechs zerplatzte in einem Feuerball genau in dem Augenblick, in dem die siegreiche Hornisse in das Schußfeld von Jessas Partner geriet.

Der Espo steigerte das erstaunliche Tempo seines Schiffes noch, um seinen Vorsprung auszuweiten. Er kam nun hoch, als wollte er einen Looping fliegen, und brachte den Lafraianer dazu, ein falsches Manöver durchzuführen. Die Hornisse drehte blitzschnell um, kippte zur Seite ab und schaffte es, einen Schuß abzugeben.

Er traf, und der Kopfjäger ihres Flügelmannes erzitterte, während Jessa erschreckt aufschrie und so schnell wie möglich zur Seite abschmierte. Sie fühlte, daß ein Schatten über ihr hing. Die Hornisse fegte vorbei. Jessa drehte ab und feuerte instinktiv. Der Feuerstoß traf sein Ziel, durchdrang die Abschirmung der Hornisse. Als die Hornisse im Sturzflug floh, wobei ihr Pilot sich alle Mühe gab, die Kontrolle über seine Maschine zu behalten, ignorierte Jessa Hans Rat, ihr Opfer zu reiten. Sie drehte um, um nachzusehen, was sie für ihren Partner tun konnte.

Nichts. Das Schiff des Lafraianers war beschädigt, aber nicht in Gefahr, abzustürzen. Er war in Gleitflug übergegangen und hatte die Flügel gespreizt.

»Schaffst du es?«

»Ja, Jessa. Aber mindestens eine der Hornissen ist durchgekommen. Vielleicht holt ihn die andere ein.«

»Trachte deine Kiste in einem Stück herunterzubekommen. Ich muß nachsehen.«

»Gute Jagd, Jessa!«

Sie ging auf Höchstschub und lenkte die Maschine in den Sturzflug.

Han entdeckte bald, daß der Hornissenführer ein guter Pilot war. Er bemerkte das, als der andere ihm fast seinen Lehnsessel unter dem Hintern weggeschossen hätte.

Der Espo-Flieger verstand sein Handwerk, er konnte mit seinen Waffen umgehen und beherrschte seine Maschine aus dem Effeff. Er und Han umkreisten sich, wobei bald der eine, bald der andere die Oberhand hatte. Rollend, kreisend, jeder bemüht, dem anderen den Weg abzuschneiden, immer wieder um Bruchteile von Sekunden aus dem Zielgerät des anderen auswandernd, ließen sie keinen Augenblick die Steuerknüppel zur Ruhe kommen.

Han hatte die Hornisse zum drittenmal abgeschüttelt und spielte die größere Manövrierfähigkeit seines Kopfjägers gegen die überlegene Geschwindigkeit der Hornisse aus. Er sah zu, wie der Espo erneut versuchte, ihn festzunageln. »Du bist wohl der Lokalmatador, wie?« Wieder raste die Hornisse auf ihn zu. »Wie du willst, Kollege. Wollen mal sehen, was du wirklich auf dem Kasten hast.«

Er tauchte tiefer in die Atmosphäre des Planeten, während die Hornisse ihn von hinten ansprang und im Sturzflug aufholte, dafür aber nicht imstande war, den Kopfjäger im Visier festzuhalten. Han riß seine Maschine scharf in die Höhe und steuerte einen halben Looping, schmierte dann zur Seite ab und griff aus der entgegengesetzten Richtung an.

Feuerstöße fegten über die durchsichtige Kuppel seiner Kabine und verfehlten ihn nur um wenige Zentimeter. Mann, dieser Espo ist gut, mußte Han sich eingestehen. Aber ein paar Dinge muß er doch noch lernen. Die Schule ist noch nicht vorbei.

Han rammte den Knüppel in die Ecke und setzte zum Sturzflug an. Die Hornisse blieb an ihm hängen, konnte ihn aber nicht lange genug im Fadenkreuz halten. Han holte aus dem Kopfjäger alles heraus, was in ihm steckte, und entwischte dem Espo immer wieder. Die Motoren seiner Maschine stöhnten, und der Kopfjäger vibrierte, als wolle er in Stücke gehen. Han ließ sein Zielvisier nicht aus dem Auge. Die Schüsse der Hornisse kamen näher.

Und dann war es soweit. Han riß den Kopfjäger aus dem Sturzflug heraus, zog ihn langsam hoch und wartete besorgt auf den Schuß von hinten, der all seinen Problemen und Hoffnungen ein Ende setzen würde.

Aber der Hornissenpilot wartete, war nicht bereit, die Chance aufzugeben, wartete, daß der Kopfjäger als volle Silhouette in seinem Visier erschien. Han dachte: *Na klar, er möchte einen perfekten Treffer landen.*

Als die Hornisse sich ausrichtete, riß er den Knüppel herum, flog einen ganz engen Bogen. Aber der Hornissenpilot ließ nicht locker, auch er wollte dieser Jagd ein Ende machen und endlich beweisen, daß er der bessere Pilot sei.

Und dann hatte Han die Kurve noch enger als neunzig Grad geflogen, das, worauf er die ganze Zeit hingearbeitet hatte. Der Espo hatte seinen Höhenmesser vernachlässigt, und jetzt verbündete sich die dickere Luft mit dem Kopfjäger und beeinträchtigte die Leistung der Hornisse. Einer so engen Kurve war sie nicht gewachsen.

Und genau in dem Augenblick, in dem die Hornisse das Manöver abbrach, riß Han unter Einsatz aller Instinkte, die ihm den Ruf der Telepathie eingetragen hatten, seinen Kopfjäger herum. Die Hornisse war nun ganz nahe. Han gab einen Feuerstoß ab, und aus der Hornisse wurde eine Wolke von Licht, die nach allen Seiten glühende Wrackstücke ausspie.

Und als der Kopfjäger an den flammenden Überresten seines Gegners vorbeijagte, jubilierte Han: »Viel Spaß, *Knallkopf!*«

Die vierte Hornisse hatte bereits dreimal im Tiefflug den Stützpunkt überflogen und beschossen. Die Verteidigungseinrichtungen des Stützpunkts waren ihr nicht gewachsen; sie waren für Aktionen gegen große Schiffe gebaut, nicht gegen bewegliche Tiefflieger.

Bei den ersten Angriffen hatte der Espo sich auf die Flak konzentriert. Nun waren die meisten Kanonen verstummt. Einige Gebäude brannten bereits.

Und dann tauchte Jessa auf. Immer noch mit dem Tempo, das sie im Sturzflug aufgebaut hatte, und ohne darauf zu achten, daß jeden Augenblick die Tragflächen ihres kleinen Kopfjägers abgerissen werden konnten, warf sie sich auf die Hornisse, als diese gerade wieder hochziehen wollte. Diese Leute, die dort unten starben, waren die ihren, sie litten und starben, weil sie für sie arbeiteten. Sie wollte nicht zulassen, daß auch nur ein weiterer Angriff gegen sie geflogen wurde.

Aber als sie die Hornisse ins Visier nahm, prasselte von oben eine Salve auf sie hernieder, kratzte an der vorderen Flügelkante ihrer Steuerbord-Tragfläche. Eine weitere Hornisse jagte heran, das Schiff, das sie für kampfunfähig gehalten hatte. Seine Schüsse hatten ihre Abschirmung durchdrungen und hätten beinahe ihre Tragfläche zerfetzt.

Aber sie hielt ihre Position und war fest entschlossen, wenigstens einen der Angreifer zu erledigen, ehe der andere ihr den Garaus machte.

Und dann bot sich die zweite Hornisse als Ziel dar. Han hatte sie einen Augenblick lang im Visier. Er riß die Nase seines Schiffes herum und legte Sperrfeuer rund um den Espo. Die Investition zahlte sich aus: Die Hornisse verschwand in einer rotweißen Wolke.

»Du bist hinter dem letzten her, Jess!« rief er ihr über die Bordsprechanlage zu. »Mach ihn fertig!«

Wieder hatte Jessa die Hornisse im Visier. Sie feuerte, aber nur ihre Backbord-Kanone funktionierte noch; der Treffer an der Steuerbord-Tragfläche hatte dort die Kanonen beschädigt. Da ihr Zielobjekt an Steuerbord lag, verfehlte sie es.

Die Hornisse begann wieder zu beschleunigen, verließ sich ganz auf ihr überlegenes Tempo, glitt nach Steuerbord davon. Noch ein paar Bruchteile von Sekunden, und sie würde entkommen. Jessa riß die Maschine herum, so, daß sie mit dem Bauch nach oben flog, und feuerte erneut. Ihre übriggebliebenen Kanonen tasteten mit den roten Fingern der Zerstörung nach dem Feind und trafen. Die Hornisse flammte auf und ging in Stücke.

»Guter Schuß, Puppe!« rief Han ihr zu.

Jessas Kopfjäger jagte mit der Steuerkuppel nach unten unweit des Bodens dahin. Er schaltete auf Vollschub und raste hinter ihr her und rief: »Jess, unter Fachleuten nennen wir das, was du hier machst, einen Kopfstand!«

»Ich komme nicht wieder herum!« Ihre Stimme klang verzweifelt. »Ich muß irgendwo Feuer an Bord haben. Mein Steuer reagiert nicht mehr.«

Er wollte sie schon auffordern auszusteigen, ließ es dann aber

64

bleiben. Sie war viel zu dicht an der Planetenoberfläche; ihr Schleudersitz hätte unmöglich Zeit gehabt, sich aufzurichten. Ihr Schiff verlor schnell an Höhe. Nur noch Sekunden standen zur Verfügung.

Er jagte auf sie zu und paßte sein Tempo dem ihren an. »Jess, halte dich bereit, wenn ich es sage.«

Sie war verwirrt. Was konnte er damit meinen? Sie war tot, ob sie nun abstürzte oder den Schleudermechanismus betätigte. Trotzdem hielt sie sich bereit, zu tun, was er sagte. Han schob die Tragfläche seines Kopfjägers unter die ihre. Nun begriff sie seinen Plan, und der Atem stockte ihr.

»Auf drei«, erklärte er. »Eins!« Damit schob er seine Tragflächenspitze unter die ihre. »Zwei!« Sie spürten beide den Ruck und wußten, daß ein noch so winziger Fehler ausreichte, um sie beide über die ganze Landschaft zu verteilen.

Han kippte nach links, und der Boden, der unter Jessas Kopf dahingejagt war, schien wegzurotieren, als Hans Kopfjäger den ihren umdrehte. Er schloß sein Manöver mit zusätzlichem Schub ab.

»Drei! Schleudersitz, Jess!« Er selbst kämpfte verzweifelt darum, die Gewalt über sein Schiff zu behalten.

Aber ehe er das Wort zu Ende gesprochen hatte, war bereits die Kuppel ihrer Kanzel in die Luft geflogen, und ihr Schleudersitz — der Lehnstuhl — schoß aus dem Schiff in die Höhe. Der Kopfjäger pflügte sich in den Planeten, hinterließ eine lange, flammende Furche im Boden und wurde damit zum letzten Opfer des Tages.

Jessa sah aus ihrem Schleudersitz zu, während seine Raketeneinheiten ihn langsam zu Boden schweben ließen. In der Ferne konnte sie sehen, wir ihr lafraianischer Partner seine beschädigte Maschine absetzte.

Han steuerte seinen Kopfjäger durch einen weiten Bogen und setzte dann die Schubumkehr ein, bis er fast stillstand. Er landete seine Maschine ganz in der Nähe von Jessas Landepunkt.

Die Kuppel öffnete sich. Er nahm den Helm ab und sprang in dem Augenblick aus der alten Jagdmaschine, in dem sie ihre Gurte abwarf und sich den Helm vom Kopf zog.

Han schlenderte auf sie zu und streifte dabei die Fliegerhandschuhe ab.

»Wenn wir uns eng zusammendrücken, ist in meinem Schiff

Platz für zwei«, feixte er.

»So wahr ich noch lebe und atme«, staunte sie, »haben wir endlich einmal Han Solo etwas Selbstloses tun sehen. Fängst du an, weich zu werden? Wer weiß, vielleicht erkennst du dich eines Tages selbst und wirst noch moralisch.«

Er blieb stehen und sah sie plötzlich ernst an. »Ich weiß schon Bescheid über die Moral, Jess. Ein Freund von mir hat einmal eine Entscheidung getroffen, weil er glaubte, etwas moralisch Richtiges zu tun. Zum Teufel, das tat er auch. Aber die hatten ihn reingelegt. Er verlor seine Karriere, sein Mädchen, alles. Dieser Freund von mir mußte schließlich zusehen, wie sie ihm die Rangabzeichen vom Uniformrock rissen. Die Leute, die ihn nicht an die Wand stellen und erschießen wollten, lachten ihn aus. Ein ganzer Planet. Und da ist er abgehauen und nie mehr umgekehrt.«

Sie sah, wie seine Augen funkelten.

»Hat sich denn niemand für — deinen Freund — verwendet?« fragte sie weich.

Er verzog das Gesicht. »Sein kommandierender Offizier hat einen Meineid gegen ihn geschworen. Er hatte nur einen Entlastungszeugen, und wer glaubt schon einem Wookiee?«

Ihre nächste Bemerkung wehrte er ab, indem er zum Stützpunkt hinübersah. »Anscheinend haben die den Haupthangar nicht erwischt. Jetzt kannst du die *Falcon* fertigmachen lassen und alles evakuieren, ehe die Espos auftauchen. Dann haue ich ab. Wir haben beide einiges zu erledigen.«

Sie sah ihn von der Seite an. »Ein Glück, daß ich weiß, daß du ein Söldner bist, Solo. Ein Glück, daß ich weiß, daß du diesen Kopfjäger nur geflogen hast, um die *Falcon* zu schützen, nicht etwa das Leben von Menschen. Und daß du mich gerettet hast, damit ich mein Versprechen halten kann. Ein Glück, daß du wahrscheinlich in deinem ganzen Leben nie etwas Selbstloses, Anständiges tun wirst und daß alles, was heute geschah, zu deinem habgierigen, zurückgebliebenen Wesen paßt.«

Er sah sie rätselhaft an. »Ein Glück?«

Sie ging müde auf seinen Jäger zu.

»Ein Glück für mich«, sagte Jessa über die Schulter hinweg.

5

»Was hast du gesagt, Bollux? Hör auf zu flüstern!«

Han, der Chewbacca am Spielbrett gegenübersaß, funkelte böse eine Kiste auf der anderen Seite des vorderen Aufenthaltsraums der *Millennium Falcon* an, wo der alte Android saß. Ansonsten war der Raum mit Versandbehältern, Druckkanistern, isolierten Fässern und Ersatzteilen vollgestopft.

Der Wookiee saß auf der Andruckcouch, das Kinn auf eine seiner mächtigen Pranken gestützt, und studierte die holographischen Spielsteine. Seine Augen waren konzentriert zusammengekniffen, und seine schwarze Schnauze zuckte immer wieder. Er hatte Han zwei Figuren weggenommen und war im Begriff, diesen Vorteil wieder zu verlieren. Der Pilot hatte schlecht gespielt, er war unkonzentriert und mußte immer wieder an die Komplikationen ihrer Reise denken. Die neue Sensoranlage samt Antenne funktionierte perfekt, die Systeme des Sternenschiffes waren von den Technikern des Stützpunktes erstklassig abgestimmt worden. Dennoch kam Han nicht zur Ruhe, solange seine heißgeliebte *Falcon* an dem mächtigen Lastkahn hing wie ein Käfer an einem Blasenvogel. Außerdem nahm die Reise viel mehr Zeit in Anspruch, als die *Falcon* allein benötigt hätte; der Schlepper war schließlich nicht für Tempo gebaut.

Han konnte die Maschinen des Schleppers hören, ihr unterdrücktes Dröhnen ließ das Deck des Frachters so sehr vibrieren, daß Han es in den Stiefeln spürte. Er haßte den Schlepper und wünschte, er könnte ihn einfach abkoppeln und davonrasen, aber versprochen war versprochen. Außerdem hatte Jessa ihm erklärt, daß die Freigabebestätigung für die *Falcon* von den Leuten beschafft wurde, die er auf Orron III abholen sollte. So betrachtet, stand es ihm gut zu Gesicht, seinen Teil der Vereinbarung einzuhalten.

»Ich habe gar nichts gesagt, Sir«, erwiderte Bollux höflich. »Das war Max.«

»Was hat *er* dann gesagt?« herrschte Han den Androiden an.

Die beiden Maschinen verständigten sich manchmal durch Hochgeschwindigkeits-Informationspulse, schienen aber normale akustische Gespräche vorzuziehen. Es machte Han nervös, wenn Bollux seine Brustplatte geschlossen hatte und die Stimme des winzigen Computers wie die eines Gespenstes von einem unsichtbaren Punkt ausging.

»Er hat mich informiert, Captain«, erwiderte Bollux in seiner langsamen Sprechweise, »daß er es gern hätte, wenn ich meine Brustplatte öffnen würde. Darf ich?«

Han, wieder dem Spielbrett zugewandt, sah, daß Chewbacca ihm eine raffinierte Falle gestellt hatte. Während sein Finger unschlüssig über den Tasten schwebte, mit denen man die einzelnen Steine lenkte, murmelte Han: »Sicher, nur zu, mir ist es egal, was du machst, Bollux.«

Er fixierte den Wookiee mit gerunzelter Stirn. Er hatte erkannt, daß es keinen Ausweg aus der Falle gab. Chewbacca warf den Kopf in den Nacken, daß sein rotbraunes Haar flog. Er brüllte vor Lachen und ließ dabei seine mächtigen Zähne sehen.

Mit einem leisen Zischen — seine Brustplatte war luftdicht isoliert und stoßfest — öffnete sich die Brust von Bollux, und der Arbeitsandroid nahm seine langen Arme weg. Das Monokel von Blue Max erwachte zum Leben und fixierte das Spielfeld, während Han seinen nächsten Zug eintastete. Seine Spielfigur, ein dreidimensionales Monstrum, sprang eine von Chewbaccas Figuren an. Aber Han hatte die Parameter der beiden Spielfiguren falsch eingeschätzt. Die Figur des Wookiee gewann den kurzen Kampf. Hans Figur löste sich in das Nichts einer Computerstruktur auf, aus der sie auch entstanden war.

»Sie hätten die zweite Ilthmar-Defensive benutzen sollen«, erklärte Blue Max eifrig. Han fuhr herum, seine Augen funkelten, und selbst der vorlaute Max deutete den Blick richtig und fügte hastig hinzu: »Ich wollte nur helfen, Sir.«

»Blue Max ist noch sehr jung, Captain«, erklärte Bollux, um Han zu besänftigen. »Ich habe ihm das Spiel einigermaßen beigebracht, aber er versteht noch nichts von menschlicher Empfindlichkeit.«

»Tatsächlich?« fragte Han, als faszinierte ihn, was er gehört hatte. »Und wer bringt ihm das bei — Sie etwa, Mister Pickel und Schaufel?«

»Sicher«, blubberte Max. »Bollux ist *überall* gewesen. Wir sitzen die ganze Zeit da und reden miteinander, und er erzählt mir, wo er überall war.«

Han wischte über den Hauptschalter des Spielbrettes und löste damit seine besiegten Holotierchen und Chewbaccas siegreiche Figuren auf. »Wirklich? Das muß ja ein Bestseller sein: *Grä-*

ben, die ich grub — ein transgalaktisches Tagebuch.«

»Ich bin auf den großen Sternenschiffwerften von Fondor aktiviert worden«, erwiderte Bollux mit seiner getragenen Stimme. »Dann habe ich eine Zeitlang für ein planetarisches Vermessungsteam gearbeitet, anschließend für einen Bautrupp, der Wetterkontrollsysteme einrichtete. Später war ich eine Art Faktotum in Gan Jan Rues Reisender Menagerie, und in den Trigdale-Werken war ich unter anderem auch. Aber die Jobs sind einer nach dem anderen von neueren Modellen übernommen worden. Ich habe mich für sämtliche Modifikationen und neuen Programme gemeldet, bei denen das ging, doch am Ende konnte ich einfach nicht mehr mit den neueren, leistungsfähigeren Androiden konkurrieren.«

Han fragte nun: »Wie kam Jessa dazu, dich für diese Fahrt auszuwählen?«

»Das war nicht sie, Sir — ich habe darum gebeten. Es ging die Rede, daß ein Android für irgendeine nicht näher bezeichnete Modifikation gebraucht werde. Ich war da, man hatte mich gerade auf einer freien Auktion gekauft. Ich ging zu ihr und fragte, ob ich behilflich sein könnte.«

Han lachte. »Und da haben sie dann ein Stück von dir herausgerissen, den Rest neu angeordnet und dieses Sparschwein in dich gesteckt. Und das nennst du einen guten Handel!«

»Es hat natürlich auch Nachteile, Sir. Immerhin bin ich auf relativ hohem Aktivitätenniveau in Funktion. Auf einer nichttechnisierten Welt hätte ich vielleicht biologische Abfallprodukte schaufeln müssen . . .«

Han starrte den Androiden an und fragte sich, ob dessen Stromkreise wohl verdreht waren. »Na und, Bollux? Was soll das Ganze? Du bist nicht dein eigener Herr. Nicht einmal deinen eigenen Namen kannst du dir aussuchen; du mußt dich darauf programmieren, wie dein neuer Besitzer dich nennen will. ›Bollux‹ ist doch ein Witz. Am Ende wird man dich nicht mehr brauchen können, und dann wanderst du auf den Schrotthaufen.«

Chewbacca lauschte nun gespannt. Er war viel älter als irgendein Mensch, und seine Perspektive unterschied sich völlig von der eines Menschen oder Androiden. Die gemessene Sprechweise von Bollux ließ das, was er jetzt sagte, sehr bedeutungsvoll klingen: »Veralterung für einen Androiden ist ziemlich das gleiche wie der Tod für einen Menschen oder einen Wookiee. Es ist das Ende seiner Funktion und damit das Ende seiner Signifikanz. Also sollte man sie nach meiner Ansicht um jeden Preis vermeiden, Captain. Welchen Sinn hat denn die Existenz ohne Zweckbestimmung?«

Han sprang auf. Er war wütend, ohne den Grund dafür zu kennen, sah man davon ab, daß er sich albern vorkam, weil er mit einem Androiden diskutierte, der Rechtens auf den Schrotthaufen gehört hätte. Er beschloß, Bollux zu sagen, was für ein verblendeter, lebensunfähiger Trottel der alte Arbeitsandroid in Wirklichkeit sei.

»Bollux, weißt du, was du bist?«

»Ja, Sir, ein Schmuggler, Sir«, erwiderte Bollux prompt.

Han musterte den Androiden einen Augenblick lang mit offenem Mund. Die Antwort war völlig unerwartet gekommen. Selbst ein Arbeitsandroid sollte eigentlich eine rhetorische Frage begreifen, dachte er. »*Was* hast du gesagt?«

»Ich habe gesagt: ›Ja, Sir, ein Schmuggler, Sir‹«, wiederholte Bollux mit gedehnter Stimme. »Wie Sie. Einer, der sich mit dem illegalen Import oder Export« — sein metallener Zeigefinger deutete auf Blue Max, der in seinem Brustkasten ruhte — »verborgener Güter befaßt.«

Chewbacca wälzte sich, die Klauen auf den Leib gepreßt, auf der Andruckcouch, lachte aus vollem Hals und strampelte dabei mit den Beinen in der Luft.

Jetzt war es um Hans Fassung geschehen.

»Halt's Maul!« brüllte er den Androiden an.

Bollux ließ gehorsam seine Brustplatten zuklappen. Chewbacca lachte so heftig, daß er dem Erstickungstod nahe war und Tränen in seinen Augenwinkeln erschienen. Han sah sich nach einem Schraubenschlüssel, einem Hammer oder einem anderen stumpfen Gegenstand um. Für ihn war es unvorstellbar, daß ein Android ihm gegenüber das letzte Wort behielt und nachher noch lebte, um anderen davon zu erzählen. Aber in diesem Augenblick ließ der Navigationscomputer ein Alarmsignal hören. Han und Chewbacca rannten sofort ins Cockpit, um sich für den Wiedereintritt in den Normalraum vorzubereiten.

Die langweilige Fahrt nach Orron III hatte ihre Nerven strapaziert. Pilot und Copilot waren dafür dankbar, daß jetzt wieder Sterne am Himmel erschienen, die das Auftauchen aus dem

70

Hyperraum signalisierten, auch wenn sie sich in Gesellschaft eines gigantischen Schlepperrumpfes befanden. Der eiförmige Rumpf des Frachtkahnes dehnte sich unter ihnen, eine Konservendose von Schiff mit einem Minimum an Maschinenkraft. Jessas Techniker hatten sich bei der Arbeit große Mühe gegeben, so daß das Cockpit der *Falcon* den größten Teil seines Sehfeldes behalten hatte.

Han und Chewbacca rührten die Steuerorgane des Schiffes nicht an, überließen die Arbeit dem Computer und wahrten damit die Fiktion eines automatisierten Schleppers. Die Automatiken erhielten ihre Instruktionen, und dann begann das zusammengesetzte Schiff seinen schwerfälligen Abstieg durch die Atmosphäre.

Orron III war ein Planet, der den Menschen und ihren Wünschen großzügig entgegenkam. Seine Achsneigung war belanglos, seine Jahreszeiten waren stabil und verläßlich, und in den meisten Breiten war auf fruchtbarem Boden Ackerbau möglich. Die Kommerzbehörde hatte den Wert des Planeten als Kornkammer erkannt und versäumte daher keinen Augenblick, die das ganze Jahr während Wachstumssaison des Planeten auszunutzen. Da der Planet über reichliche Ressourcen, genügend Platz und eine strategisch günstige Lage verfügte, hatte man sich entschlossen, dort auch ein Datenzentrum zu errichten und damit die Logistik und die Sicherheit für beide Operationen zu vereinfachen.

Orron III war unleugbar ein schöner Planet, eingehüllt in weiße Wolken, unter denen das weiche Grün üppigen Pflanzenlebens und das Blau ausgedehnter Ozeane sichtbar waren. Als sie den Planeten anflogen, überprüften Han und Chewbacca die Sensoren und registrierten die Lage der Behördenbauten.

»Was war das?« fragte Han und beugte sich über die Instrumente. Der Wookiee gab einen unbestimmt klingenden, bellenden Laut von sich. »Einen Augenblick lang dachte ich, ich hätte etwas gesehen — etwas auf langsamem, transpolarem Orbit, aber es ist entweder wieder hinter dem Horizont des Planeten verschwunden, oder wir fliegen bereits zu tief, um es noch erfassen zu können. Vielleicht auch beides.«

Kurzzeitig bereitete das Phänomen ihm Unruhe, dann entschied er sich dafür, sich keinen zusätzlichen Ärger aufzuhalsen. Ob es sich nun um ein Wachschiff handelte oder nicht, sollte eigentlich keinen Unterschied machen.

Die Bodenformationen lösten sich langsam in leicht welliges Land auf, das präzise in einzelne Felder gegliedert war. Die verschiedenen Schattierungen der Felder ließen erkennen, daß dort eine Vielzahl von Getreidesorten in verschiedenen Reifestadien wuchs. Auf einer großen Ackerbauwelt wie Orron III mußten das Pflanzen, die Aufzucht und die Ernte im Schichtbetrieb erfolgen, damit Maschinen und Menschen optimal eingesetzt werden konnten.

Schließlich war der Raumhafen zu erkennen, eine kilometerbreite Landefläche, die für die riesigen Proportionen der Robot-Leichter gebaut war. Der Teil des Hafens, der den Schiffen der Kommerzbehörde zur Verfügung stand, nahm nur eine kleine Ecke der Anlage ein, selbst wenn man die Wohn- und Fernmeldebauten mit einbezog. Der größte Teil des Platzes bestand einfach aus einer Unzahl von Anlegestellen für die Leichter. Es waren abgrundähnliche Landegruben, wo die Dockkräne bei Reparaturen an die Schiffe heranfahren konnten. Transporter, Luftkissenfrachter und andere Fahrzeuge entluden Erntegut in die Silos, machten wieder kehrt und fuhren der nächsten Erntestelle zu.

Der Leichter, in dessen Inneren sich die *Falcon* verbarg, ließ sich in der zugewiesenen Landegrube inmitten Hunderter weiterer Schiffe auf dem Raumhafen nieder. Sie setzten auf, und die Computer verstummten. Han Solo und Chewbacca sperrten die Konsole ab und verließen das Cockpit. Als sie den vorderen Raum betraten, blickte Bollux auf. »Steigen wir jetzt aus, Sir?«

»Nein«, antwortete Han. »Jessa sagte, diese Leute, die wir hier abholen sollen, würden uns finden.«

Der Wookiee ging zur Hauptschleuse und betätigte den Schalter. Die Luke rollte nach oben, und die Rampe schob sich hinaus, ließ aber weder Licht noch Luft aus der Atmosphäre von Orron III ein; der Rumpfaufbau des Leichters bedeckte den größten Teil der *Falcon*-Aufbauten, weshalb man am Ende der Rampe eine zusätzliche Außenluke improvisiert hatte.

Die Rampe hatte sich kaum gesenkt, als an eben dieser Stelle etwas gegen die Außenhaut donnerte. Der Wookiee knurrte argwöhnisch, und Hans Hand zuckte herunter und kam gleich darauf mit dem Blaster wieder hoch. Als Chewbacca sah, daß sein Partner bereit war, drückte er den Schalter, der die Außenluke öffnete.

Davor stand ein Mann, an dem nichts zusammenzupassen schien. Er trug den eintönig grünen Overall eines Hafenarbeiters und hatte einen Werkzeuggurt um die Hüften geschlungen. Und doch wirkte er keineswegs wie ein Vertragstechniker. Er mußte von einer sonnenreichen Welt stammen, soviel war offensichtlich, denn seine Haut war so dunkel, daß sie fast indigofarben wirkte. Er war einen halben Kopf größer als Han, und seine breiten Schultern dehnten die Nähte seines Overalls. Von seinem ganzen Körper ging eine Ausstrahlung von Kraft aus, die auf irgend etwas wartete. Sein kurzgelocktes Haar und sein Vollbart waren mit grauen und weißen Strähnen durchzogen. Aber so groß und würdevoll er auch wirkte, seine schwarzen Augen funkelten voll Humor.

»Ich bin Rekkon.« Sein Blick war direkt, und obwohl seine Stimme gemäßigt klang, hallte sie doch tief und voll. Er schob den schweren Schraubenschlüssel, mit dem er gegen den Rumpf geschlagen hatte, in den Gürtel zurück und fragte: »Ist Captain Solo hier?«

Chewbacca deutete auf seinen Partner, der inzwischen die Rampe heruntergekommen war. Der Wookiee knurrte etwas in seiner eigenen Sprache. Rekkon lachte und brüllte — zu aller Überraschung — eine höfliche Erwiderung in Wookiee-Sprache zurück. Es gab nur sehr wenige Menschen, welche die Sprache der hünenhaften Humanoiden auch nur verstanden, und noch viel weniger verfügten über das Stimmvolumen, um sie zu sprechen. Chewbaccas Freude äußerte sich in einem ohrenzerreißenden Brüllen, und dann schlug er Rekkon auf die Schulter und strahlte ihn an.

»Wenn wir alle mit dem Gruppengesang fertig sind«, unterbrach Han die beiden und streifte die Handschuhe ab, »dann darf ich mich vorstellen. Ich bin Han Solo. Wann starten wir?«

Rekkon musterte ihn offen, sein Gesicht wirkte jovial. »Am liebsten so bald wie möglich. Ich bin sicher, Ihnen geht es ähnlich, Captain Solo. Aber wir müssen eine kurze Fahrt ins Zentrum unternehmen, um die Daten abzuholen, die ich brauche, und auch die anderen Mitglieder meiner Gruppe zu holen.«

Han blickte die Rampe hinauf, wo Bollux wartete, und winkte ihm zu. »Gehen wir, alte Rostkiste. Du bist dran.«

Bollux, der seine Brustplatten wieder geschlossen hatte,

klirrte die Rampe herunter, und sein Schritt war so steif wie eh und je. Er hatte während des Fluges erklärt, seine seltsame Art zu gehen rühre daher, daß man ihn irgendwann einmal während seiner langen Laufbahn mit einem Spezialfederungssystem ausgestattet habe.

Rekkon hielt Han und Chewbacca zwei Karten hin, hellrote Quadrate, auf die weiße Identifikationscodes gestempelt waren. »Das sind provisorische IDs«, erklärte er. »Wenn Sie jemand fragt, dann sind Sie zu kurzzeitigen Arbeitskontrakten als Techniker-Assistenten fünfter Klasse hier.«

»*Wir?*« dehnte Han. »Wir gehen nirgends hin, Kumpel. Sie schnappen sich den Androiden, holen sich Ihre Mannschaft und was Sie sonst noch wollen, und kommen zurück. Wir halten hier inzwischen die Küche warm.«

Rekkon grinste. »Aber was werden Sie beide tun, wenn die Entseuchungsmannschaft eintrifft? Die bestrahlen den ganzen Leichter, und Ihr Schiff natürlich auch, um sicherzustellen, daß sich nicht irgendwelche Parasiten einschließen, die dann die Ladung auffressen. Sie könnten natürlich Ihre Deflektorschirme einschalten, aber das würden die Sensoren der Hafenbehörde sicher bemerken.«

Die beiden Partner sahen einander unsicher an. Eine Entseuchung dieser Art gehörte zu den üblichen Prozeduren, und wenn ein Mann und ein Wookiee sich auf der Landefläche aufhielten, während das Team seine Arbeit verrichtete, würde das sicher irgend jemanden neugierig machen.

»Und dann ist da noch etwas«, fuhr Rekkon fort. »Der Freigabebescheid für Ihr Schiff und die gefälschten Identifizierungscodes ... Ich werde das ebenfalls erledigen. Da Sie und Ihr Erster Maat daran besonders interessiert sind, hatte ich gedacht, Sie würden vielleicht mitkommen wollen.«

Han lief bei dem Gedanken an die Freigabe das Wasser im Mund zusammen, aber in den Hallen behördlicher Macht wurde ihm immer heiß und kalt, und genau das war dieses Datenzentrum der Kommerzbehörde. Seine angeborene Vorsicht sprach aus ihm: »Warum sollen wir mitkommen? Gibt es da etwas, das Sie uns nicht sagen?«

»Sie haben recht, es gibt noch andere Gründe«, antwortete Rekkon. »Aber ich glaube wirklich, daß es für Sie — und für mich auch — am besten ist, wenn Sie mitkommen. Ich würde sehr in Ihrer Schuld stehen.«

Han starrte den hochgewachsenen, dunkelhäutigen Mann an und dachte an den Freigabebescheid und das unvermeidbare Entseuchungsteam. »Chewie, hol mir eine Werkzeugtasche.«

Er schnallte seinen Blastergurt ab, weil er wußte, daß er sich an einem Ort wie diesem nicht bewaffnet sehen lassen durfte. Chewbacca kehrte mit der Tasche und seiner Armbrust zurück. Beide verstauten ihre Waffen in der Werkzeugtasche, die der Wookiee sich dann über die Schulter hängte.

Von Bollux gefolgt, traten sie durch die offene Außenschleuse, schlossen sie ab und folgten Rekkon über den Versorgungsarm. Der Rumpf des Leichters breitete sich unter ihnen nach allen Seiten aus. Ein Werkstatt-Gleiter mit abgeschlossenem Fahrersitz schwebte zu einer Seite des Kranarmes. Die lebenden Wesen kletterten ins Innere der Maschine, wobei Rekkon sich hinter das Steuer schob, und Han sich neben ihm einzwängte, während Chewbacca den Hintersitz ausfüllte. Bollux ließ sich auf der Ladefläche nieder und hielt sich mit seinem Servogriff fest. Der Gleiter setzte sich wieder in Bewegung.

»Wie kommt es, daß Sie uns so schnell gefunden haben?« fragte Han.

»Man hat mir mitgeteilt, wie Ihr Fahrzeug außen aussehen würde, und mir außerdem die geschätzte Landezeit genannt. Ich kam, sobald die Datensysteme Ihren Anflug registrierten. Ich warte hier schon eine Weile mit gefälschten Eintrittspapieren. Ich vermute, daß dieser Android meine Computersonde ist?«

»Ungefähr«, antwortete Han, während Rekkon das Tempo ihrer Maschine bis an die Grenze des Zulässigen steigerte und sie zwischen Reihen abgestellter Leichter hindurchmanövrierte. »Es gibt noch eine weitere Einheit, die er in der Brust trägt; das ist Ihr Baby.«

Die Hafenanlage war ringsum von Getreidehalmen umgeben, in deren Ähren die sanften Winde von Orron III spielten. Während Han um sich blickte, fragte er: »Was suchen Sie eigentlich in den Datenbänken der Kommerzbehörde, Rekkon?«

Der Mann musterte ihn eine Weile und wandte sich dann wieder dem Steuer zu. Abgesehen von der unmittelbaren Umgebung der Leichter, mußte der Gleiter sich an die freigegebenen Routen halten. Wenn er zu hoch flog, würde man ihn ebenso aufhalten und zur Rechenschaft ziehen, wie wenn er zu schnell oder über Land flöge. In der Ferne wälzte sich eine nicht enden-wollende Schar von robotisierten Landbearbeitungsmaschinen durch die Getreidefelder, Maschinen, die imstande waren, an ei-nem einzigen Tag riesige Landflächen zu bepflanzen, zu kulti-vieren oder abzuernten.

Rekkon drehte an dem Polarisatorknopf der Windschutz-scheibe und der Seitenfenster des Gleiters. Er machte die Glas-flächen nicht undurchsichtig, was vielleicht auffällig gewesen wäre, sondern dunkelte sie nur gegen die Sonne ab. Im Innern des Fahrzeugs wurde es dunkler, und Han kam sich vor, als be-fände er sich in einer der Umweltkuppeln in Sabodors Haustier-geschäft. Während sie über die Straße fegten, zwischen Meeren von wogendem Korn, fragte Rekkon: »Wissen Sie, mit welchem Auftrag ich hier war?«

»Jessa hat gesagt, es läge bei Ihnen, ob Sie es uns sagen wollen oder nicht. Ich hätte deshalb beinahe auf den Auftrag verzichtet, aber dann dachte ich mir, daß bei einem solchen Risiko doch eine hübsche Summe drin sein müßte.«

Rekkon schüttelte den Kopf. »Falsch, Captain Solo. Es ist eine Suchaktion nach verschwundenen Personen. Die Gruppe, die ich organisiert habe, besteht aus Individuen, die unter uner-klärlichen Begleitumständen Freunde oder Verwandte verloren haben. Das passierte im Kommerzsektor immer häufiger und mit auffälliger Regelmäßigkeit. Ich stellte fest, daß eine ganze Anzahl Leute ebenso wie ich unterwegs waren, um verschwun-dene Personen zu suchen. Und dann stellte ich fest, daß es da eine Art Schema gab, und so sammelte ich eine Gruppe von Kol-legen. Wir infiltrierten das Datenzentrum, um dort weiterzu-suchen.«

Han klopfte mit der Fingerkuppe gegen das Seitenfenster und überlegte. Das erklärte die Verpflichtung, die Jessa gegenüber Rekkon und seiner Gruppe empfand. Jetzt begriff er, weshalb sie so großen Wert darauf legte, daß ihm jede Hilfe zuteil wurde, die er brauchte. Docs Tochter hoffte offensichtlich, daß Rekkon und seine Leute auch ihren Vater finden würden.

»Wir sind seit beinahe einem Standardmonat hier«, fuhr Rek-kon fort, »und ich habe den größten Teil dieser Zeit dazu benö-tigt, um mir Zugang zu diesen Systemen zu verschaffen, obwohl ich als erstklassiger Computerspezialist gelte.«

Han drehte sich auf seinem Sitz herum und sah den anderen

an. »Und worin liegt das Geheimnis?«

»Das will ich noch nicht sagen. Ich gehe lieber auf Nummer sicher und warte, bis ich unwiderlegbare Beweise habe. Es gibt eine letzte Datenkorrelation, für die ich eine Sonde brauche. Die Terminals, zu denen ich mir im Zentrum Zugang verschafft habe, haben eingebaute Sicherheitsanlagen. Ich habe weder die Zeit noch die Teile, um mir ein eigenes Gerät zu konstruieren. Aber ich wußte, daß Jessas ausgezeichnete Techniker mir das verschaffen konnten, was ich brauchte. Auf die Weise ließ sich das Risiko einer Entdeckung verringern.«

»Da fällt mir ein, Rekkon, Sie haben uns den anderen Grund noch nicht genannt, weshalb wir mit Ihnen zum Zentrum kommen sollen.«

Rekkon verdrehte die Augen. »Sie sind aber hartnäckig, Captain. Ich habe mir meine Begleiter sorgfältig ausgewählt. Jeder von ihnen hat einen Freund oder Verwandten verloren, und doch . . .«

Han fuhr plötzlich hoch. »Aber irgendwo steckt ein Verräter unter ihnen.«

Rekkon starrte den Piloten an, Han fuhr fort: »Das war nicht nur ein Schuß ins Blaue. Jessa ist überfallen worden, während ich dort war. Eine Korvette der Kommerzbehörde hat ein Geschwader Abfangjäger auf uns losgelassen. Die Wahrscheinlichkeit, daß sie einfach auf uns gestoßen sind, ausgerechnet auf uns, unter Tausenden von Sternsystemen im Kommerzsektor, ist so gering, daß es sich nicht lohnt, darüber zu reden. Bleibt also nur die Möglichkeit eines Verräters — aber keines Verräters, der die ganze Zeit dort war, sonst hätten die Espos keine Scouts abgesetzt, sondern wären gleich mit einer vollen Streitmacht aufgekreuzt. Die haben bestimmt eine ganze Anzahl von Sonnensystemen überprüft.«

Er lehnte sich zurück und strahlte, stolz auf seine Logik.

Rekkons Gesicht wirkte wie eine schwarze Maske. »Jessa hat uns eine Liste von Orten gegeben, von denen aus wir Kontakt mit ihr aufnehmen können, falls unsere Verbindung abreißen sollte. Und jenes Sonnensystem hat ganz offensichtlich dazu gehört.«

Das überraschte Han. Unter normalen Umständen hätte Jessa niemals jemandem eine solche Information anvertraut. Ihre ganze Hoffnung, ihren Vater wiederzufinden, mußte auf Rekkon ruhen. »Okay, Sie haben also jemanden, der von zwei Seiten Geld bekommt. Haben Sie 'ne Ahnung, wer es sein könnte?«

»Nein. Nur, daß es keiner der beiden Mitglieder meiner Gruppe sein kann, die bereits umgekommen sind. Ich nehme nun an, daß sie den Verräter entdeckt hatten. Im letzten Funkgespräch, das ich mit einem der beiden vor ihrem Tode hatte, gab es dafür Anzeichen. Und so habe ich natürlich niemandem von Ihrer Ankunft erzählt und holte Sie selbst ab. Ich wollte Ihre Hilfe, wollte sicherstellen, daß niemand vor unserem Abflug Alarm schlagen kann. Ich habe sie alle in mein Büro gerufen, ohne zu sagen, daß die anderen auch dort sein würden.«

Han verspürte jetzt noch viel weniger Lust, zum Datenzentrum zu gehen, sah aber ein, daß es notwendig war, Rekkon zu helfen, notwendig für das Überleben von Han Solo. Wenn es diesem Verräter gelang, Alarm zu schlagen, mußte man befürchten, daß die *Falcon* nie wieder starten würde. Han beschloß, Jessa später eine Rechnung für zusätzliche Dienste zu präsentieren. Wieder drehte er sich in seinem Sitz herum. »Wer sind denn die anderen Leute, die Sie sich ausgesucht haben?«

Rekkon schien überhaupt nicht auf die Straße zu achten, als er antwortete: »Mein Stellvertreter ist Torm. Er verbirgt sich hier unter der Maske eines Kontraktarbeiters. Seine Familie besaß große Weideflächen auf Kail. Sie waren unabhängige Landbesitzer unter der Kommerzbehörde. Es gab dann irgendeine Auseinandersetzung über die Benutzungsrechte an diesem Land und die Viehpreise. Einige Familienmitglieder verschwanden, als sie dem Druck nicht nachgaben.«

»Wer noch?«

»Atuarre. Sie ist eine Trianii-Frau, das ist eine Katzenrasse. Die Trianii haben Generationen vor der Gründung der Kommerzsektorbehörde einen Planeten am Rand des Herrschaftsbereiches der Behörde besiedelt. Als die Behörde schließlich vor relativ kurzer Zeit die Trianii-Kolonie annektierte, leistete man ihr Widerstand. Atuarres Gefährte verschwand, und man nahm ihr ihr Junges weg und brachte es in ein Heim der Kommerzbehörde. Man muß das Junge, Pakka, irgendwie unter Folter verhört haben, denn als es Atuarre schließlich gelang, es zu befreien, konnte es nicht mehr reden. Sie müssen wissen, daß die Kommerzbehörde weder die Jugend noch das Alter, noch irgendwelche Konventionen respektiert. Schließlich nahmen Atuarre und Pakka mit mir Verbindung auf; sie hat sich hier auf Orron III als Trainee für Agronomie getarnt.«

Die Landstraße, die sich zwischen den Feldern durchschlängelte, mündete in eine Hauptstraße, die zum Zentrum führte. Es handelte sich dabei um eine Stadt im kleinen, in der Akten geführt, Berechnungen vorgenommen und die Daten für den größten Teil des Kommerzsektors bearbeitet wurden. Das Datenzentrum hing an einem Verwaltungskomplex, der wie eine glitzernde Torte inmitten all des Farmlandes dalag.

Rekkon war noch nicht fertig. »Das letzte Mitglied unserer Gruppe ist Engret, eigentlich noch ein Junge, aber er hat ein gutes Herz und ein freundliches Temperament. Seine Schwester studierte Jura und hat nie ein Blatt vor den Mund genommen, und das ist wohl der Grund, daß sie plötzlich verschwand.« Er schwieg einen Augenblick. »Es gibt noch andere, die ihre Lieben suchen, und darüber hinaus eine ganze Menge, da bin ich sicher, die man so eingeschüchtert hat, daß sie stumm bleiben. Aber vielleicht können wir auch ihnen helfen.«

Han schüttelte den Kopf. »Kommt nicht in Frage, Rekkon. Ich bin rein geschäftlich hier. Sparen Sie sich die alten Kampflieder, bis ich hier wieder weg bin. Kapiert?«

Rekkons Gesicht wirkte amüsiert. »Sie tun das also nur, um ein reicher Mann zu werden?« Er musterte Han von oben bis unten und sah dann wieder auf die Straße. Nach einer Weile fügte er hinzu: »Eine rauhe Schale ist keine ungewöhnliche Tarnung für Ideale, Captain. Sie schützt die Idealisten vor dem Spott von Narren und Feiglingen. Aber sie lähmt sie auch, und so riskiert man, alle Ideale zu verlieren, indem man versucht, sie sich zu bewahren.«

In dieser Feststellung lagen so viel Beleidigung und Kompliment zugleich, daß Han sich getroffen und gleichzeitig verkannt fühlte.

»Ich bin ein Mann mit einem heißen Schiff und nicht viel Sitzfleisch, Rekkon, also kommen Sie mir nicht mit Philosophie.«

Sie schwebten über weite Straßen zwischen hochragenden Gebäuden mit Büros, Schlafsälen und Vergnügungszentren, Läden und Werkstätten, bis sie schließlich das Zentrum erreichten. Robo-Taxis, Luftkissenfrachter, Gleiter, Espo-Streifenwagen und eine Unzahl von Mechanikgeschöpfen sorgten für dichten Verkehr.

Rekkon lenkte ihr Fahrzeug in eine unterirdische Garage und fuhr mehr als zehn Stockwerke in die Tiefe. Er bugsierte den Gleiter an einen freien Platz, schaltete den Motor ab und stieg aus. Han und Chewbacca folgten ihm, während Bollux sich aus dem Wagen stemmte. Der Wookiee und sein Partner befestigten ihre Plaketten. Rekkon schlüpfte aus seinem Overall und stopfte ihn gemeinsam mit seinem Werkzeuggurt in einen Behälter am Skimmer. Er trug nun eine lange Robe, die mit bunten, geometrischen Mustern bedeckt war. Auf seiner breiten Brust funkelte unübersehbar seine Abteilungsleiterplakette. An den Füßen trug er bequem aussehende Sandalen. Han fragte ihn, wie er sich den Gleiter und die sonstigen Geräte besorgt habe.

»Das war nicht mehr schwierig, als ich erst mal ins Computersystem eingedrungen war. Eine gefälschte Anforderung, ein etwas abgeänderter Fahrauftrag — ganz einfach, wirklich.«

Chewbacca griff wieder nach der Werkzeugtasche. Bollux, der vorher dazu keine Gelegenheit gehabt hatte, richtete sich vor Rekkon auf. »Jessa hat mich instruiert, ich solle mich und mein autonomes Computermodul völlig zu Ihrer Verfügung halten.«

»Danke, Bollux. Deine Hilfe wird uns sehr nützlich sein.«

Der alte Android schien bei diesem Lob vor Stolz ein paar Zentimeter zu wachsen. Han sah, daß Rekkon den Weg zu Bollux' Herzen gefunden hatte — oder besser: zu seinem Verhaltensmodul.

Die Kommerzbehörde hatte beim Bau dieses Zentrums nicht gegeizt, und so gab es anstelle eines Lifts ein Schweberohr, zu dem Rekkon sie führte. Sie traten in den Schacht und wurden scheinbar auf Luft stehend vom Feld nach oben getragen. Zwei Techniker schwebten in der nächsten Etage in die Röhre ein, worauf das Gespräch in Hans Gruppe verstummte. Der Wookiee, die Männer und der Android setzten ihre Reise eine reichliche Minute nach oben fort, schwebten an den Garagen und Versorgungsetagen, den einfacheren Büros und schließlich den Etagen, in denen die Datenverarbeitung stattfand, vorbei. Die meisten Passagiere trugen die Uniformen von Computertechnikern. Hin und wieder begrüßte einer von ihnen Rekkon. Sie erregten wenig Aufmerksamkeit. Han schloß daraus, daß es durchaus normal war, daß ein Abteilungsleiter mit Assistenten und Androiden im Schlepptau auftrat.

Schließlich neigte Rekkon sich etwas zur Seite, um das Liftrohr zu verlassen. Han, Chewbacca und Bollux folgten ihm. Sie standen in einer riesigen Galerie. Hier hatte man zwei Etagen kombiniert, deren obere sich auf einen Balkon öffnete, der den Mittelteil der Galerie umgab und den Blick auf eine ganze Reihe von Steig- und Fallrohren ermöglichte.

Rekkon ging voraus, durch einen Korridor mit dunkel reflektierenden Wänden, Boden und Decke. Han sah sein Abbild in der spiegelnden Wand und fragte sich, wie es eigentlich dazu gekommen war, daß er, ein Außenseiter der Gesellschaft, ein Raubtier sozusagen, diese antiseptischen inneren Domänen der mächtigen Kommerzbehörde besudelte. Jedenfalls hätte er in diesem Augenblick viel lieber die *Falcon* weit draußen inmitten der Sterne gesteuert, ohne Wände um sich zu sehen.

Rekkon blieb an einer Tür stehen und legte die Hand auf ihr Schloß, und als sie sich öffnete, trat er ein. Die anderen folgten ihm in einen geräumigen Saal mit hoher Decke, in dem drei Wände völlig mit Computerterminals, Monitorschirmen und sonstigen Datenverarbeitungsgeräten bedeckt waren. Die vierte, der Tür gegenüberliegende Wand war eine einzige Platte aus Transplex-Stahl und bot einen atemberaubenden Ausblick auf die üppigen Felder von Orron III aus einer Höhe von hundert Metern. Han trat ans ›Fenster‹ und suchte den Raumhafen. Chewbacca nahm auf einer Bank neben der Tür Platz und legte die Werkzeugtasche zwischen seine langen, haarigen Füße. Sein Gesicht zeigte nur milde Neugierde gegenüber dem Schnattern und Blinken modernster Computertechnologie, die ihn umgab.

Rekkon wandte sich Bollux zu. »Darf ich jetzt sehen, was du mir mitgebracht hast?«

Han lachte. Für ihn war es erheiternd, daß jemand mit einem ganz gewöhnlichen Androiden ein solches Theater machte.

Bollux' Brustplatte öffnete sich, als der kleingeratene Android seine langen Arme wegzog. Der Fotorezeptor der Computersonde leuchtete auf. »Tag!« zirpte er. »Ich bin Blue Max.«

»Das bist du wohl«, antwortete Rekkon mit seiner dröhnenden Baßstimme. »Wenn dein Freund dich jetzt freiläßt, wollen wir dich einmal näher ansehen, Max.«

Bollux sagte gemessen: »Selbstverständlich, Sir.«

In seiner Brust klickte es an einigen Stellen, als Verbindungen gelöst wurden. Rekkon entnahm ihm den Computer ohne

Schwierigkeiten. Max war ein gutes Stück kleiner als ein Stimmschreiber; in Rekkons kräftigen Pranken wirkte er unscheinbar.

Rekkon lachte schallend. »Wenn du noch ein Stückchen kleiner wärst, Max, müßte ich dich wieder zurückwerfen.«

»Was bedeutet das?« fragte Max unsicher.

Rekkon trat an einen der Arbeitstische. »Nichts. Ein Witz, Max.«

Der Tisch, eine dicke Platte, die auf einer Säule ruhte, war mit Steckern, Verbindungen und komplizierten Instrumenten übersät. An der Vorderseite war die Platte mit einer vielseitigen Tastatur ausgestattet.

»Wie möchtest du es denn machen, Max?« fragte Rekkon. »Ich muß dir ein Programm und einige Hintergrundinformationen eingeben. Dann schließe ich dich ans Hauptnetz an.«

»Geht es in Basic Forb?« zirpte Max mit seiner hohen Kinderstimme wie ein aufgeregter Junge, dem man ein neues Spielzeug gezeigt hat.

»Das macht keine Schwierigkeiten. Ich sehe, du hast ein fünfpoliges Interface.«

Rekkon nahm einen fünfpoligen Stecker mit Kabel vom Tisch und verband ihn mit Max. Dann nahm er eine Datenplakette aus einer Tasche seines Umhangs, schob sie in einen Schlitz im Tisch und drückte einige Knöpfe an der Tastatur. Max' Fotorezeptor verdunkelte sich, als der kleine Computer sich ganz auf die Eingabe konzentrierte. Einige Bildschirme im Raum erwachten flackernd zum Leben und zeigten die Information, die Max in sich speicherte.

Rekkon trat neben Han Solo an die Fensterwand und reichte ihm eine weitere Plakette, die er vom Tisch genommen hatte. »Hier die Schiffsidentifikation für die Freigabe. Wenn Sie Ihre anderen Dokumente entsprechend abändern, sollten Sie im Kommerzsektor keine Probleme mehr mit Leistungsprofilen haben.«

Han warf die Plakette ein paarmal hoch und fing sie auf, dabei stellte er sich Meere voll Geld vor, durch die er mit hochgerollten Hosen watete.

Dann schob er sie ein.

»Schrecklich lang sollte das eigentlich nicht mehr dauern«, erklärte Rekkon. »Die anderen Mitglieder meiner Gruppe müßten jeden Augenblick hier auftauchen, und ich kann mir nicht vorstellen, daß jemand mit Max' Gehirnkapazität an dieser Aufgabe irgendwelche Probleme findet. Ich fürchte, ich kann Ihnen keinerlei Erfrischungen anbieten — daran habe ich leider nicht gedacht.«

Han zuckte mit den Schultern. »Rekkon, ich bin nicht hierhergekommen, um zu essen oder zu trinken oder irgendwelche lokalen Zeremonien vorzunehmen. Wenn Sie mir wirklich eine Freude machen wollen, dann sehen Sie zu, daß Sie hier so schnell wie möglich fertig werden.« Er sah sich in dem Raum mit den ewig blitzenden Lichtern und den Bildschirmen, über die pausenlos Gleichungen rasten, um. »Sind Sie ehrlich Computerexperte, oder haben Sie den Job nur Ihrem Charme zu verdanken?«

Rekkon blickte, die Hände auf die Hüften gestützt, zum Fenster hinaus. »Ich bin nach Ausbildung und Neigung Gelehrter, Captain. Ich habe genügend Denkschulen und körperliche Disziplinen und auch eine ganze Anzahl Technologien studiert. Die akademischen Grade und Bestätigungen habe ich dabei etwas aus dem Auge verloren, aber falls es darauf ankäme, könnte ich dieses ganze Zentrum leiten. Im Laufe meiner Studien habe ich mich einmal auf organisch-anorganische Gedanken-Interfaces spezialisiert. Dessenungeachtet bin ich mit gefälschten Akten hierhergekommen und habe die Rolle eines Abteilungsleiters übernommen, weil ich unauffällig bleiben wollte. Mein einziger Wunsch ist es, meinen Neffen ausfindig zu machen — und natürlich auch die anderen.«

»Was bringt Sie zu der Meinung, daß die hier sind?«

»Das sind sie nicht. Aber ich glaube, daß wir hier einen Hinweis auf ihren Aufenthaltsort finden können. Und wenn Max mir dabei geholfen hat, indem er die allgemein verfügbaren Informationen durchsiebte, werde ich wissen, wohin ich gehen muß.«

»Ich glaube, Sie haben bis jetzt nicht erwähnt, wen Sie vermissen«, erinnerte Han ihn und dachte bei sich: Jetzt höre ich mich selbst schon wie Rekkon an. Der Mann war ansteckend.

Rekkon ging zur gegenüberliegenden Wand und blieb bei Chewbacca stehen. Han folgte ihm, beobachtete den anscheinend in Gedanken versunkenen Mann. Rekkon setzte sich, und Han tat es ihm gleich. »Ich habe den Jungen aufgezogen, als wäre er mein eigener Sohn. Er war noch ziemlich jung, als seine

Eltern starben. Vor nicht allzu langer Zeit stellte mich eine Universität der Kommerzbehörde auf Kalla als Dozenten ein. Es handelt sich dabei um eine Erziehungsanstalt für die Abkömmlinge der höheren Beamten, in erster Linie mit den Fächern technische Ausbildung, Wirtschaftswissenschaften und Verwaltung. Humanistische Fächer waren weniger gefragt. Trotzdem gab es ein paar Plätze für alte Spinner wie mich, und die Bezüge waren nicht schlecht. Als Neffe eines Universitätsdozenten hatte der Junge Anrecht auf einen Studienplatz, und damit fing der Ärger an. Er erkannte, wie repressiv die Kommerzbehörde ist, wie sehr sie alles, das auch nur im entferntesten den Profit beeinträchtigt, unterdrückt.

Mein Neffe begann seine Meinung zu äußern und andere dazu zu ermuntern, dasselbe zu tun.« Rekkon strich sich in Gedanken verloren den Bart. »Ich riet ihm davon ab, obwohl ich wußte, daß er recht hatte, aber ihn leitete die Überzeugung der Jugend, wogegen ich mir bereits die Furchtsamkeit des Alters zugelegt hatte. Viele der Studenten, die auf den Jungen hörten, hatten Eltern mit hohen Positionen in der Kommerzbehörde; seine Worte blieben also nicht unbemerkt. Es war eine schmerzliche Zeit, denn wenn ich auch den Jungen nicht darum bitten konnte, sein Gewissen zu ignorieren, machte ich mir doch Sorgen um ihn. Schließlich entschied ich mich für den faulen Kompromiß, meinen Posten aufzugeben. Aber ehe ich das in die Tat umsetzen konnte, verschwand mein Neffe.

Ich ging natürlich zur Sicherheitspolizei. Sie gaben sich besorgt, aber mir war klar, daß sie nicht die Absicht hatten, irgend etwas zu unternehmen. So begann ich eigene Recherchen anzustellen und hörte von anderen, die zuerst der Behörde lästig gefallen und dann verschwunden waren. Ich bin es gewöhnt, Zusammenhänge zu erkennen, und es dauerte nicht lange, bis ich begriff, was hier vorging.

Indem ich ganz sorgfältig auswählte — sehr sorgfältig, das kann ich Ihnen versichern, Captain —, sammelte ich um mich eine kleine Gruppe von Leuten, die jemanden verloren hatten, und wir begannen uns in dieses Zentrum einzuschleichen. Ich hatte vom Verschwinden von Jessas Vater gehört — Doc nennt man ihn. Ich trat an sie heran, und sie erklärte sich bereit, uns zu unterstützen.«

»Und jetzt sitzen wir hier«, sagte Han mürrisch, »aber warum ausgerechnet hier?«

Rekkon hatte bemerkt, daß der beständige Fluß von Buchstaben und Ziffern über die Leuchtschirme aufgehört hatte. Er stand auf, um zu Max hinüberzugehen, und antwortete: »Diese einzelnen Fälle von verschwundenen Leuten stehen miteinander in Verbindung. Die Kommerzbehörde versucht, jene Individuen zu entfernen, die sich am deutlichsten gegen sie aussprechen; sie ist offenbar zu dem Schluß gelangt, jede Art eines natürlichen, vernunftbegabten Individualismus als organisierte Drohung ansehen zu müssen. Ich glaube, die Kommerzbehörde hat ihre Gegner an irgendeinem zentralen, sicheren Ort untergebracht, der . . .«

»Augenblick mal, ich muß das richtig begreifen«, unterbrach ihn Han. »Sie glauben also, die Kommerzbehörde sei im großen Stil in Entführungen eingestiegen? Rekkon, Sie haben zu lange Lichter und Skalen angestarrt.«

Der Vorwurf schien dem alten Mann nichts auszumachen. »Ich bezweifle, daß das allgemein bekannt ist, selbst unter Beamten der Behörde. Wer könnte sagen, wie es abgelaufen ist? Irgendein unbekannter Beamter macht einen Vorschlag, und ein Vorgesetzter, der nichts Besseres zu tun hat, nimmt den Vorschlag ernst. Vielleicht eine Motivationsstudie, die über den richtigen Schreibtisch läuft, oder eine Kosten-Nutzen-Analyse, die sich irgendein Bonze als Lieblingsprojekt heraussucht. Aber der Keim dazu steckte die ganze Zeit schon in der Behörde: Macht und Verfolgungswahn. Wo es keine echte Opposition gab, lieferte der Argwohn eine.«

Er ging zu dem Tisch zurück und löste die Steckerverbindung von Max.

»Das war wirklich interessant«, plapperte der Computer.

»Bitte nicht so enthusiastisch«, meinte Rekkon und hob Max vom Tisch. »Sonst bekomme ich das Gefühl, einen jugendlichen Übeltäter zu unterstützen.« Der Fotorezeptor des Computers richtete sich auf ihn, während er fortfuhr: »Verstehst du alles, was ich dir gezeigt habe?«

»Und ob! Soll ich es beweisen?«

»Natürlich. Aber zuerst zur Hauptsache.« Rekkon trug Max zu einem der Terminals und setzte ihn daneben ab. »Hast du einen Standardadapter?«

Wie zur Antwort klappte ein kleiner Deckel an der Seite des

Computers herunter, und Max schob ein kurzes Bindeglied aus Metall heraus.

»Gut, sehr gut.«

Rekkon schob Max näher an das Terminal heran. Dieser befestigte seinen Adapter an der scheibenförmigen Aufnahme des Geräts. Sein Fotorezeptor und die darunter angebrachte Skala drehten sich hin und her, während Max Verbindung aufnahm.

»Fang bitte gleich an, wenn du soweit bist«, forderte Rekkon Max auf und setzte sich zwischen Han und Chewbacca. »Er muß eine ungeheure Datenflut bewältigen«, erklärte er den beiden Partnern, »obwohl er das System selbst zur Unterstützung einsetzen kann. Es gibt eine Vielzahl von Sicherheitssperren. Selbst Blue Max wird eine Weile brauchen, bis er die richtigen Fenster ausfindig macht.«

Der Wookiee gab ein grollendes Geräusch von sich. Die beiden Menschen begriffen, daß Chewbacca damit Zweifel daran zum Ausdruck bringen wollte, daß die von Rekkon gewünschte Information tatsächlich in dem Netz aufzufinden war.

»Der eigentliche Ort wird nicht dort sein, Chewbacca«, erwiderte Rekkon. »Max muß ihn auf indirektem Weg finden, ebenso wie Sie manchmal den Blick abwenden müssen, um einen schwachen Stern zu lokalisieren, ihn sozusagen aus dem Augenwinkel zu entdecken. Max wird die Logistikdaten, die Lieferpläne und die Routen der Streifenschiffe analysieren, dazu die Navigationsbücher und eine Anzahl anderer Dinge. Anschließend wissen wir, wo die Schiffe der Kommerzbehörde haltgemacht haben, wo der Verkehr am dichtesten war und wie viele Angestellte in verschiedenen Anlagen auf den Gehaltslisten stehen und in welchen Kategorien. Und nach einiger Zeit werden wir herausfinden, wo die Behörde alle diejenigen untergebracht hat, von denen sie inzwischen vermutlich annimmt, daß sie einer riesigen Verschwörung angehören, die sich gegen sie richtet.«

Wieder stand Rekkon auf, ging im Saal auf und ab und schlug die Hände gegeneinander, was wie Gewehrschüsse klang. »Diese Narren, diese Direktoren und ihre Kreaturen mit ihren Feindlisten und Espo-Informanten, sie erzeugen genau das Klima, in dem ihre schlimmsten Ängste Wirklichkeit werden. Die Prophezeiung erfüllt sich selbst; wenn wir hier nicht über eine Sache, die Leben und Tod betrifft, sprechen würden, könnte man das Ganze als ungeheuren Witz betrachten.«

Han lehnte an der Wand und musterte Rekkon mit zynischem Lächeln. Hatte der Gelehrte tatsächlich geglaubt, daß die Direktoren der Kommerzbehörde anders dachten? Han hatte da keine Zweifel. Jeder, der seine Zeit auf Ideale verschwendet, muß mit demselben Schock rechnen, den Rekkon erlitten hat, dachte Han. Deshalb hatte Han Solo sich von dem geordneten Leben, wie es auf Planeten zu finden war, losgesagt und fühlte sich nur noch zwischen den Sternen zu Hause, wo die große Freiheit war.

Er gähnte genüßlich. »Sicher, Rekkon, sicher. Die Behörde sollte auf der Hut sein. Was hat sie schließlich, abgesehen von einem ganzen galaktischen Sektor voller Schiffe, Geld, Menschen, Waffen und Geräte? Welche Chance hat sie schon gegen rechtschaffene Gedanken und saubere Hände?«

Rekkon wandte sich zu Han um und lächelte. »Aber sehen Sie sich doch selbst an, Captain ... Jessa hat mir einiges über Sie erzählt. Indem Sie Ihr Leben so leben, wie Sie wollen, haben Sie bereits ein tödliches Verbrechen gegen die Kommerzsektorbehörde begangen. Oh, ich erwarte nicht von Ihnen, daß Sie das Freiheitsbanner schwingen oder Platitüden von sich geben. Aber wenn Sie glauben, daß die Behörde am Ende gewinnt, warum spielen Sie dann nicht das Spiel so, wie die Behörde es vorschreibt? Natürlich wird sie nicht deshalb zugrunde gehen, weil sie naive Schuljungen und idealistische, alte Gelehrte unterdrückt und mißhandelt. Aber indem sie in immer stärkerem Maße dickschädlige Individualisten wie Sie beeinträchtigt, wird sie schließlich eine echte Opposition heranzüchten.«

Han seufzte. »Rekkon, bitte langsam! Sie verwechseln jetzt mich und Chewie mit anderen. Wir steuern bloß den Bus. Wir sind keine Jedi-Ritter und keine Söhne der Freiheit.«

Die Antwort, die Rekkon darauf geben wollte, sollte Han nie erfahren. In dem Augenblick summte es nämlich an der Tür, und eine Männerstimme forderte über das Intercom: »Rekkon! Öffnen Sie die Tür!«

Mit einem kalten Gefühl im Magen fing Han den Blaster auf, den Chewbacca ihm zuwarf, während der Wookiee selbst seine Armbrust auf die Tür richtete.

6

Rekkon baute sich zwischen Han und Chewbacca einerseits und der Tür andererseits auf. »Stecken Sie freundlicherweise die Waffen wieder weg, Captain. Das ist Torm, einer aus meiner Gruppe. Und selbst bei einem anderen Sachverhalt — wäre es weiser gewesen, zuerst herauszufinden, was geschieht, ehe Sie sich zum Schießen vorbereiten.«

Han grinste säuerlich. »Zufälligerweise *mag* ich es, Rekkon, wenn ich als erster schieße. Und nicht als zweiter.«

Aber er senkte die Waffe, und Chewbacca tat es ihm mit seiner Armbrust gleich. Rekkon betätigte den Türverschluß.

Das Paneel schob sich in die Höhe, und sie konnten einen Mann etwa von der Größe Hans sehen, allerdings war er breiter gebaut und hatte mächtige Muskelpakete an den Armen. Sein Gesicht war feingeschnitten, mit hochliegenden Backenknochen und wachsamen Augen von einem blassen Blau. Seine dichte Mähne war hellrot. Als er Han und Chewbacca entdeckte, zuckte seine rechte Hand wie im Reflex zur Schenkeltasche seines Overalls. Doch dann hielt er inne und rieb sich die Handfläche am Hosenbein, als er Rekkon sah. Han verübelte dem Mann seine Vorsicht nicht, schließlich waren schon einige seiner Kollegen getötet worden.

Der Verstand des Mannes arbeitete schnell.

»Reisen wir ab?« fragte er, als er durch die Tür trat.

»Gleich«, erwiderte Rekkon und zeigte zu Blue Max hinüber, der immer noch mit dem Datensystem verbunden war. »Wir werden bald die Daten haben, die wir brauchen. Captain Solo und sein Erster Maat, Chewbacca, werden uns wegbringen, wenn wir fertig sind. Gentlemen, darf ich Ihnen Torm vorstellen, einen meiner Kollegen?«

Torm, der sich inzwischen gefaßt hatte, neigte den Kopf und ging dann zu Blue Max hinüber, um ihn sich anzusehen. Han folgte ihm. Irgend jemand in dieser Gruppe war möglicherweise ein Verräter, und deshalb wollte Han jeden einzelnen genau kennenlernen, um alles in seiner Macht Stehende, das ihm und sein Schiff sicherte, zu tun.

»Nicht sehr eindrucksvoll, wie?« sagte Torm, nachdem er Max eine Weile betrachtet hatte.

»Nicht sehr«, antwortete Han mit einem mechanischen

Lächeln.

Torm nickte.

»Glauben Sie, Rekkon findet, was er sucht?« fragte ihn Han. »Ich meine, das hier ist doch Ihre einzige Hoffnung, Ihre Leute zu finden, das stimmt doch? Oder sollte ich Sie das nicht fragen?«

Torm sah ihn offen an. »Es *ist* eine persönliche Angelegenheit, Captain. Aber da ja auch Ihre eigene Sicherheit auf dem Spiel steht, müssen Sie wohl so fragen. Ja, wenn ich meinen Vater und meinen Bruder auf diese Weise nicht finde, weiß ich nicht, wie ich weitermachen soll. Wir haben unsere ganze Hoffnung auf Rekkons Theorie gesetzt.« Einen Augenblick lang sah er zu Rekkon hinüber, der gerade Chewbacca einige Geräte erklärte. »Ich habe es mir nicht leichtgemacht, aber als ich sah, daß die Behörde in ihren Nachforschungen nicht weiterkam und auch meine eigenen Recherchen nicht zu ihm führten, wußte ich, daß ich keine Wahl hatte.«

Torms Stimme war leiser geworden, vermutlich waren seine Gedanken ganz woanders. Jetzt schien er sich wieder zu konzentrieren. »Das ist sehr selbstlos von Ihnen, Captain Solo, bewundernswert, daß Sie diesen Auftrag übernehmen. Es gibt nicht viele Männer, die dieses Risiko . . .«

»Geben Sie mal Gegenschub, Mann, Sie sehen das ganz falsch«, unterbrach ihn Han. »Ich bin hier, weil ich einen Handel abgeschlossen habe. Ich bin ein reiner Geschäftsmann. Ich fliege für Geld und meinen Vorteil, klar?«

Torm nickte. »In Ordnung. Danke für die Aufklärung, Captain. Ich habe begriffen.«

Wieder ertönte das Türsignal. Diesmal ließ Rekkon zwei seiner Mitverschwörer ein. Es waren Trianii, Angehörige einer katzenähnlichen Spezies. Die eine war eine erwachsene Frau, graziös und schlank, die Han etwa bis zum Kinn reichte. Ihre Augen waren sehr groß und gelb, mit senkrechten, grünen Irisschlitzen. Ihr Pelz, der am Rücken und an den Seiten ein Streifenmuster aufwies, zeigte im Gesicht, am Hals und am Vorderkörper ein weiches, cremiges Gelb. Kopf, Hals und Schultern zierte eine dicke Mähne. Hinter ihr ringelte sich ein Schwanz von einem Meter Länge, an dem sich die Farben ihres Fells mischten. Sie trug das einzige Kleidungsstück, dessen ihre Gattung bedurfte: einen Gürtel mit Taschen und Schlaufen für

Werkzeuge, Instrumente und andere Gegenstände. Rekkon stellte sie als Atuarre vor.

In Atuarres Begleitung befand sich ihr Junges: Pakka. Es war eine Miniaturkopie seiner Mutter, halb so groß wie sie, aber von dunklerer Farbe, und es war weder so schlank noch so elegant wie die Frau. An ihm konnte man den zottigeren Pelz und das Babyfett der Jugend sehen, aber in seinen weiten Augen leuchteten die Weisheit und die Sorge eines Erwachsenen. Während seine Mutter sprach, sagte Pakka kein Wort. Han erinnerte sich daran, daß Rekkon ihm erklärt hatte, daß Pakka seit seiner Haft in den Gefängnissen der Kommerzbehörde stumm war. Ebenso wie seine Mutter trug Pakka einen Gürtel mit Taschen.

Atuarre deutete mit ihrer schlanken, klauenbewehrten Hand auf Han und Chewbacca. »Was machen die hier?«

»Sie sind da, um uns bei der Flucht zu helfen«, erklärte Rekkon. »Sie haben das Computerelement mitgebracht, das ich brauchte, um die letzten Daten zu beschaffen. Jetzt fehlt nur noch Engret. Ich konnte ihn nicht erreichen, habe aber eine Nachricht auf seinem Recorder hinterlassen, mit einem Codewort, daß er mit mir Verbindung aufnehmen soll.«

Atuarre schien erregt. »Engret hat sich bei mir ebenfalls nicht gemeldet. Er hat auch nicht reagiert, als ich anrief, also habe ich auf dem Weg hierher in seiner Kaserne nachgesehen. Ich bin sicher, daß sein Quartier überwacht wird; wir Trianii haben ein Gefühl für solche Dinge. Rekkon, ich glaube, Engret ist tot oder in Gefangenschaft.«

Der Anführer der kleinen Gruppe setzte sich. Einen Augenblick lang hatte Han den Eindruck, als verließen ihn seine Kräfte. Und dann war er wieder der alte, leuchtete wieder jene besondere Lebenskraft aus seinen Augen, die Han schon zu Beginn ihrer Bekanntschaft aufgefallen war.

»Ich hatte das auch schon befürchtet«, gab er zu. »Engret würde sonst niemals die Aufnahme der vereinbarten Kontakte unterlassen, jedenfalls nicht tagelang. Ich vertraue in diesem Fall ganz auf deine Instinkte, Atuarre. Wir müssen davon ausgehen, daß man ihn liquidiert hat.«

Er sagte das mit absoluter Endgültigkeit. Dies war nicht das erstemal, daß jemand aus seiner Umgebung verschwand. Han schüttelte den Kopf; auf der einen Seite stand die nahezu unbeschränkte Macht der Behörde, auf der anderen etwas, das nicht mehr Substanz hatte als Freundschaft, als Familienbande. Han Solo, Einzelgänger und Realist, erkannte das Ungleichgewicht, das hier herrschte.

»Woher wissen wir, daß er derjenige ist, welcher er zu sein behauptet?« fragte Atuarre und wies auf Han.

Rekkon blickte auf. »Captain Solo und sein Erster Maat, Chewbacca, sind von Jessa zu uns geschickt worden. Ich nehme doch an, daß wir alle auf ihren Rat und ihre Hilfe vertrauen? Gut. Wir reisen so bald wie möglich ab. Ich fürchte, zum Packen wird keine Zeit mehr sein, auch nicht für irgendwelche Anrufe.«

Atuarre griff nach der Hand ihres Sohnes, während dieser Han und Chewbacca stumm musterte. »Wann gehen wir?«

Rekkon ging zu Max zurück, um nachzusehen. In diesem Augenblick leuchtete der Fotorezeptor des Computermoduls wieder auf.

»Ich hab's!« zirpte er. Eine durchsichtige Datenplakette schob sich an der Seite des Terminals aus einem Schlitz.

Rekkon griff eifrig danach. »Schön. Jetzt müssen wir das mit den Einbaukarten der Behörde vergleichen . . .«

»Aber das ist noch nicht alles«, unterbrach ihn Max.

Rekkons dichte Brauen schoben sich zusammen. »Was noch, Blue Max?«

»Während ich mit dem System verbunden war, habe ich es natürlich überprüft, um ein Gefühl dafür zu bekommen. Es macht wirklich Spaß, sich so einzuschalten. Jedenfalls wird dieses Gebäude von der Sicherheitspolizei überwacht. Ich glaube, es geht um diese Etage. Die Espos beziehen Position.«

Atuarre zischte und zog ihr Junges an sich. Torms Gesicht schien im ersten Augenblick gleichgültig, aber dann bemerkte Han ein Zucken an seiner Wange. Rekkon schob die Datenplakette unter seinen Umhang und brachte die Hand mit einer großen Disrupter-Pistole wieder zum Vorschein. Han schnallte bereits seinen Waffengurt fester, während Chewbacca seinen Munitionsgurt um die Schulter legte und die leere Werkzeugtasche wegwarf.

»Wenn ich das nächstemal wieder auf ein solch verlockendes Angebot hereinfalle«, sagte Han zu seinem Partner, »dann halt mich fest, bis mir die Lust vergangen ist.«

Chewbacca brummte, daß er das ganz bestimmt tun werde.

Torm hatte eine Pistole aus der Schenkeltasche geholt, wäh-

91

rend Atuarre eine Schußwaffe aus einer ihrer vielen Gürtel-
taschen zum Vorschein gebracht hatte. Selbst Pakka war bewaffnet; er zog eine Pistole von Spielzeuggröße aus dem Gürtel.

»Max«, fragte Rekkon, »bist du immer noch im Netz?«

Max gab zu verstehen, daß dies der Fall sei.

»Gut, dann sieh dir die Positionspläne für Alarmfälle an. In
welchen Korridoren und Etagen sind die Stationen der Espos?«

»Das kann ich Ihnen nicht sagen«, antwortete Max, »aber ich
kann uns einen Weg durch sie bahnen, wenn Sie das wollen.«

Han wurde aufmerksam. »Was hat dieser kleine Sicherungs-
kasten gesagt?«

Die Computersonde erklärte: »Hier heißt es, daß die Sicherheitspolizisten alle auf Alarme reagieren müssen. Sie sollen dann
neue Positionen einnehmen und Gefahrenpunkte bewachen. Ich
könnte an anderen Orten Alarm schlagen und sie von den ge-
genwärtigen Positionen abziehen.«

»Das macht uns wahrscheinlich den Weg nicht ganz frei«,
meinte Han, »aber immerhin haben wir uns dann mit weniger
Gegnern herumzuschlagen. Tu es, Maxie.« Und dann war da ein
anderer Gedanke. »Augenblick. Kannst du auch woanders
Alarm schlagen?«

Max' Stimme überschlug sich fast vor Stolz: »Überall auf Orron III, Captain. Dieses Netz hat eine so riesige Kapazität, daß
sie so ziemlich alles angeschlossen haben. Das spart Kosten, ist
aber schlecht für die Sicherheit, wie, Captain?«

»Aber ehrlich. Ja, tu, was du kannst: Feuer in den Kraftwer-
ken, Aufstände in den Kasernen, Exhibitionisten in der Kan-
tine — wozu du eben Lust hast, und möglichst auf dem ganzen
Planeten.«

Er überlegte, daß es vielleicht auch eine gute Idee sein könnte,
ein paar falsche Alarme in den Weltraum hinauszuschicken —
nur für den Fall, daß dort ein Wachschiff auf Kreisbahn war.

Bollux, der die ganze Zeit stumm geblieben war, trat neben
das Terminal und hielt sich bereit, Max in dem Augenblick wieder aufzunehmen, in dem der Computer seine Arbeit getan
hatte. Rekkon stand neben ihm.

»Es gibt hier zwei Wege, die offen sein könnten«, verkündete
Max und ließ die betreffenden Positionen auf dem Bildschirm
aufleuchten. Sie führten beide zu der Galerie, wo die Fall- und
Steigschächte endeten. Die eine Route lag auf ihrem Stockwerk,

die andere im Stockwerk darüber.

In den Korridoren schrillten die Alarmsirenen. Die Bildschirme leuchteten auf und reagierten damit auf Max' Manipulationen. Plötzlich wurde es düster, mit Ausnahme des Lichts, das von draußen durchs Fenster hereinfiel. Die automatischen Anlagen des Zentrums hatten, den Alarmvorschriften entsprechend, die Hauptenergiequellen abgeschaltet. Immer noch heulten Sirenen, die von Notaggregaten betrieben wurden.

»Die Beleuchtung in den Korridoren wird sehr schwach sein«, erklärte Rekkon den anderen, als sie sich an der Tür sammelten. »Vielleicht können wir uns durchschleichen.«

Vorsichtig setzte er Blue Max in den Brustbehälter von Bollux zurück. Der Android klappte die Brustplatte zu und schloß sich dann den anderen an der Tür an.

»Wenn ich einen Vorschlag machen darf«, meinte der Android, »dann möchte ich sagen, daß ich vielleicht weniger Aufmerksamkeit als jemand von Ihnen erwecke. Ich könnte vorangehen, falls irgendwo Sicherheitspolizisten stehen.«

»Das leuchtet ein«, erklärte Atuarre. »Die Espos werden ganz bestimmt einen Androiden nicht einfach niederschießen; das wäre Energievergeudung. Aber anhalten werden sie ihn, und damit sind wir gewarnt.«

Die Tür öffnete sich, und Bollux trat in den Korridor hinaus; Das Quietschen seiner Federung war unüberhörbar. Die anderen folgten ihm — zuerst Rekkon und Han, dahinter Torm, Atuarre und Pakka kamen als nächste, und Chewbacca bildete die Nachhut. Der Wookiee beobachtete die Verschwörergruppe ebenso wie ihre Umgebung. Da die Möglichkeit bestand, daß es in der Gruppe einen Verräter gab, trauten er und Han niemandem, nicht einmal Rekkon. Die erste falsche Bewegung, die irgendeiner von ihnen machen würde, wäre für den Wookiee das Signal, zu schießen.

Sie erreichten eine Biegung. Bollux ging voran. Als die anderen nachrückten, hörten sie: »Stehenbleiben! Du, Android, komm her!«

Han spähte vorsichtig um die Ecke und entdeckte eine Anzahl schwerbewaffneter Espos, die sich um Bollux drängten. Er konnte einen Teil ihres Gesprächs auffangen, in erster Linie Fragen, ob der Android jemanden gesehen hätte. Bollux bot ein Bild eindeutiger Ignoranz und lethargischer Elektronik. Hinter den Espos erstreckte sich der Korridor bis zur Galerie mit den Fall- und Steigrohren, aber ebensogut hätten dieselben auf der anderen Seite des Kommerzsektors liegen können.

»Hier hat es keinen Sinn«, erklärte Han.

»Dann müssen wir den gefährlicheren Weg einschlagen«, erwiderte Rekkon. »Folgt mir!«

Sie trotteten den Weg zurück, den sie gekommen waren. Als sie die nächste Biegung im Korridor erreichten, hörten sie die Schritte einer weiteren Espo-Truppe.

»Nächste Treppe«, wies Han Rekkon an, der sie noch ein paar Meter weiter führte und dann durch eine Tür verschwand.

»Ganz leise«, flüsterte Han im Halbdunkel des nur notdürftig beleuchteten Treppenschachts. »Ein Stockwerk nach oben, dort sehen wir, ob wir an den Balkon herankönnen, von dem aus man auf die Schächte hinunterblickt.«

Chewbacca bewegte sich trotz seiner mächtigen Gestalt ganz leise, ebenso wie die gelenkige Atuarre mit ihrem Jungen. Auch Rekkon schien daran gewöhnt, sich lautlos zu bewegen. Blieben also nur Han und Torm, die auf ihre Schritte achten mußten, und beide hatten alle Mühe, keinen Lärm zu verursachen.

Als die Gruppe das nächste Stockwerk erreichte, fand sie es leer. Max' Alarmsignale hatten die Wachen von ihren Posten abgezogen. Die Flüchtlinge rannten durch die Korridore wie durch einen Spiegelsaal und hielten sich dicht an den Wänden.

Sie erreichten den Balkon, der den Blick auf die Galerie freigab. Geduckt arbeiteten sie sich an das Geländer heran. Han riskierte einen schnellen Blick und zog dann gleich wieder den Kopf zurück. »Sie bauen dort unten an den Schächten einen Blaster auf«, berichtete er. »Die Besatzung sind drei Espos. Chewie und ich erledigen das, ihr anderen haltet euch bereit. Chewie?«

Der Wookiee gab eines seiner grollenden Geräusche von sich, und seine Finger spannten sich um die Armbrust. Dann setzte er sich geduckt in Bewegung, immer dicht an das Geländer gepreßt. Han beugte sich zu Rekkons Ohr und flüsterte: »Tun Sie uns einen Gefallen, und passen Sie hier auf. Wir können nur in eine Richtung gleichzeitig sehen.«

Er huschte in entgegengesetzter Richtung von seinem Partner weg. Er bezweifelte, daß der Verräter es jetzt riskieren würde, etwas zu unternehmen.

Er eilte parallel zum Geländer dahin, bog um die Ecke, rannte

94

auf die nächste Wand zu. Wieder spähte er über das Geländer und sah, wie die großen, blauen Augen des Wookiee drüben hinter dem Geländer glänzten. Auf halbem Weg zwischen ihnen und einige Meter weiter unten nahm die Geschützmannschaft die letzten Einstellungen an dem schweren Blaster und seinem Dreibein vor. Nur noch ein paar Augenblicke, und sie würden den Deflektorschild der Waffe einschalten können. Wenn das geschah, war es beinahe aussichtslos, sie anzugreifen, und der Zugang zu den Fallschächten war für immer versperrt. Es war dann nur noch eine Frage der Zeit, bis man sie dingfest machen würde.

Gerade beugte sich einer der Espos vor, um den Schild einzuschalten. Han richtete sich auf, feuerte. Der Mann, der den Schild einschalten wollte, sackte zusammen, griff sich an das verbrannte Bein. Aber einer der anderen, der offenbar nicht viel von Disziplin hielt, wirbelte herum und jagte einen Strom Strahlungsenergie aus einer kurzläufigen Waffe. Das Feuer schmolz das Material der Wände und des Geländers. Der Espo ließ die Waffe kreisen, suchte ein Ziel.

Han mußte in Deckung gehen, als der Energieregen durch die Luft peitschte und Wände, Decke und alles mögliche andere traf. Daß dabei vielleicht unschuldige Passanten zu Schaden kommen könnten, schien in den Berechnungen des Espo keinen Platz zu haben.

Aber dann stieß der Espo einen Schrei aus und stürzte, sein Finger löste sich vom Abzug, und erst jetzt hörte Han das metallische Sirren von Chewbaccas Armbrust. Wieder spähte er über das Geländer und sah den zweiten Mann über dem ersten liegen, getroffen von einem der kurzen Bolzen aus der Waffe des Wookiee. Chewbacca schob den Griff seiner Armbrust nach unten, um sie neu zu spannen und einen weiteren Bolzen einzulegen.

Der dritte Mann aus der Blaster-Mannschaft stieß die Leichen seiner Kollegen mit Fußtritten weg, während er wild mit seiner Pistole um sich schoß und nach Hilfe schrie. Han erschoß ihn, als die Hände des Espo sich um den Kolben des schweren Blasters schlossen. Chewbacca war bereits über das Geländer geflankt. Han saß auf seiner Seite auf dem Geländer und rief: »Rekkon, los!«

Und damit stieß er sich ab. Er kam schräg auf und rannte auf seinen Partner zu, um ihm dabei zu helfen, diverse Espos von der Blasterkanone wegzuzerren. Torm sprang auch herunter, landete trotz seines Gewichts leichtfüßig, und dann segelte Atuarre ihm nach, ganz Eleganz und Grazie. Ihr Sohn stieß sich vom Geländer ab, zog Gliedmaßen und Schwanz zu einem Salto ein und landete neben ihr. Atuarre versetzte ihm einen Klaps und schob ihn weiter, als wolle sie damit sagen, daß dies nicht der richtige Ort sei, um Kunststückchen zu zeigen, selbst wenn man ein akrobatischer Trianii war.

Als letzter folgte Rekkon mit einem eleganten Sprung, als wäre dies etwas, das er jeden Tag tat. Han wunderte sich einen Augenblick über diesen vielseitigen Universitätsdozenten, der jedem Problem gewachsen zu sein schien. Indem Rekkon alle anderen vor sich herschickte, stellte er sicher, daß kein potentieller Spion zurückblieb, den dann ein ungeschützter Rücken in Versuchung hätte führen können.

Vor den Schächten blieb Torm stehen, und das war ein Glück. »Die Felder sind abgeschaltet worden!« rief er.

Rekkon und Atuarre waren im nächsten Augenblick neben ihm und fummelten am Notschalter neben der Schachtöffnung herum. Rekkon packte das Schutzgitter und riß es anscheinend mühelos weg.

In den oberen Korridoren konnte man Poltern und Schreie hören. Han zwängte sich hinter die Blasterkanone und schaltete den Deflektorschild ein.

»Köpfe hoch!« warnte er seine Begleiter. »Jetzt geht der Zauber los!«

Eine Gruppe von Espos in Schutzkleidung, mit Karabinern und Maschinenpistolen bewaffnet, erschien oben auf dem Balkon, schwärmte aus und begann nach unten zu feuern. Ihre Strahlschüsse prallten in vielfarbigen Wellen vom Schild der Kanone ab. Torm, Rekkon und die anderen, die hinter Han am Notschalter des Fallschachts arbeiteten, waren für den Augenblick geschützt. Chewbacca stand hinter seinem Partner und feuerte immer wieder seine Armbrust ab, wenn sich ihm ein Ziel darbot. Bald war seine Waffe leer, und er zog ein weiteres Magazin aus seinem Munitionsgurt. Diesmal wählte er Explosivbolzen und fing gleich wieder zu schießen an. Die Detonationen erfüllten die Galerie mit Rauch und Donner.

Han hatte die Mündung der Kanone steil nach oben gerichtet und strich mit Schüssen das Geländer ab. Schwere Blasterladungen blitzten und hallten, Teile des Geländers und des Balkons explodierten, schmolzen oder standen plötzlich in Flammen. Einige Espos wurden getroffen und fielen ins Stockwerk darunter, während der Rest sich hastig aus der Feuerlinie zurückzog und nur gelegentlich noch einmal vorsprang, um zu schießen.

Han sorgte dafür, daß die Espos ihre Köpfe unten hielten, indem er immer wieder lange Feuerstöße abgab, auf den Boden des Balkons zielte und die Wände versengte. Die Energiestrahlen heizten die Galerie auf wie einen Schmelzofen. Rote Vernichtungsstrahlen zuckten hin und zurück. Han wußte, daß der Schild seiner Kanone dem beständigen Feuer nicht endlos standhalten würde.

Ein Trupp gepanzerter Gestalten erschien in dem niedrigen Korridor, der zur Galerie führte. Han zog den Lauf der Kanone herunter und füllte den unteren Gang mit Wogen der Vernichtung. Auch diese Espos zogen sich zurück, hielten sich aber ebenso wie die anderen außerhalb seiner Reichweite, um immer wieder schießen zu können, wenn sich ihnen Gelegenheit dazu bot. Atuarre, Pakka und Torm zogen die Waffen, schlossen sich Han und Chewbacca an und beteiligten sich an dem Feuerwechsel, während Rekkon immer noch fieberhaft am Fallschacht arbeitete.

»Rekkon, wenn Sie das nicht bald hinkriegen, ist es aus mit uns!« rief Han über die Schulter.

Ein Espo gab einen Schuß ab, der vom Schild der Kanone abprallte. Han spürte die Hitze, die vom Deflektorschild bereits durchgelassen wurde, und schloß daraus, daß der Schild anfing, zusammenzubrechen.

»Es hat keinen Sinn«, entschied Rekkon schließlich und wandte sich von dem Mechanismus ab. »Wir müssen einen anderen Fluchtweg finden.«

»Das ist eine Einbahnstraße!« schrie Han, ohne sich umzusehen.

Chewbaccas wilde Schreie übertönten den Lärm.

»Dann machen Sie doch einen Kopfsprung in den Schacht!« rief Torm zurück.

Hans Antwort ging in einem elektronischen Schnarren unter, das ihnen das Blut in den Adern gefrieren ließ. Es war ein Warnsignal, das in der ganzen Galaxis die gleiche Bedeutung hatte.

»Strahlungsleck!« schrie Rekkon. »Das war keiner von den

Alarmen, die Max ausgelöst hat!«

Nicht nur das, dachte Han, sondern der Alarm ist gerade erst ertönt, und zwar genau in den Korridoren hinter der Galerie.

Harte Strahlung ließ keinem von ihnen eine Chance; inzwischen baute sich bereits eine tödliche Dosis auf.

Han rappelte sich auf. »Fertig machen! Wir müssen uns den Weg freischießen, sonst verbrennen wir hier!«

Doch Atuarre übertönte mit schriller Stimme die Alarmsirenen: »Halt — seht doch!«

Han hatte bereits den Blaster herausgerissen und bereitete sich darauf vor, ihn auf den nächsten Espo abzufeuern. Aber die Gestalt, die aus dem unteren Korridor auf sie zutaumelte, bewegte sich steif, hielt die Arme waagerecht ausgestreckt. Sie trug irgendeine Last.

»Bollux!« rief Torm, und so war es auch.

Der Android stelzte in das hellere Licht der Galerie. In jeder Hand hielt er einen kugelförmigen Lautsprecher. Drähte gingen von den Lautsprechern aus und führten zu seiner offenen Brust, wo sie ganz in der Nähe von Max' Halterung befestigt waren. Aus den Lautsprechern schnarrte der Strahlungsalarm.

Sie sammelten sich um Bollux und schnatterten in ihren verschiedenen Sprachen durcheinander. Han schmerzte der Kopf, doch er achtete nicht darauf, so froh war er, noch am Leben zu sein.

Dann verstummte der Alarm. Bollux senkte die beiden Lautsprecher vorsichtig und löste geduldig die Kabel ab, während die anderen eine Erklärung von ihm verlangten.

»Ich bin froh, daß mein Plan funktioniert hat, Lady und Gentlemen, aber ich muß gestehen, daß es nur eine Ausweitung von Max' falschem Alarm war«, erklärte Bollux. »Er erfuhr von den Strahlungsalarmen, als er ins Netz geschaltet war. Unter seiner Anleitung habe ich diese beiden Lautsprecher von den Korridorwänden entfernt und sie angepaßt. Die Korridore sind jetzt leer. Die Schutzanzüge der Espos eignen sich nur zum Kampf, schützen aber nicht gegen Strahlung. Sie scheinen sich recht hastig zurückgezogen zu haben.«

Han sagte: »Schaff Max zu den Fallschächten! Wenn er sie nicht wieder in Gang setzen kann, nützt das Ganze nicht viel.«

Er zerrte Bollux hinüber.

»Alle Schächte abgeschaltet, wie?« zirpte Blue Max. »Kein

Problem, Captain.«

»Schalt' sie einfach wieder ein«, meinte Han und fügte hinzu: »Was versteht überhaupt ein Knirps wie du von Problemen?«

Die Brustplatte von Bollux öffnete sich, während der Android auf das Schaltbrett zuging. Aber der Adaptereinsatz lag zu hoch. Also hängte sich Chewbacca, der ihnen am nächsten stand, die Armbrust um, holte Max aus seinem Behälter und hielt den Computer an das Schaltbrett des Fallschachts. Max' Adapter schob sich vor und klickte ein. Die Metallriegel bewegten sich. Das Schaltbrett leuchtete auf.

»Es funktioniert«, freute sich Rekkon. »Schnell, folgt mir, ehe es jemand bemerkt und das Ding wieder abschaltet!« Er gab Han ein Zeichen, so heimlich, daß niemand anderer es merkte, und der Pilot wußte, daß er als letzter gehen sollte. Rekkon war sich immer noch nicht sicher, wieweit er sich auf seine Leute verlassen konnte.

Er sprang in den Fallschacht, und Atuarre folgte ihm. Pakka schlug erneut einen Salto, und sein Schwanz ringelte sich hinter ihm im Schwebefeld. Torm sprang, mit der Waffe in der Hand, hinterher.

Sie konnten Schritte im Korridor hören. Immer noch mit Blue Max unterm Arm sprang Chewbacca in den Fallschacht. Han blieb noch ein paar Augenblicke, um einen Schuß auf die ungeschützte Flanke der Blasterkanone abzugeben. Es gab einen hellen Blitz, als die Energieversorgung sich kurzschloß. Han wirbelte herum und warf sich mit einem Kopfsprung in den Schacht, wie Torm ihm das angeraten hatte. Er hörte die Kanone explodieren.

Sie flogen hinter Rekkon durch den Schacht. Immer wieder sahen sie sich um und warteten besorgt auf den ersten Blasterstrahl, der in den Schacht fegen würde, aber es kam keiner. Han schloß daraus, daß die Espos durch die Explosion der Kanone aufgehalten worden waren. Hoffentlich brauchten sie eine Weile, bis sie bemerkten, daß der Fallschacht wieder eingeschaltet war. Insgeheim befürchtete Han, daß ihr gemächlicher Flug jeden Augenblick in einen schnellen Fall übergehen könnte, weil nämlich das Feld wieder abgeschaltet werden würde, und daß dadurch er und Chewie — nein, sie alle — in den Tod stürzen würden.

Sie schwebten bis zu dem Stockwerk hinunter, in dem die Garagen lagen. Dort verließ Rekkon den Fallschacht und winkte den anderen zu, ihm zu folgen. In der Ferne heulten immer noch die Alarmsirenen. Sie betraten eine weitläufige Parkfläche.

»Ich dachte, es würde hier irgendeine Art von Flieger geben«, sagte Rekkon, »aber darin habe ich mich wohl getäuscht.«

»In den Schacht steigen wir nicht wieder, das steht fest«, erklärte Han.

»Dort ist ein Bodenschweber, nehmen wir den«, schlug Atuarre vor.

Sie zwängten sich hinein, und Han übernahm das Steuer, während Rekkon sich neben ihn setzte. Chewbacca nahm mit den anderen auf der Ladefläche Platz. Er wandte seinem Partner den Rücken zu und ließ die anderen nicht aus den Augen, während er ein neues Magazin in seine Armbrust schob. Ehe der Wookiee Zeit hatte, Max in der Brust von Bollux zu verstauen, hatte Han den Gleiter schon in Bewegung gesetzt. Sie schossen davon, rasten die Rampe hinauf, verfehlten die Wand nur um Millimeter.

Han hatte den Steuerknüppel nach vorn geschoben und jagte den Gleiter mit Höchstgeschwindigkeit dahin. Die Rampe wand sich wie ein Schraubenzieher nach oben, und die Mauern fegten in atemberaubendem Tempo an ihnen vorbei. Rekkon begriff jetzt, daß er gut daran getan hatte, dem Jüngeren das Steuer zu überlassen.

Han hoffte, daß noch niemand auf die Idee gekommen war, den Computerkomplex abzusperren, und so war es auch. Die Polizei war mit einem zu großen Anfall von Katastrophenberichten beschäftigt. Es war gerade, als wäre auf Orron III plötzlich die Hölle losgebrochen.

Der Gleiter fegte wie das Geschoß aus dem Lauf einer altmodischen Feuerwaffe aus der Garage. In seiner Hast hatte Han sich eine Öffnung gewählt, die eindeutig als EINFAHRT gekennzeichnet war. Ein Verkehrsüberwachungsroboter registrierte prompt das Kennzeichen des Gleiters für eine Geldstrafe.

Der Gleiter fegte durch die Stadt, zum Teil von Rekkons Anweisungen, zum Teil auch durch Hans Instinkte gelenkt. Dann hatten sie den Stadtrand hinter sich und preschten über die fusionsgeformte Straße dahin. Jeglicher Verkehr wich ihnen aus. Han war froh, daß er sich am Raumhafen orientiert hatte, während sie in Rekkons Büro gewesen waren. Da die Kabine offen war, zog der Wind unsanft alle Insassen des Gleiters in Mitleidenschaft, zerzauste ihnen Haar, Pelz und Kleidung und vereitelte jegliches Gespräch.

Als sie kurz vor dem Raumhafen um eine der letzten Kurven fegten, stellte Han fest, daß es in all der Bürokratie offenbar doch jemanden gab, der nachgedacht hatte. Der Gleiter wäre fast mit voller Wucht in eine Straßensperre gekracht, einen Espo-Schwebetransporter, der quer über der Chaussee parkte, und dessen Zwillingskanonen nach einem Ziel suchten.

Han riß am Knüppel, trat die Hilfspedale und jagte sein kleines Fahrzeug von der Straße herunter. Die Maschine heulte auf, der flach gebaute Gleiter tauchte in das hohe Korn und raste weiter. Das Korn, Arcon-Hybrid, stand so hoch, daß es den Gleiter sofort verschluckte und vor den Blicken der verdutzten Espos verbarg. Dennoch steuerte Han Zickzackkurs, um auf Nummer sicher zu gehen, und die Espos feuerten, obwohl sie kein Ziel hatten, wahrscheinlich aus schierer Enttäuschung. Der Schwebetransporter war ein Bodeneffekt-Fahrzeug, das nicht imstande war, über das Feld aufzusteigen. Das wußte Han, und das bedeutete, daß die Espos, wenn sie die Verfolgung aufnehmen wollten, selbst auch ein wenig Cornflakes essen mußten.

Han mußte aufstehen und den Kopf über die Windschutzscheibe heben, um sich auch nur einigermaßen zu orientieren. Der Gleiter bahnte sich seinen Weg durch dichte Reihen von Hybrid-Korn und wirbelte hinter sich eine Wolke von Staub und Spreu auf. Binnen weniger Augenblicke war das ganze Gitterwerk des Gleiters mit Halmen bedeckt, die sich dort irgendwie verhängt hatten, und das Fahrzeug sah wie ein seltsamer Erntewagen aus.

Chewbacca war ebenfalls aufgestanden. Er deutete über die Schulter seines Partners nach vorn. Han stellte keine Fragen, sondern änderte den Kurs. Er mußte den Knüppel hart herumreißen, um vorbeizukommen an dem Hindernis, einem Berg aus gelbem Metall, einer der mächtigen, automatischen Farmmaschinen, die sich langsam und geduldig durch die endlosen Felder von Orron III fraßen.

Danach erreichten sie wieder freies Land, besser gesagt, Land, das die Erntemaschine schon kahlgefressen hatte. Han zog den Gleiter in einem weiten Bogen herum, orientierte sich erneut am

Raumhafen mit seinen aufgereihten Kolossen der Raumleichter und schoß auf sie zu.

In diesem Augenblick brach auch der Espo-Schwebetransporter durch, wenn auch weiter unten im Feld. Han hatte keine Zeit, sich um ihn zu kümmern, statt dessen steuerte er einen noch wilderen Zickzackkurs, um den Kanonieren des Espo-Schwebers die Arbeit schwerzumachen. Blastersalven zischten rings um den Gleiter durch die Luft und ließen in den Stoppeln hier und dort Flammen emporzüngeln.

Han riß den Gleiter im rechten Winkel herum, versuchte aus der Feuerlinie zu kommen, aber die Kanonen des Schwebetransporters schossen sich immer besser auf ihn ein. Eine Salve nach der anderen pfiff knapp und knapper an ihm vorbei. Er riß den Knüppel nach Backbord, doch der Kanonier war schlauer gewesen und hatte bereits einen Schuß dorthin abgesetzt. Unmittelbar unter dem Fahrgestell des Gleiters wurde der Boden aufgerissen.

Der Gleiter ruckte unsanft zur Seite, seine Nase bohrte sich in den weichen Boden, und die Maschine ging kaputt. Dampf quoll aus dem Motorraum, das kleine Fahrzeug hatte eine tiefe Furche in das Stoppelfeld geschnitten.

Han, der darum kämpfte, die Gewalt über sein Fahrzeug nicht zu verlieren, mußte im letzten Augenblick doch den Steuerknüppel loslassen. Er stieß mit dem Kopf gegen die Windschutzscheibe, wurde aus dem Führersitz geschleudert und blieb auf dem Rücken liegen. Er blickte zum Himmel von Orron III auf, der sich um ihn drehte, und fragte sich, ob sein ganzes Skelett wohl zu Konfetti verarbeitet worden war. Genau so fühlte er sich nämlich.

»Alles aussteigen!« rief er benommen. »Gepäckausgabe ist links!«

Die anderen taumelten aus dem Gleiterwrack. Han spürte, wie jemand ihn aufhob, als wäre er ein Kind. Rekkons dunkle Fäuste hielten ihn an seiner Weste gepackt. Zu seiner Freude stellte er fest, daß er noch ganz war.

»Lauft zum Zaun des Raumhafens!« rief Rekkon den anderen zu.

In der Ferne wurde das Pfeifen des Espo-Schwebers lauter.

Han schüttelte sich. Der Schweber rückte immer näher. Rekkon zog Han hinter den Bug des Gleiters und begann seine übergroße Disrupter-Pistole einzustellen. Han zog den Blaster.

»Chewie, treib sie an!« rief er.

Der stimmgewaltige Wookiee, der sich immer noch Blue Max unter den Arm geklemmt hatte, trieb die anderen an. Atuarre und Pakka rannten davon, wobei die Trianii-Frau ihren Sohn halb schleppte, halb hinter sich her zog. Torm folgte ihr in knappem Abstand. Selbst Bollux bewegte sich mit langen, eckig wirkenden Sprüngen, ohne an den Schaden zu denken, der damit vielleicht seinem Kreiselsystem oder den Schwingungsdämpfern zugefügt werden konnte. Chewbacca hatte die Nachhut übernommen und sah sich häufig über die Schulter um. Vor ihnen dehnte sich ein weiteres Kornfeld, das gerade von einer der riesigen Erntemaschinen gemäht wurde, und dahinter war der Sicherheitszaun des Raumhafens.

Han spürte etwas Warmes, Feuchtes an der Stirn, wischte sich ab und sah Blut an seinen Fingern; das hatte er der Windschutzscheibe des Gleiters zu verdanken. Rekkon, der inzwischen seinen Disrupter eingestellt hatte, wartete darauf, daß der Schwebetransporter in Schußweite kam. Dessen Fahrer, der die zum Zaun rennenden Gestalten sah, bemerkte die beiden Männer nicht, die sich hinter dem Gleiterwrack verborgen hielten. Als der Espo nahe genug herangekommen war, stützte Rekkon beide Unterarme auf die Nase des Gleiters und feuerte. Er hatte seinen Disrupter auf volle Leistung gestellt, und nun entleerte sich die mächtige Waffe in einer kurzen Flut alles vernichtender Energie. Han mußte sein Gesicht abschirmen. Was für ein Risiko Rekkon doch einging! Ebensogut hätte der Disrupter ihm in der Hand explodieren und sie beide töten können.

Aber der Disrupterstrahl hüllte Motorhaube und Windschutzscheibe des Schwebetransporters ein. Das Espo-Fahrzeug rutschte zur Seite, schleuderte und pflügte eine mächtige Furche.

Han ließ die Hände wieder sinken. Er sah, daß der Lauf von Rekkons Pistole weiß glühte und das Gesicht des Gelehrten halb verbrannt war. Rekkon warf die unbrauchbar gewordene Pistole weg.

»Sie müssen auf ein paar verdammt harte Schulen gegangen sein«, meinte Han nur, als er sich aufrichtete und sich anschickte, weiterzulaufen.

Rekkon, der den umgekippten Schweber beobachtete, hörte

nichts. Gepanzerte Espos quollen aus dem Wagen, um die Verfolgung zu Fuß fortzusetzen. Die Zwillingskanone war unter dem Fahrzeug zerdrückt worden. Rekkon trat ein oder zwei Schritte zurück und sagte: »Jetzt ist der Augenblick für uns gekommen, hier zu verschwinden, Captain Solo.«

Han jagte ein paar Schüsse zu den Espos hinüber, die noch ziemlich weit entfernt waren. Trotzdem warfen sie sich zu Boden. Dann rannte Han hinter Rekkon her. Er überlegte, ob die Espos wohl auf Schußweite nachrücken konnten, ehe er den Zaun erreichen und ihn irgendwie überwinden konnte. Wenn man alle Umstände bedachte, schienen die Espos wohl die besseren Chancen zu haben.

Einige Augenblicke lang rannte Han nur hinter Rekkons wirbelnden Sandalen her und wartete darauf, daß ein Blasterstrahl ihm die Schulterblätter versengte. Dann hob er den Kopf und holte Luft. Die monströse Erntemaschine arbeitete sich unentwegt durch das Meer von Halmen, und ihr gähnendes Maul schnitt eine zwanzig Meter breite Schneise und schüttete das Korn hinter sich auf eine mächtige Ladefläche. Han und Rekkon schlugen einen weiten Bogen um die Maschine, und Han versuchte, sich zu orientieren. Er entdeckte Gestalten zwischen den Kornhalmen, konnte sie aber nicht identifizieren.

Zu seiner Linken flammte es auf, ein Beweis dafür, daß die Espos aufholten. Han und Rekkon schlugen einen Haken nach rechts, um den riesigen Agriroboter zwischen sich und ihre Verfolger zu bekommen. Dann wühlten sie sich wieder durch eine Welt rotgoldener Halme und entdeckten hin und wieder einen ihrer Begleiter vor sich in der Ferne.

Plötzlich blieb Han stehen. Rekkon bemerkte es und hielt ebenfalls an. Beide keuchten, und Han fragte: »Wo ist Chewie?«

»Vor uns, neben uns — wer kann das in diesem Feld schon wissen?«

»Quatsch! Er ist der einzige, den man selbst hier leicht entdecken müßte.« Han richtete sich auf, seine Seite stach ihn. »Das bedeutet, daß er dort hinten ist.«

Er hastete den Weg zurück, den er gekommen war, und ignorierte Rekkons Rufe. Als er wieder ins Freie trat, sah er sofort, was geschehen war. Chewbacca hatte erkannt, daß die Espos eine gute Chance hatten, seine Begleiter zu überholen, ehe diese den Raumhafen erreichten. Irgendein größeres Ablenkungsmanöver war also erforderlich, um sie zu retten, und so war der Wookiee stehengeblieben, um eben ein solches in Szene zu setzen.

Als Han ihm zurief, zurückzukommen, zog Chewbacca sich gerade an der Flanke der mächtigen Erntemaschine hoch, die ihren vorprogrammierten Kurs fuhr. Die Maschine hatte schon den größten Teil des Weges zu den Espos zurückgelegt. Jetzt kletterte der Wookiee den letzten Meter in die Höhe und erreichte den obersten Punkt des Agriroboters, die Stelle, wo sich das Steuerzentrum befand.

Chewbacca fing an, am Schutzdeckel zu zerren. Der Deckel bestand aber aus widerstandsfähigem Material und ließ sich nicht bewegen. Han und Rekkon sahen zu, wie Chewbacca sich setzte, um eine bessere Hebelwirkung zu haben, und dann seine ganze Kraft zur Wirkung brachte. Der Deckel platzte auf, und der Wookiee arbeitete in fieberhafter Hast, löste Verbindungen und schob Teile des Steuermechanismus beiseite, um Platz für Blue Max zu schaffen. Er vermochte bei dem Lärm, den die Maschine verursachte, unmöglich Hans heisere Rufe zu hören, auch konnte er von seinem Platz aus nicht die drei Espos sehen, die eine der Serviceleitern gepackt hatten und ebenfalls auf die gigantische Maschine kletterten.

Han war viel zu weit entfernt, um schießen zu können. Die riesige Erntemaschine erzitterte, als Blue Max die Kontrolle übernahm und sich zu orientieren versuchte. Gerade als die Espos oben angekommen waren und ihre Waffen auf Chewbaccas Rücken richteten, ging wieder ein Ruck durch die Erntemaschine.

Ein Espo wäre beinahe gefallen und stieß deshalb einen erschreckten Schrei aus, so daß der Kopf des Wookiee herumfuhr, als die drei sich festzuklammern versuchten. Chewbaccas Schuß explodierte vor der Brust eines der Männer und warf ihn von der Maschine. Aber als der Wookiee sich herumdrehte und feuerte, verlor er selbst das Gleichgewicht. Die Erntemaschine beschrieb einen scharfen Bogen, und der Wookiee mußte einen verzweifelten Satz machen, um sich an einem Träger festzuhalten. Das gelang ihm zwar, aber seine Armbrust entfiel ihm.

»Chewie!« brüllte Han und wollte losrennen, doch Rekkons Pranke schloß sich um seine Schulter und hielt ihn fest.

»Sie können nicht zu ihm!« rief der Gelehrte, und damit hatte er recht.

Weitere Espos sammelten sich um den langsam dahinrollenden Agriroboter. Chewbacca, waffenlos, gewann sein Gleichgewicht zurück und warf sich auf die beiden übriggebliebenen Espos, ehe die sich von ihrem Schrecken erholt hatten. Er umfaßte einen in einer tödlichen Umarmung und trat nach dem zweiten, aber irgendwie schaffte es dieser, sich am Bein des Wookiee festzuklammern und es nicht mehr loszulassen.

Blue Max hatte die Erntemaschine unter Kontrolle, soviel stand fest. Er drehte die Maschine herum und versuchte, sie eine ganze Gruppe von Espos verschlingen zu lassen. Von der schlimmen Lage, in welcher der Wookiee sich befand, wußte Max infolge des primitiven Lenksystems der Erntemaschine nichts. Das Steuermanöver führte dazu, daß Chewbacca und die beiden Espos heruntergeschleudert wurden. Sie stürzten in die Tiefe, und der Wookiee schaffte es irgendwie, auf den beiden anderen zu landen. Trotzdem war der Humanoid benommen, und ehe er sich wieder erheben konnte, umringte ihn eine Schar Karabiner schwingender Espos.

Han mühte sich immer noch ab, Rekkons Griff zu lösen, und spürte nun, wie etwas ihn schüttelte, bis seine Zähne klapperten. Rekkon herrschte ihn an: »Das sind doch Dutzende! Sie haben keine Chance!«

Han fuhr herum und riß seinen Blaster heraus. »Loslassen! Das ist mein Ernst!«

Rekkon sah an Hans Blick, daß dieser tatsächlich nicht spaßte; Han würde jeden töten, der sich zwischen ihn und Chewbacca stellte. Die mächtigen, schwarzen Hände Rekkons lösten sich. Mit der Waffe in der Hand rannte Han auf die Espos zu.

Im nächsten Augenblick wußte er nicht, wie Rekkon ihn getroffen hatte. Hans ganze Wirbelsäule schien plötzlich in Flammen zu stehen, und dann hüllte ihn eine blendende Lähmung ein. Vielleicht war es ein Nervenstoß oder ein Schlag auf eine Stelle, die besonders empfindlich war. Jedenfalls stürzte Han zu Boden wie eine Marionette, deren Fäden man durchschnitten hat.

Die Erntemaschine, die sich nun viel schneller bewegte, fuhr auf die Espos zu. Diese feuerten zwar auf sie, aber eine so unkomplizierte Maschine wie der Erntegigant ließ sich nur schwer mit Handfeuerwaffen aufhalten. Zwar wurden ein paar unwichtige Stücke der Verkleidung und einige Schneiden abgerissen, dennoch wälzte sich der Agriroboter weiter. Einige Espos, die sich in dem dichten Kornfeld nicht schnell genug bewegten, verschwanden in dem mächtigen Maul der gigantischen Erntemaschine.

Endlich hatte Max Chewbaccas schwierige Lage erkannt und steuerte die Erntemaschine so, daß dem Wookiee Gelegenheit geboten wurde, sich wieder an Bord zu schwingen. Aber Chewbacca war von einem ganzen Rudel Espos umgeben. Max konnte sie nicht angreifen, aus Sorge, Chewbacca selbst dabei zu verletzen. Blue Max wünschte verzweifelt, Bollux wäre hier, um ihm zu sagen, was er tun sollte; der Computer war der Ansicht, solchen Entscheidungen noch nicht gewachsen zu sein. Aber da ihm keine andere Möglichkeit offenstand, begriff Max jedenfalls, daß er sich den anderen anschließen mußte. Wieder änderte die schwerfällige Erntemaschine ihren Kurs, Max löste den Geschwindigkeitsregulator, und dann jagte sie so schnell sie konnte auf den Raumhafen zu.

Han registrierte wie durch einen Nebel, daß Rekkon ihn sich auf die Schulter stemmte; er war kaum imstande, klar zu sehen. Aber als Max vorbeirollte, machte Rekkon ein paar lange Schritte, dann einen Satz und klammerte sich an der Seitenflanke der Erntemaschine fest. Er zog sich an einer kurzen Leiter hinauf und setzte Han auf einem schmalen Laufgang ab. Irgendwie schaffte Han es, den Kopf zu heben. In der Ferne konnte er sehen, wie die Espos seinen Freund als Gefangenen davonschleppten.

Han bemühte sich verzweifelt, hinunterzuspringen, um Chewie zu helfen. Doch im gleichen Augenblick packte Rekkon ihn wieder und hielt seine Arme mit eiserner Kraft fest.

»Er ist mein Freund«, stieß Han hervor und wand sich.

Wieder schüttelte Rekkon ihn. »Dann helfen *Sie Ihrem Freund*!« dröhnte seine Baßstimme. »Finden Sie sich mit den Fakten ab! Sie müssen sich retten, um ihn retten zu können!«

Der Hüne verstummte und Han wußte, daß Rekkon recht hatte. Han hörte auf, den langsam kleiner werdenden Punkten nachzublicken, die Chewbacca und die Espos waren.

Han senkte betrübt den Blick. »Chewie — Chewie . . .«

7

Beim Überholen der Flüchtenden verlangsamte Max jeweils die Fahrt der Erntemaschine, um jeden einzelnen aufzunehmen. Der erste war Bollux, der trotz aller Anstrengung hinter die anderen zurückgefallen war; er machte einen letzten Satz mit einem tiefen *Boing* seiner Stoßdämpfer, fand einen Griff, an dem er sich festhalten konnte, und zog sich hinauf. Dann kam Torm, der neben dem Agriroboter herrannte und einen athletisch-eleganten Aufsprung schaffte. Als letzte kamen Atuarre und Pakka an Bord, wobei das Junge sich an den Schwanz seiner Mutter klammerte.

Rekkon hielt Han immer noch auf dem Laufsteg fest und sagte zu ihm: »Captain, Sie müssen einfach akzeptieren, daß Sie hier nichts ausrichten können. Ihre Chance, Chewbacca auf Orron III zu befreien, ist verschwindend gering. Und, viel wichtiger, es ist sehr zweifelhaft, daß er lange hier sein wird. Man wird ihn ganz bestimmt zum Verhör schaffen wie die anderen auch. Unsere Mission ist jetzt dieselbe wie die Ihre. Es ist beinahe sicher, daß man den Wookiee dem Gros der speziellen Feinde der Kommerzbehörde beigeben wird.«

Han wischte sich das Blut von der Stirn, richtete sich auf und fing an, eine Leiter an der Außenwand der Maschine emporzuklettern.

»Wo wollen Sie hin?« fragte Rekkon ihn.

»Irgend jemand muß Max ja sagen, wo er hinfahren soll«, antwortete Han.

Der Raumhafen wurde von einem Zaun aus feinem Geflecht, das zehn Meter hoch war und eine tödliche Ladung trug, geschützt. Ein Mann ohne besondere Schutzkleidung hatte keine Chance, diesen Zaun zu überwinden, aber die Erntemaschine bot besonderen Schutz.

»Alle auf die Laufstege!« rief Rekkon. »Stellt euch auf die Isolierstreifen!«

Seine Begleiter und auch Han leisteten der Anweisung Folge und setzten die Füße auf die dicken Isolierpolster der Laufstege.

Im gleichen Augenblick, in dem die Erntemaschine den Zaun berührte, schaltete Max die Schneidebalken ein. Rings um den Agriroboter blitzte und knatterte es, und lange Funkenketten sprangen auf die mächtige Maschine über. Die Schneidebalken

108

der Maschine zerrissen den Zaun, und ein zwanzig Meter breites Stück wurde einfach niedergewalzt. Das Abwehrfeld erlosch. Die riesige Maschine walzte über die Landefläche.

Han richtete sich auf, blickte auf Max hinunter, der in der Steuernische hockte, und fragte ihn: »Kannst du diese Kiste so programmieren, daß sie ohne dich fährt?«

Der Fotorezeptor der Computersonde drehte sich herum und fixierte ihn. »Dafür ist diese Maschine gebaut, aber sie kann sich nur einfache Dinge merken, Captain. Für einen Roboter ist sie ziemlich dumm.«

Han überlegte. »Die Espos schicken ihre Leute zur Passagierabteilung des Hafens. Sie denken ganz bestimmt nicht daran, daß wir mit einem Leichter fliehen wollen. Aber auf diese Kiste hier werden sie bestimmt achten, Max. Stell sie so ein, daß wir ein paar Sekunden Zeit haben, um abzuspringen, und daß sie dann auf den Passagierabschnitt des Hafens zufährt.«

Den anderen rief Han zu: »Zeit zum Absteigen! Alles runter!«

Blue Max verriet durch eine Vielfalt von Geräuschen, welche Mühe er sich geben mußte. Dann verkündete er: »Geschafft, Captain!«

Han beugte sich vor, als Max sich vom Steuer der Erntemaschine löste, zog die Leitungen heraus, die Chewbacca eingesteckt hatte, und hob den Computer aus seinem Nest. In einer Vertiefung an Max' Oberseite war eine Trageschlaufe angebracht. Han zog sie heraus und hängte sich Max über die Schulter.

Als er unten ankam, erwarteten ihn Rekkon und die anderen bereits. Alle sprangen zurück, als die Erntemaschine sich wieder in Bewegung setzte, eine Drehung machte und zwischen den abgestellten Leichtern davonpolterte. Noch während der Fahrt hatte Han in nicht zu weiter Entfernung den Leichterrumpf entdeckt, in dem sich die *Millennium Falcon* verbarg. Er gab Blue Max an Bollux zurück und rannte auf sein Schiff zu. Die anderen mühten sich redlich, mit ihm Schritt zu halten.

Die Außenschleuse des Leichters war natürlich nicht abgeschlossen. Han schob sie beiseite und betätigte mit einem Knopfdruck Rampe und Innenschleuse. Dann sprang er ins Cockpit und begann Hebel zu drücken und Schalter zu drehen, um sein Schiff zum Leben zu erwecken. Er schrie: »Rekkon, sagen Sie Bescheid, wenn alle an Bord sind!«

Er stülpte sich die Kopfhörer über und schlug alle Vorsicht in den Wind. *Zum Teufel mit den Checks.* Er fuhr sämtliche Motoren des Leichters gleichzeitig auf Vollast und betete, daß ihm keiner beim Start durchbrannte.

Seine größte Hoffnung lag im Wesen der Bürokratie. Irgendwo hinter ihnen auf den Feldern würde der Leiter der Espo-Abteilung versuchen, seinem Vorgesetzten zu erklären, was geschehen war. Dieser Mann würde seinerseits Verbindung mit der Sicherheitsgruppe des Hafens aufnehmen und ihr Bericht erstatten. Wenn die Kommandokette genügend lang und schwerfällig war, hatte die *Falcon* eine Chance.

Han streifte seine Handschuhe über und beendete seine Vorbereitungen in dem Gefühl, daß etwas fehlte. Er war es gewöhnt, sich seine Aufgaben mit Chewbacca zu teilen, und jede Einzelheit der Startroutine erinnerte ihn aufs neue daran, daß sein Freund nicht da war.

Er überprüfte die Anzeigegeräte des Leichters und stieß einige seiner saftigeren Flüche aus. Bollux, der ins Cockpit gestampft kam, um Rekkons Meldung zu überbringen, daß alle startbereit seien, fragte ihn: »Stimmt etwas nicht, Captain?«

»Dieser Scheiß-Leichter stimmt nicht! Irgendein übereifriger Beamter hat ihn bereits aufgefüllt!«

Die Instrumente bewiesen, daß Han recht hatte. Im mächtigen Rumpf des Leichters ruhten bereits einige hunderttausend Tonnen Getreide. An einen Blitzstart war also nicht zu denken.

»Aber, Sir«, fragte Bollux mit seiner gemessenen Stimme, »können Sie den Leichterrumpf nicht einfach abtrennen?«

»*Wenn* die Explosivkupplungen funktionieren und *wenn* ich die *Falcon* dabei nicht beschädige, muß ich immer noch durch das Radarnetz des Hafens schlüpfen und an einem Wachschiff vorbeikommen.«

Er drehte sich um und schrie in die Passagierkabine: »Rekkon! Schicken Sie jemanden zu den Geschütztürmen! Es ist möglich, daß wir kämpfen müssen!«

Han konnte die Bug- und Rumpfgeschütze auch über Servosteuerung vom Cockpit aus betätigen, aber eine Fernsteuerung war ein schwacher Ersatz für einen lebenden Kanonier.

»Und schraubt euch den Nabel fest, wir starten in zwanzig Sekunden!«

Innerlich kochte Han. Er war wütend, daß die Maschinen des

Leichters soviel länger als die der *Falcon* zum Warmlaufen brauchten.

Die Hafenkontrolle hatte inzwischen zur Kenntnis genommen, daß der Leichter sich startbereit machte, und begann, immer noch in dem Glauben, es handle sich um ein Robotschiff, Befehle zu übermitteln, daß der Start abzubrechen sei. Han hatte natürlich schon lange auf Handsteuerung geschaltet und ließ den Computer des Leichters die Startfreigabe bestätigen, so, als hätte er sie erhalten. Die Hafenkontrolle wiederholte ihren Befehl und war überzeugt, neben den anderen Problemen der letzten Stunde es nun auch noch mit einem Computerdefekt zu tun zu haben.

Han fuhr die Maschinen hoch. Der Leichter wälzte sich aus seiner Grube, bog den Ladekran zur Seite und ignorierte alle Anweisungen, abzuwarten. Han hatte jetzt bessere Sicht und entdeckte den verlassenen Agriroboter. Dieser hatte das Hafengelände bis zur Hälfte durchmessen und war von Espo-Schwebern, Gleitern und Selbstfahrartillerie umgeben. Die Erntemaschine wies schwere Schäden auf, gehorchte aber immer noch ihren Befehlen und versuchte weiterzufahren.

Von allen Seiten schlugen Schüsse in sie ein und brachten die mächtige Maschine endgültig zum Stehen. Sie rissen Platten ihrer Verkleidung ab und zerschmolzen den größten Teil ihres Chassis. Es schien offenbar niemanden mehr zu interessieren, hier Gefangene zu machen. Die Energieversorgung der Erntemaschine ging in einem feurigen Ball hoch, und der Roboter wurde mit einer Gewalt auseinandergerissen, die einige der Espo-Kanonen umwarf.

Als der Leichter schwerfällig und mühsam höher stieg, wobei er das Schnattern der Hafenkontrolle ignorierte, sah Han die Stelle, wo Chewbacca gefangengenommen worden war. Eine Anzahl von Espo-Fahrzeugen hatte sich um das Wrack des Schwebetransporters gruppiert. Han konnte nicht erkennen, ob sein Partner sich noch dort befand oder bereits weggeschafft worden war; jedenfalls wimmelten die Felder von Sicherheitspolizisten. Rekkon hatte recht gehabt, umzukehren wäre Selbstmord gewesen.

Plötzlich ging eine konvulsivische Erschütterung durch den Leichter, und den Passagieren der *Falcon* war es, als hätte sie jemand am Kragen gepackt und schüttle sie. Han schaltete mit ei-

III

nem besorgten Gefühl die Heckschirme ein. Bollux, der beinahe zu Boden gestürzt wäre, ließ sich in den Navigatorsessel fallen und erkundigte sich, was los sei. Han ignorierte ihn.

Was er und Chewbacca unmittelbar vor der Landung entdeckt hatten, war tatsächlich ein Wachschiff in transpolarem Orbit gewesen. Selbst Rekkon hatte nicht gewußt, welch großen Wert die Kommerzbehörde auf Orron III legte. Achtern des Leichters kam jetzt ein Dreadnought heran, eines der mächtigen Schiffe aus der alten Invisible-Klasse, ein Monstrum von über zwei Kilometer Länge, das von Kanonentürmen, Raketenrohren, Schleppstrahlprojektoren und Deflektorschirmen starrte und gepanzert war wie ein Berg aus Proton-Stahl. Der Dreadnought rief sie an, befahl zu stoppen und identifizierte sich gleichzeitig als *Shannador's Revenge*. Ihre Schleppstrahlen saugten sich am Leichter fest, wobei im Vergleich dazu der Strahl des Leichters auf Duroon nicht viel mehr als ein kleiner Fingerzeig gewesen war.

»Jetzt ist Feierabend«, stellte Han fest, machte seine Waffen schußbereit und ließ die Deflektorschirme anlaufen, wohl wissend, daß das gar nichts nützte. Der Dreadnought verfügte über genügend Waffen, um ein Dutzend Schiffe wie die *Falcon* festzuhalten und in Staub zu verwandeln. Han schaltete das Intercom ein. »Dieser Ruck kam von einem Schleppstrahl. Alles ruhig bleiben — es könnte unangenehm werden.«

Als ob wir die geringste Chance hätten, dachte er bei sich. Dennoch hatte er nicht die Absicht, sich lebend fangen zu lassen. Besser, die Laufbahn von ein paar Espos abzukürzen und mit Stil unterzugehen.

Von draußen waren reißende, fetzende Geräusche zu hören. Einige der Aufbauten, die durch die Umbauarbeiten am Rumpf geschwächt oder gelockert worden waren, hatten sich unter dem Schleppstrahl völig gelöst und flogen der *Shannador's Revenge* entgegen.

Han betrachtete das als einen Wink des Schicksals. An seinem Armaturenbrett hatte er eine primitive Computerschaltung für sämtliche Funktionen des Leichters. Er drückte die Knöpfe nieder und rief: »Alles festhalten! Wir wollen . . .«

Er wurde in seinen Sessel zurückgepreßt. Hunderttausend Tonnen Korn ergossen sich in das Schleppfeld des Dreadnought, wurden von der brutalen Kraft der *Shannador's Revenge* förmlich aufgesogen und dehnten sich zu einem blendenden Kondensstreifen aus, während der Frachter mit immer leichter werdender Ladung davonschoß.

Der Dreadnought wurde von dem unerwarteten Kornregen eingehüllt. Han sah, daß das Kriegsschiff geradewegs durch den Kornhagel pflügte und dem Leichter schnell näher rückte, obwohl seine Sensoren im Augenblick geblendet waren. Die Schleppstrahlen hingen eben immer noch am Heck des Leichters fest, und Han fragte sich, wie lange es noch dauern mochte, bis der Kapitän des Kriegsschiffes den Feuerbefehl gab.

Es gab nur noch eine Chance. Hans Hand fuhr auf den Antriebshebel des Leichters herunter, gab Gegenschub und riß buchstäblich im gleichen Augenblick die Halterungen auf. Seine andere Hand schwebte über dem Hauptfahrhebel der *Falcon*.

Der Rumpf des Leichters erzitterte und verlor den größten Teil seiner Geschwindigkeit, während durch die *Falcon* und gleichzeitig auch durch das sie umgebende größere Schiff das Knallen explodierender Bolzen hallte. Aufbauelemente, die man eingefügt hatte, um die *Falcon* festzuhalten und gleichzeitig zu tarnen, wurden abgerissen. Eine Sekunde später heulten die Maschinen der *Falcon* auf, und ihr blaues Feuer riß das kleinere Schiff von den sich lösenden Stützen ab.

Han lenkte die *Falcon* auf denselben Kurs, den sie auch bisher geflogen waren, so daß der Rumpf des Leichters zwischen ihm und dem Kriegsschiff stand. Die *Shannador's Revenge* hatte wegen der Beeinträchtigung ihrer Sensoren nicht bemerkt, daß der Leichter drastisch an Tempo verloren hatte. Der Kapitän des Dreadnought verlangte gerade eine Vektoränderung, als das Kriegsschiff den abbremsenden Leichter rammte. Die vorderen Schirme der *Shannador's Revenge* flammten auf, und ihre Kollisionsfelder traten sofort in Aktion, so daß der treibende Rumpf des Leichters in Stücke gerissen wurde. Dennoch ging es auch auf der *Shannador's Revenge* nicht ganz ohne Beschädigungen ab. Die vordere Sensorkuppel des Kriegsschiffes wurde gefechtsunfähig.

Durch das ganze Schiff hallten Alarmsirenen und Schadensmeldungen. Luftdichte Schleusentore schlossen sich automatisch, ausgelöst von Rissen in der Außenhaut.

Die *Millennium Falcon* jagte in die obere Atmosphäre. Die Vorstellung, daß er einem Schlachtschiff die Nase blutig geschlagen hatte und es ihm gelungen war, zu entkommen, trug nicht dazu bei, Hans Stimmung zu verbessern. Auch tröstete ihn wenig das Wissen, daß der Hyperraum und die Sicherheit nur noch Augenblicke entfernt waren. Ausschließlich eine einzige unerträgliche Tatsache beschäftigte ihn: Sein Freund und Partner war in der Gewalt der gnadenlosen Kommerzbehörde.

Als die Sterne sich vor ihm geteilt hatten und das Schiff sicher im Hyperraum trieb, saß Han da und wurde sich klar, daß er sich gar nicht mehr an einen Flug erinnern konnte, den er ohne den Wookiee unternommen hatte. Rekkon hatte zwar recht gehabt, zur Flucht zu raten, aber auch das konnte Hans Gefühl nicht ändern, Chewbacca im Stich gelassen zu haben.

Bedauern war jedoch Zeitvergeudung. Han nahm die Kopfhörer ab und verließ seinen Sitz. Rekkon war seine einzige Hoffnung. Er eilte zum vorderen Abteil, das im Schiff gleichzeitig als Aufenthaltsraum, Messe und Schlafstelle diente, und wußte noch im Gang, daß irgend etwas nicht stimmte. Der scharfe Dunst von Ozon drang ihm in die Nase, der Geruch von Blasterfeuer.

»Rekkon!«

Han rannte auf den Gelehrten zu, der über dem Spielbrett zusammengesunken war. Jemand hatte ihn von hinten niedergeschossen mit einem Blaster, der auf schwachen Nadelstrahl gestellt gewesen war. Wahrscheinlich hatte man den Schuß nicht einmal im Abteil selbst gehört. Unter Rekkons Leiche lag ein tragbares Lesegerät. Daneben rauchte eine Pfütze aus geschmolzener Flüssigkeit: die Überreste der Datenplakette.

Han stützte sich gegen die Wand und überlegte, was als nächstes zu tun war. Rekkon war seine einzige Hoffnung gewesen. Der Alte hätte ihm helfen sollen, Chewbacca zu befreien und sich selbst aus diesem Schlamassel herauszumanövrieren. Jetzt, da Rekkon tot, die unter so großer Mühe erworbene Information nutzlos war und sich zumindest *ein* Verräter an Bord befand, der zugleich auch ein Mörder war, fühlte Han sich schrecklich allein. Er hielt den Blaster in der Hand, aber im ganzen Raum und auch im Korridor war niemand.

Er hörte draußen die Leiter klirren, rannte auf den Schacht zu und sah Torm aus dem Bugturm der *Falcon* herunterklettern. Als Torm den Leiterschacht verließ, blickte er in die Mündung von Hans Pistole.

»Geben Sie die Waffe her, Torm! Lassen Sie die rechte Hand an der Sprosse, tun Sie es ganz langsam mit der Linken! Machen Sie ja keinen Fehler!«

Als Han die Waffe des anderen hatte, ließ er ihn aus dem Schacht klettern und veranlaßte ihn, den Werkzeuggurt abzuschnallen. Dann tastete er ihn ab und forderte ihn auf, in den Aufenthaltsraum zu gehen. Er rief in den Schacht und forderte Atuarre auf, ebenfalls herunterzukommen.

Er ließ Torm nicht aus den Augen, der seinerseits Rekkons Leiche erschreckt anstarrte.

»Wo ist der Junge?« fragte Han leise.

Der Rotkopf zuckte mit den Schultern. »Rekkon hat Pakka gesagt, er soll nach einem Medizinkasten suchen. Sie waren nicht der einzige, der unterwegs etwas abbekam. Der Junge hat herumgesucht. Ich nehme an, er hat sich irgendwo festgehalten, als Sie riefen, wir sollten aufpassen.« Wieder blickte er zu Rekkon hinüber, als könnte er den Tod ihres Anführers immer noch nicht fassen. »Wer war das, Solo? Sie?«

»Nein. Und die Liste der möglichen Täter ist verdammt klein.«

Han hörte Atuarres leichten Schritt und hielt sie mit der Waffe in Schach, als sie aus dem Leiterschacht trat.

Die Züge der Trianii-Frau verzogen sich haßerfüllt. »Sie wagen es, die Waffe gegen mich zu richten?«

»Schnauze! Werfen Sie mir die Waffe vorsichtig her, und lassen Sie den Werkzeuggurt fallen! Jemand hat Rekkon getötet, und das kann jeder — also auch *Sie!* — gewesen sein. Also Waffe her! Zweimal sag' ich das nicht!«

Ihre Augen weiteten sich, der Schock, den sie über Rekkons Tod empfand, verdrängte ihre Wut. Woher soll ich wissen, ob das echt ist oder bloß gespielt? fragte sich Han.

Als er sie jetzt beide vor sich hatte, mußte er erkennen, daß er so nicht weiterkam. Da waren nur Schock und Angst.

Ein Klirren auf den Deckplanken verriet, daß Bollux aus dem Cockpit unterwegs war. Han sah sich nicht um, bis er die eindringliche Stimme des Androiden hörte.

»Captain!«

Han wirbelte herum, den Blaster im Anschlag. Im Gang, der ins Cockpit führte, kauerte Pakka, die kleine Pistole in der einen, eine Medizintasche in der anderen Hand. Er schien unschlüssig.

»Er denkt, Sie bedrohen mich«, sagte Atuarre und ging auf ihr Junges zu.

Han riß den Blaster herum und richtete ihn auf sie, dann sah er das Trianii-Junge an. »Sagen Sie dem Kleinen, er soll die Waffe fallen lassen und zu Ihnen gehen, Atuarre! Los!«

Das tat sie, und das Junge gehorchte, nachdem seine großen Augen zwischen Han und seiner Mutter hin und her gewandert waren.

Torm nahm dem Jungen die Medizintasche weg und reichte sie Han. Der ging zu einem Beschleunigungssessel, immer noch seine Passagiere mit der Waffe in Schach haltend, und öffnete mit seiner freien Hand die Tasche. Er hielt sich eine Spraydose gegen die Stirn und wischte sich dann mit einem desinfizierenden Lappen ab. Er setzte die Tasche ab, hob die drei konfiszierten Waffen auf, legte sie beiseite und sah Torm, Atuarre und Pakka an. In seinem Schädel drehte sich alles. Wie sollte er wissen, wer die Tat begangen hatte? Jeder von ihnen hatte die Gelegenheit zum Mord gehabt. Entweder war Pakka zurückgekommen, oder einer der anderen hatte seine Gefechtsstation verlassen, um Rekkon zu ermorden. Fast bedauerte es Han, daß er mit der *Shannador's Revenge* kein Feuer gewechselt hatte; in diesem Falle hätte er zumindest gewußt, ob eine der Kampfstationen unbesetzt gewesen war.

Atuarre und Torm wechselten argwöhnische Blicke.

»Rekkon hat mir gesagt«, meinte Torm, »er habe Sie und das Junge gegen seine innerste Überzeugung mitgenommen.«

»Mich?« schrillte sie. »Und was ist mit Ihnen?« Sie wandte sich Han zu. »Oder mit *Ihnen?*«

Das erschütterte ihn. »Schwester, ich bin es, der euch hier herausgeholt hat, klar? Außerdem, wie hätte ich denn starten und gleichzeitig Rekkon erschießen sollen? Und endlich war Bollux bei mir.«

Han wühlte wieder in der Verbandstasche herum, fand schließlich ein Stück Synthofleisch und preßte es sich auf seine Verletzung.

»Das hätte sich alles auch per Computer erledigen lassen, Solo. Oder Sie haben ihn vielleicht getötet, ehe ich herunterkam«, sagte Torm. »Und was taugt ein Android schon als

Zeuge? *Sie* sind ja derjenige, welcher hier mit dem Blaster herumfuchtelt, Sie Meisterschütze.«

Han schob die Medizintasche beiseite und erwiderte: »Ich will Ihnen etwas sagen: Sie alle, alle drei, werden einander im Auge behalten, und ich werde der einzige mit einer Waffe sein. Wenn jemand künftig einen falschen Gesichtsausdruck hat, dann ist für ihn Schluß. Sie werden genau das tun, was ich sage, klar?«

Atuarre ging auf das Spielbrett zu. »Ich helfe Ihnen, Rekkon wegzubringen.«

»Rühren Sie ihn nicht an!« schrie Torm. »Entweder Sie oder Ihr Junges haben ihn umgebracht, vielleicht sogar Sie beide!«

Der Rothaarige hatte die Hände zu Fäusten geballt. Atuarre und Pakka zeigten ihre Fänge.

Han brachte alle drei mit einer drohenden Geste zum Schweigen. »Alles ganz ruhig! *Ich* werde mich um Rekkon kümmern. Bollux kann mir dabei helfen. Ihr drei geht in den Laderaum hinter dem Hauptgang.«

Zuerst setzte Torm sich in Bewegung, dann folgten ihm die beiden Trianii.

Han trat zur Seite, als sie in den leeren Laderaum gingen, und sagte: »Wenn jemand hier seine Nase zeigt, ohne daß ich es ihm erlaubt habe, werde ich denken, daß er es auf mich abgesehen hat, und ihn rösten. Und wenn jemand hier drinnen verletzt wird, dann wandern die anderen ins All hinaus, ohne daß ich lange herumfrage.«

Er schloß die Luke und überließ sie sich selbst.

Im vorderen Abteil wartete Bollux stumm, Max stand nebenan auf einer Konsole. Han musterte die Leiche. »Nun, Rekkon, Sie haben getan, was Sie konnten, aber viel hat es Ihnen nicht eingebracht. Meinen Partner haben sich die Espos geschnappt, und Ihr Mörder ist mit an Bord. Sie waren kein übler alter Knabe, aber irgendwie wünschte ich mir, wir wären uns nie begegnet.«

Han griff nach dem Arm der Leiche und zog daran. »Bollux, übernimm du die andere Seite; ein Leichtgewicht war der nicht.«

Dann sah er es. Han schob Rekkons Leiche schwerfällig zurück und beugte sich vor, um das Gekritzel auf dem Spielbrett zu sehen, das der Arm des Toten verdeckt hatte. Es war schwer, die Schrift zu entziffern. Man sah, daß Rekkon unter Schmerzen geschrieben hatte, dem Tode nah. Han las: »Stars' End, Mytus VII«.

Er kniete nieder und fand Rekkons blutbesudelten Stift auf dem Boden. Mit letzter Kraft hatte Rekkon es noch geschafft, festzuhalten, was er der Computerplakette entnommen hatte. Im Sterben hatte er noch an seine Freunde gedacht.

»Verrückt«, murmelte Han. »Wem wollte er das denn sagen?«

»Ihnen, Captain Solo«, antwortete Bollux automatisch.

Han drehte sich überrascht nach ihm um. *»Was?«*

»Rekkon hat die Nachricht für Sie hinterlassen, Sir. Die Wunde zeigt, daß er von hinten erschossen wurde, und deshalb hat er vermutlich seinen Mörder überhaupt nicht gesehen. Das einzige lebende Wesen, dem er vertraute, müssen Sie gewesen sein, Captain.«

Han starrte die Leiche an. »Also gut, du sturer, alter Mann, du gewinnst.« Er beugte sich vor und wischte die Worte mit der Hand aus. »Bollux, du hast das nie gesehen, verstanden? Stell dich dumm!«

»Soll ich diesen Teil meines Gedächtnisses löschen, Sir?«

Hans Antwort ließ eine Weile auf sich warten. »Nein. Es könnte sein, daß du das weitergeben mußt, wenn ich nicht überlebe. Und sorge dafür, daß Blue Max auch dichthält.«

»Ja, Captain.« Bollux ergriff Rekkons anderen Arm, als Han sich anschickte, die Leiche hochzustemmen. Seine Gelenke ächzten, und seine Servomotoren pfiffen. »Er war ein großer Mann, nicht wahr, Captain?«

Han keuchte unter der Last des Leichnams. »Was meinst du damit?«

»Einfach das, Sir — er hatte eine Funktion, ein Ziel, das ihm wichtig war, wichtiger als sein Leben. Deutet das nicht auf Größe?«

»Weißt du was? Du darfst die Leichenrede halten, Bollux. Ich kann nur sagen, daß er tot ist. Und wir werden ihn durch die Notschleuse ausstoßen müssen. Es wäre möglich, daß man uns entert; da wäre es schlecht, wenn wir ihn an Bord hätten.«

Ohne weiteres Gespräch schleppten die beiden Rekkon hinaus, den Mann, der über den Tod hinaus seinen Freunden die Treue gehalten und Han die Information geliefert hatte, die er brauchte.

Han öffnete die Schleuse.

Atuarre, Pakka und Torm hatten sich auf die nackten Deckplanken gesetzt, der Mensch auf der einen Seite, die beiden Trianii auf der anderen.

»Wir mußten Rekkon in den Raum werfen«, erklärte ihnen Han. »Atuarre, ich möchte, daß Sie und Pakka das vordere Abteil säubern. Sie können Essen in die Wärmeeinheit stellen. Torm, Sie kommen mit. Ich brauche jemanden, der mir beim Beseitigen der Schäden hilft, die wir beim Start davongetragen haben.«

Atuarre widersprach: »Ich bin Soldatin der Trianii und Pilotin, keine Putzfrau. Außerdem, Solo-Captain, ist dieser Mann ein Verräter.«

»Schnauze!« fuhr Han sie an. »Ich habe sämtliche Waffen im Schiff eingeschlossen, auch Chewies zweite Armbrust. Ich bin der einzige Bewaffnete hier, und dabei bleibt es, bis ich mir überlegt habe, was ich mit euch anfange.«

Sie sah ihn mürrisch an und erwiderte: »Solo-Captain, Sie sind ein Narr.«

Dann ging sie, gefolgt von Pakka, hinaus.

Torm erhob sich, aber Han legte den Arm vor die Luke und hielt ihn auf. Der Rothaarige blieb stehen und wartete.

»Sie sind der einzige, dem ich vertrauen kann«, meinte Han. »Bollux taugt nicht viel, und ich habe mir inzwischen überlegt, wer Rekkon getötet hat.«

»Wer denn?«

»Pakka. Die Kommerzbehörde hatte ihn in ihrer Gewalt, und sie haben an ihm herumgedoktert. Deshalb redet er nicht. Ich glaube, die haben ihm einen hypnotischen Befehl erteilt und dann zugelassen, daß Atuarre ihn auffand. Rekkon hätte keinen anderen so nahe an sich herangelassen.«

Torm nickte grimmig. Han zog die Pistole des Mannes aus seinem Gürtel und reichte sie ihm. Sie war voll geladen. »Behalten Sie sie. Ich bin nicht sicher, daß Atuarre auch schon dahintergekommen ist. Jedenfalls werde ich nichts sagen. Vielleicht erfahre ich noch etwas.«

Torm verstaute die Waffe in einer Tasche seines Overalls. »Was tun wir jetzt?«

»Rekkon hat unmittelbar vor seinem Tode eine Nachricht auf dem Spielbrett hinterlassen. Die Behörde hält ihre Spezialgefangenen auf Mytus VI gefangen, an einem Ort, der sich ›Stars'

End‹ nennt. Nachdem wir das Schiff durchsucht haben, versammeln wir uns im vorderen Abteil und tasten die Computerspeicher danach ab. Vielleicht rutscht Pakka oder Atuarre dann etwas heraus.«

Als die leichten Schäden, welche die *Millennium Falcon* bei ihrer Flucht von Orron III davongetragen hatte, repariert worden waren, versammelte sich die Besatzung des Schiffes im vorderen Abteil. Han hatte vier Lesegeräte gebracht. Er gab jedem eines davon und nahm sich selbst auch eines. Bollux saß etwas abseits, und Max befand sich an seinem üblichen Ort und blickte aus der geöffneten Brust des Androiden.

»Ich habe die Leseschirme mit den Computern des Schiffes verbunden«, erklärte Han. »Jeder ist auf ein bestimmtes Informationsgebiet abgestimmt. Ich nehme Navigation, Atuarre hat Planetologie, Pakka kann die unklassifizierten Daten der Behörde überprüfen, und Torm hat die Bedienungsanleitung der Techniker. Okay. Wir tasten jetzt Stars' End ein und fangen an.«

Die drei anderen gehorchten. Torms Bildschirm blieb, mit Ausnahme des Operationsbefehls, dunkel, ebenso der Schirm Atuarres. Sie blickte, wie die anderen, auf und sah Han zu, der seinen Schirm musterte.

»Ihre Leseschirme sind überhaupt nicht angeschlossen«, erklärte er, »nur der meine. Atuarre, zeigen Sie Torm Ihren Schirm.«

Etwas verunsichert kam sie der Aufforderung nach und drehte ihren Bildschirm so, daß der Rothaarige ihn sehen konnte. Auf dem Schirm war der einfache Suchbefehl MYTUS VIII zu lesen.

»Deinen auch, Pakka«, forderte Han das Junge auf. Auf dessen Schirm stand MYTUS V.

»Sehen Sie sein Gesicht«, sagte Han zu den anderen und meinte damit Torm, der bleich geworden war. »Sie wissen doch, was Sie getan haben, nicht wahr, Torm? Zeigen Sie allen Ihren Schirm. Dort steht MYTUS VII, aber ich habe Ihnen gesagt, daß Stars' End auf MYTUS VI sei, ebenso, wie ich auch den anderen den falschen Planeten genannt habe. Doch Sie kannten den richtigen schon, weil Sie ihn über Rekkons Schulter lasen, ehe Sie ihn töteten, stimmt's?« Die falsche Leichtigkeit schwand aus Hans Stimme, als er wiederholte: »Ich habe gefragt: Stimmt's, *Verräter?*«

Torm sprang auf und riß die Waffe heraus, aber sie funktionierte nicht.

»Defekt, was?« fragte Han unschuldig und brachte den eigenen Blaster in Anschlag. »Ich wette, daß meiner funktioniert, Torm.«

Torm riß wie wild an seiner Pistole. Han reagierte mit der Geschwindigkeit eines Sternenpiloten und schlug ihm mit der linken Hand die Waffe aus der Hand. Aber Torm war bereits herumgewirbelt, hatte die überraschte Atuarre an sich gerissen und drohte, ihr den Hals umzudrehen. Als sie sich widersetzte, drückte er zu. Die geringste Bewegung von ihr, und er hätte ihr das Genick gebrochen.

»Legen Sie den Blaster weg, Solo!« befahl Torm. »Und dann die Hände auf das Spielbrett, sonst . . .«

Weiter kam er nicht, denn Pakka landete mit einem mächtigen Satz auf Torms Schultern und grub die Fänge in seinen Hals, kratzte nach seinen Augen und schlang den Schwanz um den Hals des Verräters. Torm mußte Atuarre loslassen, um sich gegen Pakka zu wehren, und Atuarre drehte sich herum, und selbst Bollux war aufgestanden, wenn er auch nicht wußte, was er tun sollte.

Torm versetzte Atuarre einen wilden Tritt. Sie taumelte und verstellte Han die Schußbahn. Torm riß Pakka von seiner Schulter und schleuderte das Junge zur Seite. Pakka prallte von einem der Sicherheitspolster neben der Schleuse ab, während Torm in den Korridor rannte.

Im Zickzack hetzte Torm am Cockpit, am Leiterschacht und an der Rampenluke vorbei; dort war nirgends eine Zuflucht zu erwarten. Er hörte Hans Schritte dicht hinter sich und zwängte sich in das erste Abteil, das er erreichte. Er verfluchte sich im stillen dabei, weil er sich nicht die Zeit genommen hatte, sich im Schiff zu orientieren. Drinnen drückte er den Knopf, um die Luke hinter sich zu schließen. Das Abteil war leer, enthielt keinerlei Werkzeuge, nichts, was er als Waffe hätte benutzen können. Er hatte gehofft, dies sei eine der Kammern für die Fluchtkapseln. Immerhin bot der Raum kurzzeitig Sicherheit. Vielleicht war Zeit zu gewinnen. Für den Augenblick verschwendete Torm keinen Gedanken darauf, wo er sich wohl befinden

121

mochte. Als er es freilich erkannte, warf er sich gegen die Luke, durch die er gekommen war, riß an den Knöpfen und fluchte wild.

»Das ist vergebliche Liebesmühe«, erreichte ihn Hans Stimme über das Intercom. »Nett von Ihnen, daß Sie die Notschleuse gewählt haben, Torm. Dort hätte ich Sie auch hingesteckt.«

Han blickte durch das Bullauge in der inneren Schleusenklappe. Er hatte die Lukensteuerung abgeschaltet, um sicherzustellen, daß Torm nicht wieder zurück konnte. Sämtliche Öffnungen der *Falcon* waren innengesteuert, um Leuten, die sich gewaltsam Zutritt verschaffen wollten, das zu erschweren. Schließlich handelte es sich um ein Schmugglerschiff.

Torm leckte sich mit der trockenen Zunge die noch trockeneren Lippen. »Solo, überlegen Sie doch . . .«

»Sparen Sie sich den Atem, Torm, Sie werden ihn brauchen. Sie gehen nämlich jetzt schwimmen.«

Natürlich waren in der Schleuse keine Raumanzüge gelagert. Torms Augen weiteten sich vor Angst.

»Solo, nein! Ich habe nie etwas gegen Sie gehabt! Ich wäre nie mitgekommen — nur haben dieser Bastard Rekkon und die Trianii-Frau mich nicht aus den Augen gelassen. Wenn ich weggelaufen wäre, hätten sie mich erschossen. Das verstehen Sie doch, oder? Es ging um meinen Kopf, Solo!«

»Also haben Sie Rekkon umgebracht«, sagte Han hart.

»Das mußte ich doch! Wenn er das von Stars' End weitergesagt hätte, dann wäre ich dran gewesen. Sie kennen diese Leute von der Kommerzbehörde nicht, Solo. Die akzeptieren einfach nicht, daß man Pech hat.«

Atuarre war hinter Han aufgetaucht, gefolgt von Pakka und Bollux. Das Junge kletterte dem Androiden auf die Schulter, um besser sehen zu können.

»Aber Torm«, sagte Atuarre, »Rekkon hat Sie doch gefunden, Sie zu uns geholt. Ihr Vater und Ihr Bruder sind wirklich verschwunden.«

Ohne den Blick von der Luke zu wenden, fügte Han hinzu: »Sicher sind sie das. Ihr Vater und Ihr älterer Bruder, stimmt's, Torm? Damit sind Sie nicht zufälligerweise Erbe der Kail-Weiden, oder?«

Das Gesicht des Verräters war kalkweiß geworden. »Ja, wenn ich das tue, was die Behörde verlangt. Solo, kommen Sie mir

bloß nicht damit! Sie haben doch gesagt, Sie seien ein Geschäftsmann. Ich kann an so viel Geld 'ran, wie Sie wollen. Es geht Ihnen darum, Ihren Partner zu retten. Der Wookiee ist inzwischen
nach Stars' End unterwegs. Sie sehen ihn nur dann wieder, wenn
Sie sich mit mir einigen. Die Kommerzbehörde hat nichts gegen
Sie. Sie können Ihren Preis selbst festsetzen.«

Langsam begann Torm sich zu beruhigen und wieder unter
Kontrolle zu bekommen. »Diese Leute halten ihr Wort, Solo.
Die kennen noch nicht einmal Ihre Namen, von keinem von Ihnen. Ich war stets für mich allein tätig und habe meine Informationen für mich behalten, um den richtigen Preis zu erzielen. Einigen Sie sich mit mir. Die Behörde — das sind auch Geschäfts-
leute wie Sie und ich. Sie können den Wookiee zurückhaben
und genügend Geld obendrein, um ein neues Schiff zu kaufen.«

Er erhielt keine Antwort. Han musterte sein eigenes Spiegelbild im Metall des Schleusenschalters. Torm schlug mit den Fäusten gegen die Innenschleuse.

»Solo, sagen Sie mir, was Sie haben wollen, und ich sorge dafür, daß Sie es kriegen, das schwöre ich. Sie sind doch auch sich
selbst der Nächste? Oder nicht, Solo?«

Han starrte sein Spiegelbild an. Wenn das jetzt das Bild eines
anderen gewesen wäre, dann hätte er gesagt, diese Augen verbergen alles, außer Zynismus. Und seine Gedanken waren ein
Widerhall dessen, was Torm sagte: *Bin ich das?* Er blickte zu
Torm hinein, der immer noch mit der Schleuse kämpfte.

»Bereden Sie das mit Rekkon«, antwortete Han und drückte
den Schleusenknopf.

Die Außenschleuse klappte auf. Mit einer Explosion von Luft,
die sich den Weg ins Vakuum bahnte, wurde Torm in die chaoti-
sche Pseudorealität des Hyperraums hinausgeschleudert. Und
außerhalb des schützenden Energiemantels, der die *Millennium
Falcon* umgab, hörten die Materieeinheiten und Kräfte, die einmal Torm gewesen waren, auf, zusammenhängende Bedeutung
zu haben.

8

»Solo-Captain«, riß ihn Atuarre aus seinen Gedanken, wobei sie sich ins Cockpit beugte, »ist es nicht Zeit, daß wir miteinander sprechen? Wir sind jetzt seit fast zehn Standardzeitteilen hier, und was getan werden soll, ist heute auch nicht klarer als bei unserer Ankunft. Wir müssen doch eine Entscheidung treffen, finden Sie nicht?«

Han wandte sich von der Betrachtung des fernen Lichtpunktes, der nur undeutlich durch die Kuppel der *Millennium Falcon* erkennbar war, und von dem er wußte, daß es sich um Mytus VII handelte, ab. Rings um ihr Schiff ragten die Spitzen und Hügel des winzigen Asteroiden empor, auf dem sie sich versteckt hielten. »Atuarre, ich weiß nicht, was die Trianii vom Warten halten, aber was mich betrifft, so hasse ich das Warten mehr als alles andere. Aber es bleibt uns nichts anderes übrig, als auszuharren, bis wir unsere Karten ausspielen können.«

Damit wollte sie sich nicht abfinden. »Es gibt andere Möglichkeiten, Captain. Wir könnten versuchen, mit Jessa Verbindung aufzunehmen.«

Ihre senkrecht geschlitzten Augen musterten ihn.

Han fuhr in seinem Pilotensessel so schnell herum, daß sie unwillkürlich zurückzuckte. Als er das bemerkte, zügelte er sein Temperament. »Es wäre Zeitvergeudung, Jessa zu suchen. Nach dem Angriff der Hornissen hat sie sich irgendwo ein Loch gesucht und es hinter sich zugezogen. Die *Falcon* schafft eins Komma fünf über dem Großen L, und wir könnten trotzdem einen Monat auf der Suche nach ihr und ihren Technikern verbringen und sie nicht finden. Vielleicht hört Jessa von uns, oder sie empfängt eine unserer Blindsendungen, aber verlassen können wir uns nicht auf sie. Nein, ich baue auf niemanden außer auf mich selbst, und wenn ich Chewie dort allein heraushauen muß, dann tu ich es.«

Ein Teil ihrer Spannung löste sich. »Sie sind nicht allein, Solo-Captain. Mein Gefährte ist auch dort auf Stars' End. Ihr Kampf ist auch der Kampf Atuarres.« Sie streckte ihre schmale, scharfklauige Hand aus. »Aber kommen Sie jetzt, Sie müssen etwas essen. Es hilft nichts, wenn Sie Mytus VII anstarren, und vielleicht lenkt uns das sogar von dem ab, was wir tun müssen.«

Er stemmte sich aus dem Sitz und blickte ein letztes Mal zu

dem fernen Planeten hinüber. Mytus VII war ein wertloser Felsbrocken, der um eine kleine, unauffällige Sonne am Ende des
Sternennebels kreiste, den die Kommerzbehörde für sich beanspruchte. Wirklich das Ende der Sterne. Eine Gefahr, daß jemand zufällig auf die geheime Gefängnisstation der Kommerzbehörde stieß, die dort untergebracht war, bestand kaum, es sei
denn, er suchte sie ausdrücklich.

Da Mytus VII in den Karten als äußerster Planet seines Sonnensystems bezeichnet wurde, war Han vor beinahe zehn Stan-
dard-Zeitteilen tief draußen im interstellaren Raum, weit außerhalb der Sensorreichweite, in den Normalraum getaucht. Er war
von der gegenüberliegenden Seite des Systems hereingekommen
und in einen dichten Asteroidengürtel geflogen, der auf halbem
Weg zwischen Mytus VII und seiner Sonne lag, und hatte sich
dort diesen Steinbrocken ausgesucht. Mit Hilfe der Maschinen
und Schleppstrahlen seines Sternenschiffes hatte er den Asteroiden auf einen neuen Kurs gesetzt. Einen, der es ihm gestattete,
sich Stars' End aus der Ferne näher anzusehen, sicher in dem
Wissen, daß niemand das etwas ungewöhnliche Verhalten eines
winzigen Felsbrockens in dem kartographisch nicht erfaßten
Asteroidengürtel bemerken würde.

Er hatte die meiste Zeit damit verbracht, das Fernmelde-
system des Planeten zu überwachen, es über Sensoren zu studieren und die gelegentlich auftauchenden oder startenden Schiffe
zu beobachten. Den Fernmeldeverbindungen hatte er nichts entnehmen können; die meisten Sendungen waren chiffriert gewesen und hatten auch seinen Computeranalysen erfolgreichen
Widerstand geleistet. Klartext-Sendungen hingegen waren entweder alltäglich oder sinnlos gewesen. Han argwöhnte, daß zumindest einige davon nur zur Tarnung gesendet worden waren,
damit Stars' End wie eine gewöhnliche, wenn auch etwas abseits
liegende Anlage der Behörde wirkte.

Han folgte Atuarre in das vordere Abteil. Bollux saß am Spielbrett, und seine Brust stand offen. Pakka beschäftigte sich mit
einem Fernlenkspiel. Das Spielzeug war eine kleine Kugel, die
von Magnetfeldern getragen wurde; sie kreiste, tauchte, stieg
und wich immer wieder aus. Der junge Trianii verfolgte die Kugel mit zitterndem Schwanz und hatte offenbar großen Spaß an
seinem Spiel. Immer wieder wich die Kugel ihm aus und demon-
strierte eine Manövrierfähigkeit, die weit über das hinausging,

was man von einem solchen Spielzeug normalerweise erwarten konnte.

Einmal hätte Pakka die Kugel fast erwischt, aber wieder wich sie ihm im letzten Moment aus. Han sah zu dem Androiden hinüber. »Bollux, lenkst du das?«

Die roten Fotorezeptoren richteten sich auf ihn. »Nein, Captain. Max schickt Informationspulse. Er versteht sich viel besser darauf, willkürliche Faktoren vorherzuahnen oder einzuführen. Willkürfaktoren sind ungewöhnlich schwierig.«

Han sah zu, wie Pakka einen langen Satz machte und die Kugel in der Luft fing, sie zum Deck zog und sich aus schierem Vergnügen mit ihr herumwälzte. Dann setzte sich der Pilot an das Spielbrett, das oft als Tisch diente, und nahm von Atuarre einen Becher mit Konzentratsuppe entgegen. Sie hatten ihre frischen Vorräte schon vor einigen Zeitteilen aufgebraucht und lebten mittlerweile von den reichlichen, wenn auch nicht gerade als Delikatessen zu bewertenden Notrationen der *Falcon*.

»Hat sich nichts Neues ergeben, Captain?« fragte Bollux.

Han nahm an, daß der Android die Antwort auf seine Frage bereits kannte und sie nur aus einer Art einprogrammierter Höflichkeit stellte. Bollux hatte sich als unterhaltsamer Patron erwiesen, der stundenlang von den vielen Welten berichten konnte, auf denen er schon gearbeitet hatte. Außerdem verfügte er über ein umfangreiches Repertoire an Witzen, das ihm ein früherer Besitzer einprogrammiert hatte und das er völlig ausdruckslos wiederzugeben verstand.

»Null, Bollux. Absolut nichts.«

»Darf ich empfehlen, Sir, daß Sie alle verfügbaren Informationen rekapitulieren? Unter vernunftbegabten Lebensformen führt das manchmal zu neuen Ideen, wie ich festgestellt habe.«

»Ich wette, daß du das hast. Schließlich sind ja alle heruntergekommenen Arbeitsandroiden so etwas wie Lehnstuhlphilosophen.« Han stellte seinen Becher ab und rieb sich nachdenklich das Kinn. »Aber es gibt nicht viel zusammenzufassen. Wir sind ganz auf uns allein gestellt . . .«

»Sind Sie sicher, daß es keine anderen Möglichkeiten gibt?« zirpte Max.

»Fang nicht wieder an, Kleiner«, warnte Han ihn. »Wo war ich? Wir haben den Ort gefunden, den wir suchen, Mytus VII, und . . .«

»Wie hoch ist der Wahrscheinlichkeitsgrad?« fragte Max.

»In den Nachbrenner mit deinem Wahrscheinlichkeitsgrad!« brauste Han auf. »Wenn Rekkon gesagt hat, daß es hier ist, dann ist es auch hier! Die Anlage hat eine ziemlich große Energieversorgung, fast so groß wie eine Festung. Und hör auf, mich zu unterbrechen, sonst kommst du untern Schraubenzieher. Also, wollen mal sehen, wir können schließlich nicht ewig hier herumhängen, die Vorräte gehen langsam aus. Was noch?« Er kratzte sich an der Stirn, wo das Synthofleisch sich abgelöst hatte und darunter frische, narbenlose Haut sich zeigte.

»Dieses System ist eindeutig gesperrt«, bemerkte Atuarre.

»O ja, und wenn wir hier erwischt werden und kein verdammt gutes Alibi haben, dann stecken die *uns* in den Knast oder sonstwohin.« Han lächelte Bollux und Blue Max an. »Bloß euch beide nicht. Euch würden sie wahrscheinlich zu Flusenfilter und Spucknäpfen umbauen.« Er strich mit der Stiefelspitze über das Deck. »Viel mehr gibt es nicht zu sagen — nur noch, daß ich diesen Raumsektor nicht ohne Chewie verlasse.«

In diesem Punkt gab es für ihn keinen Kompromiß. Er hatte viele Wochen im Cockpit der *Falcon* verbracht und immer wieder darüber nachgegrübelt, wie es seinem Wookiee-Partner wohl ergehen mochte. Hundertmal schon, seit sie diese Position bezogen hatten, hätte er beinahe die Schiffsmotoren angelassen und Kurs auf Stars' End genommen, um seinen Freund zu befreien. Aber jedesmal wieder hatte ihn die Erinnerung an Rekkons Worte davon abgehalten. Und doch war es ein beständiger Kampf zwischen der Vernunft und dem, wozu sein Herz ihn drängte.

Atuarre hatte offensichtlich dasselbe gedacht.

»Als die Espos kamen, um uns von unserer Kolonialwelt zu vertreiben«, sagte sie langsam, »wagten einige Trianii, bewaffneten Widerstand zu leisten. Die Espos waren beim Verhör von Gefangenen brutal und suchten die Rädelsführer. Das war das erstemal, daß ich sah, wie jemand das Brennen anwendete. Sie wissen doch, was ich meine, Solo-Captain?«

Das wußte Han. Das Brennen war eine Folter, bei der man einen Blaster auf geringe Energieabgabe schaltete, um damit das Fleisch von einem Gefangenen bis auf den Knochen abzusengen. Gewöhnlich fing man mit dem Bein an und machte damit sein Opfer bewegungsunfähig. Die anderen Gefangenen mußten zusehen, damit ihr Wille gebrochen wurde. Das Brennen lieferte gewöhnlich Antworten, wenn es überhaupt welche gab. Nach Hans Ansicht verdiente kein Wesen, das sich solcher Methoden bediente, daß es am Leben blieb.

»Ich will meinen Gefährten nicht in der Hand von Leuten lassen, die so etwas tun«, sagte Atuarre. »Wir sind Trianii, wir fürchten den Tod nicht, wenn's darauf ankommt.«

»Keine besonders lineare Analyse«, piepste Blue Max.

»Wer hat behauptet, daß du es verstehst, du Vogelkäfig?« ereiferte sich Han.

»Oh, ich verstehe schon, Captain«, erwiderte Max mit einem Anflug von Stolz. »Ich sagte nur, es sei nicht sehr . . .«

Ein Pfeifton vom Monitor unterbrach ihn. Ehe es das zweitemal pfiff, hatte Han bereits seinen Sessel verlassen und das Cockpit erreicht. Gerade als er sich in den Pilotensessel fallen ließ, verkündete ein letztes, halblautes Pfeifen das Ende der Sendung.

»Der Recorder hat es mitgeschnitten«, sagte Han und drückte den Abspielknopf. »Ich glaube nicht, daß es Code war.«

Es war eine Klartextnachricht, die aus wirtschaftlichen Gründen per Raffer gesendet wurde. Han mußte die Wiedergabe im Verhältnis fünf zu eins verlangsamen, damit sie die Sendung verstehen konnten.

»An Behördendirektor Hirken, Station auf Stars' End«, begann das Signal. »Absender: Imperiale Unterhaltungsgilde. Wir bitten Herrn Direktor um Nachsicht und Vergebung, aber die Truppe, die an Ihrer Position anhalten soll, mußte wegen Transportschwierigkeiten die Route ändern. Wir werden sofort für Ersatz sorgen, sobald eine Truppe mit einem Androiden des verlangten Typs zur Verfügung steht. Ich verbleibe, hochgeschätzter Direktor, Ihr gehorsamer Diener, Hokkor Long, Terminsekretär, Imperiale Unterhaltungsgilde.«

Han schlug bei der letzten Silbe mit der Faust auf die Konsole. »Das ist's!«

In Atuarres Gesichtsausdruck mischte sich Verwirrung mit Zweifeln an Hans Geisteszustand. »Solo-Captain, was ist es?«

»Ich meine, das ist unsere Chance! Wir haben's geschafft! Wir haben gerade einen Trumpf gezogen!«

Er sprang auf, klatschte in die Hände und hätte vor lauter Freude beinahe Atuarres dicke Mähne zerzaust. Sie trat einen

Schritt zurück. »Solo-Captain, ist Ihnen der Sauerstoffdruck zu gering geworden? In dieser Nachricht ging es um die Unterhaltungsgilde.«

Er schnob. »Wo haben Sie denn Ihr ganzes Leben lang gesteckt? Von *Ersatz*leuten hat er geredet. Wissen Sie nicht, was das bedeutet? Haben Sie nie gesehen, was für Ladenhüter die Gilde aufbietet, um einen Termin zu halten, bloß damit sie ihre Agentenprovision bekommt? Waren Sie noch nie bei einer Veranstaltung, in der die eine Klassenummer versprochen und dann zuletzt diesen Künstler ausgetauscht und irgendeinen . . .«

Plötzlich merkte er, daß alle ihn anstarrten, Fotorezeptoren und Trianii-Augen. Das ernüchterte ihn etwas. »Was bleibt uns denn sonst übrig? Das einzige, was mir noch eingefallen ist, wäre, rückwärts nach Mytus VII zu fliegen, damit sie glauben, wir fliegen schon wieder ab. Aber das hier ist viel besser. Wir schaffen es. Oh, vielleicht meinen sie, daß wir wie Banta-Kacke stinken, aber sie werden uns die Lüge schon abkaufen.«

Er sah, daß Atuarre davon keineswegs überzeugt war, und wandte sich an Pakka: »Künstler wollen die. Hättest du Lust, Akrobat zu sein?«

Das Junge machte einen kleinen Satz, versuchte etwas zu sagen und schlug dann einen Rückwärtssalto, um gleich darauf mit den Knien und dem Schwanz an einer Leitungsstange an der Decke zu hängen.

Han nickte befriedigt. »Was halten Sie davon, Atuarre? Schließlich geht es auch um Ihren Gefährten. Können Sie singen? Beherrschen Sie irgendwelche Zaubertricks?«

Sie war immer noch völlig verwirrt und etwas verstimmt, daß er Pakka und ihren Gefährten ins Spiel brachte. Aber auch sie erkannte, daß er recht hatte. Welche Chancen wie diese würden sich ihnen noch bieten?

Der Junge begann in die Hände zu klatschen, um Hans Aufmerksamkeit auf sich zu ziehen. Als Han hinsah, schüttelte Pakka auf Hans letzte Frage energisch den Kopf und stemmte dann, immer noch mit dem Kopf nach unten, die Tatzen in die Hüften und machte rhythmische Bewegungen.

Han hob die Brauen. »Ein — Tänzer? Atuarre, Sie sind eine Tänzerin?«

Sie stieß ihren Sohn in die Rippen. »Ich bin in den Gebräuchen meines Volkes nicht — äh — ungeschickt.«

Han sah, daß ihr das Ganze peinlich war; sie musterte ihn mit durchdringendem Blick.

»Und wie steht's mit Ihnen, Solo-Captain? Womit werden Sie Ihr Publikum überraschen?«

Die Aussicht, bald etwas tun zu können, erfüllte ihn mit solcher Begeisterung, daß er sich nicht aus dem Konzept bringen ließ. »Ich? Mir fällt schon etwas ein. Inspiration ist meine Spezialität.«

»Eine gefährliche Spezialität, die gefährlichste, die es vielleicht gibt. Was ist mit dem Androiden? Was für ein Android? Wir wissen nicht einmal, was für eine Art von Androiden sie gemeint haben.«

»Nun, ein Ersatz-Android, erinnern Sie sich?« Han redete schnell, um die anderen zu überzeugen, und gestikulierte vor Bollux herum. Der Android gab seltsam menschlich klingende Laute von sich, ein krächzendes Erstaunen, und Blue Max brachte nur noch ein ›Wau!‹ heraus, als Han fortfuhr: »Wir können sagen, daß die Gilde alles durcheinandergebracht hat. Stars' End hat einen Jongleur oder sonst etwas gewollt und statt dessen einen Geschichtenerzähler erhalten. Na und? Wir werden ihnen empfehlen, die Unterhaltungsgilde zu verklagen.«

»Captain Solo, Sir, bitte«, sagte Bollux, »mit Ihrer gütigen Erlaubnis muß ich darauf hinweisen . . .«

Aber Han hatte bereits die Hände auf die verbeulten Schultern des Androiden gelegt und musterte ihn nachdenklich. »Hm, neue Farbe müßte sein, davon ist eine Menge an Bord. Es lohnt sich immer, etwas neu zu lackieren, ehe man es verkauft. Scharlachroter Liqui-Gloss, denke ich. Für mehr als fünf Schichten ist keine Zeit. Und vielleicht etwas Schmuckfarbe. Nichts Auffälliges, nur dezente, silberne Nadelstreifen. Bollux, Junge, wenn ich mit dir fertig bin, brauchst du keine Angst mehr zu haben, daß du nicht einschlagen könntest. Die Leute werden toben und nach dir schreien, das verspreche ich dir.«

Ihr Anflug und die eigentliche Landung auf dem Planeten erfolgten ohne besondere Begleitumstände. Han hatte die Bahn ihres Asteroiden so verändert, daß sie wieder aus der Reichweite der Sensoren der Kommerzbehörde herausgetragen wurden, und ihn dann aufgegeben. Wieder im Tiefraum angelangt, hatte er einen Nano-Sprung gemacht, den Hyperraum sozusagen auf

Haaresbreite berührt, und war gleich darauf in der Nähe von Mytus VII und seinen zwei winzigen Monden wieder aufgetaucht.

Die *Falcon* identifizierte sich und benutzte dazu die Registrierung, die Rekkon besorgt hatte. Dazu fügte Han die stolze Erklärung hinzu, daß es sich bei diesem Schiff um das Tourneefahrzeug von ›Madame Atuarres reisenden Künstlern‹ handle.

Mytus VII war eine luftlose Felswüste und infolge großer Entfernung von seiner Sonne düster und unfreundlich. Wenn jemand wirklich aus Stars' End entfloh, fand er keinen Unterschlupf. Der Rest des Sonnensystems war unbewohnt, und keiner seiner Planeten war geeignet, menschliches Leben zu tragen.

Die Anlage der Kommerzbehörde bestand aus einer Gruppe provisorischer Schlafräume, Hangars und Wachkasernen, Hydroponic-Farmen, Kuppelschuppen und Waffenanlagen. Der Boden war an vielen Stellen aufgewühlt und wirkte gleichsam dort pockennarbig, wo etwas dauerhaftere unterirdische Anlagen errichtet wurden. Wenigstens ein Bau war jedoch bereits fertiggestellt. In der Mitte des Stützpunktes ragte ein Turm wie ein nackter, glänzender Dolch in die Höhe.

Offenbar war die Tunnelanlage noch im Bau. Der ganze Komplex war mit einem Labyrinth von Tunnelrohren untereinander verbunden, die wie riesige Schläuche von ihren Verbindungsstellen ausgingen. Es war dies die übliche Konstruktion auf luftlosen Welten, bis eine dauerhafte Siedlung errichtet war.

Es gab nur ein einziges Schiff von einiger Größe, das zu sehen war: ein bewaffneter Espo-Zerstörer. Natürlich standen auch ein paar kleinere Boote und unbewaffnete Frachter herum, aber Han hatte sich diesmal gründlich nach Wachschiffen umgesehen und sich überzeugt, daß es derlei nicht gab.

Nachdem er das Kraftwerk nicht entdecken konnte, das seine Sensoren ausfindig gemacht hatten, fragte er sich, ob es vielleicht in jenem Turm untergebracht war. Er warf einen zweiten Blick darauf und fand, daß irgend etwas an dem Gebäude seltsam wirkte. Der Turm war mit zwei schweren Andockschleusen ausgestattet, von denen sich eine in Bodenhöhe befand, die andere ziemlich weit oben, nahe der Spitze. Erstere war mit einem Tunnelrohr verbunden. Han hätte sich den Bau gern angesehen, ob es dort vielleicht eine hohe Konzentration von Lebensformen gab, die auf Gefangene hindeutete, wagte es aber nicht, aus

Sorge, entdeckt zu werden.

Er entschloß sich zu einem unauffälligen Landeanflug, um die verborgenen Fähigkeiten der *Falcon* nicht zu offenbaren. Die Mündungen von Turbolasern richteten sich mißtrauisch auf das Schiff. Die Bodenkontrolle lenkte das Sternenschiff in den Hafen, und dann schlängelte sich eines der Tunnelrohre darauf zu, bis sich seine Mündung am Rumpf der *Millennium Falcon* festgesaugt und die Rampe des Schiffes verschluckt hatte.

Han schaltete die Maschinen ab. Atuarre, die auf dem breiten Copilotensessel Platz genommen hatte, erklärte: »Ich sage es Ihnen zum letztenmal, Solo-Captain: Ich habe keine Lust, hier das große Wort zu führen.«

Er drehte seinen Sessel herum. »Ich bin kein Schauspieler, Atuarre. Es wäre etwas anderes, wenn wir bloß hineinspringen, die Gefangenen schnappen und wieder abhauen wollten. Da das nicht möglich ist, müssen wir unbedingt vorher unsere Rolle spielen, sonst wirken wir unglaubwürdig.«

Sie verließen das Cockpit. Han trug ein enganliegendes, schwarzes Kostüm mit Epauletten, Tressen und einer breiten, gelben Schärpe, über der er seinen Blaster angeschnallt hatte. Seine Stiefel waren auf Hochglanz poliert.

Atuarre war an den Gelenken, den Armen, dem Hals, der Stirn und den Knien mit bunten Ketten behängt (Trianii pflegten sich zu festlichen Anlässen so zu schmücken). Sie hatte das exotische Parfüm ihrer Gattung aufgetragen und dazu den größten Teil des bescheidenen Vorrats aufgebraucht, den sie in der Gürteltasche bei sich trug.

»Ich bin auch keine Schauspielerin«, erinnerte sie ihn, als sie sich mit den anderen an der Rampenschleuse traf.

»Haben Sie je einen Prominenten gesehen?«

»Nun, leitende Beamte und ihre Frauen, wenn sie als Touristen auf unsere Welt kamen.«

Han schnippte mit den Fingern. »Genau so. Selbstgefällig, dumm und zufrieden.«

Pakka war ebenso wie seine Mutter kostümiert. Er reichte ihr und Han lange, metallische Umhänge; der ihre war kupferrot, der seine stahlblau. Hans kleine Garderobe war nach Material für die Kostüme durchstöbert worden; die Capes hatten sie aus der dünnen Isolierschicht eines Zelts aus den Notvorräten des Schiffes hergestellt.

Die Änderungen und die Näharbeiten waren ein Problem gewesen. Han schien lauter Daumen zu besitzen, wenn es um Schneiderarbeiten ging, und die Trianii gehörten natürlich einer Gattung an, von der diese Kunst nie entwickelt worden war, weil sie außer Schutzkleidung nichts weiter trugen. Die Lösung war von Bollux gekommen, der auch dafür programmiert worden war, während er einmal während der Klonkriege als Regimentskommandeur gedient hatte.

Die Rampe war bereits ausgefahren. »Glück uns allen«, sagte Atuarre mit leiser Stimme.

Sie gaben sich die Hände, und dann griff Han nach dem Schalter.

Während die Luke hochrollte, brachte Atuarre immer noch Einwände vor. »Solo-Captain, ich bin nach wie vor der Ansicht, daß Sie derjenige sein sollten, welcher . . .«

Am Fuß der Rampe wimmelte die Tunnelröhre von gepanzerten Espos mit schweren Blastern, Gasprojektoren, Fusionsschneidern und Haftladungen. Atuarre wirbelte herum und stieß hervor: »O du meine Güte! Wie aufmerksam! Meine Lieben, die haben uns eine Ehrenwache geschickt!«

Sie betupfte sich die auf Hochglanz gebürstete Mähne mit der Hand und lächelte die Sicherheitspolizisten bezaubernd an. Die Espos, die auf eine Schießerei gewartet hatten, starrten sie aus großen Augen an, als sie die Rampe hinunterschwebte, während ihre vielen Bänder hinter ihr herwehten und ihr Cape schimmerte. Bei jedem Schritt klirrten ihre Knöchelglöckchen, die Han aus im Schiff vorrätigem Material für sie angefertigt hatte.

Ganz vorn in den Reihen der Espos war ein Bataillonskommandeur zu sehen, ein Major, der sein schwarzes Stöckchen hinter dem Rücken hielt und kerzengerade und mit Amtsmiene dastand. Atuarre bewegte sich die Rampe hinunter, als sollte sie die Schlüssel für einen ganzen Planeten erhalten, und sie wirkte, als hätte man ihr eine Ovation bereitet.

»Mein lieber, lieber General«, säuselte sie, »mir fehlen einfach die Worte. Direktor Hirken ist wirklich zu freundlich. Und Ihnen und Ihren tapferen Männern vielen Dank von Madame Atuarre und ihren reisenden Künstlern.« Sie schwebte auf ihn zu, ignorierte die Waffen und Bomben und anderen Zerstörungsgegenstände. Ihre eine Hand spielte mit den Orden und Medaillen des Majors, während die andere den benommenen Espos zuwinkte. Das Gesicht des Majors rötete sich, es war eine Röte, die aus seinem Kragen aufzusteigen und bis zu seinem Haaransatz zu klettern schien.

»Was — was hat das zu bedeuten?« stieß er stammelnd hervor. »Wollen Sie sagen, daß Sie die Entertainer sind, die Direktor Hirken erwartet?«

Sie schmollte. »Aber sicher. Sie meinen, man hat uns hier auf Stars' End gar nicht angekündigt? Die Imperiale Unterhaltungsgilde hat mir versichert, daß man Ihnen Bescheid geben würde. Ich bestehe *immer* darauf, daß man mich entsprechend ankündigt.«

Eine großspurige Handbewegung umfaßte das Schiff und die Rampe.

»Gentlemen! Madame Atuarre präsentiert ihre reisenden Künstler. Zuerst der Meisterschütze, der Zauberer der Waffenkunst, ein Mann, dessen Schießtricks und Geschick im Umgang mit Waffen schon überall das Publikum in Begeisterung versetzt haben.«

Han schritt die Rampe hinunter und bemühte sich, den Eindruck zu erwecken, den seine Rolle von ihm verlangte. Er schwitzte im Licht der Tunnelbeleuchtung. Atuarre und die anderen konnten ungestraft ihre wahren Namen nennen, da diese nie in den Akten der Kommerzbehörde erschienen waren. Das war aber bei ihm nicht der Fall, und so hatte er zu dieser neuen Tarnung Zuflucht nehmen müssen. Er war gar nicht sicher, daß sie ihm behagte. Als die Espos seinen Blaster sahen, hoben sich Waffen, die sich auf ihn richteten, und er war sorgsam darauf bedacht, seine Hände weit vom Kolben seines Blasters entfernt zu halten.

Aber Atuarre schnatterte bereits weiter: »Und um Sie jetzt mit Gymnastik und atemberaubender Akrobatik zu bezaubern, präsentiert Atuarre diesen jungen Künstler . . .«

Han hob einen Reifen. Es handelte sich dabei um einen Ringstabilisator einer alten Repulsoranlage. Er hatte den Reifen neu eloxiert, ihn mit einem Isolierhandgriff versehen und ihm zuletzt eine Distorsionseinheit angefügt. Jetzt drückte er den Schalter, und aus dem Reifen wurde ein Kreis tanzenden Lichts, während der Distorter das sichtbare Spektrum verzerrte und nach allen Seiten Funken sprühten.

»Pakka!« rief Atuarre.

Das Junge sprang mit einem Satz durch die harmlosen Lichteffekte, prallte von der Rampe ab und vollführte einen dreifachen Salto vorwärts, um gleich darauf elegant auf Zehenspitzen zu landen und sich tief vor dem überraschten Major zu verbeugen.

Han warf den Reifen ins Schiff zurück und trat zur Seite.

»Und zuletzt«, fuhr Atuarre fort, »der erstaunliche Automat, unser robotischer Märchenerzähler, eine Maschine der Freude und des Vergnügens: *Bollux!*«

Nun stapfte der Android steifbeinig die Rampe hinunter, ließ seine langen Arme schwingen und brachte es irgendwie zuwege, das Ganze wie einen Militärmarsch aussehen zu lassen. Han hatte den größten Teil seiner Beulen ausgeklopft und ihn frisch lackiert, fünf Schichten scharlachfarbener Liqui-Gloss mit glitzernden, silbernen Nadelstreifen aufgetragen. Der Android war von einem Wrack in einen Klassiker verwandelt worden. Das Emblem der Imperialen Unterhaltungsgilde, die Maske mit den Sonnenstrahlen dahinter, verzierte eine Seite seiner Brust. Das war ein kleiner Gag, von dem Han angenommen hatte, daß er ihre Glaubwürdigkeit steigern würde.

Der Espo-Major war wie benommen. Er wußte, daß Direktor Hirken eine spezielle Schaustellertruppe erwartete. Es war ihm aber nicht bekannt, daß einer bereits die Landung freigegeben war. Dennoch legte der Direktor ganz besonderen Wert auf seine Vergnügungen und würde es sicher nicht ungestraft hinnehmen, wenn man sich hier einmischte. Nein, ganz bestimmt würde ihm das nicht recht sein.

Der Major blickte so herzlich, wie ihm das sein mürrisches, altes Gesicht überhaupt erlaubte. »Ich werde den Direktor sofort von Ihrer Ankunft verständigen, Madame — äh — Atuarre?«

»Ja, ausgezeichnet.« Sie zog ihr Cape um sich, knickste leicht vor ihm und wandte sich zu Pakka. »Hol deine Sachen, mein Süßer.«

Das Junge rannte die Rampe hinauf und kehrte im nächsten Augenblick mit ein paar Reifen, einem Ball und einer ganzen Anzahl kleinerer Utensilien zurück.

»Ich begleite Sie nach Stars' End«, sagte der Major. »Außerdem, fürchte ich, werden meine Männer die Waffe Ihres Meisterschützen in Gewahrsam nehmen müssen. Sie verstehen doch, Gnädigste: Vorschrift.«

Han riß sich zusammen und hielt seinen Blaster mit dem Kolben voraus einem Espo-Sergeanten hin, während Atuarre dem Major zunickte. »Natürlich, selbstverständlich. Wir müssen immer auf das achten, was sich geziemt, nicht wahr? So, mein lieber, lieber General, wenn Sie jetzt die Güte hätten . . .«

Er registrierte verwirrt, daß sie auf seinen Arm wartete, und reichte ihn ihr steif. Die Espos, die das Temperament ihres Anführers kannten, gaben sich große Mühe, ihre Belustigung nicht erkennen zu lassen. Sie formierten sich zu einer Ehreneskorte, während Han den Rampenschalter betätigte. Die Rampe zog sich schnell wieder ein, und die Luke schloß sich hinter ihr. Sie würde sich nur noch ihm, Chewbacca oder einem der Trianii öffnen.

Der Major schickte einen Läufer voraus und führte die Gruppe dann durch das Tunnellabyrinth. Sie waren ein gutes Stück Weg vom Turm entfernt und passierten einige der Verbindungsstationen, wo sie von in schwarze Overalls gekleideten Technikern überrascht angestarrt wurden. Ihre Schritte und die ächzenden Gelenke von Bollux hallten durch die Tunnelröhren, und nach einer Weile stellten sie fest, daß die Schwerkraft hier beträchtlich unter Standard-g lag, die sie auf der *Millennium Falcon* gewöhnt waren. Die Luft in den Röhren roch ein wenig nach Hydroponic, worin sie einen willkommenen Wechsel nach der eintönigen Atmosphäre an Bord sahen.

Endlich erreichten sie eine große, dauerhafte Luftschleuse. Die Außenluke öffnete sich auf einen Befehl des Majors. Han konnte einen kurzen Blick auf die Turmseite erhaschen, die von der Ansatzstelle der Tunnelröhre durchbrochen war. Und dieser eine Blick bestätigte etwas, das ihm bereits bei der Landung aufgefallen war.

Stars' End — oder zumindest die Außenhaut des Turmes — bestand aus molekularverdichteter Panzerung, einem einzigen Stück. Das machte es zu einem der teuersten Gebäude — nein, verbesserte er sich, *dem* teuersten Gebäude —, das Han je gesehen hatte. Die Molekularstruktur dichter Metalle zu verändern, war ein höchst kostspieliger Prozeß, und diesen Prozeß in diesem Maßstab einzusetzen, war für ihn einfach unerhört.

Im Inneren des Turmes kamen sie durch einen langen, weiten Korridor, der zur Mittelachse führte, einer Art Service-Zentrum mit Lichtschächten. Sie wurden weitergedrängt, erhielten kaum Gelegenheit, sich umzublicken, dafür sahen sie aber Techniker, Direktoren der Behörde und Espos, welche ständig kamen und gingen. Stars' End selbst schien nicht übermäßig besetzt zu sein, und das vertrug sich nicht mit der Theorie, daß es sich dabei um ein Gefängnis handelte.

Sie betraten gemeinsam mit dem Major und einigen seiner Männer eine Liftkabine und wurden in die Höhe gerissen. Als die Lifttür sich öffnete und sie dem Major nach draußen folgten, befanden sie sich geradewegs unter den Sternen, die so hell schienen und über ihnen so dicht zusammengedrängt waren, daß sie eher wie ein Nebel aus Licht wirkten.

Han begriff, daß sie sich auf dem höchsten Punkt von Stars' End befinden mußten, der mit einer Kuppel aus Transpar-Stahl bedeckt war. Hinter den Liften erstreckte sich eine kleine Wiese mit einem Miniaturbach, mit Blumen und Vegetation von vielen Welten, alles meisterhaft gepflegt. Man konnte die Laute von Vögeln und kleinen Tieren hören, das Summen von Insekten — und all das beschränkte sich auf den Dachgarten, wurde hier also mit Spezialfeldern festgehalten. Die Wiese wurde geschickt mittels Miniatursonnenkugeln in verschiedenen Farben beleuchtet.

Ein Mann kam um das Service-Zentrum in der Turmmitte herum, ein hochgewachsener, gutaussehender Patriarch. Er trug hervorragend geschnittene Kleidung — einen Frack, formelle Weste, gefälteltes Hemd und messerscharf gebügelte Hosen. Sein Lächeln war überzeugend, sein Haar weiß und voll, seine Hände waren rein und weich, die Nägel manikürt und lackiert. Han verspürte sofort Lust, ihm eins über den Schädel zu ziehen und ihn dann in den Liftschacht zu werfen.

Die Stimme des Mannes klang selbstbewußt und melodisch. »Willkommen auf Stars' End, Madame Atuarre. Ich bin Hirken, Direktor Hirken von der Kommerzsektorbehörde. Welch ein Jammer, daß Sie unangekündigt hier erscheinen, sonst hätte ich mich mehr um Sie kümmern und Ihnen den gebührenden Empfang bereiten können.«

Atuarre gab sich bedauernd. »Oh, ehrenwerter Herr, was soll ich sagen? Die Gilde hat mit uns Verbindung aufgenommen und uns gebeten, als Ersatz einzuspringen, sozusagen im letzten Augenblick. Aber man hat mir mitgeteilt, daß der Einteilungssekretär, Hokkor Long, alle Vorbereitungen treffen würde.«

Direktor Hirken lächelte charmant, seine kalkweißen Zähne blitzten. Han überlegte, wie nützlich dieses Lächeln und diese glatte Stimme wohl bei Sitzungen der Kommerzbehörde sein mochten.

»Völlig unwichtig«, verkündete der Direktor. »Ihr Erscheinen ist uns ein unerwartetes Vergnügen.«

»Oh, wie liebenswürdig! Keine Sorge, geschätzter Direktor, wir werden Sie von den Problemen und der Last Ihres hohen Amtes ablenken.«

Innerlich freilich schwor sich Atuarre Trianii-Rache: *Wenn du meinen Gefährten verletzt hast, will ich dir das Herz bei lebendigem Leib herausreißen.*

Han stellte fest, daß Hirken an seinem Gürtel ein kleines, flaches Instrument trug, eine Steuereinheit. Er nahm an, daß der Mann alles, was in Stars' End vor sich ging, unter Kontrolle haben wollte. Die Einheit verlieh ihm totale Macht über seine Domäne.

»Ich habe einige der besten Künstler in diesem Teil unserer Galaxis um mich versammelt«, fuhr Atuarre fort. »Pakka ist ein Akrobat von hohem Rang, und ich selbst trete nicht nur als Zeremonienmeisterin auf, sondern biete auch die traditionelle Musik und den rituellen Tanz meines Volkes dar. Und hier steht unser Meisterschütze, ein Experte im Umgang mit Feuerwaffen. Er wird Sie, geschätzter Direktor, mit seinen Schießkünsten unterhalten.«

Eine spöttische Stimme rief: »Schießkünste? Auf die bin ich aber neugierig!«

Hinter dem Direktor sah Han ein Reptiliengeschöpf, schlank und elegant. Direktor Hirken rügte den Humanoiden sanft: »Laß nur, Uul. Diese guten Leute sind weit gereist, um uns die Langeweile zu vertreiben.« Er wandte sich zu Atuarre. »Uul-Rha-Shan ist mein persönlicher Leibwächter und versteht sich selbst ganz gut auf den Umgang mit Waffen. Vielleicht können wir später eine Art Wettbewerb veranstalten. Uul hat einen so komischen Humor, finden Sie nicht?«

Han musterte das Reptil, dessen hellgrüne Schuppen ein rotweißes Diamantmuster aufwiesen und dessen schwarze, ausdruckslose Augen seinerseits Han studierten. Uul-Rha-Shans Kinnlade hing etwas herunter und ließ die spitzen Zähne und eine unruhige rosa Zunge sehen. An seinen rechten Unterarm war eine Pistole geschnallt. Ein Disrupter, dachte Han. Die Waffe steckte in einem speziellen Federhalfter.

Uul-Rha-Shan hatte rechts von Hirken Position bezogen. Han erinnerte sich, den Namen des Leibwächters schon einmal gehört zu haben. Die Galaxis wimmelte von verschiedenen Gattungen von Humanoiden, von denen jede einzelne über außergewöhnliche Killer verfügte. Dennoch gab es einige Individuen, die zu besonderem Ruhm gelangten. Einen von denen, einen Revolverhelden und Meuchelmörder, der für den richtigen Preis jeden zu töten bereit war, verkörperte dieser Uul-Rha-Shan.

Hirken wirkte nun ganz geschäftsmäßig. »Und das ist wohl der Android, den ich angefordert habe, nicht wahr?« Er musterte Bollux mit eisigem Blick. »Ich habe mich da eindeutig ausgedrückt. Hokkor Long von der Gilde weiß ganz genau, was für eine Art ich verlangte. Hat Long Sie mit meinen Wünschen vertraut gemacht?«

Atuarre schluckte. »Selbstverständlich, Direktor, das hat er.«

Hirken warf Bollux noch einen skeptischen Blick zu. »Sehr gut. Folgen Sie mir.«

Er wandte sich um und ging den Weg zurück, den er gekommen war. Sie verließen den Garten, erreichten ein Amphitheater, eine offene Fläche, die umgeben war von bequemen Sitzreihen, zwischen denen Trennwände aus Transpar-Stahl aufragten.

»Automatenkämpfe sind Kampf in Reinkultur, finden Sie nicht?« plauderte Hirken. »Kein lebendes Geschöpf, ganz gleich wie wild, ist ohne Selbsterhaltungstrieb. Aber Automaten — ah, das ist etwas ganz anderes! Sie haben keinen Sinn für sich selbst und existieren nur zu dem einen Zweck, Befehle zu befolgen und zu vernichten. Mein eigener Kampfautomat ist ein Mark-Zehn-Henker; es gibt nicht viele von diesem Typ. Hat Ihr Gladiator-Android je gegen einen gekämpft?«

Hans Nerven drängten ihn, zu handeln. Er überlegte, wen er anspringen mußte, falls Atuarre, wie er befürchtete, die falsche Antwort gab. Das geringste Zögern von ihr würde sie alle ohne Zweifel Hirken und seinen Männern verraten.

Aber sie improvisierte geschickt. »Nein, Direktor, keinen Mark-Zehn.«

Han versuchte noch mit der soeben gewonnenen Erkenntnis fertig zu werden. Gladiator-Android? Das vermutete Hirken

139

also hinter Bollux. Han wußte natürlich, daß es ein beliebter Sport wohlhabender Kreise war, Androiden und andere Automaten gegeneinander in den Kampf zu schicken, aber er hatte das nicht von Hirken erwartet. Er überlegte fieberhaft, suchte einen Ausweg.

Eine Frau schloß sich ihnen an, die offenbar aus einem privaten Lichtschacht kam. Sie war klein, außergewöhnlich beleibt und gab sich große Mühe, ihre Leibesfülle unter wohlgeschnittenen Kleidern zu verbergen. Han fand, daß sie aussah, als hätte jemand einen Schleppfallschirm über eine Rettungskapsel drapiert.

Sie griff nach Hirkens Hand. Der Direktor reagierte unwillig auf die Geste. Sie fragte ihn: »Liebster, haben wir Besuch?«

Hirken widmete der Frau einen Blick, bei dem Han das Gefühl hatte, daß er Stahlwände schmelzen könne. Doch die Dicke schien das nicht zu bemerken. Der Direktor knirschte mit den Zähnen. »Nein, Liebste. Diese Leute haben einen neuen Konkurrenten für meinen Mark-Zehn gebracht. Madame Atuarre und Kollegen, darf ich Ihnen meine liebliche Frau Neera vorstellen? Übrigens, Madame Atuarre, wie, sagten Sie doch, lautet die Typenbezeichnung Ihres Androiden?«

Han sprang ein. »Er ist ein Sondermodell, Direktor. Wir haben ihn selbst konstruiert und nennen ihn Vernichter.«

Er wandte sich zu Bollux. Dessen Blick wanderte zwischen Han und Hirken hin und her, dann verbeugte sich Bollux. »Vernichter, zu Ihren Diensten. Zerstören heißt, Ihnen dienen, geschätzter Herr.«

»Aber unsere Truppe hat auch noch andere Nummern anzubieten«, beeilte sich Atuarre, Hirkens Frau mitzuteilen. »Tanzen, Kunstschießen, Akrobatik und vieles mehr.«

»O Liebster!« rief die beleibte Frau und klatschte in die Hände. »Das will ich zuerst sehen! Mir hängt es zum Hals heraus, diesem alten Mark-Zehn zuzusehen, wie er andere Maschinen demoliert. Wie langweilig und unkultiviert, wirklich! Und echte Schauspieler wären eine solche Erleichterung nach all diesen schrecklichen Holo-Bändern und den Musikkonserven. Wir bekommen hier so selten Besuch.« Sie verzog die Lippen und gab seltsam quietschende Geräusche von sich, von denen sich herausstellte, daß es sich um Küsse für ihren Mann handelte. Han fand, daß sie eher wie die Angriffsgeräusche irgendeines

Weichtieres klangen.

Er sah eine Chance, zwei Probleme auf einmal zu lösen: nämlich Bollux aus dem Wettkampf herauszuhalten und sich gleichzeitig Stars' End auf eigene Faust anzusehen. Er sagte: »Geschätzter Direktor, ich bin auch der Monteur der Truppe. Ich muß Ihnen sagen, daß unser Gladiator-Android, der Vernichter, in seinem letzten Kampf verletzt wurde. Seine Hilfsstromkreise müssen überprüft werden. Wenn ich Ihre Werkstätte benützen dürfte, würde das nur ein paar Minuten in Anspruch nehmen. Sie und Ihre Frau könnten sich inzwischen die anderen Nummern ansehen.«

Hirken blickte durch die Kuppel zu den Sternen auf und seufzte. »Nun gut. Aber beeilen Sie sich, Meisterschütze. Mir sagen Akrobaten oder Tänzer nicht viel.«

»Sehr wohl.«

Der Direktor rief einen Techniker, der inzwischen die Tonsysteme des Amphitheaters überprüft hatte, und erklärte dem Mann, was benötigt wurde. Dann bot er widerwillig seiner Frau den Arm. Sie nahmen im Amphitheater Platz, und seine Männer umringten die beiden in lockerer Formation. Uul-Rha-Shan folgte ihnen nach einem letzten, drohenden Blick auf Han und setzte sich zur Rechten von Hirken.

Da Pakkas akrobatische Darbietungen und Atuarres Tanz die Zuschauer nicht gefährden würden, drückte Hirken einen Schalter an seinem Gürtel, und die Transpar-Stahlplatten, welche die Wände der Arena bildeten, versanken im Boden. Der Direktor und seine Frau machten es sich auf luxuriösen Sesseln bequem.

Han wandte sich dem Techniker zu, den man ihm zur Verfügung gestellt hatte. »Warten Sie am Aufzug auf mich. Ich muß ein Modul ausbauen, ich komme gleich wieder.«

Der Mann ging. Han löste seinen Umhang, ließ ihn von den Schultern gleiten und sagte zu Bollux: »So, jetzt mach auf, ich will Max herausholen.«

Die Brustplatte öffnete sich teilweise. Han beugte sich vor. Als er die Computersonde lockerte, erklärte er: »Keinen Ton, Max! Du giltst hier als Steuereinheit, also keine Dummheiten. Von jetzt an bist du stumm und taub.«

Als Zeichen, daß er verstanden hatte, verlöschte Max' Fotorezeptor. »Guter Junge, Maxie.«

Han richtete sich auf und schlang sich den Trageriemen des Computers über den Arm. Während Bollux seine Brustplatte wieder schloß, reichte Han ihm Umhang und Waffengurt und tätschelte dem Androiden den frisch lackierten Kopf. »Halte das für mich, Bollux, und ruh dich aus. Es dauert nicht lange.«

Als Han sich draußen am Lift wieder dem Techniker anschloß, begann Pakka gerade mit seiner Nummer. Der junge Trianii war ein erstklassiger Akrobat und jagte in einer Folge von Sprüngen und Purzelbäumen durch das Amphitheater, sprang schließlich durch einen Reifen, den er selbst hielt, und rollte sich dann auf einem Ball durch die ganze Arena. Dann trat Atuarre auf, warf ihn in die Luft und fing ihn nach einem dreifachen Salto wieder auf.

Hirkens Frau hielt das alles für bezaubernd und lobte die Geschicklichkeit des Jungen überschwenglich. Inzwischen waren auch subalterne Beamte der Kommerzbehörde erschienen und hatten ihre Plätze eingenommen. Sie murmelten ebenfalls ihr Lob über Pakkas Geschicklichkeit, verstummten aber, als sie sahen, daß ihr Chef finster zur Bühne blickte.

Hirken betätigte wieder seine Gürteleinheit. Sofort meldete sich eine Stimme, und Hirken befahl: »Mach den Mark-Zehn sofort fertig!«

9

Während Han im Aufzug in die Tiefe fuhr, überdachte er seine Lage.

Er hatte die anderen in diese Situation gebracht und sich dabei überlegt, daß er auf diese Weise zumindest eine Vorstellung davon bekommen würde, womit sie es zu tun hatten. Schlimmstenfalls, hatte er angenommen, würde man ihnen sagen, daß sie hier nicht willkommen seien. Aber die Dinge hatten sich anders entwickelt.

Daß Bollux einen Kampf gegen einen Killer-Roboter bestehen mußte, störte Han nicht weiter. Schließlich war Bollux nur ein Android. Es war nicht, als stürbe ein lebendes Wesen. Trotzdem hatte Han nicht die Absicht, Direktor Hirken die Freude zu bereiten, zu erleben, wie der alte Android in Stücke zerlegt

142

wurde.

In solchen Zeiten wünschte Han sich manchmal, er wäre ein langsamer, bedächtiger Typ. Aber sein Stil war es eben, nie an die Folgen zu denken. Immer sprang er mit beiden Füßen voran in ein Abenteuer, ohne zu überlegen, wo er vielleicht landen würde. Sein Plan, den er im Lift revidiert hatte, war, sich so gründlich wie möglich umzusehen. Wenn er hier sonst nichts erreichen konnte, würden er und die anderen verschwinden müssen. Er würde dann eben behaupten, daß Bollux nicht zu reparieren sei.

Er sah zu, wie die Stockwerksnummern an ihm vorbeihuschten und zwang sich dazu, dem Techniker, der neben ihm stand, keine Fragen zu stellen.

Nur wenige andere Personen betraten oder verließen die Liftkabine. Einer gehörte dem Führungskader an, die restlichen waren Espos und Techniker. Han musterte sie unauffällig, suchte nach Schlüsseln und Handschellen, die darauf hindeuteten, daß sie als Wächter tätig waren; er sah aber nichts dergleichen. Wieder fiel ihm auf, daß der Turm nur sehr schwach besetzt schien, ganz im Gegensatz zu dem, was zu erwarten war, falls es hier wirklich ein Gefängnis geben sollte.

Er folgte dem Techniker aus dem Lift, als sie die Service-Abteilung etwa in Erdgeschoßhöhe erreicht hatten. Dort waren nur wenige Techniker zugegen, die sich zwischen glitzernden Maschinen und von der Decke hängenden Krankatzen bewegten. Demontierte Androiden, Robotschlepper und anderes leichtes Gerät war im Verein mit Computern und Fernmeldegeräten überall zu sehen.

Han schob sich Max' Tragegriff an der Schulter zurecht. »Gibt es hier einen Stromkreisprüfer?«

Der Techniker führte ihn in ein Nebenzimmer mit einer ganzen Reihe von Einzelzellen, die alle leerstanden. Han setzte Max in einer der Zellen auf ein Podium. Er zog eine Scanner-Kapuze herunter und hoffte, daß der Techniker ihn allein lassen würde. Doch der Mann tat ihm diesen Gefallen nicht, und so mußte Han tatsächlich in das labyrinthische Innere der Computersonde blicken.

Der Techniker, der ihm über die Schulter zusah, meinte: »He, das ist aber ein seltsames Modul!«

»Ja, ich habe es ziemlich kompliziert gebaut«, erwiderte Han.

»Übrigens, der Direktor hat gesagt, wenn ich hier fertig bin, kann ich das Modul in eure Zentralcomputerabteilung bringen, um es neu abzustimmen. Das ist doch eine Etage tiefer, oder?«

Der Mann runzelte die Stirn und gab sich Mühe, die Eingeweide von Blue Max deutlicher zu erkennen. »Nein, die Computer sind zwei Stockwerke höher. Aber die lassen Sie nicht hinein, sofern Hirken das nicht bestätigt. Sie sind hier nicht freigegeben und kommen ohne Plakette nicht in eine Sicherheitszone.« Er beugte sich über den Scanner. »Hören Sie, für mich sieht das wie ein Computermodul aus.«

Han lachte. »Da, sehen Sie es sich selbst an.«

Er trat zur Seite. Der Techniker schob sich näher an den Scanner heran und betätigte die Scharfeinstellung. Und dann wurde es plötzlich Nacht um ihn.

Han rieb sich die Handkante, beugte sich über den bewußtlosen Techniker und sah sich nach einem Ort um, wo er ihn verstecken konnte. Er entdeckte einen Schrank am Ende des Scanner-Raumes. Han band dem Besinnungslosen die Hände mit dem eigenen Gürtel hinter dem Rücken fest, knebelte ihn mit der Schutzhaube eines Scanners und schob die reglose Gestalt in den Schrank. Er nahm ihm noch die Sicherheitsplakette ab und schloß die Tür.

Dann eilte er zu der kleinen Computersonde zurück. »Also gut, Max, Kopf hoch!«

Max' Fotorezeptor leuchtete auf. Han nahm seine Schärpe ab und entfernte seine bunten, selbstgefertigten Medaillen und Orden von seiner Uniformjacke. Dann riß er auch die Epauletten und Tressen herunter, so daß nur noch eine ganz gewöhnliche schwarze Jacke übrigblieb, die aus ein paar Schritten Entfernung durchaus wie die Uniform eines Technikers wirkte. Er befestigte die Sicherheitsplakette des Technikers an seiner Brust, hob Max wieder auf und machte sich auf den Weg. Wenn ihn jemand anhielt oder das winzige Holobild seiner Plakette mit seinem wirklichen Gesicht verglich, war er erledigt. Aber für den Augenblick verließ er sich auf sein Glück, seinen selbstbewußten und daher überzeugenden Schritt und eine wichtige Miene.

Er eilte zwei Stockwerke hinauf, ohne daß ihn jemand stoppte. Drei Espos, die in einer Wachzelle in der Nähe der Lifttüren herumlungerten, winkten ihm, weiterzugehen, als sie sahen, daß er eine Plakette trug. Er zwang sich, nicht zu lächeln.

144

Stars' End war wahrscheinlich ein langweiliger Posten; kein Wunder, daß die Wächter nachlässig geworden waren. Was sollte hier schon passieren?

Im Amphitheater hatte das Talent Pakkas diesem sogar einen freundlichen Blick von Direktor Hirken eingetragen. Der junge Trianii hatte mit dem Reifen gearbeitet, während er einen Ball unter sich durch die Arena rollte.

»Genug damit«, erklärte aber Hirken nun, und seine manikürte Hand hob sich. Pakka blieb stehen und starrte den Direktor an.

»Ist dieser sogenannte Meisterschütze immer noch nicht zurück?«

Hirkens Untergebene konferierten kurz untereinander und gelangten dann zu der Entscheidung, daß Han noch nicht da sei.

Hirken wies auf Atuarre. »Also gut, Madame, Sie dürfen tanzen. Aber fassen Sie sich kurz, und wenn Ihr Scharfschützenkollege jetzt nicht bald kommt, setze ich seinen Auftritt vielleicht ganz ab.«

Pakka hatte inzwischen seine Utensilien aus der Arena entfernt. Jetzt reichte Atuarre ihm die kleine Flötenpfeife, die Han angefertigt hatte. Während das Junge ein paar Läufe darauf blies, steckte Atuarre sich Fingerzimbeln an und probierte sie aus. Den improvisierten Instrumenten, selbst den Fesselglöckchen, fehlte die musikalische Qualität echter Trianii-Instrumente. Aber für den Augenblick genügten sie, und vielleicht überzeugten sie ihr Publikum sogar, daß es hier etwas Echtes geboten bekam. Pakka begann eine alte Weise zu spielen. Atuarre trat in die Arena hinaus und wiegte sich mit einer Grazie und Eleganz zu den Klängen der Musik, wie es einem Menschen unmöglich gewesen wäre.

Das Gesicht Hirkens wurde weich, und auch die Mienen der anderen Zuschauer lösten sich. Der rituelle Tanz der Trianii gilt bei vielen als primitive, schamlose Kunst, aber in Wahrheit handelt es sich dabei um höchste Artistik. Seine Formen sind uralt und exakt, und sie verlangen die ganze Konzentration des Tänzers. Zudem gehört dazu Perfektion und tiefempfundene Liebe zum Tanz selbst. Hirken, seine Untergebenen und seine Frau wurden gleichsam in Atuarres kreisenden, anschleichenden und dann wieder aufstampfenden Tanz hineingezogen, und sie fragte sich, wie lange es ihr wohl gelingen würde, die Zuschauer an sich zu binden, und was dann kommen mochte, wenn sie sie nicht lange genug fesseln konnte.

Han, der in einem leerstehenden Raum einen Computerterminal gefunden hatte, stellte Max daneben. Während Max seinen Adapter ausfuhr und mit dem System Verbindung aufnahm, blickte Han vorsichtig in den Korridor hinaus und schloß die Tür.

Er zog einen Hocker vor einen Bildschirm. »Alles klar, Kleiner?«

»Gleich, Captain. Die Technik, die Rekkon mich gelehrt hat, funktioniert hier auch.«

Der Bildschirm erhellte sich, und dann tanzten Symbole, Diagramme, Computermodelle und ganze Reihen von Daten über die Glasscheibe.

»Nur zu, Max. Und jetzt such mir die Pferche, Zellen bzw. Arrestgemächer oder wie das hier heißt.«

Ein Plan nach dem anderen leuchtete auf dem Bildschirm auf, während Max noch viel schneller suchte und riesige Datenmengen überprüfte. Das war es, wofür er gebaut war. Doch am Ende mußte er zugeben: »Das kann ich nicht, Captain.«

»Was soll das heißen, du kannst das nicht? Sie sind hier, sie müssen hier sein! Sieh noch einmal nach, kleiner Schwachkopf.«

»Es gibt keine Zellen«, antwortete Max indigniert. »Wenn es welche gäbe, hätte ich sie gesehen. Die einzigen Wohneinheiten im ganzen Stützpunkt sind die Häuser und Unterkünfte der Angestellten, die Espo-Kasernen und die Suiten der Direktion auf der anderen Seite des Baus — und Hirkens Räume hier in diesem Turm.«

»Gut«, sagte Han, »dann will ich jetzt auf dem Bildschirm den Grundriß von diesem Bau sehen, eine Etage nach der anderen, angefangen bei Hirkens Vergnügungspark.«

Der Grundriß der Kuppel mit Garten und Amphitheater erschien auf dem Schirm. Die beiden Etagen darunter bildeten das luxuriöse Quartier des Direktors. Die folgende Etage verwirrte Han. »Max, was sind das für Unterteilungen? Büros?«

»Hier steht nichts«, antwortete der Computer. »In den Katalogen sind medizinische Geräte, Hologramm-Kameras, chirurgische Servo-Einrichtungen, Operationstische und derlei Dinge registriert.«

Plötzlich kam Han eine Idee. »Max, welchen Titel hat Hirken? Sein offizieller Firmentitel, meine ich.«

»Direktor für Sicherheitsfragen, heißt das hier.«

Han nickte grimmig. »Such nur weiter, wir sind schon am richtigen Ort. Das dort oben ist keine Klinik, das ist ein Verhörzentrum. Wahrscheinlich betrachtet Hirken es nach hiesiger Definition als Raum zur Erholung. Was ist im Stockwerk darunter?«

»Nichts für Menschen. Die nächste Etage ist drei Stockwerke hoch, Captain. Nur schwere Maschinen. Die Energieversorgung dort ist auf industrielle Bedürfnisse angelegt, außerdem gibt es noch eine Schleuse. Hier ist der Stockwerksplan, da die Stromversorgung.«

Max zeigte den Plan. Han beugte sich über den Schirm und studierte die Linien. Eine, die strahlend blau war und sich damit von den anderen abhob, ging von den Lichtschächten aus. Ihr galt Hans Aufmerksamkeit. Er fragte den Computer, um was es sich bei ihr handle.

»Das ist ein Sicherheitsbetrachter, Captain. Im Turm gibt es an einigen Stellen ein Überwachungssystem. Ich zeige es Ihnen.«

Der Schirm flackerte, und dann zeigte sich auf ihm ein Bild. Hans Augen weiteten sich. Er hatte die Verschwundenen entdeckt.

Der Raum war mit Stasiszellen angefüllt, in Stapeln. In jeder Zelle war ein Gefangener in der Zeit eingefroren, zwischen einem Augenblick und dem nächsten, durch das Entropiefeld angehalten. Das erklärte auch, weshalb es keine Versorgungsanlagen gab. Hirken hatte sämtliche Opfer in der Zeit angehalten. Der Sicherheitsdirektor brauchte nur dann Gefangene herauszuholen, wenn er sie verhören wollte, und sobald das geschehen war, konnte er sie wieder in die Stasis zurückschieben. So beraubte er seine Gefangenen ihres Lebens, nahm ihnen ihre ganze Existenz.

»Davon muß es doch Tausende geben«, stöhnte Han. »Hirken kann sie wie Fracht in Luftschleusen hin und her schieben. Der Energieverbrauch dort oben muß ungeheuerlich sein. Max, wo ist das Kraftwerk?«

»Wir sitzen auf ihm«, antwortete Max, obwohl dieser Vergleich eigentlich schlecht auf ihn paßte. Er füllte den Bildschirm mit einer Prinzipskizze des Turmes. Han pfiff durch die Zähne. Unter Stars' End gab es eine Energieversorgungsanlage, die groß genug war, um für eine ganze Festung oder ein Kriegsschiff der Hauptstädteklasse auszukommen.

»Und hier sind die Verteidigungskonstruktionen«, fügte Max hinzu.

Es gab Kraftfelder auf allen Seiten des Turmes und eines darüber, das bereit war, jeden Augenblick seinen Dienst aufzunehmen. Stars' End selbst bestand, wie Han bereits festgestellt hatte, aus molekularverdichtetem Panzerstahl. Nach den Spezifikationen war es darüber hinaus mit Anti-Schock-Feldern ausgestattet, so daß eine Explosion noch so großen Ausmaßes seinen Bewohnern nichts anhaben konnte. Die Kommerzbehörde hatte keine Kosten gescheut, um die Anlage absolut sicher zu machen.

Aber das half natürlich nur, wenn der Feind draußen weilte, und Han war drinnen. »Gibt es eine Gefangenenliste?«

»Hab' sie schon! Sie war unter ›Durchreisende‹ abgelegt.«

Han fluchte halblaut über diesen bürokratischen Euphemismus. »Steht Chewies Name darauf?«

»Nein, Captain. Aber Atuarres Gefährten habe ich gefunden. Und Jessas Vater.«

Der Schirm zeigte zwei weitere Bilder, typische Polizeiaufnahmen. Atuarres Gefährte hatte einen röteren Pelz als sie, und Docs verwitterte Züge hatten sich nicht verändert.

»Und hier ist Rekkons Neffe«, fügte Max hinzu.

Das Bild zeigte ein junges, schwarzes Gesicht mit kräftig ausgeprägten Linien, welche die Ähnlichkeit zwischen Neffe und Onkel betonten.

»Gefunden!« quietschte Max einen Augenblick später. Chewbaccas großes, haariges Gesicht erschien auf dem Bildschirm. Als man ihn aufgenommen hatte, mußte er nicht sonderlich gut gelaunt gewesen sein; er wirkte zerzaust, sein Zähnefletschen versprach dem Fotografen einen grausamen Tod. Die Augen des Wookiee blickten glasig, und Han nahm an, daß die Espos ihn gleich nach der Gefangennahme unter Drogen gesetzt hatten.

»Ist er in Ordnung?« wollte Han wissen.

Max holte die Arrestakte auf den Bildschirm. Nein, Chewbacca war nicht ernsthaft verletzt worden, aber bei seiner Festnahme hatten drei Beamte das Leben gelassen, konnte man

148

dem Formblatt entnehmen. Er hatte sich geweigert, einen Namen anzugeben, und das erklärte, warum es Max so schwergefallen war, ihn ausfindig zu machen. Die Liste der Anklagepunkte gegen ihn füllte den Bildschirm bis zum Rand. Ganz unten fand sich eine ominöse, handgeschriebene Notiz, welche die vorgesehene Verhörzeit angab. Han blickte auf die Uhr; Chewbacca sollte in drei Stunden Direktor Hirkens Foltermühle betreten.

»Max, wir müssen etwas unternehmen. Sofort! Ich werde nicht zulassen, daß sie Chewbaccas Geist in Stücke reißen. Können wir die Abwehrsysteme ausschalten?«

Der Computer antwortete: »Tut mir leid, Captain. Sämtliche Hauptaggregate werden vom Gürtel aus gesteuert, den Hirken trägt.«

»Und wie ist es mit den Nebenaggregaten?«

Max' Stimme klang unsicher: »Das läßt sich vielleicht machen, aber wie wollen Sie die Gürteleinheit des Direktors deaktivieren?«

»Keine Ahnung. Wie ist sie denn geschaltet? Es muß doch irgendwelche Zusatzeinrichtungen geben . . . Diese verdammte Box ist viel zu klein, und kontrolliert doch den ganzen Turm.«

Das konnte Max erklären. Überall in Stars' End gab es Induktionsschleifen, in den Wänden, im Boden, überall.

»Dann zeig mir die Schaltpläne der obersten Etage.«

Han studierte sie sorgfältig und merkte sich einzelne Bezugspunkte — Türen, Lifts und Stützträger.

»Okay, Max, du schaltest dich jetzt in die Sekundärkreise ein und ordnest die Energieflußprioritäten neu. Wenn die Sekundärkreise anspringen, dann möchte ich, daß der Deflektorschirm ganz oben seine Energie in das Kraftwerk zurückfließen läßt. Ich möchte, daß du die Sicherheitseinrichtungen des Systems so beeinflußt, daß sie den Energieabfall im Schutzschirm bemerken, nicht aber den Rückfluß.«

»Captain Solo, das könnte zu einer Rückkoppelung im ganzen System führen. Damit können Sie den ganzen Turm in die Luft sprengen.«

»Nur, wenn ich Hirkens Primärkreise erreiche«, sagte Han halb zu sich selbst und halb zu Max.

»An die Arbeit!«

149

Weit über ihm hatte Direktor Hirken inzwischen erkannt, daß man ihn zum besten hielt.

Obwohl er von Atuarres Tanz außerordentlich fasziniert gewesen war, hatte doch ein stets argwöhnischer Teil seines Wesens entdeckt, daß man ihn ablenken wollte. Was er zu sehen wünschte, war ein Roboterkampf. Und diese Tanzartistik, so elegant sie auch sein mochte, bot dafür keinen Ersatz.

Er stand auf und betätigte einen Knopf an seiner Gürteleinheit. Lichter flammten auf, und Pakka unterbrach seine Nummer. Atuarre sah sich um, als erwache sie aus einem Traum. »Was . . .«

»Genug, genug!« entschied Hirken.

Uul-Rha-Shan, sein Revolvermann, stand neben ihm und hoffte auf den Befehl, zu töten. Doch statt dessen fuhr Hirken fort: »Ich habe genug gesehen, Trianii. Ihr wollt ganz offensichtlich Zeit gewinnen. Haltet ihr mich für einen Schwachsinnigen?« Er wies auf Bollux. »Was ihr lächerlichen Artisten mit diesem baufälligen Androiden gemacht habt, ist Schwindel. Ihr hattet nie vor, mir für mein Geld etwas Anständiges zu liefern. Wahrscheinlich wolltet ihr behaupten, ihr hättet irgendwo eine Geräteauswahl, und ich sollte euch dann die Reise bezahlen oder euch für eure Bemühungen gar noch groß belohnen. Ist es nicht so?«

»Nein, Direktor«, sagte Atuarre, doch das ignorierte er.

Hirken war nicht zu überzeugen.

»Bereitet diesen Androiden zum Kampf vor und holt meinen Mark-Zehn!« befahl er den Technikern und Espos, die ihn umgaben.

Atuarre richtete sich wütend und voll Sorge um Bollux auf. Sie mußte aber erkennen, daß Hirken sich von seiner Absicht nicht abbringen lassen würde, und sie hatte schließlich an ihr Junges zu denken. Außerdem konnte sie Han und ihrem Gefährten hier nur wenig nützen.

»Mit Ihrer Erlaubnis, Exzellenz, kehre ich auf mein Schiff zurück.«

An Bord der *Falcon* waren ihre Chancen immerhin größer.

Hirken winkte sie weg. Ihn interessierte nur noch sein Henker-Roboter, und so lachte er sein humorloses Lachen. »Gehen Sie nur, gehen Sie! Und wenn Sie diesen wertlosen Lügner, den ihr Meisterschützen nennt, sehen, dann tun Sie gut daran, ihn mitzunehmen. Und glauben Sie nur ja nicht, daß ich mich nicht beschweren werde. Ich werde dafür sorgen, daß man Sie aus der Gilde ausstößt.«

Atuarre packte Pakkas Pfote und stürmte auf den Lift zu, ihr Junges hinter sich herzerrend. Uul-Rha-Shans trockenes Lachen hallte ihr noch lange nach.

Im Computerzentrum wurde der Bildschirm, der die Schaltungen anzeigte, die Blue Max vornahm, kurzzeitig dunkel.

»Max, alles in Ordnung?« fragte Han besorgt.

»Captain Solo, sie aktivieren diese Kampfmaschine, den Mark-Zehn. Sie schicken ihn gegen Bollux in die Arena.«

Die Konstruktionseinzelheiten und Baudaten des Mark-Zehn-Henkers leuchteten einer nach dem anderen auf dem Bildschirm auf. Max' Stimme klang irgendwie erschreckt. »Die Energieversorgung und die Steuerorgane des Mark-Zehn sind von diesem System unabhängig. Ich kann nicht an ihn heran. Captain, wir müssen sofort nach oben, Bollux braucht mich.«

»Was ist mit Atuarre?«

»Sie rufen eine Liftkabine und verständigen die Sicherheitsabteilung, daß sie geht. Wir müssen nach oben.«

Han schüttelte den Kopf, ohne darauf zu achten, daß Max' Fotorezeptor abgeschaltet war. »Tut mir leid, Max, wir haben hier zu viele andere Dinge zu erledigen. Außerdem könnten wir Bollux nicht helfen.«

Der Bildschirm wurde dunkel, und Max' Fotorezeptor leuchtete wieder auf. Seine Stimme zitterte. »Captain Solo, ich tue jetzt nichts mehr für Sie, bis Sie mich zu Bollux gebracht haben. Ich *kann* ihm helfen!«

Han schlug nicht besonders sanft mit dem Handrücken nach der Sonde. »Zurück an die Arbeit, Max, das ist mein Ernst!«

Als Antwort darauf zog Max seinen Adapter aus der Steckdose. Han packte wütend den kleinen Computer und hob ihn hoch.

»Tu, was ich dir gesagt habe, sonst schlag ich dich in Stücke!«

Max' Antwort klang ernst und ausdruckslos: »Nur zu, Captain. Wenn ich in Gefahr wäre, würde Bollux alles tun, was er für mich tun könnte.«

Han hielt mitten in seiner Bewegung inne. Plötzlich war ihm klar, daß Max' Sorge für seinen Freund sich durch nichts von der Sorge unterschied, die er, Han, für Chewbacca empfand. Er ließ die Sonde langsam sinken und musterte sie, als sähe er sie das erstemal. »Verdammt will ich sein ... Bist du sicher, daß du Bollux helfen kannst?«

»Bringen Sie mich hin, Captain, dann werden Sie es sehen.«

»Das hoffe ich. Welcher Lift führt in die Kuppel?«

Max sagte es ihm, und Han eilte sofort zu den Liften und hängte sich unterwegs die Sonde über die Schulter. Er nahm die Sicherheitsplakette ab und drückte den Knopf für eine Fahrt nach unten. Die falsche Kabine hielt an. Er ließ sie weiterfahren und drückte den Knopf noch einmal.

Diesmal hatte er Glück. Die Kabine mit Atuarre, Pakka und den beiden Soldaten hatte auf ihrem Weg nach unten einige Male haltgemacht. Atuarre sah Han und riß ihr Junges aus der Kabine. Die Espos mußten sich beeilen, um nicht allein im Lift zu bleiben.

Han zog die beiden Trianii auf die Seite, aber die Espos ließen keinen Zweifel daran, daß sie alle drei im Auge behielten.

»Wir wollten zum Schiff«, erklärte Atuarre mit leiser Stimme. »Ich wußte nicht, was ich sonst tun sollte. Solo-Captain, Hirken setzt Bollux gegen seine Henkermaschine ein.«

»Ich weiß. Max hat da einen Plan.« Er sah, wie einer der Espos in ein Intercom sprach. »Hören Sie, die Verschwundenen sind hier, Tausende davon. Max hat die Energieversorgung umgepolt. Hirken wird sie alle laufenlassen müssen, wenn er weiterhin Luft zum Atmen haben will. Machen Sie das Schiff startbereit. Falls ich irgendwie einen Blaster in die Finger bekomme, können die etwas erleben, Schwester.«

»Captain, ich wollte Ihnen etwas sagen«, ließ sich Max vernehmen. »Ich habe die Zahlen überprüft. Ich glaube, Sie sollten wissen ...«

»Nicht jetzt, Max!«

Han zog Atuarre und Pakka zum Lift zurück und drückte beide Knöpfe, den nach oben und den nach unten.

Einer der Espos schloß sich wieder den Trianii an, während der andere sich neben Han aufbaute und erklärte: »Der Direktor sagt, Sie können ruhig raufkommen. Sie dürfen nach dem Kampf das, was von Ihrem Androiden übriggeblieben sein wird, mit nach Hause nehmen.«

Die Techniker und Espos drängten Bollux in die Arena, während die Transpar-Stahlplatten sich aus ihren verborgenen Versenkungen im Boden hochschoben. Hirken wußte jetzt, daß dies kein Gladiator-Android war, und so gab er Befehl, Bollux mit einem Schild auszustatten, damit der Kampf etwas interessanter werden würde. Der Schild, ein Rechteck aus Dura-Stahl, das hinten mit Griffen ausgestattet war, zog den langen Arm des alten Androiden zu Boden, als dieser versuchte, sich auf das einzustellen, was um ihn herum geschah.

Bollux wußte, daß kaum Aussicht bestand, so zahlreichen, bewaffneten Männern zu entkommen. In den langen Jahren, in denen er nun schon funktionierte, hatte er mit vielen Menschen zu tun gehabt, und Haß vermochte er daher durchaus zu erkennen. Haß war es auch, was er im Gesicht des Direktors entdeckte. Aber Bollux hatte schon viele scheinbar aussichtslose Situationen bestanden, und es war daher auch jetzt nicht seine Absicht, sich demolieren zu lassen, falls sich ihm nur die geringste Chance bot, etwas dagegen zu unternehmen.

An der gegenüberliegenden Wand schob sich ein Türpaneel in die Höhe. Räder quietschten, das Klappern von Gleisketten war zu hören. Der Mark-Zehner-Henker rollte ins Licht.

Er war eineinhalbmal so groß wie Bollux, auch viel breiter und bewegte sich auf zwei dicken Raupenketten. Über den Ketten und dem Fahrgestellgehäuse ragte ein mächtiger Rumpf auf, der mit grauem Panzerstahl bedeckt war. Die vielen Arme des Henkers waren noch eingeklappt und inaktiv, und jeder davon trug eine andere Waffe.

Bollux wandte einen Trick an, den er von einem seiner ersten menschlichen Besitzer gelernt hatte. Aus seinen Berechnungen verdrängte er den logischen Schluß, daß seine Vernichtung ein Ereignis hoher Wahrscheinlichkeit war. Er wußte, daß man unter den Menschen diese Taktik häufig anwandte, den sicheren Tod einfach zu ignorieren.

Der Kopfturm des Henkers drehte sich, und seine Sensoren erfaßten den Androiden. Der Mark-Zehn war der modernste Kampfautomat, den es gab, eine ungemein erfolgreiche, hochspezialisierte Mordmaschine. Sie hätte sich auf den unbewaffneten Vielzweck-Arbeitsandroiden einstellen und ihn sofort zu Staub zerblasen können, war aber natürlich darauf programmiert, ihrem Besitzer ein längeres Schauspiel zu bieten.

Der Mark-Zehn rollte mit präzisen Bewegungen auf Bollux zu. Der Android zog sich schwerfällig zurück, mußte sich einige Mühe geben, den schweren Schild zu halten. Der Henker umkreiste ihn, studierte Bollux von allen Seiten, registrierte seine Reaktionen, während der Android ihn hinter seinem Schild beobachtete. »Anfangen!« rief Direktor Hirken über die Lautsprecher der Arena.

Der Mark-Zehn, dessen Empfänger auf seine Stimme eingestellt war, ging zum Angriff über. Er raste mit Höchstgeschwindigkeit auf Bollux zu. Dieser versuchte zuerst nach rechts auszuweichen, dann nach links, aber der Henker ahnte alle seine Manöver im voraus. Er kompensierte jede Bewegung und schickte sich an, ihn unter seinen Raupenketten zu zermalmen.

»Halt!« brüllte Hirken über die Lautsprecher. Der Mark-Zehn stoppte unmittelbar vor Bollux und ließ den alten Androiden schwerfällig davontrotten.

»Wieder anfangen!« befahl der Direktor.

Der Henker setzte sich erneut in Bewegung und wählte diesmal eine andere Vernichtungsmöglichkeit aus seinem Arsenal. Servomotoren summten, ein Waffenarm hob sich, an dessen Ende ein Flammenwerfer befestigt war. Bollux sah diesen und konnte gerade noch rechtzeitig seinen Schild heben.

Eine Flammenzunge zuckte aus der Mündung des Werfers, schleuderte einen brennenden Strom über den Schild des Androiden. Der Mark-Zehn zielte erneut, um diesmal den Flammenwerfer ganz unten anzusetzen und dem Androiden die Beine wegzubrennen. Bollux schaffte es gerade noch, sich schwerfällig auf die Knie fallen zu lassen und seinen Schild auf den Boden aufzusetzen, ehe die Flammen darüber hinwegzogen und auf dem Boden rings um ihn kleine Feuerpfützen hinterließen. Wieder rollte der Mark-Zehn an und bereitete sich auf den nächsten Schuß vor, als Hirken erneut abbrach.

Bollux rappelte sich auf und stützte sich dabei auf den Schild. Er spürte, daß sich seine inneren Mechanismen überhitzten, ganz besonders seine Lager. Sein Kreiselsystem war nicht für solche Einsätze gebaut.

Erneut kam der Mark-Zehn heran. Bollux ignorierte das Unvermeidliche, brachte seine trägen Komponenten dazu, zu reagieren, und bewegte sich unter einem mechanischen Äquivalent von Schmerz, aber immer noch zielbewußt.

Han sprang mit einem Satz aus der Liftkabine. Die Espos, die davor Wache hielten und wußten, daß der Direktor Hans Anwesenheit bei dem Schauspiel wünschte, ließen ihn passieren.

An der obersten Reihe des kleinen Amphitheaters blieb er stehen. Hirken saß mit seiner Frau und seinen Untergebenen unten, feuerte seinen Champion an und verspottete gleichzeitig den lächerlichen Bollux, als der Henker gerade einen anderen Waffenarm hob, der mit einem Magazin winziger Raketengeschosse bestückt war.

Bollux sah die Waffe auch und wandte einen Trick — oder, wie er das sah, eine letzte Variante — an. Geduckt, immer noch den Schild festhaltend, löste er die kräftigen Federn seiner Beine und sprang wie ein riesiges, rotes Insekt aus dem Fadenkreuz des Mark-Zehn. Miniaturgeschosse explodierten an den Arenawänden, hüllten sie in eine Wolke und erfüllten trotz des Schalldämpfungssystems der Zuschauersitze das ganze Amphitheater mit ihrem Lärm.

Hirken und seine Leute schrien ihre Enttäuschung hinaus. Han rannte, bei jedem Satz drei Stufen nehmend, in die Arena hinunter. Bollux war schlecht gelandet; die Belastung, der sein Mechanismus ausgesetzt war, erwies sich als zu groß. Wieder änderte der Direktor die Programmierung seines Kampfautomaten.

Der Henker zog seinen Raketenarm zurück. Aus Luken an seinen beiden Flanken schoben sich tentakelähnliche Träger mit zwei Kreissägen und rasteten ein. Die Sägeblätter kreisten, erzeugten ein eigenartig schrilles Geräusch, und die Moleküle der Schneidflächen vibrierten auf eine Art und Weise, daß sie Metall ebenso spielend durchtrennen konnten wie Luft. Der Mark-Zehn schob sich auf Bollux zu und schickte sich an, ihn in eine tödliche Umarmung zu nehmen.

Hirken entdeckte Han, der gerade den Rand der Arena erreicht hatte. »Betrüger! Jetzt können Sie einen wahren Kampfautomaten bei der Arbeit sehen!«

Sein grausames Gelächter ließ die ganze Tünche von Eleganz und Lebensart, die er am Konferenztisch zu zeigen gewohnt war, von ihm abfallen. Seine Frau und seine Untergebenen schlossen sich ihm pflichtschuldigst an.

Han ignorierte sie und hob den Computer. »Max, sag es ihm!«

Blue Max sandte eine Folge hochverdichteter Informationsimpulse. Die roten Fotorezeptoren von Bollux drehten sich zu der Computersonde herum. Er lauschte einen Augenblick und wandte seine Aufmerksamkeit wieder dem heranwalzenden Mark-Zehn zu. Han ertappte sich dabei, wie er, obwohl er wußte, daß es verrückt war, den Atem anhielt.

Als der Henker auf ihn zuschoß, machte Bollux keinen Versuch, zur Seite zu springen oder den Schild zu heben. Der Henker hielt das nur für logisch. Der Android hatte keine Hoffnung mehr. Des Henkers Sägetentakeln breiteten sich aus, um Bollux zu umarmen. Die Sägeblätter drehten sich sirrend.

Bollux hob seinen Schild und warf ihn dem Mark-Zehn entgegen. Tentakeln und Schneideblätter wechselten den Kurs; der Schild wurde aufgefangen und in Stücke geschnitten. Aber im gleichen Augenblick, den ihm dieses Manöver verschaffte, hatte Bollux sich steif — mit einem lauten, metallischen *Boing* — zwischen die mahlenden Gleisketten des Henkers geworfen.

Der Kampfautomat kam ruckartig zum Stillstand — zu spät. Bollux, der unter ihm lag, klammerte sich mit einer Hand an seinem Fahrgestell fest, während die andere in die Eingeweide des Mark-Zehn fuhr und an seinen Kühlrohren riß.

Der Henker stieß einen elektronischen Schrei aus. Niemals hatte die Mordmaschine die Möglichkeit in Betracht gezogen, daß ein Vielzweck-Arbeitsandroid gelernt haben könnte, das Irrationale zu tun.

Der Mark-Zehn setzte sich in Bewegung, wollte hierhin und dorthin, ohne jede Vernunft. Er hatte keine Möglichkeit, an Bollux heranzukommen, der sich unter ihm festklammerte. Niemand hatte je den Henker dazu programmiert, auf sich selbst zu schießen oder etwas zu zerquetschen, das er nicht erreichen konnte. Bollux befand sich am einzigen sicheren Ort in der ganzen Arena.

Und die Innentemperatur des Mark-Zehn stieg sofort; die Mordmaschine produzierte eine enorme Hitze.

Hirken war aufgesprungen und schrie: »*Stoppen! Stoppen!* Henker, ich befehle dir zu *stoppen!*«

Techniker begannen herumzurennen, prallten gegeneinander, aber der Mark-Zehn hatte aufgehört, Befehle entgegenzunehmen. Seine komplizierten Stimmsensoren gehörten zu den ersten Geräten, die ausgefallen waren. Jetzt raste er ziellos in der

Arena umher, feuerte seine Blasterflammenwerfer und Raketenwerfer ab und drohte das Schalldämpfungssystem zu überlasten.

Die Transpar-Stahlwände der Arena wurden zu einem Fenster ins Inferno, als der Henker immer wilder wütete. Sein
Rumpf kreiste, seine Waffen flammten, und sein defektes Lenksystem suchte einen Feind, den es erfassen konnte. Abprallende
Splitter seiner eigenen Geschosse trafen ihn. Man konnte sehen,
wie Rauch und Feuer aus seinen Lüftungsschlitzen quollen. Und
Bollux klammerte sich am Fahrgestell des Mark-Zehn fest, nun
mit beiden Händen, ließ sich hin und her schleppen und fragte
sich, ob es dem Gegner gelingen würde, ihn abzuschütteln.

Der Henker prallte von einer der Arenawände zurück. Die
noch intakten Zielstromkreise dachten, die Mordmaschine hätte
endlich ihren Feind entdeckt. Sie rollte zurück, bereitete sich auf
eine zweite Attacke vor, jagte die Maschine hoch.

Bollux entschied richtig, daß die Zeit gekommen war, sich
vom Gegner zu trennen. Er ließ einfach los. Wieder heulte der
Henker davon, seine ganze Aufmerksamkeit war auf die Wand
konzentriert, die ihm nichts zuleide getan hatte. Der Android
schleppte sich ächzend und klappernd dem Ausgang zu.

Der Henker warf sich mit dem Kopf voran gegen die Arena-
mauer und prallte davon ab. Enttäuscht feuerte er sämtliche
Waffen auf kurze Distanz ab und sah sich plötzlich von Flammen, Säurestrahlen und den Fragmenten seiner Lenkwaffen umgeben. Und dann — Hirken schrie gerade ein letztes
Neeeiiinnn!« — erreichte die Innentemperatur des Mark-Zehn
den kritischen Wert.

Der Mark-Zehn-Henker, modernstes Produkt der Kampf-
robotertechnik, wurde von einer spektakulären Explosion in
Stücke gerissen, im selben Augenblick, in dem Bollux, ein altmo-
discher Allzweck-Arbeitsandroid, sein müdes Chassis aus der
Arena schleppte.

Han kniete nieder und klopfte dem alten Androiden auf den
Rücken, während Blue Max es irgendwie zuwege brachte, seinem Vocoder einen Bravo-Ruf zu entlocken. Der Pilot warf den
Kopf in den Nacken, lachte und vergaß in der absurden Stimmung dieses Augenblicks alles andere.

»Ich brauche eine Minute, bitte«, bettelte Bollux, dessen ohnehin schon gedehnte Stimme noch langsamer klang. »Ich muß
versuchen, meine überlasteten Mechanismen in Ordnung zu

bringen.«

»Ich kann helfen«, quiekte Max. »Schließ mich an deine Gehirnstromkreise an, Bollux, dann übernehme ich das. So hast du Zeit, dich mit den kybernostatischen Problemen zu befassen.«

Bollux öffnete seine Brustplatte. »Captain, wären Sie so freundlich?«

Han schob den kleinen Computer hinein.

»Rührend, wer immer Sie sind«, sagte eine ölig-glatte Stimme hinter Han, »aber völlig sinnlos. Wir werden die beiden natürlich auseinandernehmen, um uns die Informationen zu beschaffen, die wir wollen. Was ist denn übrigens aus Ihren hübschen Tressen und Medaillen geworden?«

Han drehte sich um. Hinter ihm stand Uul-Rha-Shan, die Waffe in der Hand. Hans Blaster in seinem Halfter hing über der Schulter des reptilischen Revolvermannes.

Hirken, gefolgt vom Major und den anderen Espos, seinen Untergebenen und seiner Frau, tauchte hinter Uul-Rha-Shan auf. Die Luft war vom Gestank verschmorter Leitungen und geschmolzenen Metalls erfüllt. Hirkens weißem Gesicht war die Wut anzusehen, die in ihm tobte.

Er deutete mit zitterndem Finger auf Han. »Ich hätte wissen müssen, daß Sie Teil dieser Verschwörung sind. Trianii, Androiden, die Unterhaltungsgilde — alle stecken da drin. Niemand im Aufsichtsrat wird das jetzt leugnen können. Diese Verschwörung gegen die Kommerzbehörde und mich persönlich umfaßt *jeden*!«

Han schüttelte verwirrt den Kopf. Hirken schwitzte, und sein Gesicht war verzerrt wie das eines Wahnsinnigen. »Ich kenne Ihren wahren Namen nicht, Scharfschütze, aber Ihr Komplott ist jedenfalls gescheitert. Was ich wissen muß, werde ich mir aus Ihrem Androiden und den Trianii herausgraben. Da Sie mir den Spaß verdorben haben, werden auch Sie mir das büßen.«

Er stellte sich mit dem Rest seines Gefolges hinter die Transpar-Stahlwände. Uul-Rha-Shan nahm Hans Waffengurt von der Schulter und reichte ihn Han. »Kommen Sie, Sie Schießkünstler. Wir wollen sehen, wie es um Ihr Können steht.«

Han nahm vorsichtig den Waffengurt entgegen. Ein Blick auf seinen Blaster zeigte ihm, daß man ihn bis auf eine Mikroladung geleert hatte, die nicht dazu ausreichte, den Primärkontrollkreis zu beschädigen. Han schaute zu Hirken hinüber, der hinter undurchdringlichem Transpar-Stahl feixte. Die Kontrolleinheit an Hirkens Gürtel war also so weit von Han entfernt, als läge eine ganze Galaxis dazwischen. Han stieg langsam die Stufen des Amphitheaters hinauf und schnallte sich den Waffengurt um die Hüften.

Uul-Rha-Shan folgte ihm. Die beiden hatten eine Stelle erreicht, von der aus sie die Arena überblicken konnten. Die versammelten Beamten der Kommerzbehörde blickten zu ihnen hinauf.

Es war kein übler Versuch gewesen, sagte sich Han, beinahe wäre er geglückt. Aber jetzt wünschte Hirken seinen Tod, und anschließend würden Chewbacca und Atuarre und Pakka in die Verhörzellen wandern. Der Direktor hielt sämtliche Karten in der Hand, mit Ausnahme einer einzigen. Han war fest entschlossen, wenn er schon sterben mußte, alle diese Verbrecher der Kommerzbehörde und ihrer Sicherheitsabteilung mit sich in den Tod zu nehmen.

Er ging mit langsamen Schritten zur Wand. Sein Gegner, der ein paar Schritte entfernt stand, konnte der Versuchung nicht widerstehen, ihn noch einmal herauszufordern.

»Uul-Rha-Shan möchte wissen, wen er tötet. Wer sind Sie?«

Han richtete sich auf und ließ die Hände locker hängen, bewegte die Finger. »Solo. Han Solo.«

Der andere ließ Überraschung erkennen. »Ihren Namen habe ich schon gehört, Solo. Sie sind es zumindest wert, daß man Sie tötet.«

Han verzog amüsiert den Mund. »Glauben Sie, Sie schaffen es, Schlange?«

Uul-Rha-Shan zischte. Und Han verbannte alles aus seinen Gedanken, was nicht mit dem zusammenhing, was er jetzt plante.

»Gute Reise, Solo!« rief Uul-Rha-Shan, und seine Muskeln spannten sich.

Han schob die rechte Schulter vor, vollführte eine halbe Drehung, alles mit der blitzartigen Schnelligkeit des geübten Revolverkämpfers. Doch seine Hand schloß sich nicht um den Kolben seiner Waffe.

Statt dessen tat er nur so, als wolle er ziehen, warf sich aber auf den Boden. Und während er stürzte, spürte er, wie Uul-Rha-Shans Disrupterstrahl über ihn hinwegpeitschte und die Wand traf. Der Strahl löste eine weithin hallende Explosion aus, die das Reptil im Gesicht erfaßte, es nach hinten schleuderte. Sein Schuß hatte den Hilfsstromkreis für Hirkens Gürteleinheit in Stücke gerissen und Energie freigesetzt. Sekundärexplosionen ließen erkennen, wie die Leitungen aufrissen.

Han hatte sich zu Boden geworfen und von der Explosion nicht viel mehr abbekommen als ein paar versengte Haare. Jetzt hielt er den Blaster in der Hand, und das Pulsieren des Warnknopfes an seinem Griff vermittelte seiner Handfläche die stumme, unsichtbare Mitteilung, daß die Waffe beinahe leer war. Irgendwo in all dem Lärm und Rauch schrie Uul-Rha-Shan mit schriller Stimme: *»Solo-ooo!«*

Doch Han konnte ihn nicht sehen.

Er spürte in den Füßen ein fernes Vibrieren, die Überlast, die er Blue Max in das Abwehrprogramm hatte einbauen lassen. Nun, da die Primärschaltungen beschädigt waren und damit Hirkens Gürteleinheit nicht mehr nötig war, floß die Energie einen anderen Weg. Es dauert nicht mehr lange, sagte er sich.

Jeder in Stars' End fühlte sich plötzlich, als umgebe ihn dicker Schlamm, und das Gewicht eines ganzen Planeten schien auf allen zu lasten. Das Antiprallfeld — Han hatte es vergessen, aber das machte jetzt nichts.

In einer unbeschreiblichen Explosion flog die Energieanlage in die Luft.

10

Atuarre kämpfte gegen den Wunsch an, durch das Labyrinth von Tunnels und Rohrgängen zurückzulaufen. Sie wußte, daß dicht hinter ihr ein Espo-Mann rannte. Hans verzweifelter Plan erweckte Skepsis in ihr. Was, wenn der Bluff mißlang? Aber dann korrigierte sie sich sofort. Solo-Captain bluffte nicht und war durchaus imstande, all seine Feinde in einem Akt schrecklicher Rache mitzunehmen.

Sie billigte seine Absicht. Vielleicht war dies der einzige Augenblick, in dem Stars' End verletzbar war. Trotzdem rannte sie so schnell wie nie zuvor und zerrte den stolpernden Pakka hinter sich her.

Sie hatten die letzte Station vor der *Falcon* erreicht. Ein Techniker saß hinter seiner Konsole. Sein Intercom knackte, und Atuarre hörte Hirkens Befehl ebenso deutlich wie der Espo-Major. Die beiden Trianii sollten in den Turm zurückgebracht werden. Ob das wohl bedeutete, daß es Han gelungen war, Bollux in seinem Kampf zu unterstützen?

Aber Atuarre hatte nicht die Absicht, umzukehren; Solo-Captain wollte sie an Bord der *Millennium Falcon* sehen. Sie versuchte es mit Überredung. »Ich muß etwas sehr Wichtiges aus dem Schiff holen, dann können wir zurückkehren. Bitte, es ist wirklich sehr wichtig; das ist auch der Grund, warum man mir erlaubt hat, zum Schiff zu gehen.«

Doch der Espo zog die Waffe. »In dem Befehl hat es geheißen: *sofort.* Los!«

Auch der Techniker war auf sie aufmerksam geworden, aber die unmittelbare Gefahr ging von dem Polizisten aus. Atuarre zog Pakka an der Pfote hoch, so daß seine Zehen kaum mehr den Boden berührten und zeigte ihn dem Espo. »Sehen Sie, man hat mir auch gesagt, ich soll mein Junges aufs Schiff bringen. Seine Anwesenheit war dem Direktor unangenehm.«

Sie spürte, wie Pakkas Muskeln sich spannten.

Der Espo setzte zur Antwort an, da riß sie das Junge hoch. Pakka stieß sich ab, und die beiden Trianii heulten auf, so daß die Männer der Kommerzbehörde unwillkürlich zusammenzuckten.

Pakkas Tritt traf den verblüfften Espo im Gesicht. Atuarre packte die Hand des Mannes und riß sie weg vom Blaster. Die Trianii warfen ihren Gegner nach hinten um, und Arme, Beine und Schwanz des Jungen schlangen sich um Kopf und Nacken des Espos, während Atuarre ihm den Blaster entwand.

Sie hörte hinter sich Geräusche. Als sie herumwirbelte, sah sie, daß der Techniker hinter seiner Konsole aufgesprungen war. Sein linker Zeigefinger drückte irgendeinen Knopf an seinem Schaltbrett. Wahrscheinlich gab er damit Alarm, aber viel wichtiger war, daß die rechte Hand des Technikers einen Blaster hob. Atuarre feuerte, wie nur ein Trianii-Ranger schießen konnte. Der kurze, rote Blitz riß den Techniker zu Boden und seinen Stuhl mit ihm.

Inzwischen war es dem aus einem halben Dutzend Wunden blutenden Espo gelungen, sich von Pakka zu befreien. Er griff nun Atuarre an, kam auf sie zu. Wieder feuerte sie, der rote Blitz erhellte die ganze Station. Der Espo krümmte sich und blieb reglos liegen. Aus den Tunnels hallten Alarmsirenen.

Atuarre wollte gerade an die Konsole eilen, die Tunnelrohre lösen und damit den Verfolgern den Weg abschneiden, da erzitterte die ganze Station, als ob sich der Boden von Mytus VII unter ihr aufgebäumt hätte. Pakka und Atuarre wurden wie Spielzeug in die Luft geschleudert.

Atuarre rappelte sich benommen auf und taumelte an eine der Außenluken. Sie sah nicht den Turm, sondern eine Säule strahlenden Feuers, die unglaublich dünn und hoch dort in den Himmel reichte, wo sich einmal der Turm befunden hatte.

Dann begriff sie, daß die Gewalt der Explosion von den Deflektorschilden, die den Turm umgeben hatten, nach oben gelenkt worden war. Die Säule der Vernichtung begann dünner zu werden, aber vom Turm war nichts mehr zu sehen. Atuarre konnte aber nicht glauben, daß die Explosion in der Lage gewesen sein sollte, den unzerstörbar erscheinenden Turm in Staub zu verwandeln.

Sie blickte nach oben, über die Spitze der Flammensäule hinaus. Und sie sah, wie sich hoch über Mytus VII die Strahlen der winzig kleinen, fernen Sonne in Panzerplatten spiegelten.

»O Solo-Captain«, hauchte sie und begriff, was geschehen war, »Sie *Verrückter*!«

Unsicher stieß sie sich von der Luke ab und überdachte rasch ihre Lage. Zu langem Zögern war keine Zeit. Sie eilte an die Konsole, fand die Trennschalter, warf einen kurzen Blick auf das Schaltdiagramm am Bildschirm und betätigte dann die drei Schalter, deren Röhren nicht mit der *Falcon* in Verbindung standen. Die Rohre lösten sich, wurden von der Station eingezogen.

Nun schaltete sie die Antriebseinheit ein, setzte die Raupenkette in Bewegung und steuerte sie auf die *Millennium Falcon* zu, wobei das dazwischen liegende Rohr sich in sich einfaltete.

Ein Plan begann Gestalt anzunehmen. Eine Minute darauf hob sich die *Millennium Falcon* von Mytus VII.

Atuarre saß am Steuer, während Pakka auf dem Sessel des Copiloten Platz genommen hatte. Sie inspizierte den Bildschirm, versuchte sich am Stützpunkt zu orientieren. Sie wußte, daß das Personal verzweifelt damit beschäftigt war, den Druckabfall der zerrissenen Systeme unter Kontrolle zu bekommen.

Der Espo-Zerstörer war bereits gestartet; sie konnte seinen Flammenschweif in der Ferne sehen. Jemand hatte also begriffen, was passiert war. Er hatte rasch reagiert. Das beunruhigte sie. Sie durfte nicht zulassen, daß weitere Schiffe der Kommerzbehörde starteten.

Sie führte ihr Sternenschiff in einem flachen Bogen an die Reihe kleinerer Kriegsschiffe heran. Dann sprachen die Kanonen der *Falcon* immer wieder, suchten sich ihre Ziele bei jedem Anflug aufs neue. Die geparkten, pilotenlosen Schiffe flammten eines nach dem anderen auf, sie wurden von Explosionen zerrissen. Von dem halben Dutzend Fahrzeuge, das dort stand, entkam keines der Vernichtung. Dann fegte Atuarre an dem tiefen Krater vorbei, wo einmal Stars' End gestanden hatte.

Sie schob den Fahrthebel des Hauptantriebs auf Vollast und jagte hinter dem Espo-Zerstörer her. Von unten kam nur sporadisches, schlecht gezieltes Feuer. Das Personal des Stützpunktes war zu sehr damit beschäftigt, den Hauch des Lebens festzuhalten, zu verhindern, daß die wertvolle Atmosphäre ins Vakuum abgetrieben wurde.

Das Prallschutzfeld von Stars' End muß beinahe durchgebrannt sein, dachte Han. In den ersten Sekunden nach der Explosion des Kraftwerks waren der Turm und alles, was sich in ihm befand, ungeheueren Gewalten ausgesetzt gewesen. Als sich dann die einzelnen Systeme anpaßten, begann der jede Bewegung lähmende Effekt langsam nachzulassen.

Rauch und Hitze von dem zerstörten Henker-Robot und den unbrauchbaren Hilfsaggregaten erfüllten die Kuppel, blendeten und erstickten ihre Insassen. Alles drängte zu den Aufzügen. Han konnte Hirken nach Ordnung rufen hören, während der Espo-Major Befehle brüllte und die Frau des Direktors und die anderen in panischer Angst schrien.

Han wich den zu den Aufzügen Drängenden aus, watete durch das Prallschutzfeld und die treibenden Rauchschwaden. Wie alle Notaggregate wurde auch das Prallschutzfeld von Hilfsgeneratoren im Inneren von Stars' End betrieben. Aber die Energiereserven des Turmes waren ohne Zweifel nicht unerschöpflich. Han grinste; den Espos stand noch eine unangenehme Überraschung bevor.

Er lief die Stufen des Amphitheaters hinunter, ertastete sich seinen Weg, hustete immer wieder und hoffte, daß die Schwaden von der verbrannten Isolierung und der zerschmolzenen Leitung ihn nicht vergifteten. Er stieß mit der Fußspitze gegen etwas. Als er sich bückte, erkannte er Direktor Hirkens abgelegte Gürteleinheit. Er kickte sie zur Seite und ging weiter.

Bollux entdeckte er, als er über dessen Fuß stolperte.

»Captain, Sir!« rief Bollux ihn an. »Wir dachten schon, Sie wären hier weg!«

»Wir machen uns jetzt dünn; schaffst du es?«

»Ich bin wieder stabilisiert. Max hat eine direkte Verbindung zwischen ihm und mir improvisiert.«

Die Stimme von Blue Max drang aus der Brust von Bollux: »Captain, als ich die Zahlen überprüft hatte, habe ich *versucht*, Ihnen klarzumachen, daß das geschehen könnte.«

Han war dem Androiden beim Aufstehen behilflich. »Was ist denn passiert, Max? Zu wenig Energie im Kraftwerk?«

Er schob den schwankenden Bollux durch die stinkenden Schwaden.

»Nein, genügend Energie war vorhanden, aber dieser molekularverstärkte Panzerstahl ist viel stärker, als ich zuerst dachte. Die äußeren Deflektorschirme haben dem Explosionsdruck standgehalten, nur der obere nicht, derjenige, welcher sich bei der Überladung auflöste. So ist die ganze Energie in diese Richtung gedrängt worden. Und wir auch.«

Han blieb stehen. Er wünschte, er könne den kleinen Computer sehen. Nicht, daß ihm das sehr viel genützt hätte. »Max, willst du behaupten, daß wir Stars' End auf *Umlaufbahn* geblasen haben?«

»Nein, Captain«, antwortete Max bedrückt. »Es reicht höchstens zu einem hohen Bogen, aber zur Umlaufgeschwindigkeit nicht.«

Han ertappte sich dabei, wie er sich auf Bollux stützte. »Du liebe Güte! Warum hast du mich nicht gewarnt?«

»Ich habe es ja *versucht*«, erinnerte ihn Max mit einer Stimme, von der Han den Eindruck hatte, sie klinge schmollend.

Han überlegte fieberhaft. Es leuchtete ein: Die relativ geringe spezifische Schwerkraft von Mytus VII und das Fehlen atmosphärischer Reibung führten ohne Zweifel zu einer Fluchtgeschwindigkeit, die höchstens mittelmäßig war. Dennoch, wenn die Antiprallfelder des Turmes nicht eingeschaltet gewesen wären, als diese Ladung hochgegangen war, dann wären jetzt alle Insassen von Stars' End kolloidaler Schleim gewesen.

»Und außerdem«, fügte Max fast spöttisch hinzu, »ist das denn nicht besser, als tot zu sein? Bis jetzt wenigstens?«

Hans Gesicht hellte sich auf; gegen diese Logik war nichts einzuwenden. »Okay, Männer, ich habe einen neuen Plan. Vorwärts!«

Sie taumelten weiter, weg von den Liften.

»Ich bin sicher, daß die Aufzüge nicht funktionieren. Die Lebenserhaltungssysteme haben ganz bestimmt die zur Verfügung stehende Energie aus den Notaggregaten beschlagnahmt. Ich habe in den Stockwerksplänen eine Versorgungstreppe gesehen, aber daran werden Hirken und Genossen bestimmt auch bald denken. Also los!«

Sie bogen um den Versorgungsschacht, und Han versuchte sich zu orientieren. Sie hatten fast eine gelb lackierte Nottür erreicht, als diese plötzlich aufflog und ein Espo mit einer schußbereiten Maschinenpistole im Anschlag heraussprang. Er hielt sich trompetenförmig eine Hand an den Mund und rief: »Direktor Hirken! Hier entlang, Sir!«

Da Hans Blaster nur noch eine Mikroladung enthielt, mußte er blitzartig einen gutgezielten Kopfschuß anbringen. Der Espo fiel zu Boden.

»Arschloch«, brummte Han und schnappte sich die Maschinenpistole des Erledigten. Dann zwängte er sich durch die Tür. Stimmengewirr drang an sein Ohr. Die anderen hatten festgestellt, daß die Aufzüge nicht mehr funktionierten, und einem war der Treppenschacht eingefallen. Han sicherte die Tür hinter sich und feuerte ein paar Ladungen auf den Klinkenmechanismus ab. Das Metall begann zu glühen und schmolz schließlich. Es handelte sich bei dem Mechanismus um eine kräftige Legierung, welche die Hitze in wenigen Augenblicken wieder abstrahlen würde, und dann war die Klinke zugeschweißt. Hirken und seine Leute auf der anderen Seite würden sich zwar mit Handwaffen den Weg wieder freistrahlen können, aber darüber würde wertvolle Zeit vergehen.

Während Bollux und Han die Treppen hinunterstürzten, fragte ersterer: »Wohin jetzt, Sir?«

»Zu den Etagen mit den Stasiszellen.« Der Boden unter ihnen erzitterte. »Spürst du das? Die künstliche Schwerkraft ändert sich. Nicht mehr lange, und die Verteilerzentrale wird allen Verbrauchern mit Ausnahme der Lebenserhaltungssysteme die Energiezufuhr abschalten.«

»Oh, jetzt verstehe ich, Sir«, sagte Bollux. »Die Stasiszellen, die Sie und Max erwähnten ...«

»Ja, wenn diese Zellen ausfallen, werden sich ein paar höchst unfreundliche Gefangene in den Gängen herumtreiben. Unter ihnen einer, der uns vielleicht weiterhelfen kann — Doc, Jessas Vater.«

Sie stiegen weiter in die Tiefe, vorbei an Hirkens Wohnung und den Etagen mit den Verhörzellen. Bis jetzt war ihnen noch niemand begegnet. Die Gravitationsschwankungen wurden geringer, trotzdem war der Boden noch ziemlich unsicher. Sie erreichten eine Nottür, und Han öffnete sie manuell.

Auf der anderen Seite des Korridors gab es eine weitere Tür, die offenstand. Han sah einen langen, breiten Gang zwischen Stapeln von Stasiszellen, die wie aufrecht stehende Särge aufgereiht waren. Die untersten Zellen waren bereits dunkel und leer, die oberen funktionierten noch. Die Zellen in den mittleren zwei Reihen flackerten.

Weiter unten versuchten sechs uniformierte Posten einer Schar von Menschen und Nichtmenschen Widerstand zu leisten. Die lebendig gewordenen Gefangenen, Angehörige von Dutzenden von Gattungen, knurrten und brüllten feindselig. Fäuste, Tentakeln, Klauen und Pfoten erhoben sich drohend. Die Espos versuchten mit ihren Maschinenpistolen die Menge in Schach zu halten, ohne zu schießen, aus Angst, sie könnten von der Meute überwältigt werden, wenn sie erst einmal das Feuer eröffneten.

Ein hochgewachsenes, dämonenhaft wirkendes Wesen löste sich aus der Meute und stürzte sich auf die Espos. Das Gelächter eines Wahnsinnigen spaltete sein Gesicht, seine Hände öffneten und schlossen sich unablässig. Eine Garbe aus einer Espo-Waffe warf ihn zu Boden.

Han stieß Bollux beiseite, ließ sich hinter dem Rahmen der Nottür auf die Knie fallen und eröffnete das Feuer auf die Wachen. Zwei von ihnen stürzten, ehe ihnen bewußt wurde, was geschah. Ein dritter drehte sich herum, dann noch einer, um zurückzuschießen.

Rote Lichtblitze zuckten. Die Farbe des Türrahmens ver-

brannte in stinkendem Rauch, in den sich der Ozon des Blaster-
feuers mischte. Der Geruch von verbranntem Fleisch hing süß-
lich in der Luft. Die Schüsse der entnervten Posten zischten
durch die offene Nottür oder trafen die Wand, fanden aber jedenfalls ihr Ziel nicht. Han duckte sich unter dem Kugelhagel,
wurde noch kleiner und schimpfte über das miserable Visier seiner eigenen Waffe.

Schließlich nagelte er einen der beiden Espos fest, die auf ihn
schossen. Der andere ließ sich auf den Boden fallen, um nicht
getroffen zu werden. Als Han das sah, wandte er einen alten
Trick an. Er griff durch den Türrahmen, legte die Waffe flach
auf den Boden und betätigte den Abzug. Die Geschosse, die direkt über dem Boden dahinzischten, schlugen in den liegenden
Espo ein und erledigten ihn.

Um den Kampfeswillen der beiden noch übriggebliebenen
Posten war es geschehen. Einer ließ die Waffe fallen und hob
die Hände, aber es sollte ihm nichts nützen. Die Meute der Gefangenen wälzte sich wie eine Lawine über ihn und begrub ihn
unter menschlichen und nichtmenschlichen Gestalten. Der andere Espo versuchte, eine der Leitern zu erklettern, welche die
Laufgänge zwischen den Stasiszellen miteinander verbanden.

Als er einige Meter in die Höhe geklettert war, stoppte er kurz
und schoß auf seine Verfolger. Han schoß zurück, verfehlte ihn
aber. Dann lief Han, gefolgt von Bollux, in den Raum mit den
Stasiszellen.

Die Schüsse des letzten Espo hatten die Gefangenen dazu
veranlaßt, sich momentan zurückzuziehen, während er selbst
zum dritten Laufgang kletterte. Aus der Mitte der Gefangenen
nahmen aber rasch wieder drei zottige, affenähnliche Geschöpfe
die Verfolgung auf, verschmähten die Leitern und schwangen
sich Arm über Arm außen an den Stasiszellen entlang. Sie
brauchten nur wenige Augenblicke, um den Espo zu überholen.

Er konnte zwar noch eines der affenähnlichen Geschöpfe erschießen, aber dann packten ihn die beiden anderen, auf jeder
Seite eines. Als er erneut zu feuern versuchte, wurde ihm die
Waffe aus der Hand gerissen und nach unten geworfen. Nun
wurde er, der schrille Schreie ausstieß, an seinen Armen vor und
zurück geschwungen und schließlich mit unglaublicher Gewalt
senkrecht nach oben geschleudert. Er krachte über der obersten
Zellenreihe gegen die Decke — und war schon tot, als er von

dort auf den Boden klatschte.

Han schob Bollux beiseite und rannte auf die wild durcheinanderrufenden Gefangenen zu. Oben schalteten immer mehr der Stasiszellen ab und entließen die Bewohner vieler Planeten.

Han gelang es durch lautes Schreien und Fuchteln mit den Armen, die Aufmerksamkeit aller auf sich zu lenken. »Nehmt euch diese Waffen und bezieht im Treppenschacht Stellung! In ein paar Augenblicken sind Espos hier!« Er entdeckte einen Mann in der Uniform eines planetarischen Konstablers, der vermutlich ein lästiger Beamter war, den die Kommerzbehörde auf Eis zu legen beschlossen hatte. Ihn forderte Han auf: »Sehen Sie zu, daß ihr euch organisiert, und errichtet Verteidigungspositionen, sonst steckt ihr gleich wieder in den Stasiszellen!«

Dann wandte Han sich um und eilte zum Korridor. Als er an dem Androiden vorbeikam, rief er ihm zu: »Warte hier, Bollux! Ich muß Doc und Chewie finden.«

Während die Gefangenen den gefallenen Espos die Waffen abnahmen, hastete Han in den Verbindungskorridor, bog nach rechts ab und eilte auf den nächsten Zellenblock zu. Aber als er die Tür erreichte, flog sie, von innen aufgestoßen, auf. Drei Espos drängten heraus, von denen jeder versuchte, der erste zu sein, während hinter ihnen Schüsse und Rufe hallten.

Sie schafften es nur halb durch die Tür. Ein betäubendes Brüllen ertönte, und ein vertrautes Paar langer, haariger Arme griff heraus, um sie alle drei wieder zurückzuzerren.

»Yo, da bist du ja!« rief Han glücklich. »Chewie!«

Der Wookiee drapierte die schlaffen Gestalten der Posten über ein Geländer. Dann sah er seinen Freund und gab ein ekstatisches Knurren von sich. Hans Proteste nützten nichts, der Wookiee umarmte ihn, daß seine Rippen knackten. Dann stieg die künstliche Schwerkraft wieder eine Sekunde lang an, und Chewbacca wäre beinahe gestürzt. Er ließ Han los.

»Wenn wir je hier rauskommen, Partner«, keuchte Han, »dann suchen wir uns eine hübsche, ruhige stellare Lieferroute, was meinst du?«

Die Einnahme dieses Zellenblocks hatte weniger Mühe bereitet als die des letzten; offenbar waren hier weniger Posten zugegen gewesen, als die Stasisfelder zusammenbrachen. Aber es herrschte dieselbe Verwirrung, eine Vielfalt von Sprachen und Geräuschen. Der Wookiee stieß Han an, drehte sich um, hob

168

beide Fäuste und ließ ein ohrenbetäubendes Brüllen ertönen. Sofort wurde es still. Han befahl, daß die Gefangenen alle Waffen an sich nehmen und sich den anderen Verteidigern anschließen sollten.

Dann packte er Chewbacca an der Schulter. »Komm, Doc ist irgendwo hier, Chewie, und wir haben nicht viel Zeit, ihn zu finden. Er ist für uns die einzige Chance, lebend hier rauszukommen.«

Die beiden eilten zum nächsten Zellenblock — insgesamt gab es deren fünf, wie Han, der die Grundrisse studiert hatte, sich erinnerte. Sie fanden eine bereits offenstehende Tür. Han brachte seine Maschinenpistole in Anschlag und spähte vorsichtig in den Raum. Die Stasiszellen waren leer, und im Raum herrschte Schweigen. Han fragte sich, ob die Kommerzbehörde vielleicht noch nicht dazu gekommen war, diesen Gefängnisabschnitt zu benutzen. Er trat zwischen die Zellen, Chewbacca folgte dichtauf.

»Stehenbleiben!« befahl eine Stimme hinter ihnen.

Menschen und andere Kreaturen sprangen aus ihren Verstecken auf den Laufgängen und hinter den Stasiszellen. Weitere erschienen vorn am Korridor.

Aber Han und sein Erster Maat hatten die Stimme erkannt.

»Doc!« rief Han, rührte sich aber klugerweise noch nicht von der Stelle, ebenso wie der Wookiee. Es hätte wenig Sinn gehabt, sich hier rösten zu lassen.

Der alte Mann, dessen Schädel von einem weißen Haarkranz umgeben war, starrte sie mit überrascht aufgerissenen Augen an. »Han Solo! Was, im Namen des Ursprünglichen Lichts, bringt dich denn hierher, Junge? Aber das liegt wahrscheinlich auf der Hand: Zwei weitere Zelleninsassen, wie?« Er sah seine Leidensgenossen an. »Die beiden sind in Ordnung.«

Er ging zu ihnen hinüber. Han schüttelte den Kopf. »Nein, Doc. Nur Chewie war hier. Ein paar von uns sind gekommen, um nachzusehen, was . . .«

Doc unterbrach ihn: »Jetzt gibt es Wichtigeres zu tun, Junge. All diese Etagen in den ersten drei Räumen haben sofort abgeschaltet, deshalb konnten wir so schnell die Oberhand gewinnen. Die Anforderungen an die Energieversorgung müssen außergewöhnlich gewesen sein, und jetzt bemerke ich, daß die Schwerkraft instabil wird.«

Drei Zellenblöcke gleichzeitig, das paßt, überlegte Han. Beim Ausfall des Kraftwerks muß das eine geradezu gigantische Belastung für die Prallschutzfelder gewesen sein. »Mhm, Doc. Das wollte ich erwähnen. Du weißt doch, daß du in einem Turm bist, ja? Nun, den habe ich irgendwie in den Weltraum geblasen. Ich habe das Kraftwerk überlastet und den Deflektorschild an der Spitze abgeschaltet, so daß . . .«

Doc legte sich die Hand über die Augen. »Han, du Schwachkopf!«

Han versuchte sich zu verteidigen: »Gefällt es dir nicht? Du kannst ja wieder in deinen Versandkarton zurückklettern.« Er sah, daß der andere das anerkannte. »Wir haben keine Zeit, zu streiten. Stars' End schafft es unmöglich, das Schwerefeld von Mytus VII zu überwinden. Uns steht ein Absturz bevor. Das einzige, was uns retten kann, ist dieses Prallschutzfeld, und es ist zusammengebrochen. Jetzt liegt es an dir, daß es wieder funktioniert, wenn wir abstürzen.«

Doc starrte Han mit offenem Mund an. »Jungchen, ein Antiprallfeld mit Energie zu versorgen, ist etwas anderes, als einen Himmelshüpfer kurzzuschließen und eine kleine Spazierfahrt damit zu machen.«

Han warf die Hände hoch. »Na schön, dann bleiben wir einfach sitzen und warten, bis wir plattgedrückt werden. Jessa kann sich ja immer noch einen neuen Vater adoptieren.«

Das wirkte. Doc seufzte. »Du hast recht. Wenn es die einzige Chance ist, die wir haben, dann wollen wir versuchen, sie zu nützen. Aber ich halte nicht viel von deiner Art von Gefängnisausbrüchen.«

Er wandte sich an die anderen, die sich wegen Chewbaccas überwältigender Präsenz aus dem Gespräch herausgehalten hatten. »Kommt mit und tut, was ich euch sage, dann schaffen wir es. Das mindeste, was ich euch versprechen kann, ist, daß die Vernehmungen aufhören.«

Er stieß Han mit dem Ellbogen in die Seite. »In flammender Glorie, wie?«

Dann setzte er sich an die Spitze einer schlurfenden, hüpfenden, gleitenden, hufeklappernden Horde, deren einzelne Mitglieder sich auf einer Vielfalt von Extremitäten fortbewegten.

Unterwegs informierte Han Doc eilig über das bisher Geschehene. Der alte Mann fragte ihn: »Diese Trianii ist an Bord der

Millennium Falcon?«

»Das sollte sie, aber es wird uns nicht viel nützen. Die Schleppstrahlen der *Falcon* könnten niemals diesen Turm am Wiedereintritt in die Atmosphäre . . .«

Doc unterbrach ihn. »He, hast du etwas gehört, Junge?«

Alle hatten sie etwas gehört: Blasterfeuer. Sie fingen zu rennen an. Trotz seines Alters hatte Doc offenbar keine Schwierigkeiten, mit dem Piloten und dem Wookiee Schritt zu halten. Als sie die Nottür erreichten, wurde gerade der reglose Körper eines Gefangenen aus dem Treppenschacht hereingereicht. Es handelte sich um eine unterernährt wirkende Sauriergestalt mit einer Blasterverbrennung am Leib. Aus dem Treppenschacht hallte der Lärm eines Feuergefechts herein.

»Was geht dort vor?« rief Han und versuchte vergeblich, sich mit den Ellbogen Platz zu schaffen. Chewbacca schob ihn beiseite und bahnte ihm leichterhand einen Weg. Der Gefangene, den Han ohne viel zu überlegen an die Spitze seiner Leidensgenossen gestellt hatte, erschien auf der Treppe. »Wir halten einen Treppenabsatz besetzt. Dort oben ist eine Anzahl Espos, die versuchen, sich den Weg nach unten freizuschießen. Ich habe ein paar Posten auf die unteren Treppen gestellt, aber dort hat sich bis jetzt noch nichts getan.«

»Hirken und seine Leute versuchen nach unten zu kommen, weil die Luftschleusen hier und auf der untersten Etage sind. Er hofft auf Rettung«, erwiderte Han.

Doc und die anderen sahen ihn überrascht an. Erst jetzt wurde ihm bewußt, daß Stars' End für die meisten von ihnen völlig unbekanntes Territorium war.

Der Konstabler-Beamte fragte: »Was ist eigentlich geschehen?«

»Unsere Zeit wird knapp, das ist das Wesentliche«, antwortete Han. »Wir müssen hier standhalten und es Doc — das ist der alte Mann neben mir — ermöglichen, in die Maschinenräume zu gelangen. Geben Sie ihm ein paar Bewaffnete mit. Dort unten ist mit Widerstand zu rechnen, aber er sollte nicht sehr stark sein. Der Rest kann in einigem Abstand nachfolgen.«

Die Expedition in die Tiefen des Treppenschachts begann. Doc hatte es eilig, weil keiner von ihnen wußte, wann der Turm den höchsten Punkt seiner Flugbahn erreichen und wieder in die Tiefe stürzen würde.

Inzwischen rannten Han und Chewbacca nach oben. Han spürte, wie sein Atem schwerer ging, und schloß daraus, daß die Lebenserhaltungssysteme anfingen, ihren Dienst einzustellen. Wenn der Sauerstoffdruck im Turm zu tief sank, würden alle ihre Anstrengungen nutzlos sein.

Sie schlossen sich den Verteidigern an, die den zweiten Treppenabsatz über den Zellenblöcken hielten. Blasterstrahlen von oben zischten und knatterten gegen die gegenüberliegende Wand, während die hier noch zurückgebliebenen, bewaffneten Gefangenen hastige, ungezielte Schüsse um die Ecke abgaben, die natürlich keine große Chance hatten, jemanden auf der nächsten Etage zu treffen. Einige der Verteidiger lagen bereits tot oder verletzt am Boden. Als Han schließlich oben angelangt war, schob ein Mann gerade seine Waffe um die Ecke, gab ein paar Schüsse ab und zog sich wieder zurück. Er entdeckte Han. »Was ist dort unten im Gange?«

Han kauerte sich neben ihm nieder und wollte gerade einen Blick nach oben werfen, als eine Salve roter Blitze auf Wände und Boden herniederging. Er fuhr zurück.

»Ziehen Sie die Birne ein, Mann«, warnte ihn der andere. »Wir haben hier ihre Vorhut gestellt. Wir konnten sie zwar zurücktreiben, aber dann kamen die anderen nach. Im Augenblick stoppen wir sie noch, aber die sind besser bewaffnet.« Dann wiederholte er: »Was geht unten vor sich?«

»Die anderen sind zu den unteren Etagen unterwegs, um einen Ausweg zu suchen. Wir haben hier die Aufgabe, die Brüder dort oben abzuwehren.«

Han fing an zu schwitzen. Vermutlich begann der Turm bereits in das Schwerefeld von Mytus VII zurückzufallen.

Die Salven von oben erleuchteten den Treppenschacht. Chewbacca spähte mit zusammengekniffenen Augen hinauf und brummte dann Han etwas zu.

»Mein Freund hat recht«, erklärte Han den anderen Verteidigern. »Sehen Sie all die Schüsse, die hereinkommen? Sie treffen die andere Wand und die andere Seite des Bodens, und das ist alles; nichts auf dieser Seite.«

Er drehte sich auf dem Hosenboden herum und hielt seine Maschinenpistole an die Brust gedrückt. Chewbacca preßte Hans Knie gegen den Boden. Han rutschte Zentimeter für Zentimeter nach hinten, bis sich sein Rücken fast in der Feuerlinie befand.

Er und Chewbacca wechselten Blicke. »Also los!«

Han ließ sich nach hinten fallen. Seine Maschinenpistole wies gerade nach oben. Da sah er, was er erwartet hatte. Ein Mann in der braunen Uniform der Espos schlich die Treppe herunter. Er preßte sich an die Wand, um dem Sperrfeuer seiner Kollegen zu entgehen. Han brannte sich die Szene mit geradezu schmerzhafter Eindringlichkeit ein, während er ein paar Schüsse abgab. Ohne abzuwarten, welche Wirkung sie erzielten, richtete er sich wieder auf. Chewbacca half ihm dabei, indem er ihn hochzog. Han war wieder in Sicherheit. Seine plötzliche Aktion hatte so schnell begonnen und gleich wieder geendet, daß niemand oben Gelegenheit gehabt hatte, sein Ziel zu wechseln.

Ein Scheppern war auf den Stufen zu hören, und ein Espo-Blaster blieb vor ihren Füßen liegen. Im nächsten Augenblick erschien ihr Besitzer daneben. Tot. Es war der Espo-Major.

Das Sperrfeuer von oben wurde dichter. Die Verteidiger antworteten mit allen Waffen, die sie besaßen. Chewbacca hob eine Pistole auf, die einem der getöteten Verteidiger entfallen war. Der Wookiee stellte fest, daß auch der Lauf der Pistole etwas abbekommen hatte, sie daher unbrauchbar war.

Chewbacca wies auf Hans leeren Blaster im Halfter und warf ihm die unbrauchbare Waffe zu. Han entledigte sich der Maschinenpistole und zog seinen eigenen Blaster, um ihn aus der beschädigten Pistole aufzuladen. Chewbacca, dessen dicke Finger sich einer für Menschen gebauten Waffe nicht ganz anpassen wollten, begann um die Ecke zu schießen, ohne hinzusehen — oben, unten und dazwischen, in jeden erdenklichen Winkel.

Han schob den Adapter im Griff der Pistole in den Stecker seines eigenen Blasters und entnahm ihm die restliche Energie. Es war zwar nur eine halbe Ladung, würde aber reichen müssen. Als er fertig war, warf er die endgültig unnütze Espo-Pistole weg und schloß sich dem Wookiee an. Um den Espos auf dem nächsten Treppenabsatz das Leben zu erschweren, feuerten die beiden in völlig unvorhersehbaren Intervallen — und Han und der Wookiee konnten durchaus unberechenbar sein. Keiner der noch lebenden Espos schien besondere Lust zu verspüren, es dem Major gleichzutun.

Plötzlich hörte das Feuer von oben auf. Auch die Verteidiger hielten inne und befürchteten irgendeinen Trick. Han kam es in den Sinn, daß, wenn Hirken auch nur eine Schock-Granate hatte — aber nein, denn dann hätte er sie ohne Zweifel längst eingesetzt.

Eine bekannte Stimme von oben rief: »Solo! Direktor Hirken möchte mit Ihnen sprechen!«

Han lehnte sich an die Wand und antwortete, ohne sich zu zeigen: »Schicken Sie ihn runter, Uul-Rha-Shan! Nein, zum Teufel, kommen Sie doch selbst, alte Schlange! Soll mir ein Vergnügen sein!«

Dann war Hirkens Stimme zu hören. Sie klang wieder, als stünde er in einem Konferenzsaal: »Wir sprechen lieber von hier aus. Ich weiß inzwischen, was Sie gemacht haben.«

Han wünschte, er hätte das vorher auch gewußt.

»Ich will einen Handel mit Ihnen machen«, fuhr Hirken fort. »Wie auch immer Ihr Plan aussieht, um aus dem Turm zu entkommen — ich möchte, daß Sie mich mitnehmen. Und die anderen, die bei mir sind, natürlich auch.«

Natürlich. Han zögerte nicht einmal. »Sie haben es erfaßt. Werfen Sie Ihre Waffen runter, und kommen Sie einer nach dem anderen mit erhobenen Händen . . .«

»Seien Sie vernünftig, Solo«, unterbrach ihn Hirken. »Wir können Sie hier festnageln, und dann kommen Sie selbst auch nicht raus. Und Stars' End hat inzwischen den höchsten Punkt seiner Bahn erreicht; das können wir oben in der Kuppel sehen. Bald ist es für uns alle zu spät. Was sagen Sie jetzt?«

»Kommt nicht in Frage, Hirken.«

Han war nicht sicher, ob Hirken bluffte, aber solange er sich nicht aus einer der Schleusen beugte — was angesichts der nicht vorhandenen Raumanzüge keine besonders gute Idee gewesen wäre —, konnte er das nicht nachprüfen.

»In einem Punkt hat Hirken recht«, flüsterte er. »Wenn wir zulassen, daß sie die Regeln bestimmen, können sie uns tatsächlich hier festnageln.«

Die anderen folgten ihm schnell zum nächsten Treppenabsatz; es war der letzte vor der Etage mit den Stasiszellen. Sie eilten um die Ecke und bezogen Position, warteten. Nun war Hirken mit dem Schwitzen an der Reihe. Das, was Han hören konnte, klang danach, daß sich die Mehrzahl der Gefangenen immer noch in den Zellenblöcken befand, unschlüssig, was sie

174

tun sollten. Han hoffte nur, daß sie nicht in Panik gerieten und ihnen den Weg versperrten.

Er hielt seinen Blaster schußbereit und wußte, daß sich bald ein Kopf um die Ecke, die sie gerade aufgegeben hatten, schieben werde. Wann, war nicht vorherzusehen.

Dann kam der Kopf, ganz oben; er gehörte Uul-Rha-Shan. Der Killer hatte sich jemandem auf die Schultern gestellt. Er orientierte sich, sah, wie die Verteidiger sich postiert hatten, und war gleich wieder verschwunden. Hans verspäteter Schuß riß nur etwas Farbe von der Wand. Der Pilot staunte, wie schnell Hirkens Leibwächter sich bewegt hatte.

»Das schwebt Ihnen also vor, Solo«, kam Uul-Rha-Shans hypnotisch klingende Stimme. »Muß ich Sie von einer Etage zur nächsten jagen? Einigen wir uns! Wir wollen ja nur leben.«

Han lachte laut: »Na sicher, bloß die anderen sollen *nicht* leben.«

Von unten waren Schritte auf der Treppe zu vernehmen. Doc tauchte keuchend auf. Er warf sich neben Han auf den Boden. Man sah ihm an, daß etwas Unerfreuliches geschehen war. Han gab ihm mit einem Zeichen zu verstehen, daß er leise sprechen solle, damit die oben ihn nicht hören konnten.

»Han, die Espos sind gekommen. Ihr Zerstörer hat an der unteren Schleuse angelegt und setzt Truppen ab. Diese haben sich unten mit den Kollegen vereint, die sich dort vor uns versteckten. Dann haben sie uns gemeinsam aus den Maschinenetagen vertrieben. Viele von uns wurden erschossen, wir mußten zurück. Auf den Treppen sind dann auch noch einige gefallen, ehe wir die Nachhut organisiert hatten. Die Espos haben einen schweren Blaster, den wuchten sie Treppe für Treppe nach oben. Alles in allem sitzen wir richtig in der Scheiße.«

Ein Strom von Gefangenen quoll inzwischen die Treppe herauf, ihr Ziel war die einzige Zuflucht, die sie noch hatten: die Zellenblöcke.

»Die Espos dort unten tragen Raumanzüge«, fuhr Doc fort. »Was ist, wenn sie unsere Luft ablassen?«

Han bemerkte plötzlich, daß die Männer ringsum eine Antwort von ihm erwarteten, und dachte: *Warum gerade ich?* Ich bin doch bloß der Fahrer.

Er schüttelte den Kopf. »Ich weiß auch nicht weiter, Doc. Hol dir irgendwas zu schießen. Lebend sollen die uns nicht kriegen.«

Von oben dröhnte Hirkens Stimme triumphierend zu ihnen herunter: »Solo! Meine Leute haben gerade per Intercom mit mir Verbindung aufgenommen! Ergeben Sie sich, sonst lasse ich Sie hier!«

Wie um das zu betonen, ertönte irgendwo in Stars' End der Abschuß eines schweren Blasters.

»Nun, durch müssen die immer noch«, murmelte Han. Er packte Doc am Hemd, erinnerte sich dann aber an Hirken und sprach mit leiser Stimme: »Wegen der Luft mach dir keine Sorgen, die können die Espos nicht ablassen, sonst bringen sie ihren Direktor um. Deshalb haben sie auch an der unteren Schleuse angelegt und nicht an der im Gefangenentrakt. Sie wußten, daß sie dort eine viel bessere Chance hatten. Schick alle, die kommen können, herauf. Wir greifen Hirken an, koste es, was es wolle, und bemächtigen uns seiner als Geisel.«

Er dachte sehr wohl an das Sperrfeuer der Espos und wußte, daß der Preis schrecklich sein würde. Auch Doc wußte das. Er sah zum erstenmal wie der müde, alte Mann aus, der er war.

»Nicht stehenbleiben!« sagte Han zu den anderen. »Wenn jemand fällt, schnappt sich ein anderer seine Waffe, aber *keiner bleibt stehen!*«

Er warf Chewbacca einen Blick zu. Der Wookiee zog die Lippen zurück, daß man seine gebogenen Fänge sehen konnte, gab ein wildes Heulen von sich und schüttelte den zottigen Kopf — eine Geste, mit der Wookiees den Tod verspotteten. Dann grinste er und murmelte Han etwas zu, worauf dieser schief lächelte. Sie waren gute Freunde und brauchten nicht mehr als das, um sich zu verständigen.

II

Weitere Insassen der Zellenblöcke waren jetzt heraufgekommen, aber sie verfügten über keine Waffen. Han wiederholte seine Instruktionen. Sein Herz klopfte wie wild bei der Vorstellung, wie konzentriert die Energiestrahlen in dem Treppenschacht sein würden. Lebewohl, Altersheim für Raumfahrer!

Er nahm eine halb geduckte Haltung ein, und die anderen taten es ihm gleich. »Chewie und ich zuerst, um Sperrfeuer zu schießen. Ich zähle bis drei; eins, zwei« — er schob sich an die Ecke —, »drr —«

Eine kleine, pelzbedeckte Gestalt landete von hinten auf seiner Schulter und umfing seinen Hals.

Han stotterte: »Was, zum ... zum Teu ...« Und dann erkannte er den Kleinen. »*Pakka!*«

Das Trianii-Junge schwang sich vom Hals herunter und hüpfte aufgeregt auf und ab, zupfte an Hans Bein. Einen Augenblick lang begriff Han überhaupt nichts mehr. »Pakka, hast du denn nicht ... ich meine ... wo ist Atuarre? Verdammt noch mal, Kleiner, wie bist du hierhergekommen?«

Dann erinnerte er sich, daß der Junge nicht antworten konnte. Doc schrie jetzt von unten. »Solo, komm herunter!«

»Paß hier auf, greif nicht an und geh auch nicht zurück, wenn es nicht sein muß«, wies Han Chewbacca an.

Er zwängte sich durch seine Heerscharen und rannte, dicht gefolgt von Pakka, die Treppe hinunter. Unter der Nottür, die zu den Zellenblöcken führte, blieb er ruckartig stehen. »*Atuarre!*«

Sie war von Doc und den anderen Gefangenen umgeben. »Solo-Captain!« Sie packte seine beiden Hände, und die Worte sprudelten aus ihr heraus. Sie hatte die *Millennium Falcon* an der Ladeschleuse hier auf der Zellenetage angedockt, auf der dem Espo-Zerstörer gegenüberliegenden Seite.

»Ich glaube nicht, daß die mich bemerkt haben; die Energieströme in Stars' End bringen sämtliche Sensoren durcheinander. Ich mußte rein nach Sicht steuern.«

Han zog Doc und Atuarre beiseite. »Wir bekommen niemals sämtliche Leute hier in die *Falcon* rein, nicht einmal, wenn wir jeden Kubikzentimeter Laderaum ausnützen. Wie bringen wir ihnen das bei?«

Aber die Trianii antwortete: »Solo-Captain, seien Sie still, hören Sie zu: Ich habe eine Tunnelstation mit Röhre an der *Falcon* befestigt. Die habe ich gegen das Schiff gefahren und sie mit einem Schleppstrahl festgehalten.«

»Wenn wir die Tunnelrohre ausfahren, können wir Leute hineinpacken«, ergänzte Doc. »Das wird ...«

Doch Hans erregte Stimme übertönte ihn: »Wir können noch etwas viel Besseres tun! Atuarre, Sie sind ein Genie. Aber reicht das Tunnelrohr?«

»Das sollte es eigentlich.«

Docs Blick wanderte zwischen Atuarre und Solo hin und her. »Was habt ihr beiden — oh! *Jetzt verstehe ich!*« Er rieb sich die Hände, und seine Augen strahlten. »Das ist wirklich einmal etwas Neues.«

Einer der Verteidiger von der oberen Etage steckte den Kopf in die Tür. »Solo, der Direktor ruft wieder nach Ihnen.«

»Wenn ich nicht antworte, weiß er, daß hier etwas vor sich geht. Ich schicke Chewie hinunter, um euch zu helfen. Beeilt euch!«

»Solo-Captain, uns stehen nur noch ein paar Minuten zur Verfügung.«

Han rannte die Treppe hinauf, obwohl er dabei beinahe den Atem verlor. Die Luft wird knapp, dachte er. Im Flüsterton erklärte er den Gefährten, was sie planten, und schickte dann den Wookiee und die meisten anderen zu Atuarre und dem Doc hinunter.

Dann war er bereit, Hirken zu antworten. Der Direktor schrie: »Die Zeit wird knapp, Solo! Geben Sie auf?«

»Ob ich aufgebe?« rief Han zurück. »Was bilden Sie sich denn ein?«

Er jagte einen Schuß um die Ecke und feuerte dann immer wieder, in der Hoffnung, daß seine Freunde unten den Angriff der Espos genügend lange aufhalten konnten.

Neunzig Sekunden später leuchtete über einer der nicht benutzten Heckschleusen des Zerstörers der Kommerzbehörde ein Lämpchen auf. Es war niemand da, um es zu bemerken, weil mit Ausnahme einer knappen Wachbesatzung alle Insassen des Schiffes auf Befehl des Direktors zu seiner Rettung eingesetzt waren.

Die Schleuse öffnete sich. Hinter ihr tauchte ein sehr finster blickender Wookiee mit einem schweren Blaster in der Hand auf. Dann hellte sein Gesicht sich auf. Er war immerhin froh, daß ihm die Mühe erspart blieb, sich den Weg durch versperrte Türen freizubrennen. Die äußere Schleusenluke hatte er geöffnet. Hinter ihm schwebten im Tunnelrohr schwerelos Gefangene und warteten mit Waffen, Klauen, Stacheln, Zangen und bloßen Händen auf Feinde. Noch weiter hinten, in der Station, hasteten Gefangene an Bord der *Falcon*, während noch mehr darauf warteten, den Turm zu verlassen. Da der Frachter sie unmöglich alle aufnehmen konnte, mußte dieses Schiff gekapert werden.

Chewbacca winkte den anderen zu, ihm zu folgen, und eilte weiter. Einer nach dem anderen stemmten sie sich ins Schiff, wo die künstliche Schwerkraft des Zerstörers sie wieder zu Boden zog und damit normale Verhältnisse herstellte.

Man hatte die Öffnung der Schleuse auf der Brücke bemerkt. Ein Espo, der überprüfen wollte, welcher Defekt am Schleusenmechanismus aufgetreten war, bog um eine Ecke und wäre fast mit dem mächtigen, pelzbedeckten Leib des Wookiee kollidiert. Ein Schlag mit dem Blasterkolben ließ den Espo taumeln. Er landete auf dem Boden, und sein Helm kollerte über das Deck.

Ein weiterer Espo, in einem Seitengang, hörte den Lärm und kam, an seiner Pistole zerrend, angerannt. Chewbacca schlug ihn mit dem Lauf seines Blasters nieder. Während die Gefangenen den Espos die Waffen wegnahmen, führte Chewbacca den Rest weiter, vorbei an den Maschinenräumen und den Mannschaftsquartieren, wobei er immer wieder kleine Gruppen zur Besetzung dieser Etagen absonderte. Immer mehr Gefangene strömten durch die Heckschleuse und machten denen Platz, die hinter ihnen folgten.

Jetzt hatte der Wookiee die Brücke erreicht. Er drückte die Klinke nieder und trat durch die sich öffnende Tür. Ein Offizier griff nach seiner Pistole und sagte: »Wie in —«

Chewbacca schmetterte den Offizier mit seiner mächtigen Pranke zu Boden, und dann warf er den Kopf in den Nacken und brüllte. Die Gefangenen hinter ihm drängten auf die Brücke. Der geringste Teil der Kämpfe in den nächsten paar Sekunden bedurfte künstlicher Waffen. Kein Angehöriger der Brückenwache erreichte einen Alarmknopf.

Chewbacca legte seinen Blaster beiseite und schickte sich an, von Stars' End abzulegen.

Atuarre sah besorgt zu, während ein paar auserwählte Helfer in der großen Frachtschleuse die Gefangenen geradezu in die Tunnelröhre warfen, wo sie wie Schwimmer um sich schlugen und einander schwerfällig und ungeschickt zu der Station halfen. Doc hatte bereits am Steuer der *Falcon* Position bezogen. Sobald Chewbacca den Zerstörer unter Kontrolle hatte, sollte er das

Schiff vorsichtig vom Turm lösen, damit es nicht zurückerobert werden konnte. Auf diese Weise war den Espos dann der Rückzug abgeschnitten.

So viele, dachte Atuarre und hoffte, daß Platz genug für alle sein würde. Dann sah sie ein vertrautes Gesicht in der Menge und räumte ihren Platz, strahlte vor Vergnügen.

Auch Pakka kam und klammerte sich an den Rücken seines Vaters. In seinen großen Augen standen Tränen.

Und in diesem Augenblick explodierten die Energieversorgungsleitungen von Stars' End.

Han hörte es, wußte, daß damit die Todeszuckungen von Stars' End begonnen hatten. Er hielt seine Stellung mit drei Gefährten, die alle bewaffnet waren. Hirkens Leute waren die letzten paar Minuten still gewesen, wahrscheinlich hoffte der Direktor, daß die Hilfe nicht mehr weit war. Damit hatte er sogar recht, denn die Espo-Truppen arbeiteten sich schnell durch den Turm nach oben, mähten widerstandleistende Gefangene nieder.

Aber durch die Explosion der Kraftleitungen hatte sich die Lage verändert. Han befahl allen, zu weichen. »Wir ziehen uns bis zu den Stasiszellen zurück! Weitersagen, alle sollen sich beeilen!«

Von dort konnten sie sich, wenn nötig, weiter zur Luftschleuse zurückziehen.

Er gab ein paar letzte Schüsse nach oben in den Treppenschacht ab, während seine Gefährten davoneilten. Er versuchte sich zu erinnern, wie lange es schon zurücklag, daß der Turm abgesprengt worden war. Zwanzig Minuten? Oder mehr? Jedenfalls strapazierten sie ihr Glück beträchtlich.

Während Han und seine Männer sich zurückzogen, hörte man den Lärm der Verteidiger in den unteren Etagen. Beide Gruppen trafen sich an der Nottür, die zu den Zellenblöcken führte, und zwängten sich durch. Han, der zu den letzten gehörte, ließ sich von diesen helfen, die schwere Türe zuzuschieben, gegen die von draußen Blaster- und Disrupterfeuer anbrandete. Dann verkeilten sie sie mit Metallstreifen am Schließmechanismus. Lang freilich würde dieses Provisorium nicht standhalten, besonders, wenn der schwere, halbstationäre Blaster dagegen eingesetzt wurde. Han sah sich unter den Gefangenen um. »Wie viele müssen wir jetzt noch laden?«

»Wir sind fast fertig, Kumpel!« rief jemand. »Es sind nur noch ein paar übrig, höchstens hundert!«

»Dann Beeilung, besonders die Unbewaffneten! Die anderen schwärmen aus und beziehen Feuerstellung. Wir haben es fast geschafft.«

Sie zogen sich immer noch über den Korridor zurück, als die Nottür nach innen einbrach und in einem Flammenregen schmolz. In der Öffnung stand die Mündung des Blasters, die geradewegs in den verlassenen ersten Zellenblock zeigte. Han verzichtete darauf, auf den abgeschirmten Lauf zu schießen.

Der schwere Blaster feuerte einen Blitz in den leeren Zellenblock, und ein Espo in Schutzkleidung zwängte sich an der Waffe vorbei, um den Korridor zu betreten. Einer der Gefangenen drehte sich um und erschoß ihn. An der Biegung im Korridor blieben die Verteidiger wieder stehen, um Feuerschutz zu geben. Die Kanoniere hatten Schwierigkeiten, den Blaster durch die Nottür zu zwängen, ohne sich dem Feuer der Verteidiger auszusetzen.

Han und drei andere blieben als letzte zurück; ein paar Gefangene waren weitergeeilt, um eine neue Verteidigungslinie aufzubauen. Der Rauch aus den aufgeplatzten Energieleitungen wurde dicker, die Luft dünner. Han stand gegenüber der Tür zum zweiten Zellenblock und sprang darauf zu, beugte sich zur Seite, um ein besseres Schußfeld zu haben.

Dann sah er auf halbem Weg den Zellengang hinunter etwas, das vor einer der Stasiszellen lag. »Bollux, was zum Teufel machst du hier?«

Offenbar hatte man den Androiden entweder hierher geschleppt, oder er hatte sich aus eigener Kraft der Luftschleuse genähert, und dann hatte jemand ihn beiseitegestoßen und umgeworfen. Jetzt war er nicht mehr imstande, sich wieder zu erheben. Han begriff, daß kein Gefangener in Todesangst sich die Zeit nehmen würde, sich um einen veralteten Arbeitsandroiden zu kümmern.

Er rannte auf Bollux zu und kniete halb nieder. »Auf mit dir, Vernichter, pack sie an! Wir hauen ab!«

Er mußte seine ganze Kraft einsetzen, um den Androiden hochzustemmen.

»Danke, Captain Solo«, sagte Bollux mit seiner gedehnten Stimme. »Selbst mit Max in direkter Verbindung konnte ich nicht — *Captain*!«

Gleichzeitig mit der Warnung des Androiden spürte Han, wie Bollux sein ganzes Gewicht gegen ihn warf, so daß die beiden zur Seite taumelten. Im selben Augenblick bohrte sich ein Disrupterstrahl, der für Han bestimmt gewesen war, in den Kopf des Androiden.

Hans Griff nach seiner Waffe erfolgte rein instinktiv. In jenem scheinbar erstarrten Moment sah Han Uul-Rha-Shan in der Tür stehen; hinter diesem auf dem Boden lagen die Leichen der anderen Verteidiger.

Der Revolvermann hielt die Waffe im Anschlag und wußte, daß sein erster Schuß sein Ziel verfehlt hatte. Jetzt bewegte sich die Disrupterpistole. Han, der keine Zeit zum Zielen hatte, feuerte aus der Hüfte. Ihm schien alles endlos lang zu dauern und doch sofort zu geschehen.

Der Blasterstrahl entlud sich an Uul-Rha-Shans grün geschuppter Brust, hob ihn hoch und schleuderte ihn nach hinten, während des Killers eigener Disrupterschuß in die Höhe zischte und von der Decke abprallte.

Han und Bollux lagen nebeneinander auf dem Boden. Die Fotorezeptoren des Androiden hatten sich verdunkelt. Han erhob sich unsicher, krampfte die Finger seiner linken Hand um den Oberarm von Bollux, hielt den Blaster mit der rechten und begann keuchend die schwere Last, die Bollux war, hinter sich herzuziehen.

Die Espos, die Uul-Rha-Shan gefolgt waren und sich anschickten, Han niederzubrennen, sah dieser nicht. Er sah sie auch nicht zu Boden gehen, vom Feuer des Gegenangriffs der Gefangenen gefällt. Han sah nur noch einen schwarzen Tunnel, und durch diesen Tunnel wollte er Bollux in die *Falcon* schleppen, nichts sollte ihn davon abhalten.

Plötzlich tauchte eine zweite Gestalt an seiner Seite auf, ein pelzbedeckter, graziöser Trianii-Ranger, der einen rauchenden Blaster in der Hand hielt. »Solo-Captain?« Es war eine Männerstimme. »Kommen Sie, ich helfe Ihnen. Wir haben nur noch ein paar Sekunden.«

Han nickte nur, dann zerrten beide den Androiden durch den Gang. Han fragte keuchend: »Was veranlaßt Sie, mir beizustehen?«

»Atuarre. Sie hat gesagt, ohne Sie bräuchte ich gar nicht zurückzukommen. Außerdem wäre Pakka, mein Junges, eingesprungen, wenn ich es nicht getan hätte.«

Und dann rief der Trianii: »Hier, ich hab' ihn gefunden!«

Jetzt schossen andere Sperrfeuer, trieben die Espos kurz zurück. Da diese bis jetzt ihren schweren Blaster noch nicht in Stellung gebracht hatten, waren sie vorsichtig. Weitere Hände zerrten an Bollux.

Und dann standen sie alle an der Luftschleuse. Der Angriff der Espos schien zum Stocken gekommen zu sein. Der Android wurde in die Tunnelröhre gezogen und geschoben, und dann folgten ihm die anderen Verteidiger und Atuarres Gefährte. Als letzter betrat Han die Luftschleuse, er ließ eine seltsam stille Schleusenkammer hinter sich. Die frischere, dickere Luft der Röhre wirkte auf ihn wie eine Droge. Er winkte den anderen, sich zu beeilen. Die *Millennium Falcon* war immer noch sein Schiff, und er würde der letzte sein, der an Bord ging.

»Solo, halt!«

Ein Mann taumelte aus dem Rauch heran. Direktor Hirken. Er sah aus, als wäre er in den letzten Stunden um hundert Jahre gealtert. Seine Stimme überschlug sich hysterisch.

»Solo, ich weiß, daß die den Zerstörer von der unteren Schleuse abgekoppelt haben. Ich habe es niemandem gesagt, nicht einmal meiner Frau. Ich habe den Espos befohlen, zurückzubleiben. Ich bin ganz allein gekommen.«

Er taumelte näher, seine Hände bettelten. Han starrte den Sicherheitsdirektor der Kommerzbehörde an, als wäre er eine Mikrobe unter einem Mikroskop.

»Bitte, nehmen Sie mich mit, Solo. Machen Sie alles, alles, was Sie wollen, mit mir, aber lassen Sie mich nicht hier zurück, ich . . .«

Hirkens Mund verstummte, als hätte er vergessen, was er sagen wollte. Dann fuhr seine Hand an seinen Rücken, tastete hilflos nach der Wunde dort. Seine rundliche Frau hastete mit ein paar Espos im Gefolge heran, hielt eine rauchende Pistole in der Rechten.

Han hatte bereits den inneren Schleusenschalter betätigt. Er warf sich in das Tunnelrohr und betätigte auch dessen Schalter. Als der äußere Schleusendeckel sich schloß, dichtete Han das Tunnelrohr ab, stieß Luft ab und koppelte das Rohr ab. Da schwebte er jetzt und sah durch eine Luke zu, wie Hirkens Frau

183

und die Espos gegen den Außendeckel der Luftschleuse hämmerten. Stars' End entfernte sich schnell von ihnen und tauchte tiefer in das Schwerefeld des Planeten.

Alle Insassen der beiden Schiffe und der Tunnelrohre waren so sehr damit beschäftigt, sich Platz zu verschaffen oder den Verwundeten und Sterbenden zu helfen, daß nur ein Überlebender daran dachte, den Sturz des Turmes zu beobachten.

Während Pakkas Mutter und Doc am Steuer der *Falcon* saßen und den Frachter mit seiner immensen Überlast lenkten und gleichzeitig auch die Tunnelstation im Schleppstrahl hielten, hing Pakka an einem Deckenrohr im Cockpit. Er war dadurch der einzige, der einen guten Aussichtspunkt besetzt hielt.

Das Trianii-Junge beobachtete den Absturz von Stars' End, die makellose Flugbahn auf einer atmosphärelosen Welt. Und selbst der plötzliche, grelle Blitz des Aufpralls lenkte die anderen nicht ab, die sich um ihre Belange kümmern mußten. Aber Pakka sah, ohne mit einer Wimper zu zucken und ohne ein Wort zu sagen, wie das Symbol der Kommerzbehörde gleich einem Meteor aufflammte und starb.

Der Wind fegte über das Landefeld von Urdur, ein Wind, der es ernst meinte, eiskalt und beißend war. Die ehemaligen Insassen von Stars' End aber, die Überlebenden, die Urdur erreicht hatten, atmeten die Luft dieses Stützpunktes, ohne sich zu beklagen, während man sie in Notquartiere drängte.

Han zog sich den ausgeliehenen Mantel um die Schultern. »Ich will mich ja nicht beklagen«, beklagte er sich. »Ich verstehe es nur nicht.« Er hatte sich damit an Doc gewandt, aber auch Jessa hatte ihm zugehört, ebenso wie Pakka, Atuarre und ihr Mann, Keeheen.

Ganz in der Nähe standen die *Falcon*, an deren Außenwand immer noch die Tunnelstation hing, und der Espo-Zerstörer. Doc hatte die beiden überfüllten Schiffe zu Jessa gesteuert, und dann hatte man sie zu diesem neuesten Versteck gelenkt.

Chewbacca befand sich noch an Bord der *Falcon* und machte sich mit den Schäden vertraut, die sie erlitten hatte.

Doc, der keine Lust verspürte, seine Erklärung noch einmal zu wiederholen, meinte: »Junge, sieh dir den Androiden doch selbst an.«

Seine Techniker waren gerade dabei, den verstümmelten, teilweise verschmorten Bollux aus dem Schiff zu tragen. Uul-Rha-Shans Schuß hatte ein großes Stück aus seiner Schädeldecke weggebrannt. Auf Docs Wink brachten die Männer den Schwebekarren mit dem darauf festgeschnallten Androiden herbei. Sie klappten seine Brustplatte auf.

Und dort saß Blue Max, unversehrt, von seiner eigenen Kraftquelle betrieben.

Han beugte sich über ihn. »Na, Maxie?«

Die Stimme des Computers klang immer noch wie die eines Kindes. »Captain Solo! Lange nicht mehr gesehen. Um es genauer zu sagen, ich habe lange Zeit überhaupt nichts gesehen.«

»Schon verstanden. Tut mir leid, ich hatte wirklich keine Zeit. Ist Bollux tatsächlich auch bei dir?«

Als Reaktion darauf drang die gedehnte Stimme des Arbeitsandroiden aus Max' Sprechgitter: »Richtig, Skipper. Blue Max stand in direkter Verbindung mit mir, als ich von dem Disrupter getroffen wurde. Er hat mein wesentliches Wissen und die Basis-Matrizen binnen Mikrosekunden auf sich überspielt. Können Sie sich das vorstellen? Ich habe natürlich eine ganze Menge dabei verloren, doch wenn nötig, kann ich ja das, was für Küchenarbeit wichtig ist, wieder lernen.« Seine Stimme klang jetzt betrübt. »Aber mein Körper ist vermutlich nicht mehr zu reparieren.«

»Du kriegst von uns einen neuen, Bollux«, versprach Doc. »Beide kriegt ihr einen neuen, mein Wort darauf. Aber jetzt müssen wir uns trennen, meine Leute werden darauf achten, daß nichts beschädigt wird.«

»Bollux«, sagte Han und stellte plötzlich fest, daß er nicht wußte, wie er fortfahren sollte. Das war ein Problem, das ihm von Zeit zu Zeit zu schaffen machte. »Mach's gut.«

»Tu ich immer«, kam es gedehnt aus dem Vocoder.

»Wiedersehen, Captain Solo«, fügte Blue Max hinzu.

Jessa hielt sich die Hand über die Augen und deutete auf den Zerstörer. »Dort haben wir ein Problem, das wir nicht in der Werkstätte lösen können.«

Eine dunkelhäutige Gestalt saß neben der Schiffsrampe, und der Kopf war ihr auf die Brust gesunken.

»Der Tod seines Onkels hat ihn ziemlich hart getroffen«, fuhr Jessa fort. »Rekkon war ein außergewöhnlicher Mann; ich kann mir gut vorstellen, daß sein Verlust weh tut.«

185

Sie schaute zu Han hinüber. Han blickte geflissentlich in eine andere Richtung. Er sah, wie der Kopf des Jungen sich hob; die Ähnlichkeit mit Rekkon war verblüffend.

»Was machen wir jetzt mit ihm?« fragte Jessa. »Die meisten der Gefangenen werden irgendwo ein neues Leben beginnen können, selbst Torms Vater und Bruder. Die Mehrzahl wird den Kommerzsektor verlassen; ein paar Hitzköpfe wollen vor Gericht gehen, als ob sie auch nur den Schatten einer Chance hätten. Aber Rekkons Neffe ist bei weitem der Jüngste, der gerettet wurde, und er hat jetzt niemanden mehr.«

Sie blickte erwartungsvoll zu ihrem Vater hinüber. Doc hob die Brauen. »Starr mich nicht an, Mädchen, ich bin Geschäftsmann und staatlich geprüfter Krimineller. Ich sammle keine Waisen.«

Sie kicherte. »Aber abgewiesen hast du sie auch noch nie. Und du sagst stets, am Tisch sei immer noch für einen zusätzlichen Esser Platz, wir brauchen bloß —«

»— etwas mehr Wasser in die Suppe zu tun«, kam er ihr zuvor, »und Mehl in die Rühreier. Ich weiß schon. Nun, reden kann ich ja mal mit dem Jungen. Vielleicht taugt er zu irgend etwas, mhm, ja. Atuarre, Sie haben ja mit seinem Onkel zusammengearbeitet, würden Sie mal mitkommen?«

Doc setzte sich mit den drei Trianii in Bewegung. Pakka drehte sich um und winkte Han noch einmal zu, die andere Hand war fest von der seines Vaters umschlossen.

Jessa sah Han an. »Nun, Solo, vielen Dank. Wiedersehen.«

Sie wandte sich zum Gehen.

Er konnte ein unwillkürliches »*Hey!*« nicht unterdrücken.

Sie drehte sich nur halb um, so daß er wußte, daß er sich beeilen mußte.

»Ich habe mein Leben — mein wertvolles Leben, das einzige, das ich habe — für Ihren Vater eingesetzt...«

»...und für all diese anderen netten Leute«, fiel sie ein. »Ihren guten Freund Chewie eingeschlossen...«

»...und eine ganze Menge haarsträubender Gefahren bestanden, und das einzige, was Sie zu sagen haben, ist: *vielen Dank*?«

Sie tat erstaunt. »Aber Sie haben doch nur getan, was wir verabredet haben. Und ich auch. Was haben Sie denn noch erwartet? Eine Parade?«

Er funkelte sie an, als hoffte er, sein Blick würde ihr Angst machen. Aber das war nicht der Fall. So drehte er sich um und eilte mit langen Schritten auf die *Falcon* zu. »Weiber! Aber ich habe die ganze Galaxis, Süße, die ganze Galaxis! Wer braucht das hier schon?«

Jessa war ihm nachgelaufen, riß ihn herum. Sie sah sogar in Kälteschutzkleidung gut aus. »Blödmann! Wer hat denn gesagt, daß wir nicht einen weiteren Handel miteinander abschließen können?«

Er runzelte die Stirn. Irgendwie lasse ich mich da auf etwas Gefährliches ein, dachte er, aber ich weiß noch nicht genau, was es ist. »Was für einen Handel denn?«

Sie überlegte, musterte ihn. »Was haben Sie für Pläne? Wollen Sie bei dieser Kampagne gegen die Behörde mitmachen? Oder diesen Raumsektor verlassen?«

Er blickte auf, seufzte. »Eigentlich sollten Sie das wissen. Ausrauben werde ich sie, das ist meine Art Rache.«

Jessa beugte sich an ihm vorbei und rief ins Schiff hinauf: »He, Chewie, was hältst du von einem neuen Lenksystem und einer kompletten Überholung?«

Die vergnügten Töne des Wookiee klangen wie die eines Nebelhorns, ehe er selbst auf der Rampe erschien. Und Jessa fuhr lächelnd fort: »Und um euch zu zeigen, daß ich großzügig bin, Boys, gebe ich noch Karosseriearbeit drein und repariere sämtliche Schäden an der Außenwand. Und die Leitungen im Cockpit lasse ich auch neu verlegen, damit ihr euch nicht mehr die Schädel einrennt.«

Chewbacca war den Freudentränen nahe. Er warf seinen haarigen Arm um eine der Landestützen der *Falcon* und verpaßte ihr einen feuchten Wookiee-Kuß.

»Sehen Sie, Solo?« sagte Jessa. »Wenn man die Tochter vom Chef ist, geht das ganz einfach.«

Er war völlig verwirrt. »Jess, was soll ich dafür tun?«

Sie schob ihren Arm unter den seinen und grinste. »Was hast du denn schon, Han?«

Sie führte ihn, ohne auf seine Einwände zu hören, weg. Langsam beruhigte er sich. Auf halbem Weg zu den Hangars, auf der anderen Seite des Landefeldes, sah Chewbacca, wie Han seinen Mantel aufhielt, so daß sie darunterschlüpfen konnte und damit vor den scharfen Winden Urdurs geschützt war, obwohl ihr ei-

187

gener Anzug recht gut isoliert war.

An die *Falcon* gelehnt, sah der Wookiee den beiden nach und träumte davon, was er und Han Solo mit einem Schiff anfangen konnten, das hier auf Höchstleistung getrimmt wurde. Seine Fänge blitzten. Die kleine Pause auf Urdur war nicht zu verachten.

Aber anschließend, wenn die Pause vorbei war, taten alle gut daran, das Geld mit beiden Händen festzuhalten.

DIE RACHE

Und wer sind sie überhaupt, diese sogenannten Freihänd-
ler und unabhängigen Raumfahrer? Schurken, Halunken
und Schlimmeres! Der gebräuchliche umgangssprachliche
Ausdruck ›Frachtertramps‹ ist gewiß passender. Wehe
dem Kapitän, der ihnen Fracht anvertraut; wehe dem
Wesen, das bei ihnen eine Passage bucht!
Bestenfalls sind sie geistlose Rohlinge, deren skrupellose
gesellschaftliche Wertvorstellungen es ihnen erlauben, die
Gebührenforderungen etablierter, zuverlässiger Firmen
zu unterbieten. Öfter noch sind sie Betrüger, Schwindler,
Zollhinterzieher, ja sogar Schmuggler.
Darf man sein Auskommen irgendeinem Gauner mit einem
Raumschiff anvertrauen? Pauschalpreise, Verwaltungs-
apparat und die guten Sitten des Managertums – das sind
die besten Garantien für verläßliche Geschäftsabschlüsse!

(Auszug aus Nachricht # 122267-50 zum Nutzen der
Öffentlichkeit, gefördert von der Gemeinsamen
Sektorleitung)

I

»He, Chewie, ich hab's!« Han Solos zufriedener Ausruf überraschte Chewbacca so stark, daß der riesenhafte Wookie sich unwillkürlich aufrichtete. Da er unter dem Bauch des Sternenschiffes ›Millennium Falcon‹ zusammengekauert gewesen war, um
den Rumpf mit einem Plasmabrenner zu verschweißen, stieß er
sich den zottigen Kopf an der Wandung so an, daß es hallend
gongte.

Der Wookie schaltete den Brenner ab, ließ das überhitzte Feld
zusammenfallen, riß seine Schweißermaske herunter und
schleuderte sie nach seinem Freund. Han, der Chewbaccas Un-
beherrschtheit kannte, kam rutschend zum Stillstand und duckte
sich mit den schnellen Reflexen eines erfahrenen Sternpiloten, als
die schwere Maske über ihm dahinpfiff. Er wich einen Schritt
zurück, als Chewbacca unter der festsitzenden ›Millennium Falcon‹ heraus ins grelle Licht von Kamars weißer Sonne stakte. Die
provisorischen Reparaturen, die an dem beschädigten Schiff nötig waren, hatten den Wookie so gereizt, daß er einem Tob-
suchtsanfall nahe war.

Han zog die Rundum-Sonnenblende herunter und grinste,
wobei er die freie Hand hob, um den Ärger seines Kopiloten zu
dämpfen.

»Halt, halt, langsam. Wir haben einen neuen Holo-Film; Sonniod hat ihn eben gebracht.« Um das zu beweisen, hielt Han den
Würfel aus glasklarem Stoff in die Höhe. Chewbacca vergaß für
den Augenblick seine Wut und gab einen muhend-fragenden
Laut von sich.

»Es ist eine Art Musical oder dergleichen«, fuhr Han fort. »Die
Kunden werden das vermutlich auch nicht verstehen, aber warte
mal ab, wie die dann hereindrängen! Musik, Gesang und Tanz!«
Han schwenkte den Würfel und ließ sich von dem glücklichen
Zufall zu einer strahlenden Miene anregen. Er besaß noch immer
viel von der Schlaksigkeit der Jugend, die aber nun verbunden

war mit einem hohen Maß an Selbstsicherheit der Reife. Er hatte seine Weste in der Hitze Kamars abgelegt, und sein verschwitztes Pulloverhemd klebte an Brust und Rücken. Er trug hohe Raumfahrerstiefel und eine lange Hose im Militärschnitt mit roten Biesen. An seiner Seite hing ein ständiger Begleiter, ein handgefertigter Strahler mit einem Dreipunkt-Makroskop. Die Schiene des Vordervisiers war abgefeilt, um ein schnelles Ziehen zu ermöglichen. Han trug die Waffe tief in einem am rechten Schenkel festgebundenen Halfter, der seitlich aufgeschnitten war, um Abzug und Abzugsbügel freizulegen.

»Chewie, wir werden Kunden aus den ganzen Badlands anlocken.«

Chewbacca bückte sich mit einem unverbindlichen Knurren, um den am Boden liegenden Plasmabrenner aufzuheben. Die Sonne von Kamar sank am Horizont herab, und er hatte ohnehin nahezu alles getan, was er konnte, um das Schiff wieder raumtüchtig zu machen.

Er war groß, selbst für einen Wookie. Ein Wookie war ein gigantisches, trottendes Wesen von Menschengestalt mit strahlenden blauen Augen und üppigem rot-gold-braunem Pelz. Er hatte eine schwarze Knollennase und ein rasches Fangzahn-Lächeln. Er war sanft mit jenen, die er mochte, und rückhaltlos wild zu jedem, der ihn herausforderte. Es gab von seiner Gattung wenige, denen Chewbacca so nahestand wie Han Solo, und der Wookie war seinerseits Hans einziger wahrer Freund in einer sehr großen Galaxis.

Chewbacca raffte seine Ausrüstung zusammen.

»Laß das Zeug«, sagte Han. »Sonniod kommt vorbei, um ›guten Tag‹ zu sagen.« Er wies auf Sonniods Raumschiff, ein leichtes Frachtfahrzeug, das in einiger Entfernung auf der Ebene auf seinem Sandkufen-Fahrwerk stand. Da Chewbacca dem Rauschen seines Plasmabrenners so nah gewesen war, hatte er die Landung nicht einmal gehört.

Sonniod, ein gedrungener, grauhaariger kleiner Mann mit stolzierendem Gang und verwegenem Sitz seines formlosen roten Polsters von Hut, kam langsam hinter Han heran. Er betrachtete den vorübergehenden Ruheplatz der ›Falcon‹ mit belustigtem Auge, da er selbst früher Schmuggler und Schwarzhändler gewesen war. Sie war eines der schnellsten Schmuggelschiffe im Weltraum und wirkte hier mitten in der Öde von Kamar, wo man in jeder Richtung wenig anderes sah als Sand, ausgedörrte Hügel, Geizpflanzen, Faßgestrüpp und Stechbüsche, völlig fehl am Platze. Die heiße weiße Sonne von Kamar sank herab, und Sonniod wußte, daß bald nächtliche Aasfresser ihre Gänge und Baue verlassen würden. Der Gedanke an Grabwürmer, Blutschnüffler, Nachtflitzer und an Jagdrudel von Kreischläufern ließ ihn ein wenig frösteln; Sonniod haßte alles, was krabbelte. Er winkte und rief einen Gruß zu Chewbacca hinüber, den er immer gut hatte leiden können. Der Wookie erwiderte das Winken lässig und rief dröhnend einen freundlichen Gruß in seiner eigenen Sprache, während er die Rampe hinaufstieg, um sein Schweißgerät zu verstauen und zur Überprüfung seiner Reparaturen einen Versuchslauf vorzunehmen.

Die ›Millennium Falcon‹ hockte auf ihrem Dreieck von Fahrwerken in der Nähe eines natürlichen Freiluft-Amphitheaters. Die Hänge im Umkreis zeigten die Fußabdrücke und Schwanzfegspuren, die bei früheren Gelegenheiten von den Öde-Bewohnern hinterlassen worden waren. Unten in der Mitte der Senke war das beharrliche Pflanzenleben von Kamar gerodet worden. Dort stand ein Groß-Holoprojektor, eine Handelsausführung, die in Größe und Form der Steuerkonsole eines kleinen Raumfahrzeugs glich.

»Ich hab' erfahren, daß Sie einen Holofilm wollten, irgendeinen Holofilm«, erklärte Sonniod, als er hinter Han in das Becken hinunterstieg. »›Die Liebe wartet‹ war das einzige, was ich kurzfristig finden konnte.«

»Das tut es, voll und ganz«, versicherte ihm Han, während er den Würfel in das Projektorfach schob. »Diese Einfaltspinsel sehen sich alles an. Ich habe den einzigen Holofilm, den ich hatte, einen Reisefilm, elf Abende hintereinander gespielt. Sie kommen immer noch, um ihn zu begaffen.«

Die Sonne war am Untergehen, und die Dunkelheit würde sich rasch herabsenken; dieser Teil der Öde lag in der Nähe des Äquators von Kamar. Han nahm das Stirnband ab, das er getragen hatte, und beugte sich über den Holoprojektor. »Alles stimmt; wir haben heute abend eine neue Attraktion. Kommen Sie mit zurück zur ›Falcon‹, und Sie dürfen mir helfen, die Eintrittsgelder zu kassieren.«

Sonniod zog bei dem Gedanken, umkehren und den Weg wieder hinaufsteigen zu müssen, die Brauen zusammen.

»Ich habe gerüchteweise gehört, daß Sie hier sind, konnte aber nicht verstehen, wie Sie und der Wookie im Namen des Ursprünglichen Lichts dabei gelandet sind, den Öde-Bewohnern von Kamar Holos vorzuführen. Nach dem letzten, was ich hörte, haben Sie beide auf den Rampa-Schnellen Feuer genommen.«

Han blieb stehen und starrte Sonniod finster an.

»Wer sagt das?«

Der kleine Mann zuckte betont mit den Schultern.

»Ein Schiff sieht aus wie ein Standardfrachter, aber beim Anflug hinterläßt es einen Kondensstreifen, und die Rampa-Himmelsüberwachung hält es für einen Waffenschmuggler. Man schießt darauf, als es nicht beidrehen will, aber es läßt die Ladung ab, vielleicht fünftausend Liter, und verschwindet tiefer im Verkehrsgewühl. Bei den Tausenden von Schiffen, die dauernd landen und abheben, kann es nie eindeutig identifiziert werden. Und Sie sind auf Rampa gesehen worden.«

Hans Augen verengten sich.

»Zuviel Geplapper kann einen in Schwierigkeiten bringen. Hat Ihre Mutter Ihnen das nie gesagt, Sonniod?«

Sonniod setzte ein breites Grinsen auf.

»Was sie mir gesagt hat, war: Sprich nie mit Fremden. Und das habe ich nicht getan; nicht darüber, Solo. Aber ich hätte gedacht, das wissen Sie ohnehin besser. Haben Sie nicht auf Undichte geachtet?«

Han atmete auf und verlagerte das Gewicht.

»Beim nächsten Mal baue ich die verdammten Tanks selber ein. Das war reines Mineralwasser von R'alla, frisch und natürlich und sündteuer zu transportieren – auf Rampa, wo es nichts gibt als die wiederverarbeitete chemische Suppe, ein Vermögen wert. Pech. Jeder, der die Rampa-Schnellen heutzutage mit einer Ladung Frischwasser herunterkommt, ist ein reicher Mann.«

Was Han nicht erwähnte, obschon er davon ausging, daß Sonniod die Schlußfolgerung selbst gezogen hatte, war, daß er und Chewbacca während dieser zweieinhalb Minuten Spaß und Aufregung in den Anflugkorridoren von Rampa ihr ganzes Erspartes verloren hatten.

»So bin ich mit nichts gelandet als der Normalfracht, die zur Tarnung diente. Und sogar da hat jemand etwas verbockt! Statt zwölf von den Lockfiller-Hologeräten hatte ich elf und dieses alte Brosso-Zweiermodell. Der Empfänger wollte nur die elf Lockfiller annehmen und schließlich gar nicht bezahlen, weil er betrogen worden sei. Der Lieferant ging sofort in Konkurs, nachdem ich abgehoben hatte, und Sie wissen, wie sehr ich Polizei und Gericht hasse, so daß ich schließlich mit dem Holoprojektor da festsaß.«

»Na, ich sehe, Sie haben sich davon nicht aus dem Geschäft drücken lassen, Solo, das muß man zugeben«, räumte Sonniod ein.

»Eingebung ist meine Spezialität«, bestätigte Han. »Ich wußte, daß es Zeit war, den Gemeinsamen Sektor wenigstens vorübergehend zu verlassen, und ich vermutete, daß die Einheimischen hier in der Öde nach Holos verrückt sein würden. Ich hatte recht; warten Sie nur ab. Ach, und übrigens vielen Dank, daß Sie für das Holo Ihren Namen hergegeben haben.«

»Habe ich gar nicht getan«, erwiderte Sonniod, als sie ihren Weg fortsetzten. »Ich kenne jemanden, der sie verleiht, und ›Die Liebe wartet‹ ist so ungefähr das Älteste, was er hat. Auf meinem Rückweg gebe ich ihm im Tausch, was Sie gerade haben, und kassiere nebenbei noch Provision. Mein Anteil, abgemacht?«

Han war einverstanden.

Sie kehrten zur ›Falcon‹ zurück, wo vor der Hauptrampe des Sternenschiffes eine Vielzahl von hiesigen Handelsgütern aufgehäuft worden war. Als Han und Sonniod eintrafen, kam ein Arbeitsroboter die Rampe heruntergestolpert; er trug eine Plastik-Ausstoßpackung, die ebenfalls verschiedenartige kamarische Waren enthielt.

Der Roboter war etwas kleiner als Han, aber von mächtigem Brustumfang und mit langen Armen, und er bewegte sich mit der leichten Steifheit, die auf ein schweres Aufhängungssystem schließen ließ. Er war nach dem Bild des Menschen konstruiert, mit roten Fotorezeptoren als Augen und einem kleinen Sprachverschlüssler-Gitter in seinem leeren Metallgesicht, dort, wo ein Mund hingehört hätte. Sein abnutzungsfester Körper war in schimmerndem Dunkelgrün lackiert.

»Wie können Sie sich einen nagelneuen Droiden leisten?« fragte Sonniod, als die angesprochene Maschine ihre Last absetzte.

»Konnte ich nicht«, gab Han zurück. »Er sagte, sie wollten die Galaxis sehen, aber manchmal habe ich das Gefühl, daß sie alle beide in den Stromkreisen durcheinander sind.«

»Beide?« fragte Sonniod verwirrt.

»Passen Sie auf.« Als der Droid seine Arbeit getan hatte, befahl Han: »He, Bollux, mach mal auf.«

»Gewiß, Kapitän Solo«, erwiderte Bollux lässig und in gedehnter Sprechweise, während er entgegenkommend seine langen Arme zurückzog. Sein Brustplastron ging in der Mitte mit einem Druckluftzischen auseinander, und die beiden Hälften klappten auf. Zwischen den anderen Elementen in seinem Brustkorb steckte ein kleiner, vage kubischer Computer-Baustein, ein unabhängiges Maschinengebilde, dunkelblau gestrichen. Ein einzelner Fotorezeptor in einem Drehtürmchen oben auf dem Baustein leuchtete auf, drehte sich und zielte auf Han.

»Hallo, Kapitän«, flötete eine kindliche Stimme aus einem winzigen Sprachverschlüssler-Gitter.

»Na, das ist doch –«, rief Sonniod und beugte sich vor, um besser sehen zu können, während der Fotorezeptor des Computers ihn von oben bis unten abtastete.

»Das ist Blue Max«, sagte Han. »Max, weil er bis zu seinen kleinen Brauen mit Computersonden-Kapazität vollgestopft ist, und Blue aus den offenkundigen Gründen. Irgendwelche Banditen-Techniker haben die beiden so zusammengespannt.« Er hielt es für das beste, nicht auf das wirre Geflecht von Verbrechen, Konflikt und Täuschung rund um ein früheres Abenteuer bei der geheimen Anlage Stars' End der Sektorleitung einzugehen.

Bollux' ursprünglicher uralter Körper war damals fast zerstört worden, aber die Banditen-Techniker hatten ihn mit einem neuen ausgestattet. Der Droid hatte sich für einen Körper, der seinem alten sehr ähnlich war, entschieden und darauf beharrt, daß Dauerhaftigkeit, Vielseitigkeit und die Fähigkeit, nützliche Arbeit zu leisten, stets die Mittel gewesen seien, sein Überleben zu sichern. Er hatte sogar seine langsame Sprechweise beibehalten, weil er wußte, daß ihm das mehr Zeit zum Nachdenken ließ und er den Menschen dadurch als gemächlich vorkam.

»Als sie ihre Freilassung erhielten, baten sie, bei mir anheuern zu dürfen«, sagte Han zu Sonniod. »Sie zahlen die Passage mit Arbeit ab.«

»Das sind die letzten Handelsgüter, die wir zusammengetragen haben, Sir«, teilte Bollux Han mit.

»Gut. Verstau die ganze herumliegende Ausrüstung, die wir gebraucht haben.« Die Plastronhälften vor Blue Max schlossen sich fauchend, und Bollux stieg gehorsam wieder die Rampe hinauf.

»Aber ich dachte, Sie hätten immer gesagt, Sie wollten nichts mit Maschinen zu tun haben, die widersprechen, Solo«, erinnerte ihn Sonniod.

»Manchmal ist etwas Hilfe ganz nützlich«, erwiderte Han abwehrend. Er wich einem weiteren Kommentar dadurch aus, daß er sagte: »Ah, der Ansturm geht schon los.«

Aus der Düsternis eilten Gestalten auf das Sternenschiff zu und blieben vorsichtig in einiger Entfernung stehen. Die Öde-Bewohner von Kamar waren kleiner und biegsamer als andere Kamarier, und das gefurchte Chitin ihres Hautskeletts war dünner und von hellerer Farbe, entsprechend den Farbtönen ihres Heimatgeländes. Die meisten von ihnen ließen sich in der für ihre Art charakteristischen Haltung nieder, auf ihre untersten Gliedmaßen und ihre dicken, gefurchten Greifschwänze.

Lisstik, einer der wenigen Öde-Bewohner, die Han von den anderen zu unterscheiden vermochte, näherte sich der Rampe der ›Falcon‹. Lisstik hatte zu den ganz wenigen gehört, die an den Holovorführungen schon am allerersten Abend teilgenommen hatten, und war an jedem der folgenden Abende wieder erschienen. Er schien eine führende Persönlichkeit seiner Gattung zu sein. Lisstik saß jetzt auf seinem Schwanz, damit er mit seinen beiden oberen Armpaaren gestikulieren und wedeln konnte, wie die Kamarier es zu tun liebten. Die facettierten Insektenaugen der Öde-Bewohner zeigten keine Empfindung, die Han je hätte wahrnehmen können.

Lisstik trug ein ungewöhnliches Schmuckstück, einen ausgebrannten Steuerintegrator, den Chewbacca weggeworfen hatte. Der Kamarier hatte ihn gefunden und trug ihn an der Vorderseite seines glänzenden, kugelrunden Kopfes. Lisstik sprach ein paar Sätze Grundsprache; möglicherweise war das einer der Gründe, weshalb er eine Führungspersönlichkeit war. Erneut stellte er Han die Frage, die zwischen ihnen beiden zu einer Art Formel geworden war. Mit einer von Klick- und Kehllauten bestimmten Stimme erkundigte er sich: »Werden wir heute abend *Mak-tk-klp*, deine Holo-sss, sehen? Wir haben unser *Q'mai*.«

»Klar, warum nicht?« erwiderte Han. »Laß nur das *Q'mai*, wo es hingehört, und such dir einen –« beinahe hätte er gesagt ›Sitz‹, was für einen Kamarier ein schwieriger Begriff gewesen wäre – »einen Platz unten. Die Vorführung beginnt, wenn alle anwesend sind.«

Lisstik gab die übliche kamarische Bestätigung, ein Zusammenklappen seiner oberen Gliedmaßen, mit einem Klang wie bei kleinen Becken. Er wickelte an seiner Seite zusammengeknäuelte Geizpflanzen-Blätter auf und legte sie auf eine Handelspersenning, die Han vor der Rampe ausgebreitet hatte. Dann huschte Lisstik mit dem raschen, fließenden Gang seiner Art in das Freilufttheater hinunter.

Andere folgten ihm und hinterließen diesen in Blätter gewickkelten Schatz oder jenen handwerklichen oder kunstgewerblichen Gegenstand. Oft bot einer etwas an, das den Beitrag für ihn selbst und mehrere Begleiter darstellte. Han erhob keine Einwände; das Geschäft ging gut, und es gab keinen Anlaß, alles herauszupressen, was vielleicht möglich gewesen wäre. Er bildete sich ein, guten Willen für sich hervorzurufen. Die Öde-Bewohner, die es nicht gewöhnt waren, sich zu versammeln, neigten dazu, ihre Plätze in kleinen Gruppen einzunehmen und dazwischen möglichst große Entfernungen bestehen zu lassen.

Zu den Zahlungsmitteln gehörten Wasser-Ausstoß-Röhren, Kehlflöten, feingeschnitzte Spielfiguren, verschiedenerlei Schmuck, für die exotische Anatomie der Kamarier gedacht, Amulette, ein Grabwurm-Öffner, aus glasigem Stein gehauen und fast so scharf wie geschliffenes Metall, sowie eine zierliche Gebetskette. Bei früheren Gelegenheiten schon war Han gezwungen gewesen, seine Kunden davon abzubringen, daß sie ihm Nachtflitzer-Brei, gekochte Kreischläufer, geröstete Stechwürmer und andere einheimische Köstlichkeiten brachten.

Han griff nach den zusammengedrehten Blättern, die Lisstik hinterlassen hatte, öffnete sie auf der Handfläche und zeigte Sonniod, was er hatte: zwei kleine, ungeschliffene Edelsteine und einen Splitter eines milchigen Metalls.

»Bei diesem Tempo werden Sie nie ein begüterter Mann, Solo«, meinte Sonniod.

Han zuckte die Achseln und wickelte die Steine wieder ein.

»Alles, was ich will, ist eine neue Einlage, damit ich Fracht aufnehmen und die ›Falcon‹ reparieren lassen kann.«

Sonniod betrachtete das Sternenschiff, das einmal ein leichter Standard-Frachter gewesen war und immer noch so aussah. Daß die ›Falcon‹ schwerbewaffnet und erstaunlich schnell war, gehörte zu den Eigenschaften, die Han vorzog, äußerlich nicht erkennbar werden zu lassen. Eine solche Darbietung der Stärke hätte zu leicht dazu geführt, die Neugier derjenigen zu erregen, die den Auftrag hatten, für die strenge Einhaltung der Gesetze zu sorgen.

»Mir erscheint sie raumtüchtig genug«, erklärte Sonniod. »Dieselbe alte ›Falcon‹ – sieht aus wie ein Müllschlitten und fliegt wie ein Abfangjäger.«

»Sie läuft, seit Chewie den Rumpf geschweißt hat«, räumte Han ein. »Aber ein Teil der Steuerkreise, die über Rampa zerschossen wurden, waren am Aufgeben, als wir hier ankamen. Wir mußten neue Teile besorgen, und so ungefähr das einzige, was man hier auf Kamar bekommen kann, sind Strömungselemente.«

Sonniods Gesicht wurde mürrisch.

»Strömungselemente? Solo, mein lieber Freund, lieber lenke

ich mein Schiff mit einer stumpfen Stange. Warum haben Sie keine ordentlichen Schaltkreise bekommen können?«

Han besichtigte den Rest seiner Einnahmen.

»Das ist eine Null von Planet, Kumpel. Da gibt es noch Nationalismus, und die Waffen – in den fortgeschrittenen Gegenden, meine ich; nicht hier draußen in der Wildnis – sind auf der raketengetragenen nuklearen Basis zu finden. Natürlich hat dann jemand einen Strahl mit geladenen Teilchen erfunden, um die Raketen-Leitsysteme zu stören, und selbstverständlich wandte sich alles den Strömungselementen zu, weil abgeschirmte Steuerkreise ein bißchen außerhalb der allgemeinen Möglichkeiten lagen. Jetzt ist der Strömungstyp der einzige Typ fortschrittlicher Systeme, den es hier gibt. Wir mußten uns mit Adapteranlagen und Grenzflächen-Rautern eindecken und Gas- und Flüssigkeits-Strömungselemente benutzen. Ich *hasse* sie.« Han richtete sich wieder auf. »Ich ertrage den Gedanken an alle diese Fließ-Leiterbahnen und Mikroröhren in der ›Falcon‹ nicht, und ich kann es kaum erwarten, sie rauszureißen und neu zu bestücken.« Er hielt eine aus schwarzem Stein gehauene Statuette hoch und betrachtete sie mit Vergnügen; sie war bis ins einzelne ausgearbeitet und nicht größer als sein Daumen. »Und so, wie alles läuft, sollte das nicht mehr allzu lange dauern.« Er legte die Statuette auf den viel kleineren der beiden Haufen von Gegenständen, die um die Rampe des Sternenschiffes entstanden waren. Der größere bestand aus Handelsgütern von verhältnismäßig großem Umfang und geringem Wert, wie Musikinstrumente, Kochutensilien, Grabgeräte, Chitinfarben und die tragbaren Sonnendächer, die von den Öde-Bewohnern manchmal verwendet wurden. Der kleinere Stapel enthielt alle die Halbedelsteine, einen Großteil der Kunstgegenstände und eine Anzahl von feineren Werkzeugen und Geräten. Die gesammelten Güter hatten die ›Falcon‹ verstopft, sie waren überall im Verlauf der letzten elf Ortstage in verfügbaren Ecken des Schiffes verwahrt worden. Während Chewbacca an diesem Nachmittag die Reparaturen abschloß, hatten Bollux und Han das ganze Zeug zum Sortieren und zur Entscheidung darüber, was sich eigentlich alles zusammengefunden hatte, hinausgetragen.

»Mag sein«, gab Sonniod zu. »Die Öde-Bewohner betreiben gewöhnlich keinen solchen Tauschhandel; sie sind sehr besorgt um ihr Gebiet. Es wundert mich, daß sie hier so zusammenströmen.«

»Jeder sieht sich gerne was Schönes an«, erkärte Han. »Vor allem, wenn man in einem Loch wie hier festsitzt. Sonst hätte ich nicht das ganze Zeug da.« Er beobachtete die letzte Kolonne Kamarier, als sie hinunterstiegen und ihre Dreipunkt-Ruhestellung einnahmen. »Wunderbare Kunden«, sagte er mit einem innigen Seufzen.

»Aber was machen Sie mit dem ganzen Gerümpel?« fragte Sonniod, mit Han Schritt haltend, als dieser wieder zur Mitte des Amphitheaters hinunterstieg.

»Wir denken an einen Räumungsverkauf«, erwiderte Han. »Sehr günstige Angebote; alles muß an den Mann. Riesenrabatte für Stammkunden und kombinierte Angebote.« Er rieb sich das Kinn. »Wenn ich abfliege, verkaufe ich vielleicht sogar den Holoprojektor an den alten Lisstik. Ich möchte nicht, daß Solos Holotheater einfach schließen muß.«

»Gefühlsmensch. Im Augenblick brauchen Sie offenbar also keine Arbeit?«

Han warf einen schnellen Blick auf Sonniod.

»Was für Arbeit?«

Sonniod schüttelte den Kopf.

»Das weiß ich nicht. Im Gemeinsamen Sektor heißt es, daß es Aufträge für Flüge gäbe. Niemand scheint die Einzelheiten zu kennen, und man hört keine Namen, aber es geht die Rede, daß man Bescheid bekommt, wenn man sich zur Verfügung stellt.«

»Blind habe ich nie gearbeitet«, sagte Han.

»Ich auch nicht. Deshalb bin ich da nicht eingestiegen. Ich dachte, Sie wären so im Druck, daß Sie interessiert sein müßten. Ich muß sagen, ich bin froh, daß das nicht der Fall ist, Solo. Das klingt alles ein bißchen zu raffiniert. Ich habe mir nur gedacht, Sie möchten vielleicht informiert sein.«

Han vergewisserte sich, daß der Holoprojektor richtig eingestellt war, und nickte.

»Danke, aber machen Sie sich um uns keine Sorgen. Das Leben

ist ein Festmahl. Ich mache vielleicht mit dem hier sogar weiter, verleihe ein paar Projektoren und stelle auf diesen Langweiler-Welten aus den Einheimischen Vorführtrupps zusammen und beteilige sie am Ertrag. Das könnte eine hübsche, unangreifbare Masche sein, und ich würde mich nicht einmal beschießen lassen müssen.«

»Was war das übrigens für ein zweiter Film, den Sie die ganze Zeit vorgeführt haben?« fragte Sonniod.

»Ach, der. Ein Reisebericht. ›Varn, die Wasserwelt‹. Sie wissen ja, das Leben unter diesen amphiboiden Fischern und Meeresfarmern in den Archipeln, Tiere der Tiefsee, Kämpfe auf Leben und Tod am Meeresgrund zwischen ganz großen Lossoren und einem Rudel Tschib; in der Richtung. Wollen Sie den Kommentar hören? Ich habe ihn vollständig im Gedächtnis.«

»Danke, nein«, gab Sonniod zurück und zupfte nachdenklich an seiner Unterlippe. »Möchte wissen, wie sie auf etwas Neues reagieren.«

»Sie werden begeistert sein«, sagte Han mit Nachdruck. »Gesang, Tanz – sie werden sich die kleinen Scheren abtrommeln.«

»Solo, was war das für ein Wort, das Lisstik für Eintrittspreis gebrauchte?«

»Q'mai.« Han drehte an der Feineinstellung herum. »Für ›Eintritt‹ haben sie kein Wort, aber ich konnte Lisstik den Gedanken schließlich in schlechter Grundsprache beibringen, und er sagte darauf, das Wort laute: ›Q'mai‹. Warum?«

»Ich habe es früher schon gehört, hier auf Kamar.« Sonniod schob den Gedanken vorerst beiseite. Der Holofilm erschien in der Projektion für ein Massenpublikum und erfüllte die Luft über dem natürlichen Amphitheater. Die Öde-Bewohner, die in der heißen Nachtbrise sanft hin- und hergeschwankt waren und sich mit Klick- und Zirplauten unterhalten hatten, wurden nun völlig stumm.

›Die Liebe wartet‹ war die übliche Kost. Die Vorführung begann ohne Vorspann und Titel. Das ist auch ganz gut, dachte Han, da den Öde-Bewohnern von Kamar abstrakte Symbole etwa soviel bedeuten würden wie die Teilchenphysik einem Grabwurm. Er fragte sich, was sie von der menschlichen Choreographie und Musik halten würden, wovon es in ›Varn, die Wasserwelt‹ nichts gegeben hatte.

Der Film begann mit dem vergrämten Helden, der von einem Rollweg stieg und mit einigen Bedenken unterwegs war zu einer neuen Anstellung bei einer Firma für planetarische Umgestaltung. Ein ins Blut gehender Rhythmus begann, um den Beobachter darauf einzustimmen, daß eine große musikalische Nummer bevorstand. Aber irgend etwas schien die Öde-Bewohner unsicher zu machen. Das Klicken und Zirpen wurde lauter und ließ auch nicht nach, als der Held mit der Naiven zusammenprallte und das Bekanntwerden der beiden zum Stichwort für sein Lied führte.

Bevor der Held auch nur den ersten Vers hinter sich hatte, übertönte Zwist unter den Kamariern die Musik. Mehrmals hörte Han den Namen Lisstik. Er drehte den Ton ein wenig lauter, in der Hoffnung, die Menge werde sich beruhigen, während er sich den Kopf darüber zerbrach, was sie so erregen mochte.

Aus der Dunkelheit kam ein Stein geflogen und prallte krachend an den Holoprojektor. Im Licht von den in der Höhe tanzenden und singenden Gestalten konnte man das zornige Wedeln oberer kamarischer Gliedmaßen sehen. Facettenaugen warfen das Licht in Millionen Splittern aus dem Dunkel zurück.

Wieder klirrte ein Stein an den Holoprojektor, so daß Sonniod zusammenzuckte, und ein durch die Luft geschleuderter Kreischläufer-Schenkelknochen, Überrest irgendeiner Mahlzeit, verfehlte Han nur knapp.

»Solo –«, begann Sonniod, aber Han hörte nicht auf ihn. Er hatte Lisstik entdeckt und schrie den Hang hinauf: »He, was soll das? Sag ihnen, sie sollen sich abregen! Seht euch das doch erst mal an, ja?«

Aber es hatte keinen Sinn, Lisstik anzuschreien. Der Kamarier war umgeben von einer wutentbrannten Menge seiner Genossen, die alle die oberen Gliedmaßen schwenkten und mit den Schwänzen die Luft peitschten, wobei sie mehr Lärm machten, als Han jemals von Öde-Bewohnern vernommen hatte. Einer von ihnen hieb nach dem ausgebrannten Integrator, den Lisstik an seinem Schädel festgebunden hatte. Überall auf den Hängen

19

um den Holoprojektor waren Stoßen, Streitigkeiten und Meinungsverschiedenheiten zu heftigen Mißhelligkeiten ausgeartet.

»O je«, sagte Sonniod ganz leise. »Solo, mir ist eben eingefallen, was ›Q'mai‹ heißt. Ich habe es in einem der Bevölkerungszentren im Norden gehört. Es steht nicht für ›Eintritt‹, sondern für ›Opfergabe‹. Rasch, wo ist der andere Holo, der Reisebericht?«

Inzwischen umzingelte langsam ein Pöbelhaufen feindseliger Öde-Bewohner den Holoprojektor. Han ließ die Hand auf seinen Strahler sinken.

»Hinten in der ›Falcon‹. Warum? Wovon reden Sie?«

»Legen Sie nie eine Pause ein, um alles durchzudenken? Sie haben ihnen Holos von einer Welt mit mehr Wasser gezeigt, als sie sich in den kühnsten Träumen erwartet haben, die erfüllt war von Kulturen und Lebensformen, welche ihnen nicht einmal ihre Phantasie gezeigt hat. Sie haben kein Holotheater eröffnet, Sie Hohlkopf, Sie haben eine *Religion* gegründet!«

Han schluckte und ruckte unentschlossen an seinem Strahler, während die Öde-Bewohner herandrängten.

»Na, woher soll *ich* das wissen? Ich bin Pilot, kein Fachmann für Fremdwesen!« Er packte Sonniod am Ärmel, zerrte daran und führte ihn langsam zur ›Falcon‹ zurück. Er hörte weiter oben am Hang Chewbaccas erschrockenes Gebrüll. In der Luft waren Held, Naive und alle anderen Leute auf dem Rollweg damit beschäftigt, einen übergenau choreographierten Tanz rund um die Fahrkartenschalter und Drehkreuze vorzuführen.

Die Öde-Bewohner auf dieser Seite des Kreises wichen unsicher vor Han zurück, der den verängstigten Sonniod hinter sich herzog. Eine Anzahl der kühneren Kamarier stürmte den Holoprojektor und begann mit Stöcken, Steinen und nackten Scheren auf ihn einzuschlagen. Die Tanznummer am Himmel begann sich zu verzerren und aufzulösen. Einige der Vandalen – oder empörten Eiferer, je nach Standpunkt – wandten sich kurz darauf vom Projektor ab und rückten als rachsüchtige Rotte gegen Han vor.

Han, der zu Recht spürte, daß er durch eine schlichte Rückerstattung des ›Q'mai‹ wenig Aussicht hatte, sein ehemaliges Publikum nebst Gemeinde zu beschwichtigen, feuerte vor ihnen in den Boden. Sand explodierte, Gestein und brennende Asche wurden hochgeschleudert. Was an entflammbaren Stoffen im Boden lag, fing Feuer. Han schoß noch zweimal nach rechts und links und fetzte mit spektakulären Salven Löcher aus dem Boden.

Öde-Bewohner wichen für den Augenblick zurück, mit ihren Riesenaugen das blutige Rot der Laserstrahlen widerspiegelnd; sie senkten die kleinen Köpfe und schützten sich mit erhobenen Armen. Han brauchte auf die verstimmten Kamarier zwischen ihm und dem Raumschiff nicht zu feuern; sie machten Platz.

»Bleib da oben«, brüllte er in die Dunkelheit zu Chewbacca hinauf, »und laß die Motoren an!«

Die Menge kam gut damit voran, den Holoprojektor zu zerlegen. Der Ton-Synthesizer gab nur noch wahllose Geräusche von sich, wenngleich noch mit hoher Lautstärke. ›Die Liebe wartet‹ hatte sich in einen trägen Strom bunter Wirbel in der Luft aufgelöst.

Während Han zusah, rückwärts gehend, so ruhig er konnte, stürzte Lisstik aus dem Dunkeln heran, riß sich den Integrator von der Stirn und schleuderte ihn auf den Boden, zerstampfte und zermalmte ihn, während er mit seinen Scheren auf den Holoprojektor einschlug.

»Ihr Hohepriester scheint von der Kirche abgefallen zu sein«, meinte Sonniod.

Es gelang Lisstik, ein Stück der Steuertafel-Verkleidung abzureißen und es unter einer rachsüchtigen Reihe von Klicklauten in Solos Richtung zu schleudern.

Han, der sich eher als der Beleidigte denn als der Schuldige vorkam, verlor die Beherrschung.

»Du willst eine Vorführung? Da hast du eine, du mieser, undankbarer Zwerg!« Er feuerte in den Holoprojektor. Der rote, heulende Strahlerblitz erzeugte irgendwo in den inneren Tiefen des Projektors eine kurze, grelle Zweitexplosion.

Der Ton-Synthesizer brachte plötzlich die grauenhafteste Folge lauter, durchdringender, unerkennbarer Lärmmassen hervor, die Han je gehört hatte. Die Projektion erfüllte den Himmel über dem Amphitheater mit Novaexplosionen, Sonnenfackeln,

Feuerrädern, Raketen und Röhrenblitzen. Die ganze Menge gab ein gemeinsames Blöken von sich und hetzte in alle Richtungen davon.

Han und Sonniod nutzten das Durcheinander, um zur ›Millennium Falcon‹ zu rasen. Sie konnten auf beiden Seiten rauhe Zirp- und Klicklaute hören, als Öde-Bewohner, die ihrer vollen Empörung noch nicht Ausdruck gegeben hatten, die Verfolgung aufnahmen. Han jagte ungezielte Schüsse in die Luft und in den Boden hinter sich. Er zögerte immer noch, auf seine früheren Kunden zu schießen, solange es noch nicht um Leben und Tod ging.

Als sie sich der klaffenden Rampe der ›Falcon‹ näherten, sahen Han und Sonniod dankbar, wie der Rumpfturm des Sternenschiffes eine Salve abfeuerte. Die Viererbatterie spie rote Linien der Vernichtung, und eine Gesteinsbildung, an der die beiden Männer schon vorbeigestürmt waren, wurde in eine Fontäne von Funken, Schmelzgestein und hinauspeitschender Energie verwandelt. Die Hitze versengte Han den Rücken, und an Sonniods Ohr pfiff ein Steinsplitter unerquicklich nah vorbei, aber für den Augenblick kam die Jagd der Ödland-Bewohner zum Stillstand.

Als die beiden die Rampe erreichten, stürmte Sonniod mit Höchstgeschwindigkeit hinauf, während Han rutschend auf einem Knie zum Stillstand kam, um von den wertvolleren Q'mai einzusammeln, was er erwischen konnte. Ein geschleuderter Stein prallte vom Fahrwerk der ›Falcon‹ ab, ein zweiter surrte als Querschläger von der Rampe, während Han herumtastete.

»Solo, raufkommen!« kreischte Sonniod.

Han fuhr herum und sah Ödland-Bewohner das Raumschiff umzingeln. Er feuerte über ihre Köpfe, und sie zogen sie ein, rückten aber weiter vor. Han wich mit schnellen Schritten rückwärts auf der Rampe zurück, feuerte noch zweimal und stürzte, als er einem fliegenden Steinbrocken auswich. Am Ende mußte er durch die Luke kriechen.

Als der Deckel der Hauptluke herunterrasselte, erschien Chewbacca am Durchgang und beugte sich mit einem wütenden Fauchen in der Kehle aus dem Cockpit.

»Woher sollte *ich* wissen, was schiefgegangen ist?« brüllte

Han den Wookie an. »Bin ich vielleicht Telepath? Hol uns rauf und zisch ab zu Sonniods Schiff, aber schnell!«

Chewbacca verschwand im Cockpit.

Als Sonniod ihm aufhalf, versuchte Han ihn zu beruhigen.

»Keine Sorge, wir bringen Sie zu Ihrem Schiff zurück, bevor der Beschwerdeausschuß kommt. Sie haben noch Zeit zum Abheben.« Sonniod nickte dankbar.

»Aber was ist mit Ihnen und dem Wookie, Solo?« Das Sternenschiff erbebte, auf den Schubraketen schwebend, bevor es sich Sonniods abgestelltem Fahrzeug zuwandte. »An Ihrer Stelle würde ich nicht zurückkommen, um meine Einkünfte abzuholen.«

»Ich werde wohl zum Gemeinsamen Sektor zurück müssen«, sagte Han seufzend, »um zu sehen, was es für Aufträge gibt. Zumindest sollte der Druck aufgehört haben. Ich bezweifle, ob noch jemand nach mir oder diesem Frachter sucht.«

Sonniod schüttelte den Kopf.

»Versuchen Sie festzustellen, worum es bei dem Auftrag geht, bevor Sie ihn annehmen«, drängte er. »Niemand scheint zu wissen, was für ein Flug das eigentlich ist.«

»Ist mir egal. Ich kann mir nichts aussuchen. Ich werde das übernehmen müssen«, sagte Han resignierend. Sie hörten Chewbaccas bedrücktes Johlen vom Cockpit nach hinten dringen. »Er hat recht«, sagte er. »Wir sind für das anständige Leben einfach nicht geschaffen.«

II

Die ›Millennium Falcon‹ schien ein Geisterschiff zu sein, ein Spektral-Raumschiff wie die langverirrte, manchmal gesichtete ›Permondiri Explorer‹ oder die sagenhafte ›Queen of Ranroon‹. Flächen knatternder Energie hinter sich herziehend, während wabernde Linien greller Entladung über sie hinwegzuckten, mochte sie unmittelbar aus einer dieser Legenden herangeflogen sein.

Rund um das Sternenschiff tobte die turbulente Atmosphäre von Lur, einem Planeten, der, was interstellare Entfernungen anging, dem Gemeinsamen Sektor ziemlich nahe lag. Die Ionisierungsschicht stand in Wechselwirkung mit den Abschirmungen der ›Falcon‹, was zu unheimlichen Blitzentladungen führte. Das Kreischen der planetarischen Winde war durch die Rumpfwände des Schiffes zu hören, und das Toben des Sturmes hatte die Sicht praktisch auf Null herabgesetzt. Han und Chewbacca achteten kaum auf das Geprassel an ihrem Kabinendach, das von Regen, Schneeregen, Schnee und orkanartigen Winden hervorgerufen wurde.

Sie widmeten ihren Instrumenten stärkste Aufmerksamkeit und schmeichelten ihnen alle Informationen ab, die diese zu liefern vermochten. Sie taten so, als könnten sie allein durch Konzentration den Sensoren und anderen Meßapparaturen ein klareres Bild ihrer Lage abtrotzen. Chewbacca knurrte gereizt, während seine klaren blauen Augen auf seiner Seite der Konsole hin- und herhuschten und seine lederartige Schnauze sich kräuselte und zuckte.

Han fühlte sich ebenso gereizt.

»Woher soll *ich* wissen, wie dick die Ionenschicht ist? Die Instrumente sind durch die Entladungen nervös geworden und zeigen nichts Deutliches. Was soll ich machen? Eine Lotleine raustun?« Verdrossen widmete er sich wieder seinem Teil der Konsolensteuerung.

Die Antwort des Wookie war ein erneutes Knurren.

Hinter Solo, auf dem Platz des Kommunikationsoffiziers, der gewöhnlich leer blieb, sagte Bollux: »Kapitän Solo, einer der Indikatoren ist eben aufgeflammt. In einem der neuen Kontrollsysteme scheint ein Defekt vorzuliegen.«

Ohne sich von seiner Arbeit abzuwenden, ließ Han seinen Lieblingsflüchen freien Lauf, dann beruhigte er sich ein wenig.

»Das sind die elenden Flüssigsysteme! Chewie, ich habe dir doch gesagt, daß es Ärger gibt, oder? *Oder?*«

Der Wookie schwenkte abwehrend eine riesengroße, behaarte Pfote, weil er ungestört sein wollte, und knurrte laut.

»Wo ist das Problem?« fauchte Han über seine rechte Schulter.

Bollux' Photorezeptoren tasteten die Indikatoren ab, die sich neben der Komm-Konsole befanden.

»Die Notsysteme des Schiffes, Sir. Die automatische Brandbekämpfung, glaube ich.«

»Geh nach hinten und sieh zu, was du tun kannst, Bollux, ja? Das hat uns gerade noch gefehlt, daß die Brandbekämpfungs-Geräte eingeschaltet werden; wir wären bis zum Kinn in Schaum und Gas, bevor einer fragen kann, wo es hier rausgeht.«

Als Bollux davonwankte, auf dem rüttelnden Deck kaum sich aufrecht haltend, verbannte Han das Problem entschlossen aus seinem Gehirn.

Chewbacca jaulte auf. Er hatte eine positive Anzeige entdeckt. Er hob sich zu einem zweiten Blick halb aus seinem Sessel, während ein neuer zischender Kugelblitz hinaustrieb und von den Bugkiefern der ›Falcon‹ abprallte. Die Ionenpegel sanken. Dann ließ er sich auf seinen Sitz zurückfallen und verringerte die Fluggeschwindigkeit des Schiffes noch mehr. Er hatte grauenhafte Visionen, daß die Ionenschicht auf irgendeine Weise bis zur Oberfläche von Lur hinabreichte und sie bis zum Augenblick des Aufpralls blenden würde.

Der Auftraggeber für diesen Flug der ›Millennium Falcon‹ hatte die Ionenschicht natürlich nicht erwähnt und auch sonst nichts Bestimmtes zur Sprache gebracht. Han hatte verlauten lassen, daß er und sein Raumschiff zu mieten und daß sie abgeneigt seien, Fragen zu stellen, und der Auftrag war, wie Sonniod prophezeit hatte, in Gestalt eines gesichtslosen Tonbandes und einer kleinen Vorschußsumme in bar aus ungenannter Quelle gekommen. Aber verfolgt von Gläubigern, hatten Han und seine Partner keine andere Möglichkeit gesehen, als den, Sonniods Rat zu mißachten und den Auftrag anzunehmen.

Bin ich so dumm geboren, fragte Han sich angewidert, oder bin ich einfach nur ein Spätentwickler? Aber in diesem Augenblick hörten Sturm und Ionenschicht gemeinsam auf. Die ›Falcon‹ sank sanft durch einen klaren, ruhigen Bereich der Atmosphäre Lurs. Tief unten konnte man Merkmale der planetarischen Oberfläche sehen, Berggipfel, die durch tiefhängende, wirbelnde Wolken aufragten. Eine andere Lampe leuchtete auf;

die Fernsensoren des Frachters hatten eben ein Landefunkfeuer ausgemacht.

Han schaltete auf die Echolotsensoren um und beugte sich über den Ausdruck.

»Wenigstens haben sie uns eine anständige Landestelle ausgesucht«, gab er zu. »Eine große ebene Fläche zwischen den beiden niedrigen Bergen da drüben. Vermutlich ein Gletscherfeld.« Er schaltete das Mikrofon vor seinem Mund auf die Bordsprechanlage. »Bollux, wir gehen hinunter. Laß sein, was du machst, und halte dich fest.«

Er korrigierte die Sinkfluglage und steuerte das Schiff mit sehr gemäßigter Geschwindigkeit auf den Landepunkt zu. Das Fernradar zeigte keine Hindernisse oder andere Gefahren, aber Han wollte mit den Instrumenten auf diesem Planeten kein Risiko eingehen.

Sie sanken in die Wolken, während Niederschlag auf das Kabinendach prasselte, und sofort wegglitt, als er die Abschirmungen der ›Falcon‹ erreichte. Die Sensoren funktionierten jetzt normal und vermittelten genaue Auskünfte über die Flughöhe. Die Sicht reichte selbst bei Sturm für eine vorsichtige Landung. Lur tauchte unter ihnen als Ebene auf, wo Winde end- und ziellos dahinfegten.

Han zog das Raumfahrzeug wachsam hinunter; er hatte nicht den Wunsch, sich plötzlich in einer Eiskluft begraben wiederzufinden. Das Landegestell der ›Falcon‹ fand jedoch festen Boden, und die Anzeigen verrieten, daß Hans Vermutung richtig gewesen war: Sie hatten auf einem Gletschereisfeld aufgesetzt. Steuerbord, an die vierzig Meter entfernt, stand das Funkfeuer.

Han nahm den Kopfhörer ab, zog seine Fliegerhandschuhe aus und öffnete den Sitzgurt. Er wandte sich seinem Wookie-Kopiloten zu.

»Du bleibst hier und paßt scharf auf. Ich lasse die Rampe hinunter und schaue mich um.« Auf dem unbesetzten Navigatorplatz hinter ihm lag ein Bündel, das er ergriff und mitnahm, als er das Cockpit verließ.

Auf dem Weg zur Schiffsrampe entdeckte er Bollux. Der Android bückte sich vor einer offenen Prüfklappe in Bodenhöhe an der Schottwand. Das Brustplastron des Roboters stand offen, und Blue Max half ihm bei der Untersuchung des aufgetretenen Problems.

»Was gibt's denn?« fragte Han. »Alles behoben?«

Bollux richtete sich auf.

»Leider nicht, Kapitän Solo. Aber Max und ich haben es gerade noch erwischt, bevor die letzte Sicherung kaputt war. Wir haben das ganze System abgeschaltet, aber zu einer Reparatur sind wir beide nicht in der Lage.«

»Für diese Flüssigsysteme brauchen Sie keinen Techniker, Käpt'n«, zirpte Max. »Da braucht man einen verdammten *Klempner*.« Seine Stimme verriet moralische Entrüstung über die primitive Anlage.

»Vorsicht mit deinen Ausdrücken, Max. Wenn *ich* so rede, ist das noch lange kein Grund, daß auch *du* das machst. Also, Jungs, ihr laßt einfach alles so, wie es ist. Diese Reise soll uns so viel einbringen, daß wir die ganzen Wasserwerke durch gute, alte Panzerschaltungen ersetzen können. Bollux, ich möchte, daß du deinen Obststand zumachst; wir müssen Fracht aufnehmen, und ich will nicht, daß ihr die Kunden nervös macht. Bedaure, Max, aber so wirkt ihr manchmal auf die Leute.«

»Kein Problem, Käpt'n«, erwiderte Blue Max, als die beiden Brusthälften des Roboters sich unter dem Summen von Servomotoren schlossen. Han sagte sich, daß er zwar immer noch keine große Vorliebe für Automaten aufbrachte, Bollux und Max aber eigentlich gar nicht so schlimm waren. Er entschied jedoch, daß er nie würde verstehen können, wie die Pseudo-Persönlichkeiten eines uralten Arbeitsdroiden und eines altklugen Computermoduls miteinander so gut auskamen.

Han öffnete das Bündel, das er aus der Kanzel mitgebracht hatte – einen sperrigen Thermoanzug –, und begann ihn über seine Schiffsbekleidung zu ziehen. Bevor er die Hände in die integrierten Handschuhe des Thermoanzugs schob, rückte er seinen Pistolengürtel zurecht, nachdem er ihn über dem Anzug neu festgeschnallt hatte, um dann den Abzugsbügel der Waffe zu entfernen, damit er auch feuern konnte, wenn er den Thermohandschuh anhatte. Es wäre ihm nicht im Traum eingefallen, un-

27

bewaffnet hinauszugehen; er war stets argwöhnisch, wenn die ›Millennium Falcon‹ in einer fremden Umgebung stand, vor allem aber dann, wenn er sich auf fragwürdige Dinge einließ.

Er setzte den Kopfschutz auf, einen durchsichtigen Kugelhelm mit isolierten Ohrenklappen. Durch Berührung einer Taste an der Steuertafel im Ärmel seines Thermoanzugs schaltete er die Heizung ein.

»Bereitschaft für den Fall, daß ich Hilfe bei der Fracht brauche«, befahl er Bollux.

»Darf ich fragen, was wir befördern sollen, Kapitän?« sagte Bollux, während er die Abdeckung von unter Deck verborgenen Spezialabteilen entfernte.

»Du kannst raten, Bollux, mehr kann ich im Augenblick nämlich auch nicht tun.« Han drückte mit einem behandschuhten Finger auf die Lukensteuerung. »Niemand hat erwähnt, woraus die Ladung bestehen soll, und ich war in keiner Lage, danach zu fragen. Kann wohl nichts übermäßig Massives sein.«

Die Luke rollte hoch, und eisiger Wind fegte in den Durchgang. Han überschrie das Heulen des Sturmes.

»Sieht aber auch nicht danach aus, als wäre es die Salbe gegen Wärmeausschlag, wie?« Er stieg die Rampe hinunter und stemmte sich gegen den Sturmwind. Die Kälte in seinen Lungenflügeln reichte aus, ihn zu der Überlegung zu zwingen, ob er zurückgehen und ein Atemgerät holen sollte, aber er vermutete, daß er nicht lange genug im Freien sein würde, um eines zu brauchen. Sein Kugelhelm polarisierte sich ein wenig gegen das eisig-weiße Gleißen, als Schnee dagegenzischte. Die spezifische Schwerkraft von Lur lag gering über dem Standard, aber nicht in einem solchen Maße, daß das Unbequemlichkeiten verursacht hätte.

Am Fuß der Rampe stellte Han fest, daß der Wind Schneestaub über den bläulich-weißen Gletscher trieb. Am Landegestell der ›Falcon‹ bildeten sich bereits kleine Verwehungen. Er entdeckte das Funkfeuer, eine Anhäufung blinkender Warnlichter auf einem kugelrunden Transponder-Gerät, das mit einem Dreibein im Gletschereis verankert war. Es war niemand zu sehen, aber die Sicht war überhaupt so gering, daß Han über das

Landezeichen hinaus nicht viel hätte erkennen können.

Er ging darauf zu, untersuchte es und sah nicht mehr als ein übliches Modell, das konstruiert war für den Gebrauch an Orten ohne fortschrittliche Navigations- und Ortungsanlagen.

Plötzlich rief eine gedämpfte Stimme hinter ihm: »Solo?«

Er fuhr herum, während die Hand automatisch zum Griff seines Strahlers schoß. Ein Mann trat aus dem Gebrodel des Sturmes. Auch er trug einen Thermoanzug und einen Kugelhelm, der seine Stimme dämpfte, aber der Anzug war weiß und der Kugelhelm spiegelnd, so daß der Mann auf dem Gletscher nahezu unsichtbar blieb.

Er kam mit leeren, hoch erhobenen Händen heran. Han, der mit zusammengekniffenen Augen an ihm vorbeiblickte, sah die undeutlichen Umrisse anderer Gestalten am Rand seines Gesichtsfeldes.

»Der bin ich«, erwiderte Han, dessen Worte durch den Helm ebenfalls ein wenig gedämpft klangen. »Sie sind, ähm, Zlarb?«

Der andere nickte. Zlarb war ein hochgewachsener, breitgebauter Mann mit außerordentlich weißer Haut, weißblondem Bart und klaren, grauen Augen, deren Fältchen an den Winkeln ihm ein angespanntes, drohendes Aussehen verliehen. Aber er zeigte mit einem breiten Lächeln seine Zähne.

»Richtig, Kapitän. Und ich bin auch startbereit. Wir können sofort verladen.«

Han versuchte durch den Schneeschleier hinter Zlarb zu starren.

»Haben Sie genug Leute, um die Fracht herzuschaffen? Ich habe für den Fall, daß Sie das brauchen, einen Repulsions-Handlaster mitgebracht. Soll ich ihn herausholen?«

Zlarb warf ihm einen Blick zu, den Han nicht ganz zu ergründen vermochte; dann lächelte er wieder.

»Nein. Ich glaube, wir können unser Material ganz ohne Probleme an Bord schaffen.«

Irgend etwas am Verhalten des Mannes, die Andeutung einer inneren Belustigung oder der spöttische Ton seiner Antwort, machte Han argwöhnisch. Er hatte längst gelernt, auf innere Alarmrufe zu hören. Er blickte zurück zum verschwommenen

Umriß der ›Falcon‹ und hoffte, daß Chewbacca wachsam war und die Hauptbatterien des Sternenschiffes gezündet und gezielt hatte. Die beiden erlebten selten Schwierigkeiten bei ihren Abholstellen. Ärger gab es meist am anderen Ende, wo die Ware abgesetzt und bezahlt werden mußte. Aber hier mochte es sich um die Ausnahme von der Regel handeln.

Han wich einen Schritt zurück und erwiderte Zlarbs Blick.

»Na gut, dann mache ich das Schiff startbereit.« Er hätte dem Mann noch mehr Fragen zu stellen gehabt, wollte die Verhandlungen aber an eine günstigere Stelle verlegen, etwa an den Rumpfturm des Frachters. »Sie schleppen Ihre Lieferung zur Rampe, und da übernehmen wir.«

Zlarbs Grinsen war breiter geworden.

»Nein, Solo. Ich glaube, wir gehen beide an Bord Ihres Schiffes, und zwar sofort.«

Han wollte Zlarb erklären, es verstoße gegen seine und Chewbaccas Linie, Schmuggel-Kontaktleute an Bord zu lassen, als ihm auffiel, daß der Mann die Hand umgedreht hatte. Darin befand sich eine winzige Waffe, eine Kurzstrecken-Handflächenpistole, die er wie ein Zauberer zwischen den behandschuhten Fingern verborgen gehalten hatte. Han erwog, nach seinem Strahler zu greifen, sah aber ein, daß er bestenfalls nicht mehr als ein Patt erreichen konnte, wobei sie alle beide sterben würden.

Die blinkenden Lichter des Landefeuers, die auf Zlarbs Kugelhelm zuckten, verliehen dem Gegrinse des Mannes einen noch unheimlicheren Zug.

»Reichen Sie den Strahler mit dem Griff voraus herüber, Solo, und bleiben Sie mit dem Rücken zum Schiff, damit Ihr Partner nichts sehen kann. Ganz vorsichtig. Ich bin vor Ihnen und dem schnellen Ziehen gewarnt worden und würde lieber schießen als ein Risiko eingehen.« Er steckte Solos Handfeuerwaffe in seinen Gürtel. »Und jetzt an Bord. Lassen Sie beide Hände an der Seite hängen und versuchen Sie nicht, den Wookie zu warnen.« Er drehte sich kurz herum und winkte unsichtbaren Begleitern, dann zeigte er mit der Handflächen-Pistole auf die ›Falcon‹. Aus der Ferne sah das wohl aus wie eine höfliche ›Nach Ihnen‹-Geste, dachte Han.

Während sie auf das Schiff zugingen, versuchte Han, dessen Gehirn fieberhaft arbeitete, die Lage in den Griff zu bekommen. Diese Leute wußten genau, was sie taten; das Ganze war abgekartet gewesen. Zlarbs offene Bereitschaft, seine Waffe zu gebrauchen, war ein Beweis dafür, daß er und seine Komplicen um einen sehr hohen Einsatz spielten. Die Möglichkeit, um eine Bezahlung betrogen oder vielleicht sogar seines Schiffes beraubt zu werden, störte Han plötzlich weniger als der Gedanke, die Begegnung nicht zu überleben.

Die Masse der ›Falcon‹ wurde deutlicher sichtbar, als sie sich dem Schiff näherten.

»Keine schlauen Versuche, Solo«, warnte Zlarb. »Zucken Sie vor dem Wookie nicht mal mit der Nase, sonst sind Sie ein toter Mann.«

Han mußte einräumen, daß Zlarb vorausdachte, aber an alles hatte er nicht gedacht. Han und Chewbacca hatten ein Signalsystem für Abholungen und Lieferungen, bei dem Han gar nicht erkennen zu lassen brauchte, daß etwas nicht stimmte; es kam nur darauf an, daß er sich dem Schiff näherte und das geheime Zeichen unterließ, alles sei in Ordnung.

Über dem Stöhnen des Sturmes hörten sie das Heulen der Servomotoren. Die Vierer-Geschütze im Rumpfturm der ›Falcon‹ schwenkten, hoben sich und richteten sich auf sie.

Aber Zlarb war bereits hinter Han getreten, hatte die erbeutete Strahlerwaffe aus seinem Gürtel gezogen und hielt sie mit der Mündung an die Schläfe des Kapitäns. Sie konnten Chewbacca jetzt sehen. Er hatte das behaarte Gesicht an das Kabinendach gepreßt, blickte sorgenvoll herunter. Der linke Arm des Wookie war hinter ihm ausgestreckt und griff zur Konsole hinunter. Han wußte, daß die Finger seines Freundes nur Millimeter von den Geschütz-Auslösetasten entfernt waren. Er hätte am liebsten geschrien: Hau ab! Flieg weg!, aber Zlarb hatte das einkalkuliert.

»Kein Wort zu ihm, Solo! Kein Laut, sonst ist es aus mit Ihnen.«

Han zweifelte keinen Augenblick daran.

Zlarb winkte dem Wookie, aus dem Schiff herunterzukommen. Mit der Strahlermündung zeigte er an, was mit Han geschehen würde, wenn Chewbacca nicht gehorchen sollte. Han, mit der Miene seines zottigen Ersten Offiziers vertraut, las zuerst Unentschlossenheit, dann Resignation in dessen Gesicht. Dann verschwand der Wookie aus der Kanzel.

Han murmelte etwas, und Zlarb stieß ihn mit dem Strahler an.

»Geschenkt. Sie können froh sein, daß er aufgepaßt hat. Macht schön mit, dann überlebt ihr das alle beide.«

Zwei von Zlarbs Gehilfen waren herangekommen und in der Nähe ihres Chefs stehengeblieben. Der eine war ein Mensch, ein gedrungener, hartgesotten aussehender, häßlicher Kerl, der von irgendeiner von 100000 Welten stammen konnte; der andere ein Humanoid, ein riesiges, beleibtes Wesen, fast so groß wie Chewbacca, mit winzigen Augen unter vorspringenden Brauenknochen. Die Haut des Humanoiden war von glänzendem Braun, wie exotisches, poliertes Holz, und an seiner Stirn krümmten sich verkümmerte Hörner. Er schien weder Thermoanzug noch Kugelhelm zu brauchen.

Aber was der andere Mann, der gedrungene, mitgebracht hatte, überraschte Han am meisten. Er hatte am Handgelenk eine Steuerleine befestigt; am Ende der Leine befand sich ein Nashtah, eines der legendären Jagdtiere von Dra III. Die sechs kraftvollen Beine des Nashtah, jedes mit langen, gebogenen, diamantharten Krallen ausgestattet, bewegten sich ruhelos auf dem Eis. Das Tier stemmte sich gegen die Leine, mit gewölbter Zunge, den dampfenden Atem zwischen Dreifachreihen gezackter weißer Zähne hervorstoßend, den langen Stachelschwanz peitschend. Seine Muskeln, die sich anspannten und lockerten, wellten die grüne, glatte Haut.

Was im Namen des Profitmotiv-Systems machen die mit einem Nashtah? fragte sich Han. Die Wesen waren blutrünstig, unermüdlich, unmöglich abzuschütteln, sobald sie ihre Beute gewittert hatten, und sie gehörten zu den bösartigsten aller Angriffstiere. Das schien auf Wilderei hinzudeuten, aber weshalb sollte eine Bande von Wilderern sich solche Mühe machen? Han schätzte es nicht, Pelze oder Felle zu schmuggeln, und wenn er die Wahl gehabt hätte, wäre er dazu nicht zu bewegen gewesen. Das legte aber diese Art extremen Verhaltens von Zlarb nicht nahe; es gab Schmuggler genug, die den Auftrag übernommen hätten.

Chewbacca erschien oben an der Rampe. Der Nashtah stieß, als er ihn sah, einen durchdringenden Schrei aus und zerrte den Hundeführer mit, bis dieser die Fersen einstemmte und auf dem Griff der Steuerleine eine Taste drückte. Der Nashtah heulte angesichts des kleinen elektrischen Schlages, der sein Vorrücken für den Augenblick aufhielt, mißvergnügt auf. Chewbacca schaute ausdruckslos zu, den Bogenwerfer in der Hand, während er die Szene unter sich betrachtete.

Zlarb stieß Han vorwärts, knapp hinter ihm, und die beiden stiegen die Rampe hinauf. Als sie fast oben waren, sagte Zlarb zu Chewbacca: »Leg die Waffe hin. Sofort, und tritt zurück, sonst wird dein Freund hier gebraten.« Die Mündung des Strahlers rammte er Han zwischen die Schulterblätter.

Chewbacca erwog die beteiligten Faktoren, dann gehorchte er, weil er keine andere Möglichkeit sah, das Leben seines Freundes zu retten. Inzwischen bewertete Han seine Aussichten auf ein rasches Handeln. Er wußte, daß er die Chance haben mochte, Zlarb auszuschalten, aber die beiden anderen Bandenmitglieder hielten zu ihrem Anführer und hatten beide Handfeuerwaffen gezogen. Und dazu kam der Nashtah. Han zog es vor, seine verzweifeltste Wahlmöglichkeit vorerst zu verschieben.

Als sie oben ankamen, versetzte Zlarb Han einen harten Stoß und bückte sich, um Chewbaccas Bogenwerfer aufzuheben. Der Wookie fing seinen Freund auf, als Han stolperte, und verhinderte einen Sturz. Han nahm den Kugelhelm ab und warf ihn beiseite. Er schaute sich rasch um und sah, daß Bollux noch immer dort stand, wo er ihn allein gelassen hatte. Der Android schien am Boden verwurzelt zu sein, bewegungsunfähig vor Überraschung, während seine Schaltungen den verwirrenden Ansturm von Ereignissen zu verarbeiten versuchten.

Zlarbs Gehilfen waren hinter ihm mit dem Nashtah, dessen Krallen auf den Deckplatten scharrten, herangekommen. Wieder mußte die Bestie zurückgehalten werden, um zu verhindern, daß sie den Wookie ansprang, und Han fragte sich kurz, was Chewbacca an sich haben mochte, das eine solche Feindschaft in dem

Nashtah erweckte. Irgend etwas am Geruch seines Ersten Offiziers, oder vielleicht eine Ähnlichkeit mit einem der natürlichen Feinde der Bestie?

Zlarb wandte sich an den ungeschlachten Humanoiden, der Chewbacca beinahe ebenso feindselig beäugt hatte wie der Nashtah.

»Sag den anderen, sie sollen anfangen. Wir bereiten hier alles vor.« Dann wandte er sich Han zu. »Machen Sie den Frachtraum auf, wir fangen mit dem Verladen an.« Und schließlich zeigte er für den Tierführer, der den fauchenden Nashtah immer noch zurückhielt, auf den Wookie. »Wenn er sich bewegt, schieß ihn nieder.«

Sie machten sich nach achtern auf den Weg, wobei Zlarb wachsam Abstand von Han hielt, auf jede überraschende Reaktion des Piloten vorbereitet. Sie folgten der Biegung des Durchgangs und erreichten die Luke am Hauptfrachtraum der ›Falcon‹. Han drückte auf den Auslöser, und die Luke öffnete sich, um einen Raum von bescheidener Größe zu zeigen, der leer war, abgesehen von Luftschächten, Sicherheitseinrichtungen und der Heiz- und Kühl-Anlage. Ein Stapel Paneele und demontierter Tragpfosten lag bereit, um, wenn Bedarf bestand, als Regale oder Behälter aufgebaut zu werden. Stauholz und Füllmaterial waren neben Gurtrollen und Verankerungsgerät an der Seite aufgehäuft.

Zlarb schaute sich um und nickte zustimmend.

»Das geht sehr gut, Solo. Lassen Sie die Luke offen, wir gehen zurück zu den anderen.«

Von Zlarbs Leuten war noch einer erschienen und stand oben an der Rampe, ein Berstgewehr auf Chewbacca gerichtet. Der Nashtah-Führer hatte seine Bestie weiter nach hinten zur Kanzel gezerrt. Der große Humanoid war ebenfalls zurückgekommen und trug ein kleines Gerät auf dem Rücken. Zlarb zeigte darauf.

»Hast du deine Ausrüstung, Wadda?«

Wadda neigte den Kopf. Zlarb zeigte auf Bollux.

»Zuerst will ich, daß du einen Hemmbolzen in den Androiden jagst. Wir wollen nicht, daß er herumläuft; er könnte uns Schwierigkeiten machen.«

Bollux begann zu protestieren, aber Waffen richteten sich auf ihn. Wadda trat an ihn heran, ihn hoch überragend, und nahm das unheilvolle Gerät von der Schulter. Die roten Photorezeptoren des Droiden drehten sich flehend Han zu.

»Kapitän Solo, was soll ich –«

»Stillhalten«, befahl Han, der Bollux nicht zerstört sehen wollte und wußte, daß Zlarbs Leute genau das tun würden, wenn der Android Widerstand leisten sollte. »Es ist ja nur für eine Weile.«

Bollux sah von Han zu Chewbacca, dann zu Wadda und wieder zu Han. Wadda trat vor und legte einen Hemmbolzen in den Handapparat. Der große Humanoid drückte den Apparat auf Bollux' Brustkorb, und der Roboter gab einen ganz kurzen Pieplaut von sich. Rauch stieg auf, als der Bolzen mit der Metallhaut verschmolz. Gerade als Bollux zu schlurfen begann und seine klirrenden Beine bewegte, als könne ihm eine neue Haltung von Vorteil sein, wurden seine Photorezeptoren dunkel, da der Hemmbolzen seine Steuermatrizen lahmlegte.

Überzeugt davon, daß die ›Falcon‹ nun sein war, begann Zlarb Befehle zu erteilen.

»An die Arbeit!«

Han wurde zu Chewbacca geschickt. Der Nashtah-Führer und der Mann mit dem Berstgewehr behielten die beiden im Auge, während Wadda die Rampe hinuntereilte, die unter seinem großen Gewicht erzitterte.

»Zlarb«, sagte Han, »glauben Sie nicht, es wäre an der Zeit, daß Sie uns erzählen, was gar so –«

Er wurde vom Schwanken der Rampe und dem Geräusch vieler leichter Schritte abgelenkt. Einen Augenblick danach begriff er genau, was ihm zugestoßen war und in welch gefährliche Lage er und Chewbacca sich begeben hatten.

Eine Kolonne kleiner Gestalten marschierte an Bord, mit vor Erschöpfung und Verzweiflung gesenkten Köpfen. Das waren unübersehbar Bewohner von Lur. Der größte von ihnen reichte Han kaum bis an die Hüfte. Sie waren aufrecht gehende Zweibeiner, bedeckt von dünnem, weißem Pelz; die Füße waren geschützt von dicken Platten schwielenartigen Gewebes. Ihre Augen waren groß und neigten zu grüner und blauer Färbung; sie starrten in dumpfem Erstaunen auf das Innere der ›Falcon‹.

Jeder Hals war umschlossen von einem Metallring, die Ringe waren miteinander verbunden durch ein dünnes schwarzes Kabel – eine Sklavenleine.

Chewbacca stieß ein Wutgebrüll aus und beachtete den Antwortschrei des Nashtah nicht. Han funkelte Zlarb an, der die Verladung der Sklaven überwachte. Einer der Leute Zlarbs hatte ein Leitgerät in der Hand, dessen Schaltung mit den Ringen verbunden war. Das Leitgerät, längst verboten, wirkte unfertig und selbstgemacht.

Jeder Widerstand der Gefangenen würde ihnen unerträgliche Qualen einbringen.

Han hielt Zlarbs Blick mit seinen Augen fest.

»Nicht in meinem Schiff!« erklärte er nachdrücklich.

Aber Zlarb lachte nur.

»Sie sind doch wohl kaum in der Lage, etwas einzuwenden, Solo, was?«

»Nicht in meinem Schiff!« wiederholte Han störrisch. »Keine Sklaven! Nie und nimmer!«

Zlarb richtete Solos eigenen Strahler auf ihn und visierte ihn an.

»Denken Sie noch einmal nach, Pilot. Wenn Sie mir irgendwelche Schwierigkeiten machen, handeln Sie sich auch ein Halsband ein. Sie und der Wookie gehen jetzt nach vorn und bereiten den Start vor.«

Eine zweite Reihe von Sklaven wurde an Bord geführt und nach achtern zum Frachtraum gebracht. Han starrte Zlarb einen Augenblick finster an, dann wandte er sich dem Cockpit zu. Chewbacca zögerte, bleckte vor den Sklavenhändlern sein Gebiß und folgte seinem Freund.

Han ließ sich widerstrebend im Pilotensessel nieder, während Chewbacca auf dem Kopilotensitz Platz nahm. Zlarb stand hinter ihnen und verfolgte wachsam jede Bewegung. Er mißtraute den beiden natürlich, wußte aber, daß sie aus der ›Falcon‹ eine höhere Geschwindigkeit und bessere Leistung herausholen konnten als er oder irgendeiner seiner Leute. Und das mochte im gefahrvollen Geschäft des Sklavenschmuggels sehr wohl das Überleben bedeuten.

»Solo, ich möchte, daß Sie und Ihr Partner hier vernünftig sind. Wenn Sie uns zu unserem Übergabeort bringen, wird für Sie beide gesorgt. Aber wenn wir angehalten und geentert werden, bedeutet dies das Todesurteil für uns alle, Sie eingeschlossen.«

»Wohin fliegen wir?« fragte Han gepreßt.

»Das sage ich Ihnen, wenn es soweit ist. Vorerst machen Sie nur das Schiff startklar.«

Han brachte den Antrieb der ›Falcon‹ auf volle Leistung, wärmte die Abschirmungen an und bereitete das Abheben vor.

»Was bekommen Sie bezahlt? Nicht einmal *ich* kann mir soviel Geld vorstellen, daß es mich zum Sklavenhandel treiben würde.«

Zlarb lachte verächtlich in sich hinein.

»Man hat mir erzählt, Sie wären ein harter Bursche, Solo. Wie ich sehe, ist das falsch. Die kleinen Schönheiten da hinten sind pro Stück auf dem Unsichtbaren Markt vier-, fünf-, vielleicht sogar sechstausend wert. Sie sind von Natur aus Experten für genetische Manipulierung und sehr gefragt, mein Freund. Nicht jeder ist glücklich mit den strengen Einschränkungen, die nach den Klon-Kriegen vorgeschrieben wurden. Diese Wesen scheinen aber zu sehr an ihrer eigenen Welt zu hängen und wollten für nichts eine Arbeitsverpflichtung unterschreiben. Aus diesem Grund haben meine Mitarbeiter und ich einen Haufen zusammengetrieben. Ein paar sind krank oder verletzt, aber mindestens fünfzig können wir liefern. Ich verdiene bei dem Flug so viel, daß ich lange Zeit glücklich und faul leben kann.«

Arbeitsverpflichtung. Das klang danach, als sei die Gemeinsame Sektorleitung beteiligt. Aber obwohl es vorgekommen war, daß die Sektorleitung zu Vertragsschwindel und vorgetäuschter Rekrutierung gegriffen hatte, fiel es Han schwer, daran zu glauben, daß sie so kühn sein sollte, offen Sklaverei zu betreiben und insbesondere einen Planeten außerhalb der eigenen Grenzen zu überfallen. Das war etwas, das zu übersehen sich nicht einmal das Imperium leisten konnte.

»Ihre Konsole macht mir einen guten Eindruck, Solo«, meinte Zlarb, als er den Blick über die Steuerung gleiten ließ. »Heben Sie ab.«

Als Han, Chewbacca und die Sklavenhändler den Durchgang verließen, blieb Bollux genau dort stehen, wo er am Beginn der Rampe abgeschaltet worden war. Der Hemmbolzen hatte alle seine Steuerzentren gehemmt und ihn gelähmt.

Aber im Brustkorb des Arbeitsdroiden überdachte Blue Max, durch seine eigene unabhängige Energieversorgung immer noch funktionsfähig, seine Lage. Obwohl der kleinen Computersonde klar war, daß der Notfall für die gesamte Besatzung der ›Falcon‹ eine Katastrophe bedeuten mochte, konnte sie wenig erkennen, was sie zu tun vermochte, um die Situation zu ändern. Blue Max besaß keine eigene Bewegungsfähigkeit und enthielt, abgesehen von seinem Sprachverschlüssler und verschiedenen Computer-Anzapf-Adaptern, keine Kommunikationsanlagen. Überdies war die Energiequelle von Max im Vergleich mit der von Bollux winzig, und er konnte den Körper des Arbeitsdroiden unter keinen Umständen weit oder schnell genug bewegen, um etwas zu erreichen, bevor er sich erschöpfte.

Blue Max wünschte sich, mit seinem Freund wenigstens reden zu können, aber die Sperre des Hemmbolzens erstreckte sich auch auf alle Gehirnfunktionen des Androiden. Der Computer, der von Bollux' Wirtskörper nur selten getrennt gewesen war, fühlte sich sehr einsam.

Dann fiel ihm der kurze Pieplaut ein, den Bollux kurz vor seiner Lähmung ausgestoßen hatte. Max ließ das Geräusch zurücklaufen, um ein Vielfaches verlangsamt, und stellte fest, daß es sich, wie er vermutet hatte, um einen Kaskadenimpuls gehandelt hatte. Er war verstümmelt; Bollux hatte in jenem Augenblick eine ganze Reihe von Dingen bewältigen müssen. Aber auf die Dauer fand Max Sinn darin und sah, was der Arbeitsdroid beabsichtigt hatte.

Blue Max schloß sich sorgfältig an einige der Motorschaltungen von Bollux an, bereit, sich sofort zurückzuziehen und zu sperren, sollte die Wirkung des Bolzens die Gefahr heraufbeschwören, ihn zu beeinträchtigen.

Aber das war nicht der Fall. Der Hemmbolzen wirkte gegen Bollux' Befehls- und Steuerzentren, nicht auf seine Schaltungen und Servomotoren selbst. Max wußte, daß er trotzdem eine sehr schwere Aufgabe vor sich hatte, eine, die unlösbar gewesen wäre, hätte Bollux nicht im letzten Augenblick vor der Lähmung den Stand der Beine verändert.

Dem Computer fehlte die Energie, dem Körper von Bollux mehr als ein paar Schritte aufzuzwingen, aber er besaß genug davon, um eine einzelne Servoanlage zu beeinflussen. Obwohl ihn das gefährlich schwächte, schickte Max die ganze Energie, die er aufzubringen vermochte, in das linke Kniegelenk seines Begleiters. Das Knie beugte sich, und der Körper des Arbeitsdroiden kippte. Max, der verzweifelt versuchte, die fremdartigen Hebelverhältnisse und Winkel zu beurteilen, unterbrach für einen Augenblick und zielte mit seinen Bemühungen neu auf den zentralen Verwindungs-Schaltplan in Bollux' Mittelteil, um ihn ein wenig nach links zu drehen. Das beanspruchte von seiner geringen Energie so viel, daß er eine Pause einlegen mußte, damit seine Reserven sich wieder aufstocken konnten.

Er schaltete alle nicht unbedingt erforderlichen Teile von ihm selbst ab, um die benötigte Energie zu horten, dann wandte er sich erneut dem Kniegelenk zu, als das Brüllen der aufgewärmten ›Falcon‹-Motoren die Deckplatten rattern ließ und den Durchgang mit hohem Brummen erfüllte.

Das Gleichgewicht des Androiden überschritt die kritische Grenze; er wankte, dann kippte er nach links und prallte mit lautem Krachen auf. Bollux' Körper lag schließlich auf der linken Seite und dem linken Arm, durch den rechten Fuß, der das Deck ebenfalls berührte, gerade noch stabil gehalten.

Max stellte fest, daß er, mit dem Körper in dieser Lage, nicht beide Brustplatten öffnen konnte, aber darauf kam es kaum an, weil ihm ohnehin die Energie dazu fehlte. Selbst so mußte er die Arbeit, die rechte Klappe nach außen zu drücken, zweimal unterbrechen und warten, bis seine Reserven sich aufgestockt hatten, um dann Energie in den Klappenservomotor zu pumpen. Er hörte auf, als die rechte Klappe so weit offen war, daß er sein Ziel sehen konnte.

Der letzte Schritt war der schwerste. Max schob einen Adapter zu den freigelegten Flüssigkeitssystemen, an denen er und Bollux vor der Landung auf dem Planeten gearbeitet hatten. Die Fluidelemente waren mit Normalkupplungen ausgestattet, aber es blieb doch das Problem, eine Verbindung mit ihnen herzustellen. Max streckte seinen stabartigen Adapterarm hinaus, so weit er konnte, und sah sein Ziel knapp außer Reichweite. Die Kupplung lag hinter und unter seinem Adapter. In seiner Verzweiflung versuchte Max seinen Adapterarm noch weiter hinauszuschieben und beschädigte sich beinahe selbst. Erreichen konnte er nichts.

Der Computer sah ein, daß ihm nur eine einzige Chance blieb. Daß diese das Risiko persönlichen Schadens für ihn barg, ließ ihn keinen Augenblick zögern. Er verlagerte die Energie wieder auf Bollux' Mittelstück und drehte erneut die Verwindungseinrichtung mit einer höchsten Anstrengung, die beinahe zu einer Überladung führte. Der Körper des Arbeitsdroiden drehte sich langsam und wälzte sich auf die andere Seite.

Aber im letzten Augenblick brachte die Drehung den Adapter von Max nah genug an die Strömungskupplung heran. Er stellte den Anschluß mit den Systemen her und hatte die nötige Zeit, um einen einzigen Befehl auszusenden. Dann verbog die herabsinkende Last des Rumpfes seinen zerbrechlichen Adapterarm, unterbrach den Anschluß und jagte mit einer Computerentsprechung heftigster Schmerzen Rückkopplungsstörungen in Blue Max hinein.

Während Max seinen einsamen Kampf ausfocht, starrte Han auf seine Steuerung. Er schwitzte und hatte den Thermoanzug vorn geöffnet. Er ließ sich die Frage durch den Kopf gehen, ob er weiter zusehen oder jetzt versuchen sollte, Zlarb zu überwinden.

Zlarb beobachtete die Steuerkonsole.

»Ich habe gesagt, Sie sollen fliegen, Solo. Heben Sie ab.« Er schwenkte noch immer den Strahler des Piloten, um seinem Befehl Nachdruck zu verleihen, als ihm ein Schwall von dickem, weißem Schaum voll ins Gesicht spritzte.

Düsen in der Kanzel und in der ganzen ›Millennium Falcon‹ hatten angefangen, Antibrand-Gas und Löschschaum zu spukken, als Maxens knapper Befehl die automatische Brandbekämpfungsanlagen des Schiffes auslöste. Unter dem Vorrangeingriff der Computersonde verhielt das System sich so, als stünde das ganze Schiff in Flammen.

Han und Chewbacca, die nicht recht wußten, wie ihnen geschah, fackelten nicht lange, sondern packten statt dessen die unerwartete Gelegenheit beim Schopf. Der Wookie schlug mit einer Riesentatze zu und hieb Zlarb mit einer Rückhand an den Navigatorensessel unmittelbar hinter Han. Zlarb, der geblendet war, feuerte ziellos. Der Strahler riß ein gezacktes Loch in das Kanzeldach, dessen Ränder von geschmolzenem Transparentstahl troffen.

In diesem Augenblick warf Han sich auf den Sklavenhändler, sofort gefolgt von seinem Ersten Offizier. Zlarb wurde behämmert, geschüttelt, mit Knien gerammt, gebissen und mit dem Kopf voran in den Navi-Computer geknallt, bevor er einen zweiten Schuß abgeben konnte.

Die Kanzel stand bereits knöcheltief im Schaum, und das hinaufrauchende Antibrand-Gas machte es beinahe unmöglich, irgend etwas zu sehen. Der Lärm von Sirenen und Warnhupen war ohrenbetäubend. Nichtsdestoweniger hatte sich die Stimmung der beiden Partner beträchtlich gehoben. Han hob seinen Strahler auf, legte die Hand an den Mund und brüllte Chewbacca ins Ohr: »Ich weiß zwar nicht, was vorgeht, aber wir müssen über sie herfallen, bevor sie zu sich kommen. Ich habe sechs gezählt, richtig?«

Der Wookie bestätigte das, Han lief als erster aus dem Cockpit, so schnell er konnte, und die beiden rutschten und glitten im anschwellenden Schaum dahin.

Han hetzte hinaus in den Hauptgang. Zum Glück schaute er zuerst nach rechts, zum vorderen Abteil. Dort stand einer der Sklavenhändler mit aufgerissenem Mund und gaffte die rülpsende Brandbekämpfungsanlage an. Er bemerkte Han und wollte mit seinem Berstgewehr herumfahren, aber Han Solos Laserstrahl traf ihn hoch oben an der Brust und schleuderte ihn rückwärts durch die Luft, wobei er die Waffe fallen ließ.

Han hörte ein fürchterliches Knurren und fuhr herum. Der

Tierführer tauchte aus der anderen Richtung auf und ließ den Nashtah frei, der Han mit solcher Schnelligkeit ansprang, daß dieser nur einen Wischer sah. Bevor er auch nur einen Schuß abgeben konnte, prallte die Bestie mit ihm zusammen, so daß er hilflos auf die Quadrate der Sicherheitspolsterung geschleudert wurde, von der die Kanzelluke umgeben war. Schulter und ein Unterarm wurden ihm von den Klauen der Bestie in parallel verlaufenden Furchen aufgerissen.

Aber der Nashtah konnte sein Werk nicht vollenden. Statt dessen wurde er mitten in der Luft gepackt, festgehalten und an ein Schott geworfen. Chewbacca, der den Nashtah weggeschleudert und dabei den Halt verloren hatte, rappelte sich wieder auf. Han riß die Waffe hoch, wagte aber nicht zu schießen, weil der Sturz ihn durchgeschüttelt hatte. In diesem Augenblick sprang der Nashtah mit einem zornigen Schwanzschlag und grauenhaftem Kreischen den Wookie an und trieb ihn zurück in den Cockpit-Durchgang.

Es gelang Chewbacca auf irgendeine Weise, auf den Füßen zu bleiben. Er setzte seine verblüffende Kraft in vollem Maße ein, steckte die Wucht des Anpralls durch den Nashtah ein, schloß die behaarten Hände um seine Kehle, zog die Schultern hoch und arbeitete mit Beinen und Unterarmen, um die Krallen abzuwehren.

Der Nasthah kreischte wieder, und der Wookie brüllte noch lauter. Chewbacca hob das Raubtier vom Deck hoch und schmetterte es links an das Schott, rechts und wieder links, alles in kaum einer Sekunde. Der Nashtah, dessen Kopf nun in sehr sonderbarem Winkel herabhing, erschlaffte in seinen Händen. Chewbacca ließ ihn aufs Deck fallen.

Der Führer des Tieres stieß einen Wutschrei aus, als er den regungslosen Kadaver seines Schützlings sah. Er riß die Pistole hoch, aber Han war mit seinem Strahler schneller. Der Mann taumelte, versuchte erneut die Waffe zu heben, und Han feuerte ein zweitesmal. Der Tierführer stürzte vornüber zu Boden, nicht weit von dem toten Nashtah entfernt.

Han packte Chewbaccas Ellenbogen, zeigte zum Hauptfrachtraum und machte sich auf den Weg nach achtern. Sie fanden Bollux' reglose Masse, wo Blue Max sie hatte hinstürzen lassen, und es war ersichtlich, was die beiden Automaten getan hatten. Um den Körper des Androiden war Schaum herangequollen und begann durch die offene Brustklappe einzudringen.

Chewbacca gab ein knirschendes Fauchen von sich, das die Einfallskraft der beiden anerkannte.

»Da sekundiere ich. Die haben allerhand Mumm«, bestätigte Han. Er hatte den Androiden an der Schulter ergriffen. »Hilf mir, ihn aufzusetzen, damit der Schaum ihnen nichts anhaben kann.«

Es blieb keine Zeit zu etwas anderem. Sie lehnten den Androidenkörper an das Schott, wo er vorübergehend sicher war, und hasteten weiter. Sie waren in höchstem Tempo unterwegs, als hinter der Biegung des Ganges aus der anderen Richtung der Riesenhumanoid auftauchte, eine kurzläufige Flinte in der Hand.

Han unternahm einen ungelenken Versuch, Deckung zu suchen, und riß gleichzeitig den Strahler hoch. Da der Boden vom Schaum glitschig war, verlor er aber den Stand und fiel hin. Chewbacca dagegen paßte sich den ungewöhnlichen Umständen rasch an. Ohne langsamer zu werden, warf er sich, mit den Füßen voraus auf den Deckplatten dahinrutschend, nach vorn und zog eine Bugwelle durch den dahinwirbelnden Schaum hinter sich, während sein gellender Begeisterungsschrei das Zischen der Gaswerfer und der Alarmanlagen übertönte.

Der Sklavenhändler zielte abwechselnd auf Han und den Wookie, aber Chewbacca war zu schnell; ein Schuß miaute hinaus, ein Fehlschuß, der über das Deck prasselte und den Schaum verdampfen ließ. Der Wookie rammte den Humanoiden mit seinen übergroßen Füßen, und der Humanoid prallte mit erstaunlicher Plötzlichkeit in einen Schaumhügel, wo ihm Chewbacca sofort Gesellschaft leistete. Der Schaumberg bebte und schwankte, und Strähnen und Klumpen flogen durch die Luft, während Fauchen und Brüllen und Klatschen aus dem Schaum drang.

Han war wieder auf den Beinen und stürmte weiter, von dem Antibrand-Gas ein wenig schwindlig. Er wußte immer noch nicht genau, was zu tun war, als er auf die beiden letzten Sklavenhändler traf, jene mit den Halsring-Geräten. Wenn er zögerte, mochten sie auf die Tötungstasten drücken und alle Gefangenen am Kabel ums Leben bringen. Er rüstete sich, genau zu zielen, und das ohne jede Verzögerung.

Aber die Verantwortung lag nicht bei ihm. Im großen Frachtraum herrschte das Chaos. Die beiden übriggebliebenen Sklavenhändler wankten unter Schwärmen wahllos zuschlagender Gefangener. Sämtliche Wesen vollführten qualgetriebene, zuckende Bewegungen und kämpften gleichzeitig gegen ihre Gegner und die Impulse unerträglicher Schmerzen, die ihre Ringe ihnen zufügten. Viele lagen auf dem Deck, unfähig, die Auswirkungen der Strafe zu überwinden und sich mit in den Kampf zu stürzen.

Aber jene, die ihre Mißhandlung meisterten, führten die Auseinandersetzung gut. Während Han zusah, rissen sie die Sklavenhändler zu Boden, entwanden ihnen Waffen und Leitgeräte und traktierten sie mit Schlägen. Anscheinend wußten die Wesen genug von den Leitgeräten, um sie abschalten zu können. Sämtliche Sklaven sanken erleichtert zusammen, als ihre Marter aufhörte.

Han trat vorsichtig in den Frachtraum. Er hoffte, daß seine unwilligen Passagiere die Lage gut genug begriffen, um zu wissen, daß er nicht ihr Feind war, ermahnte sich aber, lieber charmant zu sein, bis sie Gewißheit hatten.

Eines der Wesen, dessen dichter weißer Pelz vom Kampf zerzaust und zerrupft war, studierte das Leitgerät. Es drückte mit Entschiedenheit auf eine Taste, und alle Halsringe an diesem einen Kabel sprangen auf. Das Wesen warf den Leitkasten verächtlich beiseite, und einer seiner Begleiter gab ihm ein erbeutetes Berstgewehr. Die Waffe wirkte in den kleinen, gelenkigen Händen groß und plump.

Han streckte seinen Strahler langsam ins Halfter und hob die leeren, nach außen gedrehten Hände, damit alle sie sehen konnten.

»Ich wollte das auch nicht«, sagte er in ruhigem Ton, obwohl er bezweifelte, daß sie über eine gemeinsame Sprache verfügten. »Ich hatte damit nicht mehr zu tun als ihr.«

Die Berstwaffe drehte sich langsam . Han disputierte mit sich selbst, wie klug es sei, nach seiner Pistole zu greifen, zweifelte aber an seiner Fähigkeit, das Wesen niederschießen zu können. Er beschloß, weiter Vernunft zu predigen, aber seine Nackenhaut bemühte sich, in seine Kopfhaut hinaufzukriechen.

»Hört zu, ihr seid frei und könnt gehen. Ich werde euch nicht aufhalten –«

Er sprang zu Seite, als das Berstgewehr zu ihm heraufgeschwungen wurde. Es bedurfte einer eisernen, bewußten Anstrengung, nicht zu ziehen. Er hörte das Heulen der abgefeuerten Berstwaffe. Und ganz unerwartet vernahm er ein leises Klappern und ein Ächzen hinter sich.

Eingerahmt von der Lukenöffnung, verständnislos auf die große Wunde in seiner Brust blickend, stand Zlarb. Vor seinen Füßen lag die kleine Handflächenpistole. Er sank an den Lukenrand und glitt langsam auf den Boden hinab. Das Wesen hatte das Berstgewehr wieder sinken lassen. Han ging zu Zlarb und kniete vor ihm nieder.

Der Sklavenhändler atmete mit zusammengebissenen Zähnen stockend, die Augen fest geschlossen. Er öffnete sie nun und sah Han an, der ihm hatte sagen wollen, er solle seine Kräfte sparen, aber erkannte, daß es nicht mehr darauf ankam. Vielleicht wäre der Sklavenhändler in einem Medicenter mit allen Einrichtungen zu retten gewesen, aber bei den beschränkten Mitteln der Medipacks in der ›Falcon‹ war Zlarb so gut wie verloren.

Han wich dem Blick des Sklavenhändlers nicht aus.

»Die waren nicht ganz so demütig, wie Sie dachten, Zlarb, wie?« fragte er leise. »Nur sehr, sehr geduldig.«

Zlarbs Lider begannen wieder zu zucken und sich zu schließen. Er konnte nur sagen: »Solo…« Er legte in den Namen mehr an Haß, als Han für möglich gehalten hätte.

»Und wie ist Zlarb an dir vorbeigekommen? Er hätte mich beinahe erledigt, du Riesenschnecke!«

Chewbacca kollerte eine wütende Antwort, als Han diese empörte Frage stellte, und zeigte dorthin, wo der stämmige humanoide Sklavenhändler, mit dem der Wookie zusammengeprallt war, zerschlagen und gefesselt an der Hauptrampe lag.

»Na und?« sagte Han mit betontem Sarkasmus, den er genoß. Er kniete neben Bollux und preßte den Napf eines Abziehers

45

über den Hemmbolzen. »Früher hast du von seiner Sorte drei vor dem Frühstück verspeist. Was ich *nicht* brauche, ist ein Erster Offizier, der mir vergreist.«

Chewbacca bellte so laut, daß Han sich unwillkürlich duckte. Die Lebensspanne eines Wookie ist länger als die eines Menschen – das Alter war zwischen ihnen ständiger Anlaß zu Frotzeleien.

»Das sagst *du?*«

Han drückte mit dem Daumen auf den Schalter des Abziehers. Es gab einen kleinen Knall, und am Sockel des Bolzens zuckte eine bläuliche Entladung hoch.

Die roten Photosensoren von Bollux leuchteten auf.

»Aber, Kapitän Solo! Vielen Dank, Sir. Heißt das, daß die Krise überwunden ist?«

»Alles, bis auf das Saubermachen. Ich habe die Auslässe der Feuerlöschanlagen abgeschaltet, doch das Schiff sieht aus wie eine Konditorei nach der Explosion. Wenn man will, kann man von hier bis zum Cockpit Schlittschuh fahren. Das war ein guter Einfall, den du und Maxie –«

»Blue Max!« unterbrach Bollux, bei ihm eine Seltenheit. »Sir, er ist nicht in Verbindung. Ich glaube, er ist beschädigt worden.«

»Das wissen wir. Sein Adapterarm ist verbogen, und er hat durch den Kurzschluß Kriechstromverluste erlitten. Chewie meint aber, er könnte ihn mit Teilen, die wir an Bord haben, wieder herrichten. Laß Max zunächst ruhig mal sein. Kannst du aufstehen?«

Der Arbeitsdroid beantwortete das, indem er aufstand und die Brustplatte über dem Computermodul schützend zuklappte.

»Blue Max ist erstaunlich findig, glauben Sie nicht, Kapitän?«

»Darauf kannst du deine Anoden verwetten. Wenn er Finger hätte, würden wir anfangen müssen, das Besteck wegzusperren. Das kannst du ihm später von mir sagen, aber laß es vorerst einmal langsam angehen.« Han stand auf und winkte Chewbacca; die beiden gingen wieder nach hinten zum Frachtraum.

Die vormaligen Gefangenen hatten die Leichen ihrer Toten, jener, die der grausigen Qual der Sklaven-Halsringe nicht gewachsen gewesen waren, aufgebahrt. Sie bauten aus dem im Frachtraum gefundenen Material, das Han ihnen angeboten hatte, Bahren, um ihre Genossen nach Hause zu tragen.

Han blieb vor dem toten Zlarb stehen. Bei der vorherigen Durchsuchung des Mannes war ihm der harte, rechteckige Umriß eines Brusttaschen-Tresors unter seinem Thermoanzug aufgefallen. Han hatte ein paar solche Tresore schon früher gesehen und wußte, daß er damit vorsichtig umgehen mußte.

Er ließ sich mit einem der Medipacks der ›Falcon‹ nieder, zog Litzenlampe und Vibroskalpell heraus und begann den zähen Stoff des Thermoanzugs aufzuschneiden. Inzwischen fing Chewbacca damit an, mit Spülbirne und Synthofleisch-Spender seine eigenen Wunden zu behandeln. Mehr durch Glück als Verstand hatte keiner der beiden tiefe Wunden von den Nashtah-Krallen davongetragen.

Han hatte den Kleintresor rasch freigelegt. Dieser war an der Tasche mit einer schmalen Klammer verankert und durch einen dünnen Draht mit ihr verbunden. Han tastete vorsichtig nach der Sicherung und fand sie, einen kleinen Knopf, am unteren Rand des Behälters verborgen. Er drückte darauf und löste die Sicherungsschaltung. Dann begann er mit der anderen Hand die Klammer aus dem Taschenfutter zu ziehen. Der Versuch, den Tresor auf irgendeine andere Weise zu entfernen, hätte einen Neurolähmungs-Schlag ausgelöst. Ein gefühlloser Arm wäre das Geringste gewesen, womit er zu rechnen gehabt hätte, je nach Einstellung des Kleintresors. Manche Tresore waren darauf eingerichtet, tödliche Schläge zu versetzen.

Han justierte die Klammer neu, wodurch der Tresor harmlos wurde. Ein halbvergessenes Lied vor sich hinsummend, machte Han sich mit Feininstrumenten, die er aus dem kleinen, aber vollständigen Werkzeugschrank des Schiffes geholt hatte, an die Arbeit. Das Schloß selbst war ein ziemlich gebräuchliches Modell; die Hauptabwehr oblag dem Neuroschock. Han hatte den Behälter nach verhältnismäßig kurzer Zeit offen.

Und zischte ein paar knisternde correlanische Flüche. Da war kein Geld.

Alles, was der Tresor enthielt, waren eine Datenplakette, ein Mitteilungsband und ein kleines Etui, das sich als Malkiten-Giftmischerausrüstung erwies. Daß Zlarb die Giftmischerkunst der

Malkiten betrieben hatte, bestärkte Han in der Überzeugung, daß das All das Hinscheiden des Mannes nicht betrauern würde. Es trug aber wenig dazu bei, seine Enttäuschung oder seine finanzielle Lage zu lindern.

Er warf den Kleintresor beseite und funkelte die beiden überlebenden Sklavenhändler an. Sie begannen sichtlich zu zittern.

»Eine Chance habt ihr«, sagte er ruhig. »Jemand schuldet mir Geld. Für diesen Flug stehen mir zehntausend Krediteinheiten zu, und die will ich haben. Mir nicht mitzuteilen, wo ich sie bekommen kann, wäre mit das Dümmste, was ihr je in eurem Leben getan habt, und praktisch das letzte.«

»Wir wissen nichts, Solo, das können wir beschwören«, antwortete einer der beiden. »Zlarb hat uns angeworben und alles selbst gemacht, auch das mit den Verbindungsleuten und dem Geld. Wir haben nie jemand anderen gesehen, das ist die Wahrheit.«

Sein Kamerad bestätigte das eifrig.

Die Ex-Sklaven hatten ihre Vorbereitungen beendet und waren abmarschbereit. Han ging dorthin, wo die abgelegten Ringe und Leitgeräte lagen.

»Das ist wirklich gemeines Pech für euch«, erklärte er den Sklavenhändlern und befestigte bei jedem am Hals einen der Ringe, ohne ihre Proteste zu beachten. Er reichte das Leitgerät an den Anführer der vormaligen Sklaven weiter und zeigte auf die Leichen.

Das Wesen begriff und tätschelte den Steuerkasten. Die Sklavenhändler würden für die Toten mit ihrer eigenen Knechtschaft bezahlen. Wie lange sie eine Strafe verbüßen würden, hing ganz von ihren ehemaligen Gefangenen ab. Han hätte diese Frage nicht noch gleichgültiger sein können.

»Nehmt euren toten Chef mit!« befahl er den beiden. Sie sahen einander an. Der Finger des Wesens schwebte über den Steuerelementen für ihre Halsringe. Sie beeilten sich zu gehorchen und stemmten den verstorbenen Zlarb in die Höhe.

Chewbacca ging voran, als die Ex-Sklaven ihre Toten aus dem Frachtraum trugen.

»Vergiß nicht, die anderen Opfer zu beseitigen!« rief Han seinem Freund zu. »Und leg dem anderen Sklavenhändler für sie einen Ring an! Dann brauche ich ein Lesegerät!«

Obwohl er erschöpft war, machte er sich entschlossen an die Aufgabe, seine Wunden mit einer neuen Spülbirne zu säubern, während er düsteren Gedanken darüber nachhing, wie wenig Geld ihm und Chewbacca geblieben war und ob ihr gemeines Pech irgendwann einmal wieder aufhören würde. Dann fiel ihm ein, daß Zlarb ihn ohne jeden Zweifel umgebracht hätte, und Chewbacca dazu, wenn Blue Max und Bollux die Situation nicht gewendet hätten. So waren er und der Wookie am Leben und in Freiheit, und mit ein wenig Aufräumungsarbeiten würden sie ihr Sternenschiff sehr bald wieder in Schuß haben. Bis Chewbacca zurückkam, legte Han Synthogewebe auf seine Wunden und pfiff vor sich hin.

Der Wookie brachte ein tragbares Lesegerät. Han schob das Medipack weg und die Datenplakette in das Lesegerät. Sein Kopilot beugte sich über seine Schulter, und gemeinsam zerbrachen sie sich den Kopf über das, was sie sahen.

»Zeit-Koordinaten, Indexzahlen von Planeten«, murmelte Han. »Schiffsregister-Schlüsselzahlen und Kennzeichen von Reedereimaklern. Das meiste für einen Planeten Ammuud.«

Chewbacca knurrte verwirrt.

Han verfluchte Zlarb von neuem. Er zog die Plakette heraus und schob das Mitteilungsband in den anderen Schlitz des Geräts. Auf dem Bildschirm tauchte das Gesicht eines jungen, schwarzhaarigen Mannes auf. Die Nahaufnahme verriet Han nichts über Umgebung, Aufenthalt, nicht einmal über die Kleidung, die er trug.

Der Mann im Lesegerät begann zu sprechen.

»Die von Ihnen vorgeschlagenen Maßnahmen gegen die Mor Glayyd auf Ammuud werden ergriffen. Nach der Lieferung Ihrer derzeitigen Sendung wird die Bezahlung auf Bonadan erfolgen. Finden Sie sich zu diesen Koordinaten an Tisch 131 in der großen Fahrgasthalle, Raumflughafen Bonadan-Südost II ein.« Auf dem Schirm erschienen kurz Standardzeit-Koordinaten, dann wurde er leer.

Han brach in Gelächter aus und warf das Lesegerät in die Luft.

49

»Wenn wir aufdrehen, können wir noch rechtzeitig dort sein. Flicken wir das Kanzeldach; wir können im Sprungflug saubermachen und uns um Bollux und Max kümmern.« Er küßte das Lesegerät, und der Wookie kreischte, die Schnauze zusammengezogen, die Zunge eingerollt, das Gebiß gebleckt. Es war Zeit, nach den fälligen Zahlungen zu sehen.

III

Han Solo war gezwungen, die Stimme zu erheben, um den Knalleffekt zu setzen. Ein gigantischer Erzfrachter landete mit solchem Gedröhn ungeschlachter Motoren, daß sie, obwohl er in der Mitte des riesigen Raumflughafens niederging, in den vollen Gläsern der Passagiere im Abfertigungsgebäude kleine Kräuselungen erzeugten.

Die große Fahrgasthalle des Bonadan-Raumflughafens Südost II war von kolossalen Ausmaßen und zusätzlich zum unaufhörlichen Brummen landender und startender Raumschiffe von den Gesprächen Tausender menschlicher und nicht-menschlicher Gäste erfüllt, die das Lautdämpfungssystem überforderten. Die durchsichtige Kuppel des Gebäudes zeigte einen Himmel, an dem es von Raumschiffen aller Art wimmelte, deren Flüge vom fortschrittlichsten Leitsystem gelenkt wurden, das zur Verfügung stand. Planeten- und Solarsystem-Fähren, Passagier-Linienschiffe, die ungeheuren Frachter mit Nahrungsmitteln und Rohstoffen, Schiffe der Sektorleitungs-Polizei und Massenfrachter, die Bonadans Fertigprodukte davontrugen – alles fügte sich zusammen, um diesen Raumflughafen zu einem der beanspruchtesten im Gemeinsamen Sektor zu machen.

Obwohl er Zehntausende von Sternensystemen umfaßte, war der Gemeinsame Sektor nicht mehr als ein vereinzelter Sternhaufen unter den zahllosen, der Menschheit bekannten Sonnen. Aber es gab in diesem ganzen Teil des Weltraumes keine einzige eingeborene, intelligente Lebensform; man hatte eine Anzahl von Theorien entwickelt, um das zu erklären. Die Sektorleitung war aufgestellt worden, um den unschätzbaren, hier vorhandenen Reichtum auszubeuten. Es gab Leute, die für das, was die Leitung betrieb, Worte wie ›Raub‹ und ›Plünderung‹ gebrauchten. Sie übte absolute Kontrolle über ihre Provinzen und Angestellten aus und bewachte ihre Vorrechte eifersüchtig.

Han beugte sich zu Chewbacca vor und lachte leise.

»Und dann sagt der Schatzsucher – paß auf, Chewie –, der Schatzsucher sagt: ›Na, was glaubst du, woher mein Tragtier die X-Beine hat?‹«

Han hatte die Pointe genau richtig angebracht. Chewbacca hatte einen Zwei-Liter-Krug Ebla-Bier an die Lippen gehoben, und ein Lachkrampf befiel ihn mitten in einem langen Schluck. Er rang nach Luft, schnaufte und bellte mächtig in seinen Krug. Weißer Bierschaum wurde hinausgeblasen. Obwohl sie Mißvergnügen erkennen ließen, unterließen es die Gäste an den Nachbartischen, die den Wookie betrachteten und seine Größe und das wilde Gesicht mit den Fangzähnen bemerkten, sich zu beklagen. Han lachte in sich hinein, während er sich an einer Schulter kratzte, die von den Regenerationswirkungen des Synthogewebes juckte.

Chewbacca stieß eine kehlige Beschuldigung aus. Der Pilot zog die Brauen hoch.

»Natürlich habe ich die Pointe zeitlich genau berechnet. Bollux hat mir den Witz erzählt, als ich beim Essen saß, und erzielte bei mir dieselbe Wirkung.«

Chewbacca dachte noch einmal über den Witz nach und lachte abrupt; es war ein Laut etwa in der Mitte zwischen Knurren und Bellen.

Während der Anekdote und fast während des ganzen langen Vormittags auf Bonadan hatte Han Tisch 131 im Auge behalten. Dieser stand noch immer leer, und das kleine, rote Lämpchen über der Robo-Bar zeigte an, daß er immer noch reserviert war. Der nächste Chrono an der Wand zeigte, daß der Zeitpunkt für Zlarbs Treffen mit seinem Auftraggeber längst vorbei war.

Die Halle war fast voll, was für diesen Ort beinahe zu jeder Tages- oder Nachtzeit galt, wenn man bedachte, wie viele Passagiere und Besatzungsmitglieder zusätzlich zu dem hier tätigen

Personal aus- und eingingen. Es war ein heller, luftiger und offener Ort, gebaut in Etagen gewundener Terrassen, wo man Pflanzen von Hunderten Sektorwelten gezogen hatte. Obwohl von jedem Tisch aus der unaufhörliche Verkehr am Himmel unbehindert verfolgt werden konnte, schirmte Laub eine Terrasse doch von der nächsten ab. Die beiden Partner hatten sich einen Tisch ausgesucht, von dem aus sie Tisch 131 durch einen üppigen Vorhang von Orchideenranken, gesprenkelt mit süß riechendem Moos, beobachten konnten und doch unbemerkt blieben.

Es war ihr schlichter Plan gewesen, zu verfolgen, wer sich mit Zlarb an dem Tisch traf, diesen Leuten dann nachzugehen, sie anzusprechen und ihre Zehntausend mit Hilfe der angemessenen Drohungen oder Einschüchterungen zu kassieren. Aber ganz offenkundig stimmte irgend etwas nicht; niemand war gekommen.

Han wurde trotz seiner Witzeleien unruhig; weder er noch Chewbacca waren bewaffnet. Bonadan war ein hochindustrialisierter, dicht besiedelter Planet, eine der wichtigsten Fabrikwelten des Sektors. Wo Massen von Menschheit und anderen Lebensformen in solcher Zahl zusammengedrängt waren, strengte sich die Sicherheitspolizei – in der Umgangssprache ›Espo‹ genannt – besonders an, tödliche Waffen den Händen und anderen Manipulations-Gliedmaßen der Bevölkerung fernzuhalten. Waffendetektoren und Durchsuchungs-Abtastmonitoren waren auf dem Planeten fast überall zu finden, auf Durchfahrtsstraßen, in Betrieben, Läden und öffentlichen Verkehrsmitteln. Und am stärksten war die Überwachung auf allen zehn weitläufigen Raumflughäfen Bonadans, von denen Südost II der größte war.

Eine Feuerwaffe zu tragen – Strahler oder Wookie-Bogenwerfer – wäre Anlaß zu sofortiger Festnahme gewesen, etwas, das die beiden sich kaum leisten konnten. Wenn ihre wahre Identität und die vergangenen Taten je ans Licht kämen, würde die Gemeinsame Sektorleitung als einziges bedauern, daß sie jeweils auf einmal nur einen von ihnen töten konnte. Der alleinige positive Zug dieser Situation war nach Han Solos Ansicht der, daß Zlarbs Verbindungsmann aller Wahrscheinlichkeit nach ebenfalls unbewaffnet sein würde.

Oder es gewesen wäre. Langsam begann es so auszusehen, als wäre ihr Warten umsonst gewesen.

Chewbacca drückte eine Reihe von Knöpfen an der Robo-Bar und steckte Bargeld hinein, nahezu ihr letztes. Ein Fach öffnete sich, und die neue Runde von Getränken stand bereit. Der Wookie griff begeistert nach dem frischgefüllten Krug, und für Han gab es noch einmal eine halbe Flasche von dem starken hiesigen Wein. Chewbacca trank gierig und mit offenkundiger Seligkeit; seine Augen waren geschlossen, bis er den Krug endlich sinken ließ und mit dem Rücken einer Pfote den weißen Schaumring von seiner Gesichtsbehaarung wischte. Er schloß wieder die Augen und schmatzte laut.

Han widmete sich seiner Flasche mit geringerer Leidenschaft. Nicht, daß ihm der Wein nicht geschmeckt hätte; es war die aufdringliche Art dieses überzivilisierten Planeten, widergespiegelt in der Form der Flasche, die er verabscheute. Er drückte mit dem Daumen fest auf die Flaschenversiegelung, und die Kappe sprang ab. Wenn sie einmal entfernt war, erwies es sich als fast unmöglich, sie wieder anzubringen. Dann kam das, was Han im Ernst zuwider war: Das Ablösen der Kappe löste eine kleine Energieentladung aus. Licht emittierende Dioden, in die Flasche eingearbeitet, begannen mit einer grellen Vorführung. Zahlen und Buchstaben wanderten um die Flasche und priesen die Vorzüge ihres Inhalts. Die LED flimmerten und machten Angaben über Inhalt und Bukett des Weines und das hohe Maß persönlicher Hygiene, deren sich Angestellte und Automaten des Abfüllers befleißigten. Verbraucherinformationen erschienen aber auch in viel kleineren Buchstaben und weniger blendenden Farben.

Han funkelte die Flasche böse an. Er weigerte sich, sie anzurühren, solange sie darauf beharrte, sich so zur Schau zu stellen, und dachte: Davon hätte ich auf Kamar ein paar haben sollen. Die Öde-Bewohner hätten sie vermutlich umtanzt, sich an den Händen haltend und Hymnen singend.

Nach ungefähr einer Minute war die winzige Ladung erschöpft, und die Flasche wurde wieder zu einem friedfertigen Behälter. Solos Aufmerksamkeit wandte sich einem Gespräch am Tisch 131 zu, der nur wenige Meter entfernt war, auf der

nächsten Terrasse darunter. Ein Hilfs-Geschäftsführer, ein vier-
armiger Bewohner von Pho Phe'eah mit blauem Pelz, hatte sich
auf eine Meinungsverschiedenheit mit einer reizvollen jungen
Frau von Solos eigener Gattung eingelassen.

Der Geschäftsführer schwenkte alle vier Arme.

»Aber der Tisch ist reserviert, Menschin! Sehen Sie nicht das
rote Warnlicht, das die Tatsache anzeigt?«

Die Menschin schien einige Jahre jünger zu sein als Han. Sie
hatte glatte, schwarze Haare, die genau bis unter ihren schlanken
Nacken reichten. Ihre Haut war sattbraun, ihre Augen schienen
fast völlig schwarz zu sein, was darauf hindeutete, daß sie von
einer Welt stammte, die sehr viel Solarstrahlung empfing. Sie besaß ein langes, lebhaftes Gesicht, das, wie Han fand, ein Gefühl
für Humor verriet. Sie trug alltägliche Arbeitskleidung – ein
blaues, einteiliges Trikot und niedrige Stiefel. Sie stand da und
starrte den Pho Phe'eahianer unüberzeugt an.

Dann verzerrte sie ihr Gesicht in einer sehr gelungenen Nachahmung des Geschäftsführers, schwenkte die Arme und zuckte
mit den Schultern genau wie er, auch wenn ihr zwei Arme dazu
fehlten. Han ertappte sich dabei, daß er laut auflachte. Sie hörte
ihn, fing seinen Blick auf und zeigte ihm ein Verschwörerlächeln.
Dann wandte sie sich wieder ihrer Auseinandersetzung zu.

»Aber er ist schon reserviert, seitdem ich hereingekommen
bin, nicht? Und niemand hat ihn beansprucht, nicht? Es gibt
keine anderen kleinen Tische, und ich habe es satt, an der Bar zu
sitzen, ich will hier auf meine Freunde warten. Oder sollen wir
woanders hingehen? Es hat nicht den Anschein, daß Sie mit diesem Tisch zur Zeit viel Geld verdienen, oder?«

Sie hatte ihn an einem wunden Punkt getroffen. Verlorene
Einkünfte waren etwas, das ein tüchtiger Angestellter der Sektorleitung einfach nicht zuließ. Der Blaupelz schaute sich sorgenvoll um und vergewisserte sich, daß der oder die Leute, für
die der Tisch reserviert war, nicht aus dem Blauen auftauchen
und Einwände erheben würden. Mit einer vielsagenden vier-
schultrigen Geste der Resignation schaltete er das rote Warnlicht
ab. Die junge Frau ließ sich mit zufriedener Miene nieder.

»Das wär's«, sagte Han seufzend zu Chewbacca, der den Zwi-

54

schenfall auch beobachtet hatte. »Heute wird nicht kassiert. Zlarbs Chef ist so aalglatt, wie Zlarb selbst es gewesen ist.«

Der Wookie grollte wie ein Trommelwirbel in einer tiefen Höhle. Als er aufstand, um nach der ›Millennium Falcon‹ zu sehen, fügte er ein mürrisches Nachwort hinzu.

»Wenn du das Schiff überprüft hast«, rief ihm Han nach, »such in den Einstellungshallen der Zünfte herum und beim Hafenmeister. Wir treffen uns später an der Landezone. Schau nach, ob jemand im Hafen ist, den wir kennen; vielleicht kann uns einer etwas sagen. Chewie, wenn wir nicht bald zu barem Geld kommen, können wir nicht einmal mehr Bonadan verlassen. Ich trinke meinen Wein aus, dann sehe ich noch anderswo vorbei, um bekannte Gesichter zu suchen.«

Der Wookie kratzte sich an der zottigen Brust und bestätigte mit einem Hupton in tiefem Baß, daß er verstanden hatte. Als der Kopilot davonschlenderte, trank Han einen Schluck Wein und schaute sich erneut um, in der Hoffnung, ein Nachzügler der letzten Minute könnte ihm Gelegenheit verschaffen, die Zehntausend einzusacken, die jemand ihm schuldete. Aber er sah niemanden, der sich für Tisch 131 zu interessieren schien. Die Armut erhob sich drohend vor ihm, und er verspürte die fast unabweisbare Gier nach Geld, der er in Zeiten finanzieller Bedrängnis besonders ausgesetzt war.

Er vertrieb sich noch einige Minuten damit, seinen Wein zu schlürfen und die junge Frau zu bewundern, die Tisch 131 mit Beschlag belegt hatte. Schließlich drehte sie sich zufällig um und begegnete erneut seinem Blick.

»Glückliche Landungen«, prostete sie ihm zu, und er hob sein Glas in Erwiderung auf den alten Raumfahrergruß. Sie betrachtete ihn prüfend. »Lange unterwegs?«

Er machte ein gleichgültiges Gesicht, weil er nicht recht wußte, woher ihr Interesse kam.

»Kein Heimathafen für mich, nur ein Schiff. Das ist einfacher.«

Sie hatte ihren Kelch geleert.

»Was ist mit Nachfüllen?«

Ihr lebhaftes, belustigtes Gesicht gefiel ihm, und es ergab nicht viel Sinn, das Gespräch durch hinderndes Pflanzenwerk hindurch weiterzuführen. Er nahm Flasche und Glas mit und setzte sich zu ihr an den Tisch 131.

»Sie und Ihr Freund waren die einzigen anderen, die auf den Tisch hier achteten«, meinte sie, als Han ihren Kelch nachfüllte.

Er hörte auf einzugießen. Sie streckte einen Zeigefinger aus und drückte die Unterseite der Flasche sanft nach oben, um ihr Glas fast bis zum Rand zu füllen.

»Das war offensichtlich, wissen Sie«, fuhr sie fort. »Jedesmal, wenn jemand an diesen Tisch trat, machten Sie und Ihr Kumpan den Eindruck, als wollten Sie durch das Laub springen. Ich kenne mich aus, ich kann Mienenspiel sehr gut lesen.«

Han schaute sich nach ihren Gehilfen, Entsatztruppen, Mitarbeitern oder Komplicen um. Niemand in der Halle, den er sehen konnte, achtete aber in besonderem Maße auf sie. Er hatte sich vorgestellt, dem Verbindungsmann eines Sklavenhändlers zu begegnen, jemandem, der hart und bösartig genug war, um von einer der abscheulichsten Unternehmungen, die es gab, reich werden zu können. Diese attraktive, forsche Frau hatte ihn vollkommen aus dem Gleichgewicht gebracht.

Sie schlürfte den Wein.

»Mm, köstlich. Wie steht es übrigens auf Lur?« Sie beobachtete ihn jetzt aufmerksam.

Er behielt ein ausdrucksloses Gesicht bei.

»Kühl. Aber die Luft ist dort klarer als hier.« Er wischte mit der Hand durch die Luft. »Es weht nicht soviel Rauch herum, wenn Sie wissen, was ich meine.« Er bemühte sich, ganz beiläufig weiterzusprechen, als er fortfuhr: »Nebenbei haben Sie etwas für mich, nicht wahr?«

Sie spitzte die Lippen, als konzentriere sie sich stark.

»Da Sie es schon erwähnen, wir haben geschäftlich miteinander zu tun. Aber die große Halle ist ein wenig zu öffentlich, finden Sie nicht?«

»Ich habe mir den Ort nicht ausgesucht. Was schlagen Sie dann vor, Schwesterchen? Eine dunkle Gasse? Vielleicht irgendwo das Ende eines Grubenschachts? Warum sich hier treffen, wenn nicht, um die Sache abzuschließen?«

»Vielleicht wollte ich Sie mir nur bei Licht ansehen.« Sie schaute zu einem Chrono hinauf. »Aber Sie können davon ausgehen, daß Sie überprüft und gebilligt worden sind. Wenn ich gegangen bin, warten Sie zehn Minuten, bevor Sie mir folgen.« Sie schob ihm ein zusammengefaltetes Durablatt zu. »Wir treffen uns an diesem privaten Hangar. Bringen Sie einen Liefernachweis, und Sie bekommen Ihr Geld.« Sie zog eine Braue hoch. »Lesen *können* Sie doch, oder?«

Han griff nach dem Durablatt.

»Beim Tasten bin ich besser. Warum diese Geheimnistuerei?« Sie warf ihm einen mürrischen Blick zu.

»Sie meinen, warum bin ich nicht einfach zu Ihnen hinaufgekommen, habe einen Haufen Bargeld auf den Tisch geschüttet und mir eine Quittung geben lassen? Rechnen Sie sich das selbst aus.« Sie rutschte hinaus und verließ die Halle, ohne noch einen Blick über die Schulter zu werfen. Han genoß den Anblick in leidenschaftsloser Weise; sie hatte eine sehr hübsche Art, sich zu bewegen. Sein erster Impuls verlangte, daß er Chewbacca suchte und vielleicht sogar das Risiko einging, sich zu bewaffnen. Doch wenn er den Wookie in den Zunfthallen und Büros des Hafenmeisters suchen mußte, konnte das den Rest des langen bonadanischen Tages in Anspruch nehmen. Han besaß aber das, was er als eine natürliche Begabung für Neuerungen ansah, ebenso wie das Vertrauen auf seine Fähigkeit, sich durchzusetzen. Nichts von dem, was die Frau gesagt hatte, klang ganz echt, und daß sie Chewbacca hatte gehen lassen, bevor sie Han angesprochen hatte, gefiel ihm auch nicht.

Immerhin, noch Minuten zuvor hatte er sich den Kopf darüber zerbrochen, woher seine nächste Mahlzeit kommen sollte, und jetzt hatte er die Chance, das Geld zu erhalten, das ihm seiner Meinung nach zustand. Dergleichen trug stets stark dazu bei, Han Solos Bedenken zu zerstreuen.

Auf jeden Fall hatte er nicht die Absicht, sich genau an ihre Anweisungen zu halten. Er gedachte sich einen Vorteil zu verschaffen. Schließlich war heller Tag, und im Raumflughafen ging es zu wie in einem Bienenkorb.

Als sie verschwunden war, stand Han auf. Einem Impuls

nachgebend, steckte er noch etwas Geld in die Robo-Bar und verschaffte sich noch eine halbe Flasche Wein, wozu er auch noch zwei weitere Wegwerf-Gläser aus dem Spender nahm. Er sagte sich: Wenn sie ehrlich ist, könnte sie immer noch Durst haben. Ich hoffe, das gleicht aus, daß ich ihr das Geld abnehme.

Der Bonadan-Raumflughafen Südost II umfaßte ein größeres Gelände als viele große Städte, obschon nur wenig davon hoch über oder tief unter die Oberfläche des Planeten reichte. Es gab Schiffsbau- und Instandsetzungs-Werften, Dockanlagen für die Lastkähne und Massengut-Frachter, eine Espo-Befehlszentrale, eine Handelsmarine-Akademie der Sektorleitung und die Zentrale des Hafenmeisters. Dazu kamen Abfertigungsgebäude für Passagiere, Wartungsdepots, Bodentransport-Einrichtungen, Lagerhäuser und Wohn- und Erholungsanlagen für die ungezählten menschlichen und nicht-menschlichen Wesen, die in Südost II entweder lebten oder durchreisten. Die ungeheure Fläche von fusionsgestaltetem Boden trug feste Bauten aus Permazit und geschäumtem Formex und vergänglichere aus Schnellbauteilen und Einrastplatten.

Da Han Schiffsführerpapiere besaß, wenngleich gefälschte, brauchte er nicht auf den Hafengleiter zu warten. Er winkte einem der Sondertaxis und machte sich in der Überzeugung auf den Weg, daß er durch den riesigen Flughafen gelangen konnte, bevor das der Frau und eventuellen Freunden gelungen sein mochte.

Er ließ sich von dem Taxi kurz vor dem Hangar absetzen, dessen Nummer sie ihm gegeben hatte. In diesem Teil des Raumflughafens herrschte viel weniger Emsigkeit; diese Hangars waren Mietbauten, billige Einrastplatten-Gebäude, gedacht für private Schiffe, die über längere Zeiträume hinweg nicht benützt werden sollten.

Als er sich seinem Ziel näherte, kam er an einem der überall auf Bonadan stehenden Waffendetektoren vorbei. Dieser verfolgte ihn für Augenblicke wie eine exotische, wuchernde Blume der Sonne. Als er keine Feuerwaffen an ihm entdeckte, drehte er sich weg, ohne Alarm zu schlagen. Wichtigmacher, murrte Han, als er weiterhastete.

Statt den kleinen Miethangar durch die kleinere Pforte im Haupttor zu betreten, benutzte er eine Hintertür. Sie war nicht abgesperrt, und er wandte ein umsichtiges Maß an Lauschen und Hindurchgucken an, bevor er hineinging.

Es war ein fensterloses Gebäude, das einige Wartungsgeräte und einen kompakten, sechssitzigen Wanderer enthielt. Um den Wanderer lag Werkzeug verstreut, was darauf hindeutete, daß derjenige, der daran gearbeitet hatte, aus irgendeinem Grund hinausgegangen war und die Hintertür unabgesperrt gelassen hatte.

Han vergewisserte sich, daß der Hangar verlassen war, und fand Deckung hinter einem Stapel Versandkisten, von wo aus er das Haupttor beobachten konnte, ohne gesehen zu werden. Er stemmte sich auf einen isolierten Schiffskanister, stellte Gläser und Flasche ab und wartete. Sollte die Frau mit Verstärkung auftauchen, würde er sich zurückziehen und ihnen folgen können; kam sie allein, rechnete Han sich aus, daß er bald sein Geld zählen würde. Trotzdem begann er sich zu wünschen, daß Chewbacca bei ihm wäre. Ohne seinen Strahler kam er sich nackt vor; die rohe Kraft des Wookie wäre eine Beruhigung gewesen.

Darüber dachte er immer noch nach, als das Licht erlosch.

Han sprang blitzschnell auf und drehte sich in der totalen Dunkelheit auf dem Absatz herum, ohne einen Atemzug zu wagen. Er glaubte Geräusche zu hören, irgendwo auf oder zwischen den Kisten, ein leises Schleifen, aber die Richtung konnte er nicht ausmachen. Er kam sich im Dunkeln hilflos und sehr verwundbar vor. Er wünschte sich, einen so scharfen Geruchssinn zu besitzen wie Chewbacca.

Etwas Schweres prallte ihm auf Rücken und Schultern und stieß ihn mit einer Heftigkeit auf Hände und Knie, daß ihm die Luft wegblieb. Dann wurde etwas Rauhes, Kaltes und Feuchtes an sein Gesicht gepreßt. Es fühlte sich an wie eine Hand in einem dicken Handschuh, aber das war unwichtig, als er begriff, daß aus der Feuchtigkeit irgendwelche Dämpfe stiegen. Er war nach dem Sturz wieder zu Atem gekommen, und seine Reflexe verhinderten, daß er mehr als einen Zug davon nahm, aber allein schon davon begann sein Kopf zu wirbeln.

Han, der das Narkosemittel fürchtete, versuchte seinen Kopf wegzureißen, aber das gelang ihm nur teilweise, und der Handschuh tastete wieder nach ihm. Mit einer ungeheuren Anstrengung gelang es Han, weiter den Atem anzuhalten, während er die unsichtbare Hand mit dem Gebiß erfaßte und heftig zuschnappte. Sein stummer, unsichtbarer Gegner warf sich herum und riß die Hand weg, um sich zu befreien.

Han raffte sich schwankend auf, noch immer von Schwindel erfaßt. Er hieb blindlings zu, versuchte einen Schlag zu landen oder seinen unsichtbaren Gegner zu packen, aber ohne Erfolg. Er drehte sich langsam herum, während er seinen eigenen Herzschlag hörte, und wurde überraschend wieder von hinten gerammt.

Kopfüber durch die Luft fliegend, prallte er an den Sockel des Schiffskanisters, wo er gesessen hatte. Es war ein Container mit Doppelwand, aber zum Glück leer und leicht genug, um ein wenig nachzugeben. Trotzdem sah Han vor seinen Augen Sterne kreisen. Er kam benebelt zu dem Schluß, daß sein Gegner die logischen Vorsichtsmaßnahmen ergriffen haben mußte, Infrarotbrille und Atemfilter zu tragen, was diesem enorme Vorteile verschaffte.

Etwas stürzte auf Solos Rücken und rollte auf den Boden, dann war der Angreifer wieder da, und es kostete Solo größte Mühe, nicht zu vergessen, daß er den Atem anhalten mußte. Er mühte sich erfolglos, aufzustehen, und schützte mit einem Arm seinen Kopf. Dabei berührte seine tastende Hand etwas. Es drang plötzlich in sein betäubtes Gehirn, daß das, was einen Augenblick zuvor auf seinem Rücken gelandet war, die halbe Flasche Wein gewesen sein mußte, die er jetzt umklammerte. Sie war durch den Anprall von seinem Kopf vom Kanister gestoßen worden. Bedauerlicherweise war er in keiner Lage, damit auszuholen, weil er durch das Gewicht seines Gegners auf dem Rücken niedergehalten wurde.

Mit verzweifeltem Daumendruck brach er die Flaschenversiegelung auf. Die Kappe sprang ab, und die LED-Anzeige nebst Werbespot verbreitete grelles Licht.

Das lastende Gewicht auf seinem Rücken löste sich und war

verschwunden. Er konnte Füßescharren hören, als der Gegner sich zurückzog, verwirrt oder vertrieben von Solos unerwartetem Trick. Han überschlug sich, stieß Beschimpfungen in vier Sprachen aus und versuchte die Schmerzen von seinen Verletzungen und die Wirkung des Stoffes, den er eingeatmet hatte, nicht zu beachten.

Er stemmte sich hoch. Sein Gegner war nirgends zu sehen. Han hielt die Flasche hoch, aber das Leuchten reichte nicht weit in die Düsternis hinein; die LED waren schließlich nicht zur Beleuchtung gedacht.

Er wußte, daß er keine Zeit damit vergeuden durfte, entweder nach seinem Feind oder den Lichtschaltern zu suchen. Die kleine Ladung der Flaschen-LED-Anzeige würde nicht mehr lange vorhalten. Er taumelte zurück zur Hintertür des Hangars, bemüht, in alle Richtungen Ausschau zu halten, aber es ereignete sich weiter nichts.

Wieder im Glast der Sonne Bonadans, lehnte er sich an die Hangarwand, schloß die Augen und keuchte, bis sein Kopf klar wurde. Die Flaschenlichter verblaßten. Er warf die Flasche weg, und sie hüpfte und rollte davon, ohne zu zerbrechen. Sie war aus sehr widerstandsfähigem Glas.

Was ihn am meisten störte, war der Gedanke, daß der Angreifer das Mädchen gewesen sein mochte. Er glaubte eigentlich, daß sie ihm freundlicher gesonnen gewesen war, doch alles schien zusammenzupassen. Sie würde aber wohl kaum alleine arbeiten, und das hieß, daß sowohl Han als auch Chewbacca in der Passagierhalle beobachtet worden waren.

Wenn man Chewbacca von der Halle aus gefolgt war, mochte er in ernsten Schwierigkeiten stecken.

Han hetzte davon, verzweifelt nach einem Sondertaxi Ausschau haltend, in der Hoffnung, sein Schiff zu erreichen, bevor irgend jemand es auseinandernahm.

IV

Wie das Schicksal es wollte, gab es im Privathangar-Bereich des Raumflughafens keine Sondertaxis. Han brauchte lange Minuten im schnellen Lauf, um eines zu finden. Der Gedanke an seinen Freund und an eine mögliche Beschädigung seines Raumschiffes trieb ihn unentwegt weiter. Er war nur wenig erleichtert, als er den umgebauten Frachter, dem Anschein nach unbeschädigt, an seinem Platz stehen sah.

Da sie knapp bei Kasse waren, hatten die Partner sich gezwungen gesehen, ihr Schiff auf einem Vorfeld abzustellen, statt in einem Mietdock, was sie vorgezogen hätten. Han war mit zwei großen Sprüngen die Rampe hinaufgestürmt. Noch bevor er die Hauptluke erreichte, waren seinem wachsamen Auge für alle Einzelheiten seines Schiffes eine Vielzahl von Werkzeugspuren und Verfärbungen aufgefallen, die von Schweißgeräten hervorgerufen waren. Er bedeckte das Schloß mit der Handfläche, bereit, sofort, wenn der Lukendeckel hochrollte, hineinzustürzen, ohne Rücksicht darauf, daß er unbewaffnet war. Jeder Gedanke an sich selbst wurde von der Sorge um Chewbacca und der Angst unterdrückt, Fremde könnten irgendwelche Scheußlichkeiten an seiner Quelle von Freiheit und für Lebensunterhalt begehen: der ›Millennium Falcon‹.

Aber als die Luke offenstand, sah er sich, entschlossen zum Kampf auf Leben und Tod, der Gesichtsplatte von Bollux gegenüber. Das leere, glitzernde Gesicht des Androiden verriet nicht viel Gemütsbewegung, doch Han hätte schwören mögen, daß der gedehnt tönende Sprachverschlüssler eine Spur von Erleichterung erkennen ließ.

»Kapitän Solo! Wie Max und ich uns freuen, Sie zu sehen, Sir!« Han schob sich an ihm vorbei.

»Wo ist Chewie? Alles in Ordnung mit ihm? Mit dem Schiff? Was ist passiert? Wer war hier?«

»Abgesehen von kleineren Schäden am Schloß der Hauptluke ist alles in Ordnung. Erster Offizier Chewbacca hat eine kurze Besichtigung vorgenommen und ist wieder gegangen. Dann machten die Überwachungsanlagen Max und mich darauf aufmerksam, daß jemand versuchte, sich gewaltsam Zutritt zu verschaffen. Offenkundig war aber die Ausrüstung, die man mitgebracht hatte, nicht ausreichend, um die Sicherheitsanlagen des Schiffes zu gefährden.«

Das ergab für Han Sinn. Die ›Falcon‹ war kein gewöhnliches Raumschiff, man hatte sie umgebaut, um Enter- und Einbruchsversuche abzuwehren. Unter anderem waren das vergleichsweise einfache Schloß und andere Sicherheitsanlagen durch das Beste ersetzt worden, was Han hatte bauen, kaufen oder stehlen können. Werkzeug und Ausrüstung, die einen Normalfrachter binnen Minuten knacken konnten, vermochten die ›Falcon‹ nicht einmal nervös zu machen.

Bollux fuhr mit seinem Bericht fort: »Ich habe den Leuten über die Luken-Sprechanlage gedroht, daß ich die Hafen-Espos rufen werde, wenn sie nicht auf der Stelle das Weite suchen. Das taten sie, obschon ich in Übereinstimmung mit Ihren feststehenden Anweisungen sehr gezögert hätte, irgendeine Exekutivbehörde einzuschalten.«

Han stand wieder draußen auf der Rampe und überprüfte das Schloß. Die Handplatte zeigte Kratzer und Kerben. Die gepanzerte Abdeckplatte war von einem Plasmabrenner oder einem gedrosselten Strahler versengt worden. Die Abdeckplatte hätte vermutlich weitere fünfzehn bis zwanzig Minuten widerstehen können. Es hätte einer leichten Laserkanone bedurft, sie schnell aufzuschweißen. Aber durch den Schaden an seinem Schiff war Han vor Empörung halb außer sich.

Der Arbeitsdroid fuhr unbeirrt fort: »Ich ging nach vorne zur Kanzel, um sie zu beobachten, als sie abzogen.«

»Du blöder Haufen Fabrikausschuß! Du hättest in den Bauchturm klettern und sie auslöschen sollen!« Han war so wütend, daß er kaum noch gerade stehen konnte.

Die langsame Redeweise des Androiden ließ diesen unerschütterlich erscheinen.

»Das ist genau das, was ich nicht tun konnte. Ich bedaure, Kapitän; Sie kennen meine eingebauten Sperren gegen den Angriff auf intelligente Lebensformen.«

Han, immer noch wütend, murmelte: »Ja, ja. Eines schönen

Tages, wenn ich Zeit habe, muß ich mich um die kümmern.«

Erschreckt von dem Gedanken an grundlegende Persönlichkeitsveränderungen, ausgeführt von Han Solo, wechselte Bollux rasch das Thema.

»Sir, ich habe die Personen gesehen, die sich gewaltsam Zutritt verschaffen wollten. Sie waren beide menschlich und trugen blaue, einteilige Anzüge. Der eine war ein Mann, aber er hatte einen Hut auf, und ich konnte aus der Höhe der Kanzel nicht sehr viel von ihm erkennen. Die andere war eine Frau mit kurzen schwarzen Haaren und –«

»Die kenne ich«, unterbrach ihn Han, während ihm das Blut ins Gesicht schoß. Er versuchte Zeiträume und Entfernungen zu berechnen und sich darüber klarzuwerden, ob es sie oder ihr Begleiter gewesen sein konnte, von dem er im Hangar überfallen worden war. Wenn sie, wie er vermutete, ihr eigenes privates Transportmittel besaß, hätte das leicht der Fall sein können. »Wohin sind sie gegangen?«

»Um genau zu sein, habe ich auf den Vorschlag von Blue Max hin ihren Weggang mit dem Makro-Fernglas in Ihrer Kanzel verfolgt. Sie trennten sich, und der Mann entfernte sich in Richtung Abfertigungsgebäude, aber die Frau bestieg ein Abstoß-Boot, eines der grünen Mietfahrzeuge. Zusätzlich zu ihrem Sturzhelm trug sie, wie mir auffiel, ein Ortungsgerät. Blue Max schloß sich an die Gegenmaßnahmen-Anlage der Kommunikationseinrichtung des Schiffes an und setzte sich auf dem Resonanzweg mit dem Ortungsgerät in Verbindung. Ich habe die Einstellung notiert. Dann flog sie auf einem Kurs von ungefähr dreiundfünfzig Grad Nordwest davon, Kapitän.«

Han starrte Bollux verblüfft an.

»Weißt du, ihr beiden frappiert mich immer wieder.«

»Sie sind sehr gütig, Sir.« Tief aus der Brusthöhle des Androiden drang ein kurzer Quietschlaut elektronischer Impulsmitteilung. »Blue Max dankt Ihnen ebenfalls.«

»Bitte.«

Han bedachte seinen nächsten Schritt. Der Kurs hätte die Frau über einen Teil des einzigen unbebauten Geländes von Bonadan in dieser Gegend führen müssen. Mit der ›Falcon‹ konnte er ihr

64

nicht nachfliegen; die strengen örtlichen Luftraum-Vorschriften verboten es, Raumschiffe aus den Start- und Landekorridoren zu lenken. Die einzige noch verbleibende Alternative bestand darin, sich selbst ein Abstoß-Boot zu mieten und sie auf diese Weise zu suchen. Aber das hieß auch, an weiß der Teufel wie vielen weiteren der allgegenwärtigen Waffendetektoren vorbeizukommen, also auf seinen Strahler zu verzichten. Chewbacca mitzunehmen, wäre eine logische Vorsichtsmaßnahme gewesen, doch auf die Rückkehr des Wookie zu warten, verminderte seine Aussichten, die Frau einzuholen. Han war immer noch in Wallung, weil man ihn im Hangar überfallen hatte, noch wütender war er über den Schaden an der ›Millennium Falcon‹, so gering dieser auch sein mochte. In dieser Art von Stimmung war er selten für seine kühle Überlegung bekannt gewesen.

Da gab es noch ein Problem: die Verständigung mit Chewbacca.

»Bollux, du läßt Max hier, angeschlossen an das Überwachungssystem des Schiffes. Wenn noch jemand versuchen sollte, an der ›Falcon‹ herumzukratzen, kann er genau das tun, was du getan hast; im schlimmsten Fall soll er die Espos rufen. Dann begibst du dich auf den Weg und spürst Chewie auf. Entweder macht er die Runde durch die Einstellungshallen der Zünfte oder durch die Büros beim Hafenmeister, oder er wartet auf mich in dem Lokal ›Zur Landezone‹ gleich außerhalb des Flughafens. Ich komme zu euch beiden hin, sobald ich kann, oder wir treffen uns, wenn ich länger fort bin als ein paar Stunden, alle wieder hier. Erzähl ihm alles, was geschehen ist.«

Das Abstoß-Boot war das schnellste, über das die Vermietung am Raumflughafen verfügte. Han trieb das Fahrzeug an seine Grenzen, und der winzige Motor klang, als wäre er lungenkrank geworden, während Han mit dem aus dem Schiff mitgebrachten Makro-Fernglas die Gegend vor sich absuchte.

Er hatte ein Leitstrahlgerät mitgenommen, mit derselben Einstellung, die Blue Max auf dem Resonanzweg bei der Frau ermittelt hatte.

Die Stadt war ein trostloses Mosaik von Fabriken, Raffinerien, Bürobauten, Schlaftrakten, Arbeiterhäusern, Lagergebäuden und Reedereizentren. Er flog, wie angewiesen, durch die untersten Etagen des Flugverkehrs. Ringsum flogen Gleiter, Schwerkraft-Schlitten und andere Flugboote vorbei. Unten bewegten sich Transport- und Bodenfahrzeuge auf Rädern und Ketten auf den Straßen und Nebenwegen der Stadt dahin. Hoch oben im Nebeldunst waren die Flugwege besetzt von Ferntransportern, Massengut-Frachtern und Frachthebern. Espo-Patrouillenschiffe schwammen in allen Höhen wie Raubfische in den Kolonnen.

Schließlich ließ er die Stadt hinter sich, worauf der Turm ihm mitteilte, daß Führung und Navigation seines kleinen Fahrzeuges wieder ihm übergeben worden seien. Das Abstoß-Boot war wenig mehr als ein Schalensitz mit angebautem Armaturenbrett; ein billiges, einfaches, leicht zu beherrschendes Fahrzeug, auf vielen Welten gebräuchlich. Er hatte den Visier-Sturzhelm, der ihm mitgegeben worden war, an die Lasche neben dem Armaturenbrett gehängt; er wollte sein Gesichtsfeld möglichst groß halten. Die Tatsache, daß das Tragen von Sturzhelmen Pflicht war, galt ihm wenig.

Als er die Großstadt-Beschränkungen einmal hinter sich hatte, flog er schneller, als es dem Bootsmotor eigentlich zuzumuten war. Er beachtete die unheilvollen Geräusche aus dem Antriebsgerät nicht.

Unter ihm trat die Oberfläche Bonadans zum erstenmal ganz in Erscheinung – sie war unfruchtbar, ausgetrocknet, erodiert; der Humus war ausgelaugt, weil das Pflanzenleben durch Schürfung, Umweltverschmutzung und sorgloses Management im großen Maßstab vernichtet worden war. Die Oberfläche war vorherrschend gelb; in den gewundenen Einschnitten und geborstenen kleinen Hügeln zeigten sich böse rostrote Streifen. Die Gemeinsame Sektorleitung scherte sich wenig um die langfristigen Wirkungen ihrer Tätigkeit auf den Welten, die sie beherrschte. Sobald Bonadan ausgebeutet und unbewohnbar war, würde die Sektorleitung mit ihren Unternehmungen einfach auf die nächste geeignete Welt ziehen.

Die kleinen Hügel wurden schließlich von steileren Gipfeln und Klippen abgelöst. Diese Berge mußten wenig Mineralreichtum und keinen industriellen Wert besessen haben, denn sie waren noch vergleichsweise intakt. Der einzige von der zupackenden Technologie der Sektorleitung hier erfolgte Eingriff war eine automatisierte Wettersteuerungs-Station, ein gigantischer Zylinder, der Länge nach auf seinem mächtigen Zielapparat montiert. Zur Zeit war er aufs Meer gerichtet, zweifellos, um ein Sturmzentrum aufzulösen, das der Gemeinsamen Sektorleitung nicht paßte. Zum Teufel mit den natürlichen Wetterabläufen Bonadans; das Schürfen und Bohren im Meer mußte weitergehen, auch wenn die Ozeane von Bonadan zugrunde gingen.

Das Leitstrahlgerät begann anzuzeigen. Han steuerte auf den Kurs, der angegeben war, und fegte über den Gipfel hinweg, auf dem die Wetterstation stand. Er flog hinunter, über die niedrigeren Berge hinweg, suchte mit dem Makro-Fernglas die Umgebung ab und informierte sich bei dem Ortungsgerät.

Unten fiel ihm eine Bewegung auf. Han brachte das Boot zum Stillstand, während er sich das genauer ansah. Ein zweites kleines Fluggerät, etwas schneller als ein Boot, sank auf flaches Tafelland hinab. Han konnte am Boden eine winzige Gestalt erkennen, die schon neben einem anderen Boot, einem grünen Mietfahrzeug, stand und wartete.

Er ging wieder auf vollen Schub. In einem gemächlicheren Augenblick hätte er vielleicht gezögert und die Lage gründlich geprüft. Aber er und sein Kopilot waren um Zehntausend in bar betrogen und beinahe getötet worden; Grund genug für Rachegefühle. Dann hatte jemand Han zu Boden geschlagen, und es war der Versuch unternommen worden, sein Schiff aufzuschweißen. Bei den Bedingungen auf Bonadan hatte die Tatsache, daß dort unten kaum jemand eine Schußwaffe trug, auf seine Entscheidung wenig Einfluß.

Während er im Sturzflug hinunterging, steigerte sich seine Wut zu etwas, das einem Adrenalinkrampf näherkam als der Tapferkeit. Er schaltete im letzten Augenblick den Notfall-Bremsschub ein, verwandelte das, was ein gewaltiger Absturz hätte sein müssen, in eine verblüffend abrupte Präzisionslandung und freute sich über die knochenknackende Wucht des Aufpralls.

Han sprang aus dem Boot und wurde von einem fassungslos starren Blick der Frau und zornigem Argwohn auf seiten des Mannes begrüßt, der nur Sekunden vor ihm aufgesetzt hatte. Der Mann war ein wenig größer als Han, aber sehr schlank, mit tiefliegenden Augen und eingefallenen Wangen. Auch er trug den üblichen Arbeits-Overall. Das Fahrzeug dagegen, das er geflogen hatte, war alles andere als alltäglich. Es war das, was man gewöhnlich einen ›Sauser‹ nannte – im Grunde eine zu starke Abstoß-Motorkapsel mit Handgriffen. Er saß auf seinen Landekufen, während der laufende Motor ihn leicht erzittern ließ.

Der Mann wandte sich der Frau mit einem seltsamen Lächeln zu.

»Ich dachte, Sie hätten gesagt, Zlarb habe Sie allein geschickt.« Dann starrte er Han an. »Sie haben ein fatales Gefühl für den passenden Zeitpunkt, mein Freund.« Seine Hand verschwand in der Gürteltasche. Als sie wieder herauskam, hielt sie etwas fest, das die Luft mit einem durchdringenden Summen erfüllte.

Han erkannte es als eine Art Vibromesser, vielleicht ein Metzgerwerkzeug oder Chirurgeninstrument, das von den Waffen-Abtastern als Arbeitsgerät abgetan werden würde. Es war von Hand mit einer großen Klinge ausgestattet worden, der Griff war mit einer größeren Batterie versehen. Das Messer, um die Hälfte länger als Solos Hand, war kaum zu sehen, so schnell vibrierte es. Es würde Fleisch, Knochen und die meisten anderen Substanzen wie Butter durchschneiden.

Han sprang zurück, als das Vibromesser da, wo er gestanden hatte, die Luft zerschlitzte. Das Dröhnfeld klang jetzt viel lauter. Die Stimme der Frau rief vernehmbar: »Sofort aufhören!«

Die beiden Männer sahen, daß sie eine kleine Pistole gezogen hatte, aber als sie damit herumfuchtelte, wandte der mit der Vibroklinge sich ihr zu, das Messer erhoben. Sein Trotz erweckte Zweifel in ihrem Gesicht, aber sie zielte dessenungeachtet unbeirrt auf ihn.

»Hören Sie auf, ihn damit zu fächeln, und schießen Sie!« schrie Han. Er sah, wie ihr Finger sich am Abzug krümmte.

Nichts geschah. Sie starrte die Pistole entgeistert an und versuchte erneut abzudrücken, ebenso erfolglos. Der Mann mit dem Vibromesser drehte sich, um wieder auf Han loszugehen, leichtfüßig, mit schnellen Finten, um Solos Abwehr zu prüfen, die, kurz gesagt, aus Rückzug und Ausweichen bestand. Bei einer normalen Klinge hätte Han vielleicht versucht, abzublocken und zu parieren; eine einfache Schnittwunde, selbst eine tiefe, konnte mit dem Inhalt jedes Medipacks behoben werden und hätte einen Preis dargestellt, den zu entrichten er bereit war, um der Sache ein Ende zu bereiten. Aber ein Vibromesser trennte einfach alles ab, was in den Weg kam; die üblichen Reaktionen hätten nur dafür gesorgt, daß er in Stücke geschnitten worden wäre.

Wer immer der Mann mit dem Vibromesser sein mochte, er war gut. Han bedauerte plötzlich verspätet, daß er gelandet war. Der Gegner kam nun zuversichtlicher heran, zerteilte mit seiner Klinge die Luft, trieb Han Schritt um Schritt zurück, bereit, Sekundenbruchteile später vorzuspringen, wenn der Pilot sich abwenden sollte, um zu flüchten.

Han sah aus dem Augenwinkel sein Flugboot. Er trat hastig in diese Richtung zur Seite, seinem Gegenüber noch immer zugewandt. Der Mann drehte sich ebenso rasch in diese Richtung und hieb dorthin, wo er Han vermutete, in der Meinung, dieser wolle die Flucht ergreifen.

Aber Han blieb im letzten Augenblick stehen, bog sich seitwärts und riß den Schutzhelm von der Lasche. Aufgebracht darüber, hereingelegt worden zu sein, übereilte der Messerheld einen ungeschickten Rückhandstoß. Han schwang den Helm am Kinngurt mit aller Kraft, traf den Mann aber nur mit einem schlecht gezielten Hieb, der von seiner Schulter hochglitt und seitlich an seinem Kopf abprallte. Das leichte Helmmaterial reichte nicht aus, ihn zu Boden zu schicken.

Der Messerstecher riß die Waffe in einer Bewegung herum und nach oben. Han wäre senkrecht aufgeschnitten worden, wenn er nicht zurückgesprungen wäre. Sie kämpften weiter, Han noch immer auf dem Rückzug.

Das Duell hatte sich insgeheim verändert. Han schlug weiter mit dem Helm zu, auf die Hand mit dem Messer zielend. Obwohl er noch immer enorm im Nachteil war, mochte er einen

Zufallstreffer landen und die Deckung des Gegners öffnen. Dann konnte er sich auf den Mann stürzen und sein Handgelenk starr festhalten. Das war die einzige Chance, die er brauchte.

Aber sein Gegner wußte das ebensogut. Er rückte noch immer mit Nachdruck vor, achtete aber darauf, dem geschwungenen Helm auszuweichen. Dann erwischte der Messerstecher den Schutzhelm mit einem Stoß; ein breites Stück des harten Duraplasts flog davon. Als Han sah, daß der Helm zu langsam und plump war, ließ er den Rest unter der Schulter kreisen und schleuderte ihn aufwärts nach dem Gesicht seines Feindes.

Der Mann wich aus, indem er sich blitzschnell zur Seite warf, aber in diesem Sekundenbruchteil war Han innerhalb seiner Deckung und bekam das Handgelenk mit der Waffe zu fassen. Ihre freien Hände verflochten sich ineinander, und sie rangen. Der Mann war viel stärker, als er aussah; er drückte seine Vibroklinge näher heran.

Han hörte das dumpfe Schnarren des Kraftfeldes um das Messer am linken Ohr und fiel, davon abgelenkt, einem Trick zum Opfer. Ein Bein wurde ihm gestellt. Er stürzte auf den Rücken, der Gegner stürzte mit, noch immer mit Han verklammert.

Han gelang es, sich herumzudrehen und nach oben zu kommen, aber sein Feind benützte den Schwung, um einen weiteren Überschlag zu erzwingen, ihn fortzusetzen und Han hart gegen ein unsichtbares Hindernis zu stoßen. Der Bewaffnete richtete sich mit aller Kraft ein wenig auf und versuchte die Klinge hinunterzustoßen. Ihr Summen erfüllte Solos Ohren, als das Duell sich zu einer zielstrebigen Auseinandersetzung über die wenigen Zentimeter verengte, die Messer und Solos Hals trennten.

Plötzlich schien die Atmosphäre Bonadans von einem ungeheuren Dröhnen, einer Geräuschflut, erfüllt zu sein. Der Messerheld wurde so rasch weggerissen, daß Han beinahe mitgezerrt worden wäre. So schleuderte es ihn aber nur herum, wobei er sich freilich fast die Schulter ausrenkte, als Hand und Handgelenk des anderen weggerissen wurden.

Han setzte sich verwirrt auf. Er sah den Messerhelden ein paar Meter entfernt am Boden liegen. Er drehte langsam den Kopf, schüttelte ihn ein wenig und sah die junge Frau in der anderen

Richtung ein ganzes Stück entfernt in Aktion. Sie lenkte den Sauser in einem weiten Bogen langsam zurück.

Mit ruckhaftem Mangel an Geschicklichkeit steuerte sie das Fahrzeug. Es gelang ihr nicht, Schub und Auftrieb miteinander in Einklang zu bringen, sie rutschte ab. Sie gab es auf, stieg ab und legte den Rest des Weges zu Fuß zurück. Inzwischen war Han aufgestanden und hatte sich den Staub abgewischt.

Sie betrachtete ihn, die linke Hand auf der Hüfte.

»Das war kein schlechter Einfall«, gab er zu.

»Hören Sie nie auf jemanden?« schimpfte sie. »Ich habe dauernd geschrien: ›Aufpassen, aufpassen!‹ Ich wollte einen Steinbrocken auf ihn werfen, aber Sie waren ständig im Weg. Ich weiß nicht, was ich getan hätte, wenn er nicht direkt hinter der Motorkapsel gewesen wäre. Wenn er etwas weiter – He!«

Han war vorgetreten, hatte ihre beiden Hände ergriffen, sie grob hochgezogen und scharf an den Handflächen geschnuppert. Er entdeckte keine Spur von dem Narkosemittel, mit dem die Handschuhe seines Gegners im Raumflughafen getränkt gewesen waren, oder von irgendeinem Lösungmittel, mit dem man es entfernt haben konnte. Aber ihr Begleiter konnte den Hinterhalt im Hangar gelegt haben, oder es bestand die Möglichkeit, daß sie von dem Zeug in den Handschuhen nichts an die Haut gebracht hatte. Das war also kein Beweis für ihre Unschuld; es bewies nur ihre Schuld nicht.

Er ließ sie los. Sie beobachtete ihn mit schelmischem Interesse.

»Soll ich zurückschnuppern oder mit den Händen auf Ihre Nase klatschen oder was? Sie sind wirklich ein Unikum, Zlarb.«

Das erklärte immerhin einiges, wenn sie es ernst meinte.

»Ich heiße nicht Zlarb. Zlarb ist tot, und der, für den er gearbeitet hat, schuldet mir Zehntausend.«

Sie glotzte ihn an.

»Das paßt, vorausgesetzt, Sie sagen die Wahrheit. Aber Sie waren dort, wo Zlarb sein sollte; Sie taten mehr oder weniger das, was von ihm erwartet wurde.«

Han zeigte mit dem Daumen auf den toten Messerhelden.

»Wer war das?«

»Ach, der. Das war der Mann, den Zlarb in der Halle treffen

sollte. Ich habe mich mit beiden Seiten eingelassen, mit Zlarb und seinem Auftraggeber. Das dachte ich jedenfalls.«

Han begann sich für ihren Vorschlag zu erwärmen, als sie fortfuhr: »Ich würde gerne ausführlich darüber plaudern, aber sollten wir nicht von hier verschwinden, bevor *sie* eintreffen?«

Er hob den Kopf und sah, was sie meinte. Ein Schwarm von vier weiteren Sausern flog auf sie zu.

»Boote sind zu langsam. Kommen Sie.« Er riß sein Makro-Fernglas von seinem Flugstuhl und lief zu dem Sauser, der dem toten Gegner gehört hatte. Er stieg auf und ließ die Motorkapsel an. Die Frau beugte sich über die Leiche.

Er drehte am Gasgriff, zog den Sauser durch einen engen Bogen und half mit dem Fuß nach. Ein schnelles Gasgeben brachte ihn in Sekundenschnelle an ihre Seite.

Er bremste scharf.

»Kommen Sie oder bleiben Sie?« fragte er, als er die Knie in die Hilfssteuerung schob.

Sie stellte ihren Fuß auf einen Heck-Fußraster und schwang sich hinter ihm auf den Sattel, wobei sie ihm die Vibroklinge zeigte, die sie geholt hatte.

»Sehr gut«, räumte er ein. »Aber jetzt anschnallen und festhalten.« Er tat dasselbe, zog den Sicherheitsgurt straff um seinen Bauch, und sie setzten beide Flugbrillen auf, die an der Seite des Fahrzeugs befestigt waren. Er drehte den Gasgriff wild auf, und sie fegten hinauf in die Luft. Der Wind kreischte sie über der niedrigen Verkleidung des Sausers an. Sie schlang die Arme um seinen Körper, und sie bückten sich beide tief, um dem Nachstrom der Verkleidung zu entgehen.

Die anfliegenden Maschinen näherten sich von der Stadt her, so daß es sich für Han empfahl, tiefer ins offene Land hineinzurasen. Am Rand des Tafellandes riß er sein Fahrzeug im plötzlichen Sturzflug über den Steilabbruch, geradewegs in eine Schlucht hinab. Der Boden jagte ihnen entgegen.

Er warf sein Gewicht an den Lenker und preßte sich mit Gewalt gegen die Hilfssteuerung. Der Sauser wurde so scharf hochgerissen, daß Han von der Zentrifugalkraft und vom Griff, mit dem die Frau ihn festhielt, beinahe vom Lenker gerissen wurde.

Das hintere Ende der Motorkapsel streifte den Boden, so daß das Gefährt hüpfte und tänzelte. Han vermied mit knapper Not einen Absturz, drehte sich in der Luft um die eigene Achse und fegte die im scharfen Zickzack verlaufende Schlucht hinunter.

Er rechnete sich aus, daß seine Verfolger wegen der steilen, gewundenen Beschaffenheit der Schluchten und Canyons in diesem Gebiet nicht einfach in großer Höhe abwarten und nach ihm suchen konnten, denn er mochte durch einen Seitencanyon entwischen oder sich einfach unter einem überhängenden Sims verstecken und länger aushalten als sie. Wenn sie auf der anderen Seite die Verfolgung direkt aufnahmen, würden sie sich durch diesen Hinderniskurs von Schluchten und engen Tälern an seine Fersen heften müssen.

Han hatte seit Jahren nicht mehr auf einem Sauser gesessen, hatte aber früher einmal sehr gut damit umgehen können und an Rennen und Geschicklichkeitsprüfungen teilgenommen. Er war entschlossen, sich mit den vier Leuten zu messen, die ihm nachjagten. Das einzige, was ihm Sorgen machte, war die Gefahr, daß sie sich teilen mochten, einer oder zwei hoch oben fliegend, während die anderen sich an seinen Nachbrenner klammerten.

»Worüber zerbrechen Sie sich eigentlich den Kopf?« schrie sein Fahrgast, das Heulen des Motors und den zänkischen Wind übertönend. »Die haben keine Schußwaffen, sonst hätte schon der erste eine gehabt, oder?«

»Das heißt nicht, daß sie nicht über uns herfallen können!« rief er über die Schulter zurück, bemüht, sich nicht von seiner Aufgabe ablenken zu lassen, die irren Biegungen und Haarnadeln des Labyrinths zu bewältigen. Er kam zu dem Schluß, daß sie mit Sausern wenig Erfahrung hatte. Sie machte eine Bemerkung, die er nicht verstand, aber so klang, als kenne sie sich aus. Er war aber zu beschäftigt damit, das Gefährt zu steuern, als daß er eine Antwort hätte geben können.

Dann entdeckte er das, worüber sie sich Sorgen gemacht hatte. Als er aus einer besonders scharfen Biegung kam, verlor er beinahe die Herrschaft über das Flugmobil und mußte kurz die Bremstriebwerke betätigen. Er fluchte über diese Notwendigkeit.

Das rettete ihnen beiden das Leben. Auf ihrer rechten Seite explodierte plötzlich ein Energieblitz. Selbst die Turbulenz an seinem äußersten Rand genügte beinahe, sie an die so nahe Felswand an ihrer linken Seite zu werfen. Unter Solos verzweifelten Anstrengungen schwankte der kleine Sauser, richtete sich gerade und flog weiter.

Oben rechts legte sich einer der anderen Sauser schief; der Pilot hatte die Maschine steil im Sturzflug heruntergezogen und war vorbeigezischt und hatte beim Hochziehen scharf aufgedreht, bemüht, Solos Fahrzeug mit der bloßen Gewalt eines Düsenstrahls niederzuschmettern oder die Insassen aus dem Sattel zu reißen. Auf Beinahe-Zusammenstöße und Erschrecken gerichtet, war dergleichen früher ein Spiel gewesen, das Han in seiner Jugend gut gekannt hatte; im Ernst betrieben, war es eine wirksame Form von Mord.

Er wußte, daß es mindestens einen Ersatzmann geben würde; der Feind würde nicht mehr als die Hälfte seines Einsatztrupps ganz oben in Deckung lassen. Han erreichte eine Gabelung, orientierte sich im Bruchteil einer Sekunde am Stand der Sonne und tauchte in die Schlucht hinab, die er sich ausgesucht hatte. Die Frau hämmerte auf seinen Rücken und verlangte zu wissen, weshalb er den engeren Weg genommen habe.

Auf einer Seite des Canyons verlief ein langer Überhang, aber Han hielt sich eng an die andere Seite, seine Aufmerksamkeit zwischen den herzzerreißend schnellen Entscheidungen im Flug und geraubten, mikrosekundenlangen Blicken auf den Boden der Schlucht teilend. Er kämpfte gegen den Drang hochzuziehen, um von diesem irrsinnigen Hinderniskurs freizukommen; mit seiner doppelten Last würde sein Sauser fast mit Gewißheit überholt und eingeklemmt werden, und jemand, der hoch oben flog, brauchte ihn nur noch vom Himmel zu blasen.

Ein Warnblitz war alles, was er bekam. Die schrägen Sonnenstrahlen zeigten ihm einen anderen Schatten, nicht weit hinter seinem eigenen auf dem Canyonboden. Seine augenblickliche Brems-Beschleunigungs-Folge beruhte mehr auf Eingebung als auf der Berechnung von Winkeln und Geschwindigkeit. Aber sie erfüllte ihren Zweck; der andere Sauser schoß zu weit nach vorn, seine Zielgenauigkeit war durch Solos Manöver beeinträchtigt. Der andere Pilot zog seine Maschine aus dem Sturzflug hoch, doch inzwischen war Han in eine Position gelangt, die es ihm ermöglichte, dem anderen zu begegnen, als er seinen Sauser hochriß. Während er hochstieg, ertappte der Gegner sich dabei, daß er auf das Heck von Solos Motorkapsel starrte.

Er konnte Solos Nachbrennstrahl nicht ausweichen. Sein Sauser prallte vom Canyonboden ab, taumelte einen Augenblick durch die Luft und grub sich in den Boden. Han hielt sich nicht auf, um festzustellen, ob der Lenker den Absturz überlebt hatte oder nicht; er gab Gas, soviel er konnte. Steigend, stürzend, kippend hatte er alle Hände voll zu tun, um nicht selbst ganz abzustürzen oder irgendwo aufzuprallen.

Es war ein Schock, als Han und sein Fahrgast, aus einer wilden Schieflage kommend, bei der sie mit dem Bauch des Sausers bis auf Zentimeter an eine vertikale Schluchtwand herankamen, ins offene Land hinausfetzten und die Berge hinter sich ließen. Unerwartet kamen die drei anderen Verfolger, die im Labyrinth Solos Spur verloren hatten, mit fast gemächlicher Geschwindigkeit quer zu seinem Kurs herangeflogen.

Er sah einen Augenblick lang die fassungslosen Gesichter eines Menschen und zweier Humanoiden, deren goldglänzende Haut im dunstigen Sonnenlicht des langen bonadanischen Nachmittags schimmerte. Sie rissen ihre Flugmobile herum und nahmen die Verfolgung wieder auf, als Han beschleunigte.

Noch während er das tat, wußte er, daß eine Flucht geradeaus erfolglos sein würde. Mit der Frau an Bord würde er eingeholt werden, bevor er die Sicherheit der überwachten Stadtverkehr-Schleifen erreichte. Was er brauchte, war etwas, das der Verfolgung Einhalt gebot.

Auf seiner linken Seite erregte etwas seine Aufmerksamkeit. Der riesige Zylinder der automatischen Wettersteuerungs-Anlage begann sich auf seinem Zielapparat soeben langsam zu drehen, um eine neue Aufgabe zu lösen. Han riß den Lenker herum und steuerte darauf zu.

Sein Fahrgast kreischte: »Was machen Sie denn? Die holen uns ein!«

75

Er konnte sich nicht die Zeit nehmen, ihr zu sagen, daß sie ohnehin eingeholt werden würden. Schnell auf das Gerüst der Station zurasend, mußte er die Geschwindigkeit herabsetzen. Er sah, daß sein Fluggerät oben und auf beiden Seiten von den verbliebenen Verfolgern umzingelt wurde. Er verringerte die Geschwindigkeit noch stärker, als das Traggerüst unmittelbar vor ihm emporragte.

Für den Augenblick stockten seine Verfolger, nicht sicher, weshalb er direkt auf das riesige Hindernis zufegte. Sie hatten keine Lust, in einen tödlichen Unfall verwickelt zu werden.

In letzter Sekunde ließ Han die Geschwindigkeit fast ganz abfallen und schlängelte sich durch das Gerüst aus Stahlträgern. Es war kein besonders schwieriges Manöver; die dicken Stahlträger standen weit auseinander, und seine Geschwindigkeit war inzwischen vergleichsweise gering. Die Verfolger hinter ihm in einer engen Gruppe entschieden sich, ihm zu folgen, statt um das Traggerüst herumzufliegen. Sie waren willens, ihn nicht entkommen zu lassen, wenn er auf der anderen Seite herausjagte. Das war jedoch nicht sein Plan.

Er zerrte am Lenker und stieg senkrecht empor, direkt im Mittelschacht des Stützturmes, in der Hoffnung, daß diese Station der üblichen Konstruktion entsprach.

Das war der Fall; er schoß zwischen zwei Laufgängen hindurch und direkt hinaus in den höhlenartigen Emissionszylinder, der ein Stahlgeflecht mit offenen, etwa eineinhalb Meter großen Quadraten auf einer Seite war. Der Emissionszylinder war hundertfünfzig Meter lang; sein Durchmesser war knapp fünfzig Meter. Han flog hinab zu einem Ende des langsam rotierenden Zylinders, orientierte sich und rechnete sich aus, in welche Richtung genau die Station gedreht wurde.

Er drehte den Kopf und sah auch die drei Verfolger in den Zylinder hineinschwirren. Sie flogen jedoch erheblich langsamer als er; sie hatten dieses Spiel noch nie betrieben.

»Festhalten!« schrie er über die Schulter und wendete, um zu den anderen zurückzufliegen. Der Zylinder war so geräumig, daß sie sich zerstreuen und ihm ausweichen konnten, in der Meinung, er wolle sie rammen. Dann setzten sie sich wieder auf seine

Fersen und folgten ihm hinab zum anderen Ende des Zylinders, wo sie, wie für sie feststand, ihn in die Enge treiben und stoppen konnten.

Bis er wieder beschleunigte. Die Motorkapsel plärrte ihre Kraft hinaus. Das andere Ende des Emissionszylinders befand sich noch immer in Drehung, und Han mußte die Bewegung sorgfältig ausgleichen. Er duckte sich tief, zielte scharf durch die Verkleidung und richtete den Sauser genau aus. Die Öffnungen im Stahlgeflecht waren erschreckend klein.

Die Frau sah, was er vorhatte, und grub den Kopf in seinen Rücken. Die Öffnung, die er sich ausgesucht hatte, weitete sich vor ihm. Es gab einen grauenhaften Augenblick des Zweifelns, viel zu spät, um es sich noch anders überlegen zu können.

Das Gitterwerk streifte an ihm vorbei wie ein Schatten. Und er war im Freien, mehr oder weniger auf die Stadt zielend. Er warf einen schnellen Blick nach hinten. Wrackteile regneten auf den Boden hinab, und ein paar Gitterstäbe ragten zerfetzt hinaus; einer seiner Verfolger hatte versucht, es ihm nachzumachen, und war gescheitert.

Das Gesicht der Frau war aschfahl.

»Alles in Ordnung?« fragte er.

»Fliegen Sie lieber das Ding, Sie Psychopath!« schrie sie ihn an.

Er blickte mit arrogantem Feixen wieder nach vorn.

»Geschickte Hände und ein reines Herz triumphieren erneut. Sie waren nie in irgendeiner –« Er schluckte, als er sah, daß die Oberkante der Verkleidung säuberlich abgeschert worden war. Er war nur um Millimeter davongekommen.

»– Gefahr«, schloß Han Solo mit wesentlich gedämpfterer Stimme.

V

Chewbacca, noch immer ein ganzes Stück von der ›Millennium Falcon‹ entfernt, erschnupperte einen seltsamen Geruch und wußte, daß etwas nicht in Ordnung war. Die schwarzen Nüstern in einem nutzlosen Versuch gebläht, den Duft zu erkennen, näherte er sich dem Sternenschiff, so leise er konnte. Trotz seiner gewaltigen Größe und Statur bewegte sich der Wookie, ein erfahrener Jäger, völlig lautlos.

Nach dem Verlassen der Halle hatte Chewbacca die ›Falcon‹ nur oberflächlich in Augenschein genommen, um sich zu vergewissern, daß niemand von den Bodenmannschaften versucht hatte, den Frachter fortzubewegen oder ihn einzumauern. Dann hatte er eine Runde von Rückfragen in der Zentrale des Hafenmeisters und bei den Einstellungshallen der Gilden begonnen, ohne jedoch etwas Brauchbares zu ermitteln.

Sein Auftrag hatte dazu geführt, daß ihm sowohl der gescheiterte Versuch, in das Schiff einzubrechen, als auch Solos nachfolgendes Auftauchen und erneutes Verschwinden entgangen waren. Aber nun hatte er eine weitere Drohung für das Sternenschiff entdeckt. Er schob sich leise die Rampe hinauf und sah eine unbekannte Gestalt gebückt am Schloß der Hauptluke herumfummeln. Neben der Gestalt stand ein offener Werkzeugkasten mit Fusionsbrenner, einigen Sonden, einem Bohrer und anderen Instrumenten. Die Ohren des Eindringlings waren von einer Art Kopfhörer bedeckt.

Chewbacca glitt die Rampe hinauf wie ein Gespenst, griff hin und packte mit seiner großen Hand den Nacken des Eindringlings. Der Kopfhörer wurde herabgeschüttelt, und um den Hals des Wesens baumelte das Ding, an dem sie befestigt waren, offenbar ein Lauschgerät für das Öffnen von Türschlössern.

»Üüü-üüh!« Die Gestalt krümmte und wand sich mit solcher Biegsamkeit, daß der Wookie den Halt verlor. Aber als der Möchtegern-Einbrecher an ihm vorbeizuhuschen versuchte, schossen Chewbaccas lange Arme auf beiden Seiten heraus und versperrten den Weg. In die Enge getrieben, wich der Eindringling keuchend und zitternd zur Hauptluke der ›Falcon‹ zurück.

Das Wesen war klein, vielleicht einen Kopf kleiner als Han Solo. Es hatte den glatten, glänzenden Pelz eines Meeressäugetieres. Der Pelz war von einem tiefdunklen, schimmernden Schwarz. Das Wesen war ein Zweibeiner mit kurzen, kräftig aussehenden Fingern und Zehen; zwischen diesen waren rötlich-graue Schwimmhäute zu sehen. Der Zweibeiner besaß einen dicken, sich verjüngenden Schwanz und spitze Ohren am Schädel, die, unabhängig voneinander, einmal hierhin, einmal dorthin zielten, zuerst auf den Wookie, dann fort von ihm. Seine lange, feuchte Schnauze schnüffelte und bebte nervös. Aus der mit Haaren versehenen Schnauze ragte ein Gebiß vorstehender Zähne. An den zusammengekniffenen Augen konnte man erkennen, daß er nicht sehr scharf sehen konnte.

Das Wesen schien einen Großteil an Informationen durch die Ohren aufzunehmen. Chewbacca vermutete, daß es nur an dem Kopfhörer lag, daß das Wesen seine Annäherung nicht bemerkt hatte.

Der Eindringling sammelte sich und richtete sich zu seiner vollen Größe auf (die neben jener von Chewbacca nicht sehr eindrucksvoll war), während die Nase bebte und der Schwanz in rechtschaffener Empörung vibrierte. Leider glich seine Stimme, als er sie wiederfand, einem stockenden Quietschen mit leichtem Lispeln. Immerhin klang sie überzeugt.

»Was bildest du dir ein, mich zu überfallen, du Riesenpinsel von Wookie? Wie kannst du es *wagen*? Merk dir, daß ich ein konzessionierter Geldeintreiber bin. Dieses Raumschiff steht auf der *Roten Liste*.« Er riß eine Karte aus seiner offenen Werkzeugtasche und präsentierte sie mit dem förmlichen Schnörkel einer Schwimmhand.

Es war ein Dokument der Bevollmächtigung für einen gewissen Spray vom Planeten Tynna. Daraus ging hervor, daß Spray im Interesse und Namen der Interstellaren Inkasso-GmbH handelte, wenn er der Eintreibung von Schulden, gerichtlichen Vorladungen, Wiederinbesitznahme-Verfahren und allen damit verbundenen Tätigkeiten nachging. Auf dem Ausweis befand sich ein flaches 2 D-Bild, das den kleinen Inkassoagenten zeigte.

Chewbacca, der sich davon überzeugt hatte, daß das Papier

echt war, hob den Kopf mit einem Fauchen des Mißvergnügens über alle Geldeintreiber im allgemeinen und über Spray im besonderen. Wie Han verabscheute er sie aus tiefstem Herzen.

Vor einer Schuld davonzulaufen, brachte selten Ärger mit der Polizei ein; unter Angehörigen der Randgesellschaft unabhängiger Raumfahrer kam das so häufig vor, daß alle Polizisten in der Galaxis jeden wachen Augenblick damit hätten zubringen können, die Schuldner unter Zurückstellung jeder anderen Tätigkeit zu suchen, festzunehmen und vor Gericht zu bringen. Deshalb neigten die Espos, die kaiserlichen Streitkräfte und andere gesetzliche Autoritäten dazu, das Problem nicht zu beachten und die Beitreibung von Schulden und/oder die Wiederinbesitznahme von Raumschiffen angestellten Inkassoagenten wie Spray zu überlassen, die mit der dickleibigen und berüchtigten *Roten Liste* die Galaxis durchstreifen.

Spray schien das Fauchen des Wookie nicht zu bemerken. Nachdem er sich ausgewiesen hatte, zog er von irgendwoher ein unglaublich dickes Notizbuch heraus und starrte kurzsichtig hinein, mit der Nase beinahe die Seite berührend.

Er murmelte vor sich hin, während er las.

»Ah, hier, ja«, sagte er schließlich. »Sind Sie vielleicht zufällig Kapitän, ähm, Solo?«

Chewbacca bellte gereizt eine Verneinung und zeigte mit dem Daumen ruckartig zum Raumflughafen, um Solos Verbleib anzudeuten, so gut er konnte. Dann stieß er Spray unhöflich weg und bückte sich, um festzustellen, was dem Schloß angetan worden war. Als er den Schaden bemerkte, den Han schon früher festgestellt hatte, stieß er ein grauenhaftes Gebrüll aus und wandte sich dem Inkassoagenten zu, um ihn auseinanderzunehmen.

Der Tynnaner jedoch, wieder auf vertrautem Boden, war nicht eingeschüchtert, sondern empört. Er schnüffelte.

»Ich bin ganz gewiß für diesen Schaden *nicht* verantwortlich. Halten Sie mich für einen Pfuscher? Für einen hirnlosen Primitivling, der von moderner Technologie keine Ahnung hat? Ich bin ein ausgebildeter Inkassoagent, mein lieber Wookie, ausgerüstet mit den neuesten Instrumenten meines Berufes; ich vermeide es, bei wieder in Besitz genommenem Eigentum Schaden anzurichten. Ich habe keine Ahnung, wer vor mir an dem Lukenschloß herumgemurkst hat, aber Sie können sich darauf verlassen, daß *inh* es nicht gewesen bin. Ich habe einfach das Überwachungssystem abgeschaltet und wollte eben das Schloß neutralisieren – *ohne* es zu beschädigen, wenn ich das noch einmal betonen darf –, als Sie so gewalttätig auf mich losgingen. Jetzt, da Sie hier sind, ist die Notwendigkeit aber nicht mehr gegeben.« Spray steckte seine zahnbewehrte Nase wieder in sein Notizbuch und lispelte murmelnd vor sich hin, während er sich zwischen den Wookie und die Hauptluke der ›Falcon‹ schob. Chewbacca sah sich etwas aus der Fassung gebracht; sein Zorn und seine Drohungen begegneten manchmal der Furcht, manchmal der Feindseligkeit, und vereinzelt einer Auseinandersetzung, aber noch nie war der hochragende Erste Offizier jemandem begegnet, der so mit sich selbst beschäftigt war, daß er ihm buchstäblich keine Aufmerksamkeit widmete.

»Ah, da habe ich es«, fuhr Spray fort, nachdem er zur richtigen Seite zurückgeblättert hatte. »Ihr Kapitän hat es versäumt, eine offenstehende Schuld von rund zweitausendfünfhundert Krediteinheiten zu begleichen, die er ›Vina und D'rag‹, Sternenschiffsbaumeister und Aerospace-Ingenieure GmbH auf Oslumpex V, zu entrichten hat. Ihr Kapitän Solo hat sieben – nein, acht dringende Zahlungsaufforderungen mißachtet.« Er blinzelte den Wookie kurzsichtig an. »*Acht*, Sir. ›Vina und D'rag‹ haben deshalb die Sache meiner Firma übergeben. Wenn Sie jetzt die Freundlichkeit haben, die Luke zu öffnen, kann ich das Verfahren zur Wiederinbesitznahme fortsetzen. Selbstverständlich dürfen Sie alles mitnehmen, was an persönlicher Habe und nicht –«

Chewbacca hatte tiefe, hallende Geräusche aus seiner Kehle von sich gegeben, die jemand, der ihn genauer kannte, als Gefahrensignale aufgefaßt hätte. Seine Gereiztheit brach sich mit einem Brüllen Bahn, das mit seiner bloßen physischen Gewalt Spray einen Schritt zurücktrieb, den Nasenpelz des kleinen Inkassoagenten zauste und seine Haare zurückblies.

Aber Spray blieb stehen und wartete geduldig, die Augen fest zusammengekniffen, während Chewbacca ihn nun mit gräßlichen Wookie-Flüchen eindeckte. Er zuckte ab und zu zusammen, wenn das Brüllen zu einem Kreszendo anschwoll, und seine Ohren klappten schützend zurück, aber er hielt entschlossen die Stellung. Der Erste Offizier der ›Falcon‹ untermalte sein Toben in regelmäßigen Abständen damit, daß er seine riesige Faust an den Schiffsrumpf hieb, was der Panzerung dumpf hallende Töne entlockte.

Aber als der Wookie endlich leiser wurde, begann Spray von neuem im sanftesten Tonfall: »Also, wie ich schon sagte, ich habe hier ein Dokument, das mich berechtigt, Besitz zu ergreifen von —«

Chewbacca riß die ihm von Spray hingehaltenen Papiere an sich. Es war eine dicke, rechtliche Urkunde von mehreren Seiten; der Wookie knüllte sie mit seinen starken Händen zu einer dichten Kugel zusammen und steckte sie in seinen Fangzahn-Mund. Während er den Inkassoagenten erschreckend anfeixte, kaute er ein paarmal an dem Dokument, um es passend zu zerkleinern, dann schluckte er es hinunter.

Aber das bewirkte wenig, um seine Frustration darüber, wie mit Spray umzugehen war, zu lindern. Es war das erstemal seit Menschengedenken, daß Chewbacca solche Schwierigkeiten mit einem Wesen hatte, das er gewichtsmäßig um das Dreifache übertraf. Er fing an, verlegen zu werden; das Schauspiel hatte bereits die Aufmerksamkeit von mehreren hiesigen Streunern und einer Reihe vorbeikommender Automaten erregt. Der Gedanke, den Tynnaner einfach zu zerstampfen, mußte nun unterdrückt werden.

»Das wird Ihnen gar nichts nützen, mein lieber Wookie«, beeilte Spray sich, ihm zu versichern. »Uns stehen Duplikate zur Verfügung. Also, wenn Ihr Kapitän nicht bereit und in der Lage ist, die Gesamtsumme seiner Schuld auf der Stelle und vollständig zu bezahlen, fürchte ich, *muß* ich verlangen, daß entweder *Sie* diese Luke öffnen oder *mir* die Öffnung gestatten.«

Chewbacca fügte sich endlich knurrend und winkte Spray, ihm die Rampe hinunter zu folgen. Er wollte den Inkassoagenten zu einem Gespräch mit seinem Partner führen; er sah keine andere Möglichkeit, wenn er nicht das Schiff verlieren oder in aller Öffentlichkeit einen vorbedachten Mord begehen wollte.

Aber Spray schüttelte lebhaft den Kopf.

»Ich fürchte, das geht einfach nicht, mein lieber Freund. Es ist zu spät, mit Verhandlungen zu beginnen; augenblickliche Zahlung oder augenblickliche Wiederinbesitznahme sind die einzigen Möglichkeiten.«

Im Laufe eines langen Lebens hatte Chewbacca gelernt, daß eine Zeit kommt, in der selbst das angriffslustigste Brüllen unzureichend ist. Er packte Sprays Schultern mit je einer riesigen Pfote und hob den Inkassoagenten mühelos hoch, bis sie beide auf gemeinsamer Augenhöhe waren. Die zahnbewehrte Schnauze an der Fellschnauze Chewbaccas, die Schwimmhautfüße irgendwo über den Knien des Wookie baumelnd, verfolgte der Tynnaner, wie die Lippen des Ersten Offiziers der ›Millennium Falcon‹ gefährlich aussehende Zahnreihen entblößten.

»Hinwiederum«, nahm der Inkassoagent das Gespräch erneut hastig auf, »*könnten* wir vielleicht zu einer Einigung gelangen und meinen Auftraggebern Kosten und Unbequemlichkeiten einer öffentlichen Versteigerung ersparen. Ich habe vollkommen verstanden, Sir. Wo kann ich Ihren Kapitän finden?«

Chewbacca stellte Spray vorsichtig wieder auf seine Füße, wies auf das Schloß-Überwachungssystem und knurrte rauh. Spray verstand ihn sofort, zog Werkzeug aus seiner Tasche und schaltete die Anlage rasch wieder ein.

Augenblicklich tönte das Zirpen von Blue Max aus einem Lautsprecher.

»Wer ist da? Warum ist die Anlage abgeschaltet worden? Melden Sie sich sofort, oder ich verständige die Hafenpolizei!«

Chewbacca bellte sofort in die Sprechanlage.

»Oh, Erster Offizier Chewbacca, Sir«, erwiderte Max zufrieden. »Ich dachte schon, es wird erneut eingebrochen. Einen Versuch hat es vorhin bereits gegeben. Kapitän Solo ist unterwegs, um der Sache nachzugehen. Er hat Bollux mit einer Nachricht zur Landezone geschickt und erklärt, er wolle Sie später dort treffen. Kommen Sie jetzt an Bord, Sir?«

Der Wookie bellte gereizt, während er Spray die Rampe hinuntertrieb. Der Tynnaner mußte traben, um mit Chewbacca Schritt halten zu können.

Blue Max rief ihnen nach: »Aber wie lauten meine Anweisungen?«

Als der Wookie ihn davonschleppte, rief der Inkassoagent mit schriller Stimme: »Sorge im Namen der Interstellaren-Inkasso-GmbH dafür, daß dem Raumschiff nichts zustößt!«

»Wie heißen Sie überhaupt?« fragte die Frau, als sie die ›Landezone‹ betraten. Es war ein bekanntes Lokal unter Raumfahrern, sich vorteilhaft abhebend von anderen Etablissements in der Straße von Bars, Massagesalons, Spielhöllen und Pfandleihen außerhalb des Personaltores am Raumflughafen. »Ich heiße Fiolla«, fuhr sie aufmunternd fort.

Han hatte auf dem Rückflug nicht viel Gelegenheit gehabt, mit ihr zu reden. Am Ende hatten sie den Sauser zusammen mit dem Vibromesser ein paar Straßen weiter mitten im wimmelnden Viertel der fremden Lebewesen einfach stehenlassen. Es sprach viel dafür, daß der Sauser bereits eine neue Lackierung hatte oder zerlegt worden war.

Aber Han sah keinen Anlaß, sein Gehirn nach einer Tarnung zu zermartern; die Sklavenhändler kannten seinen Namen schon, und jeder andere, dem dies dringlich genug erschien, konnte ihn auch in Erfahrung bringen.

»Han Solo«, sagte er.

Es war ihr nicht anzumerken, daß sie ihn erkannte.

Bollux, der Chewbacca auf dem riesigen Raumflughafen nicht hatte finden können, war auch im Lokal nicht von mehr Glück begünstigt gewesen. Aber er hatte, die entsprechende Erlaubnis des Barkellners mit besonderem Eifer erwirkend, am Eingang warten dürfen.

Nun kam er auf Han zu, der seufzte, als er den Androiden in seiner Nähe sah.

»Ich habe keine Lust, im Stehen zu reden. Komm mit rein und setz dich, Bollux.«

Die ›Landezone‹ und ihre gesamte Einrichtung waren aus Teilen von den Schrottplätzen des Raumflughafens erbaut. Han ging voraus zu einem kleinen Tisch aus einem veralteten Himmelskarten-Computer, der aus einem alten Vermessungsschiff stammte.

Als Bollux und Fiolla sich gesetzt hatten, wandte sich ersterer an sie.

»Bollux, allgemeiner Arbeitsdroid, zu Ihren Diensten.«

Han unterbrach Fiollas höfliche Antwort.

»Lassen Sie nur«, knurrte er. »Bollux, wo ist Chewie?«

»Ich konnte ihn nicht finden, Kapitän. Ich bin hergekommen, in der Annahme, daß das der Ort sei, wo Sie schließlich mit ihm zusammentreffen wollten.«

Der Kellner näherte sich, ein Sljee mit vielen Greifarmen und einem breiten Tablett, das an der Oberseite eines niedrigen, plattenförmigen Körpers befestigt war. In der Mitte des Tabletts befand sich ein Loch, durch welches die Riechantennen des Sljee wie ein sonderbarer Tafelaufsatz ragten.

»Was möchten Sie?« fragte er sie hastig, weil der zweite nachmittägliche Andrang eben begonnen hatte. Dann fiel ihm Bollux auf. »Bedaure, aber es ist gegen die Hausvorschriften, Androiden an die Tische zu lassen. Die beiden Herren müssen ihn vor das Haus schicken.«

» *Wer* ist ein Herr?« fragte Fiolla scharf.

»Verzeihung«, entschuldigte sich der Sljee. »Ich arbeite erst seit heute früh hier. Ich bin zum erstenmal von zu Hause fort und habe vorher nie mit fremden Lebewesen zu tun gehabt. Mit Nicht-Sljee, meine ich. Die Gerüche sind so verwirrend. Tut mir schrecklich leid.«

»Der Android bleibt«, erklärte Solo rundheraus. »Bringen Sie uns zwei Brennschlüsse, oder ich erzähle dem Geschäftsführer, daß Sie diese Dame beleidigt haben. Ich bin ein sehr enger Freund von ihm.«

»Sofort, Sir. Kommt auf der Stelle.« Der Sljee drehte auf seinen vielen kurzen Scheinfüßchen eine Pirouette und segelte zur Bar davon.

»Jetzt wissen wir also, daß ich nicht Zlarb bin«, sagte Han zu Fiolla. »Wer sind Sie nicht?«

Sie lachte leise.

»Ich bin keine Sklavenhändlerin, aber Sie kennen meinen richtigen Namen, oder wenigstens einen Teil davon. Ich bin Hart-und-Parn-Gorra-Fiolla von Lorrd, stellvertretende Präsidentin der Rechnungskammer, Gemeinsame Sektorleitung.«

Ein hohes Tier von der Sektorleitung, ächzte Han innerlich. Warum gehe ich nicht einfach zum Espo-Gefängnis hinunter, suche mir eine bequeme Zelle aus und bringe das hinter mich? Statt dessen setzte er das Gespräch fort.

»Sklavenhändler müssen interessante Bücher und Spesenkonten haben.«

»Zweifellos, aber ich habe nie eines gesehen. Ich bin Rechnungsprüferin zur besonderen Verwendung, eine Art Wanderbeauftragte zur wahllosen Überprüfung von Sektorleitungs-Betrieben. Ich war hier mit meinem Gehilfen tätig, als ich feststellte, daß innerhalb der Sektorleitung ein Sklavenhändlerring arbeitet. Es sind einige Chefmanager beteiligt, dazu eine Reihe von Espo-Beamten. Ich glaube, es könnte bis hinauf zum Bereichsleiter für diesen ganzen Teil des Sektors, Odumin, reichen, und das ist an sich schon ein schwerer Schlag. Ich bin ihm zwar noch nie begegnet, habe aber gehört, daß Odumin stets das Rampenlicht scheut, durchwegs jedoch ein guter Verwaltungsbeamter gewesen ist, ein regelrechter Menschenfreund, soweit das bei Chefs vorkommt. Jedenfalls führe ich meine eigene Untersuchung. Wenn ich die gesamten Informationen verarbeitet habe, werde ich sie dem Direktorenrat einfach auf den Tisch knallen.« Sie lächelte strahlend. »Dann werde ich mir die saftigste Beförderung und Gehaltserhöhung heraussuchen, die Sie je gesehen haben. Sie sehen vor sich Fiolla von Lorrd, die Heldin des Weltraumes. Und wie steht es mit Ihnen?«

Er breitete die Hände aus.

»Ich fliege gegen Aufträge. Ich traf mich mit Zlarb, ohne zu wissen, daß ich für ihn Sklaven schmuggeln sollte. Wir gerieten aneinander, und er wurde erschossen. Und mir ist gleichgültig, wer wem was antut; mir stehen Zehntausend in bar zu, und die will ich haben. Zlarb hatte eine Bandmitteilung, sich hier mit jemandem zur Geldübergabe zu treffen, also hielt ich seine Verabredung ein. Wie sind Sie in die Halle gekommen?«

»Das gehörte zu den Informationen, die ich erhielt. Hat Zlarb

86

Ihnen sonst noch etwas erzählt?«

»Zlarb machte den letzten Sprung, kurz nachdem ihn ein Berstgewehr getroffen hatte, aber er besaß eine Liste von Schiffsregistrierungen und Leasinglizenzen. Fast alle davon gingen über eine Agentur auf Ammuud.«

Sie hörte nur zerstreut zu, aber er sprach weiter: »Macht es Ihnen etwas aus, mir zu verraten, wieso ich plötzlich von Ihnen ins Vertrauen gezogen werde?«

»Ganz einfach, die Sache zieht noch weitere Kreise, als ich dachte. Ich brauche Hilfe und kann nicht zu den Espos gehen. Sie scheinen auf eine unraffinierte Art und Weise zu wissen, was Sie tun. Und Sie sind ganz entschieden nicht Mitglied des Sklavenhändlerringes, es sei denn, Mord ist eine alltägliche Abzahlungssache.«

»Sie würden sich wundern. Aber kommen Sie nicht auf Gedanken, daß ich ein hilfreicher Typ bin. Wie sind Sie heute übrigens da draußen gelandet?«

»Magg, mein Mitarbeiter, bekam eine Mitteilung in die Hände, daß die Geschäftsführung für Zlarb in der Halle einen Tisch reserviere. Als mir klarwurde, daß Sie nicht daran dachten, mir viel zu erzählen, schickte ich Sie auf eine Jagd hinter sich selbst her und –«

Han beugte sich mit einem Gesichtsausdruck vor, der Bollux um Fiollas Sicherheit fürchten ließ.

»Und Magg ist nachgekommen, um mir das Lebenslicht auszublasen, wie?«

Sie wirkte ehrlich schockiert.

»Wollen Sie damit sagen, daß jemand Sie überfallen hat?«

»Jemand hat alles getan, nur meine Rotoren nicht demoliert.«

Sie atmete tief ein.

»Ich habe Ihnen die Nummer eines Hangars der Sektorleitung gegeben. Das Schiff dort war dasjenige, mit welchem Magg und ich hier angekommen sind. Ich wußte, daß man auf Ersatzteile wartete und niemand dort sein würde. Aber hören Sie, Magg ist Ihrem behaarten Freund nachgegangen, als dieser die Halle verließ, und so haben wir herausgefunden, welches Raumschiff Ihnen gehört. Als wir zu einer Durchsuchung nicht an Bord konnten, ging ich, um Zlarbs Verabredung selbst einzuhalten. Ich schickte Magg los, er sollte über Sie herausfinden, soviel er konnte.«

Han war so beschäftigt damit, zu entwirren, was sie gesagt hatte, daß er vergaß, wütend zu werden, als sie den versuchten Einbruch erwähnte. Er war beeindruckt von ihrer Wendigkeit, ärgerte sich ein wenig über ihre Selbstsicherheit und staunte über ihre Naivität.

Der Sljee-Kellner war zurückgekommen. Zwei Greifarme zogen zwei hohe Gläser vom Hecktablett, während zwei andere Saugmatten vor Han und Fiolla ausbreiteten.

»Da wären wir«, sagte der Sljee fröhlich. »Bezahlen Sie gleich, oder soll ich das auf die Rechnung setzen?« fragte er bang. Er war an diesem Tag bereits zweimal von skrupellosen Gästen geprellt worden, die seine Schwierigkeiten bei der Unterscheidung zwischen einzelnen Nicht-Sljee ausgenützt hatten.

»Auf die Rechnung«, sagte Han sofort.

Der Sljee zog sich enttäuscht zurück, während er sein bestes tat, sich Solos Duftmarke zu merken, allerdings ohne große Hoffnung.

Die Brennschlüsse waren hervorragend, verbrannten ihre Zungen und vereisten ihre Kehlen, so daß sie ein wenig nach Luft rangen.

»Finden Sie nicht, daß es dumm war, allein da hinauszufliegen?« fragte Han.

»Ich hatte eine Waffe«, erwiderte sie. »Eine ganz besondere, auf die Abtaster nicht ansprechen. Viele leitende Leute haben sie. Woher sollte ich wissen, daß das Ding mich im Stich läßt?«

»Wo ist Ihr Mitarbeiter jetzt?«

»Nachdem Magg Sie überprüft hat, wird er in unser Hotel gehen und sich reisefertig machen. Mir ist der Gedanke gekommen, daß wir vielleicht kurzfristig den Planeten verlassen müßten.«

»Durchaus möglich«, gab Han zu. Er kam plötzlich auf etwas und wurde wieder feindselig. »Ich habe mit Magg noch eine Rechnung zu begleichen, weil er mein Schiff beschädigt hat.«

»Ich habe ihn angewiesen, den Einbruchsversuch zu unternehmen, um nachzusehen, ob sich an Bord irgendwelche Informationen befänden. Ich dachte, Sie wollten sich vielleicht ganz dumm stellen. Wenn Sie sich revanchieren wollen, können Sie mich wieder einmal auf einen Sauserflug mitnehmen. Was für ein Sicherheitssystem haben Sie da übrigens? Magg war überzeugt davon, einen Frachter mühelos öffnen zu können, aber Ihr Schloß war nicht zu knacken. Er sagte, er würde einen ganzen Werkzeugladen brauchen, um hineinzukommen.«

»Ich lege Wert auf mein Privatleben«, erklärte Han schlicht, ohne vom Schmuggel etwas zu erwähnen.

»Magg sagte, das sei, als versuche man, den Währungsreserven-Hort des Imperiums zu knacken.«

»Scheint Erfahrung zu haben, der Mann.«

»Oh, er ist sehr vielseitig, ja. Ich habe ihn mir eigens ausgesucht, weil er eine, äh, Vielzahl von Fähigkeiten hatte. Ich glaube, Sie beide werden einander gewiß –« In diesem Augenblick tauchte Chewbacca mit Spray auf. Der Wookie setzte den kleinen Tynnaner mit der Kraft seiner Riesenpfote gewaltsam nieder und nahm selbst auch Platz, den Stuhl bis zum Überquellen ausfüllend.

»Ich habe Fiolla hier kennengelernt und wäre beinahe umgebracht worden«, erzählte Han seinem Freund vergnügt. »Wie war *dein* Nachmittag?«

Chewbacca betrachtete die Frau mit seinen großen, klaren Augen, und sie erwiderte seinen prüfenden Blick. Dann wies der Wookie auf Spray und begann Han in seiner knurrenden, bellenden Sprache zu berichten, was geschehen war, während der Inkassoagent mit zusammengekniffenen Augen von einem zum anderen blickte.

»Ich hasse Inkassoagenten«, verkündete Han Solo schließlich.

»Wenn das so ist, werde ich mich wohl lieber wieder auf die Beine machen...«, sagte Spray und wollte aufstehen.

Chewbacca ließ eine Tatze auf seine Schulter fallen und drückte ihn nieder.

In Solos Kopf wirbelten angesichts dieser neuen Entwicklung die Gedanken durcheinander, und er wünschte sich, Informationen so schnell verarbeiten zu können wie Blue Max. Theoretisch konnte Spray, um die ›Falcon‹ in Besitz zu nehmen, die Hilfe der

Espos anfordern. Erneut fragte Han sich, wann seine Pechsträhne endlich aufhören würde.

In diesem Augenblick tauchte der Sljee-Kellner wieder auf, da er Chewbacca und Spray bemerkt hatte. Er strengte sich an, in gastlichsten Tönen zu sprechen, weil er sich seines vorherigen Mißgriffs nur zu deutlich bewußt war.

»Ja, *Sir*«, schnurrte der Sljee Chewbacca an, »und was kann ich Ihnen und Ihrem strammen Sprößling hier bringen?«

Chewbacca fauchte den Sljee an. Spray, schon sichtlich verstört, explodierte.

»Wir sind nicht einmal von derselben *Art!*«

»Was habe ich Ihnen dazu gesagt?« fragte Han den Sljee drohend.

»Ich bitte tausendmal um Vergebung«, jammerte der Sljee, in nervösen Vierteldrehungen hin- und herrotierend, während er flehend die Greifarme rang.

»Was, um alles in der Welt, ist denn los?« wollte Fiolla wissen, die kein Wort Chewbaccas verstanden hatte.

Spray hob seine Hand, die Schwimmhautfinger waren gespreizt, bis die anderen, auch der Sljee, verstummten.

»Erstens haben wir keinen Bedarf an Erfrischungen, vielen Dank«, sagte der Tynnaner zum Kellner.

Der Sljee zog sich rasch zurück.

»Nun zur Hauptsache, Kapitän Solo«, fuhr Spray fort. »Es geht um zweitausendfünfhundert Krediteinheiten, die ›Vina und D'rag‹, Schiffsbaumeister, zustehen. Falls Sie nicht zahlungsbereit sind, bin ich ermächtigt, Ihr Schiff in Besitz zu nehmen. Übrigens scheint die Kennzeichnung widerrechtlich verändert worden zu sein.«

Han verengte die Augen und funkelte Spray an.

»Ich überlege mir gerade«, sagte er, »wie ein gewisser Nagenasen-Zwerg seine gerechte Abreibung erhält.«

»Für Drohungen mit schwerer körperlicher Mißhandlung ist das hier ein bißchen öffentlich, nicht wahr, Solo?« mischte sich Fiolla ein.

»Sie halten sich da raus! Wer weiß, ob ihr zwei nicht zusammenarbeitet«, fuhr Han sie an.

»Einschüchterungsversuche werden Ihnen nichts nützen, Kapitän«, ließ sich Spray mit seiner quietschenden Stimme wieder vernehmen. »Entweder müssen auf der Stelle Zahlungsvereinbarungen getroffen werden, oder ich werde gezwungen sein, zum Hafenmeister und zur Sicherheitspolizei zu gehen.«

Han stand der Mund offen. Er wußte nicht recht, ob er versuchen sollte, zu lügen, oder Chewbacca einfach zu beauftragen, den Inkassoagenten in einen bewußtlosen Zustand zu versetzen. Er hörte Fiolla sagen: »*Ich* bezahle für ihn.«

Han Solos Mund blieb offen, als er sich ihr zuwandte.

»Klappen Sie Ihren Mund lieber zu«, riet Fiolla, »bevor Ihre Zunge einen Sonnenbrand bekommt. Schauen Sie, mein Problem ist viel komplizierter, als ich dachte. Es bedarf noch gründlicher Nachforschungen, bevor ich an das Direktorat herantreten kann. Ich brauche ein Mittel, um schnell herumzukommen, und lege keinen großen Wert darauf, öffentliche Verkehrseinrichtungen zu benutzen. Und das letzte, was ich möchte, ist, mich eines Schiffes der Sektorleitung zu bedienen. Solo, Sie sollten auch erpicht darauf sein, von hier wegzukommen, bevor die Espos nach vermißten Mietbooten und einigen Sauserpiloten fragen, die über die Landschaft verstreut sind. Wenn Sie sich mir verdingen, decke ich Ihre Schuld ab. Außerdem wollen Sie doch Ihre Zehntausend, nicht? Die beste Aussicht, zu diesem Geld zu kommen, besteht für Sie darin, mit mir zusammenzubleiben.« Sie wandte sich an Spray. »Was halten Sie davon?«

Der Tynnaner kratzte sich nervös Haarbüschel an seinem Schädel, blinzelte und kräuselte verwirrt die Nase.

»Bar?« fragte er schließlich.

»Mit Bargutscheinen der Sektorleitung«, erwiderte Fiolla. »Die Hälfte gleich, die Hälfte, wenn wir fertig sind. Sie sind so gut wie Geld auf der Bank.«

»Die Interstellare Inkasso-GmbH gibt Rückzahlung gegenüber Wiederinbesitznahme-Verfahren den Vorzug«, räumte der Inkassoagent ein. »Aber ich fürchte, ich kann Sie nicht aus den Augen lassen, bis volle Rückerstattung geleistet ist.«

»Augenblick mal«, fuhr Han Fiolla an. »Ich schleppe den kleinen Blutsauger nicht mit.«

91

Spray blieb unerwartet fest, er erklärte: »Kapitän Solo, Ihr Angebot ist absolut die einzige Alternative, die Sie haben.«

»Dann gibt es immer noch den berühmten Zaubertrick des Verschwindens eines Inkassoagenten«, meinte Han dunkel.

»Bleiben Sie zivilisiert«, rügte ihn Fiolla. »Das wird nicht lange dauern, Solo. Und wenn Sie mir nicht helfen, muß ich vielleicht Ihren Namen in meinem Bericht erwähnen. Aber wenn Sie mich nach Ammuud bringen, damit ich diesen Reedereimakler über-prüfen kann, von dem Sie sprachen, werde ich Sie vollkommen vergessen.«

Han hoffte, das möge auf Gegenseitigkeit beruhen. Er goß die Hälfte vom Rest seines Brennschluß-Cocktails hinunter. Das wirkte zersetzend, half aber sonst nicht viel. Er sah seinen Ersten Offizier an, der den Blick erwiderte und bereit war, sich jeder Entscheidung Han Solos anzuschließen.

Han stützte das Kinn auf die Faust.

»Chewie, du nimmst Bollux und den Plattfuß hier mit zurück zum Schiff. Ich begleite unsere neue Auftraggeberin und hole ih-ren Mitarbeiter. Besorge die Starterlaubnis und bereite einen Sprungflug nach Ammuud vor.«

Fiolla bekritzelte hastig einen Formularblock und drückte ih-ren Daumen auf das Ermächtigungsfeld. Sie reichte Spray den Gutschein, worauf Han begriff, daß sie über ein unbegrenztes Spesenkonto verfügte und ihre Stellung in der Sektorleitung wahrlich eine wichtige sein mußte.

Der Wookie war aufgestanden und vorsichtshalber zu Spray getreten. Bollux befand sich knapp hinter ihm. Der Tynnaner machte jedoch nur eine höfliche Abschiedsverbeugung vor Fiolla.

»Ich danke Ihnen, daß Sie es waren, die bei dem ganzen Vorfall vernünftig geblieben ist«, sagte er. Dann ging er zur Tür.

Chewbacca knurrte Han und Fiolla einen Abschiedsgruß zu. Sie erwiderte ihn, wobei sie die Vokallaute nicht richtig hervor-brachte, aber ihr Gesicht darum herum in enger Nachahmung des Wookie verzerrte, sogar so weit verzerrte, daß sie beide Win-kel ihrer Oberlippe hochzog und das ganze Gebiß in echter Wookie-Manier bleckte. Chewbacca war verblüfft, lachte aber kläffend. Dann eilte er, Bollux neben sich, davon, um den entschwindenden Spray einzuholen.

»Sie haben eine sehr gute Mimik«, meinte Han, der sich an ihre Nachahmung des vierarmigen Geschäftsführers in der Flughalle erinnerte.

»Ich sagte schon, ich bin von Lorrd«, rief sie ihm ins Gedächtnis zurück, und er begriff. Die Lorrdianer waren über viele Generationen hinweg während der Kanz-Aufstände eine Rasse von Untertanen gewesen. Ihre Oberherren hatten ihnen das Sprechen, Singen oder jede andere Form von Verständigung bei ihrer Sklavenarbeit verboten. Die Lorrdianer hatten dadurch eine komplizierte Sprache von außerordentlich subtilen Hand- und Gesichtsbewegungen und Körpersignalen entwickelt und waren Meister der kinetischen Verständigung geworden. Obwohl es Generationen zurücklag, daß ihre Unfreiheit durch die Jedi-Ritter und die Streitkräfte der Alten Republik beendet worden war, gehörten die Lorrdianer nach wie vor zu den allerbesten Mimen und Imitatoren der Galaxis.

»Daher wußten Sie also, daß Chewie und ich heute Tisch 131 im Auge behielten?«

»Ich habe Ihnen alles abgelesen. Sie verrieten sich jedesmal, wenn jemand in Tischnähe kam.«

Und Fiollas Herkunft von Lorrd schürte in ihr nach Solos Ansicht ein zusätzliches Interesse, den Ring der Sklavenhändler zu sprengen. Immerhin war es ungewöhnlich, eine Bewohnerin Lorrds so weit von zu Hause entfernt tätig zu finden, noch dazu für die Gemeinsame Sektorleitung.

Han zeigte auf den Gutscheinblock.

»Es gibt Zeiten genug, in denen man mit einem Strahler mehr erreichen kann als mit einem solchen Schein, aber wenn ich einen Block davon hätte, würde ich mir einen hübschen kleinen Planeten kaufen und in den Ruhestand treten.«

»Und das ist der Grund, warum Sie nie einen bekommen«, versicherte sie ihm, stand auf und folgte ihm. »Diese Sklavereigeschichte wird mein großer Durchbruch sein. Nichts wird mich mehr von einem Direktorensessel fernhalten können.«

Der Sljee-Kellner kam zurück, seine Riechstengel kippend

und schwenkend, als er den leeren Tisch bemerkte. Dann entdeckte er Han und Fiolla und ging auf sie zu, die Rechnung auf einem Präsentierteller aus Metall mitbringend.

»Äh, ich glaube, das ist Ihre Rechnung, Menschen«, sagte der Sljee stockend.

»Unsere?« rief Han, der bankrott war, empört. »Wir sind eben angekommen, und damit Sie es wissen, wir warten schon eine ganze Weile darauf, daß man uns einen Tisch zuweist. Und Sie versuchen, uns eine fremde Rechnung unterzujubeln, obwohl wir noch nicht einmal etwas zu trinken bekommen haben? Wo ist der Geschäftsführer?«

Der Sljee wirbelte vor und zurück und flocht seine Tentakel in völliger Bestürzung ineinander. Sein Sinnesapparat war für feine Unterscheidungen und subtile Wahrnehmungen hinsichtlich anderer Sljee wirklich hervorragend ausgestattet, aber Menschengattungen fand er grauenhaft anonym.

»Sind Sie sicher?« ächzte der Sljee niedergeschlagen. »Ich bedaure. Ich, ich habe Sie wohl mit zwei anderen Personen verwechselt.« Er betrachtete den freien Tisch und rang verzweifelt die Greifarme. »Sie haben sie nicht zufällig gehen sehen, nein? Wenn ich wieder hereingelegt werde, kostet mich das meine Stellung.«

Fiolla, die das nicht länger aushielt, zog großzügig eine Handvoll Bargeld aus ihrer Schenkeltasche und warf es auf das kleine Tablett.

»Solo, Sie sind unmöglich!«

Der Sljee zog sich zurück, sie mit dankbaren Blicken überschüttend. Fiolla ging zur Tür.

»Jede Lebensform muß für sich selber sorgen«, sagte Han.

94

VI

Fiollas Hotel war, wie zu erwarten, das beste Logierhaus im Raumflughafen: das ›Imperial‹. Han gab sich alle Mühe, nicht linkisch und fehl am Platze zu wirken, als er ihr durch eine Halle mit hochragenden Säulen, Deckengewölben, federnden, üppigen Teppichen, delikater Leuchtkugelbeleuchtung, teuren Möbeln und wuchernden Sträuchern folgte.

Fiolla dagegen war das Abbild kühler, unbekümmerter Selbstsicherheit, eine Aristokratin selbst im Overall. Sie ging voraus zum Liftschacht und drückte die Taste für das siebzigste Stockwerk.

Ihre Suite war luxuriös, ohne überladen zu wirken. Han vermutete, daß Fiolla sich zwar etwas viel Prunkvolleres hätte leisten können, das jedoch als gewöhnlich betrachtet hätte.

Aber in derselben Sekunde, in der sie mit dem Auflegen der Handfläche die Tür öffnete, wußte er, daß etwas nicht stimmte. Überall herrschte Unordnung. Anschmieg-Möbel waren weggezogen und umgestoßen worden, Schwebepolster und Suspensionsbetten aufgerissen und umgekippt. Aufhängepaneele waren offen, die Datenplaketten und Bänder, mit denen Fiolla arbeitete, lagen überall am Boden verstreut.

Als Han Fiolla von der Tür wegzog, fiel ihm plötzlich ein, daß er unbewaffnet war.

»Haben Sie noch eine Schußwaffe?« flüsterte er. Sie schüttelte den Kopf, die Augen weit aufgerissen. »Dann geben Sie mir das Sonderexemplar; es ist besser als nichts.«

Sie übergab ihm die unwirksame Waffe. Er lauschte aufmerksam, hörte aber kein Geräusch, das angedeutet hätte, daß derjenige, welcher ihr Zimmer durchwühlt hatte, noch anwesend sei. Han trat vorsichtig in die Suite und lauschte an jeder Tür, bevor er über ihre Schwelle trat. Er fand bei seinem wachsamen Rundgang überall Spuren einer Durchsuchung, überzeugte sich aber davon, daß niemand in den Räumen war.

Er stellte den Sicherheitsstatus ihrer Tür auf ›Vollständige Isolierung‹.

»Wo ist Maggs Zimmer?«

Sie zeigte nach rechts.

»Hinter dem Wandbehang gibt es eine Verbindungstür; wir nehmen in der Regel Zimmer nebeneinander. Eine Buchprüfung kann lange dauern.«

Er schob Maggs Tür langsam auf, das Ohr für jede Warnung gespitzt, hörte aber nichts. Maggs Raum befand sich im selben Zustand wie Fiollas Zimmer.

»Sie haben ihn hierher zum Packen beordert?« fragte Han. Fiolla nickte und schaute sich betroffen im durchwühlten Raum um. »Nun, jemand hat ihn Ihnen vorausgeschickt. Nehmen Sie mit, was Sie in die Taschen stecken können, wir verschwinden auf der Stelle.«

»Aber was ist mit Magg? Wir müssen diesen Frevel den Espos melden.« Ihre Stimme verklang, als sie in ihr eigenes Zimmer zurückkehrte.

Er begann in der Programmierungstafel für die ferngelenkten Dienergeräte Anweisungen einzugeben, um die Hausarbeit zu regeln, dann kehrte er in Fiollas Räume zurück.

»Wir gehen nicht zu den Espos«, sagte er. »Sie könnten beteiligt sein; haben Sie mir das nicht selbst gesagt? Dann beschneiden Sie nicht einfach die Charter.«

Er begann Anweisungen auch in die Programmierungstafel für ihre Räume zu geben. Fiolla kam zurück, ihre Overalltaschen und -beutel waren ausgebeult, eine schmale Tragtasche schlang sich über ihre Schulter.

»Das gefällt mir nicht, aber mit den Espos haben Sie recht«, sagte sie. »Was machen Sie?«

Er drehte sich an der Tafel herum.

»Na, was sagt man, eine Frau mit leichtem Gepäck. Was ich gemacht habe, war, Anweisungen dafür zu geben, daß Ihre und Maggs Sachen eingelagert werden. Sie können sie später abholen« – *hoffe ich*, dachte er bei sich. »Sind die Zimmer schon bezahlt? Gut, dann düsen wir.«

Er guckte in den Flur hinaus, bevor er sich durch die Tür schob. Er kam sich angespannt wie eine Uhrfeder vor, als sie den Fallschacht hinunterglitten, aber sie begegneten weder dort noch im Foyer Schwierigkeiten. Ein Robo-Taxi setzte sie vor einem der Seitentore des Raumflughafens ab, an einem Frachtführer-Eingang in der Nähe der ›Falcon‹, den Han mit seinen Schiffs-führerpapieren benützen konnte.

Aber als sie die Seite des Rollweges gegenüber dem Vorfeld er-reichten, auf dem die ›Falcon‹ stand, riß Han Fiolla plötzlich hinter ein kleines Orbitalskiff und lenkte ihre Aufmerksamkeit auf ein paar Herumstehende.

»Erkennen Sie irgendeinen davon?«

Sie sah sie sich in der dunstigen Sonne stirnrunzelnd an.

»Ach, Sie meinen die Goldhäute? Sind das nicht die anderen Sauserpiloten von heute nachmittag? Aber was machen die hier?«

Er schnitt eine Grimasse.

»Sie sind gekommen, um uns die Mitgliedschaft in ihrem Luft-akrobatenklub anzutragen, was sonst?«

»Was nun?« fragte Fiolla.

Han zog sein Makro-Fernglas aus dem Etui an der Hüfte. Da-mit konnte er Chewbacca im Cockpit der ›Millennium Falcon‹ herumgehen und eine Startkontrolle des Schiffes vornehmen se-hen.

»Wenigstens ist Chewie an Bord«, sagte er zu ihr, als er das Glas sinken ließ. »Spray und Bollux wohl auch. Unsere Freunde warten vermutlich auf Sie und mich, bevor sie loslassen, was sie geplant haben.«

Sich mit einer Schießerei aus der Affäre zu ziehen, würde nicht klappen, das wußte er. Selbst wenn er und Fiolla die ›Falcon‹, ge-deckt durch deren Rumpfkanonen, erreichen konnten, waren ihre Aussichten darauf, dem Patrouillennetz und den Sperrschif-fen am Himmel zu entgehen und den Hyperraum zu erreichen, nahezu gleich Null.

Fiolla klemmte die Unterlippe zwischen die Zähne und dachte nach.

»Es gibt zwischen hier und Ammuud regelmäßige Passagier-verbindungen. Wir könnten uns entfernen, während die Ihr Schiff beobachten, und Chewbacca dort treffen. Aber wie ihm das mitteilen?«

Han schaute an den Reihen von Raumfahrzeugen auf ihrer

97

Seite des Rollweges entlang.

»Da ist, was wir brauchen«, sagte er, ergriff ihre Hand und führte sie durch mehrere Reihen abgestellter Raumfahrzeuge zurück.

Sie erreichten das eine, das Han entdeckt hatte, einen großen Frachter, der an einen Tanker angeschlossen war. Die äußeren Zugangsklappen waren geöffnet. Han kroch durch eine davon hinauf und riß zwanzig Sekunden später die kleine Kanzelluke auf.

»Niemand zu Hause«, sagte er zu ihr, als er ihr hinaufhalf. Gemeinsam zwängten sie sich in das winzige Cockpit. Han richtete das Makroglas auf seinen Ersten Offizier gegenüber, und als der Wookie zufällig in seine Richtung blickte, ließ er die Positionslampen des Frachters blinken. Chewbacca achtete nicht darauf.

Es bedurfte vier weiterer Versuche, um die Aufmerksamkeit des Wookie zu erregen. Han sah den langen, zottigen Arm seines Ersten Offiziers zur Konsole greifen, und die Positionslampen der ›Falcon‹ blinkten bestätigend zweimal.

Fiolla behielt die Wesen im Auge, die Solos Raumschiff beobachteten, um sich zu vergewissern, daß sie nicht bemerkt hatten, was vorging. Dabei entdeckte sie mindestens vier weitere Müßiggänger, die der ›Falcon‹ unauffällig Aufmerksamkeit schenkten. Chewbacca tat so, als wärme er den Antrieb an, während Han ihm eine Reihe von Morsezeichen schickte, die ihn von ihrer mißlichen Lage und dem revidierten Plan in Kenntnis setzten. Dabei war Han sich ständig bewußt, daß Fiolla im engen Cockpit an ihn gepreßt wurde; ihrem Duft wohnte, wie er feststellte, die Eigenschaft inne, ihn abzulenken.

Als Han fertig war, blinkten die Lichter der ›Falcon‹ erneut zweimal. Er half Fiolla von der Kanzel des Frachters hinunter und sah eine Technikerin heraufkommen.

»Was haben Sie beide da oben gemacht?«

Fiolla richtete einen vernichtenden, herrischen Blick auf die Technikerin.

»Ist es jetzt Vorschrift, daß Hafen-Sicherheitsaufseher sich vor Bodenmannschaften verantworten? Na? Wer ist Ihr Vorarbeiter?«

Die Technikerin murmelte eine Entschuldigung, scharrte mit den Füßen und meinte, sie habe ja nur gefragt. Fiolla warf ihr noch einen hochmütigen Blick zu und entfernte sich zusammen mit Han.

»Buchen wir jetzt eine Passage?« fragte sie Han, als sie außer Hörweite der Technikerin waren.

»Ja, ich bringe Ihnen alles darüber bei, wie man unter falschem Namen eine Welt verläßt. Chewie wird an Ort und Stelle bleiben, bis wir fort sind, um dann abzuheben. Sie werden nicht damit rechnen, daß er ohne uns startet, also dürfte er keine Schwierigkeiten haben. Wir treffen uns mit ihm auf Ammuud.«

»Wir haben Glück«, sagte Fiolla, als sie und Han die hohen Hologramme betrachteten, die im Hauptabfertigungsgebäude die Abflüge aufführten. »Da ist ein Schiff heute abend, das direkt nach Ammuud fliegt.«

Han schüttelte den Kopf.

»Nein, da ist das, was wir wollen, Abflug 714, die Fähre.«

Ihre Stirn furchte sich.

»Aber sie verläßt nicht einmal dieses Solarsystem.«

»Und das ist der Grund, warum niemand darauf achten wird«, gab er zurück. »Die durchgehenden Schiffe werden sicherlich überwacht. Wir können am ersten Haltepunkt umsteigen und eine Passage nach Ammuud buchen, steht im Nachweis. Außerdem startet die Fähre gleich, was mir viel lieber ist. Wir müssen uns beeilen.«

Sie versuchten nicht allzu sorgenvoll zu erscheinen, als sie Flugkarten kauften und den Flugsteig gerade noch rechtzeitig erreichten. Da das Schiff nur eine Intersystem-Fähre war, gab es über große, bequeme Beschleunigungsliegen hinaus keine Schlafgelegenheiten. Han schnallte sich an und ließ seinen Stuhl zurückkippen, seufzte und wollte einschlafen.

Fiolla hatte sich ohne Einwände von Han den Fensterplatz genommen.

»Warum haben Sie mich für die Flugkarten in bar bezahlen lassen?«

Er öffnete ein Auge und betrachtete sie.

»Wollen Sie herumlaufen und Bargutscheine der Sektorleitung

aus einem unbegrenzten Spesenkonto austeilen? Gut, machen Sie das. Sie können sich ebensogut ein Schild um den Hals hängen: ›LEITENDE ANGESTELLTE DER SEKTORLEITUNG – MÖCHTE MICH NICHT BITTE JEMAND ERSCHIESSEN?‹«

Ihre Stimme schwankte plötzlich.

»Gl-glauben Sie, daß das mit Magg geschehen ist?«

Er schloß die Augen wieder und preßte die Lippen zusammen.

»Durchaus nicht; sie werden ihn als Handelsobjekt behalten. Ich meinte damit nur, daß wir keine Spur hinterlassen wollen. Achten Sie nicht auf mich, manchmal rede ich zuviel.«

Er konnte in ihrer Stimme bemühte Fröhlichkeit hören.

»Oder Sie reden nicht genug, Solo. Ich weiß noch nicht, was von beidem zutrifft.« Sie setzte sich zurecht, um den Start zu beobachten. Han, der mehr davon erlebt hatte, als er je würde zählen können, schlief, bevor sie die Troposphäre verließen.

Auf ihrem Ziel, Roonadan, dem fünften Planeten derselben Sonne, die Bonadan wärmte, entdeckten sie, daß sie ihren Sternenschiff-Anschluß verpaßt hatten. Die Fähre war unterwegs durch Injektorprobleme ein wenig aufgehalten worden, aber Sternenschiffe nach interstellarem Sprungflugplan warten natürlich nie auf bloßen interplanetarischen Verkehr. Sie fliegen nach exakten Flugplänen, deren Hyperraum-Übergänge im voraus durch Computer an Bord wie auf Planeten pedantisch genau berechnet werden. Von den strengen Angaben der Sprungflug-Pläne abzuweichen, war etwas, das die Fluglinien höchst ungern taten.

»Aber es stört sie nicht, Leute auf irgendeinem Felsklumpen hocken zu lassen«, wütete Han, von dem man wußte, daß er einen Hyperraum-Sprung mit einer Hand berechnete, während er mit der anderen dem Gesetz auswich.

»Hören Sie auf zu jammern. Wir können nichts dagegen tun«, meinte Fiolla vernünftig. »Es gibt noch ein Schiff, das uns nach Ammuud bringen kann, sehen Sie. Abflug 332.«

Er prüfte die Holo-Listen.

»Sind Sie verrückt? Das ist ein Schiff der M-Klasse, vermutlich macht es eine Rundreise. Sehen Sie sich das an, die halten auf zwei, nein, drei anderen Planeten. Und den Hyperraum werden sie auch nicht gerade versengen.«

»Es ist der schnellste Weg nach Ammuud«, sagte Fiolla vernünftig. »Oder möchten Sie lieber zurück und versuchen, mit den Leuten Frieden zu schließen, die uns über ganz Bonadan gejagt haben? Oder wollen Sie warten, bis sie uns hier aufgespürt haben?«

Han war sich schmerzlich bewußt, daß Chewbacca und die ›Millennium Falcon‹ sie auf Ammuud erwarteten.

»Äh, Sie haben wohl nicht genug Bargeld, um ein eigenes Raumschiff zu chartern, ohne einen Gutschein zu benützen?«

Sie lächelte ihn lieb an.

»Aber ja, das wächst hier an meiner Kleingeldrebe. Ich wollte erst ernten, wenn ich genug hatte, um mir eine eigene Flotte zu kaufen. Versuchen Sie doch normal zu bleiben, Solo, ja?«

»Schon gut, hören Sie auf. Wenigstens kostet uns das nicht mehr als ein paar Standard-Zeiträume.«

Auf dem Weg zum Reservierungsschalter kamen sie an Reisenden von Dutzenden von Welten vorbei. Es gab Wabbelfleisch-Couratainer in ihren Außenskelett-Reiseanzügen, die dünnste aller Atmosphären durch ihre Atemgeräte ziehend; achtfüßige Woder, schweren Schrittes und nichts unter zwei Standard-G gewöhnt; wunderschön gefiederte Jastaalen, die einander ihre Sätze zutrillerten, während sie, die Schwingen halb ausgebreitet, dahinglitten; und menschliche Wesen in ihrer ganzen Vielfalt.

Eine Hand fiel auf Solos Schulter. Er zuckte zusammen und fuhr mit einer blitzschnellen Bewegung, die ihn von der Hand befreite, herum, legte Distanz zwischen sich und den anderen und ließ seine Rechte dorthin zucken, wo normalerweise sein Strahler gewesen wäre.

»Langsam, Han. Die alten Reflexe sind schwer zu unterdrükken, wie man sieht«, sagte der Mann, der ihn angehalten hatte, lachend. Darauf gefaßt, sich Zlarbs Geschäftspartnern oder einem Überfallkommando von Espos gegenüberzusehen, verspürte Han plötzliche Erleichterung, nicht unvermischt mit einer neuen Sorge, als er den Mann erkannte.

»Roa! Was machen Sie hier?« Roa war dicker geworden, aber das verbarg nicht die offenen und freundlichen Züge eines der besten Schmuggler und Blockadebrecher, die Han je gekannt hatte.

Roa lächelte und wirkte so angenehm väterlich und vertrauenswürdig wie eh und je.

»Ich komme hier durch, wie jeder andere auch, mein Sohn, und glaubte, Sie erkannt zu haben.« Roa trug einen teuren Kommandokoffer, ein kompaktes, eigenständiges Geschäftsbüro. Er hatte einen konservativen beigen Anzug und weiche, weiße Schuhe an. Dazu trug er eine Regenbogen-Schärpe. »An Lwyll werden Sie sich gewiß erinnern.«

Die von Roa vorgestellte Frau hatte abseits gestanden. Nun trat sie vor.

»Wie ist es Ihnen ergangen, Han?« fragte sie mit der volltönenden Stimme, an die er sich so gut erinnerte. Lwyll war nicht so dick geworden wie ihr Mann; sie war nach wie vor eine auffallende Frau mit gewellten, weißblonden Haarmassen und elegantem Gesicht. Han fand, daß sie ganz gewiß nicht – um wie viele Standardjahre? – älter aussah.

Sie wiederzusehen, brachte eine Flut der Erinnerung an die verwegene, wilde Zeit zurück, die er, für Roa arbeitend, verbracht hatte, als es ihm zuviel geworden war, einfach ein ehrlicher, anspruchsloser Raumfahrer zu sein, ein paar Krediteinheiten von der Armut entfernt, wie so viele andere, die zwischen den Sternen umherstreiften.

Es war Roa gewesen, der Han auf seinen ersten anregenden, marternden Flug nach Kessel mitgenommen hatte – beinahe auch auf seinen letzten. In Roas Organisation war Han durch den Ruf, verrückten Chancen nachzujagen, sich gegen alle Aussichten einzusetzen, im Verfolg ungesetzlicher Profite furchterregende Risiken auf sich zu nehmen, rasch aufgestiegen.

Aber sie hatten sich vor langer Zeit getrennt, und Ehre unter Dieben war eher ein romantischer Mythos als eine verläßliche Sache. Solos unmittelbare Reaktion darauf, Roa zu sehen, war Vergnügen, aber sofort danach meldete sich der Verdacht, das könnte nicht allein ein Zufall sein. War es möglich, daß in der interstellaren Unterwelt die Nachricht sich schon verbreitet hatte und ein Preis auf Solos Kopf ausgesetzt war?

Immerhin, Roa ließ nicht erkennen, daß er die Espos rufen wolle. Fiolla räusperte sich, und Han übernahm die Vorstellung. Roa winkte ab, als er sah, daß Han keinen Pistolengürtel trug.

»Sie sind also auch ausgestiegen, wie? Na, kann ich Ihnen nicht verdenken, Han. Ich habe selbst Schluß gemacht, gleich nach unserer Trennung. Lwyll und ich waren einmal zuviel knapp davongekommen. Und schließlich ist das Unternehmertum von unserem alten Berufszweig nicht zu weit entfernt. Eine Vergangenheit auf kriminellem Gebiet kann da durchaus ein Vorteil sein. Was treiben Sie jetzt?«

»Ich habe ein Inkassobüro. Han Solo und Co. GmbH.«

»Ah? Klingt ganz nach Ihrem Ideal. Sie haben immer um das gekämpft, was Ihnen zustand. Wie geht es Ihrem alten Kumpel, dem Wook? Sehen Sie jemals einen von den anderen? Vielleicht Tregga oder gar Vonzel?«

»Tregga hat lebenslängliche Zwangsarbeit auf Akrit'tar bekommen; man erwischte ihn, bevor er eine Ladung Tschak-Wurzeln abladen konnte. Sonniod betreibt einen Lieferdienst und lebt von der Hand in den Mund. Die Briil-Zwillinge sind tot; sie ließen sich draußen in der Tion-Hegemonie auf eine Schießerei mit einem Patrouillenkreuzer ein. Und Vonzel hat eine Notlandung verpatzt; was von ihm noch übrig ist, wird auf Dauer in einer Lebenserhaltungs-Klinik sein. Er betrieb einen regelrechten Einmann-Ansturm auf die Organbanken.«

Roa schüttelte traurig den Kopf.

»Ja, ich hatte vergessen, wie die Chancen verteilt sind. Nur wenige schaffen es, Han.« Er kehrte in die Gegenwart zurück, straffte die Schultern, schob zwei Finger in die bunte Schärpe und zog eine Geschäftskarte heraus. »Die fünftgrößte Import-Export-Firma in diesem Teil des Alls«, prahlte er. »Wir haben mit die besten Steuer- und Zoll-Fachleute. Kommen Sie gelegentlich vorbei, dann unterhalten wir uns über die alten Zeiten.«

Han steckte die Karte ein. Roa hatte sich seiner Frau zugewandt.

»Ich sorge dafür, daß unser Gepäck transferiert wird. Du

kümmerst dich darum, daß unsere Fähren-Reservierung bestätigt wird, Liebes.« Einen Augenblick lang wirkte er reumütig. »Wir können von Glück sagen, daß wir ausgestiegen sind, was, Han?«

»Ja, Roa, ganz gewiß.«

Der ältere Mann klopfte ihm auf die Schulter, verabschiedete sich höflich von Fiolla und marschierte davon.

Lwyll wartete, bis ihr Mann fort war, und warf Han einen wissenden, belustigten Blick zu.

»Sie sind gar nicht ausgestiegen, Han, wie? Nein, das merke ich; nicht Han Solo. Danke, daß Sie es ihm nicht gesagt haben.« Lwyll berührte kurz seine Wange und ging.

»Sie haben interessante Freunde«, war Fiollas einziger Kommentar, aber ihr Blickwinkel ihm gegenüber hatte sich verändert. Das jugendliche Aussehen täuschte über die Tatsache hinweg, daß er ein Überlebender in einem Beruf mit hoher Ausfallquote war.

Han sah Roa nach, dachte an Steuer- und Zoll-Fachleute und drehte die Karte in den Fingern.

»He, Solo, wachen Sie auf!« sagte Fiolla scharf. »Es sind unsere Hälse, um die es hier angeblich gehen soll!«

Er schlenderte auf die Reservierungsschalter für interstellare Verbindungen zu. Es könnte schlimmer stehen, dachte er.

»Die Augen vor ihnen herausquellen zu lassen, hilft nichts«, sagte Fiolla und meinte die Spieltische und andere Glücksspielmöglichkeiten im eleganten Wettabteil gleich neben dem Hauptsalon des Linienschiffes.

Sie trug ein dünnes, enganliegendes Gewand und weiche Abendschuhe aus polychromer Schimmerseide. Sie hatte das, hineingestopft in die obere rechte Schenkeltasche und die untere linke Waden-Stautasche, mitgebracht. Sie trug die Sachen jetzt zur Abwechslung und zur moralischen Anregung. Han hatte noch immer seine Schiffskleidung an, aber seinen Kragen geschlossen.

»Wir könnten durchgehen, was wir bisher wissen«, schlug sie vor.

»Das ist alles, was wir getan haben, seitdem wir an Bord gekommen sind«, meinte er mit einer Grimasse.

Das stimmte nicht ganz. Sie hatten unterwegs von allem möglichen gesprochen; er fand in ihr eine geistvolle und amüsante Begleiterin, weit mehr als irgendeinen der anderen Passagiere. Enttäuschend war nur ihr Hang, während der ›Nacht‹ des Schiffes ihre Kabinentür abzusperren. Aber sie hatten Erlebnisse ausgetauscht.

Zum Beispiel hatte Fiolla ihm erklärt, wie sie und ihr Mitarbeiter Magg auf Bonadan eine Buchprüfung vorgenommen hätten, als ihr tragbares Befehlssuch-Computerterminal ausgefallen war. Sie hatte sich über das von Magg gebeugt, welches, mit einem umfassenderen kybernetischen Hintergrund, ein komplizierteres Instrument mit einer Reihe von Tastatur-Unterschieden war. Irgendein Zuführungsfehler oder Zufall hatte im System Bonadans einen gesperrten Informationsbereich geöffnet. Dort hatte sie Aufzeichnungen über die Tätigkeit des Sklavenhändlerringes und den Hinweis auf Zlarbs bevorstehende Entlohnung gefunden.

Solos Augen hafteten noch immer auf Spielern, die ihr Glück oder Geschick bei ›Punkt fünf‹, ›Bounce‹, ›Lügner hebt ab‹, ›Vector‹ und einem halben Dutzend anderer Spiele versuchten. Innerhalb zweier Standard-Zeiträume, seit sie an Bord des Linienschiffes ›Lady of Mindor‹ gekommen waren, hatte er versucht, einen Weg zu finden, um an einem Spiel teilzunehmen. Nun, da er völlig ausgeruht war, ließ sich Untätigkeit kaum noch ertragen.

Fiolla hatte es rundweg abgelehnt, ihn zu unterstützen, obwohl Han ihr reiche Gewinne für ihre Investition versprochen hatte. Dann wies er darauf hin, daß sie, hätte sie nicht bei mehreren Gelegenheiten Geld vergeudet, genug besessen hätte, um es ihm zu borgen.

»Ich hatte keine Zeit, den Nahkampf zu üben«, war ihre Antwort gewesen. »Und außerdem, wenn Sie ein so guter Spieler sind, wie kommt es dann, daß Sie mit dem billigen Frachter herumfliegen, statt mit einer Sternenjacht?«

Er wechselte das Thema.

»Wir sind seit zwei Standard-Zeiträumen auf diesem

Schlammkarren. Um nach Ammuud zu kommen! Kein Wunder, daß ich verrückt werde. Die ›Falcon‹ hätte uns in der Zeit hingebracht, die diese Trottel gebraucht haben, um den Hafen zu verlassen.« Er erhob sich von dem kleinen Tisch, an dem sie eine mäßige Mahlzeit verzehrt hatten. »Wenigstens landen wir bald. Vielleicht lasse ich meine Kleidung noch einmal durch den Robo-Kammerdiener, um mich zu amüsieren.«

Sie hielt sein Handgelenk fest.

»Seien Sie nicht so deprimiert. Und, bitte, lassen Sie mich hier nicht allein. Ich habe Angst, der Priester von Ninn wird mich zu einer neuen Predigt über die Tugenden formalistischer Abstinenz mit Beschlag belegen. Und keine Kommentare! Kommen Sie, ich spiele Sternkampf mit Ihnen. *Das* können wir uns leisten.«

Es blieben nicht viele Fahrgäste im Aufenthaltsraum, da die ›Lady of Mindor‹ binnen kurzem in den Normalraum zurückkehren sollte; die meisten packten oder trafen andere letzte Vorbereitungen. Han gab nach, und sie gingen zu der Reihe von Münzspielautomaten.

Sie ahmte seinen wiegenden Gang nach und trabte neben ihm her, die Arme ein wenig baumelnd, die Schultern herabhängend. Ihre Hüften wurden übertrieben geschwenkt, als sie den Raum mit verengten Augen arrogant überblickte und ein unsichtbarer Strahler ihre rechte Seite beschwerte, genau im Gleichschritt mit ihm.

Als es ihm auffiel, erkannte er sich sofort. Er sah sich böse im Salon um, für den Fall, daß jemand zum Lachen neigen sollte.

»Wollen Sie damit aufhören?« sagte er aus dem Mundwinkel. »Gleich kommt jemand und fordert Sie.«

Sie lachte leise.

»Dann erwischt ihn ein Strahlerblitz, mein Held. Ich habe unter dem Meister studiert.«

Er mußte lachen, wie sie es hatte erzielen wollen.

Das Sternkampf-Spiel bestand aus zwei gewölbten Aufbauten von Monitoren und Steuerelementen, die jede der beiden Spielstationen fast völlig einschlossen. Zwischen ihnen befand sich ein großer Holotank mit genauen Sternkarten. Mit den vielen Hebeln sandte jeder Spieler seine zahllosen Raumschiffe hinaus, um im Computermodell des Weltraumes Schlachten zu schlagen.

Er hielt sie zurück, als sie eine Münze einwerfen wollte.

»Von Sternkampf habe ich nie viel gehalten«, erklärte er. »Das hat zuviel Ähnlichkeit mit der Arbeit.«

»Wie wäre es mit einem letzten Spaziergang auf der Promenade?«

Als Ablenkung war das so gut wie alles andere. Sie stiegen die weitgeschwungene Freitreppe hinauf, um festzustellen, daß sie die Promenade für sich hatten. Die Neuartigkeit der Einrichtung mußte für die anderen Passagiere abgenutzt sein. Eine einzige Tafel Transparentstahl, zehn Meter lang und fünf hoch, wölbte sich am Schiffsrumpf entlang und zeigte ihnen das verflochtene Leuchten des Hyperraumes. Sie starrten, fasziniert wie eh und je, hinaus, und ihre menschlichen Gehirne und Augen versuchten, das Chaos jenseits des Transparentstahls zu ordnen, so daß sie manchmal glaubten, Formen, Oberflächen oder Strömungen zu erkennen.

Sie bemerkte, daß er immer noch zerstreut war.

»Sie denken an Chewie, nicht wahr?«

Ein Achselzucken.

»Er kommt schon durch«, sagte er. »Ich hoffe nur, daß der große Lümmel nicht vor Sorge krank wird, wenn wir überfällig sind, und anfängt, sich zu mausern oder sonst etwas.«

Die Bordsprechanlage verkündete eine letzte Warnung vor dem Übergang, obschon das mehr für die Besatzung als die Passagiere galt. Kurz danach hob Fiolla den Finger und hauchte einen leisen Ausruf, als die Verzerrungen und Dissonanzen des Hyperraumes davonschmolzen und sie auf ein Sternenfeld hinausblickten. Wegen der Position des Schiffes konnten sie weder Ammuud noch seine Sonne sehen.

»Wie lange bis –«, sagte Fiolla gerade, als im ganzen Schiff Notsirenen aufheulten. Die Beleuchtung flackerte und erlosch, wurde ersetzt von viel trüberer Notbeleuchtung. Die Aufschreie erschrockener Passagiere waren als ferne Echos in den Gängen zu hören.

»Was ist los?« überschrie Fiolla den Lärm. »Eine Übung?«

»Das ist keine Übung«, sagte er. »Sie haben bis auf die Notsysteme alles abgeschaltet. Offenbar lenkt man alle Energie in die Abschirmungen.« Er packte ihre Hand und ging zurück zur Treppe.

»Wohin gehen wir?« rief sie.

»Zur nächsten Rettungskapsel-Station oder Rettungsboot-Anlage!« schrie er als Antwort.

Der Salon war leer. Als sie den Durchgang erreichten, schwankte das ganze Linienschiff unter ihnen. Han faßte sich mit der Behendigkeit eines erfahrenen Raumfahrers, behielt das Gleichgewicht und bewahrte Fiolla davor, an ein Schott zu prallen.

»Wir sind getroffen worden!« rief er. Wie um zu unterstreichen, was er sagte, hörten sie, daß sich im ganzen Schiff massive, luftdichte Türen automatisch schlossen. Die ›Lady of Mindor‹ hatte irgendeinen Schaden am Rumpf erlitten und war aufgerissen worden.

Ein Steward kam mit einem Medipack unterm Arm herangelaufen. Als Han sah, daß er nicht stehenbleiben wollte, packte er die mit vielen Litzen geschmückte Jacke des Mannes.

»Loslassen«, sagte der Steward und versuchte sich zu befreien. »Sie sollen zu Ihren Unterkünften gehen. Alle Passagiere in die Kabinen.«

Han schüttelte ihn.

»Zuerst verraten Sie mir, was vorgeht!«

»Piraten! Sie haben den Hauptantrieb zerschossen, als wir aus dem Hyperraum auftauchten!«

Die Nachricht schockierte Han so, daß er den anderen losließ.

Als der Steward weiterlief, rief er über die Schulter: »Geht in eure Kabinen, ihr Narren! Wir werden geentert!«

VII

»Dieses Fahrzeug ist eine arglistige Täuschung«, erklärte Spray, während er den nächsten Zug in den Spielcomputer der ›Millennium Falcon‹ eingab.

Chewbacca nahm sich gerade soviel Zeit, zu unterbrechen, was er tat – Sprays unorthodoxes Manöver zu analysieren –, um ihn dann drohend anzufauchen.

Spray, der sich an die Ausbrüche des Wookie gewöhnt hatte, zuckte kaum zusammen. Er teilte seine Zeit zwischen der technischen Station des Abteils und dem Spielcomputer auf, er war dem Ersten Offizier der ›Falcon‹ ein schwerer Gegner, während er aus Pflichtgefühl eine kombinierte Schiffsinventur und -besichtigung durchführte. Chewbacca gestattete es, mehr um den Inkassoagenten zu beschäftigen, als aus irgendeinem anderen Grund, aber diese Verleumdung der ›Falcon‹ könnte, wenn sie unwidersprochen blieb, nur zur Vergeltung führen.

Übrigens ist der Tynnaner gar kein schlechter Technopilot, dachte der Wookie.

Spray hatte sogar beim Abheben auf Bonadan mitgeholfen, als Chewbacca zu dem Schluß gekommen war, Han und Fiolla hätten Zeit genug gewonnen, die Welt zu verlassen. Spray hatte mit geschäftiger Tüchtigkeit beim Übergang in den Hyperraum als Kopilot mitgeholfen, obschon er mit Erstaunen davon Kenntnis genommen hatte, daß Han und Chewbacca in der Regel nur zu zweit flogen, wobei z. B. Han nach links hinten griff, um die Navigationsarbeit zu verrichten, und der Wookie sich nach rechts beugte, um im Notfall die Komm-Konsole zu bedienen.

»Das Äußere ist eine Täuschung«, fuhr Spray fort. »Na, manches von der Ausrüstung, die Sie eingebaut haben, ist auf den militärischen Gebrauch beschränkt, wissen Sie das? Und die Bewaffnungseinstufung ist viel zu hoch, ebenso wie ihr Verhältnis Auftrieb/Masse. Wie hat Kapitän Solo von der Sektorleitung nur eine Verzichtserklärung erhalten?«

Der Wookie umfaßte sein behaartes Kinn mit beiden Händen, beugte sich tiefer über den Spielcomputer und ignorierte die Frage. Selbst wenn er sich ausführlich mit Spray hätte unterhalten können, wäre er nicht bereit gewesen, von dem Verzicht zu reden, zu dem eine erstaunliche Vielzahl von Gesetzesverstößen und die völlige Zerstörung der geheimen Sektorleitungs-Anlage, bekannt als ›Stars' End‹, gehört hatte.

Auf dem kreisrunden Spielschirm warteten winzige Holoungeheuer und forderten einander heraus. Chewbaccas Abwehr war von einem einsamen Kämpfer aus Sprays Streitmacht durchbrochen worden. Die Frage ›äußere gegen innere Bedrohung‹ war eine sehr delikate und bezog sich auf knappe Gewinn/Verlust-Veränderliche. Die Nase des Wookie verzog sich nachdenklich. Er gab ganz langsam mit einem haarigen Finger den nächsten Zug in die Tastatur ein, dann ließ er sich auf die gewölbte Beschleunigungsliege zurücksinken, den Arm unter dem Kopf, die langen Beine übereinandergeschlagen. Mit der freien Hand kratzte er sich am anderen Arm, der von der regenerierenden Wirkung des sich schuppenden Synthogewebes juckte.

»O je«, stieß Blue Max hervor, der den Kampf von seinem Gewohnheitsplatz in Bollux' offener Brusthöhle aus verfolgte. Der Android saß auf einem Druckfaß unter dem anderen Gerümpel auf einer Seite des Abteils, zwischen Plastikpaletten, Hebezeug und einem umgebauten Treibstoff-Anreicherer, den einzubauen Han noch keine Zeit gefunden hatte. Der Photorezeptor der Computersonde drehte sich Spray zu, als der Tynnaner an den Spielcomputer zurückkehrte und ohne Zögern seinen nächsten Zug machte.

Sprays einsamer Kämpfer war ein Lockvogel gewesen. Nun schlitterte eines seiner Ersatzmonster über den Schirm und riß nach kurzem Kampf Chewbaccas Abwehr weit auf.

»Das ist das achte Ilthmar-Gambit, Erster Offizier. Er hat Sie mit dem Einzelkämpfer herausgelockt. Jetzt sind Sie geliefert«, bemerkte Blue Max hilfreich.

Chewbacca füllte die Lungenflügel zu einem Schmähausbruch und stemmte sich wieder zum Spielcomputer hoch, als der Navicomputer lärmend Beachtung verlangte. Der Erste Offizier des Sternenschiffes vergaß seinen Zorn und raffte sich von der Beschleunigungsliege auf, aber nicht, bevor er die demütigende Niederlage vom Schirm gelöscht hatte. Er hastete davon, um die

Rückkehr in den Normalraum vorzubereiten.

»Und sehen Sie sich das an: Manche von den Systemen sind Strömungselemente!« rief ihm Spray quietschend nach, während er einen Tochterschirm schwenkte. »Was soll das sein, ein Sternenschiff oder eine Destille?«

Der Wookie beachtete ihn nicht.

»Gutes Spiel, Spray«, bezeugte Max, der selbst kein schlechter Spieler war.

»Er hat mich drei Züge zusätzlich hingehalten«, antwortete der Inkassoagent. »Wenn das mit der technischen Überprüfung nur genausogut liefe. Alles ist so sehr umgearbeitet, daß ich die Grundbeschreibung nicht aufspüren kann.«

»Vielleicht können wir behilflich sein«, meinte Max lebhaft.

»Max *kennt* sich mit den Schiffssystemen aus«, sagte Bollux. »Er könnte die Informationen ausgraben, die Sie brauchen.«

»Genau das, was ich brauche. Bitte, kommt zur Tech-Station.«

Spray stand hinter dem Androiden und schob ihn, während seine Schwimmfüße auf den Deckplatten scharrten, zu einem Sitz in der Station. Als Bollux sich schwerfällig im Beschleunigungssessel niederließ, streckte Max einen Adapter aus, jenen, den Chewbacca nach der Begegnung mit den Sklavenhändlern repariert hatte.

»Bin schon dran«, teilte Max mit, als technische Informationen mit hoher Geschwindigkeit über Oszilloskope und Bildschirme zu laufen begannen. »Was wollen Sie wissen, Spray?«

»Alle Daten über die letzten Sprungflüge. Du kannst dich an den Navicomputer anschließen. Ich möchte sehen, wie das Schiff betrieben worden ist.«

»Sie meinen Genauigkeitsfaktoren und Energiepegel?« fragte Max mit seiner Kinderstimme.

»Ich meine Hyperraum-Sprünge, Zeitkoordinaten, alle zur Sache gehörigen Informationen. Das wird mir die einfachste Bewertung darüber ermöglichen, wie das Schiff funktioniert und was es wert ist.«

Es gab ein kurzes Zögern.

»Es hat keinen Zweck«, sagte Max zu Spray. »Kapitän Solo hat das alles gesperrt. Er und Chewbacca sind die einzigen, die Zugang haben.«

Verärgert blieb Spray hartnäckig.

»Kannst du kein Fenster finden dafür? Ich dachte, du bist eine Computersonde?«

Max gelang ein verletzter Tonfall.

»Die *bin* ich. Aber ohne Erlaubnis des Kapitäns kann ich so etwas nicht tun. Außerdem werden die Sicherungen, wenn ich einen Fehler mache, alles löschen.«

Während der Tynnaner dasaß und brodelte, sagte Bollux gedehnt: »So, wie ich es sehe, würde eine Generaluntersuchung beginnen mit Dingen wie Energiesystemen, Wartungsaufzeichnungen und so weiter. Soll Blue Max eine gründliche Prüfung des vorliegenden Zustandes vornehmen?«

Spray wirkte zerstreut.

»Wie? O ja, ja, das wäre gut.« Dann saß er da, das Kinn mit den vorstehenden Zähnen auf einer Stummelhand, während er konzentriert über seine Haare strich.

»Hoppla«, zirpte Max, »wofür halten Sie denn *das*? Beim Aufwärmen für den Start war das jedenfalls noch nicht da.«

Der Inkassoagent wurde plötzlich aufmerksam.

»Was willst du – ach, der Energieabfall? Hm, das ist ein kleineres Rohrkabel am Außenrumpf, nicht? Was könnte denn dort Energie verbrauchen?«

»Nichts, was im Konstruktionsplan oder in der Spezifizierung auftaucht«, versicherte ihm Max. »Ich finde, das sollten wir Chewbacca sagen.«

Spray, der dem Unerklärten niemals traute, neigte zur Zustimmung. Der Wookie gab den nervösen Beschwörungen des Inkassoagenten nach, verließ die Kanzel aber nur unter Protest und ließ sich an der Tech-Station nieder. Als er jedoch den Nachweis für den höchst unerklärlichen Energieabfluß sah, zogen sich seine dichten rot-goldenen Brauen zusammen, und seine ledrigen Nüstern dehnten sich reflexartig, bemüht, zu wittern, was hier nicht in Ordnung war.

Er drehte sich um und plärrte Spray fragend an, der mit dem Wookie nun schon lange genug zusammen war, um wenigstens soviel zu verstehen.

»Ich habe keine Ahnung«, erwiderte der Inkassoagent geharnischt. »In diesem zusammengekleisterten Schiff verstehe ich überhaupt nichts. Es sieht aus wie ein gebrauchtes Frachtschiff, aber es hat mehr Schub als ein Kreuzer des Imperiums. Ich wage nicht einmal darüber nachzudenken, wie primitiv ein Teil dieser Umleitungen zusammengebastelt sein muß.«

Auf Chewbaccas Befehl zeigte ihm Blue Max anhand eines Computermodells genau, welcher Teil des Rohrkabels einen Energieabfluß erlebte. Der Wookie marschierte zum Werkzeugschrank, nahm Arbeitslampe, Abtaster und einen großen Schraubenschlüssel heraus, um dann nach achtern zu gehen, gefolgt von Spray und dem Androiden.

In der Nähe der Antriebsverkleidung entfernte der Erste Offizier der ›Falcon‹ eine große Inspektionsplatte und zwängte sich hinunter in den Kriechbereich. Er hatte sogar noch weniger Platz als sonst – hier war ein Großteil der Strömungselemente eingebaut worden.

Es gelang ihm kaum, die breiten Schultern zu drehen und den Abtaster am Rumpf hineinzuzwängen. Er ließ den unsichtbaren Abtaststrahl über das Metall gleiten und achtete sorgfältig auf den Monitor. Endlich fand er die Stelle, wo auf der anderen Rumpfseite die Stromleitung Abfluß erkennen ließ. Es sah nach keinem der Defekte aus, die er bisher gesehen hatte; es sollte keinen Anlaß dafür geben, daß die Leitung einfach Energie verlor. Irgend etwas mußte sie ihr entziehen, aber Chewbacca fiel nichts ein, was dazu in der Lage gewesen wäre. Ausgenommen, natürlich, es war etwas hinzugefügt worden.

Einen Augenblick später wand er sich wie eine riesige rotgoldbraune Larve rückwärts hinaus und verlieh seiner Betroffenheit knurrend Ausdruck. Bollux' und Max' Sprachverschlüssler wetteiferten mit Sprays hohem Quietschen, um zu erfahren, was nicht stimmte. Chewbacca wischte sie mit einer weit ausholenden Armbewegung aus dem Weg und ging zu dem Lagerfach, wo sein übergroßer Raumanzug hing.

Der Wookie verabscheute die Beengung durch einen Raumanzug und fand es noch abstoßender, auf dem Rumpf herumzuklettern und delikate und gefährliche Arbeit zu vollbringen, während ihn nur die dünne Hülle des Antriebsfeldes vor der Vernichtung durch den Hyperraum schützte. Aber noch mehr fürchtete er das, was er auf der anderen Rumpfseite zu finden glaubte.

Die Entscheidung wurde ihm abgenommen. Es gab ein lautes *Pluuh!* Aus der noch offenen Inspektionsluke fegte ein Flammenstrahl, und Explosivkraft zusammen mit Gasen verdampfter Flüssigkeiten aus den Strömungsteilen. Danach folgte ein anhaltendes Pfeifen von Luft, das ihnen verriet, daß das Fahrzeug ein Leck davongetragen hatte, womit sich die schlimmsten Befürchtungen des Wookie bestätigten. Während der Standzeit auf Bonadan hatte irgend jemand, höchstwahrscheinlich die auf Han und Fiolla wartenden Gegner, Maßnahmen ergriffen, um dafür zu sorgen, daß die ›Millennium Falcon‹ nicht entkam. Sie hatten am Rumpf des Sternenschiffes, dort, wo sie den ärgsten Schaden anrichten mußte, eine Zeitbombe angebracht. Sie war unwirksam, energielos befestigt worden. Im Flug war sie aktiv geworden und hatte den Schiffssystemen Energie entzogen, um die Explosion aufzubauen. Dann hatte sie sich als Haftladung gesprengt und im Flug Steuersysteme zerstört. Das Gerät sollte die denkbar sauberste Art von Mord verüben, einen, der keine Spuren hinterließ und das Raumschiff und alles, was es enthielt, im Hyperraum zu sinnlosen Energie-Mißformen zerblies.

Chewbacca und Spray wurden von dem vielfarbenen Gestank, der aus den zerfetzten Strömungselementen rülpste, zurückgetrieben. Ungeschützt konnten sie von diesen konzentrierten Gasen ebenso leicht getötet werden wie von einem fehlberechneten Übergang.

Aber Bollux kam sehr gut dort voran, wo sie es nicht konnten. Sie sahen den Androiden durch den quellenden Rauch klirren. Er schleppte ein schweres Löschgerät, das er aus einer Wandnische gezogen hatte. Chewbacca hatte nun Gelegenheit, auf dieselben automatischen Löschanlagen zu schimpfen, von denen sie alle auf Lur gerettet worden waren; die Unfähigkeit des Systems, sich auch jetzt zu bewähren, mochte für sie alle den Tod bedeuten.

Bollux' Brustklappen schlossen sich schützend über Blue Max, während er den Löscher absetzte und sich steif in die enge Öffnung hinabließ. Als er sich hineingeschraubt hatte, griff sein langer Arm nach hinten, um den Löscher nachzuziehen. Die entweichende Luft kreischte immer noch, und die Warnsirenen heulten, um ihnen mitzuteilen, daß die ›Falcon‹ drucklos wurde.

Chewbacca war, dicht gefolgt von Spray, zum Cockpit gerannt. An der Steuerkonsole schaltete er Filtersysteme auf Vollbetrieb, damit sie giftige Dämpfe forttrugen, und überprüfte die Schadenanzeigen.

Die Bombe mußte vergleichsweise klein gewesen sein. Sie war von jemandem, der Fließbandfrachter wie die ›Falcon‹ gut kannte, an einem genau ausgesuchten Ort angebracht. Der Wookie erkannte es noch vor Spray – wer die Zeitbombe auch montiert haben mochte, er hatte von den provisorischen Strömungsanlagen des Sternenschiffes nichts gewußt. Da die Steueranlage radikal verändert worden war, hatte die Bombe nicht bewirken können, das Sternenschiff vollständig zum Wrack zu machen.

Der Übergang zum Normalraum stand unmittelbar bevor. Ohne sich die Zeit zu nehmen, in seinen Sessel zu sinken, griff Chewbacca darüber hinweg und betätigte sich an der Konsole. Wenigstens funktionierten einige der Strömungselemente; der Hyperraum um den Frachter zerteilte sich wie ein unendlicher Vorhang.

Der Erste Offizier der ›Falcon‹ brüllte eine zornige Verwünschung des Zeitgefühls, das der Weltraum zu bekunden schien, hob Spray einfach hoch und setzte ihn auf den Pilotensessel, jaulte eine Reihe unerläuterter Anweisungen, während er auf den Planeten Ammuud wies, der genau vor ihnen aufgetaucht war, und hetzte in Richtung der Explosion davon.

Er war allerdings lange genug stehengeblieben, um nach einem Rumpfflick-Flecken und einem Atemgerät zu greifen. Als er sich über der Inspektionsöffnung niederkauerte, sah er Bollux inmitten von Splittern und Bruchstücken der Strömungsröhren und Mikrodrähte sitzen. Der Brand war erstickt. Das Kreischen entweichender Luft hatte aufgehört: Bollux hatte sein widerstandsfähiges Hinterteil einfach auf das Leck gesetzt; es war eine zureichende Art zeitweiliger Versiegelung.

Der Arbeitsdroid hob den Kopf und sah erleichtert Chewbacca über sich.

»Das Loch ist ziemlich groß, Sir. Ich weiß nicht genau, wie lange mein Rumpf den Druck aushält. Außerdem ist die Panzerung um das Leck rissig. Ich schlage vor, daß Sie den größten Flicken nehmen, den Sie haben.«

Chewbacca analysierte das dornige Problem, Bollux aus der Enge herauszuholen und gleichzeitig das Loch zu stopfen. Er entschied sich für den Plan, zwei Flecken vorzubereiten, einen kleineren und leichteren, den man schnell anbringen konnte, und einen in Form einer massiven Platte, die selbst der enormen Gewalt standhalten würde, den der Luftdruck der ›Falcon‹ gegenüber dem völligen Vakuum draußen ausübte. Der Wookie reichte Bollux den kleineren Flecken hinunter und jaulte Anweisungen, gestikulierte, um sich verständlich zu machen, erbost darüber, die Grundsprache nie gelernt zu haben.

Aber der Android begriff, was Chewbacca meinte, und sammelte sich für die Anstrengung. Mit der Wendigkeit seines besonderen Aufhängungssystems und mit seinen Affenarmen gelang es Bollux, sich zu befreien, herumzudrehen und den Flickflecken blitzschnell anzubringen. Er hetzte zur Öffnung hinauf, da er gesehen hatte, daß der zeitweilige Flicken unter der Belastung erzitterte.

Chewbacca hatte das auch gesehen und machte sich Sorgen; das Loch war größer, als er angenommen hatte. Er griff mit beiden Armen hinunter und zog den Androiden durch die Inspektionsöffnung herauf. Genau in diesem Augenblick gab der Flicken nach, so schnell ins Nichts gesaugt, daß er spurlos zu verschwinden schien. Mit ihm flogen mehrere gezackte Stücke davon, so daß sich das Loch vergrößerte.

Es war plötzlich, als stünde Chewbacca mitten in Wildwasser-Stromschnellen, gegen tobende Luftströmungen ankämpfend, die, aus dem Schiff entweichend, ihn unerbittlich zum Loch zerrten. Splitter und lose Bruchstücke wirbelten um ihn herum und an ihm vorbei und flitzten durch die Inspektionsöffnung.

Der Wookie stemmte die Muskelsäulen seiner Beine auf beiden Seiten der Öffnung ein und kämpfte darum, Bollux festzuhalten und zugleich dieser Flut zu widerstehen. Die Riesensehnen an seinem Rücken und den Beinen schienen zerreißen zu wollen. Er preßte den Androiden mit einem Arm an sich, stemmte den anderen gegen das Deck und hielt sich fest, den Kopf vor Anstrengung zurückgeworfen.

Bollux erholte sich ein wenig, nur um festzustellen, daß er in der Situation, in der ihn der Wookie festhielt, wenig tun konnte, um seine eigene Kraft einzusetzen. Was er tun konnte und tat, war, die Ecke der Inspektionsplatte zu ergreifen und herumzudrehen, etwas, wozu Chewbacca keinen Arm frei hatte. Auf halbem Weg verklemmte sie sich fast, aber mit einem letzten Ruck schaffte es der Android. Als sie an diesem Punkt vorbei war, erfaßte sie der Luftstrom und riß sie mit klirrendem Knall herunter. Zum Glück lag kein Finger des Wookie an der Kante der Öffnung.

Der Druckverlust war vorübergehend auf ein kleines Abteil beschränkt. Wie ernst das war, würde man sehen müssen. Chewbacca hätte sich am liebsten auf das Deck gelegt und versucht, zu Atem zu kommen, aber er wußte, daß ihm die Zeit dafür nicht blieb. Er spritzte ein dickes, klebriges Dichtungsmittel rund um die Inspektionsplatte, dann nahm er sich kurz die Zeit, Bollux' Schädeldecke mit einem barschen Kompliment zu tätscheln.

»Es war Max, der mich auf die Inspektionsplatte aufmerksam gemacht hat«, sagte der Android bescheiden. Dann raffte er sich auf und ging hinter Chewbacca her, der schon zum Cockpit zurückgestürmt war.

Dort befand sich Spray in einem unentschiedenen Ringen mit der Steuerung.

»Wir behalten beträchtliche Lenkfunktion bei«, meldete er, »und ich habe uns auf einen Anflugweg zum einzigen Raumflughafen des Planeten gebracht. Ich wollte die Leute dort alarmieren für eine Notlandung unter Absturzbedingungen.«

Der Wookie widersprach diesem Plan lauthals und ließ sich in seinen übergroßen Kopilotensitz fallen. Er wollte wie Han jede Verwicklung und den nachfolgenden Ärger oder das Aufsehen vermeiden, soweit sich das nur bewerkstelligen ließ. Er stellte fest, daß die Steuerung angemessen reagierte, und glaubte, gute

Aussicht zu haben, den Frachter ohne Sirenen, Absturzflugzeuge, Haltenetze, Löschroboter und zehntausend amtliche Fragen bewältigen zu können.

Schon in der oberen Atmosphäre von Ammuud sich befindend, steuerte er das Raumschiff im Anflug gleichmäßig dahin. Der Hyperraum-Antrieb schien beschädigt zu sein, aber der Rest des Leitsystems reagierte innerhalb der Toleranzgrenzen.

Bollux, der eben aufgeholt hatte, trat mit offenen Brustklappen zu Chewbacca.

»Ich glaube, da ist etwas, das Sie wissen sollten, Sir. Blue Max hat gerade die Tech-Station überprüft. Der Schaden ist ausgeglichen, aber ein Teil der Drahtröhren für die Leitsysteme ist exponiert worden; das Gehäuse ist geplatzt.«

»Wird das explodieren?« fragte Spray.

Unter sich konnten sie Einzelheiten des Terrains ganz deutlich erkennen. Ammuud war eine Welt von riesigen Wäldern und Meeren mit sehr großen Polarkappen.

Max antwortete: »Es ist keine Frage, ob es nach *außen* explodiert, Spray; sie sind sicher, aber es handelt sich um empfindliche Niederdruck-Drähte. Wenn wir zu tief in die Atmosphäre des Planeten eintauchen, implodieren sie.«

»Du meinst, wir können nicht landen?« fragte Spray blinzelnd.

»Nein«, erwiderte Bollux ruhig. »Er meint nur, wir dürfen nicht zu tief in Ammuuds –«

Das Sternenschiff erbebte heftig.

»Vorsicht!« krächzte der Inkassoagent und starrte Chewbacca an. »Dieses Fahrzeug ist noch immer von der Interstellaren Inkasso-GmbH gepfändet!«

Chewbacca stieß ein lautes Knurren aus. Einer der Steuerdrähte war implodiert, da die Atmosphäre des Planeten den geringeren Innendruck überwältigt hatte. Der Wookie fauchte. Er arbeitete daran, diese Steuerung zu umgehen, und hatte darin Glück, die Geschwindigkeit des Schiffes zu einem ganz sanften Sinkflug herabmindern zu können.

»– Atmosphäre«, schloß Bollux.

»Wie tief ist die?« fragte Spray drängend. Die Bodenradar-

Sensoren hatten ihnen bereits den Raumflughafen des Planeten am Fuß einer hohen Bergkette gezeigt.

»Durchaus nicht mehr viel tiefer, Sir«, meinte Bollux mit neutraler Stimme.

Der Wookie zog den Bug der ›Falcon‹ höher und justierte die Bodenradar-Sensoren, damit sie die Merkmale der Bergkette hinter dem Raumflughafen von Ammuud zeigten. Sein Plan war klar; da er nicht in der tieferen Atmosphäre niedergehen konnte, gedachte er, in den höheren Bergen eine geeignete Stelle zu finden, und hoffte, daß der niedrigere Luftdruck dort den Rest des Leitsystems nicht zusammenbrechen ließ, bevor er mit dem Schiff aufsetzen konnte. Er winkte Spray und Bollux mit einer zottigen Pfote und wies auf den Durchgang.

»Ich glaube, er möchte, daß wir die ganze lose Ausrüstung verstauen und uns auf eine harte Landung vorbereiten«, sagte Bollux zu Spray. Die beiden drehten sich um und arbeiteten sich gemeinsam durch den Gang, stopften lose Teile in Lagerfächer und verschlossen die Türen.

Sie hatten die Rettungskapseln erreicht, als Spray etwas Wichtiges einfiel.

»Was ist mit Kapitän Solo? Wie wird er erfahren, was geschehen ist?«

»Das kann ich leider nicht sagen, Sir«, gestand Bollux. »Ich sehe keinen Weg, wie wir ihm ungefährdet Nachricht hinterlassen können, ohne uns bei Hafenbeamten bloßzustellen.«

Der Inkassoagent fand sich damit ab.

»Ich glaube übrigens, daß in der zweiten Kapsel Schweißgerät liegt; nehmen Sie es lieber heraus, damit wir es verstauen können.«

Bollux beugte sich gehorsam in die offene Kapsel.

»Ich sehe kein –« Er spürte einen plötzlichen Stoß von hinten. Spray hatte mit Anlauf gerade so viel Schwung gewonnen, daß er, mit all seiner Kraft stoßend, Bollux in die Kapsel kippte.

»Finde Solo!« schrie Spray und hieb auf den Auslöser. Innen- und Außenluken öffneten sich, bevor der verwirrte Android noch ein Wort herausbrachte. Die Kapsel wurde von ihren Trennladungen hinausgesprengt.

Und während die ›Falcon‹ hochstieg, den Riesenbergen von Ammuud entgegen, begann die plumpe Rettungskapsel zum Raumflughafen hinabzustürzen.

VIII

›Alle Mann auf die Posten!‹ oder irgendein anderer Alarmruf kann sogar in einem streng geführten militärischen Raumschiff zur Unordnung führen. In einem Linienschiff wie der ›Lady of Mindor‹, wo Übungen und Erprobungen praktisch nicht durchgeführt wurden, entstand totale Wirrnis. Aus diesem Grund achtete Han Solo kaum auf die verstümmelten und oft widersprüchlichen Anweisungen, die aus den Lautsprechern plärrten. Fiolla im Schlepptau, stürzte er den Gang hinunter, während in Panik geratene Passagiere, erschreckte Besatzungsmitglieder und unentschlossene Offiziere einander mit gegensätzlichen Anweisungen und Handlungen lähmten.

»Was wollen Sie tun?« fragte Fiolla, als sie um einen Haufen von Passagieren herumliefen, die an die Tür des Zahlmeisters hämmerten.

»Holen Sie den Rest Ihres Bargeldes aus Ihrer Kabine und suchen Sie die nächste Rettungsboot-Nische.«

Es hörte, wie luftdichte Türen zuknallten, und versuchte, sich den Grundriß dieser alten Schiffe, Klasse M, vorzustellen. Es wäre eine Katastrophe gewesen, von der automatischen Abdichtung in eine Falle getrieben zu werden.

»Solo, *halt!*« plärrte Fiolla, bremste mit den Abendschuhen und brachte ihn endlich zum Stehen. Als sie zu Atem kam, fuhr sie fort: »Ich habe mein Geld dabei. Wenn Sie dem Robo-Kammerdiener nicht ein Trinkgeld geben wollen, können wir uns auf den Weg machen.«

Er war erneut beeindruckt.

»Sehr gut. Wir gehen achtern, knapp vor dem Antriebsteil müßte ein Boot liegen.« Er erinnerte sich, daß sein Makroglas in der Kabine lag, schrieb es aber ab. Vor ihnen begann sich eine luftdichte Tür knirschend zu schließen. Sie schafften es im Sprint, obwohl der Saum von Fiollas Schimmerseide sich in der Luke verfing und sie ein Stück davon abreißen mußte, um sich zu befreien.

»Das Ding hat mich ein Monatsgehalt gekostet«, klagte sie wehmütig. »Was kommt jetzt, Kämpfen oder Laufen?«

»Von beidem etwas. Der blöde Kapitän hier muß sämtliche Türen im Schiff betätigt haben. Wie glaubt er, daß seine Leute an die Kampfstationen kommen?« Er machte sich auf den Weg.

»Vielleicht will er gar nicht kämpfen«, keuchte sie neben ihm. »Ich glaube kaum, daß die Besatzung eines Linienschiffes sich mit Piraten anlegen könnte, oder?«

»Sie muß! Piraten sind nicht gerade berühmt für ihre Zurückhaltung bei Gefangenen.« Sie erreichten ein langes, zylindrisches Rettungsboot in seiner Nische. Han riß den Verschluß am Auslösehebel ab und klappte ihn hoch, aber die Luke ging nicht auf. Er riß den Hebel hin und her und verfluchte den Wartungsoffizier des Linienschiffes dafür, daß er seine Sicherheitsanlagen nicht in Schuß hatte.

»Hören Sie«, sagte Fiolla.

Der Schiffskapitän schien ein gewisses Maß an Selbstbeherrschung wiedergefunden zu haben.

»Zur Sicherheit aller Passagiere«, tönte seine Stimme aus den Lautsprechern, »wie auch der Besatzung habe ich beschlossen, mich den Übergabebedingungen des Schiffes, das uns manövrierunfähig geschossen hat, zu unterwerfen. Mir ist versichert worden, daß niemandem ein Haar gekrümmt wird, solange wir keinen Widerstand leisten und kein Versuch unternommen wird, Rettungsboote zu starten. Mit Rücksicht darauf habe ich Boots- und Kapsel-Auslöser lahmgelegt. Das Schiff ist zwar beschädigt, aber wir schweben in keiner unmittelbaren Gefahr. Ich weise hiermit alle Passagiere und Besatzungsmitglieder an, mit den Enterkommandos zusammenzuarbeiten, wenn das Piratenfahrzeug an das unsere andockt.«

»Wie kommt er darauf, daß sie ihr Wort halten werden?« murmelte Han. »Er hat sich zu lange auf Passagierflügen gemästet.« Ein kleiner Teil von ihm jagte diesem Gedanken hinterher. Wann *war* es das letzte Mal vorgekommen, daß in der Nähe der scharf überwachten Innenbereiche der Sektorleitung ein Piratenüberfall stattgefunden hatte? Ein Angriff dieser Art war in diesem Teil des Weltraums nahezu unerhört.

»Schauen Sie, Solo!« Fiolla deutete auf eine offene Luke im Außenrumpf des Linienschiffes.

Er lief darauf zu und stellte fest, daß die Luke Zugang zu einem Geschützturm bot. Die Luke war offenbar beim ersten Alarm geöffnet worden. Die Zwillings-Strahlerkanone war unbesetzt; entweder hatte die vorgesehene Mannschaft ihr Ziel nicht erreicht, oder sie war vom Kapitän zurückgerufen worden.

Han zog sich durch die Luke und ließ sich auf dem Kanoniersattel nieder, während Fiolla auf den Sitz des zweiten Kanoniers niedersank. Durch die Kuppel aus Transparentstahl um den Turm konnten sie das Piratenschiff sehen, das ein schlanker Raubfisch war, in lichtschluckendem Schwarz gehalten, und geschickt auf das Passagierschiff zuhielt. Der Pirat wollte offenbar an der Luftschleuse im Mittelteil der ›Lady‹ anlegen, knapp vor dem Geschützturm.

Die Batterie war voll geladen. Han preßte die Schultern an die Stützen, lehnte sich an die Polsterhaube des Zielverfolgungsgeräts und schloß die Hände um die Feuergriffe.

»Was haben Sie vor, Solo?« fragte Fiolla bang.

»Wenn wir anfangen, den Turm zu drehen, bemerken sie das«, erklärte er.·»Aber wenn wir warten, schweben sie direkt im Visier vorbei. Wir können eine Salve abgeben, sie vielleicht sogar kampfunfähig schießen.«

»Und uns vielleicht sogar umbringen«, meinte sie ätzend. »Uns und alle anderen. Solo, das geht nicht, das können Sie nicht tun!«

»Falsch, es ist das einzige, was ich tun *kann*. Glauben Sie denn, die halten ihr Wort, daß sie keinem etwas zufügen werden? Ich nicht. Entkommen können wir nicht, aber ganz gewiß können wir ihnen eins versetzen.«

Ohne ihre Proteste zu beachten, legte er seine Schultern an die Stützen und starrte wieder durch das Visiergerät. Die bedrohliche Form des Piraten tauchte am Rand seines Schußfeldes auf.

Er hielt den Atem an und wartete auf einen Schuß in die Lebens-
funktionen des Räubers, weil er wußte, daß er nur eine Salve
würde abfeuern können.

Der Steuerteil kam nicht direkt in seine Schußlinie, und die
Besatzungsquartiere ließ er vorbeiziehen; vermutlich waren sie
leer und die Besatzung befand sich zum größten Teil schon als
Prisenkommando an den Luftschleusen. Das Piratenschiff
brauchte dank der demütigen Reaktion des Kapitäns im Linienschiff nicht einmal die Boote auszuschicken.

Han starrte durch das Visiergerät auf den nächsten Teil des
feindlichen Schiffsrumpfes, dann schob er sich von der Zwillingskanone zurück und begann sich mit dem Kopf voraus aus
dem Richtkanoniersattel zu ziehen.

»Gehen wir«, sagte er zu Fiolla.

»Was soll das sein, eine plötzliche Attacke seniler Vernunft?«

»Eingebung ist meine Spezialität«, erwiderte er leichthin. »Ich
hoffe nur, daß ich mich an den Grundriß dieser alten M-Klasse
richtig erinnere. Es ist lange her, seit ich in einem solchen Raumschiff geflogen bin.«

Sie ging wieder hinter ihm nach vorn, während er die Markierungen der Bordingenieure an den Tragstützen des Schiffes betrachtete und halblaut mit sich selbst sprach. Es folgte rasch der
hohlklingende, schwere Anprall, als der Pirat am Rumpf des Linienschiffes festmachte. Han stoppte plötzlich und zog Fiolla in
die zeitweilige Sicherheit eines Nebeneinganges.

Nicht sehr weit vor ihnen hatte ein Schwarm Passagiere sich
vor einer großen Luftschleuse versammelt, im Widerspruch zu
den Anweisungen des Kapitäns. Unter ihnen erkannte Fiolla den
Priester von Ninn in seinen grünen liturgischen Gewändern, einen stellvertretenden Inspekteur der Sektorleitung für Pflan-
zeninokulation von einer Agrowelt, und ein Dutzend andere
Personen, die sie kennengelernt hatte. Alle wichen vor dem Fauchen der sich öffnenden Luftschleuse zurück.

Dann stürzten die Passagiere davon wie aus dem Gebüsch auf-
gestörte, jagdbare Vögel, als die Innenluke der Luftschleuse aufging und bewaffnete Enterer hereinströmten. Die Männer, die
gepanzerte Raumanzüge trugen, schwangen Strahler, Energiepi-

ken, Raketenwerfer und Vibroäxte. Sie wirkten wie gesichtslose, unverwundbare Henker.

Es gab Befehle aus Helmlautsprechern und Schreie von den Passagieren. Ein Überfallteam hetzte mit Schockgranaten, Fusionsbrennern, Plasmafackeln und Minierladungen zur Brücke der ›Lady‹ für den Fall, daß der Kapitän es sich anders überlegen und seine Kapitulation rückgängig machen sollte. Einige der Enterer begannen schwach protestierende Passagiere zum Aufenthaltsraum zu treiben, während die übrigen sich in Trupps aufteilten und in alle Richtungen von der Luftschleuse aus mit einer raschen Durchsuchung begannen.

Han führte Fiolla zu einem Innenbord-Gang und machte sich wieder auf den Weg nach achtern, noch immer Stützenmarkierungen ablesend, bis sie einen Geräteschrank erreichten. Im Inneren befand sich eine Luke mit Zugang zu einem Wartungskern, der durch das ganze Schiff verlief. Normalerweise wäre die Luke verschlossen gewesen, aber um der Sicherheit willen konnte man sie, wenn im Schiff der Notfall herrschte, von Hand öffnen. Han sperrte sie auf und betrat den Wartungskern.. Die Lüftung war in diesen Kerngängen nie gut, und überall lagen Staubschichten, von den ächzenden Ventilatoren des Linienschiffes hierher verweht.

Fiolla schnitt eine Grimasse.

»Was nützt das Versteckspiel? Am Ende sitzen wir in einem Wrack und fliegen ziellos umher, Solo.«

»Wir haben eine Reservierung für zwei Personen im nächsten Boot, das hier abgeht. Steigen Sie ein; es zieht.«

Sie kam ungeschickt herein, den nachschleppenden Rock mit einer Hand erfaßt, und kletterte unter ihn, so daß er die Luke verriegeln konnte, um sich dann schwerfällig herumzudrehen, damit er veranzugehen vermochte. Dabei fiel ihm auf, daß Fiolla sehr schöne Beine hatte.

Bei ihrem Marsch wurden sie beide rasch schmutzig, erhitzt und gereizt, als sie sich über, unter und zwischen Hindernisse zwängten.

»Warum ist das Leben in Ihrer Nähe so kompliziert?« keuchte sie. »Die Piraten würden mein Geld nehmen und mich in Frieden lassen, aber nicht Han Solo, o nein!«

Er kicherte bösartig, als er die Klammern an einem Gitter lok-
kerte und es wegriß.

»Ist Ihnen schon der Gedanke gekommen, daß das kein Piratenüberfall sein könnte?«

»Ich verstehe nichts davon, ich werde da so selten eingeladen.«

»Verlassen Sie sich auf mich, das ist keiner. Sie hätten in den
Randgebieten fettere, sicherere Ziele gefunden. Sie gehen ein un-
heimliches Risiko ein, so nah bei den Espo-Patrouillen zuzu-
schlagen. Und dann der ganze Unsinn, daß keine Boote gestartet
werden dürfen. Sie haben es auf ganz bestimmte Leute abgesehen, und ich glaube, das sind wir.« Er führte sie auf anstrengende,
kauernde Weise über Röhren und Kabelkanäle, und hier und
dort stießen sie sich die Köpfe an tiefhängenden Leitungen an.
Es gab nur vereinzelt Notlampen, die kaum Helligkeit ins
Dunkle abstrahlten. Nach einer scheinbaren Ewigkeit fand er die
gesuchte Luke genau vor einer großen Stahlbetonstütze.

»Wo sind wir?« fragte Fiolla.

»Genau unter und hinter der Steuerbord-Luftschleuse«, erwiderte er und wies mit dem Daumen an die Decke. »Auf der
›Lady‹ wimmelt es inzwischen wohl von Enterern.«

»Was machen wir dann hier? Hat schon einmal jemand Ihre
Führereigenschaften bekrittelt, Solo?«

»Noch nie.« Er stieg eine kurze Leiter hinauf, und sie folgte
ihm zweifelnd. Aber als er die Luke an der Oberseite öffnen
wollte, fand er das Ventil festgefressen. Die Schulter gegen das
Drehrad zu stemmen, wobei er beinahe den Halt verlor, half
auch nichts.

»Da«, sagte Fiolla und reichte ihm ein kurzes Metallstück hinauf. Er sah, daß sie eine der Leitersprossen unter sich herausgerissen hatte.

»Sie vergeuden Ihre Zeit mit ehrlicher Arbeit«, erklärte er ihr
offen und steckte die Sprosse durch die Radspeichen. Der zweite
Versuch löste ein metallisches Knirschen aus, und das Rad drehte
sich zuerst zäh, dann schnell. Er öffnete die Luke einen Spalt, um
hinauszuspähen, und sah, wie er gehofft hatte, das Innere des
Geräteschranks gleich an der Innenluke der Luftschleuse. Darin

hingen die Raumanzüge der Wartungsmannschaft nebst Werkzeuggurten, die blitzschnell angelegt werden konnten.

Er zog Fiolla hinter sich heraus und drückte den Lukendeckel zu, so leise er konnte.

»Dort draußen an der Luftschleuse sollten nicht mehr als ein, zwei Posten sein«, erklärte er. »Ich bezweifle, daß sie sich große Gedanken um einen Gegenangriff machen; auf der ›Lady‹ werden insgesamt nicht mehr als zwei oder drei Schußwaffen zu finden sein.«

»Was machen wir dann hier?« Sie ahmte unbewußt sein Flüstern nach.

»Lange können wir uns nicht verstecken. Bald werden sie das ganze Schiff mit Sensoren absuchen, und ich zweifle daran, daß es abgeschirmte Bereiche gibt. Jetzt kann es nur noch eine einzige Stelle geben, wo wir ein Rettungsboot finden.«

Sie hielt den Atem an, als sie begriff, was er meinte, und öffnete den Mund, um zu widersprechen, aber er legte einen Finger auf ihre Lippen.

»Das sind Sklavenhändler, keine Piraten, und sie machen sich die ganze Mühe nicht, nur um uns am Leben zu lassen. Sie wollen in Erfahrung bringen, wieviel wir wissen, um uns dann endgültig auszulöschen. Ich bin mir nicht sicher, wie das ausgehen wird, aber wenn Sie die ›Falcon‹ ohne mich erreichen, können Sie Zlarbs Datenplakette haben. Sagen Sie Chewie, sie steckt in der Brusttasche meines Thermoanzuges, dann weiß er, daß das in Ordnung geht.«

Sie wollte etwas sagen, aber er hinderte sie daran.

»Kämpfen *und* laufen, wissen Sie noch? Sie machen folgendes...«

Der Wachtposten an der Haupt-Luftschleuse hatte das Entern über den Helmfunk verfolgt. Das Schiff war besetzt, man hatte es ziemlich gut in der Hand, und die Suchtrupps gingen durch die zugeteilten Bereiche.

Ein Geräusch am Werkzeugschrank erregte seine Aufmerksamkeit. Obwohl durch den schalldämpfenden Helm schwer zu erkennen, klang das wie Metall auf Metall.

Der Posten hielt seinen Raketenwerfer bereit und drückte auf den Lukenauslöser. Die Luke kippte zur Seite, und er betrat den begehbaren Schrank. Zuerst hielt er ihn für leer; der Schrank war zuvor schon durchsucht worden. Dann bemerkte er jedoch die Gestalt, die in dem vergeblichen Versuch, sich zu verstecken, hinter einem der Bereitschafts-Raumanzüge kauerte. Es war eine entsetzte junge Frau in einem zerrissenen Abendkleid.

Der Wachtposten riß sofort seine Waffe hoch und überblickte rasch den Rest der Räumlichkeit, aber dieser enthielt nur Werkzeug und hängende Raumanzüge. Er ging weiter hinein, schwenkte die Waffe und schaltete auf Außenlautsprecher.

»Kommen Sie sofort da raus, dann geschieht Ihnen nichts.«

Das erwies sich als wahr auf eine Weise, die der Soldat nicht vorausgesehen hatte. Eine schwere Motor-Brechstange traf ihn an Helm und Schulter und warf ihn auf die Knie. Trotz seiner Panzerung war der Mann für einen Augenblick betäubt, Arm und Schulter wurden gefühllos. Er tastete nach seiner Funkbedienung, aber der Hieb hatte den Sender-Empfänger am Helm zerstört.

Die Frau stürzte heran und versuchte ihm die Waffe zu entwinden, aber der Soldat wehrte sich. Ein scharrendes Geräusch hinter ihm und ein zweiter harter Schlag ließen ihn seine Waffe vergessen. Panzer und Helmpolsterung fingen viel von der Wucht ab, aber der Hieb war so kräftig gewesen, daß das, was davon durchkam, den Posten betäubt aufs Gesicht warf.

Han Solo, noch in dem Raumanzug, mit dem er im Hinterhalt an einem Haken baumelte, warf sich auf den Piraten und streifte ihm blitzschnell einen Werkzeuggurt über, den er festzog, um seine Arme zu fesseln. Mit einem zweiten schloß er die Beine des Mannes zusammen. Fiolla verfolgte das Ganze nervös und starrte den Raketenwerfer mit Schulterbedienung, den sie in der Hand hielt, an, als sei er plötzlich aus dem Nichts aufgetaucht.

Han richtete sich auf und nahm ihr die Waffe vorsichtig ab. Er stellte fest, daß sie mit Fliegerpfeil-Kanistern für lebende Ziele geladen war. Einem der Enterer in seiner Panzerung hätten sie nichts anhaben können, sie wären aber gegen ungeschützte Passagiere und Besatzungsmitglieder drastisch wirksam gewesen. Han hätte einen Strahler vorgezogen, aber der altmodische Wer-

127

fer würde vorerst genügen.

Seine Stimme klang gedämpft durch den Helm.

»Wir wissen nicht, ob er sich regelmäßig melden soll oder nicht. Alles, was wir tun können, ist weitermachen. Fertig?«

Sie versuchte zu lächeln, und er ermunterte sie mit einem Grinsen. Er schloß die Innenluke hinter sich, einen Augenblick später waren sie durch den Enterschlauch gegangen und hatten das Piratenschiff betreten.

Der Durchgang dort war leer. Das ganze hechelnde Rudel muß hinter uns her sein, dachte er.

Er stellte sich den Rumpf des Räuberschiffes vor, wie es bei der Annäherung an die ›Lady‹ ausgesehen hatte, und ging nach hinten zu der Bootsnische, die ihn veranlaßt hatte, die Hand vom Geschützverschluß zu nehmen. Er schob Fiolla vor sich her und hielt den Raketenwerfer hoch, als sei sie seine Gefangene. Der Raumanzug mochte verhindern, daß er im Durcheinander des Enterns als Außenstehender erkannt wurde. Ein Versuch mußte jedenfalls gemacht werden.

Er sah die Warnlampen und Hinweistafeln eines Rettungsbootes vor sich.

»Du da! Halt!« hörte er eine Stimme hinter sich schreien. Er tat, als höre er nichts, und gab Fiolla einen Stoß, um sie vorwärtszutreiben. Aber die Stimme wiederholte den Befehl: »Stehenbleiben!«

Er fuhr auf dem Klampenabsatz herum, riß den Raketenwerfer hoch und starrte in ein Gesicht, das er erkannte. Es war der schwarzhaarige Mann, der auf dem Mitteilungsband erschienen war und sich mit Zlarb hätte treffen sollen. Er und ein zweiter Mann, beide in gepanzerten Raumanzügen, die Helme aufgeklappt, versuchten, ihre Pistolen herauszureißen.

Die Waffen steckten jedoch in Militär-Halftern, die mehr für Dauerhaftigkeit als für Schnelligkeit gedacht waren. Die könnten ihre Kanonen ebensogut zu Hause in der Schublade haben, dachte Han leidenschaftslos, während er zielte. Fiolla kreischte etwas, das sich anzuhören er nicht die Zeit hatte.

Die beiden Männer begriffen im letzten Augenblick, daß sie ihm nicht zuvorkommen konnten, und warfen sich, die Arme vor den Gesichtern, in dem Augenblick nach hinten, als er abdrückte.

Die Munition war für den Nahbereich vorgesehen; der Behälter explodierte fast auf der Stelle nach dem Verlassen des Rohres, trieb die Fliegerpfeile hinaus und erfüllte den Gang mit einem ohrenbetäubenden Knall. Die Sklavenhändler schienen nicht verletzt zu sein, blieben aber am Boden liegen, wo sie hingestürzt waren. Han feuerte auf gut Glück noch einen Schuß auf sie ab, packte Fiollas Ellenbogen und rannte auf das Boot zu. Sie schien im Schockzustand zu sein, wehrte sich aber nicht. Er öffnete die Luke und stieß sie hinein.

»Finden Sie was zum Festhalten!« Es blieb ihm noch die Zeit, einen Fluch auszustoßen, weil er auf ein Rettungsboot und nicht auf eine Pinasse oder ein Enterfahrzeug gestoßen war.

Ein Laserstrahl jaulte an ihm vorbei und sengte weiter unten im Durchgang eine Leuchtplatte weg. Han kniete in der Deckung der Schleuse und gab vier Schüsse ab und feuerte so den Raketenwerfer auf die Gestalten, die auf ihn zustürzten, leer. Sie warfen sich alle in Deckung, aber er glaubte nicht, daß er einen von ihnen getroffen hatte.

Er schloß beide Luken, ließ sich auf den Pilotensitz des Bootes fallen und sprengte die Trennladungen. Im Gegensatz zu den Booten des Linienschiffes funktionierten diese hier noch. Das Boot wurde mit einem ungeheuren Ruck aus der Schleuse geblasen. Im selben Augenblick schaltete er auf vollen Schub, und das Boot warf sich vorwärts, als hätte es einen Tritt abbekommen.

Han riß das Steuer herum und verließ sich allein auf die Steuerdüsen, weil es hier keine Atmosphäre gab, die auf die Ruder des dahinwirbelnden Bootes wirken konnte. Er lenkte mit grimmiger Miene am Rumpf des Linienschiffes vorbei und fegte hinauf, um die Masse der ›Lady of Mindor‹ zwischen sich und das Sklavenhändler-Schiff zu bringen. Er gab Vollgas und raste weiter, bis er außer Geschützreichweite war, dann stürzte er hinab zur Oberfläche von Ammuud.

Er löste eine Hand lange genug vom ruckenden Steuer, um seinen Helm aufzuklappen.

»Können wir ihnen entwischen?« fragte Fiolla aus dem Beschleunigungssessel hinter ihm.

»Da geht es um mehr«, sagte er, ohne den Blick von den Instrumenten zu lösen. »Sie können uns nicht verfolgen, bis sie zum Sammeln blasen und alle ihre Leute aus der ›Lady‹ zurückgeholt haben. Und wenn sie uns Boote nachschicken, brauchen sie verdammt flotte Piloten.« Er nahm einen Ruck wahr, und Fiolla zog sich zum Kopilotensitz.

»Setzen Sie sich und bleiben Sie sitzen«, sagte er hitzig, wenn auch ein wenig verspätet. »Wenn ich jetzt hätte manövrieren oder bremsen müssen, könnten Sie sich vom Schrott abkratzen.«

Das beachtete sie nicht. Er sah, daß etwas anderes sie so entsetzt hatte, daß sie die Wirkung immer noch spürte. Da er wußte, wie widerstandsfähig sie sonst war, widmete er ihr einen Teil seiner Aufmerksamkeit.

»Was ist denn? Abgesehen von der Tatsache, daß wir jeden Augenblick verdampft werden können, meine ich.«

»Der Mann, auf den Sie geschossen haben…«

»Der Schwarzhaarige? Das ist der mit der Mitteilung, von der ich sprach; er war Zlarbs Verbindungsmann.« Er drehte scharf den Kopf. »Warum?«

»Das war Magg«, sagte Fiolla, die leichenblaß geworden war. »Mein eigens ausgesuchter, persönlicher Mitarbeiter Magg.«

IX

Es war früh am Morgen des kurzen Ammuud-Tages, als Angestellte und Automaten des Raumflughafens gleichermaßen die Arbeit einstellten, weil die Sirenen Luftalarm gaben. Bewehrte Kuppeln klappten auf, um Geschützstellungen am Raumflughafen und in den schneebedeckten Bergen darüber sichtbar werden zu lassen. Für einen stillen, kleinen Raumflughafen verfügte der von Ammuud über ein eindrucksvolles Arsenal.

Ein Boot kam, das Licht widerspiegelnd, vom Himmel herab. Der Pilot betätigte den Bremsschub, und das trommelfellzerreißende Geräusch des Fluges holte das Boot ein. Turoblaser, Raketenrohre und vielrohrige Geschütze verfolgten den Sinkflug, begierig darauf, zu feuern, sollte das Boot das geringste Anzeichen von Feindseligkeit erkennen lassen. Das Abwehrkommando wußte bereits, daß über Ammuud ein kurzer Kampf von Schiff zu Schiff stattgefunden hatte, und man neigte dazu, keine Risiken einzugehen. Abfangjäger wurden nicht hinaufgeschickt, weil es sich um ein einzelnes Boot handelte. Der ganze Himmel war potentiell ein ›Feuer frei‹-Bereich.

Aber das Boot setzte brav und exakt auf einer Seite des Flugfeldes an einer zugewiesenen Stelle bei der Hafenleitung auf. Bodenfahrzeuge, bestückt mit Feldgeschützen, umzingelten das kleine Raumfahrzeug, während die größeren Batterien ringsum in den Bereitschaftszustand zurückkehrten. Die Flughafen-Automaten, Frachtbeweger, Autospediteure und dergleichen kehrten, von schlichten Schaltungen überzeugt, daß es keinen Grund gab, die Arbeit weiter zu unterbrechen, mit einer Ausnahme zu ihren Aufgaben zurück. Niemand bemerkte den Arbeitsdroiden, der, eine Transportkiste schleppend, über das Flugfeld ging.

Als Han die Bootsluke öffnete, wandte er sich seiner Begleiterin zu.

»Fiolla, Sie verstehen es, die richtigen Gehilfen auszuwählen; das ist alles, was ich sagen kann.«

»Solo, er hat eine tiefreichende Sicherheitsüberprüfung überstanden«, beteuerte sie etwas laut. »Was hätte ich tun sollen? Ihn einer Gehirnsondierung unterziehen?«

Han unterbrach sich, als er hinunterspringen wollte auf das Landefeld.

»Keine schlechte Idee. Jedenfalls verrät uns das viel. Als Sie Zugang zum Computer-Sperrbereich der Sklavenhändler auf Bonadan erlangten, lag das nicht einfach an einem Fehlgriff. Maggs Terminal hatte vermutlich irgendeine Art Sonderzugang eingebaut; sieht so aus, als wäre er auch der reisende Buchhalter der Sklavenhändler und vielleicht ihr Sicherheitsbeauftragter dazu gewesen.

Er hat Sie mit dem Mietboot hinausgeschickt, weil man Sie unauffällig beseitigen wollte. Ich wette, er hat auch Ihre raffinierte, gegen Abtaster gefeite Pistole demoliert.«

Fiolla erholte sich rasch, das mußte er ihr zugestehen. Sie hatte das Gesehene schon akzeptiert und ihre Überlegungen demgemäß umgestaltet.

»Damit kann ich aber für das alles nichts«, betonte sie voller Logik.

Han antwortete nicht, weil er damit beschäftigt war, in die Rohre und Emissionsöffnungen einer Vielzahl tödlicher Waffen zu blicken. Er mühte sich, freundlich und unbedrohlich zu erscheinen. Er zeigte leere Hände.

Ein Mann in Tunika und langer Hose, die nicht zusammenpaßten, trat heran, eine Berstwaffe in der Hand. Seine Uniform war keine vorschriftsmäßige, aber er trug eine Armbinde mit einem aufgleißenden Stern. Han wußte durch seine Erkundigungen bereits, daß Ammuud von einer lockeren und oft uneinigen Koalition aus sieben Großclans im Untervertrag mit der Sektorleitung beherrscht wurde. Der Ungleichheit der Uniformen und Bekleidung war zu entnehmen, daß alle sieben Clans Leute für die Sicherheitsstreitkräfte des Raumflughafens stellten.

»Was soll das heißen?« fauchte der Anführer. »Wer sind Sie? Was ist da oben vorgefallen?« Bei den letzten Worten wies er mit seiner Pistolenmündung hinauf in den Himmel über Ammuud.

Han sprang aus der offenen Luke und hob beiläufig, aber auffallend die Hände, während er sein sonnigstes Lächeln aufsetzte.

»Wir sind Passagiere auf dem Linienschiff ›Lady of Mindor‹ gewesen. Sie wurde von Piraten angegriffen und geentert. Wir beide entkamen, aber ich weiß nicht, was nach unserer Flucht geschehen ist.«

»Den Schirmen zufolge hat sich der Pirat vom Linienschiff gelöst und das Weite gesucht; wir haben keine Radaranzeige mehr dafür. Zeigen Sie mir bitte Ihren Ausweis.« Der Mann hatte seine Waffe nicht sinken lassen.

»Wir hatten keine Zeit, unsere Koffer zu packen«, erwiderte Han. »Wir sprangen in das erste Rettungsboot, das wir fanden, und setzten uns ab.«

»Und gerade noch zur rechten Zeit«, fügte Fiolla hinzu, die am Lukenrand stand. »Hilfst du mir bitte herunter, Liebling?«

Mehrere Hafenpolizisten traten automatisch heran, um ihr behilflich zu sein. Fiolla sah sehr gut aus, selbst in dem zerfetzten

Abendkleid und voller Staub vom Wartungskern. Sie versah Solos Behauptung auch mit einer überzeugenden Note. Er griff ein, bevor jemand anderer helfen konnte, und hob sie, die Hände an ihren Hüften, auf den Boden hinunter.

Der kommandierende Offizier begann sich die Stirn zu reiben.

»Es sieht so aus, als müßte ich Sie zum weiteren Verhör in die Festung Reesbon bringen.«

Aber einer seiner Männer widersprach.

»Warum zu den Reesbons? Warum nicht in die Festung unseres Clans, zu den Glayyds? Davon sind mehr hier als von Ihnen.«

Han entsann sich, daß die Reesbon und Glayyd zwei der sieben herrschenden Clans hier auf Ammuud waren. Und der Mor Glayyd, Patriarch seines Clans, war der Mann, den Han und Fiolla aufsuchen wollten. Ein schneller Rundblick zeigte ihm, daß die ›Falcon‹ nicht auf dem Flugfeld zu stehen schien. Han unterdrückte den Drang, nach seinem Schiff zu fragen, weil er Chewbacca in die Vorgänge nicht hineinziehen wollte, wenn sich das vermeiden ließ.

Aber das Problem des Augenblicks hing damit zusammen, daß sie zu irgendeiner Clan-Festung verschleppt werden sollten. Er wußte noch nicht genau, was er zu dem Glayyd-Führer sagen wollte, aber er wußte, daß er nicht den Wunsch hatte, in der Familienburg der Reesbons eingesperrt zu werden.

»Eigentlich bin ich hier, weil ich mit dem Mor Glayyd Geschäftliches zu erledigen habe«, meinte er.

Der Offizier zog die Brauen zusammen, aber zu Solos Überraschung setzten die Glayyd-Männer und -Frauen argwöhnische Mienen auf.

Der erste Glayyd-Sprecher meldete sich erneut zu Wort.

»Da, sehen Sie? Bestreiten Sie, daß es sich um eine Sache handelt, die vom Mor Glayyd ebenso gerecht untersucht werden kann wie vom Mor Reesbon?«

Der Offizier und seine Sippengenossen befanden sich weit in der Minderheit; er sah ein, daß er weder durch Rang noch Gewalt gewinnen konnte. Han hatte den Eindruck, daß die Polizei des Raumflughafens von Zwietracht gespalten war. Der Offizier preßte die Lippen zusammen, als er steif zustimmte.

»Ich werde ein Bodenfahrzeug anfordern; wir müssen alle bewaffneten Fahrzeuge hier im Hafen behalten.«

In diesem Augenblick sagte eine träge metallische Stimme hinter Han gedehnt: »Sir, sollte ich nicht lieber mitkommen? Oder möchten Sie, daß ich hier beim Boot bleibe?«

Han gab sich alle Mühe, seinen Unterkiefer vor dem Herunterklappen zu bewahren. In der Luke des Rettungsbootes stand Bollux, allem Anschein nach in Erwartung von Befehlen im Anschluß an ein ereignisreiches Niedergehen nebst Landung.

»Ich dachte, ihr zwei seid allein?« sagte einer der Hafenpolizisten mit einem Anflug von Vorwurf in der Stimme.

Fiolla begriff schneller als Han.

»Da sind nur wir und unser persönlicher Android«, erklärte sie. »Zählen die Bewohner von Ammuud Maschinen zur Clanbevölkerung?«

Han gaffte Bollux immer noch an; er hätte nicht erstaunter sein können, wenn der Android aus einer Riesentorte herausgetanzt wäre. Dann faßte er sich.

»Nein, du kannst ruhig mitkommen«, sagte er zu dem Androiden.

Bollux ließ sich gehorsam aus der Luke herab. Der Offizier kam zurück, nachdem er das Funkgerät in einem der Waffenfahrzeuge benützt hatte.

»Ein Fahrzeug ist von der Fahrbereitschaft abgeschickt worden und wird gleich hier sein«, erklärte er ihnen. Er wandte sich dem Glayyd-Mann zu, der ihm widersprochen hatte, und lächelte freudlos. »Ich verlasse mich darauf, daß der Mor Glayyd die anderen Clans über diese Angelegenheit rasch unterrichten wird. Schließlich hat er andere... dringende Dinge, die ihn bald fortrufen könnten.«

Die Glayyd-Leute scharrten mit den Füßen und blickten böse, die Hände an den Waffen, so, als hätte der Reesbon-Offizier sie enorm herausgefordert. Der Offizier kehrte zu seinem Fahrzeug zurück und fuhr zusammen mit den anderen Reesbon davon.

Der Glayyd-Mann wollte mehr über Solos Geschäfte mit seinem Clanführer wissen.

»Nein, er erwartet mich nicht«, antwortete Han aufrichtig.

»Aber es handelt sich um eine Sache von höchster Dringlichkeit, für ihn so wichtig wie für mich.«

Um weiteren Nachfragen vorzubeugen, stützte Fiolla sich schwer auf Solos Arm und ließ die Lider flattern. Sie legte eine Hand an die Stirn und lieferte eine so überzeugende Vorstellung, dem Zusammenbruch nahe zu sein, daß weitere Fragen unterblieben.

»Sie hat viel durchgemacht«, erklärte Han. »Vielleicht sollten wir uns hinsetzen, während wir auf den Wagen warten.«

»Verzeihung«, murmelte der Glayyd-Mann. »Bitte, machen Sie es sich im Mannschaftsteil des Fahrzeuges dort bequem. Ich werde den Mor Glayyd von Ihrer Ankunft unterrichten.«

»Äh, sagen Sie ihm, wir bedauern, ihn von etwas anderem abzuhalten.« Han dachte an die Worte des Reesbon-Offiziers. »Wobei haben wir gestört?«

Der Blick des Glayyd-Mannes huschte wieder über Han hinweg.

»Der Mor Glayyd muß ein tödliches Duell bestreiten«, sagte er und entfernte sich, um seine Mitteilung abzusenden.

Mit Bollux im Mannschaftswagen zusammensitzend, drängten Fiolla und Han den Androiden, Informationen zu liefern. Er lieferte ihnen eine kurze Zusammenfassung der Ereignisse nach ihrer Trennung auf Bonadan.

»Was hast du gemacht, als die Rettungskapsel landete?« wollte Han wissen.

»Ich fürchte, Sprays zeitliche Einteilung war nicht so gut, Sir«, erwiderte Bollux. »Ich landete in einiger Entfernung von der Stadt, aber das verhinderte wenigstens, daß ich auf den dortigen Sensorschirmen auftauchte oder unterwegs zerstrahlt wurde: die Verteidigung ist hier sehr gut. Ich ging den Rest des Weges zum Raumflughafen zu Fuß und verhielt mich einfach unauffällig, während ich auf Ihr Eintreffen wartete. Ich muß zugeben, daß ich mich auf ankommende Schiffe an dem kleinen Passagier-Abfertigungsgebäude konzentriert hatte; ich rechnete nicht damit, daß Sie auf diese Art und Weise erscheinen würden. Außerdem ist es mir gelungen, über die hier herrschende Lage allerhand in Erfahrung zu bringen.«

135

»Warte, noch mal zurück!« befahl Han. »Was meinst du mit ›unauffällig‹? Wo bist du gewesen?«

»Nun, ich habe das getan, was man von Androiden erwartet, Kapitän Solo«, sagte Bollux, beide Fragen Solos auf einmal beantwortend. »Ich betrat den Hafen einfach durch den Kontrollpunkt für Arbeitsautomaten und begann mit den Arbeiten, die sich gerade anboten. Jedermann nimmt stets an, ein Android sei auf Eigentümer und Aufgaben fixiert. Weshalb würde ein Android sonst wohl arbeiten? Niemand hat mir irgendeine Frage gestellt, nicht einmal die Aufseher. Und da ich nicht wirklich jemand Bestimmtem zugeteilt war, bemerkte es auch keiner, wenn ich von einer Arbeit zur anderen ging. Ein Arbeitsdroid zu sein, ist eine sehr gute Tarnung, Kapitän.«

Fiolla war interessiert.

»Aber das hieß doch, Menschen zu täuschen. Verstößt das nicht gegen deine Grundprogrammierung?«

Han hätte schwören mögen, daß Bollux' Stimme bescheiden klang.

»Meine Handlungen beinhalteten ein sehr hohes Maß an Wahrscheinlichkeit, zu Ihrem und des Kapitäns Wohlergehen beizutragen oder sogar, wenn ich das sagen darf, zu verhindern, daß Sie zu Schaden kommen. Das obsiegte, wie sich von selbst versteht, gegenüber jedem Gegenprogramm mit dem Verbot der Täuschung eines Menschen. Und als ich Ihr Boot landen sah, trug ich dann einfach eine Transportkiste über das Flugfeld, bis ich hinter Ihrem Fahrzeug stand, um es durch die hintere Luke zu betreten. Wie gesagt –«

»Niemand achtet auf einen Androiden«, kam ihm Han zuvor. »Wenn wir von hier fort sind, kümmere ich mich darum; wir lakkieren dich neu in grellen Farben, wie wäre das? Also, was ist mit diesem Duell?«

»Nach dem, was ich erfahren konnte, indem ich Menschen zuhörte und mit den wenigen *intelligenten* Automaten im Hafen sprach, Sir, besteht unter den Clans ein außerordentlich starrer Ehrenkodex. Der Mor Glayyd, Anführer des mächtigsten Clans, ist von einem Außenseiter, einem überaus geschickten Pistolenhelden, tödlich beleidigt worden. Die anderen Clans greifen nicht ein, weil sie sich über den Tod des Mor Glayyd freuen würden. Und dem Kodex zufolge darf auch kein Familienmitglied der Glayyds eingreifen. Wenn der Mor Glayyd nicht kämpft oder sein Herausforderer vor dem Zweikampf getötet oder verletzt wird, verliert er völlig sein Gesicht und viel von seiner öffentlichen Unterstützung und verletzt seinen Eid als Clanbeschützer.«

»Wir müssen zu ihm, bevor dieses idiotische Duell stattfindet«, sagte Fiolla scharf zu Han. »Wir können es uns nicht leisten, daß er umgebracht wird.«

»Ich bin sicher, er denkt genauso«, erklärte Han trocken. In diesem Augenblick schwebte ein Fahrzeug heran, ein breites Bodenfahrzeug mit weichen Reifen, schwarzlackiert.

»Ich habe es mir anders überlegt«, sagte Han zu dem Glayyd-Clangenossen. »Mein Android bleibt hier beim Rettungsboot. Schließlich gehört es mir nicht, und ich bin wohl für die ordnungsgemäße Rückgabe verantwortlich.«

Es wurde kein Einwand erhoben. Bollux stieg wieder in das Boot, und Fiolla und Han machten es sich im weich gepolsterten Inneren des Wagens bequem. Glayyd-Clanleute packten Handgriffe und bestiegen die Trittbretter.

Im Fahrzeug war es warm und behaglich; es gab genug Raum für ein Dutzend Insassen. Ein Fahrer, unterstützt von einem Leitcomputer, saß vor einer dicken Trennwand aus Transparentstahl. Die Fahrt führte sie durch die Stadtmitte. Es war ein eher baufällig wirkender Ort, die Gebäude waren öfter aus Holz oder Stein als aus fusionsgeformtem Material oder geschäumtem Formex. Die Straßenentwässerung erfolgte durch offene Gullys, die häufig verstopft waren.

Die Leute, an denen sie vorbeikamen, waren vielfältig beschäftigt. Es gab Trapper, Schiffsbauer, Forstpolizei, Wartungs-Entstörer, Frachtbeweger und Straßenverkäufer. Zwischen ihnen drängten sich die jungen Männer der Clans und ihre von ihnen wachsam beschützten weiblichen Sippengenossinnen.

Trotz aller Fehler und Nachteile zog Han einen offenen, wilden und lebendigen Planeten wie Ammuud der bedrückenden Zweckhaftigkeit eines Bonadan oder der geleckten Sterilität einer der Kapitolwelten der Sektorleitung vor. Diese Welt mochte nie im Geld schwimmen oder in den galaktischen Angelegenheiten von Einfluß sein, aber sie schien einen interessanten Ort darzustellen, wo man leben konnte.

Fiolla zog die Brauen zusammen, als sie an Slumgegenden vorbeirollten.

»Es ist eine Schande, im Gemeinsamen Sektor so etwas Häßliches vorzufinden.«

»Es gibt im Sektor viel schlimmere Dinge«, gab Han zurück.

»Behalten Sie Ihre Vorträge über die Nachteile der Sektorleitung für sich«, fuhr sie ihn an. »Darüber weiß ich besser Bescheid als Sie. Der Unterschied zwischen uns beiden ist, daß ich etwas dagegen unternehmen werde. Und mein erster Schritt besteht darin, ins Direktorium zu kommen.«

Han winkte ab und zeigte auf den Fahrer und die Mitfahrenden. Fiolla machte »Hmff!«, verschränkte die Arme vor der Brust und starrte zornig zu ihrem Fenster hinaus.

Die Glayyd-Festung sah genauso aus; sie war eine Anhäufung riesiger Blöcke fusionsgeformten Materials und strotzte von Detektoren und Feuerstellungen. Die Festung war am Rand der Stadt vor den hoch aufragenden Bergen erbaut, und Han nahm an, daß die Gipfel tiefliegende, nahezu unbezwingliche Bunker enthielten.

Der Wagen glitt durch ein offenes Tor am Fuß der Festung und kam in einer höhlenartigen Garage, die von jungen Männern, den Fußsoldaten des Glayydclans, bewacht war, zum Stehen. Sie wirkten nicht sonderlich aufmerksam, und Han ging davon aus, daß der Wagen vor dem Einlaß gründlich überprüft worden war.

Einer der Clanposten führte sie zu einem kleinen Liftschacht und trat zur Seite, als sie hineingingen, um ihr Ziel für sie einzugeben. Sie stiegen rasch hinauf, und da der Schacht nicht mit Ausgleichautomatik ausgestattet war, belegten sich Han die Ohren. Als die Türen zischend aufgingen, blickten sie in einen Raum, der viel luftiger und weiter war als erwartet. Anscheinend konnte man manche dieser schweren Blöcke und Platten verschieben.

Der Raum war spärlich, aber gut eingerichtet. Robo-Vasallen

und schönes, wenn auch veraltetes Anschmieg-Mobiliar verrieten, daß die Bewohner Luxus genossen. Auf die beiden wartete eine Frau, die einige Jahre jünger war als Fiolla.

Sie hatte ein reichbesticktes langes Kleid an, das mit Silberfäden eingefaßt war, und trug ein Umschlagtuch aus einem hauchdünnen blauen Stoff. Ihr rötlich-braunes Haar wurde von einem blauen Band festgehalten. An ihrer linken Wange sah man die Verfärbung einer kürzlichen Verletzung; Han hielt sie für die Spur eines Schlages ins Gesicht. Die Frau zeigte einen Ausdruck von Hoffnung und auch Bedenklichkeit.

»Wollen Sie nicht hereinkommen und sich setzen? Ich fürchte, man hat versäumt, mich mit Ihren Namen bekannt zu machen.«

Sie stellten sich vor und ließen sich auf den bequemen Möbelstücken nieder. Han hätte sehr gern etwas getrunken, aber die Frau war so zerstreut, daß sie das Thema überhaupt nicht ansprach.

»Ich bin Ido, die Schwester des Mor Glayyd«, sagte sie schnell. »Unser Polizist hat Ihre Geschäfte nicht näher bezeichnet, aber ich beschloß, Sie zu empfangen, in der Hoffnung, es betrifft diesen... derzeitigen Kummer.«

»Sie meinen das Todesduell?« fragte Fiolla rundheraus.

Die junge Frau nickte.

»Nicht wir«, sagte Han hastig, um Klarheit zu schaffen.

Fiolla warf ihm einen ätzenden Blick zu.

»Dann glaube ich nicht, daß mein Bruder Zeit haben wird, mit Ihnen zu sprechen«, fuhr Ido fort. »Das Duell ist zweimal verschoben worden, obwohl wir damit nicht gerechnet hatten, und ein weiterer Verzug wird nicht gestattet werden.«

Han wollte etwas einwenden, aber Fiolla, diplomatischer als er, wechselte vorübergehend den Lauf des Gespräches, indem sie fragte, was die Herausforderung ausgelöst hätte. Idos Fingerspitzen berührten die Schlagspur an ihrem Gesicht.

»Das ist die Ursache«, sagte sie. »Ich fürchte, dieses kleine Zeichen ist das Todesurteil für meinen Bruder. Vor einigen Tagen erschien hier ein Fremdweltler und brachte es fertig, mir bei einem Empfang vorgestellt zu werden. Wir gingen auf seine Aufforderung hin im Dachgarten spazieren. Er begann sich über etwas, das ich gesagt hatte, zu empören; so schien es jedenfalls. Er schlug mir ins Gesicht. Meinem Bruder blieb nichts anderes übrig, als ihn zum Duell zu fordern. Seitdem haben wir erfahren, daß der Mann ein berühmter Pistolenheld ist, der schon viele Gegner getötet hat. Das Ganze scheint eine Verschwörung zu sein, aber es ist unmöglich, das Duell zu verhindern.«

»Wie heißt der Mann?« fragte Han, dessen Interesse geweckt war.

»Er wird Gallandro genannt«, erwiderte sie.

Han kannte den Namen nicht, sah aber seltsamerweise an Fiollas Miene, daß das bei ihr der Fall war. Sie verfügt über ganz merkwürdige Informationen, dachte er.

»Ich hatte gehofft, Sie wären gekommen, um das Duell zu verhindern oder einzugreifen«, sagte Ido. »Keiner von den anderen Clans wird es tun, weil man uns im Unglück sehen möchte. Und dem Kodex zufolge kann niemand anderer in unserem Clan oder von seinen Bediensteten an meines Bruders Stelle treten. Aber ein Außenstehender dürfte das, entweder in unserem oder seinem Interesse. Das heißt, wenn es eine Sache ist, die ihn direkt betrifft.«

Han überlegte sich, daß er, wenn er der Mor Glayyd wäre, mit dem Familienschmuck in der Tasche Ausschau nach einem schnellen Sternenschiff halten würde. Seine Grübeleien wurden von Fiollas Stimme unterbrochen.

»Ido, bitte, lassen Sie uns mit Ihrem Bruder sprechen; vielleicht können wir doch etwas tun.«

Nachdem Ido außer sich vor Freude davongestürzt war, explodierte Han ohne Rücksicht auf möglicherweise vorhandene Lauschanlagen.

»Was ist los mit Ihnen? Was können *Sie* tun, um ihm zu helfen?«

Sie erwiderte munter den Blick.

»Ich? Na, gar nichts. Aber Sie können an seine Stelle treten und ihn retten.«

»*Ich?*« heulte er auf und sprang so blitzschnell hoch, daß er beinahe einen Robo-Vasallen umgestoßen hätte. Das mechanische Wesen zuckte mit einem elektronischen Aufkreischen zurück. »Ich weiß nicht einmal, worum es bei dem Streit geht«, fuhr Han lautstark fort. »Ich bin hier und suche jemanden, der mir Zehntausend schuldet. Ich kenne diese Leute gar nicht. Dabei fällt mir ein, es sah ganz so aus, als wüßten Sie von dem Pistolenhelden... wie heißt er gleich?«

»Gallandro, ein Name, den ich schon gehört habe. Wenn das derselbe Mann ist, handelt es sich um den engsten freien Mitarbeiter des Gebietsleiters; ich habe seinen Namen vorher nur einmal gehört. Odumin, der Gebietsleiter, muß in die ganze Sache verwickelt sein: Das müssen die ›Maßnahmen‹ sein, über die Magg Zlarb informiert hat. Wenn Gallandro den Mor Glayyd tötet, wird es damit vorbei sein, daß Sie Zlarbs Auftraggeber suchen und zu Ihrem Geld kommen. Aber wenn Sie für den Mor Glayyd einspringen, könnten wir noch bekommen, was wir wollen.«

»Und wie steht es mit den nebensächlichen Einzelheiten«, fragte Han sarkastisch, »etwa mit der, daß Gallandro mich umbringt?«

»Ich dachte, Sie wären der Han Solo, der behauptete, er könnte in diesem Leben mit einem Strahler mehr erreichen als mit einem unbegrenzten Spesenkonto. Das ist also Ihr Fach. Außerdem wird Gallandro sich fast mit Gewißheit zurückziehen, wenn er dahinterkommt, daß er ohnehin keine Aussicht hat, den Mor Glayyd zu töten. Und wer würde es wagen, gegen den großen Han Solo anzutreten?«

»Niemand will und wird es tun!«

»Solo, Solo, Sie haben Zlarb ausgeschaltet, Magg bei den Sklavenhändlern erkannt und gehört, was ich erfahren habe. Glauben Sie wirklich, man wird je aufhören, hinter Ihnen her zu sein? Ihre einzige Chance besteht darin, den Mor Glayyd zu retten und diese Information von ihm zu erlangen, damit ich alle zur Verantwortung ziehen kann, die mit dem Sklavenhändlerring zu tun haben. Und die Zehntausend, die man Ihnen schuldet, wollen wir auch nicht vergessen.«

»Niemals. Was ist damit?«

»Wenn Sie das Geld nicht aus ihnen herausholen, kann ich Ihnen vielleicht eine Art Ausgleich verschaffen: Belohnung für einen Bürger, der gute Arbeit geleistet hat; Belobigung vom Direktorat und dergleichen mehr.«

»Ich will Zehntausend, keine Krediteinheit weniger«, sagte Han. In einer Beziehung hatte Fiolla recht: Unbehindert würden die Sklavenhändler ihm ohne Zweifel auf den Fersen bleiben. »Und keine Festmähler. Ich verschwinde durch die Hintertür, vielen Dank.«

»Wie auch immer. Aber nichts davon wird eintreffen, wenn Sie zulassen, daß Gallandro den Mor Glayyd umbringt.«

In diesem Augenblick öffnete sich fauchend die Tür, und Ido kam zurück, die Hand durch den Arm ihres Bruders geschoben. Han war erstaunt zu sehen, wie jung der Mor Glayyd war; er hatte Ido für eine viel jüngere Schwester gehalten. Der Mor Glayyd war jedoch noch jünger. Er trug eine schöne Ausstattung, mancherlei Orden sowie einen Pistolengürtel, der nicht zu ihm paßte. Er war etwas kleiner als seine Schwester, schlank und sehr blaß. Sein Haar, das von derselben Farbe wie ihres war, hatte er hinten zu einem Pferdeschwanz zusammengefaßt.

Ido übernahm die Vorstellung, dann sagte sie: »Ewwen, Kapitän Solo möchte für dich einspringen. O bitte, bitte, sei einverstanden!«

Der Mor Glayyd schwankte.

»Aus welchem Grund?«

Han massierte mit Daumen und Zeigefinger das Nasenbein. Fiolla offerierte keine Hinweise, zuversichtlich, daß er eine plausible Antwort finden würde.

»Ich habe, äh, Geschäfte mit Ihnen, eine Transaktion, die Sie interessieren könnte. Das erfordert einige Erläuterungen –«

In diesem Augenblick gab die Sprechanlage ein Signal. Der Mor Glayyd entschuldigte sich und ging zu dem Instrument. Er mußte dazu eine Geräuschsperre eingeschaltet haben, denn von den anderen hörte niemand etwas. Als er sich wieder umdrehte, wirkte sein Gesicht ausdruckslos.

»Es hat den Anschein, daß uns die Zeit für Ihre Erläuterungen mangelt, Kapitän Solo«, sagte er. »Gallandro und sein Sekundant sind am Tor und erwarten mich in der Waffenkammer.«

Han sagte sich selbst: Denk an bares Geld.

»Warum empfange ich ihn nicht an Ihrer Stelle?« Als er sah, daß er von dem stolzen jungen Mann Widerspruch ernten würde, setzte er schnell hinzu: »Denken Sie an Ihre Schwester und an Ihre Pflicht dem Clan gegenüber. Vergessen Sie die Ehrensache; hier geht es um die Realität.«

»Ewwen, bitte«, flehte Ido ihren Bruder an. »Ich verlange das als gnädige Gefälligkeit mir gegenüber.«

Der Mor Glayyd blickte von einem zum anderen, wollte etwas sagen und hielt sich zurück.

»Ich könnte diese Verpflichtung an keinen Angehörigen meines Clans abtreten«, sagte er schließlich zu Han. »Aber mein Tod würde meine Schwester und Sippengenossen der Gnade der anderen Clans ausliefern. Nun gut, ich will in eurer Schuld stehen. Gehen wir zur Waffenkammer.«

Der private Liftschacht trug sie schnell hinunter. Die Waffenkammer bestand aus einer Reihe kalter, hallender Gewölbe, die vollgestopft waren mit Energiewaffen, Projektil-Pistolen und -Gewehren und muskelbetriebenen Waffen, außerdem mit Werkbänken und Werkzeug, um die Waffen instandzuhalten. Ihre Schritte hallten auf dem Gestein, als sie zu einem Schießstand gingen.

Am anderen Ende des Schießstandes hingen Holoziele in der Luft, die darauf warteten, zu Angriff-Ausweich-Folgen aufzutauen. Aber es waren keine Holoziele, die beschossen werden sollten. Am vorderen Ende des Schießstandes warteten fünf Personen.

Han war ziemlich sicher, sie identifizieren zu können – Welten mit einem so archaischen und formellen Duellkodex verlangten ungefähr diese Anzahl. Die Frau mit dem müden Ausdruck und dem Berufs-Medipack über der Schulter mußte die Chirurgin sein. Bei einer Schießerei aus nächster Nähe zweifelte Han daran, daß ihre Pflichten darüber hinausgehen würden, den Tod des Verlierers festzustellen.

Der ältere Mann in der Glayyd-Livree war wohl der Sekundant des Mor Glayyd; er hatte ein hageres, vernarbtes Gesicht und war vermutlich Waffenausbilder (oder dergleichen) seines Clanführers. Ein weiterer Mann, in den Farben der Reesbon, mußte der zweite Sekundant sein. Ein weißhaariger, älterer Mann stand abseits und versuchte seine Nervosität zu verbergen; das konnte nur der Unparteiische sein.

Der letzte Angehörige der Gruppe war am einfachsten zu erkennen. Obwohl Han ihn noch nie zuvor gesehen hatte, löste sein Anblick Alarm in ihm aus. Er war etwas größer als Han, wirkte aber kleiner und kompakter. In seiner legeren, elastischen Haltung trug er dunkle Kleidung aus Hose und einer Tunika mit hohem Kragen, darüber eine kurze graue Jacke. Ein weißer Schal, am Hals verknotet, fiel schwungvoll über Schulter und Rücken.

Das ergrauende Haar des Mannes war ziemlich kurz geschoren, aber an den Mundwinkeln hing ein langer Schnauzbart herab, dessen Enden von winzigen Goldkugeln zusammengefaßt und beschwert waren. Er war gerade dabei, seine Jacke auszuziehen. Ein reichverzierter schwarzer Pistolengürtel mit einem Strahler umschloß seine Hüften. Er hielt den Brauch nicht ein, seinen Gürtel mit einer Marke für jeden Gegner, den er besiegt hatte, zu versehen; er machte nicht den Eindruck, daß er das nötig hatte.

Aber es waren vor allem die Augen des Mannes, die Han alarmierten und ihm absolute Gewißheit über den Beruf des Mannes verschafften. Die Augen waren von sattem, klarem Blau, ohne Lidschlag, ohne ein Zucken. Sie betrachteten alle Neuankömmlinge, blieben kurz an dem Mor Glayyd haften und richteten sich auf Han, um ihn in Sekundenschnelle eisig abzuschätzen. Der Blick, den die beiden tauschten, ließ wenig unausgesprochen.

»Als Geforderter«, sagte der Sekundant des Mor Glayyd, »hat Gallandro Auseinandergehen mit den Rücken zueinander und Ziehen nach Erreichen der abgemessenen Entfernung gewählt. Ihre Lieblingswaffen sind bereitgelegt, Mor Glayyd. Alle Waffen sind von beiden Sekundanten untersucht worden.«

Han tat den letzten Schritt, ohne Gallandros Blick loszulassen.

»Ich muß die Zeit des Mor Glayyd in Anspruch nehmen. Es ist mein Recht, für ihn einzugreifen, wie ich höre.«

Unter den Sekundanten und dem Unparteiischen gab es Ge-

144

murmel. Die Ärztin schüttelte nur müde den Kopf. Han ging zu der Stelle, wo die Waffen ausgebreitet waren, und begann sie zu besichtigen. Er versuchte, sich zwischen zwei Pistolengürteln zu entscheiden, die seinem eigenen glichen, als er bemerkte, daß Gallandro neben ihm stand.

»Warum?« fragte der Pistolenheld mit sachlicher Neugier.

»Er braucht nichts zu erklären«, wandte Ido ein, die unbeachtet blieb.

»Mein Streit betrifft den Mor Glayyd; Sie kenne ich nicht einmal«, sagte Gallandro.

»Aber Sie wissen, daß ich schneller bin als der Junge«, sagte Han liebenswürdig und griff nach einem kurzläufigen Nadelstrahler, um ihn zu untersuchen. Dann erwiderte er Gallandros Blick, der so friedlich wirkte wie die Oberfläche eines Teiches beim Morgengrauen. In diesem kurzen Moment wurde alles Wichtige ausgetauscht, obwohl beide die Miene nicht veränderten und kein weiteres Wort mehr gesprochen wurde. Han hatte keinen Zweifel daran, daß das Duell stattfinden würde.

Statt dessen drehte Gallandro sich um und erklärte feierlich: »Mor Glayyd, ich sehe mich gezwungen, Abbitte zu leisten und meine ernstgemeinte Bitte um Ihre und Ihrer Schwester Vergebung vorzubringen.« Er äußerte sich gleichgültig, einer unerfreulichen Pflicht nachkommend, und strengte sich wenig an, aufrichtig zu wirken. »Ich vertraue darauf, daß Sie mir verzeihen und dieser ganze bedauernswerte Vorgang vergessen sein wird.«

Eine Sekunde lang sah es so aus, als wolle der Mor Glayyd die Entschuldigung zurückweisen; einem sicheren Tod entgangen, hätte es den jungen Mann nicht gestört, zu erleben, wie Gallandro erschossen wurde.

Aber Ido ergriff als erste das Wort.

»Wir nehmen beide Ihre Entschuldigung mit dem Vorbehalt an, daß Sie unser Haus und unsere Welt so bald wie möglich verlassen.«

Gallandro blickte von ihr zu Han, der noch immer den Nadelstrahler in der Hand hielt. Er griff nach seiner Jacke, verneigte sich vor Ido und wollte gehen. Aber er blieb noch einmal stehen, um mit Han einen harten Blick zu tauschen.

»Vielleicht ein andermal«, meinte er mit sprödem Lächeln.

»Wann immer Sie sich dazu aufraffen können.«

Gallandro lachte beinahe. Plötzlich war er herumgefahren, halb zusammengeduckt, hatte seinen Strahler herausgerissen und vier Blitze genau ins Schwarze von vier Holozielen an der Wand gejagt. Er hatte sich aufgerichtet, seine Waffe zweimal um den Finger wirbeln und im Halfter verschwinden lassen, bevor die meisten Leute im Raum auch nur begriffen, was geschehen war.

»Vielleicht ein andermal«, wiederholte Gallandro leise. Er deutete vor den Frauen, die Ärztin eingeschlossen, eine kurze Verbeugung an, rief den Reesbon-Sekundanten zu sich und ging davon. Der Klang seiner Schritte hallte noch lange nach.

»Es hat geklappt«, sagte Fiolla seufzend. »Aber Sie hätten ihn nicht reizen sollen, Solo. Er wirkte irgendwie – gefährlich.«

Han blickte auf die vier voll getroffenen Holoziele und sah dann dem abgehenden Gallandro nach. Er beachtete Fiollas gewaltige Untertreibung nicht. Gallandro war weit und breit der gefährlichste Schütze, den Han je gesehen hatte; schneller, das stand für ihn beinahe fest, als er selbst.

X

Die ›Millennium Falcon‹ hatte Zuflucht an einem kleinen See in einem flachen Tal hoch oben im Gebirge über dem Raumflughafen von Ammuud gefunden. Spray ging die Rampe hinunter und stellte erfreut fest, daß der Sturm der vergangenen Nacht keinen Schnee hinterlassen hatte.

Er fand Chewbacca dabei, eine interessante Ansammlung von Werkzeug und Ausrüstung zusammenzusuchen: ein Metallstativ mit ausziehbaren Beinen, Spulen mit Stromkabeln, Stützen, Klammern, Bodendornen und ein kleiner Himmelsabtaster. Der Inkassoagent erkundigte sich nach dem Zweck des Ganzen, und Chewbacca machte ihm mit einigen Gesten und von der Gewohnheit erzwungenem Knurren in seiner eigenen Sprache klar, was er vorhatte. Um ihnen zusätzlichen Schutz zu verleihen, wollte der Wookie den Himmelsabtaster auf dem Grat über ihnen anbringen, wo die Reichweite viel größer war, als man sie mit den Anlagen der ›Falcon‹ hier in dem Tal hätte erzielen könnnen.

»A-aber wann kommen Sie wieder?« fragte Spray angstvoll.

Der Erste Offizier der ›Falcon‹ unterdrückte ein verächtliches Schnauben; der Tynnaner hatte sich seit der Notlandung gut gehalten und leistete seinen Beitrag, bei Reparaturen helfend und Mahlzeiten zubereitend. Es war nicht Sprays Schuld, daß er nicht an Überlebensverhalten und Situationen in der Wildnis gewöhnt war.

Chewbacca machte mit dem Stativ eine schnelle Bewegung, als wolle er es spreizen und eingraben, und schlug auf die Montageplatte, als setze er das Sensorgerät darauf. Der Sinn war klar: Er würde nur ganz kurz wegbleiben.

»Aber was ist mit denen?« wollte Spray wissen; er meinte die Viehherde, die von einem tieferliegenden Tal langsam an den Hängen zu ihnen heraufweidete. Die zottigen Tiere blieben bei ihrer gewohnt langsamen, unbeirrbaren Gangart, rupften Gestrüpp, Felsflechten und Frühlingsgras. Ihre Köpfe hoben und senkten sich, während sie endlos wiederkäuten.

Mehrere Herden waren schon durch die Gegend gekommen, weder irgendein Interesse an der ›Millennium Falcon‹ noch Feindseligkeit gegen Spray oder Chewbacca bekundend. Der Wookie breitete die Hände aus, um anzuzeigen, daß die Rupfer, wie man sie nannte, kein Problem darstellten. Er stopfte einen Teil seiner Ausrüstung in die große Tasche, die sein Patronengurt an seiner rechten Hüfte festhielt; den Rest schob er in die Schlingen einer Werkzeugrolle, hob sie an den Gurten auf die Schulter und griff nach seinem Bogenwerfer. Er prüfte Mechanik und Magazin seiner Waffe und machte sich auf den Weg.

»Und passen Sie auf die Dinger auf!« rief Spray ihm nach, die Hände am Mund, und zeigte nach oben. Der Wookie schaute hinauf. Wie so oft kreisten einige der Flugsaurier von Ammuud, riesige Reptilvögel mit langen Schnäbeln, auf der Suche nach Beute am Himmel. Obwohl man sie gewöhnlich nur einzeln oder höchstens paarweise sah, belebte jetzt etwa ein Dutzend von ih-

147

nen den Himmel.

Der Wookie schüttelte mit bedeutungsvollem Fauchen den Bogenwerfer; es waren die Flugsaurier, denen man raten mußte, sich in acht zu nehmen. Er ging weiter, und seine großen, zottigen Füße trugen ihn über den Felsboden. Seine Last störte ihn nicht im mindesten.

Er kam gut voran und schickte sich bald an, zu einer hohen Stelle am Grat hinaufzusteigen. Oben befand sich eine breite, flache Stelle, und hinter dem Grat öffnete sich wieder ein Tal, das in einen engen Paß auslief. Als der Wookie auf dem Grat stand, breitete er sein Werkzeug aus und setzte sich auf einen flachen Felsblock, um das Stativ des Sensorgeräts zusammenzubauen.

Als die Grundplatte auf dem Stativ war, schaute er zu dem Sternenschiff hinunter. Spray konnte er nicht sehen, aber das war nicht bedenklich; der Inkassoagent befand sich auf der anderen Seite des Schiffes, gegenüber der Hauptrampe. Was Chewbaccas Züge verfinsterte, war die Nähe der Rupfer-Herde; sie zog in zwanzig Metern Entfernung an dem Frachter vorbei, allerdings ohne Neigung, diesen zu bedrohen. Die Herde schien viel größer zu sein als irgendeine andere vorher; die Leittiere waren auf dem Weg zum Paß schon weit vorangekommen, und das Ende der Herde war immer noch nicht abzusehen. Immer mehr Rupfer kamen von den unteren Hängen herauf, aber die Kälber blieben nah am Hauptteil der Herde, während die größeren Bullen voraus und an den Seiten vorbeitrampelten und die ganze Gruppe ordentlich zusammenhielten. Für den Augenblick beruhigt, wandte Chewbacca sich wieder seiner Arbeit zu und führte einen Probelauf durch, um sich zu vergewissern, daß das Gerät aufgeladen war und funktionierte.

Als ferner Donner an seine scharfen Ohren drang, riß er sofort den Kopf hoch. Die Rupfer, Augenblicke zuvor noch so ruhig und friedfertig, ergriffen in panischer Furcht die Flucht. Bis jetzt waren sie an der ›Falcon‹ vorbeigezogen, aber die Herde begann sich auszudehnen, die Breite der Massenflucht nahm zu und wurde zu einem Meer zottiger Rücken und einem Wald von Geweihen. Die Flugsaurier unternahmen an der Vorderseite des

Zuges Angriffe im Sturzflug und stießen unheimliche, klagende Schreie aus.

Der Wookie vergeudete keine Zeit damit, sich zu überlegen, ob die Flugwesen die Massenflucht mit Luftattacken ausgelöst hatten, um schwächere oder langsamere Rupfer auszusondern. Er riß seine Ausrüstung an sich, überblickte das umliegende Gelände und suchte nach einer Zuflucht. Von den unteren Hängen stürmten weitere Rupfer herauf, und die Massenflucht gewann mit jedem Augenblick an Beschleunigung. Die Tiere waren keine stapfenden, schwankenden Ungetüme mehr; auf der Flucht waren sie sechsbeinige Kraftwerke. Das kleinste unter ihnen war viermal so schwer wie der Wookie. Mit hoher Geschwindigkeit und dem erschreckenden Schwung der Angst waren sie unterwegs.

Der enge Paß war jedoch schon von zappelnden Rupfern verstopft, und während Chewbacca hinschaute, begann der Überschuß mit geschüttelten Geweihen durcheinanderzuquellen und das niedrigere Tal auszufüllen. Er legte seine Ausrüstung weg und machte sich fluchtbereit, mußte aber feststellen, daß ihm der Weg bereits abgeschnitten war. Die Rupfer umströmten die hohe Stelle, die er sich ausgesucht hatte, und mieden die steile Steigung auf ihrem Weg zum tieferliegenden Tal.

Ein rascher Blick zeigte ihm, daß die Tiere vor der ihnen unbekannten Masse der ›Millennium Falcon‹ immer noch Respekt zeigten, aber wenn der Rückstau vom Paß bis zum Schiff reichte, mochte sich das ändern. Der Wookie hoffte, daß Spray soviel Verstand besaß, die Waffen des flugunfähigen Sternenschiffes zu benützen, um zu verhindern, daß die Tiere es noch mehr beschädigten. Bis dahin würden die Rupfer natürlich den ganzen Grat überrannt haben; sie würden die steileren Hänge hinaufstieben, sobald der Druck der Herde im Flaschenhals stark genug wurde.

Chewbacca hielt seinen Bogenwerfer fest und beurteilte seine Lage so objektiv, wie er es konnte, die Tiere und das Gelände beobachtend. Endlich entschied er, daß es einem Selbstmord gleichkam, zu versuchen, durch die Herde zu gelangen oder auch mit ihr zu flüchten; die Tiere waren erregt und in Panik und würden jeden Außenseiter unter ihnen auf der Stelle angreifen. Auf der anderen Seite –

Er brach mitten im Gedanken ab, als ein Schatten über ihn hinwegglitt und ein Klageschrei ihn warnte. Er warf sich auf den Boden und überschlug sich, die Waffe an sich gepreßt. Breite Schwingen fauchten über ihm durch die Luft, und scharfe Krallen verfehlten ihn nur knapp. Der Flugsaurier schoß weiter, seine Enttäuschung hinausschreiend, und hinterließ Aasgeruch. Ein zweiter unmittelbar danach versuchte es ebenfalls mit dem Zustoßen.

Der Wookie erhob sich halb und riß den Bogenwerfer an die Schulter, da ihm keine Zeit blieb, das Visier zu benützen. Man hörte das schrille Sirren des Bogens, gleich darauf eine Detonation, als der Explosiv-Vierkantbolzen eine Flügelspitze des Sauriers zerschoß. Das Flugwesen, verkrüppelt, drehte ab.

Chewbacca fiel zurück, spannte den Bogenwerfer und riß einen neuen Bolzen vom Magazin. Er jagte noch zwei Bolzen in den Raubsaurier, als er an ihm vorbei halb flog, halb stürzte, und riß dadurch klaffende Wunden in dessen Brustkorb.

Das Wesen taumelte hinab, im Flug getötet. Es landete zwischen den fliehenden Rupfern und war einen Augenblick später verschwunden, von ungezählten Hufen zu einer formlosen Masse zerstampft. Ein nächster Flugsaurier war herangeglitten, ausgewichen, als er die explodierenden Bolzen hörte, und holte zu einem neuen Angriff aus.

Chewbacca begriff jetzt, warum die Flugsaurier in solcher Anzahl am Himmel erschienen waren. Die Massenflucht durch das wilde Gebirgsland würde unausweichlich Opfer fordern, die Schwachen oder Verletzten würden zurückbleiben und dem fliegenden Rudel zur leichten Beute werden.

Der Wookie legte erneut an und zielte sorgfältig auf den anfliegenden Saurier. Dieser stieß auf ihn herab, die Krallen geöffnet, den langen, schmalen Schnabel im Schrei weit aufgerissen. Chewbacca körnte ihn in seinem Visiergerät genau an und feuerte direkt in den klaffenden Schlund. Die Oberseite des knochigen Schädels verschwand, und der Vogel stürzte sofort ab und zerschellte auf dem Boden. Chewbacca mußte zurückspringen, um dem Kadaver zu entgehen.

Da nun schon zwei von ihnen abgeschossen worden waren, wurden die Flugsaurier vorsichtiger beim Anfliegen. Sie kippten Membranschwingen und legten Distanz zwischen sich und das geheimnisvolle Ding, das ihre Kameraden getötet hatte. Chewbacca warf schnell einen Blick hinter sich ins Tal.

Der Druck der Rupfer am Paß wurde immer bedrohlicher für ihn. Schon jetzt blieben einige der Tiere stehen, um sich am unteren Teil des Grates zusammenzudrängen. Der Wookie feuerte mehrere Schüsse in den Boden vor ihnen, blies Humus- und Felsschauer in die Luft und jagte die entsetzten, brüllenden Rupfer davon. Der Wirbel der angestauten Massenflucht zog jedoch erneut mehr Tiere zum Grat; sie waren zu verängstigt und zu dumm, um die Ursache der Explosionen zu erkennen. Er würde sie nie fernhalten können, selbst wenn er unbegrenzt über Munition verfügt hätte.

Ein ungeheurer Lärm, der das Hufegetöse übertönte, drang von der ›Millennium Falcon‹ herüber. Es waren die Notsignale des Schiffes – Hupen und Sirenen, zusammen mit zuckenden Lichtern, darauf angelegt, die Aufmerksamkeit von Rettern bei Absturz oder Notlandung zu erregen. Anscheinend fingen die Rupfer an, zu nah an das Schiff heranzukommen, und Spray hatte seine Maßnahmen ergriffen, um es zu retten. Das war vernünftig von dem Inkassoagenten, aber Chewbacca zweifelte daran, daß man sich selbst vom Einsatz der Geschütze des Sternenschiffes viel versprechen konnte.

Der Schrei eines Flugsauriers schrillte durch die Luft, und der Wookie entdeckte die Bestie, von welcher der Schrei stammte, als sie sich von der Klippe gegenüber erhob und ein betäubtes oder verletztes Rupferkalb davontrug. Der Wookie knurrte ein Schimpfwort und wünschte sich einen Augenblick lang, selbst über Flügel zu verfügen. Dann schüttelte er die Faust und brüllte wild, denn es war ihm plötzlich eine verrückte Eingebung gekommen, die Han Solos würdig gewesen wäre.

Während er die Einzelheiten ausarbeitete, hängte er sich den Bogenwerfer um und begann in der Ausrüstung zu kramen, die er mitgebracht hatte. Zuerst das Stativ. Er klemmte alle drei Beine unter den Arm und umklammerte die Montageplatte fest.

An Armen und Händen schwollen Muskelstränge an, und er biß die Zähne vor Anstrengung knirschend zusammen. Langsam knickte er die erforderliche Furche in das harte Metall der Platte.

Als er zufrieden war, legte er das Stativ hin und begann wild zu arbeiten, ab und zu Blicke auf das anwachsende Getümmel im Tal werfend. Er besaß, so glaubte er, das notwendige Material und die Werkzeuge; ob auch die Zeit, das war eine ganz andere Frage.

Er wälzte den Kadaver des abgeschossenen Flugsauriers herum; die Knochen der Bestie waren hohl, und sie hatte sich trotz ihrer Größe unter Beibehaltung eines Mindestmaßes an Gewicht entwickelt. Er rammte die verbogene Platte unter das Kinn des Wesens, ohne den zersprengten Schädel zu beachten, und befestigte sie dort mit einem Haltebügel, die Schraube so stark anziehend, wie es ging, ohne den Knochen zu zertrümmern.

Er spreizte zwei Stativbeine, zog sie auf größte Länge aus und legte sie an die beiden Flügel. Er bog den Vorderrand der Schwingen über die Stativbeine und wickelte sie an den Spitzen zweimal vollkommen herum, seine ganze Kraft gegen den Widerstand der Flügelknorpel einsetzend. An den Flügelgelenken war praktisch nichts umgefaltet, aber das würde gehen müssen. Er hatte in seiner Tragtasche nur acht Klammern; vier für jeden Flügel mußten einfach genügen. Er befestigte sie rasch, um die Stativbeine in den eingerollten Flügelrändern festzuhalten.

Er richtete sich auf und sah, daß die Rupfer sich schon am unteren Hang vor seinem Grat zusammendrängten. Er wandte sich deshalb wieder seiner Aufgabe mit verdoppelter Energie zu.

Er zog das mittlere Stativbein als Längsachse am Körper des Flugsauriers entlang. Das Wesen war ein guter Gleiter, aber seiner Brust fehlte der vorstehende Kiel, an dem bei Vögeln die Flugmuskeln befestigt sind. Dadurch wurde die Befestigung für den Wookie schwierig. Er begnügte sich nach nur wenigen Sekunden Überlegung mit einer Reihe von Befestigungsringen, die er durch die Haut stanzte und um das schmale Brustbein des Wesens herumführte. Zum Glück besaß es nicht mehr als einen verkümmerten Schwanz. Chewbacca schluckte und versuchte, den ekelerregenden Gestank zu ignorieren, während er arbeitete.

Dann kam sein schwerstes Problem, ein Dreieckträger. Er nahm eine der Versteifungen, die er mitgebracht hatte, und stieß sie neben dem Brustbein so kräftig durch den Körper des Sauriers, daß sie eineinhalb Meter hinten herausragte, und befestigte sie an der Längsachse. Dann paßte er die längste Versteifung, die er besaß, quer über der Fuge ein und verband sie mit den beiden anderen Stativbeinen zur Querachse. Er regte sich nicht über die verschiedenen abscheulichen Substanzen auf, die aus dem Flugsaurier herausquollen; das verringerte das Gewicht und konnte nur nützlich sein.

Er verbrachte mehrere verzweifelte Minuten damit, Kabel zurechtzuschneiden und einzupassen, um Flügelspitzen, Schwanz und Schnabel an die Spitze des Dreieckträgers anzuschließen.

Er mußte seine Arbeit unterbrechen, als eine Gruppe Rupfer den Grat heraufstampfte, mit rollenden Augen, die Hörner sofort in seine Richtung drehend. Er rammte ein neues Magazin in seinen Bogenwerfer und verfeuerte es in den Boden, die Luft mit Explosionen erfüllend, durch welche die Tiere vorerst wieder zurück- und hinuntergetrieben wurden. Aber das Tal war jetzt voll, und unten würde, wie er wußte, kein Platz mehr für sie sein; es konnte sich also nur um Minuten handeln, bis ein großer Teil des Massenzuges die Höhe erreichen und den Wookie zerstampfen würde.

Die Greifbeine des Flugsauriers hatten ihm keine sehr gute Lauffähigkeit verliehen, aber sie bildeten eine brauchbare Steuerstange, als Chewbacca sie mit Stützen versteift, die Klauen zusammengedrahtet und die Schultern mit Bodendornen gespreizt hatte. Dann waren auch sie über Kabel mit Flügelspitzen, Bug und verkümmertem Schwanz verbunden. Der Wookie hetzte um den Kadaver des Flugsauriers herum und starrte noch einmal hinunter, hoffend, daß die Massenflucht zurückgegangen und er der Notwendigkeit enthoben sei, sein Werk auch zu erproben.

Dem war aber nicht so; durch den Druck der Tiere unterhalb wurden Rupfer buchstäblich zu ihm hinaufgetragen. Weiteres Sperrfeuer mit dem Bogenwerfer trieb sie nur für einen Augenblick zurück; die dichtgedrängten Leiber kamen auf ihn zu.

Chewbacca griff nach seinem Patronengurt, verdrehte ihn mehrmals, um ihn zu spannen, dann hakte er sich mit dem Gurt an dem Rahmen dort ein, wo Dreieckträger und Längsachse zusammentrafen. Er schulterte die Last des Flugsauriers und hängte sich den Bogenwerfer um den Hals. Der Kadaver sackte zusammen, aber das außerordentlich leichte, besonders widerstandsfähige Stützmaterial hielt ihn ausgebreitet.

Ein Rupferbulle mit Hörnern gleich einer Hecke aus Bajonetten stürzte auf ihn zu. Der Wookie glitt zur Seite und prallte beinahe mit einem anderen Bullen zusammen. Der Grat wurde überrannt. Chewbacca, der nichts mehr zu verlieren hatte, bahnte sich einen Weg zu einem Abgrund, den »bearbeiteten« Kadaver des Flugsauriers im, wie er hoffte, richtigen Winkel haltend, und sprang ab.

Er wäre nicht überrascht gewesen, wenn die Flügel aufgeluvt hätten und er ohne jeden Auftrieb in die stampfende, schnaubende Masse von Rupfern hinabgestürzt wäre. Aber eine Laune der starken Luftströmungen am Grat spreizte die Flügel des Apparates und trug ihn im Aufwind davon.

Er begann auszuscheren, während der Schnabel des Sauriers sich nach rechts drehte, und drückte fest gegen die gespreizten Klauen des Wesens, um den Bug wieder gegen den Wind zu drehen. Trotzdem war die Sinkflugrate seines provisorischen Segelflugzeuges erschreckend hoch. Er hob die Beine hinter sich und versuchte, sein Gewicht zu verteilen, um besser steuern zu können. Er zog in einer instinktiven Anstrengung, um mehr Auftrieb zu bekommen, vorne hoch; die Geschwindigkeit kümmerte ihn wenig. Er hatte Motorflugzeuge einer Konstruktion nach ähnlichen Prinzipien gesteuert, aber das hier war ein völlig neues Erlebnis. Er schmierte beinahe ab und kam nur mit Mühe wieder in Bewegung.

Dann erfaßte ein starker Aufwind am Grat die Schwingen des Sauriers, und einen Augenblick später flog er wirklich. Und trotz des Schreckens unmotorisierten Fluges, der tödlichen Panik der unter ihm schiebenden und stoßenden Rupfer, des Blutwassergestanks, der vom Kadaver des Sauriers ausging, ertappte der Wookie sich dabei, daß er vor Begeisterung brüllte und heulte.

Er begann den Bug des Flugsauriers zu senken, aber das Lageexperiment riß ihn beinahe in einen neutralen Flugwinkel, was unweigerliches Abstürzen bedeutet hätte. Er schwor auf der Stelle der Erforschung neuer aeronautischer Prinzipien ab.

Den Körper in der Mitte, nahm er nur noch kleine Korrekturen vor und gab sich alle Mühe, an die Andachtsgesänge seiner Jugend zu denken. Unter ihm kämpften und rammten Rupfer, wild und außer sich, aber er hatte jetzt das Rauschen des Windes in den Ohren. Die anderen Flugsaurier hielten sich fern von diesem neuen und bizarren Rivalen. Dieser war groß und fremdartig und damit nicht vertrauenswürdig.

Chewbacca schätzte, daß er schneller als dreißig Stundenkilometer flog, und begriff plötzlich, daß er es mit einem einzigen Problem zu tun hatte – lebend hinunterzukommen. Er war auf die ›Falcon‹ zugeflogen. Sein selbstgemachtes Segelflugzeug schien anders als er gesonnen zu sein. Er stellte fest, daß jede Verringerung der Geschwindigkeit ihn des Auftriebs zu berauben drohte, der ihn in der Luft hielt. Mit der Zeit konnte er aber, den Bug des Flugsauriers geradeziehend, beides reduzieren, und er plärrte glücklich, als er eine gute Landestelle entdeckte. Der kleine Bergsee wurde vor ihm rasch größer. Er glaubte einen Augenblick, er würde darüber hinwegschießen, und versuchte eine Wende, beugte sich vor und zog die gefesselten Füße an.

Er hatte nicht mehr die Zeit, sich zu überlegen, was er falsch gemacht hatte; im nächsten Augenblick torkelten Chewbacca und ein gespreizter Kadaver zum See hinunter. Er sah für den Bruchteil eines Augenblicks sein eigenes Spiegelbild, bevor die Oberfläche sich vor ihm mit der ganzen weichen Empfänglichkeit einer fusionsgeformten Landebahn teilte.

Der knappe Hieb des Wassers elektrisierte ihn jedoch und half ihm, die betäubende Kälte zu überwinden. Er kämpfte darum, sich zu befreien, mußte feststellen, daß der Flugsaurier nicht gut schwamm; die Flügel schlossen sich um ihn, und das Gewicht des Metallrahmens zog ihn hinunter. Zupackend und sich windend, konnte er sich von dem improvisierten Geschirr, das ihn festhielt, noch immer nicht befreien. Der Bogenwerfer um seinen Hals war eine zusätzliche Komplikation.

Er verfing sich in schlaffen Kabeln, und seine Riesenkraft vermochte nichts gegen die gepolsterte Beharrlichkeit des Seewassers auszurichten. Sein Atem begann in silbrigen Bläschen seinen Lippen zu entweichen, während er darum kämpfte, sich von dem untergehenden Segelflugzeug zu lösen. Das Sehen begann schwerzufallen, und er ertappte sich dabei, daß er an seine Familie und seine grüne, üppig wuchernde Heimatwelt dachte.

Dann bemerkte er, daß ein dunkler Umriß ihn umkreiste, hastige Bewegungen machte und zwischen der verfilzten Takelage leicht und behend hahinschwamm. Einen Augenblick später wurde der Erste Offizier der ›Falcon‹ an die Oberfläche des Sees gezogen, die ihm wie ein riesiger Spiegel entgegenkam.

Chewbacca schoß mit dem Kopf aus dem Wasser und sog mit solcher Begeisterung die Luft ein, daß er daran halb erstickte, hustend und spuckend und gesalzene Wookie-Flüche ausstoßend. Spray schob sich hinter ihn, um ihn zu stützen. Er schwamm trotz der schweren Schere, die er in einer Hand hielt, geschickt und wendig.

»Das war großartig!« rief der Inkassoagent überschwenglich. »So etwas habe ich in meinem ganzen Leben noch nicht gesehen! Ich bin Ihnen nachgeeilt, als ich merkte, daß Sie zu weit fliegen und im See landen, aber ich hätte nie geglaubt, daß ich Sie noch rechtzeitig erreiche! Das Land ist einfach nicht mein Element!« Er zerrte an der Schulter des Wookie, um ihn in Bewegung zu bringen. Chewbacca schwamm auf das nahe Ufer zu und sagte sich, daß ihm genauso zumute war, was den Himmel anging.

XI

»Er hieß Zlarb«, sagte Han zu dem vom Glück so sehr begünstigten Mor Glayyd in dessen Arbeitszimmer. »Er versuchte, mich zu betrügen *und* zu töten. Er hatte eine Liste von Schiffen, die durch die Agentur Ihres Clans abgefertigt wurden, aber ich habe die Plakette gerade nicht bei mir. Doch wenn Sie seinen Namen in Ihren Unterlagen finden könnten –«

156

»Das ist nicht notwendig. Ich kenne seinen Namen gut«, unterbrach ihn der Mor Glayyd und wechselte mit seiner Schwester außerordentlich ernste Blicke.

»Sein Chef schuldet mir Zehntausend«, sagte Han beinahe mit Inbrunst, »und die will ich haben.«

Der Mor Glayyd lehnte sich zurück, während der Sessel sich anschmiegte, und faltete die Hände. Er wirkte nicht mehr ganz so jung; er spielte eine Rolle, für die er gut ausgebildet worden war. Han wünschte sich, eine der Schußwaffen in der Gewölbekammer behalten zu haben.

»Was wissen Sie über die Clans von Ammuud und ihren Kodex, Kapitän Solo?«

»Daß der Kodex heute beinahe Ihre letzte Umlaufbahn berechnet hätte«, antwortete Han.

Der jugendliche Mor Glayyd gab zu: »Eine Möglichkeit. Der Kodex ist das, was die Clans zusammenhält und verhindert, daß wir einander an die Kehle springen. Ohne ihn würden wir in die Rückständigkeit zurückfallen und einander bekriegende Wilde werden, wie vor hundert Jahren. Aber ein Vertrauen zu enttäuschen oder einen Eid zu brechen, unterliegt ebenfalls dem Kodex und macht denjenigen, der das tut, zu einem Ausgestoßenen, was immer er vorher gewesen sein mag. Und nicht einmal ein Clan-Mor steht über dem Kodex.«

Ach, laß mich mal raten, worauf das hinausläuft, dachte Han, aber er sagte nichts.

»Die Geschäfte, die mein Clan mit Zlarbs Leuten gemacht hat, fallen in diese Kategorie. Wir haben keine Fragen gestellt; wir haben unsere Provision für Lieferung und Empfang der Schiffe kassiert, ohne uns mit ihren Zwecken zu befassen. Zlarb und seine Genossen kannten unsere Praxis; das ist der Grund, warum sie bereit waren, uns so gut zu bezahlen.«

»Soll heißen, daß Sie mir nicht sagen werden, was ich wissen möchte«, prophezeite Han.

»Soll heißen, daß ich nicht kann. Es steht Ihnen frei, Gallandro zurückzurufen, wenn Sie wollen«, erwiderte der Mor Glayyd steif.

Seine Schwester machte ein ängstliches Gesicht.

»Vergessen Sie das, es ist vorbei«, warf Fiolla ein. »Aber Zlarbs Leute haben Han gegenüber schimpflich gehandelt. Bedeutet das für Ihren Kodex nichts? Decken Sie Verräter?«

Der Mor Glayyd schüttelte den Kopf.

»Sie verstehen nicht. Niemand hat mir oder den Meinen gegenüber das Vertrauen enttäuscht; das ist es, was der Kodex umfaßt.«

»Wir vergeuden unsere Zeit«, sagte Han kalt zu Fiolla. Er dachte an Chewbacca und die ›Falcon‹. Er war bereit, seine Suche nach den Zehntausend vorübergehend beiseite zu schieben; das spielte im Augenblick keine solche Rolle wie die Tatsache, daß Chewbacca immer noch irgendwo im Ammuud-Gebirge war.

Aber zum Abschied deutete er auf die Stadt hinaus, hinter dem sich entfernenden Gallandro her.

»Sie haben gesehen, was das für Leute sind. Sie schlagen sich auf die Seite von Sklavenhändlern, Betrügern und Giftmischern. Diese...«

Der Mor Glayyd und seine Schwester fuhren so plötzlich aus ihren Sesseln hoch, daß diese auf dem glatten Boden wegrutschten.

»Was sagen Sie da?« flüsterte das Mädchen. »*Giftmischer?*«

Er hatte es mit dem Gedanken an das Etui gesagt, das er bei Zlarb gefunden hatte, und fragte sich nun, welchen wunden Punkt er getroffen haben mochte.

»Zlarb war ein Malkite-Giftmischer.«

»Der verstorbene Mor Glayyd, unser Vater, ist erst vor einem halben Monat mit Gift getötet worden«, sagte Ido. »Haben Sie von seinem Tod nichts erfahren?«

Als Han den Kopf schüttelte, sagte der Mor Glayyd: »Nur die Vertrauenswürdigsten meines Clans wissen, daß er vergiftet worden ist. Das ist ohne Beispiel; die Clans gebrauchen fast niemals Gift, aber wir ergreifen Vorsichtsmaßnahmen dagegen. Und keiner von unseren Vorschmeckern zeigte irgendeine nachteilige Wirkung.«

»Bei Substanzen von Malkite gewiß nicht«, erwiderte Han. »Sie entgehen teilweise sogar Nahrungs-Abtastgeräten und Luftprobenprüfern. Und alles, was ein Malkite-Giftmischer tut,

158

um an Vorschmeckern vorbeizukommn, ist, daß er sie vorher mit einem Gegenmittel versieht. Die Vorschmecker merken nichts davon, und nur das Opfer stirbt. Lassen Sie Untersuchungen bei Ihren Vorschmeckern vornehmen, und ich wette, Sie werden Spuren des Gegenmittels finden.« Er sah Fiolla an. »Die Vergiftung muß der Vorschlag sein, von dem Magg auf dem Band sprach, das ich bei Zlarb gefunden habe; ich weiß nicht, welchen Bezug das Duell darauf hat.«

Der Mor Glayyd war von dem Gehörten tief betroffen.

»Dann, dann –«

Seine Schwester sprach es für ihn aus.

»Sind auch wir verraten worden, Ewwen.«

Han Solo überprüfte seine Tasche, um sich zu vergewissern, daß die Plakette, die er vom Mor Glayyd erhalten hatte, in Sicherheit war, und zupfte an dem zu engen Kragen des geborgten Anzugs. Bollux war soeben damit fertig geworden, das Rettungsboot mit Leitelementen aus den Werkstätten des Mor Glayyd zu beladen – abgeschirmte Schaltungen anstelle der verdammten Strömungselemente!

Das Boot war hierher zu den Glayyd-Werften gebracht worden, damit es beim Anflug weniger auffiel. Der Mor Glayyd hatte eine grimmige Freigebigkeit gezeigt, nachdem rasche Untersuchungen Han Solos Argwohn bestätigt hatten. Die Körper der Vorschmecker enthielten Spuren eines Malkite-Gegenmittels.

»Sind Sie sicher, daß wir Sie nicht begleiten sollen?« fragte der Mor Glayyd zum viertenmal. Han lehnte ab.

»Das würde zuviel Aufmerksamkeit erregen, wenn die Sklavenhändler oder die anderen Clans aufpassen. Ich hoffe nur, daß die Hafenabwehr uns nicht vom Himmel bläst.«

»Viele von meinen Leuten haben heute Dienst«, erwiderte der Mor Glayyd, »und Sie sind als normaler Patrouillenflug über Glayyd-Erblanden aufgeführt. Sie werden nicht angehalten. Wir passen auf; wenn Sie uns brauchen, kommen wir, so schnell wir können. Es tut mir leid, daß Ihre ›Millennium Falcon‹ unter den Ortungsplafond geraten ist, als sie am Raumflughafen vorbeiflog.«

»Keine Sorge, ich finde sie. Aber die ›Lady of Mindor‹ müßte jetzt bald instandgesetzt sein. Kurz danach wird es hier von Espos wimmeln. Glauben Sie, Sie werden sie hinhalten können?«

Der Mor Glayyd zeigte sich leicht belustigt.

»Kapitän Solo, ich dachte, Sie hätten begriffen: Meine Leute sind *sehr* tüchtig darin, Fragen nicht zu beantworten. Niemand wird das Schweigen brechen, schon gar nicht der Sicherheitspolizei gegenüber.«

Fiolla trat zu ihnen. Wie Han trug sie einen geborgten engen Glayyd-Fliegeranzug in schimmerndem Blau und hohe Raumfahrerstiefel. Sie war zugleich fassungslos und zornig gewesen, als sie die Namen hoher Angehöriger der Sektorleitung gelesen hatte, die nach den Glayyd-Unterlagen mit dem Sklavenhändlerring zu tun hatten. Freilich waren die Beweise ein wenig dünn. In der Hauptsache handelte es sich um amtliche Genehmigungen für Schiffsvercharterungen und Bestätigungen für Betätigung innerhalb der Sektorleitung.

»Bitte, vergessen Sie nicht, Fiolla, wir rechnen damit, von Ihnen zu hören, wenn Sie unsere Feinde bloßgestellt haben«, sagte der Mor Glayyd. »Wenn wir nicht unsere eigene Rache nehmen können, wollen wir wenigstens Zeugen der Ihrigen sein.«

Sie versprach feierlich: »Das werden Sie – und ich weiß, was dem Mor Glayyd ein Schwur bedeutet. Wenn ich das alles vor ein Gericht der Sektorleitung gebracht habe, werde ich Sie gewiß vor Strafverfolgung schützen können. Aber ich würde Ihnen raten, in Zukunft neue Kunden genauer unter die Lupe zu nehmen.«

Der Mor Glayyd hob zum Abschied grüßend die Hand.

»Wir lassen uns nicht mehr mißbrauchen, darauf können Sie sich verlassen.«

Ido küßte Han und Fiolla hintereinander auf die Wangen. Dann traten die Geschwister zurück, gemeinsam mit ihren Sippengenossen. Binnen Sekunden stieg das Rettungsboot hinauf, trieb in einen Abflugkorridor und fegte zu den Bergen über dem Raumflughafen hinauf, zwischen ihnen hindurchfliegend, empor zu den höheren Gipfeln dahinter.

»Wie wollen Sie sie eigentlich finden?« fragte Fiolla, die wieder auf dem Kopilotenplatz saß. »Die Sensoren und Detektoren in diesem Eimerchen sind für eine exakte Suche nicht gebaut, oder?« Sie schob ein Berstgewehr weg, um mehr Platz zu haben.

Han lachte, froh, wieder in der Luft zu sein.

»In diesem Wrack? Sie können von Glück sagen, wenn Sie mit der eingebauten Ausrüstung Ihre eigene Hüfttasche finden. Selbst wenn es eine ganze Spähschiff-Anlage gäbe, wären da alle diese Gipfel und Täler und das Zeug am Boden. Aber wir haben das hier«, sagte er und tippte grinsend mit dem Zeigefinger an seine Schläfe.

»Wenn wir nicht etwas Leistungsfähigeres als *das* haben«, sagte sie, seine Geste perfekt nachahmend, »hoffe ich, daß ein paar Fallgeschirre an Bord sind, weil ich dann hinaus will.«

Han zog das kleine Fahrzeug auf einen vorbestimmten Kurs, überzeugt davon, hinter den Gipfeln tief genug gegangen zu sein, um auf den Ortungsgeräten des Raumflughafens nicht mehr zu erscheinen. »Wir kennen den Kurs, den Chewie eingeschlagen hatte, als er über den Flughafen flog, und *ich* weiß, wie er denkt, wie er fliegt. Ich bin jetzt Chewie, steuere eine beschädigte ›Falcon‹, eine, die ich mit begrenzter Leitwirkung über dreitausend Meter halten muß. Ich kenne seine Art gut genug, um sie nachzuvollziehen. Zum Beispiel würde er nie vor den drei hohen Gipfeln da oben wegziehen. Man sieht von dem, was dahinter ist, nicht genug, um sicher zu sein, daß man einen hoch genug liegenden Landeplatz findet, ohne den Rest der Flüssigsysteme zu sprengen.

Die ›Falcon‹ muß genug Notschub besessen haben, um die nächste Höhe zu nehmen, und die Geländekarte zeigt, daß es dort drüben mehr offenen Raum gibt; man kann mehr von dem sehen, worauf man sich einläßt. Das ist die Art, die meinem vorsichtigen alten Wookie gefällt. Er wird nach einer abgelegenen Stelle suchen, wo er niedergehen, sich verbergen und versuchen kann, selbst ein paar Reparaturen auszuführen und auf mich zu warten. Ich finde ihn schon, keine Sorge.«

»Das nennen Sie einen Plan?« sagte sie verächtlich. »Warum surren wir nicht einfach dahin und brüllen seinen Namen zur Luke hinaus?«

»Ich habe gesagt, *ich finde ihn!*« sagte er scharf.

Erst jetzt begriff Fiolla, wieviel verzweifelte Angst um Chewbaccas Sicherheit Han unterdrückt hatte.

»Das weiß ich, Han«, sagte sie leise.

Spray, der Inkassoagent, wand seinen Schlangenkörper durch das kalte Wasser, sich ganz in seinem Element fühlend. Er ließ sich zu Aquabatik und spielerischen Zickzackwindungen aus reiner Freude herbei, während sein sich verjüngender Schwanz und die Schwimmgliedmaßen ihn mit Anmut und Kraft vorwärtstrieben und lenkten. Seine Nüstern waren fest zugeklemmt. Das klare Wasser in dem kleinen Bergsee, der von unterirdischen Quellen gespeist wurde, war selbst für Sprays Empfindungen kalt, aber sein Pelz hielt ihn für kurze Schwimmunternehmungen warm genug. Als Jugendlicher war er in noch viel kälterem Wasser geschwommen.

Endlich sah der Tynnaner, was er suchte: eines der vielbeinigen Krustentiere, die am Seegrund zu Hause waren. Spray war ein wenig knapp an Luft, weil er Possen getrieben hatte, statt zu suchen, wie er ein wenig schuldbewußt einsah. Er beschleunigte kurz, in der Hoffnung, eines der Wesen ohne längere Jagd fangen zu können.

Das Krustentier spürte zu spät Sprays Schatten und die Druckwelle, die er sich hertrieb. Es hatte kaum angefangen, sich zu beeilen, als Spray es von hinten packte – mit Vorsicht, um den Scheren und Schreitfüßen zu entgehen. Der Schwung seines Tauchstoßes trug ihn tiefer zum Grund hinunter, wo zu seiner großen Überraschung sein Schatten ein zweites Krustenwesen aufstöberte.

Mit einem zufriedenen Gurgeln bei dem Gedanken an das gute Mittagessen schlug Spray zu und verdoppelte seinen Fang für diesen Tag. Als seine Luftreserven sich dem Ende näherten, schwamm er zur Oberfläche hinauf. Er stieß mit einem beglückten Jubelschrei durch diese, spuckte einen Wasserstrahl hoch in die Luft und füllte von neuem seine Lunge.

Er hielt den Fang über den Kopf, im Wasser tretend, und schwenkte die Krustentiere vor Chewbaccas Augen, der am Ufer stand. Der Wookie wuffte erfreut und hungrig und erwiderte das

Winken. Als Spray an Land watete, stand der Erste Offizier der
›Falcon‹ bereits tief im kalten Wasser und hielt eine leere Werkzeugtasche weit offen. Spray warf seine Beute hinein, und
Chewbacca klappte die Tasche sofort zu; er fuhr dem Inkassoagenten anerkennend durch den Kopfpelz.

»Sie sind genau im richtigen Augenblick gekommen«, sagte
der Tynnaner.

Die Lebensmittelvorräte des Frachters waren fast aufgebraucht, und seit der Massenflucht war kein Rupfer mehr in die
Nähe gekommen. Sprays Geschicklichkeit hatte sie jedoch er-
nährt, und sie hatten sich ihre Aufgabe geteilt – Chewbacca beschäftigte sich mit Reparaturen, während Spray für Nahrung
sorgte. Nun machten sie sich auf den Weg zu dem flugunfähigen
Sternenschiff. In der Verkleidung eines alten Pumpeneinlauf-
kranzes, die Spray vor der Rampe auf eine Thermospule gestellt
hatte, kochte bereits das Wasser.

Ihre Erwartung eines schmackhaften Mahles wurde unterbrochen, als Spray den Kopf hochriß, während seine Ohren hin- und
herschwangen. Chewbacca verrenkte sich den Hals, als er zum
Himmel hinaufschaute, zeigte nach oben und wuffte einen Ausruf. Ein kleines Boot oder ein großer Schwerkraftschlitten kam
eben über den Grat und sank rasch auf sie herab.

Der Wookie drückte Spray die Werkzeugtasche in die Hand
und griff nach seinem Bogenwerfer. Nicht, daß diese Waffe gegen ein Fluggerät viel ausrichten konnte, aber was hätte er sonst
tun sollen? Es gab in ihrer Nähe keine Deckung. Zum Glück besaß Spray den Verstand, Chewbacca darin nachzuahmen, daß er
völlig regungslos blieb. Er begriff, daß Bewegung mehr als alles
andere die Aufmerksamkeit des fliegenden Beobachters erregen
würde.

Das Boot glitt über sie hinweg, aber Chewbacca konnte schon
das Heulen der Lenkdüsen hören, als der Pilot zu einem weiteren
Anflug wendete. Er fuhr herum und starrte hinauf, dann bellte
und brüllte er vor Freude. Das Boot wackelte und machte eine
Rolle. Das konnte nur Han Solo sein.

Chewbacca pflügte durch das Gras auf den Frachter zu, aus
vollem Hals so sehr brüllend, daß es im kleinen Tal widerhallte.

Spray preßte die zuckende Werkzeugtasche an sich und folgte dem Wookie, so rasch er konnte.

Als das Rettungsboot neben der ›Falcon‹ aufgesetzt hatte, ging die Luke auf, und Han kletterte heraus. Chewbacca stürmte auf ihn zu und begann, seinem Freund auf den Rücken zu hämmern und von Zeit zu Zeit seine Freude wieder durch das Tal zu schreien. Als die erste Begeisterungswelle verebbt war, bemerkte der Wookie Fiolla an der Bootsluke. Er hob sie herunter und wirbelte sie mit einer sorgsam zurückhaltenden Umarmung herum, dann stellte er sie auf die Füße.

Als letzter stieg Bollux herunter. Ihm widmete Chewbacca ein freundliches Knurren, streckte aber keine helfende Pfote aus, weil er nicht andeuten wollte, der Android brauche Hilfe.

Ein fragendes Brummen des Wookie und ein Daumen, der auf Bollux' Brustklappen zeigte, führte zu Versicherungen, daß auch Blue Max zugegen sei.

»Wir hätten euch beinahe übersehen«, sagte Han. »Du bist fast ein bißchen zu tüchtig, was die Tarnung angeht.« Er meinte die ›Millenium Falcon‹, die Chewbacca hatte herabsinken lassen, bis ihr Fahrwerk fast völlig eingezogen war. Der Wookie und Spray hatten Äste um das Sternenschiff aufgehäuft und am oberen Rumpf Gestrüpp ausgebreitet.

»Aber uns sind die vielen Tierfährten aufgefallen, die an beiden Seiten herumführen«, fügte Han hinzu, »so daß ich genauer hinschaute.«

Spray und Chewbacca zerrten an den Neuankömmlingen und drängten sie, an Bord zu kommen. Han hielt sich nur so lange auf, bis er einige der neuen Schaltungen vorgewiesen hatte; einen Augenblick lang glaubte er, sein Kopilot werde bei ihrem Anblick in Tränen ausbrechen.

Das Mittagessen war vergessen, als sie einander erzählten, was sich zugetragen hatte. Spray wirkte linkisch, als die Sprache auf das Überbordwerfen von Bollux kam.

»Um die Wahrheit zu sagen, Kapitän«, meinte er, »mir kam, wie ich Chewbacca schon erklärt habe, der Gedanke ganz plötzlich, und ich wußte, daß ich auf der Stelle handeln mußte.« Zu dem Androiden sagte er: »Ich entschuldige mich aufrichtig, aber mir schien das die einzige Möglichkeit zu sein, und ich habe manchmal Schwierigkeiten bei Augenblicksentscheidungen. Ich stürzte mich einfach hinein, bevor ich stutzen und zögern konnte. Vielleicht war die allgemeine Impulsivität ansteckend.«

»Ich verstehe völlig, Sir«, erwiderte Bollux huldvoll. »Und wie sich herausgestellt hat, war es durchaus ein Glück für uns, daß Sie so schnell geschaltet und gehandelt haben. Blue Max ist auch meiner Meinung.«

Sie hielten es alle für das beste, das schrille, hohl klingende »Ha!« zu überhören, das aus Bollux' geschlossenen Brustklappen drang.

Bald danach waren sie alle an der Arbeit. Bollux, Spray und Fiolla begannen die aufgehäuften Äste wegzutragen, bestrebt, Kanzel, Bug und Hauptdüsen freizulegen. Han und Chewbacca bemühten sich bei den Reparaturen zusammen mit Blue Max aus Bollux' Brusthöhle um Genauigkeit bei der Herstellung der einzelnen Anschlüsse.

Als die Strömungselemente der Reihe nach aus dem Sternenschiff ausgebaut wurden, warf Chewbacca sie mit großem Genuß, so weit er konnte, ins Gelände; einige seiner Würfe waren so beeindruckend, daß Han es ernsthaft bedauerte, sie nicht bei einem offiziellen Leichtathletikfest zu erleben. Er verzieh seinem Freund diese Exzesse; die Strömungssysteme waren seit ihrem Einbau ebenso ein Segen wie ein Fluch gewesen.

Als die Ersatzteile eingebaut wurden, wuchs der Haufen von ausrangierten Adaptern und selbstgebastelten Anlagen. Da sie jeden Kubikzentimeter ihres Schiffes kannten, arbeiteten sie schnell; sie hatten die Strömungselemente schon so eingebaut, daß sie leicht zu entfernen waren.

Han schaltete einen neuen Bauteil zu und fragte Max über Bordfunk, wie es von der Tech-Station aus aussah.

»Paßt hervorragend, Kapitän«, antwortete die kindliche Stimme des Computers.

Erfreut über die Schnelligkeit, mit der ihre Arbeit vorankam, sagte Han: »Wir sollten uns Zeit nehmen, die Leistungskurven des Antriebs auf höchsten Nutzeffekt abzustimmen, aber ich möchte lieber zuerst Ammuud verlassen. Die größte Arbeit ist als einzige noch übrig – die Hyperraum-Steueranlagen. Sollte nicht mehr erfordern als –«

»Kapitän Solo!« Maxens Sprachverschlüßler vermittelte Dringlichkeit. »Ärger! Das Fernradar zeigt drei Leuchtpunkte an!«

Chewbacca jaulte Han eine Frage zu, der scharf antwortete.

»Was kommt es darauf an, wer sie sind? Sie erscheinen nicht zu einer Gala-Verabschiedung, das steht fest. Keine Zeit für den Hyperantrieb. Rumpf abdichten.« Han rief Fiolla und den anderen zu: »Kommt an Bord, wir heben sofort ab!« Er stürmte die Rampe hinauf und überließ es seinem Ersten Offizier, die bloßgelegten Systeme zu schließen. Im Cockpit tanzten seine Hände über die eigene und Chewbaccas Seite der Konsole. Unter anderem schaltete er die Komm-Anlage des Schiffes und die Monitorgeräte ein, obwohl er daran zweifelte, von den nicht identifizierten Fluggeräten viel an Funkverkehr aufzufangen.

Aber einen Augenblick später, während er dabei war, die Schiffsbewaffnung aufzuladen, fiel ihm auf dem Breitband-Monitor eine blinkende Anzeige auf. Er las die Instrumente ab; von irgendwo ganz in der Nähe kam ein gleichbleibendes Signal. Eine rasche Abtastung durch den Peilempfänger verriet ihm den Ursprung.

Er entsann sich, daß er das Berstgewehr im Rettungsboot hatte liegenlassen, aber Chewbacca hatte seinen Pistolengürtel auf den Navigatorsessel gelegt. Braver Junge! Han schnallte den Gürtel um die Hüften, band den Halfter fest und stürzte hinaus zur Rampe.

Chewbacca bemerkte den Strahler sofort.

»Wir sind aufgespürt worden«, erklärte Han. »Jemand hat das Sende- und Empfangsgerät im Boot eingetastet; wir senden die ganze Zeit. Wahrscheinlich haben sie bis jetzt gebraucht, um uns zwischen all den Senken und Spitzen zu finden.« Er funkelte Fiolla bedeutungsvoll an.

»Nach der ganzen Zeit trauen Sie mir immer noch nicht«, sagte sie fassungslos.

»Wissen Sie jemand anderen? Spray ist nicht in der Nähe des Bootes gewesen, und ich kann mich wirklich nicht erinnern, daß ich das getan hätte.« Er winkte seinem Partner. »Wir haben zu tun, Freund. Spray, Sie auch. Bollux, geh mit unserem Gast in das Vorderabteil und paß auf ihn auf. Und stell dein Chassis auf rauhes Wetter ein.« Er ging zurück zum Cockpit, während Fiolla wortlos den Weg zum Vorderabteil antrat.

Han geleitete Spray zum Navigatorsessel unmittelbar hinter seinem eigenen, und alle drei schnallten sich an. Er überlegte, ob er dem Mor Glayyd ein Notsignal schicken sollte, aber ein Blick auf die Komm-Konsole machte dem ein Ende; eines oder mehrere der anfliegenden Fahrzeuge störte, und es blieb ihm keine Zeit, die Störung zu umgehen.

Er brachte den Schub auf Schwebezustand und zog das Dreibein-Fahrwerk des Schiffes völlig ein. Über dem leisen Donner der Motoren fragte er den Wookie: »Wie gut ist er als Pilot?« Er wies mit dem Daumen auf Spray.

Der Erste Offizier machte eine Bewegung mit der behaarten Pfote, die ein ›Leidlich‹ anzeigte, nickte aber, was bedeutete, daß der Inkassoagent zwar kaum je den Flug nach Kessel schaffen, aber in der Klemme brauchbar sein würde – und in der steckten sie.

»Ausgezeichnet«, sagte Han ohne Begeisterung und schaltete die Haupttriebwerke ein. Die ›Millennium Falcon‹ schoß in den Himmel hinauf.

Han überließ seinem Kopiloten die Steuerung und stand auf, um sich über Spray zu beugen.

»Also: Wir haben keinen Hyperantrieb, weil uns keine Zeit geblieben ist, ihn wieder anzuschließen. Das bedeutet, daß wir hier nicht entwischen können. Den Sensoren nach kommen da kleine, schnelle Schiffe, vielleicht Abfangjäger; früher oder später werden sie uns einholen. Wir können ihnen nicht entgehen, aber mit ihnen fertig werden, *wenn* Chewie und ich die Hände frei haben für die Geschütztürme. Das bedeutet, daß jemand den Piloten spielen muß. Wenn Sie also nicht lieber ein Vierfachgeschütz –«

»Kapitän«, ächzte Spray, »ich habe in meinem ganzen Leben noch keine Waffe abgefeuert.«

»Das dachte ich mir schon«, sagte Han seufzend. »Nehmen Sie

167

also hier Platz.«

Spray kratzte sich nervös die Hand und setzte sich widerstrebend auf den Pilotensitz, während Han ihn justierte und näher an die Konsole heranschob. Spray hielt seine Langzahn-Schnauze an diverse Anzeigen, Oszilloskope und Meßgeräte; mit seiner Kurzsichtigkeit war er natürlich in erster Linie ein Instrumentenpilot. Aber offenkundig wußte er, was er tat.

»Halten Sie nur die Abschirmungen aufrecht und versuchen Sie, sich auf die Anflüge einzustellen«, sagte Han, »und wenn Sie das anregt, versuchen Sie, den Wiederverkaufswert der ›Falcon‹ zu erhalten. Sonst nichts Ausgefallenes. Überlassen Sie den Rest einfach uns.« Er und sein Partner gingen zum Mittel-Treppenschacht, der zu den Bug- und Bauch-Geschütztürmen führte. »Ich hätte mir gewünscht, daß es eine andere Möglichkeit gibt«, fügte er hinzu.

»Zwöfff«, meinte der Wookie.

Han stieg die Leiter hinauf und spürte ihr Zittern, das ihm verriet, daß sein Kopilot hinunterkletterte. Er zog sich in den Turm hinein, ließ sich am Vierer-Geschütz nieder und setzte den Kopfhörer auf.

Die Schiffsschwerkraft war hier geändert, so daß er mit dem Rücken im rechten Winkel zum Leiterschacht sitzen konnte, ohne sich abwärts gezogen zu fühlen. Auf die gleiche Weise würde Chewbacca im Bauch-Geschützturm sitzen, direkt ›abwärts‹ gerichtet, ohne auf dem Sitzgurt zu liegen.

Han blickte über die Schulter und konnte den Schacht hinunter unmittelbar auf den Rücken seines Freundes sehen. Chewbacca winkte kurz, und beide ließen ihre Kanonen durch ein paar Versuchsdrehungen laufen, vergewisserten sich, daß die Servomotoren auf die Handbedienung reagierten und genau peilten.

»Der übliche Einsatz!« rief Han hinunter, »und für Abschüsse verdoppelt!« Chewbacca wuffte Zustimmung.

Sprays Stimme tönte herauf, bebend vor Anspannung.

»Ich habe drei klare Leuchtpunkte im Anflug. Sie sollten auf Ihren Schirmen in – *sind schon da!*«

XII

Gerade als Spray die beiden Schiffseigner über die anfliegenden Maschinen informierte, verkündeten diese ihr Eintreffen auf unverwechselbare Weise selbst. Die ›Millennium Falcon‹ schwankte, und ihre Abschirmungen verbrauchten riesige Energiemengen, als Geschützfeuer sie weißglühend einhüllte.

»Sie stieben auseinander!« brüllte Spray, aber Han und Chewbacca konnten das an ihren Zielmonitoren selbst erkennen. Han umklammerte die Handbedienung seines Geschützes und drehte die vier Rohre achtern, um sein natürliches Ziel anzusprechen: das oberste der sein Schiff einholenden Raumfahrzeuge. Er wußte, daß der Wookie auf das in seinem Schußfeld am tiefsten liegende zielen würde. Sie hatten dergleichen schon geübt; jeder kannte den Bereich seiner Verantwortung und wußte, wie der andere arbeitete.

Der Zielcomputer zog in zwei Parallelgittern sich schneidende Linien und zeigte Han eine Lichtpfeilspitze, die den Angreifer darstellte. Aus der Gewohnheit eines ganzen Lebens heraus teilte Han Zeit und Aufmerksamkeit zwischen dem Computermodell auf dem winzigen Bildschirm und der Sichtmessung. Er vertraute nie völlig auf den Computer oder irgendeine andere Maschine; er wollte sehen, worauf er feuerte.

Das Ziel fegte heran, noch schneller, als er erwartet hatte. Es war, wie vermutet, eine Pinasse, das Kampfboot eines Raumschiffes. Unsere Freunde, die Sklavenhändler, sind also noch zur Stelle, dachte er.

Gleichzeitig jagte er schnelle Salven hinaus, mit denen er die Pinasse einkreisen wollte. Das Vierer-Geschütz feuerte abwechselnd paarweise, aber die Pinasse war zu schnell; sie schoß in sein Visier und wieder hinaus, bevor er Gelegenheit hatte, in die Nähe zu gelangen.

Das Sternenschiff rüttelte wie Kinderspielzeug, als ihre Abwehrhülle sich mühte, die Strahlen der Pinassen-Kanone zu verdauen. Han nahm von fern das Donnern der Bauchkanonen und Chewbaccas enttäuschtes Heulen wahr, als auch der Wookie sein Ziel verfehlte.

Dann sah Han statt eines Lichtdreiecks auf seinem Zielmonitor-Schirm zwei. Er riß das Geschütz so hastig herum, daß die Servos heulten und er härter in die Polsterung des Kanoniersitzes gepreßt wurde.

Eine Pinasse war unmittelbar von achtern herangekommen. Ihr Strahlerfeuer zerteilte genau den oberen Rumpf der ›Falcon‹. Es gab schwere Erschütterungen, als das Sternenschiff unter dem Feuer erbebte. Han konnte nicht verhindern, daß er einen Arm hochwarf, um sich zu schützen, als er die Salve den Rumpf entlang zu sich heraufwandern sah. Die Abweiser hielten aber, und innerhalb eines Sekundenbruchteils war die Pinasse mit ihren zwei Begleitern vorbeigeschossen, um sich auf den neuen Anflug vorzubereiten.

Die Pinassen waren etwa doppelt so groß wie das Rettungsboot, das Han und Fiolla gestohlen hatten. Sie waren schnell, schwer bewaffnet und beinahe so wendig wie Kampfjäger. Da der Hyperantrieb nicht funktionierte, schied aus, ihnen davonfliegen zu wollen; der ›Falcon‹ blieb nichts anderes übrig als zu kämpfen.

Der Frachter kippte und torkelte, als Spray es mit Ausweichtaktik versuchte. Han, dem das Ziel verrutschte, brüllte in sein Kopfmikro: »Nichts Raffiniertes, Spray! Halten Sie sich einfach an ihre Anflüge und versuchen Sie, den Tempovorteil von denen auszugleichen; kein Kunstflug!«

Spray trimmte den Frachter. Die Pinassen waren links und rechts auseinandergestoben, während das dritte Schiff zu einem Angriff von oben steil und in einer Rolle hinaufraste. Han feuerte nicht, weil er wußte, daß sie außer Schußweite waren. Er wartete ab. Spray lenkte den Frachter tiefer in das hohe Gebirge.

Die Pinasse, die nach links ausgebrochen war, tauchte nun plötzlich hinab und kam unter dem Rumpf der ›Falcon‹ herauf. Han konnte den Lärm von Chewbaccas Geschützrohren hören, als er seine eigene Waffe herumriß; die vier Rohre drehten und hoben sich auf ihren Drehbolzen, wie die Zielbedienung es verlangte.

Er versuchte es bei der hinabstürzenden Pinasse. Außerhalb des Kugelturmes reagierten die Kanonen genau auf die winzigste

Eingabe der Steuerung. Der Computer bildete Zielgitter ab, berechnete den mutmaßlichen Kurs und die Geschwindigkeit der Pinasse und sagte voraus, wo sie erscheinen würde. Han riß den Sitz herum, die Hände um die Bedienungsgriffe geklammert, und vier Kanonenrohre drehten sich entsprechend. Er eröffnete das Feuer, und die Viererrohre hämmerten rote Vernichtung in die Richtung des Gegners. Er erzielte einen Teiltreffer, aber die Abschirmung der Pinasse hielt, und sie vermochte seinem Feuer fast augenblicklich zu entgehen.

»*Schwindler!*« brüllte er und peilte die Pinasse in einem aussichtslosen Versuch an, sie wiederzufinden. In der Ferne gab es eine Explosion, und ein triumphierendes Brüllen hallte den Schacht herauf. Chewbacca hatte den ersten Treffer erzielt.

Die dritte Pinasse fegte vorbei, auf einem Kurs, der fast im rechten Winkel zu dem von Han noch immer angepeilten verlief. Der Neuankömmling feuerte eine anhaltende Salve ab, die harmlos von der Abschirmung abprallte, aber der Antrieb der ›Millennium Falcon‹ kreischte. Die Abwehrhülle des Schiffes war in Gefahr zu versagen, da sie durch das anhaltende, gutgezielte Feuer der Angreifer extrem beansprucht worden war.

Han, der begriff, daß er die eben verfehlte Maschine nicht einholen konnte, brüllte den Schacht hinunter, ohne an den Sprechfunk zu denken: »Chewie! Einer auf der Siegstraße!«

Wegen der Konstruktion der ›Falcon‹, einer plattgedrückten Kugel, und der Lage ihre Hauptbatterien genau oben und unten am Schiff überlappten die Schußfelder ihrer Türme sich in einem Keil, der rund um die Mitte des Schiffes verlief. Diese Überlappung war es, die Han und sein Erster Offizier die ›Siegstraße‹ nannten; Abschüsse dort zählten extra, weil es sich um gemeinsame Verantwortung handelte; ihre stehende Wette darüber, wer mit einem Vierergeschütz besser umgehen konnte, brachte für Treffer auf der Siegstraße das Doppelte.

Aber im Augenblick kümmerte es Han nicht, ob er am Ende beim Wookie bis aufs Hemd verschuldet war. Chewbacca drehte seine Waffe und verfehlte nur knapp. Er zerhackte die Luft hinter der Pinasse mit blutrotem Strahlungsfeuer.

»Spray, achten Sie auf das Fernradar!« rief Han in sein Mikrofon. »Wenn ihr Mutterschiff sich bei uns anschleicht, wird die Interstellare Inkasso-GmbH nichts zu versteigern haben als eine Gaswolke!«

Das Schiff, das von Chewbacca verfehlt worden war, tauchte in Solos Schußfeld auf. Er hielt vor und griff mit roten Kanonensalven hinaus, aber der Pinassenpilot war schnell und riß sein Schiff aus der Feuerlinie, bevor seine Abschirmung versagte. Der Feind traf den oberen Rumpf der ›Millennium Falcon‹, und der Frachter bäumte sich auf. Han roch versengte Schaltungen.

»Kapitän Solo, vom Magnet-Südwesten kommt rasch ein großes Fahrzeug heran. Beim derzeitigen Kursverlauf wird es in neunzig Sekunden hier sein.«

Han war zu beschäftigt, um dem Inkassoagenten zu antworten. Er hörte das enttäuschte Knurren seines Ersten Offiziers über einen Beinahe-Treffer und sah das Schiff, das dem Wookie eben entwischt war. Es fetzte im Bogen vorbei an den Bugkiefern, und der Pilot zog es rasch herum, als er begriff, daß er wieder unter Beschuß geriet.

Han kümmerte sich nicht um den Zielcomputer, sondern peilte mit dem Auge und erwischte die Pinasse am Wendepunkt mit einer anhaltenden Salve. Einen Augenblick später zerbarst die Pinasse in einem Feuerball. Fetzen flogen.

Die dritte Pinasse, die erneut angriff, schlug einen Haken, um der Explosion auszuweichen, vollführte eine Rolle und war wieder auf der Siegstraße. Solos und Chewbaccas Feuer leckten gleichzeitig hinaus. Auch sie wurde zu einer Eruption von kolossaler Heftigkeit.

Han war augenblicklich am Leiterschacht, machte sich nicht die Mühe, hinunterzuklettern, sondern rutschte hinunter, die Schuhspitzen an die Seitenwand gepreßt, mit den Händen bremsend, voll Sorge wegen des anfliegenden Mutterschiffes.

Als er die Hauptdeckebene erreichte, sah er Chewbacca unter sich heraufstürmen. Der Wookie krähte fröhlich, und Han fand die Zeit zu einem verächtlichen Feixen.

»Was heißt da *bezahlen? Ich* habe den Treffer in der Siegstraße erzielt; du hast den Kerl gar nicht berührt!«

Chewbacca fauchte, als sie gemeinsam zum Cockpit hetzten,

aber die Frage, wer wem Geld schuldete, mußte verschoben werden. Nachdem Chewbacca saß, zwängte Spray sich aus dem Pilotensitz und atmete erleichtert auf, als Han sich in diesen hineinfallen ließ.

»Das Schiff kommt auf Sektor eins-zwei-fünf-Strich-eins-sechs-null«, sagte Spray, aber Han hatte das schon an der Konsole abgelesen. Er riß das Ruder des Sternenschiffes herum, beschleunigte und verstellte alle Heckabweiser mit einer Hand, während er sich mit der anderen anschnallte.

Spray hatte mehr Höhe erzielt, als Han gefiel. Da der Hyperantrieb noch immer nicht funktionierte, lief das Ganze auf ein schlichtes Wettrennen hinaus. Seine beste Aussicht, dem Feind einen unbehinderten Schuß auf ihn zu verweigern, bestand darin, den Planeten zwischen sie zu setzen.

Er beschleunigte immer noch, und der Lärm des Antriebs wurde lauter und lauter, als die ›Falcon‹ von einer markerschütternden Explosion geschüttelt wurde. Han überprüfte die Kampfinformations-Anzeigen und stellte fest, daß das anfliegende Mutterschiff aus größter Entfernung feuerte, obwohl seine Schüsse wenig Aussicht hatten, auf diese Distanz die Abschirmungen des Frachters zu durchschlagen.

Ihr Verfolger war tatsächlich das Sklavenhändler-Schiff, der angebliche ›Pirat‹, der die ›Lady of Mindor‹ angehalten hatte. Das machte Han irre, was Fiollas Rolle anging. Die Sklavenhändler hatten es doch wohl auch auf Fiolla abgesehen?

Dann blieb ihm für Unwägbarkeiten keine Zeit mehr; das Sklavenhändler-Schiff verkürzte die Lücke zwischen ihnen, und nichts, was er tat, schien ins Gewicht zu fallen. Es war ein außerordentlich gutbewaffnetes Schiff, mindestens dreimal so groß wie die ›Millennium Falcon‹, und schnell dazu.

Wenn wir Zeit hätten, die Motoren neu abzustimmen, nörgelte Han an sich selbst herum, würden wir ihnen schon entwischen.«

Eine Stimme tönte aus der zugeschalteten Komm-Konsole.

»Beidrehen, ›Millennium Falcon‹, oder wir schießen konsequent!«

Han erkannte die Stimme.

Er schaltete seinen Kopfhörer auf Fernverkehr.

»Heute gibt es keine kostenlosen Mahlzeiten, Magg!«

Fiollas ehemaliger Mitarbeiter sagte nichts mehr. Die Schüsse des Verfolgers wurden genauer; der Energieablauf durch die Abschirmung wurde akut. Han richtete die Geschützbatterien mit Fernsteuerung. Das Sklavenhändler-Schiff mit seinen schwereren Waffen befand sich noch immer außer Reichweite. Obwohl Han einen geschlängelten Ausweichkurs flog, die kalte Luft von Ammuud mit hohem Pfeifen durchschneidend, wußte er, daß der Gegner bald aufholen würde. Alles, was er erhoffen konnte, war, daß inspirierte Pilotenkunst, viel Glück und eine gutgezielte Salve ihm die Rettung bringen würden.

Er zog sein Schiff mit einem Schnörkel aus einem weiten Bogen und torkelte, als dicke Ströme Turbolaser-Feuer steuerbords vorbeirülpsten, die ›Falcon‹ knapp verfehlend. Er dachte bei sich: Wir können es immer noch schaffen, es sei denn –

Der Frachter entsprach seiner stillen Befürchtung, indem er schwankte und sich schüttelte, als hätte er einen Anfall bekommen. Die Instrumente bestätigten, daß ein ungeschlachter Traktorstrahl an der ›Falcon‹ festgemacht hatte. Selbst mit höchster Anstrengung konnte sie sich nicht befreien.

Da der Frachter stillstand, schoß der Gegner rasch heran. Han wußte, daß im nächsten Augenblick ihr Verfolger zur Stelle sein würde. Er versuchte, sich von der Reue nicht ablenken zu lassen; seine Hände flogen über die Konsole, und er hatte nicht einmal die Zeit, seinem Kopiloten mitzuteilen, was er vorhatte.

Han riß die ›Falcon‹ bei vollem Schub herum, den Zug des Traktorstrahls gerade noch überwindend, stellte die Abwehrschirme an der oberen Rumpfhälfte seines Schiffes auf höchste Leistung ein. Bevor der entgeisterte Pilot des Sklavenhändler-Schiffes wußte, was geschah, hatte die ›Millennium Falcon‹ gewendet, das Feld im Traktorstrahl umgestülpt und war unter seinem Bug weggetaucht. Dem Traktorprojektor auszuweichen, der an der Rumpfunterseite des Sklavenhändler-Schiffes angebracht war, erforderte ein zusätzliches Herumreißen und vollen Schub von den schon überbeanspruchten Motoren des Frachters, wozu Han sowohl die Anziehung des Traktorgeräts wie den

Schub der ›Falcon‹ benützen mußte, um mit einer gerissenen Rolle vom Strahl freizukommen.

Fassungslose Artillerieoffiziere begannen das Ziel ihrer Geschützmannschaften umzudirigieren, aber die Plötzlichkeit, mit welcher der Frachter ausgebrochen war, hatte Han einen Überraschungserfolg eingebracht.

Unter dem Gegner dahinfegend, feuerte Han Salven aus seinem Bugturm ab und wartete mit einiger Angst auf den Augenblick, in dem seine Abschirmung versagen würde. Aber das blieb aus, und Hans wilde Kunstflug-Luftakrobatik entwand sich allen Feuerstößen des überraschten Sklavenhändler-Schiffes.

Beinahe. Es gab einen ungeheuren Ruck. Was von den Alarmanlagen und Warnlichtern der ›Falcon‹ nicht schon in Aktion war, holte das jetzt nach. Chewbacca, der Schadenanzeigen überflog, jaulte sorgenvoll, als Han erneut beschleunigte und es dem Gegner überließ, Schritt zu halten, wenn er konnte.

Er wandte sich Spray zu.

»Von dem neuen Gerät, das wir heute eingebaut haben, muß etwas getroffen worden sein; ich erhalte keine Anzeigen mehr davon. Versuchen Sie es an der vorderen Tech-Station und stellen Sie fest, ob Sie etwas in Erfahrung bringen können.«

Der Inkassoagent wankte davon, hin- und hertaumelnd, während das Raumschiff schwankte. Er erreichte das Vorderabteil und sah Fiolla und Bollux noch auf der Beschleunigungsliege. Vom Sessel an der Tech-Station aus begann Spray Anzeigen abzulesen und in Abtaster und Oszilloskope zu starren, während er sich auf dem Stuhl wand und nervös an seiner Hand kratzte.

»Tut Ihre Hand immer noch weh, Spray?« fragte Fiolla.

»Nein, es ist viel –«, begann er, dann verstummte er und drehte den Sessel, um sie entsetzt anzustarren. »Ich meine – das ist –«

»Körperregenerierung läßt die Haut immer jucken, nicht wahr?« fuhr Fiolla fort, ohne seine Einwände zu beachten. »Sie kratzen sich, seitdem wir hier sind. Solo hat mir erzählt, er hätte den Unbekannten, der ihn im Hangar auf dem Raumflughafen von Bonadan überfiel, in die Hand gebissen. Das waren *Sie*, nicht wahr?« Ihre Stimme klang kaum fragend, eher feststellend.

Spray blieb ganz ruhig.

»Ich hatte vergessen, wie klug Sie sind, Fiolla. Hm, ja, um genau zu sein –« Die ›Falcon‹ bäumte sich wieder auf; das Schiff der Sklavenhändler holte erneut auf.

»Und den Sender im Rettungsboot haben Sie auch eingeschaltet gelassen, nicht?« sagte sie. »Aber wie? Han hatte recht, Sie waren wirklich nicht in der Nähe des Bootes.«

»Das habe ich nicht getan«, erklärte Spray nüchtern. »Das dürfen Sie mir glauben. Ich hatte auch nicht erwartet, daß es soweit kommen würde wie jetzt; ich verabscheue diese nutzlose Gewalt. Es wird bald zu Ende sein; ihr ehrgeiziger früherer Gehilfe ist ganz in der Nähe.«

Sie wußte immer noch nicht recht, ob sie glauben sollte, was er sagte, und fragte: »Es ist Ihnen doch klar, daß ich es Han sagen werde, nicht?«

Bollux drehte rote Photorezeptoren von einem zum anderen und fragte sich, ob er sie lange genug allein lassen durfte, um Han über das Gehörte zu unterrichten.

Dann schüttelte sich die ›Falcon‹ erneut unter Sperrfeuer.

»Ich bezweifle, ob das jetzt noch ins Gewicht fällt«, erklärte Spray ruhig. »Und es liegt in Ihrem ureigenen Interesse, mit mir zusammenzuarbeiten, Fiolla; Ihr Leben ist an einem kritischen Punkt angelangt.«

Han und Chewbacca verfügten über keine Wahl mehr. Der Gegner hatte seinen Traktorstrahl bei ihnen wieder angebracht. Diesmal besaß eine plötzliche Wendung keinen Überlebenswert mehr; die nächste Salve würde fast mit Gewißheit die Abschirmung durchschlagen und die ›Millennium Falcon‹ in eine explodierende Wolke verwandeln.

Han war damit beschäftigt, die Geschütze zu einer letzten nutzlosen Salve bei dem Versuch vorzubereiten, dem Tod zu entgehen. Aber die Salve kam nicht. Chewbacca zeigte auf die Sensoren und jaulte erregt. Han fiel der Unterkiefer herunter, und er hätte sich beim Anblick des Schiffes, das achtern des Sklavenhändler-Schiffes herankam, am liebsten die Augen gerieben.

Es war ein Espo-Zerstörer der alten Victory-Klasse, fast einen Kilometer lang, eine gepanzerte, raumfahrende Festung. Woher er gekommen war, bedeutete Han nicht soviel wie die Frage, was

176

er tun würde.

Der Traktorstrahl an der ›Falcon‹ löste sich auf; auch der Gegner hatte den Zerstörer gesehen und wollte mit ihm nichts zu tun haben. Aber das Schlachtschiff der Sicherheitspolizei besaß eigene Traktoranlagen, stärkere als die der Sklavenhändler. Plötzlich befanden sich die ›Millennium Falcon‹ und ihr Verfolger in einem eisernen, unsichtbaren Griff.

Jemand an Bord des Sklavenhändler-Schiffes war so unvernünftig, eine Salve auf den Zerstörer loszulassen. Das Kanonenfeuer sprühte harmlos von den gewaltigen Abschirmungen des Zerstörers ab, und ein Turbolaser-Turm an der Seite des Kriegsschiffes antwortete, im Rumpf des Gegners ein riesiges Loch aufreißend und fast seine ganze Antriebsanlage zerstörend.

Das Sklavenhändler-Schiff leistete keinen Widerstand mehr. Es wurde herangezogen, ohne daß es sich wehrte, und in die klaffende Enterschleuse am Unterbauch des Zerstörers befördert. Aus der Komm-Konsole der ›Falcon‹ tönte eine Stimme: »Alle Insassen in beiden beschlagnahmten Schiffen bleiben, wo sie sind! Halten Sie sich an unsere Anweisungen und versuchen Sie keinen Widerstand!« Die Stimme kam Han bekannt vor. »Stellen Sie Ihre Motoren ab und schalten Sie alle Systeme mit Ausnahme der Funkanlage ab!«

Da das Sklavenhändler-Schiff schon in der Enterschleuse des Zerstörers lag, wurde die ›Falcon‹ sanft zum Boden heruntergezogen, während sich die riesige Masse des Schlachtschiffes über sie setzte und den Himmel verdunkelte. Han ergab sich dem Unausweichlichen und fuhr das Landegestell aus; die ›Falcon‹ konnte sich von diesem Traktorstrahl niemals lösen, und er hatte eben gesehen, wie unsinnig es war, sich auf einen Kampf einzulassen. Er schaltete den Antrieb ab und unterbrach die Energiezuführung für Waffen, Abschirmung, Traktoranlagen und Sensorengeräte.

Er stieß seinen Partner an.

»Halt deinen Bogenwerfer bereit; vielleicht können wir draußen das Weite suchen.«

Wenn sie entkamen, konnte der Mor Glayyd eventuell zwei gute Piloten brauchen. Wenn nicht, gab es ohnehin keinen Anlaß zur Sorge, außer der Frage, welche Zeitschriften man im Gefängnis abonnieren sollte. Aber Han war entschlossen, sich nur strampelnd geschlagen zu geben.

Das Espo-Raumschiff sank herab, bis es nur noch fünfzig Meter über der gelandeten ›Falcon‹ schwebte. Han konnte, wenn er sich vorbeugte, das eingefangene Sklavenhändler-Schiff sehen. Ein Enterrohr, zweifellos vollgestopft mit Espo-Truppen in Kampfpanzerungen, schob sich hinaus und machte an der Hauptschleuse des Sklavenhändler-Schiffes fest.

Jetzt sieh mal, wie dir das gefällt, Magg, dachte Han. Es war ein einzelner Knoten der Zufriedenheit in seiner langen Pechschnur, aber immerhin etwas. Er genoß es, solange er noch konnte.

Aus einer anderen Schleuse im Zerstörer tauchte ein Rettungskorb auf. Herabgelassen von einem Traktorstrahl, sank er langsam und lautlos herunter. Der Rettungskorb war ein kreisrundes, korbartiges Ding mit hohem Geländer und einer oben angebrachten Schlinge für Hebezeug. Im Korb, wo Han einen Trupp schießwütiger Espos erwartet hatte, stand nur der Mann, der vor einigen Augenblicken die Anweisungen über Funk gegeben hatte.

Gallandro, der Pistolenheld.

XIII

Gallandro näherte sich der ›Falcon‹ gemächlich. Als er anhielt und zur Kanzel hinaufschaute, ging seine Hand zum Gürtel und zog etwas heraus. Einen Augenblick danach tönte die Stimme des Pistolenhelden aus der Komm-Konsole, offenbar weitergeleitet über das Espo-Kriegsschiff.

»Solo, hören Sie mich?« Statt zu antworten, blendete Han einmal kurz die Positionslichter auf. »Na, kommen Sie, Solo! Wie können Sie so mürrisch sein zu dem Mann, der Ihnen Ihre Haut gerettet hat?«

Vorsicht, dachte Han, wenn er so aalglatt und schnell mit einem Strahler ist. Aber er schaltete das Mikro ein.

»Das ist Ihr Spiel, Gallandro.«

Die Stimme des anderen klang befriedigt.

»Schon besser. Ist Freundlichkeit nicht angenehmer? Ich bin sicher, daß sogar Sie hier durchblicken, Solo. Wenn schon nichts anderes, sind Sie doch Pragmatiker. Öffnen Sie freundlicherweise Ihre Hauptluke und kommen Sie herunter, wenn Sie die Güte hätten, und wir klären die ganze Angelegenheit.«

Han erwog den Vorschlag, Gallandro möge sich doch in einen Konverter setzen, aber ein Blick auf die mächtige Unterseite des Zerstörers veranlaßte ihn zu einer Sinnesänderung. Turbolaser-Anlagen, Doppel- und Viererrohr-Geschütze, Raketenrohre und Traktorstrahl-Projektoren waren allesamt auf den Frachter gerichtet. Eine falsche Bewegung, und wir sind ungebundene Energie, dachte er. Er seufzte und öffnete den Gurt. Vielleicht würde draußen irgend etwas die Lage verändern, aber er wußte nicht, was er hier im Cockpit noch Nützliches hätte tun können.

Er drehte sich um und sah, daß Spray an der Rückseite der Kanzel gestanden und ihn beobachtet hatte. Einen Augenblick später tauchte Fiolla neben dem Tynnaner auf. Er kam auf den Gedanken, daß sie als Geisel von Nutzen sein mochte, aber angesichts der häufigen Gelegenheiten, bei denen ihr Leben schon in echter Gefahr geschwebt hatte, bezweifelte er, daß Gallandro sich beirren ließ, wenn er sie bedrohte; der Mann schien zu wissen, was echte Unbarmherzigkeit war. Außerdem war Han nicht davon überzeugt, daß Gallandro glauben würde, er wäre fähig, sie kaltblütig zu töten, selbst jetzt nicht.

»Ihre Freunde sind erschienen«, sagte Han verbittert zu ihr. »Die Sektorleitung hat alles in der Hand. Dafür sollte es die große Beförderung geben, Fiolla.«

Sie ging zur Hauptluke. Spray warf Han einen seltsamen Blick zu, bevor er ihr folgte. Als Han im Durchgang Bollux begegnete, nickte er ihm zu.

»Geh in die Kanzel und richte einen Photorezeptor auf die Umgebung, Kumpel. Wenn wir nicht wiederkommen, gehört das Schiff dir, es sei denn, die Inkasso-GmbH sackt es ein. Viel Glück. In der letzten Zeit gingen die Geschäfte schlecht.«

Als Han die Luke offen hatte, sah er Gallandro unten an der Rampe stehen. Der andere erwiderte seinen starren Blick mit einer höflichen Neigung des Kopfes.

»Ich habe gesagt, daß sich vielleicht eine andere Gelegenheit bietet, Kapitän.«

Die Aufforderung war nicht mißzuverstehen. Han überlegte, ob er nach seinem Strahler greifen sollte, erinnerte sich aber an Gallandros unglaubliche Schnelligkeit und schob das als eine Möglichkeit beiseite, zu der er vielleicht später Zuflucht nehmen konnte. Han war bereit, anzuerkennen, daß der Mann vor ihm beim Umgang mit einer Handfeuerwaffe gleichrangig oder sogar besser war als er.

Gallandro las das an seiner Miene ab und verriet eine gewisse Enttäuschung.

»Nun gut, Solo. Sie können Ihren Strahler vorerst behalten, für den Fall, daß Sie es sich noch anders überlegen. Ich brauche Ihnen wohl nicht zu sagen, wie viele Waffen derzeit auf Sie gerichtet sind; bitte tun Sie nichts Übereiltes, ohne es mir vorher deutlich mitzuteilen.«

Han und Chewbacca gingen auf verschiedenen Seiten der Rampe hinunter, aber Gallandro hielt Abstand genug, um sie beide im Blickfeld zu behalten. Der Wookie, der sich über die Lage ebenso im klaren war wie Han, trug den Bogenwerfer an der Schulter.

Han erwartete eine überschwengliche Begrüßung oder wenigstens eine herzliche Aufnahme Fiollas. Gallandro gönnte ihr aber nur ein verbindliches Lächeln und eine angedeutete Verbeugung, dann wartete er aufmerksam.

Spray kam als letzter herunter, mit seinem ein wenig unsicheren Land-Gang, mit der Schwanzspitze über die Rampe streifend. Vom letzten Schwimmen schimmerte noch Feuchtigkeit im Pelz. Gallandro verbeugte sich unterwürfig vor ihm, ohne jedoch Han aus den Augen zu lassen.

»Odumin«, sagte Gallandro, »willkommen, Sir. Sie haben ein weiteres Projekt erfolgreich zum Abschluß gebracht. Ihr Talent für den Außendienst hat nicht nachgelassen, wie ich sehe.«

Spray winkte ab und sah mit zusammengekniffenen Augen zu

dem hochgewachsenen, aristokratischen Pistolenhelden hinauf.

»Ich hatte Glück, alter Freund. Ich muß gestehen, daß mir die Verwaltung viel lieber ist.«

Han, der von einem zum anderen geglotzt hatte, während Chewbacca erstickte Laute von sich gab, stieß endlich hervor: »*Odumin?* Sie sind der Gebietsleiter? Na, Sie hinterlistiger, rebellischer Wurm, ich sollte –« Es fehlten ihm die Worte, ein passendes schreckliches Schicksal zu beschreiben.

»Das ist wohl kaum angebracht, Kapitän«, rügte Spray in verletztem Tonfall. »Ich habe wirklich als Inkassoagent angefangen, wissen Sie. Aber als ich im Gefüge der Gemeinsamen Sektorleitung aufstieg, fand ich es als Nicht-Mensch zweckdienlich, andere als Mittelsleute zu gebrauchen und selbst eine anonyme Gestalt zu bleiben. In diesem Sklavereifall, der bis zu meinen eigenen Stellvertretern und Beamten der Sicherheitspolizei hinaufreicht, sah ich mich gezwungen, mit Hilfe einiger zuverlässiger Mitarbeiter wie Gallandro selbst zu recherchieren.« Er verschränkte die Finger mit ihren Schwimmhäuten und nahm die nach innen gerichtete Art eines Lehrers an. Han ertappte sich dabei, daß er trotz seiner Wut zuhörte.

»Es war ein sehr verwickeltes Problem«, fuhr Spray/Odumin fort. »Zuerst gab es die Indizien, die Sie Zlarb abgenommen hatten. Sie führten Sie nach Bonadan und brachten mich zu der Überzeugung, Sie wären der Sklavenhändler. Am Raumflughafen kam ich, als Sie zum Hangar gingen, zu dem Schluß, daß Sie im Begriff standen, den Planeten zu verlassen. Das Material stand zur Verfügung, ein Paar Arbeitshandschuhe und ein Industrielösungsmittel, das als Narkosestoff dienen konnte; das rief einen übereilten Entschluß meinerseits hervor, nämlich den Versuch zu unternehmen, Ihnen das, was Sie an Informationen besaßen, auf eine Weise abzunehmen, die Sie gegenüber Ihren, ähm, Komplicen argwöhnisch machen mußte. Aber Sie haben sich als einfallsreicher Mann erwiesen, Kapitän.«

Han schnaubte durch die Nase.

»Ich kann immer noch nicht glauben, daß Sie den Mumm aufgebracht haben, mich zu überfallen, selbst im Dunkeln.«

Spray richtete sich zu seiner ganzen Größe auf.

»Begehen Sie nicht den Fehler, den schon so viele andere begangen haben; ich bin tüchtiger, als man mir ansieht. Ohne Ihr überlegenes Sehvermögen wären Sie fast mit Gewißheit durch die Dämpfe früher betäubt worden als ich; schließlich kann ich den Atem über längere Zeiträume hinweg anhalten. Aber unmittelbar nach unserem Kampf teilte mir Gallandro, der Sie überprüft hatte, Ihre wahre Identität mit. Ich kam zu dem Schluß, daß ich meine Lösung gefunden hatte.«

Han zog die Brauen zusammen.

»Lösung?«

Spray wandte sich an Chewbacca.

»Erinnern Sie sich an unser Computerspiel und an das Achte Ilthmar-Gambit? Ein Einzelkämpfer, ausgeschickt, um den Gegner herauszulocken? Kapitän Solo, diese Spielfigur, meine Lösung, waren Sie. Die Sklavenhändler wußten, daß Sie nicht für die Polizei auftraten und sich nicht an die Behörden wenden könnten. Sie zwangen sie zu Handlungen, die sie, wie Sie sehen können, mir gegenüber verwundbar machten.«

Dabei fiel Han etwas anderes ein. Er sah Fiolla an.

»Was ist mit Ihnen?«

Spray antwortete für sie: »Oh, sie ist genau das, was sie gesagt hat: eine ehrgeizige, aggressive, loyale Angestellte. Die Hausreinigung, die durch diese ganze Geschichte notwendig wurde, wird in meiner Organisation einige ganz wichtige Stellen freimachen; ich habe die Absicht, Fiolla angemessen belohnt zu sehen. Der Posten meines Stellvertreters wird bald unbesetzt sein, möchte ich meinen.«

»Eine feudale Stellung bei der Sektorleitung«, zischte Han, »der schlimmsten Plündererbande, die es im Weltraum je gegeben hat.«

»Han«, meinte Fiolla, »jemand im Inneren könnte eine Veränderung herbeiführen, wie Spray es zu tun versucht hat. Wenn jemand an der richtigen Stelle säße, könnte er sehr viel Gutes tun.«

»Sehen Sie?« Aus Sprays Frage klang Befriedigung. »Unsere Ansichten ergänzen sich. Trotz all Ihrer Kühnheit und Geschicklichkeit, Kapitän, könnten Sie eine Organisation von der Größe und dem Reichtum der Sektorleitung nie merklich schädigen. Ich behaupte, daß Wesen wie Fiolla und ich selbst, im Inneren am Werk, zu erreichen vermögen, was Strahlern nicht gelingt. Wie können Sie sie dafür tadeln?«

Um nicht antworten zu müssen, starrte Han Gallandro an.

»Worum ging es bei der Forderung?«

Der andere winkte lässig ab.

»Der Glayyd-Clan stellte ein besonderes Problem dar; seine Unterlagen sind mit einem Zerstörungsschalter verbunden, an dem treue Clangenossen sitzen. Wir konnten das Risiko nicht eingehen, einzugreifen und das Beweismaterial an uns bringen zu wollen und dabei womöglich nur zu erreichen, daß man es uns vor der Nase zerstörte.

Der ältere Mor Glayyd mißtraute den Sklavenhändlern, und sie verdächtigten ihn, den Plan zu hegen, mehr Geld aus ihnen herauszuholen. Sie sind keine Leute, die Zutrauen zur menschlichen Natur haben, wissen Sie. Die Sklavenhändler wandten sich deshalb insgeheim an den Reesbon-Clan, und als der ältere Mor Glayyd davon erfuhr, begann er sich auf Umwegen mit Spray in Verbindung zu setzen, weil er befürchtete, sein Clan werde verraten werden. Er wurde natürlich bald danach vergiftet, wohl auf Zlarbs Anregung hin, wie es den Anschein hat.

Ich bin vor Ihnen allen hier gewesen; nachdem die ›Falcon‹ notlandete, gelang es Odumin – Verzeihung, Sir, *Spray* –, Verbindung mit mir herzustellen. Ich sah eine Gelegenheit, einen besonderen Zug ihres Kodex anzuwenden, um Ihnen die Glayyds zu verpflichten, Solo. Es war nicht sehr schwierig, mich den Reesbons anzubieten, und was diese betrifft, so sind sie diejenigen, von denen der Gedanke stammte, den neuen Mor Glayyd in ein Duell mit mir zu verwickeln.«

»Ein großartiger Einfall«, lobte Spray. »Und es geschah auch auf Ihren Vorschlag, die Sender im Rettungsboot weiterarbeiten zu lassen?«

Gallandro zuckte bescheiden die Achseln und drehte an seinem Schnurrbart. Han hätte sich am liebsten selbst einen Tritt gegeben. Und allen anderen Anwesenden auch.

»Augenblick, Spray«, meldete er sich zu Wort. »Wie haben Sie sich mit ihm in Verbindung gesetzt? Sie saßen hier fest.«

183

Spray wirkte plötzlich etwas verlegen.

»Äh, ja. Es gab Kommunikations-Stationen, die auf mein Signal warteten, aber ich mußte für den Fall, daß Gallandro nicht auf der Stelle erreichbar war, ungestört die Anlagen der ›Falcon‹ benützen können.« Er wandte sich an den Wookie. »Und da bin ich Ihnen Abbitte schuldig. Um Sie für die notwendige Zeit vom Schiff fernzuhalten, erschreckte ich die Rupfer mit einer Signalpistole und trieb sie zur Massenflucht, wobei ich nur vorhatte, Sie für einige Zeit auf dem Grat festzusetzen. Ich hatte keine Ahnung, daß Sie in Gefahr geraten könnten. Es tut mir aufrichtig leid.«

Chewbacca tat, als höre er ihn nicht, und Spray ging nicht mehr darauf ein.

»Sie sind also nur ein Lohnschütze mehr«, sagte Han zu Gallandro. »Trifft das zu? Ein Bote an der Kette der Sektorleitung?«

Der andere war belustigt.

»Sie müssen noch viel Zeit vergehen lassen, bevor Sie in der Lage sind, über mich zu urteilen, Solo. Ich hatte es längst satt, darauf zu warten, daß ich auf irgendeine sinnlose Art ums Leben kam. Deshalb habe ich schon vor geraumer Zeit darauf verzichtet, mit einem offenen Auge zu schlafen, und dafür habe ich wieder eine Zukunft. Seien Sie nicht überrascht, wenn Sie irgendwann einmal dasselbe Gefühl bekommen.«

Niemals, dachte Han, aber Gallandro erschien ihm rätselhafter denn je.

»Mit Magg und den anderen im Sklavenhändler-Schiff und dem ans Licht gekommenen Beweismaterial möchte ich meinen, daß unbestreitbar ist, was wir vorzubringen haben«, erklärte Spray befriedigt.

»Dann brauchen Sie uns nicht mehr?« fragte Han hoffnungsvoll.

»Das stimmt nicht ganz«, erwiderte der Gebietsleiter. »Ich fürchte, ich kann Sie nicht einfach gehen lassen, obwohl ich alles in meiner Macht Stehende tun will, um Nachsicht für Sie durchzusetzen.«

Han machte ein skeptisches Gesicht.

»Von einem Gericht der Sektorleitung?«

Spray wirkte gequält, als er Han kurzsichtig anstarrte und den Blick abwandte. Er sah den leeren Rettungskorb und sagte: »Gallandro, haben Sie keine Leute mitgebracht? Wer wird die ›Millennium Falcon‹ zum Hafen zurückfliegen?«

»Die beiden«, erklärte Gallandro und wies auf Han und Chewbacca. »Ich begleite sie, um dafür zu sorgen, daß sie keine Dummheiten machen.«

Spray schüttelte nachdrücklich den Kopf.

»Das wäre unvorsichtig, ein unnötiges Eingehen von Risiken. Ich weiß, daß Sie Ihre Forderung nur ungern zurückgezogen haben, aber das geschah im Einvernehmen mit Ihrem Auftrag. Es besteht kein Anlaß zur Provokation.«

»Ich bringe sie mit«, wiederholte Gallandro kühl. »Vergessen Sie nicht, daß ich unter ganz bestimmten Bedingungen für Sie arbeite.«

»Ja«, lispelte Spray leise und wandte sich Han zu. »Das ist Gallandros Sache; ich kann mich nicht einmischen. Ich rate Ihnen nachdrücklichst von unüberlegten Schritten ab, Kapitän Solo.« Er streckte die Hand aus und offerierte Freundschaftsdruck. »Viel Glück für Sie.«

Han beachtete die ausgestreckte Hand nicht und starrte Fiolla an, die seinen Blick nicht erwidern wollte. Spray wandte sich Chewbacca zu, aber der Wookie legte beide Hände auffällig auf den Bogenwerfer und starrte ins Leere.

Der Gebietsleiter zog traurig die Hand zurück.

»Sollte es Ihnen beiden gelingen, einer Haftstrafe zu entgehen, möchte ich Ihnen raten, den Sektor zu verlassen, so rasch Sie können, und nie, nie mehr zurückzukehren. Fiolla, wir wollen gehen. Ach, und Gallandro, bitte, sorgen Sie dafür, daß Sie von Kapitän Solo Zlarbs Datenplakette bekommen.«

Er schlurfte langsam davon, den Schwanz über den felsigen Boden schleppend. Fiolla ging mit, ohne noch einen Blick nach hinten zu werfen, Gallandro streckte die Hand nach Chewbacca aus.

»Ich fürchte, ich kann Sie nicht beide bewaffnet lassen, mein großer Freund. Ich nehme den Bogenwerfer.«

Chewbacca knurrte, zeigte lange Fangzähne und hätte es vielleicht an Ort und Stelle auf einen Kampf ankommen lassen, aber es gab keinen Zweifel daran, daß Gallandro den Wookie einfach niederschießen und vielleicht auch noch Han erledigen würde. Jedenfalls schien Gallandro überzeugt davon zu sein, daß er das konnte.

»Gib ihn ihm, Chewie!« befahl Han. Der Wookie sah ihn an, fauchte Gallandro noch einmal an und überreichte ihm widerwillig die Waffe. Gallandro achtete darauf, außer Reichweite der zottigen Arme zu bleiben. Er wies auf die Rampe und forderte die beiden auf, an Bord zu gehen.

»Es ist fast soweit, Kapitän Solo«, sagte er.

Fast, dachte Han bei sich und ging vor Gallandro die Rampe hinauf.

»Also«, sagte Gallandro zufrieden, als sie an Bord waren, »während Ihr Kopilot die Güte haben wird, das Schiff bereitzumachen, holen Sie und ich die Datenplakette.« Er fing Chewbaccas Blick auf. »Nur die Motoren aufwärmen, und nichts Übereiltes, mein Freund; davon hängt das Leben Ihres Partners ab.«

Der Wookie wandte sich ab, und Han ging voraus zu seiner Kabine. Der enge Raum befand sich noch in derselben Unordnung wie beim letzten Besuch. Kleidung und Ausrüstung lagen verstreut auf der Koje und dem winzigen Schreibtisch. Das Freifall-Netz des Bettes hatte sich auf irgendeine Weise aus der Verankerung gelöst und hing vom Schott herab. Ein benütztes Nahrungspack-Tablett lag auf dem Schreibtisch-Lesegerät.

Han beachtete das Durcheinander nicht und trat an seinen Mini-Schrank, während Gallandro den Bogenwerfer weglegte. Der Pistolenschütze schaute aufmerksam zu, als Han mit der rechten Hand in die Innentasche seines Thermoanzugs griff und nach Zlarbs Taschentresor tastete. Aber während er danach tastete, stellte er fest, daß am Tresor etwas verändert war.

Der Wookie ist ein häßliches Riesengenie! dachte Han, deckte den Entschärfknopf sofort mit dem Zeigefinger ab, zog den Tresor heraus und löste ihn von seinem Clip. Er hielt ihn dem anderen hin.

Gallandro streckte bereitwillig die rechte Hand aus. Er war auf den Gedanken gekommen, Han könnte die kurze Ablenkung

186

dazu benützen, seinen Strahler zu ziehen. Er war mehr als bereit, es Han versuchen zu lassen. Aber während beide Männer die rechten Hände noch auf dem Tresor hatten, nahm Han einfach den Finger von der Sicherung.

Die beiden schrien auf, als ein Neurolähmungsstoß wie ein Blitzschlag im absoluten Nullpunkt ihre Arme hinaufflutete. Der Tresor fiel krachend auf das Deck, während sie gelähmte, unbrauchbare Arme an die Körper preßten.

Gallandro biß die Zähne zusammen und funkelte Han böse an, der langsam und vorsichtig die Schnur seines Halfters öffnete. Gallandros linke Hand zuckte zu seiner Waffe, aber er begriff, wie plump die Bewegung war, und daß Han noch gar nicht nach seinem Strahler gegriffen hatte.

Han zerrte an seinem Pistolengürtel, bis sein Strahler genau an seiner linken Hüfte saß, mit dem Kolben nach vorn. Gallandro, dessen Lächeln verschwunden war, tat dasselbe mit seinem eigenen verzierten Halfter. Ihre linken Hände lagen jetzt ganz in der Nähe ihrer Waffen.

»Mußte die Chancen ein bißchen verbessern«, sagte Han mit freundlichem Grinsen. »Macht Ihnen hoffentlich nichts aus. Wann immer Sie soweit sind, Gallandro. Die Bühne gehört Ihnen.«

Die Oberlippe des anderen zeigte jetzt zwischen den Schnurrbarthaaren Schweißtröpfchen. Seine Hand begann sich anzuspannen, als die Finger sich auf die unvertraute Arbeit vorzubereiten begannen. Han griff beinahe schon nach seiner Waffe, hielt sich aber noch zurück. Entscheiden mußte Gallandro selbst.

Die linke Hand des anderen hing locker herab, als er den Versuch aufgab. Chewbacca, der die Schreie nicht hatte überhören können, erschien an der Luke. Han riß Gallandro den Strahler aus Gallandros Halfter und drückte ihn seinem Ersten Offizier in die Hand, während er an ihm vorbeistürzte.

»Halt ihn fest! Ich hole uns hier heraus, wenn ich kann!«

Als er in die Kanzel gerannt kam, las er die Instrumente ab. Er bremste sich mit dem Ballen der linken Hand an der Konsole ab und sprang in den Sitz. Die Motoren waren heiß, aber alles andere – Waffen, Abschirmungen, außer der Kommunikation –

war gemäß Gallandros Befehl kalt.

Die Neuroladung hatte ihn nicht gelähmt; schon kehrte das Gefühl in seinem rechten Arm zurück. Auch wenn mir das nichts mehr nützt, dachte er stirnrunzelnd. Er war entsetzt darüber, wie wenig Zeit vergangen war, seitdem er das Schiff betreten hatte; Spray und Fiolla hatten erst jetzt den weiten Weg zum Rettungskorb zurückgelegt.

Er hieb mit der Faust an die Konsole.

»Schau dir das an! Wenn ich Feuerkraft besäße, hätte ich jetzt zwei ideale Geiseln vor den Rohren. Oder wenn ich Traktoren hätte, könnte ich sie hierher zurückziehen.«

»Es gibt andere Möglichkeiten neben Traktoren, Fracht zu bewegen«, sagte ein schriller Sprachverschlüssler. »Nicht wahr, Bollux?«

»Blue Max hat völlig recht, Sir«, sagte der Arbeitsdroid vom Navigatorsitz aus, wo er einen Photorezeptor auf die Umgebung gerichtet hatte, mit geöffneter Brust. »Als allgemeiner Arbeitsdroid möchte ich betonen –«

Han schnitt ihm mit einem markerschütternden Kriegsruf das Wort ab und kreischte in der Hoffnung, daß ihn sein Kopilot hören konnte, über die Schulter: »Chewie! Halt deinen Pelz fest, wir setzen alles auf eine Karte!«

Er ging auf vollen Schub, gab der ›Falcon‹ viel zuviel Beschleunigung und fetzte aus dem Stand heulend unter dem Bauch des Zerstörers dahin, das Fahrwerk unterwegs einziehend. Selbst mit Bremsschub auf voller Leistung gelang ihm kaum eine enge Wende, die ihn an die Konsole schleuderte, während Bollux mühsam nach Halt suchte. Er zielte und gab mehr Gas.

Der Sicherheitskorb, auf halbem Weg zur Eingangsschleuse den Traktorstrahl hinauf, tauchte mit unglaublicher Schnelligkeit vor ihm auf. Mehr durch Instinkt als mit Geschick nahm Han mikroskopisch kleine Kurskorrekturen innerhalb von Sekundenbruchteilen vor und schaltete wieder auf Umkehrschub. Der Steuerbord-Bugkiefer schob sich durch die Rettungskorb-Schlinge.

Han beschleunigte erneut vorsichtig, aber außerordentlich schnell, und riß den Korb aus dem Leitstrahl.

»Nur zu, nur zu«, verhöhnte er den gigantischen Zerstörer, dessen Waffen ihn immer noch anpeilten, »schießt doch, dann blast ihr euren Gebietsleiter in *Partikelchen!*«

Aber niemand feuerte. Die ›Falcon‹ kreischte unter dem Bauch des Espo-Kriegsschiffes heraus; alles war so blitzschnell geschehen, daß Han den Korb weggehakt hatte, bevor Geschützoffiziere zu einer Entscheidung gelangen konnten. Nun waren sie machtlos und konnten nicht eingreifen, ohne ihren Vorgesetzten zu gefährden. Aber der Zerstörer erhob sich majestätisch und jagte dem Frachter knapp hinterher.

Han war außer sich, lachte, brüllte, stampfte mit den Stiefeln aufs Deck, lenkte aber weiter mit äußerster Sorgfalt; wenn Spray oder Fiolla jetzt etwas zustieß, würde das Kriegsschiff die ›Falcon‹ gewiß auslöschen. Er war erleichtert festzustellen, daß die Schlingenstütze des Korbes fest auf dem Bugkiefer zu sitzen schien.

Chewbacca tauchte auf und stieß den aus der Fassung gebrachten Gallandro vor sich her und drückte ihn in den Kommunikator-Sitz. Dann nahm er seinen eigenen Platz ein. Gallandro glättete seinen Schnurrbart und ordnete seine Kleidung.

»Solo, war es nötig, daß dieser Behemoth mich mit seinem ganzen Körper an die Schutzpolsterung preßte?« Dann fiel ihm auf, was geschehen war. Widerwillige Bewunderung klang in seiner Stimme. »Sie scheinen im Vorteil zu sein, Solo. Gratuliere, aber bitte beherrschen Sie sich; der Gebietsleiter ist ein außerordentlich vernünftiger Mann, und ich bin sicher, daß er allen normalen Vorschlägen zustimmen wird. Ich nehme nicht an, daß Ihre bedingungslose Freilassung zuviel verlangt wäre. Ach, und vielleicht können wir es nachher mit dem Ziehen versuchen, der Neugier halber. Sie können meine Pistole vorher entladen, wenn Sie wollen; ich möchte nur gern wissen, was geschehen wäre.«

Han gönnte ihm einen kurzen, geringschätzigen Blick, bevor er sich wieder der delikaten Aufgabe widmete, die ›Falcon‹ glatt und gleichmäßig zwischen den harten Felsgipfeln Ammuuds hindurchzusteuern.

»Man *bezahlt,* wenn man die Karten sehen möchte, Gallandro; Sie haben gepaßt.«

189

Der andere nickte höflich.

»Versteht sich. Was ist mir nur eingefallen? Es wird andere Gelegenheiten geben, Kapitän. Diese Umstände waren einmalig.«

Sie wußten beide, daß das zutraf; Han verschluckte seine nächste höhnische Bemerkung.

»Wenn Ihr Arm besser wird, können Sie die Komm-Konsole anwärmen und sich mit dem Kommandanten des Kanonenbootes da in Verbindung setzen. Sagen Sie ihm, ich verlange Zeit und Platz, um die Reparaturen an der ›Falcon‹ abzuschließen, und noch ein bißchen dazu für einen Vorsprung. Keine Tricks mehr, sonst können sie Spray mit Löschpapier auftunken.«

»Das wird zufriedenstellend geregelt«, versicherte ihm Gallandro ruhig, »mit ausreichenden Sicherheiten für beide Seiten.« Er machte sich vor der Konsole an die Arbeit.

Han verringerte die Geschwindigkeit, überzeugt davon, daß die Espos nicht schießen würden. Er stieß den Arm seines Kopiloten an.

»Das war drollig gemacht. Wie bist du darauf gekommen, den Kleintresor scharfzumachen?«

Der Wookie antwortete mit einer Reihe von Jaul- und Knurrlauten in seiner eigenen Sprache. Han drehte das Gesicht wieder nach vorn, damit man seine Miene nicht sehen konnte. Es war höchst unwahrscheinlich, daß Gallandro die Wookie-Sprache verstand, und er würde, wenn er das Gesicht des Piloten nicht sah, nicht erfahren, wie sehr ihn Chewbaccas Antwort verwirrt hatte.

Chewbacca hatte nämlich den Clip des Kleintresors gar nicht angeschlossen. Und damit blieb nur noch eine einzige Person, die gewußt hatte, wo sich der Behälter befand. Han beugte sich, halb im Stehen, halb im Sitzen, nach vorn, um durch das Kanzeldach auf den leicht schwankenden Rettungskorb zu blicken. Spray kauerte elend in der untersten Ecke des baumelnden Korbes und umklammerte mit den Schwimmhänden das Geländer mit seinem Gitter. Er unternahm, wie es schien, heroische Anstrengungen, nicht seekrank zu werden, während er über das plötzliche Umspringen des Schicksals nachdachte. Han sagte sich, daß selbst nach dieser Wendung das ein guter Tag für den Gebietsleiter gewesen war; er beschloß, einen Händedruck mit Spray zu tauschen, bevor sie wieder auseinandergingen.

Fiolla stand im Gegensatz zu ihrem Vorgesetzten mehr oder weniger aufrecht, hielt sich an der Schlingenstütze fest und starrte zum Cockpit hinauf. Als sie Han hinunterblicken sah, huschte ein träges, verstohlenes Lächeln über ihr Gesicht.

Da er wußte, wie gut sie die winzigste Bewegung lesen konnte, ahmte er mit dem Mund die Worte nach: Sie sind ein ganz, ganz raffiniertes künftiges Mitglied des Obersten Direktoriums. Er sah, wie ihr ein Lachen entwischte und sie knapp und spöttisch den Kopf neigte.

Er ließ sich auf seinen Sessel zurücksinken. Gallandro hatte die Verbindung mit dem Zerstörer hergestellt und machte dem Kapitän desselben ernste Vorhalte.

»Ich müßte vielleicht eine meiner Geiseln etwas länger behalten«, sagte Han, »um dafür zu sorgen, daß Sie Ihr Versprechen nicht vergessen.«

Gallandro drehte sich mit dem Sessel überrascht herum.

»Und regen Sie sich nicht auf, Gallandro; Sie bekommen sie zurück, wenn Ihr Wort gilt.« Er achtete wieder auf die Steuerung und überprüfte die Sensoren nach einem geeigneten Landeplatz. Dann fiel ihm noch etwas ein.

»Stellen Sie übrigens fest, wieviel Bargeld der Zahlmeister in seinem Tresor hat.« Er kicherte, als Chewbacca fragend knurrte. »Was meinst du mit ›wozu‹? *Irgendeiner* schuldet dir und mir Zehntausend für geleistete Dienste. Oder hast du das schon vergessen?«

Gallandro widmete sich mit zusammengebissenen Zähnen erneut seinem Streit mit dem Espo-Kapitän. Chewbaccas fröhliches Gelächter bildete die Begleitmusik, als der Wookie auf die Armlehnen hämmerte, daß die Vibrationen durch das ganze Deck gingen. Han beugte sich vor und warf Fiolla ein von Herzen kommendes Kußhändchen zu.

DAS VERLORENE VERMÄCHTNIS

Han Solo hatte die Drähte der Kontrollstäbe fast alle angeschlossen. Das war eine recht schweißtreibende Arbeit gewesen, die ihn fast eine Stunde unter dem schnittigen Aerogleiter festgehalten hatte. Plötzlich berührte ihn etwas unsanft am Fuß.
»Warum dauert das denn so lange?«

Die Leitungsdrähte, die er mit viel Mühe in die richtige Reihenfolge gebracht hatte, lösten sich aus seinen Fingern und sprangen nach allen Seiten davon. Mit einem hitzigen corellianischen Fluch stieß sich Han am Chassis der Maschine ab, worauf sein von einem Repulsor getragener Mechanikerkarren sich unter dem Gleiter hervorschob.

Han sprang sofort auf und baute sich vor Grigmin, seinem augenblicklichen Arbeitgeber, auf. Seine Gesichtsfarbe veränderte sich und wirkte jetzt gefährlich dunkel. Han war schlank, mittelgroß und sah jünger aus, als er in Wirklichkeit war. Seine Augen durchbohrten den anderen.

Grigmin, hochgewachsen, breitschultrig, blond und gutaussehend und ein paar Jahre jünger als Han, bemerkte den Zorn seines Mechanikers entweder nicht oder zog es vor, so zu tun. »Nun? Was ist denn? Ich brauche den Gleiter dringend für meine Show.«

Han gab sich große Mühe, ruhig zu bleiben. Die Mechanikerstelle in Grigmins Ein-Mann-Flug-Show auf einer Tournee zu fünftrangigen Planeten war der einzige Job gewesen, den er und sein Partner Chewbacca hatten kriegen können, als sie festgestellt hatten, daß sie Arbeit brauchten. Grigmins ewige Arroganz freilich machte es nicht leicht, seine überalterten Flugmaschinen in Schuß zu halten.

»Grigmin«, sagte Han, »ich hab' Sie schon einmal gewarnt.

Sie belasten Ihre Geräte zu sehr. Sie könnten durchaus innerhalb der Leistungstoleranzen bleiben und trotzdem sämtliche Manöver schaffen. Aber nein, Sie müssen sich mit ausgedienten Schrotthaufen produzieren, die schon veraltet waren, als man noch von den Klonkriegen redete.«

Grigmins Grinsen wurde breit. »Sparen Sie sich die Ausreden, Solo. Ist mein Aerogleiter jetzt für die Nachmittagsshow fertig, oder haben Sie und Ihr Wookie-Kumpel beschlossen, daß Sie nicht für mich arbeiten wollen?«

Wirklich eine meisterhafte Untertreibung! dachte Han bei sich, murmelte aber: »Wenn Fadoop mit den Ersatzteilen kommt, dann kriegen Sie ihn.«

Jetzt runzelte Grigmin die Stirn. »Sie hätten Sie selber holen sollen. Ich hab' diesen blöden Eingeborenen noch nie getraut; das habe ich mir schon lange zur Regel gemacht.«

»Wenn Sie wollen, daß ich ein Sternenschiff für einen lumpigen Boden-Boden-Hupfer einsetze, dann müssen Sie zahlen – und zwar im voraus.« Han hätte eher einem Eingeborenen wie der liebenswürdigen Fadoop vertraut als einem Typ wie Grigmin.

Grigmin ignorierte die Aufforderung, sich von seinem Geld zu trennen. »Ich will meinen Aerogleiter heute nachmittag haben«, beendete er seinen Auftritt und ging weg, um den nächsten Teil seiner Nummer vorzubereiten, ein paar akrobatische Kunststückchen mit einem Düsenrucksack. *Manöver, die jedes Greenhorn von der Akademie schaffen könnte,* dachte Han. *Für eine so armselige Nummer, wie dieser Grigmin sie bot, zahlten die Leute wirklich nur auf rückständigen Planeten wie diesem.*

Trotzdem. Wenn Grigmin keine Mechaniker gebraucht hätte, wäre es Han Solo und dem Wookie Chewbacca, selbständigen Schmugglern, ziemlich dreckig ergangen. Han schob sich sein Schweißband zurecht, zog sich mit der Fußspitze den Mechanikerkarren wieder heran, ließ sich darauf nieder und rollte wieder unter den Gleiter.

Während er ohne große Begeisterung nach den Leitungen tastete, fragte sich Han, woher es wohl kommen mochte, daß das Glück bei ihm so sprunghaft war. Manchmal kam er sich vor wie der glücklichste Mensch im ganzen Universum, aber dann gab es wieder Zeiten . . .

Er schrammte sich die Knöchel auf, stieß einen wilden Fluch aus und sinnierte darüber nach, daß noch vor ganz kurzer Zeit er und sein Wookie-Partner die Galaxis buchstäblich am Schwanz gehalten hatten. Sie hatten einen Sklavenjägerring im Kommerzsektor ausgetrickst, die gefürchtete Sicherheitspolizei der Autorität mittels eines Territorialmanagers, den sie als Geisel benutzt hatten, in Schach gehalten und bei dem Geschäft noch zehntausend Credits verdient.

Aber dann waren Reparaturen an ihrem Sternenschiff, der *Millennium Falcon,* nötig geworden, und auf einem Dutzend Welten hatte es monumentale Feiern gegeben, als sie den Kommerzsektor hinter sich ließen. Dann waren da ein paar schiefgelaufene Schmuggelabenteuer: ein gescheiterter Versuch, in der Cron Drift Kleider zu schmuggeln; ein geplatzter Plan, in der Kleineren Plooriodenwolke Militärgeld zu tauschen; und was das Schlimmste war, jedes dieser Abenteuer hatte den Tag näher heranrücken lassen, an dem sie selbst zu den Bedürftigen gehörten.

So waren sie schließlich hier in die Tion Hegemonie gelangt, einen Raumsektor, der so weit draußen in den unbedeutenden Sternsystemen des weiten Imperiums lag, daß die Imperialen sich nicht einmal die Mühe machten, dort direkte Kontrollen auszuüben. In der Tion pflegten sich die erfolglosen Hochstapler und kleinen Diebe und alle möglichen anderen drittrangigen Gangster der Galaxis zu versammeln. Sie handelten mit *Chak*-Wurzeln, besorgten R'alla Mineralwasser für den Schmuggelhandel mit Rampa, logen, betrogen, raubten und versuchten, auf tausend verschiedene Arten Verbrecherlaufbahnen in Schwung zu halten, die für den Augenblick zum Stillstand gekommen waren.

All das überlegte Han, während er bedächtig die Leitungen

einsammelte und sie aufs neue vorsichtig voneinander trennte. Immerhin zahlte Grigmin wenigstens hin und wieder.

Aber das machte es auch nicht leichter, Grigmins Arroganz zu ertragen. Was Han besonders ärgerte, war, daß Grigmin sich für den größten Kunstflieger aller Zeiten hielt. Han hatte mit dem Gedanken gespielt, dem Jüngeren einen kräftigen Schwinger zu versetzen, aber Grigmin war ein ehemaliger Schwergewichtschampion im waffenlosen Kampf.

Han wurde durch einen weiteren Tritt aus seinen Gedanken gerissen. Wieder hüpften ihm die Leitungsdrähte davon. Wütend stieß er sich vom Chassis des Aerogleiters ab, sprang von seinem Mechanikerkarren und warf sich, ob er nun Champion war oder nicht, auf seinen Quälgeist . . .

. . . und fand sich sofort an eine breite, zottige Brust gedrückt, von Armen, die ihn zuerst festhielten und dann einen halben Meter über dem Boden schweben ließen.

»Chewie! Laß doch los, du Riesen . . . schon gut, tut mir leid.«

Mächtige Arme, mit Muskeln wie Stahl, ließen ihn los. Der Wookie Chewbacca blickte aus seiner gewaltigen Höhe herunter, brummte eine unverständliche Bemerkung, die Hans Manieren galt, furchte die rotbraune Stirn und ließ seine Reißzähne sehen. Dann fuchtelte er drohend mit dem langen haarigen Finger, um sich Respekt zu verschaffen, und versuchte, die Espo-Admiralsmütze gerade zu schieben, die verwegen auf seiner dicken Mähne saß.

Die Admiralsmütze war so ziemlich das einzige, was die beiden noch von ihren Abenteuern im Kommerzsektor übrigbehalten hatten. Chewbacca hatte an den blitzenden Tressen, dem schneeweißen Stoff und dem schwarzglänzenden Schirm der Mütze Gefallen gefunden, als sie Geiseln getauscht hatten – das war unmittelbar zuvor gewesen, ehe sie etwas übereilt jenen Raumsektor verlassen hatten. Getreu der Tradition seines Volkes, den Feinden sichtbare Zeichen ihrer Niederlage abzunehmen, hatte der Wookie die Mütze als Teil des Lösegeldes verlangt. Han hatte seinem Partner nachgegeben.

Jetzt warf der Pilot die Hände hoch. »Genug! Ich hab' doch *gesagt,* daß es mir leid tut. Ich dachte, das wäre noch einmal dieser hohlköpfige Grigmin. Was ist denn?«

Sein riesiger Copilot teilte ihm mit, daß Fadoop eingetroffen wäre. Fadoop stand ganz in der Nähe auf ihren Füßen und Knöcheln. Sie war eine ungewöhnliche fette, freundliche Eingeborene des Planeten Saheelindeel. Es handelte sich bei ihr um eine kleinwüchsige, säbelbeinige, mit dichtem grünem Pelz bedeckte Angehörige des Primatengenus, die hier mit allen möglichen Dingen Handel und Wandel trieb, und eine Art Luftfahrzeug flog, ein formloses Gebilde aus Teilen und Komponenten, die den Überresten anderer Flugzeuge entstammten. Das ganze nannte sich *Skybarge.*

Han nahm sein Schweißband ab und ging auf Fadoop zu. »Hast du die Teile gekriegt, gutes Mädchen?«

Fadoop kratzte sich mit der großen Zeh hinter dem Ohr, nahm eine übelriechende schwarze Zigarre aus dem Mund und blies einen Rauchring in die Luft. »Alles für Solo-meinen-Freund. Sind wir nicht Seelenfreunde, du, ich und der Große hier, dieser Wookie? Aber äh, da wäre noch –«

Fadoop sah ein wenig verlegen weg. Dann kaute sie eine Weile auf der *Chak*-Wurzel herum, die ihre Backe dick anschwellen ließ, und spie einen Strom roter Flüssigkeit in den Staub. »Ich vertraue Solo-meinem-Freund, aber nicht Grigmin-dem-Brummschädel. Ich spreche ja auch nur ungern von Geld.«

»Brauchst dich nicht zu entschuldigen, du hast es dir verdient.« Han griff in die Tasche seines Overalls nach dem Geld, das er sich im voraus für die Ersatzteile hatte geben lassen.

Fadoop verstaute die Scheine schnell in einer Tasche, die sie um den Bauch trug, und dann hellte sich ihr Gesicht auf; ihre dicht beieinander liegenden goldenen Augen blitzten.

»Da ist noch eine Überraschung, Solo-mein-Freund. Als ich am Raumhafen die Teile abholte, haben sich zwei Neuankömmlinge nach dir und dem Großen erkundigt. Ich hatte Platz in meinem Schiff, darum habe ich sie mitgebracht. Sie warten.«

Han griff unter den Aerogleiter und holte seinen Pistolengurt heraus, den er immer in Griffweite liegen hatte. »Wer ist es denn? Imperiale? Sehen Sie aus wie Inkassoleute oder wie Schläger von der Gilde?« Er schnallte sich den Blaster um und band sich den Lederriemen um den rechten Schenkel. Dann löste er den Riemen, der das Halfter oben verschloß.

Fadoop schüttelte den Kopf. »Negatron! Nette, friedliche Leute, ein wenig nervös.« Sie kratzte am Bauch und erzeugte dabei ein Geräusch, wie wenn man über Sandpapier streicht. »Die wollen dich einstellen. Unbewaffnet übrigens.«

Das klingt beruhigend.

»Was meinst du?« fragte Han Chewbacca.

Der Wookie schob sich die Admiralsmütze zurecht, so daß das Schild über seinen Augen stand, und starrte über den Flugplatz. Nach ein paar Sekunden bellte er zustimmend, und dann gingen die drei auf Fadoops Schiff zu.

Auf Saheelindeel war Festivalzeit. Früher waren um diese Zeit Stammesfeierlichkeiten und Jagdrituale abgehalten worden, später Fruchtbarkeits- und Erntezeremonien. Jetzt waren Elemente einer Luftfahrtschau und einer Industriemesse hinzugekommen. Saheelindeel bemühte sich, wie so viele andere Planeten in der Tion Hegemonie, in ein Zeitalter der modernen Technik und des Wohlstandes hineinzuwachsen und damit die Galaxis im allgemeinen nachzuahmen. Ackerbaugeräte und Fabrikroboter waren ausgestellt. Fahrzeuge waren zu sehen, die für die weitäugigen Saheelindeeli neu waren, auf fortgeschritteneren Welten aber bereits als überholt galten. Ferner Fernmelde- und Holoapparate, die die Menge erfreuten. Zwei Mannschaften spielten Schockball, und die geladene Kugel zischte zwischen den Spielern mit ihren isolierten Handschuhen hin und her.

In der Ferne vollführte Grigmin mit seinem Düsenrucksack Kapriolen. Sein Anblick steigerte Hans Bereitschaft, Fadoops Passagiere kennenzulernen. Han kam an einem Ausstellungsstand vorbei und sah die ergraute Matriarchin der Saheelindeeli, die die kunstvolle Trophäe in den Pranken hielt, die sie am Nachmittag als Preis für den besten Ausstellungsstand verleihen würde. Das Thema der Veranstaltung lautete *Fruchtbarkeit des Bodens, Herausforderung des Himmels.* Ein regionales Erntekooperativ war hochgradiger Favorit.

Endlich erreichten Han und seine Begleiter Fadoops Seelenverkäufer. Obwohl Fadoop ihn bereits vorbereitet hatte, war Han doch erleichtert, als er feststellte, daß die Neuankömmlinge keine kaiserlichen Sturmtruppen waren – ›Schneemänner‹ oder ›Weißhüte‹, wie man sie in der Umgangssprache nannte –, sondern ein ganz unauffälliges Paar, Mensch und Humanoid.

Der Humanoid – ein großer, dünner purpurhäutiger Typ, dessen vorstehende Augen punktförmige rote Pupillen hatten – nickte Han zu. »Ah, Captain Solo? Ein Vergnügen, Ihre Bekanntschaft zu machen, Sir.« Er streckte seinen dünnen Arm aus.

Han griff nach der langen, schmalen Hand und gab sich Mühe, die fettigen Hautabsonderungen zu ignorieren. »Ja, ich bin Solo. Was kann ich für Sie tun?«

Der Mensch, ein ausgemergelt wirkender Albino in einem sonnendichten Umhang, erklärte: »Wir vertreten den Ausschuß für interinstitutionelle Unterstützung von der Universität von Rudrig. Sie haben von unserer Schule gehört?«

»Ich denke schon.« Han erinnerte sich undeutlich, daß es sich dabei um die einzig vernünftige Schule in der ganzen Tion Hegemonie handelte.

»Die Universität hat einen Unterstützungsvertrag für ein College auf Brigia unterzeichnet«, fuhr der Albino fort.

Jetzt schaltete der Humanoid sich wieder in das Gespräch ein. »Ich bin Hissal, und Brigia ist meine Heimatwelt. Die Universität hat uns Unterstützung, Material und Lernhilfen zugesagt.«

»Dann sollten Sie sich mit Tion Sternfracht oder mit Insterstellar Lloyd in Verbindung setzen«, meinte Han. »Aber Sie suchen uns. Warum?«

»Die Sendung ist völlig legal«, beeilte sich der hagere Hissal hinzuzufügen, »aber es gibt Widerstände seitens meiner planetarischen Regierung. Obwohl sie sich natürlich kaiserlichen Handelsverträgen nicht widersetzen können, fürchten wir doch, daß es bei der Lieferung Schwierigkeiten geben könnte und –«

»– wollen deshalb jemanden, der sich um Ihr Zeug kümmert.«

»Ihr Name war uns als der eines Spezialisten für solche Aufträge genannt worden«, gab Hissal zu.

»Chewie und ich versuchen, Schwierigkeiten aus dem Wege zu gehen –«

»Der Auftrag wird ziemlich gut bezahlt«, warf der Albino ein. »Eintausend Credits.«

»– außer sie bringen Profit. Zweitausend«, schloß Han, den Preis automatisch verdoppelnd, obwohl das Angebot mehr als großzügig gewesen war.

Ein paar Augenblicke feilschten sie miteinander, aber Han bedrängte die Vertreter der Universität zu sehr, so daß deren Begeisterung nachzulassen begann. Chewbacca stieß einen Heulton aus, der sie alle zusammenzucken ließ. Es bereitete auch ihm keinen Spaß, für Grigmin zu arbeiten.

»Äh, mein Copilot ist Idealist«, improvisierte Han und warf dem Wookie einen finsteren Blick zu. »Sie haben Glück. Fünfzehnhundert.«

Der Albino und der Brigianer stimmten zu und fügten hinzu, daß eine Hälfte bei Übergabe der Ware, die andere bei Auslieferung bezahlt werden würde. Chewbacca schob sich seine Admiralsmütze nach hinten, strahlte seinen Partner an und ließ erkennen, welche Freude es ihm bereitete, wieder zu starten.

»So«, sagte Fadoop und klatschte sich fröhlich mit beiden Händen und einem Fuß auf den Bauch, »nun müssen wir nur noch diesem blöden Grigmin sagen, daß er uns den Buckel runterrutschen kann.«

»Ja, das müssen wir wohl«, nickte Han. »Der führt jetzt gleich seine große Nummer auf.« Er rieb sich über das Kinn und studierte das schwerfällig wirkende Fahrzeug mit seinen Stummelflügeln, das ganz in der Nähe stand. »Fadoop, kann ich die alte

Skybarge auf ein paar Minuten ausborgen?«

»Ohne Frage. Aber ich habe Ladung an Bord, ein paar Kubikmeter Dünger für den Ackerbaupavillon.« Fadoop zündete sich ihre Zigarre wieder an.

»Kein Problem«, erklärte Han. »Wärm dein Schiff an, ich bin gleich wieder da.«

Nachdem Grigmin bereits die anspruchslosen Saheelindeeli mit seinem Luftkissenschlitten, seinem Düsenrucksack und dem Repulsorlift verblüfft hatte, setzte er zu seinem großen Finale an, einer Reihe von Kunstflugfiguren mit einem veralteten X-222 Stratosphärenjäger. (Die Dreimal-Zwo-Loopings, Sturzflugmanöver und ein paar andere Standardfiguren, wobei er an bestimmten Punkten farbige Aerosolwolken ausstieß, was der Menge große Freude bereitete.)

Jetzt kam Grigmin nach einem letzten Looping zur präzisen Landung herein. Was er nicht bemerkt hatte, war, daß ein zweites Schiff dicht hinter ihm geflogen war. Das war Fadoops schwerfällige *Skybarge* mit Han Solo am Steuer. Um zu zeigen, was er von Grigmins fliegerischen Künsten hielt, wiederholte Han mit der schwerfälligen Maschine jedes einzelne Manöver, das der Kunstflieger gerade beendet hatte. Aber als er zum ersten Looping ansetzte, schaltete er die Backbordmaschine ab. Die grünbepelzten Saheelindeeli stöhnten erschreckt auf und zeigten einander aufgeregt das zweite Schiff, wobei sie völlig darauf vergaßen, auf Grigmins Landung zu achten. Sie rechneten damit, daß die *Skybarge* jeden Augenblick abstürzen würde, aber Han vollendete die Rolle unter geschicktem Einsatz der Stummelflügel, der Kontrollflächen und der schwerfällig tuckernden Maschine des fast leeren Flugzeugs. Bei der zweiten Rolle schaltete er auch noch den Steuerbordmotor ab und ging mit Nullschub an den dritten Looping heran.

Die aufgeregten Schreie der Menge, die bereits anfing, Deckung zu suchen, verstummten, als zu sehen war, daß Han das schwerfällige Flugzeug immer noch unter Kontrolle hatte. Auf-

13

geregt auf- und abspringend und mit Fingern und Zehen nach ihm zeigend, jubelten die Zuschauer dem verrückten Piloten zu, und dann erfüllte brausender Beifall den Platz. Die Saheelindeeli hatten für große Gesten einiges übrig, ganz besonders, wenn es verrückte Gesten waren.

Grigmin, der sein Schiff praktisch unbeachtet verlassen hatte, warf seinen Fliegerhelm zu Boden und beobachtete die *Skybarge* mit wachsendem Zorn. Han zwang seiner schwerfälligen Maschine die dritte Rolle ab und näherte sich dann dem Landestreifen.

Aber nur ein Landerad wollte ausfahren. Grigmin grinste in Erwartung dessen, was nun kommen würde, aber zu seiner großen Überraschung machte die *Skybarge* nur einen kleinen Sprung, fing sich dann elegant und setzte ein zweitesmal auf, als das zweite Landerad herausfuhr. Sie rollte elegant auf die Tribüne zu, wo die Menge sich vor ihr teilte und ihr frenetischen Beifall mit Händen und Füßen spendete. Die Maschine wackelte mit dem Schwanz, fuhr das dritte und letzte Landerad aus und rollte elegant weiter. Grigmin war jetzt so wütend, daß er überhaupt nicht bemerkte, wie der Frachter geradewegs auf seinen wertvollen Dreimal-Zwo-Jäger zustrebte.

Zu spät! Grigmin hatte gerade noch Zeit, wegzuspringen, als die *Skybarge* hereinrollte. Han grinste ihm satanisch aus den Cockpit zu.

Die *Skybarge* war so hoch gebaut, daß sie direkt über den niedrigen, eleganten Jäger hinwegrollen konnte. Mit größtem Geschick ließ Han ihre Ladeluken aufklappen, und plötzlich ging eine Lawine von Kunstdünger direkt durch die offene Steuerkanzel hernieder.

Die Saheelindeeli begannen wie wahnsinnig zu applaudieren. Die Kanzel der *Skybarge* klappte auf, und Hans grinsendes Gesicht erschien. Er neigte herablassend den Kopf, um die Ovation entgegenzunehmen, während Grigmin von der Menge immer weiter nach hinten gedrängt wurde.

Jetzt war die Stimme der Matriarchin über die knatternde

Lautsprecheranlage zu hören. »Erster Preis! Die Trophäe geht an *Skybarge* für die beste Vorstellung. *Fruchtbarkeit des Bodens, Herausforderung des Himmels.*« Sie hob den Pokal, während ihre Ratgeber vergnügt pfiffen und mit den Füßen stampften.

Die *Millennium Falcon* stand auf dem einzigen Raumhafen, den Brigia besaß. Sie glich sehr einem heruntergekommenen, verbeulten, oft reparierten Schwerfrachter, der sie auch war. Aber es gab da auch einiges, was nicht zu dem Bild paßte. Der Spezialkran zu Beispiel oder die überdimensionierten Abstrahldüsen, mächtige Geschütztürme und eine Tellerantenne neuester Konstruktion – sie alle verrieten ihren eigentlichen Beruf.

»Das ist jetzt das letzte Band«, verkündete Han. Er überwachte den Entladevorgang auf einem transportablen Bildschirm, während Bollux, der Arbeitsdroid, an ihm vorbeistelzte und einen Schwebekarren lenkte. Die grüne Lackierung des Automaten wirkte im Glühlicht der Strahler, mit denen das Schiff jetzt ausgestattet war, gespenstisch. Brigia war in allen Almanachen mit Warnvermerken versehen und erforderte daher die Einhaltung von Entseuchungsvorschriften der Stufe eins. Die Umweltsysteme des Schiffes zirkulierten daher neben der Luft Breitspektrums-Aerosole. Han und Chewbaccas Impfung schützte sie zwar vor irgendwelchen Krankheiten, trotzdem brannten sie darauf, den unwirtlichen Planeten wieder zu verlassen.

Han blickte Bollux nach, während dieser auf den dampfbetriebenen Lastwagen zustrebte, der in der Nähe des Schiffes parkte. Im grellen Licht der Platzbeleuchtung konnte Han die brigianischen Arbeiter, alles Freiwillige aus der Schülerschaft des College, sehen, wie sie die Kisten, Kanister und Schachteln sortierten, die die *Falcon* geliefert hatte. Sie unterhielten sich angeregt miteinander und waren sichtlich von der neuen Sendeanlage und insbesondere der Bandbibliothek begeistert.

Han wandte sich Hissal zu, der sie auf dem Flug begleitet hatte, und der der erste Präsident des College werden sollte. »Jetzt müssen wir nur noch Ihren Duplikator hinausschaffen.«

»A ja, der Duplikator, darauf haben wir am ungeduldigsten gewartet«, meinte Hissal. »Das ist auch das teuerste Gerät. Damit können wir mit einer Geschwindigkeit, zu der unsere eigene Anlage bisher nicht fähig war, Material drucken und zusammentragen und außerdem jede Art von Papier oder sonstigem Druckmaterial aus seinen Rohstoffen synthetisch herstellen. Und das mit einer Anlage, die in ein paar Kisten paßt. Wirklich erstaunlich!«

Han brummte irgend etwas Unverständliches. Bollux kehrte jetzt zurück, und Han rief durch den Laufgang hinunter: »Chewie! Mach den Hauptladeraum dicht und öffne Nummer zwei! Ich möchte den Duplikator hinausschaffen und wieder starten!«

Von achtern hallte das Brummen des Wookie zurück.

»Captain, da ist noch etwas«, fuhr Hissal fort und zog einen kleinen Beutel hervor.

Hans Hand fiel sofort auf seinen Blaster. Hissal, der bemerkte, daß er gegen ein ungeschriebenes Gesetz verstoßen hatte, hob abwehrend die schmale Hand.

»Seien Sie ganz unbesorgt. Ich weiß, daß es bei Ihresgleichen üblich ist, sich für gut geleistete Arbeit mit einer kleinen Aufmerksamkeit zu bedanken.« Hissal zupfte ein paar Scheine aus dem Beutel und hielt sie dem Piloten hin.

Han sah sich die Scheine an; sie fühlten sich seltsam an, glichen eher Stoff als Papier. »Was ist das für Zeug?«

»Eine Innovation«, meinte Hissal. »Vor einigen Umdrehungen hat das neue Regime an die Stelle des bisherigen Tauschhandels und der lokalen Währungen ein planetenweites Währungssystem eingeführt.«

Han faltete die Scheine zusammen. »Was ihren Einfluß auf den Handel natürlich verstärkt. Jedenfalls vielen Dank. Aber außerplanet ist dieses Zeug nicht viel wert.«

Hissals ohnehin schon langes Gesicht wirkte noch länger. »Unglücklicherweise ist nur das Neue Regime berechtigt, Außerplanetwährungen zu besitzen; aus diesem Grund mußten die Einrichtungen und Materialien für unsere Schule auf dem Weg der Schenkung beschafft werden. Als erste Maßnahme stellte das Neue Regime, sobald es über genügend Credits verfügte, eine Beratungsfirma ein. Abgesehen von dem Währungssystem bestand die Hauptleistung dieser Firma dann darin, aus einem größeren Kauf von Militärgeräten Nutzen zu ziehen. Dazu gehört auch jenes Kriegsschiff, das Sie gesehen haben.«

Han *hatte* das Schiff bemerkt, einen ziemlich klein geratenen Kreuzer der veralteten Marauder-Klasse, der von Scheinwerfern und bewaffneten Wachen umgeben war.

»Die Hauptsteuerung brannte bei dem Erprobungsflug durch«, erklärte Hisal. »Natürlich gibt es keine brigianischen Techniker, die das Schiff reparieren könnten, und so muß es hier nutzlos herumstehen, bis das Regime über genügend Credits verfügt, um Techniker und Teile kommen zu lassen. Mit dem Geld hätten wir uns ein paar nützliche Technologien oder Fortschritte in der Medizin kaufen können.«

Han nickte und meinte: »Das ist immer das gleiche. Alle Hinterwäldlerplaneten – womit ich Sie nicht beleidigen möchte, Hissal – tun dasselbe. Sie kaufen sich ein paar Spielsachen, um ihr Image aufzubauen, und dann ziehen ihre Nachbarn aus und tun dasselbe.«

»Wir sind ein armer Planet«, erklärte der Brigianer würdevoll, »und haben wichtigere Prioritäten.«

Han verkniff sich weitere Kommentare zu diesem Thema. Bollux war inzwischen zurückgekehrt und wartete auf Hans nächste Anweisung, als plötzlich in der Ferne die Dampfsirenen zu kreischen begannen.

Han ging die Rampe hinunter. Von allen Seiten schoben sich

Reihen von Panzerfahrzeugen heran, deren Petromotoren vor sich hintuckerten. Das Heulen von Sirenen schnitt durch die Nacht, und die schweren Räder der Panzer ließen das Landefeld erzittern. Scheinwerferbündel zuckten über den Himmel und konzentrierten sich auf die *Millennium Falcon* und den Lastwagen.

Han schob sich an Hissal vorbei und rannte die Rampe hinauf. »Chewie! Wir haben Probleme! Sieh zu, daß du ins Cockpit kommst, und mach die Hauptkanonen feuerbereit!« Dann lief er wieder zu Hissal hinunter.

Die Freiwilligen vom College standen überrascht und wie gelähmt auf der Ladebrücke ihres Transporters. Man sah ihnen an, daß sie nicht wußten, was sie jetzt tun sollten. Der Kordon von Panzerfahrzeugen hatte sich inzwischen geschlossen. Türen flogen auf, und Männer sprangen scharenweise aus den Fahrzeugen. Offensichtlich handelte es sich um Regierungstruppen, die altmodische Feuerwaffen in den Händen hielten. Es schien sich um Waffen zu handeln, die Festkörperprojektile verschossen. Aber irgend etwas an den Uniformen kam Han seltsam vor. Die Truppen trugen Kleidungsstücke im menschlichen Stil, der für die brigianische Anatomie alles andere als geeignet war. Han überlegte, daß man dem arglosen Neuen Regime irgendwelche Ladenhüter als Teil seiner Waffenkäufe angedreht hatte.

Die Soldaten marschierten in schlecht sitzenden Kampfpanzern und viel zu locker sitzenden Helmen, die schief auf ihren Köpfen wackelten. Ihre tressenbesetzten Epauletten hingen ihnen wie verloren von dem schmalen Schultern. Ihre Beine und Füße waren viel zu klein für Kampfstiefel, also trugen die Krieger von Brigia schicke rosa Gamaschen mit glitzernden Knöpfen an den nackten Füßen. Das, was Han für ihr Offizierskorps hielt, zeichnete sich durch eine Vielfalt von Medaillen und Orden, ein oder zwei Ehrenschwertern und ein paar herunterhängenden Schärpen aus. Eine Anzahl von Soldaten malträtierte ohne erkennbares Talent Fanfaren.

In wenigen Augenblicken hatten die Soldaten die verblüfften

Collegestudenten mit blankem Bajonett gefangengenommen. Weitere Einheiten schoben sich auf das Sternenschiff zu.

Han hatte bereits Hissal am dünnen Arm gepackt und zerrte ihn die Rampe hinauf.

»Aber das ist unerhört! Wir haben doch nichts Unrechtes getan!« regte sich Hissal auf.

Han ließ ihn los und stürzte sich durch die Hauptluke. »Wollen Sie vielleicht mit einer Kugel debattieren? Entscheiden Sie sich, ich mach' jetzt dicht.«

Hissal rannte die Rampe hinauf. In dem Augenblick, als die Truppen die Rampe erreichten, rollte die Hauptluke herunter. Han hörte, wie eine Salve von Kugeln von ihr abprallte.

Im Cockpit hatte Chewbacca bereits die Schutzschirme aktiviert und begonnen, die Motoren anzuwärmen. Hissal, der hinter Han gelaufen kam, protestierte immer noch. Aber Han hatte jetzt keine Zeit, zu antworten. Er war voll und ganz damit beschäftigt, das Schiff startbereit zu machen.

Die Studenten wurden unterdessen draußen in die wartenden Panzer gezerrt. Einige widersetzten sich und wurden niedergeschlagen und an ihren dünnen Knöcheln weggezerrt. Han stellte fest, daß die mit Kriegsflaggen versehenen Truppentransporter der Brigianer in Wirklichkeit Müllwagen einer veralteten Konstruktion waren.

Chewbacca stieß ein drohendes Geräusch zwischen seinen zusammengebissenen Zähnen hervor. »Ich bin wegen unseres Geldes auch sauer«, antwortete Han. »Wie kriegen wir jetzt die zweite Hälfte, ohne Übergabequittung?«

Die Truppen postierten sich jetzt ringsum das Sternenschiff.

»Hätten die nicht noch zehn Minuten warten können?« murmelte Han.

Ein Brigianer trat vor die Reihen der Soldaten. Wegen des grellen Lichts der Scheinwerfer mußte Han sich die Hand über die Augen halten, um zu erkennen, daß der Brigianer einen Lautsprecher mit Mikrofon in der einen und eine offiziell wirkende Schriftrolle in der anderen Hand hielt.

Han stülpte sich die Kopfhörer über und schaltete die Außenmikrofone gerade noch rechtzeitig ein, um zu hören: »– es wird euch kein Leid geschehen, Freunde aus dem Weltraum. Das friedliebende Neue Regime fordert nur, daß ihr den Flüchtling ausliefert, der sich jetzt an Bord eures Schiffes befindet. Die brigianische Regierung wird euch dann nicht weiter belästigen.«

Han schaltete das Mikro seines Kopfhörers auf die Außensprecher. »Und was ist mit unserem Geld?« Er vermied es dabei, Hissal anzusehen, hielt aber die Hand an der Waffe.

»Darüber kann man sich einigen, geehrter Außenweltler. Erlauben Sie mir, an Bord zu kommen und zu verhandeln.«

Wieder drückte Han den Sprechknopf. »Ziehen Sie Ihre Soldaten zurück und schalten Sie die Scheinwerfer ab. Kommen Sie an die Rampe, ohne Waffen, und keine Tricks!«

Der Brigianer gab seinen Lautsprecher an einen Untergebenen weiter und winkte mit der Rolle. Die Reihen von Soldaten zogen sich zurück, und die Scheinwerfer verloschen. Die martialischen Müllwagen setzten sich in Bewegung. »Paß gut auf«, instruierte Han seinen ersten Maat. »Sag mir Bescheid, wenn sich einer bewegt.«

Hissal war empört. »Haben Sie die Absicht, mit diesen Verbrechern zu verhandeln? Im juristischen Sinn haben die überhaupt nichts in der Hand, das kann ich Ihnen versichern. Die Gerichte –«

»– interessieren uns im Augenblick nicht«, unterbrach Han ihn und winkte ihn zur Seite. »Suchen Sie sich einen Sitz im vorderen Abteil, und machen Sie sich keine Sorgen; wir liefern Sie denen nicht aus.«

Hissal korrigierte ihn mit großer Würde. »Meine Sorge gilt meinen Freunden.«

Bollux, der Arbeitsdroid wartete im Laufgang. Er hatte die in Kisten verpackten Teile des Duplikators auf einen Gleitkarren verstaut. Mit seiner gedehnt klingenden Automatenstimme fragte er: »Was sind Ihre Anweisungen, Captain?«

Han seufzte. »Ich weiß nicht. Warum kriege ich nicht auch

20

mal die leichten Aufträge? Geh nach vorn, Bollux. Wenn ich dich brauche, rufe ich.«

Die schweren Füße der Maschine klirrten auf den Deckplatten. Chewbacca miaute, daß die Umgebung des Schiffes frei war.

Han zog den Blaster. Die Hauptluke rollte nach oben, der Brigianer wartete am Fuß der Rampe. Er war größer als Hissal, für seine Gattung breit gebaut, und seine Hautfarbe war ein wenig dunkler als der Durchschnitt. Er trug einen mit Chromnieten besetzten Kampfharnisch, mit Halbedelsteinen verzierte Schulterklappen mit herunterhängenden Quasten, ein paar farbenfrohe Ornamente an der Brust sowie einen Salat aus Orden und eindrucksvolle rotbesetzte Gamaschen. Von seinem schlecht sitzenden Helm hing eine breite Pfauenfeder herunter.

Han winkte ihm vorsichtig zu. Der Brigianer marschierte die Rampe hinauf, die Schriftrolle unter den Arm geklemmt. Han hielt ihn am oberen Ende der Rampe auf. »Raus aus dem Harnisch und dem Blechdeckel! Werfen Sie sie hinunter!«

Der Brigianer gehorchte. »Willkommen auf unserem schönen Planeten, Mitzweibein«, sagte er, bemüht, herzlich zu klingen. »Ich bin Inspektor Keek, Chef der Sicherheitspolizei des fortschrittlichen Neuen Regimes von Brigia.« Er stieg aus seinem Harnisch und warf ihn und den Helm klirrend hinunter.

»Ich hab' mir schon gedacht, daß Sie keine Ehrenjungfrau sind«, erwiderte Han mit einem schiefen Grinsen und forderte den Inspektor auf, die langen knochigen Arme zu heben. Er betastete die Seitenfalten des Sicherheitschefs vorsichtig, um sich zu vergewissern, daß dort keine Waffen versteckt waren. Keek zuckte zusammen, offenbar war er kitzlig. Aus dieser Nähe konnte Han die Aufschriften seiner Orden lesen. Entweder sind auch sie aus zweiter Hand beschafft worden, dachte er, oder der Inspektor ist auch noch Buchstabiermeister des Planeten Oor VII.

»Also gut, nach vorn, ins vordere Abteil. Und daß Sie sich ja anständig benehmen. Mir reicht's für heute wirklich.«

Als Keek das vordere Abteil betrat, starrte er, ohne etwas zu sagen, Hissal an, der in einem Beschleunigungsessel in der Nähe des Holospielbretts saß. Der Inspektor nahm in der Nähe der Technikstation Platz. Bollux hatte auf der gewölbten Beschleunigungscouch hinter dem Spielbrett Platz genommen.

Keek war sichtlich bemüht, Jovialität auszustrahlen. »Ah, Sie haben eine *Norg* Angst, Mensch. Es ist alles in Ordnung. Der wohlwollende Innere Rat hielt eine Sondersitzung, als er von dieser Transaktion erfuhr, und hat entschieden, daß jegliches Lehrmaterial und alle außerplanetarische Literatur nur auf Sondergenehmigung erhältlich sein soll.« Er wies auf die mit Siegeln versehene Rolle. »Hier habe ich das Edikt, das ich Ihnen vorlegen soll.«

»Und wer ist dieser idiotische Innere Rat? Hören Sie zu, Kleiner, es geht wirklich nicht an, daß irgendwelche Hinterwäldlerplaneten die Handelsverträge des Imperiums abändern.« Daß Han selbst oft die Imperiumsgesetze gebrochen hatte – sie in Stücke gerissen hatte, wäre vielleicht der bessere Ausdruck –, konnte er hier ja nicht gut erwähnen.

»Wir sind lediglich hier, meine Truppen und ich«, erwiderte Keek ruhig, »um die fragliche Ladung für den Augenblick in Gewahrsam zu nehmen, bis ein Vertreter von Tion und ein Vermittler des Imperiums gerufen werden können. Die Verhaftungen waren eine rein innere Angelegenheit.«

Und der Vertreter von Tion und der Vermittler des Reiches würden ohne Zweifel ihre entsprechenden Preisschildchen tragen, überlegte Han. »Und wer bezahlt mich?«

Keek versuchte zu lächeln; er sah dabei wirklich albern aus. »Unser Vorrat an Imperiumswährung ist im Augenblick wegen erforderlicher Reparaturarbeiten an unserer Raumflotte aufgebraucht. Aber eine Schatzanweisung oder planetarische Währung –«

»Ich will kein Spielgeld«, erregte sich Han. »Ich will meine Ladung zurück haben. Und außerdem ist ein zerbeultes Kanonenboot noch lange keine *Raumflotte*.«

»Unmöglich. Die Ladung dient als Beweismaterial für den

22

Prozeß gegen einige Aufrührer. Einer dieser Aufrührer hat sich durch ein Täuschungsmanöver sogar Zuflucht auf Ihrem Schiff verschafft. Kommen Sie, Captain, kooperieren Sie mit uns, und man wird Sie hier gut aufnehmen.« Keek zwinkerte ihm mit einiger Mühe zu. »Kommen Sie, wir werden berauschende Flüssigkeiten in unsere Körper aufnehmen und mit unseren sportlichen Fähigkeiten prahlen. Laßt uns vergnügt und ungeschickt sein, wie Menschen das lieben.«

Han, der nichts so sehr haßte, wie hereingelegt zu werden, knirschte mit den Zähnen. »Ich sagte Ihnen doch schon, daß ich Ihr selbstgemachtes Geld nicht will.«

Plötzlich kam ihm ein Gedanke, und er sprang auf. »Sie wollen einen Teil meiner Ladung? Behalten Sie sie. Aber ich möchte Hissal den Rest liefern.«

Das schien den Sicherheitschef zu amüsieren. »Sie wollen mich mit Erziehungsmaterial erpressen? Kommen Sie schon, Captain, wir sind doch beide nicht von gestern.«

Han ignorierte Keeks Versuch, ihm zu schmeicheln. Mit Hilfe einer Brechstange begann er, die Verpackungsbänder von der Kiste auf dem Handkarren aufzureißen. »Das hier ist ein Duplikator, sozusagen maßgeschneidert für eine Universitätsdruckerei. Aber es ist ein Spitzenmodell und sehr vielseitig. Hissal, ich nehm' das Trinkgeld doch.«

Hissal reichte ihm verwirrt das brigianische Geld.

Han zeigte ihnen eine der Komponenten des Duplikators. »Das ist der Prototyp; Sie können ihn entweder für das programmieren, was Sie wollen, oder ihm ein Muster eingeben. So zum Beispiel.« Er schob eine der brigianischen Banknoten hinein und drückte einige Knöpfe. Der Prototyp summte, Lichter blinkten auf und dann erschien der ursprüngliche Geldschein wieder mit einer identischen Kopie. Han hielt sie ans Licht und musterte das Duplikat kritisch. Keek gab erstickende Geräusche von sich; er begriff jetzt, daß der Pilot das ganze Währungssystem seines Planeten gleichsam als Geisel in der Hand hielt.

»*Hm.* Nicht perfekt«, stellte Han fest, »aber wenn Sie die Maschine mit hiesigen Materialien versorgen würden, dann würde sie funktionieren. Und was die unterschiedlichen Seriennummern auf jedem Geldschein angeht, so brauchen Sie das bloß einzuprogrammieren. Diese Beratungsfirma, die Sie da hatten, muß ein ziemlich rückständiger Verein gewesen sein. Die haben sich nicht einmal die Mühe gemacht, Ihnen ein sicheres Währungssystem einzurichten.« Das Neue Regime war offensichtlich ein paar aggressiven Verkäufern auf den Leim gegangen. »Nun, Keek, was –«

Keek hatte das Vorderteil des hölzernen Kerns seiner Schriftrolle abgebrochen und richtete sie jetzt auf Han, der keine Sekunde daran zweifelte, daß er in die Mündung einer Waffe blickte.

»Legen Sie Ihre Pistole auf diesen Tisch, fremder Primat«, zischte Keek. »Sie werden jetzt veranlassen, daß Ihr Automat den Karren nimmt, und dann werden Sie, er und der Verräter Hissal vor mir die Rampe hinuntergehen.«

Han gab Bollux den Befehl, während er vorsichtig seinen Blaster auf das Spielbrett legte. Er wußte, daß Keek ihn erschießen würde, wenn er versuchte, Chewbacca zu warnen. Aber während Keek nach dem Blaster griff, tippte Han unauffällig an den Hauptschalter des Spielbretts.

Winzige Holoungeheuer blitzten plötzlich auf, unheimliche Geschöpfe von einem Dutzend Welten, sie spuckten und schlugen um sich, brüllten und hüpften herum. Keek sprang überrascht zurück und feuerte reflexartig seine Rollenwaffe ab. Ein orangefarbener Energiestrahl zischte in das Brett, und die Ungeheuer lösten sich in Nichts auf.

Im gleichen Augenblick warf sich Han mit den Reflexen eines Sternenpiloten auf den Sicherheitschef und packte dessen Hand mit der Waffe. Mit der freien Hand tastete Han nach seinem Blaster, aber Keeks Schuß hatte diesen vom Spielbrett gefegt.

Der Sicherheitschef verfügte über unglaubliche Kräfte. Ohne daß die wilden Schläge des Piloten ihm das Geringste auszumachen schienen, schleuderte er Han durch das halbe Abteil und riß seine Waffe herum. Im selben Augenblick landete Hissal auf Keeks Schultern, so daß dieser gegen die Kante der Beschleunigungscouch taumelte. Die zwei Brigianer rangen miteinander, und ihre Arme und Beine wanden sich wie Schlangen ineinander.

Aber Keek war stärker als der kleinere Hissal. Stück für Stück gelang es ihm, seine Waffe herumzudrehen. Jetzt schaltete sich aber auch Han wieder in den Kampf ein, indem er mit dem Fuß nach der Rolle trat, so daß der für Hissal bestimmte Schuß ein tiefes Loch in eines der Sicherheitskissen brannte.

Nun war die Rollenwaffe offensichtlich leer, und Keek begann, mit ihr auf Hissal einzuschlagen. Han versuchte, ihn daran zu hindern, aber Keek schmetterte den Piloten mit erstaunlicher Kraft einfach zu Boden und drehte sich dann wieder herum, um erneut den anderen Brigianer anzugreifen, während beider Füße gefährlich über dem gestürzten Menschen hin- und herflogen. Han sah sich außerstande, seinen Blaster zu erreichen, und so packte er Keek am Bein und brachte ihn zu Fall. Keek riß im Sturz Hissal mit herunter.

Plötzlich rollte die Schriftrolle, die Keek hatte fallen lassen, Han in die Hand. Während Keek über dem gestürzten Hissal kniete, schwang Han die Rolle und traf den Sicherheitschef am Schädel. Keeks hagerer Körper verkrampfte sich und wurde steif. Hissal stieß ihn an, und der Sicherheitschef stürzte aufs Deck.

Ein Brüllen ertönte hinter ihnen. Als Chewbacca sah, daß sein Partner unverletzt war, zeigte er sich sichtlich erleichtert.

»Wo warst du denn?« schrie Han. »Der hätte mir jetzt bald die Lampen abgedreht!« Han rieb sich die Schramme, die er abbekommen hatte, und holte sich seine Pistole zurück.

Hissal sank in einen Beschleunigungssessel und rang nach Atem. »Dies ist nicht meine gewöhnliche Beschäftigung, Captain. Danke.«

»Dann sind wir wohl quitt«, erwiderte Han und lachte.

Jetzt begann Keek sich zu regen, und Chewbacca, der Wookie, riß ihn mit einer Hand in die Höhe. So stark Keek auch war, so war er doch vernünftig genug, sich einem wütenden Wookie nicht zu widersetzen.

Han hielt Keek die Mündung seines Blasters unter die Nase. Die hervortretenden Augen des Sicherheitschefs schielten den Lauf der Waffe an. »Das war gar kein netter Trick, Keek. So etwas kann ich noch weniger leiden als Hijacker. Ich möchte Hissals Leute und meine Ladung in fünf Minuten an Bord dieses Schiffes haben, sonst könnte es leicht passieren, daß Ihnen der Wind durch die Ohren pfeift.«

Als Hissals befreite Kollegen und die umstrittene Ladung wieder an Bord waren, brachte Han Keek an die Rampe.

»Das Imperium wird davon hören«, zischte der Brigianer. »Das trägt Ihnen die Todesstrafe ein.«

»Ich will versuchen, darüber keine schlaflosen Nächte zu bekommen«, erwiderte Han trocken. Bei den gefälschten Flugpapieren, die er für diese Reise benutzt hatte, zweifelte er daran, daß irgendeine Behörde ihn würde aufspüren können. Außerdem würde dies nach den Vorstellungen des mit wesentlich wichtigeren Dingen beschäftigten Imperiums nur ein sehr geringfügiges Vergehen sein. »Und dann sollten Sie sich noch einen Gefallen tun: Versuchen Sie bloß keine komischen Tricks, wenn Sie hier weg sind. Es gibt zwar auf diesem ganzen Planeten nichts an Feuerkraft, was diesem Schiff gefährlich sein könnte, aber Sie könnten mich wütend machen.«

Keek sah die anderen Brigianer an. »Was ist mit denen?«

Hans Stimme klang gleichmütig. »Oh, die werde ich irgendwo absetzen, wo nicht so viel Lärm ist. Das ist ganz legal; jedes Raumschiff kann, wenn es Lust hat, Boden-Boden-Sprünge machen. Wir werden eine ziemlich weite Bahn fliegen, damit Hissal seine Sendeeinheit ausprobieren kann. Er kann sie an die Energieversorgung des Schiffes anschließen.«

Keek war kein Narr. »Bei so viel Höhe und Energie erreicht er praktisch jeden Empfänger auf dem ganzen Planeten.«

»Was meinen Sie wohl, daß er sagen wird?« fragte Han unschuldig. »Etwas über das Neue Regime und seine Tricks? Mir ist es natürlich gleichgültig, aber ich sagte Ihnen ja, daß es ein Fehler wäre, mich zu bedrohen. An Ihrer Stelle würde ich mal über eine Frühpensionierung nachdenken.«

Chewbacca versetzte dem Sicherheitschef einen kleinen Schubs, um ihn in Bewegung zu setzen. Han schloß die Luke hinter ihm. »Übrigens«, rief er zu Bollux hinüber, »danke, daß du mir während der kleinen Prügelei die Rolle gereicht hast.«

Der Droid antwortete mit der für ihn typischen Bescheidenheit: »Der Inspektor hatte ja schließlich gesagt, daß die für Sie ist. Ich kann nur hoffen, daß es keine Weiterungen gibt, Captain.«

»Wieso denn?«

»Für Destabilisierung einer planetarischen Regierung, bloß aus Rache, weil man auf Ihr Schiff geschossen hat, Sir.«

»Geschieht denen recht für ihre Schummelei«, erklärte Han Solo.

Als Han in die Nachmittagssonne Rudrigs hinaustrat, hatte er sein restliches Honorar sicher in der Tasche. Rings um ihn ragten die spitzen Kuppeln, Türme und sonstigen Gebäude der Universität auf und bildeten eine seltsame Harmonie mit den purpurnen Wiesen, den verspielt wirkenden Blumen und den Bäumen mit ihren dicken Stämmen.

Irgendwie schien die Universität den ganzen Planeten zu umfassen. Ihre weitläufigen Anlagen, die Schlafstätten und die Hörsäle waren über den ganzen Globus verteilt. Studenten aus der ganzen Tion-Hegemonie mußten hierherkommen, oder Tion ganz verlassen, wenn sie Wert auf Ausbildung höchsten Grades legten. Wahrscheinlich ist die Zentralisierung nicht gerade ideal als Schulsystem geeignet, dachte Han, aber das ist wieder typisch für die trägen, etwas ungeschickten Behörden der Hegemonie.

Er musterte eine Weile die vorbeiströmenden Passanten und stellte fest, daß hier viele Gattungen vertreten waren, die zu ihren Vorlesungen eilten, sich unterhielten oder sich in verschiedenen Sportarten betätigten. Er überquerte vorsichtig eine breite Straße zwischen dahinrollenden Dienstautomaten, leisen Massenverkehrsmitteln und kleinen Luftkissentransportern, stieg dann die paar Stufen zu einer niedrigen Plattform empor und betrat ein lokales Passagierlaufband. Es trug ihn zwischen den riesigen Vorlesungssälen und Auditorien, den Theatern, den Verwaltungsbauten, einer Klinik und einer ganzen Anzahl höchst unterschiedlich gestalteter Vortragsräume dahin.

Er hatte sich vorher auf einer Holokarte orientiert und sich die wichtigsten Koordinaten gemerkt, und so hatte er keine Mühe, das Kurzentrum des Sektors zu finden, einen Anbau an sein weit ausgedehntes Erholungsareal. Er hatte sich gerade in Richtung auf den Kursaal in Bewegung gesetzt, als er eine Stimme hörte: »Hey, Slick!«

Han hatte diesen Spitznamen schon seit Jahren nicht mehr vernommen. Trotzdem griff seine Hand zuerst an seinen linken Rockaufschlag, ehe er sich umdrehte. Obwohl auf dieser ruhigen Welt das Tragen von Waffen verboten war, hielt Han das Risiko, sich wegen Waffenbesitzes verantworten zu müssen, für das kleinere Übel. Sein Blaster hing schräg, mit dem Griff nach unten, in seiner linken Achselhöhle und war von seinem Jackett verdeckt.

»Badure!« Seine rechte Hand entfernte sich vom Blaster und umschloß die Hand des alten Mannes, der ihn angerufen hatte. Er gebrauchte Badures eigenen Spitznamen. »Trooper. Was machst du denn hier?«

Der andere war ein kräftig gebauter Mann mit einer vollen Haarmähne, die anfing, weiß zu werden, etwas zusammengekniffenen Augen und einem Bauch, der in den letzten Jahren angefangen hatte, seinen Gürtel zu verdecken. Er war einen halben

Kopf größer als Han, und sein Händedruck ließ den Jüngeren zusammenzucken.

»Dich habe ich gesucht, Junge«, erwiderte Badure mit der rauhen Stimme, an die Han sich so gut erinnerte. »Gut siehst du aus, Han, wirklich gut. Muß schon ein ganzes Wookie-Leben her sein, daß ich dich zuletzt gesehen habe. Übrigens, wie gehts denn Chewie? Ich hab' schon versucht, euch beide zu finden, und die haben mir am Raumhafen mitgeteilt, daß der Wookie sich eine Kutsche gemietet und gesagt hat, er würde sie hier abgeben.«

Badure – Trooper – war ein alter Freund. Im Augenblick schien es ihm nicht sonderlich gut zu gehen. Han versuchte, Badures geflicktes, ausgebleichtes Arbeitshemd und die dazu passenden Hosen sowie die ausgetretenen und rissigen Stiefel nicht zur Kenntnis zu nehmen. Doch seine alte Fliegerjacke hatte Badure behalten und damit auch seine Rangabzeichen und die verschiedenen bunten Einsatzinsignien sowie die im kühnen Winkel getragene verschwitzte Mütze mit dem Jägerabzeichen. »Aber woher wußtest du denn, daß wir hier sind?«

Badure lachte, wobei sein dicker Bauch wogte. »Ich halte mich über Landungen und Starts informiert. Aber in dem Fall wußte ich, daß ihr kommen würdet.«

Wenn Han den alten Mann auch mochte, so war er doch argwöhnisch. »Vielleicht solltest du mir ein wenig mehr sagen, Badure.«

Der andere wirkte selbstgefällig. »Woher glaubst du denn, daß diese Universitätstypen deinen Namen haben, Junge? Nicht daß er nicht ziemlich bekannt wäre; ich hab' schon von deinem Auftritt bei der Flugshow in Saheelindeeli gehört – und einige Gerüchte aus dem Kommerzsektor und etwas über Wasserschmuggel an den Rampafällen. Ich war hier und hatte einiges zu erledigen, da hörte ich, daß jemand einen tüchtigen Skipper und ein schnelles Schiff brauchte. Ich hab' deinen Namen erwähnt. Aber ehe wir darüber reden – solltest du nicht vorher meiner Partnerin guten Tag sagen?«

Han war so beschäftigt gewesen, daß er gar nicht auf das Mädchen geachtet hatte, das neben Badure stand. Er machte sich innerlich Vorwürfe wegen seiner Unvorsichtigkeit und musterte sie.

Das Mädchen war klein und schlank und noch ziemlich jung, mit einem blassen Gesicht und unordentlichem, rotem Haar, das ihr schlaff herunterhing. Ihre Brauen und Augenlider waren so hell, daß man sie kaum sah. Sie trug eine schlechtsitzende, unauffällige braune Kombination aus Pullover und Hosen, und ihre Schuhe schienen ihr eine Nummer zu groß zu sein. Ihren Händen konnte man ansehen, daß sie harte Arbeit gewohnt war. Han hatte genügend Männer und Frauen wie sie kennengelernt, die alle den Stempel der Farbrikdrohne oder der Bergwerksarbeit trugen, vielleicht auch Techniker unterster Klasse oder Hilfsarbeiter.

Sie ihrerseits studierte ihn ohne besonderes Interesse.

»Das ist Hasti«, sagte Badure. »Sie kennt deinen Namen schon.« Indem er auf eine Gruppe von Geschöpfen wies, die sich rings um sie auf das Kurzentrum zubewegten, gab er durch eine Handbewegung zu erkennen, daß sie weitergehen sollten.

Han nickte und setzte sich wieder in Bewegung, aber ein seitwärts gerichteter Blick des alten Mannes bestätigte ihm etwas. »Worauf soll ich aufpassen?«

Badure lachte und meinte, mehr im Selbstgespräch als für Han oder Hasti bestimmt: »Immer noch derselbe Han Solo, eine Ein-Mann-Antenne.«

Hans Gedanken beschäftigten sich mit Badure. Der Mann war vor vielen Jahren sein Freund gewesen und seitdem bei einer ganzen Anzahl von Unternehmungen sein Partner. Einmal hatte Badure in einer höchst unangenehmen Lage bei einem gescheiterten Gewürzflug nach Kessel Han und Chewbacca das Leben gerettet. Daß er sich hier für sie interessierte, konnte nur eines bedeuten.

»Ich will deine Zeit nicht vergeuden, Junge«, meinte Badure. »Es gibt Leute, die es am liebsten sehen würden, wenn man meine Haut zum Trocknen aufhängen würde. Ich brauche ein Schiff, das etwas draufhat, und einen Skipper, dem ich vertrauen kann.«

Das war nicht das erstemal, daß jemand Han aufforderte, eine alte Rechnung zu begleichen, deshalb meinte er: »Du willst also, daß wir unseren Hals für dich in die Schlinge legen, ist es das? Trooper, wenn man jemanden das Leben rettet, gibt einem das noch lange nicht das Recht, es aufs neue zu riskieren. Wir sind endlich einmal vorne dran. Müssen wir es so bald schon wieder probieren?«

Badure konterte mit gleichgültig klingender Stimme: »Sprichst du auch für den Wook, Han?«

»Chewie wird das genauso sehen wie ich.«

Jetzt schaltete Hasti sich zum erstenmal in das Gespräch ein. »Bist du *jetzt* zufrieden, Badure?« fragte sie bitter.

Der alte Mann brachte sie mit einer Handbewegung zum Schweigen und fuhr dann, zu Han gewandt, fort: »Ich erwarte ja nicht, daß ihr beide umsonst arbeitet. Ich würde euch beteiligen –«

»Uns geht's zur Zeit gar nicht schlecht. Wir könnten sogar etwas abgeben, um dir ein wenig unter die Arme zu greifen.«

Kaum hatte Han es ausgesprochen, als er das Gefühl hatte, zu weit gegangen zu sein. Es hätte ihn nicht einmal überrascht, wenn Badure nach ihm geschlagen hätte. Der alte Mann hatte sich schon ein paarmal ein Vermögen verdient und es auch wieder vergeudet und war seinen Freunden gegenüber immer großzügig gewesen. Aber ihm jetzt sozusagen Almosen anzubieten, klang wie eine Beleidigung. Hasti warf Han einen giftigen Blick zu und legte Badure die Hand auf den Arm. »Wir verschwenden unsere Zeit; unser Gepäck ist immer noch im Hotel.«

»Freien Himmel, Han«, sagte Badure mit leiser Stimme, »und dem Wook auch.«

Han blickte den beiden noch lange nach, als sie bereits auf einem Passagierband verschwunden waren.

Er war fest entschlossen, den kleinen Zwischenfall zu vergessen, als er das Kurzentrum betrat. Dieses bot einer Vielzahl menschlicher, humanoider und nichthumanoider Gattungen alle erdenklichen Erholungsmöglichkeiten. Es gab Nullgravmassage, Ozonkammern, Blutreiniger und viele andere Anlagen für Menschen; Schlammtanks für Draflago; automatische Hautschäler für Lisst'n oder Pui-Ui; Kiemenspülungen für alle vorstellbaren amphibischen oder fischartigen Lebensformen, und jede nur erdenkliche Kurmöglichkeit, die man überhaupt in den riesigen Komplex packen konnte. Han erkundigte sich bei der Informationszentrale und erfuhr, daß Chewbacca immer noch die Freuden eines totalen Pflegeprogramms genoß. Han selbst hatte vorgehabt, zuerst ein Bad, dann eine Sauna und Massagebehandlung und eine Porenreinigung durchführen zu lassen, und anschließend ein Bronchialzentrum zu besuchen. Aber sein Zusammentreffen mit Badure und Hasti hatten in ihm das Bedürfnis nach einem aktiveren Ablenkungsprogramm entstehen lassen.

Er entkleidete sich in einer privaten Zelle, verstaute seine Waffe und die anderen Wertgegenstände in einem verschließbaren Kasten und übergab sein Hemd, die Kleider und Stiefel einem Autobutler. Dann ließ er ein paar Münzen in den Schlitz eines Omnipflegers fallen und trat in die kleine Kammer, die er auf Maximalbehandlung schaltete.

In fünfzehn Sekunden Abständen wurde er mit eisigem Wasser besprüht, von Schallwellen massiert und Hitzestrahlen förmlich gebraten, worauf ihn nadelfeine Strahlen von Bioseife umschäumten, ihn Luftströme umschmeichelten und ihn schließlich kräftige Automatenhände mit Pflegeöl salbten.

Er ließ all diese Qualen mannhaft über sich ergehen und bestellte sich weitere Zyklen, mußte aber feststellen, daß er das Bild Badures einfach nicht aus seinen Gedanken verdrängen konnte. Auch sich einzureden, daß er klug gehandelt hatte, verbesserte seinen Gemütszustand ebensowenig wie das luxuriöse Schaumbad, das er gerade genoß. So beendete er das Omni-Pflegeprogramm bereits vor der festgelegten und von ihm bezahlten

Zeit, holte sich seine gereinigten Kleider und die auf Hochglanz polierten Stiefel aus dem Autobutler, schnallte sich seinen Blaster um und zog sich das Jackett zurecht. Dann machte er sich auf den Weg, um seinen Partner zu suchen.

Chewbacca befand sich in dem Teil des Kurzentrums, der für etwas haarigere Klientel bestimmt war. Han folgte dem Lichtstreifen, der für solche Zwecke in den Boden eingelassen war, und fand schließlich den Behandlungsraum seines Freundes. Er warf einen Blick auf den Monitor der Kammer und sah den Wookie mit gespreizten Armen und Beinen in einem Nullgrav-Feld schweben. Er schien dem Ende seiner Behandlungsperiode nahe zu sein; jedes einzelne Haar war mit einer leichten Ladung versehen, um es abzuspreizen, während Staub, Schuppen und alte Öle entfernt wurden. Jetzt wurden frische Öle und Pflegemittel aufgetragen. Chewbacca grinste über das ganze Gesicht und schien die Behandlung zu genießen, während er wie ein riesiges ausgestopftes Spielzeugtier in dem schwerelosen Feld schwebte, wobei sein aufgeblähter Pelz ihn doppelt so groß erscheinen ließ, als er wirklich war.

Han wandte sich vom Bildschirm ab und bemerkte zwei sehr attraktive junge menschliche Frauen, die ebenfalls warteten. Eine, eine hochgewachsene Blondine in einem teuren Hosenanzug, flüsterte gerade ihrer Begleiterin, einem etwas kleineren Mädchen mit braungelocktem Haar etwas ins Ohr. Letztere trug ein etwas sportlicheres Kostüm, das aus Shorts und einem Sweatshirt bestand; sie musterte Han interessiert. »Warten Sie hier auf Captain Chewbacca, Sir?«

Verblüfft wiederholte Han. »*Captain*...«

»Chewbacca. Wir sahen ihn über das Universitätsgelände gehen und hielten ihn auf, um mit ihm zu sprechen. Wir haben beide nichtmenschliche Soziologie belegt und wollten die Chance nicht ungenutzt vorübergehen lassen. Wir haben die Wookie-Sprachbänder ein wenig studiert, also haben wir einiges verstanden. Captain Chewbacca sagte uns, sein Copilot würde ihn hier abholen. Er hat uns eingeladen, mit Ihnen eine Kutschenfahrt zu machen.«

Han mußte unwillkürlich lächeln. »Soll mir recht sein. Ich bin Captain Chewbaccas Erster Maat, Han Solo.«

Er hatte dann gerade in Erfahrung gebracht, daß die Brünette Vuirre hieß und ihre blonde Freundin Kiili, als Chewbacca aus dem Behandlungsraum kam. Der Wookie hatte sich seine Admiralsmütze unternehmungslustig auf den mächtigen Schädel gesetzt und grinste vergnügt; sein zottiger Pelz, der jetzt förmlich funkelte, umwogte ihn locker.

Han deutete eine Ehrenbezeigung an. »*Captain* Chewbacca, Sir, Ihre ganze Mannschaft erwartet Ihre Befehle.«

Der Wookie gab ein verwirrtes *Wuff* von sich, erinnerte sich dann seiner angenommenen Rolle und brummte eine vage Antwort, die keiner von ihnen verstand. Die Mädchen vergaßen Han sofort und drängten sich um den Wookie und machten ihm Komplimente.

»Ich höre, Sie haben eine Kutsche bestellt, *Skipper?*« fragte Han.

Sein Partner gab ein zustimmendes Brummen von sich, und sie setzten sich alle vier in Bewegung. »Was ist Ihrer Ansicht nach der größte Unterschied in der Lebensweise auf Wookie-Welten?« fragte Vuirre Han ernsthaft.

»Die Tische sind höher«, erwiderte der Pilot ausdruckslos.

Als sie die Mietstation erreichten, riß Han die Augen weit auf und schrie: »Hoffentlich sagst du mir, daß das die falsche Station ist!«

Kiili und Vuirre machten beide große Augen, während Chewbacca strahlend das Fahrzeug musterte, das er ausgewählt hatte.

Es war über acht Meter lang, breit und ganz flach. Die Kutsche war an der Seite, an der Hinterpartie und der Motorhaube mit glänzend purpurfarbenem *Greel*holz vertäfelt. das man mehrfach lackiert und poliert hatte, so daß es geradezu metallisch blitzte. Die Verzierungen der Kutsche, die Stoßstangen, Türscharniere, Handgriffe und Klinken waren aus einer Silber-

legierung. Doch das Allerauffälligste waren die Kühlerfiguren –
tanzende Nymphen in durchsichtigen, vom Wind zerzausten
Schleiern.

Der Fahrersitz war offen, aber dahinter gab es eine geschlossene Passagierkabine, die ebenfalls mit *Greel*holz vertäfelt war.
Das Ganze schmückten kunstvoll gefertigte Hängelampen mit
Quasten. Trittbretter und Handgriffe zu beiden Seiten für die
Dienerschaft. Am Heck des Fahrzeugs gab es einen Gepäckraum zwischen einem Paar lächerlich wirkender meterhoher
Schwanzflossen, die mit allen vorstellbaren Signal- und Warnlichtern verziert waren. An den beiden Antennen der Kutsche
flatterten Wimpel, ein paar Flaggen und der pelzige Schwanz irgendeines kleinen unglücklichen Tieres.

»Viel zu bescheiden«, murmelte Han sarkastisch, konnte aber
trotzdem nicht darauf verzichten, die Motorhaube der Kutsche
anzuheben. Eine riesige, schrecklich komplizierte Maschine war
dort zu sehen. Chewbacca brachte Han mit seinen Einwänden
schnell zum Schweigen und verblüffte die zwei Mädchen, indem
er den Deckel des Gepäckraumes aufklappte, der einen riesigen
Picknickkorb enthielt.

Kiili und Viurre hatten auf dem Führersitz Platz genommen
und untersuchten jetzt die Schalter, Skalen und Sprechanlagen.
Chewbacca fuhr bewundernd mit der Hand über die Vertäfelung, als Han nicht mehr länger an sich halten konnte und herausplatzte: »Ich bin heute mit Badure zusammengetroffen, als
ich das Kurzentrum betrat.«

Chewbacca vergaß sofort alles andere und stieß ein fragendes
Geräusch aus. Han wandte den Blick ab. »Er wollte uns einstellen, aber ich habe ihm gesagt, daß wir keine Arbeit brauchen.«
Und dann fügte er ein wenig verlegen hinzu. »Nun, das stimmt
doch, oder?«

Chewbacca gab ein wütendes Knurren von sich. Die zwei
Mädchen ignorierten die Auseinandersetzung geflissentlich.

»*Was,* das frage ich, sind wir Badure schuldig?« schrie Han
zurück. »Er hat uns ein geschäftliches Angebot gemacht, Che-

wie.« Aber er wußte, daß er damit nicht weiterkommen würde. *Ein Wookie, dem man einmal das Leben gerettet hatte, würde das nie vergessen; er wird es nie ablehnen, wenn man ihm diese Schuld präsentiert,* dachte er. Chewbacca knurrte ärgerlich.

»Und was ist, wenn ich nicht mag? Wirst du ohne mich hinter ihm herlaufen?« fragte Han und wußte zugleich, wie die Antwort lauten würde.

Der Wookie musterte ihn eine Weile und brummte dann ein tiefes *Uuurr?*

Han klappte den Mund auf und machte ihn dann wieder zu und antwortete schließlich: »Nein, das brauchst du nicht. Steig ein.«

Chewbacca stieß ein schrilles pfeifendes Geräusch aus, schlug Han auf die Schulter, schlenderte um das Heck der Kutsche herum und stieg ein. Han ließ sich auf dem Fahrersitz nieder und schlug die Tür zu.

»*Captain* Chewbacca und ich müssen einen Freund ausfindig machen«, erklärte er Kiili und Vuirri kurzangebunden. Dann fügte er, gleichsam im Selbstgespräch hinzu: »*Ich wußte ja, daß es dazu kommen würde; ich hätte es Chewie niemals sagen dürfen. Warum habe ich es also getan?*«

Kiili drehte eine ihrer blonden Locken zwischen den Fingern und lächelte. »Erster Maat Solo, worüber sollten wir mit dem Captain sprechen?«

»Was Sie wollen. Er hört Leuten gerne beim Reden zu.« Han jagte den Motor hoch und lenkte die Kutsche fachmännisch aus ihrer Parklücke. »Sagen Sie ihm, er hätte es geschafft, einen herrlichen Nachmittag kaputtzukriegen«, redete Han ihr zu und lächelte dann. »Oder singen Sie uns irgendwelche schmutzigen Lieder, wenn Sie welche kennen.«

Kiili sah den zufrieden blickenden Wookie unsicher an. »Mag er die?«

Han strahlte. »Nein, aber ich.«

Han erinnerte sich daran, daß Hasti, die junge Frau in Badures Begleitung, das Hotel erwähnt hatte, und jagte daher in jene Richtung. Die scharlachrote Monstrosität einer Kutsche auf ihrem flachen Luftkissen ließ sich leicht steuern und reagierte angesichts ihrer Größe erstaunlich gut auf das Steuer. Auf der Bank hinter dem Fahrer zog sich Chewbacca die Admiralsmütze tiefer ins Gesicht und hörte interessiert zu, wie Kiili und Viurre ihr Leben als Studentinnen nichtmenschlicher Soziologie verbrachten.

Sie brauchten das Hotel gar nicht zu betreten. Badure und Hasti warteten an einer Bushaltestelle in der Nähe des Gebäudes. Han bremste am Randstein, und er und Chewbacca, gefolgt von den zwei Mädchen, sprangen heraus. Der Wookie umarmte den alten Mann und gab dabei freudige Geräusche von sich. Hasti musterte Han kühl. »Ein Anfall von Gewissen?«

Han deutete mit dem Daumen auf den Wookie. »Mein Partner ist ein sentimentaler Bursche. Ist dir danach, uns näher zu schildern, worauf wir uns einlassen, Badure?«

Badure nickte Viurre und Kiili zu und räusperte sich dann bedeutungsvoll. Viurre verstand die Andeutung und verspürte plötzlich den unwiderstehlichen Drang, ein paar Büsche in der näheren Umgebung gemeinsam mit ihrer blonden Freundin zu inspizieren. Badure fragte Han mit vertraulich leiser Stimme: »Du hast doch ganz bestimmt von dem Schiff gehört, das sich die *Queen of Ranroon* nennt?«

Chewbaccas Nase zitterte überrascht, und Hans Augenbrauen schossen in die Höhe. »Das Schatzschiff? Das Märchen, mit dem die uns als Kinder zu Bett gebracht haben.«

»Kein Märchen«, verbesserte ihn Badure, »*Geschichte.* Die *Queen of Ranroon* war mit Beute aus vielen Sonnensystemen vollgestopft; Tribut für Xim den Despoten.«

»Hör zu, Badure. Nach diesem Schiff machen Verrückte seit

Jahrhunderten Jagd. Wenn es je existiert hat, ist es entweder zerstört worden oder jemand hat es schon vor langer Zeit ausgeplündert. Du hast dir zu viele Abenteuerstories im Holo angesehen.«

»Bin ich je hinter Vakuum hergerannt?« konterte der alte Mann.

Das gab Han zu denken, denn er hatte recht. »Du weißt also, wo die *Queen* ist? Du hast Beweise?«

»Ich weiß, wo ihr Logrecorder ist«, verkündete Badure so zuversichtlich, daß Han geneigt war, ihm zu glauben. Plötzlich baute sich vor ihm die Vorstellung eines grenzenlosen Schatzes auf, eines Schatzes, der so ungeheuer war, daß man mit ihm phänomenalen Wohlstand auszudrücken pflegte, mehr als ein Mensch in einem ganzen Leben, besser gesagt in mehreren Leben, vergeuden konnte . . .

»Also, ziehen wir los«, schlug Han vor, »wir werden nicht jünger.« Hastis spöttischer Blick machte ihm nichts aus. Dann bemerkte er, daß Badures Gesicht plötzlich gespannt wirkte.

Er sah in die gleiche Richtung und entdeckte eine schwarze Luftkissenlimousine, die langsam näher kam. Han zog Badure zu ihrer Kutsche hinüber und forderte Hasti mit einer Kopfbewegung auf, ihnen zu folgen. Chewbacca, der inzwischen bereits Badures und Hastis Gepäck in den Passagierraum geworfen hatte, war ebenfalls bereit.

Jemand in der Limousine hatte ihre Reaktion bemerkt, und das Fahrzeug beschleunigte jetzt schnell sein Tempo und kam geradewegs auf sie zu.

»Alle in die Kutsche!« schrie Han, als die Limousine über den Randstein in die Höhe schoß und kreischend so zum Stillstand kam, daß sie fast die Motorhaube der Kutsche berührte. Badure begann, Hasti auf den Vordersitz der Kutsche zu schieben, während Chewbacca, der auf dieser friedlichen Welt seine Armbrust nicht tragen durfte, sich nach geeignetem Ersatz umsah, der ihm als Waffe dienen konnte.

Während Han seinen Blaster zog, quollen einige Gestalten

38

aus der Limousine. Die blauen konzentrischen Ringe eines Lähmschusses erfaßten Badure, der gerade Hasti weggeschoben hatte. Sie fiel nach rückwärts über den Sitz; Badure taumelte. Sie konnte ihn gerade noch ins Fahrzeuginnere ziehen, als Han das Feuer erwiderte.

Unterdessen war bereits ein halbes Dutzend Geschöpfe mit allen möglichen Waffen aus der Limousine zum Vorschein gekommen. Hans hastiger Schuß erfaßte einen rotschnabeligen Humanoiden, der den Lähmschuß abgegeben hatte, und traf ihn an seinem langen gefiederten Arm. Zwei männliche Menschen, die mit Nadelstrahlern bewaffnet waren, duckten sich, als Hans Schüsse die Fenster der Limousine zerplatzen ließen. Als die Angreifer sahen, daß ein Kampf bevorstand, drängten sie alle aus dem Wagen.

Chewbacca kletterte gerade über den Gepäckraum, um Hasti zu helfen, als diese, Badure mit einer Hand festhaltend, den Rückwärtsgang einlegte. Zwei der Angreifer, die sich soeben zu den Türen vorgearbeitet hatten, starrten plötzlich ins Leere. Die Kutsche hob sich mit einem mächtigen Ruck über den Randstein. Chewbacca mußte sich an eine Schmucklaterne klammern, um nicht abgeworfen zu werden, und Han sprang zur Seite, damit er nicht umgestoßen wurde, während Hasti den Bremsschub betätigte, worauf der purpurfarbene Rasen in Fetzen davonflog und das graue Erdreich Rudrigs zum Vorschein kam.

»Los jetzt, einsteigen, Solo«, rief Hasti Han zu.

Er hatte gerade noch Zeit, aufs Trittbrett zu springen und sich an einem der für Lakaien bestimmten Haltegriffe festzuhalten, als die Kutsche mit einem mächtigen Satz davonschoß.

Hasti schaffte es nicht ganz, an der Limousine vorbeizukommen. Die Kutsche scharrte seitwärts an ihr entlang und drehte den schwarzen Wagen halb zur Seite, wobei die wertvolle *Greel*-täfelung am Vorderteil beschädigt wurde. Chewbacca stieß einen schrillen Schrei aus, offensichtlich tat ihm diese barbarische Zerstörung weh. Als sie an der Limousine vorbeiruckten, gab Han eine Salve auf den Wagen und seine Passagiere ab, wobei er freilich mehr darauf bedacht war, nicht abgeworfen zu werfen, als die Schützenmeisterschaft zu erringen.

Hasti riß das Steuer herum, um einem Robolieferwagen auszuweichen, und schmetterte Han dabei gegen die Passagierkabine, während sie Chewbacca fast von der Lampe losriß. Er zog den Kopf ein und verlor dabei seine geliebte Admiralsmütze. Er klagte jämmerlich.

Hans Stimme übertönte das Heulen ihres Motors und das Windgeräusch: »Die verfolgen uns!«

Die schwarze Limousine hatte die Jagd bereits aufgenommen. Han riß seinen Blaster hoch. In diesem Augenblick bog Hasti, alle Signale eines Verkehrsroboters ignorierend, in eine Seitenstraße ein und schoß geradewegs auf einen sich langsam bewegenden Schlepper zu, der einen beschädigten Frachtdroiden abschleppte. Das Mädchen lehnte sich mit seinem ganzen Gewicht auf das Steuer und drückte zugleich das Warnhorn der Kutsche. Die ersten acht Takte der Universitätshymne von Rudrig hallten majestätisch unter der beschädigten Motorhaube der Kutsche hervor. Der Schlepper wich mit einem verzweifelten Blöken aus und verfehlte die Fahrerseite der Kutsche nur um wenige Zentimeter.

Jetzt fegte die Kutsche geradewegs die Straße hinunter. Eine der mächtigen Pranken an den Hals gedrückt, den er sich offenbar bei dem letzten Manöver verrenkt hatte, begann Chewbacca sich nach vorn zu schieben, um das Steuer zu übernehmen. Diesen Augenblick suchte sich eine Anzahl Studenten und Besucher auf Besichtigungstour aus, um die Straße zu überqueren, und Hasti trat auf die Bremsen.

Chewbacca flog mit dem Kopf voran ins Fahrerabteil und prallte auf dem Boden auf, so daß seine Füße nach oben herausragten. Aber selbst in dieser etwas ungewöhnlichen Haltung besaß er genügend Geistesgegenwart, festzustellen, daß Badure nicht völlig an Bord war, und packte das Jackett des Gelähmten, um ihn in die Kutsche zu ziehen. Hasti bemerkte erst jetzt das Dilemma ihres Begleiters und riß die Kutsche elegant herum, so daß die Passagiertüre zuflog. Obwohl sein Hals immer noch schmerzte, begann der Wookie sich freizustrampeln.

Dahinter war es Han endlich gelungen, sich ins Wageninnere zu ziehen. Er sah, daß die Limousine schnell aufholte. Ein harter Schlag seines Blasters zerschmetterte das Kristallrückfenster. Es zersprang in ein Netz von Fragmenten, platzte auseinander und fiel herunter. Han fegte die Scherben weg und stützte die Hand auf den leeren Fensterrahmen. Die unruhige Fahrt ihrer Kutsche machte sein Teleskopvisier unbrauchbar, und so wartete er auf einen freien Schuß.

Chewbacca hatte sich in die Höhe gezogen und kläffte jetzt Hasti mit lauter Stimme an, wobei er wie wild gestikulierte. Irgendwie begriff sie, was er wollte, und schaltete die Hilfsmotoren ein. Jetzt schob sich der Wookie von hinten ans Steuer, drängte sie weg und übernahm selbst die Lenkung ihrer Kutsche. Hasti drehte sich sofort um und stellte erleichtert fest, daß Badure unverletzt war. Er begann bereits wieder, sich zu regen; die Wirkung des Lähmschusses ließ nach.

Der Wookie fuhr, ohne auf irgendwelche Vorfahrtsregeln zu achten, über eine Kreuzung, wobei ihm durchaus bewußt war, daß die Limousine immer noch hinter ihnen herjagte.

Nach einer schnellen Kurve fand sich Chewbacca plötzlich vor einer Stelle, wo die Straße ausgebessert wurde. Im Rückspiegel zog die Limousine näher. Er trat den Beschleunigungshebel durch, fegte durch die beleuchteten Markierungstafeln, wischte eine ganze Reihe von Warnlichtern zur Seite und schleuderte zwei Robofahnenschwinger einige Meter hoch in die Luft – was sie nicht daran hinderte, ihre Flaggen weiterhin auf und ab zu bewegen. Seine Hoffnung auf sichere Durchfahrt sollte sich freilich nicht erfüllen, als er die Kurve hinter sich gebracht hatte: die Straße war völlig aufgegraben worden, und die Baugrube reichte von einer Gebäudefront zur anderen.

Chewbacca verlangsamte ihre Fahrt, überlegte ruhig, welche Chancen sie hatten, und kam zu dem Entschluß, daß er sich den Verfolgern stellen mußte. Er trat den Beschleunigungshebel erneut durch und riß die Steuersäule in einer Schmugglerwende herum. Die lange Kutsche schwang nach vorn, beschrieb eine exakte Hundertachtzig-Grad-Drehung und zerstörte dabei einige weitere Markierungspfosten, während ihr Luftkissen Staub und Schmutz aufwirbelte. Dann jagten sie wieder in die Richtung, aus der sie gekommen waren.

Han lehnte sich zu einem Seitenfenster hinaus. Als die Limousine auf sie zuraste, schob er den Arm durch einen Haltegriff und eröffnete das Feuer, erzielte Treffer an der Motorhaube der Limousine und einen mitten in der Windschutzscheibe. Chewbacca, der auf eine schreckliche Kollision vorbereitet war, stieß einen durchdringenden Schrei aus, und Hasti drückte Badure an sich. Han konnte die verängstigten Gesichter der Insassen der Limousine erkennen.

Im letzten Augenblick verlor der Fahrer der Limousine den Mut, wich der bevorstehenden Kollision aus und riß den Wagen zur Seite. Die Limousine fegte durch ein dichtes Gebüsch aus Mullanitesträuchern, raste über einen purpurfarbenen Rasenstreifen und stoppte schließlich – nachdem sie ein paar junge Pflanzen umgeknickt hatte – unmittelbar vor der Säulenhalle einer Studienberatungsstelle.

Chewbacca brachte seine Freude mit ein paar schrillen Belltönen zum Ausdruck, aber Han stieß einen Warnruf aus, als die Limousine sich wieder in Bewegung setzte. Chewbacca sah in ein paar Rückspiegel und in den großen Heckbildschirm, bog scharf nach rechts ab und jagte mit hoher Geschwindigkeit davon.

Die linke Seite der Kutsche hob sich, und der Wookie nützte diese Bewegung aus, um schnell nach rechts in eine Seitengasse zu fegen, in der Hoffnung, damit die Verfolger abzuschütteln. Unglücklicherweise hatte er dabei jedoch die Auffahrtrampe einer größeren Schnellstraße erwischt. Aber er war geistesgegenwärtig genug, einen alten Han Solo-Spruch zu befolgen: Wenn bremsen nichts hilft, dann gib Gas! Also legte er ein paar Schalter um und gab damit volle Kraft auf die Hilfsdüsen.

Das unmittelbare Problem war ein Müllroboter, der sich langsam die Rampe hinaufarbeitete. Sein Kyberpilotensystem war sich im unklaren, was dieses ungewöhnliches Hindernis wohl zu bedeuten hatte. Chewbacca, der immer noch die Zentrifugalkraft nutzte, gab Seitenschub und jagte die Kutsche mit voller Kraft gegen das Sicherheitsgitter der Rampe.

Das Gitter, Teil eines Verkehrssystems, das auf äußerste Nachsicht ausgelegt war, gab nach und bog sich nach außen, als der Wookie an ihm entlangfegte, wobei die Kutsche halb auf dem Boden und halb auf dem ächzenden Gitter dahinraste. Han stemmte sich hoch, warf einen Blick nach vorn und warf sich wieder auf den Boden. Der Robomüllsammler schob sich zur gegenüberliegenden Seite der Auffahrtrampe, und die zwei schweren Fahrzeuge passierten einander.

Die Kutsche hatte den äußersten Rückspiegel verloren und einen Teil des mitgenommenen Picknicks. Dafür hingen Überreste des Robomüllwagens an den meterhohen roten Schwanzflossen. Chewbacca bellte seine Freude hinaus, es war ein uralter Wookie-Kriegsschrei.

Hasti hatte gerade sich und Badure angeschnallt, als die Kutsche in die Schnellstraße einbog. Als der Wookie sah, daß er in falscher Richtung fuhr, drängte er sich an die Außenmauer, während er seine Situation überdachte. Er ließ einen Finger auf dem Hupknopf und ließ die ganze Zeit die Universitätshymne hinausschallen. Wenn man alle Faktoren in Betracht zog, so fand Chewbacca, lief es eigentlich ganz gut.

Han, hinten im Passagierabteil, war da etwas anderer Meinung. Die schwarze Limousine verfolgte sie immer noch. Die Sprechanlage funktionierte nicht, also schob Han die vordere Trennscheibe zur Seite und schrie: »Die sind immer noch hinter uns her!«

Der Wookie knurrte gereizt und sah sich um, bis er seine Chance entdeckte. Dann riß er das Steuer mit solcher Kraft herum, daß die Steuersäule ächzte und abzubrechen drohte. Aber irgendwie schafften sie es, drei Reihen entgegenkommenden Verkehr zu durchqueren, und dann hing Chewbacca auf

dem Mittelstreifen und wartete auf eine Lücke im Gegenverkehr.

Die automatischen Sicherheitssysteme hatten das potentielle
Massaker zur Kenntnis genommen, und plötzlich begannen in
schneller Folge Warnlichter aufzublitzen, um damit die anderen
Verkehrsteilnehmer vor der drohenden Gefahr zu warnen.
Leuchtmarken in zehn Meter Höhe und Gefahrensignale begannen zu blinken, und jene Fahrzeuge, die unter Robosteuer liefen, wurden vom zentralen Verkehrscomputer an den Rand gelenkt.

Unterdessen sah Han, der am hinteren Fensterrahmen hing,
die Limousine herankommen. Ihr Fahrer hatte eine leichtere
Aufgabe, da er ja bloß der Spur zu folgen brauchte, die der
Wookie bereits gelegt hatte. Han stemmte die rechte Schulter
gegen die Wand und stützte die Hand mit der Waffe, um sorgfältig zielen zu können. Im selben Augenblick, in dem er feuerte,
hatte Chewbacca jedoch eine Lücke im Gegenverkehr entdeckt,
riß am Steuer und jagte auf die sich bietende Lücke zu. Hans
Schuß verfehlte daher sein Ziel und verursachte ein kleines Loch
im Straßenpflaster.

Chewbacca raste senkrecht auf die Trennwand zu; er wußte
sehr wohl, daß sie eigentlich kollisionssicher war. Er traf mit
durchgetretenem Beschleunigungspedal und trat unmittelbar
vor dem Aufprall den Knopf, der den Zusatzschub freigab. Die
Maschine heulte auf. Hasti klammerte sich an Badure.

Die Kutsche fetzte durch das Doppelgitter und nahm zwei
Wagenlängen Gitter mit sich. Jetzt fegte Chewbacca die leicht
geneigte Straßenfläche hinauf; zwei Laternen flogen von der
Kutsche davon, und er erkannte jetzt, daß auch die Randtaster
abgefetzt worden waren. Han klammerte sich mit beiden Fäusten an den prunkvoll bestickten Haltegurten fest, stemmte die
Füße gegen die vordere Kabinenwand.

Die Kutsche schoß durch das Gitter, die dehnbaren Gitter-
glieder spannten sich, platzten dann mit einem titanenhaften
Ruck, der die Überreste ihres Picknicks hoch in die Luft schleu-

44

derte. Sie fegten die Böschung hinunter, quetschten durch eine zweite Gitterpartie und jagten mit einem Satz auf die Gegenfahrbahn, diesmal in der vorgeschriebenen Richtung, wenn auch mit durchaus verbotener Geschwindigkeit.

Der Wookie manövrierte geschickt und vermied jede weitere Kollision. So raste die Kutsche dahin, immer wieder Stücke von zerfetztem *Greel*holz verlierend. Han sah zum Seitenfenster hinaus und bemerkte, daß er durchaus Aufsehen erregte, sowohl bei einem Seniorprofessor im Amtstalar als auch bei einer stieläugigen Kreatur in einem Robotaxi. Chewbacca beschleunigte die Fahrt und ließ die verblüfften Zuschauer hinter sich.

Weniger als eine Minute später tauchte die schwarze Limousine am Kamm des Mittelstreifens auf und glitt durch die Bahn der Zerstörung, die Chewbacca hinterlassen hatte. Jetzt reihte auch sie sich in den Verkehrsstrom ein. Ein Mann mit einem langen Nadelstrahlkarabiner stand auf und schob Kopf und Arme durch das Sonnendach.

Han verließ jetzt die Passagierkabine, schwang sich aufs Trittbrett und warf sich nach vorn auf den Fahrersitz. »Die haben wir ganz schön wild gemacht«, schrie er, »jetzt hängen wir sie ab, Kumpel!«

Aber während er seinen Partner aufmunterte, raste Chewbacca im Zickzack dahin, ignorierte jegliche Verkehrsvorschriften und tat so, als gehörte die ganze Straße ihm. Er fuhr immer noch mit Vollgas, obwohl inzwischen beunruhigender schwarzer Rauch aus dem Motorraum quoll. Jetzt endlich feuerte der Mann mit dem Karabiner.

Ein Nadelstrahl zischte auf eine der scharlachroten Schwanzflossen zu, ließ das lackierte Holz verglühen und schnitt die Spitze ab, als die Stromkreise der Heckleuchten durchbrannten. Han stand auf, eine Hand fest an der Windschutzscheibe, mit der anderen den Blaster haltend. Er erwiderte das Feuer mit einem hastigen Schuß, aber der Strahl spritzte hilflos gegen das Pflaster.

Ein zweiter Schuß zischte durch die Fahrgastkabine. »Bring

45

uns hier weg, ehe die uns in Stücke schneiden!« schrie Han seinem Ersten Maat zu.

Der Rauch quoll jetzt immer dichter unter der Motorhaube heraus. Der Wookie riß das Steuer herum und schaffte es so, einen riesigen Robofernfrachter zwischen die Kutsche und ihren Verfolger zu plazieren. Ein weiterer Nadelstrahl, der sie verfehlte, brannte über das Heck des Fernfrachters. Das Letzte, was Han von der Limousine sah, war der Versuch ihres Fahrers, sich wieder in Position zu bringen. Er schrie Chewbacca zu: »Du mußt die Bremsen pumpen!«

Der Wookie kam der Anweisung ohne Frage nach, er war es gewöhnt, den verrückten Eingebungen seines Freundes zu folgen. Als der Fernfrachter die Kutsche überholte, fanden sie sich neben der Limousine.

Der überraschte Gewehrschütze wollte zielen, aber Han schoß schneller. Der Scharfschütze griff sich an den rauchenden Unterarm und fiel durch das Sonnendach nach unten. Hans zweiter Schuß riß ein Stück der Türe heraus. Zwei oder drei Geschöpfe versuchten, sich nach oben zu drängen, um einen Raketenwerfer in Stellung zu bringen. Wenn es ihnen schon nicht gelang, die Kutsche aufzuhalten, dann wollten sie sie wenigstens in Stücke schießen.

Han spürte, wie die Kutsche wieder beschleunigte, und sah sich um. Unmittelbar vor ihnen war der Fernfrachter, dessen langes Heck vor ihnen auf der Straße auf und ab hüpfte. Seine Ladebrücke war halbleer, nur ganz vorn war einiges Baumaterial zu sehen. In der Ferne ragte eine Straßenbrücke auf. Han begriff den Plan seines Ersten Maats sofort, schob seine Waffe ins Halfter und klammerte sich an Badure und Hasti fest, als hinge sein Leben davon ab.

Die Kutsche fegte in einem Satz die Ladebrücke empor, schwarzer Rauch quoll aus ihrem Motor, und die Zusatzdüsen waren überlastet. Chewbacca trat einmal auf die Bremse und gab dann wieder vollen Schub auf die vorderen Hebedüsen, die die Kutsche über niedrige Hindernisse heben sollten. Die Kutsche schoß an dem Baumaterial in die Höhe und jagte in die Luft, während der Wookie wie wild am Steuer riß.

Dann war die Brücke unter ihnen, und wie durch ein Wunder in diesem Augenblick frei. Die Kutsche setzte mit einem Ruck auf, der ihre Stoßdämpfer zusammenbrechen ließ. Sämtliche noch verbliebenen Laternen zersplitterten, und dann kamen sie an der Seitenmauer der Brücke zum Stillstand. Die Motorhaube wurde wie Papier zerdrückt, und eine Türe sprang aus ihren Scharnieren.

Hustend zerrten Han und sein Erster Maat Hasti und Badure aus dem Wrack. Die schwarze Limousine war bereits weit vor ihnen, vom Verkehrsstrom getragen. Chewbacca musterte die demolierte Luxuskutsche betrübt und jammerte dann leise vor sich hin.

Hasti wischte sich die Augen und hustete. Dann wollte sie wissen: »Wer hat euch zwei Idioten je gesagt, daß ihr fahren könnt?« Dann fiel ihr Chewbaccas betrübter Blick auf, und sie fragte: »Was hat er denn?«

»Er meint, er könnte Schwierigkeiten kriegen, sein Pfand zurückzubekommen«, erklärte Han.

Unterdessen begannen sich bereits Polizeifahrzeuge und Flugmaschinen weiter hinten auf der Straße zu sammeln. Da Chewbacca sich dafür entschieden hatte, die Straße auf recht unorthodoxe Weise zu verlassen, würden die Behörden wahrscheinlich eine Weile brauchen, bis sie sich zusammengereimt hatten, was hier vorgefallen war.

»Sei jetzt ruhig und sitz still.« Han packte den Kopf seines Ersten Maats fester.

Der Wookie, der auf einem schweißdurchtränkten, gefederten Beschleunigungssessel im vorderen Abteil der *Millennium-Falcon* saß, hörte auf herumzuzappeln, konnte aber sein Wimmern nicht unterdrücken. Er wußte, daß seine Halsverletzung schnell behandelt werden mußte. Han, der hinter ihm stand und jetzt seine Haltung veränderte, um sicherer zu stehen, hielt das Kinn seines Freundes unter einem Ellbogen und drückte die Hand gegen den Schädel des Wookie.

»Wie oft habe ich das denn schon gemacht? Hör auf zu jammern«, Han begann wieder Druck auszuüben, wobei er Chewbaccas Kopf nach links oben preßte. Der Wookie kämpfte pflichtschuldig gegen den Drang an, aufzustehen, und krampfte seine langen Finger in die Armstütze des Beschleunigungssessels.

Als Han Widerstand spürte, atemte er tief durch und riß dann ohne Warnung mit ganzer Kraft an dem dichtbehaarten Schädel. Ein gefährliches Knacken ertönte; Chewbacca stieß einen schrillen Schrei aus und schniefte dann jämmerlich. Aber als Han seinem Freund mitfühlend durch den Pelz strich und einen Schritt zurücktrat, rieb sich der Wookie den Hals und bewegte den Kopf wieder ohne Schmerz. Er stand auf und ging nach vorn, um das Sternenschiff startbereit zu machen.

»Wenn Sie mit Ihrer ärztlichen Behandlung fertig sind, Doktor«, sagte Hasti, die hinter dem Spielbrett Platz genommen hatte, »dann wäre es an der Zeit, einige Dinge zu klären.«

Han, der an der Konsole lehnte, nickte. »Ja, auf den Tisch damit, damit wir sehen, was anliegt.«

Badure, der sich von dem Lähmschuß völlig erholt hatte, saß neben Hasti. Um Konflikte zu vermeiden, übernahm jetzt er die Gesprächsführung. »Ich habe Hasti und ihre Schwester Lanni in einem Bergwerkslager auf einem Planeten namens Dellalt hier in der Tion-Hegemonie kennengelernt. Ein ziemlich mieser Verein; ich war dort auf Arbeitskontrakt.«

Er ignorierte Hans Überraschung. *Dem ist es schlechter gegangen, als ich dachte,* erkannte der Pilot.

»Und denen ging's auch nicht besser«, fuhr Badure fort. »Du weißt ja, wie diese Lager manchmal sind, und das dort war so ziemlich das schlimmste, das ich gesehen habe. Wir drei paßten ein wenig aufeinander auf.

Lanni hatte ein Mitgliedsbuch bei der Pilotengilde und hat eine Menge Flüge gemacht, meistens Boden-Boden. Irgendwo hatte sie einen Logrecorder aufgepickt, einen von den alten Scheibentypen. Die werden ja seit Jahrhunderten nicht mehr in Schiffen eingesetzt. Sie konnte die Zeichen natürlich nicht lesen, aber da war auch ein Symbol, das die meisten Wesen in diesem Teil des Weltraums kennen, die *Queen of Ranroon*.«

»Wie kam denn ein Logrecorder nach Dellalt?«

»Dort sind die ganzen Stahlkammern«, sagte Badure und erinnerte Han damit an das, was er vor langer Zeit im Geschichtsunterricht gelernt hatte. Xim der Despot hatte Legenden von geplünderten Planeten hinterlassen, von Massakern an Gefangenen und von anderen Gemeinheiten. Und Xim der Despot hatte befohlen, daß riesige Stahlkammern für den Tribut gebaut wurden, den ihm seine Heerscharen eintrieben. Der Schatz traf nie ein, und die leeren Stahlkammern, alles was von Xims Herrschaft übriggeblieben war, stellten eine belanglose Kuriosität dar, die gewöhnlich von der riesigen, mit anderen Dingen beschäftigten Galaxis ignoriert wurde.

»Willst du behaupten, daß die *Queen* es doch bis Dellalt geschafft hätte?«

Badure schüttelte den Kopf. »Nein, aber jemand ist mit der Scheibe aus dem Logrecorder dorthin gelangt.«

»Die Scheibe liegt in einem Schließfach in einer Anlage in den alten Kammern«, schaltete Hasti sich ein. »Meine Schwester hatte Angst, man würde sie ihr wegnehmen. Die Bergwerksgesellschaft durchsucht die Räume ihrer Angestellten gelegentlich. Also machte sie bei einem ihrer Frachtflüge einen Umweg und brachte die Scheibe an einen sicheren Ort.«

»Wie hat sie sie denn überhaupt bekommen? Und wo ist sie jetzt?« Han las die ernüchternde Antwort in ihren Gesichtern und war nicht überrascht. Die Gegenseite, das hatte er bereits am eigenen Leib erfahren, nahm ihre Sache tödlich ernst. Er ließ das Thema fallen.

»Also, ab nach Dellalt, ehe die Mietfirma ihre Kutsche sucht.«

Aber Badure schlug sich auf den dicken Bauch und verkündete: »Wir müssen noch auf ein Mannschaftsmitglied warten. Er ist bereits unterwegs. Ich habe unsere Tickets bereits abbestellt, die Linie wird ihn daher direkt zu uns weiterleiten.«

»Wer? Wozu brauchen wir ihn denn?« Han war nicht gerade erpicht darauf, zu viele Leute in das Unternehmen einzuschalten.

»Er heißt Skynx; er ist Experte für die präreplublikanische Zeit in diesem Teil des Weltraumes. Und er kennt sich in den alten Sprachen aus; er hat bereits ein paar Zeichen entziffert, die Lanni von der Scheibe kopiert hat. Genügt das?«

»Für den Augenblick.« Han begriff, daß jemand die Scheibe würde entziffern müssen, um herauszufinden, was aus der *Queen* geworden war. Er zog seine Weste aus und begann, sein Schulterhalfter abzuschnallen. »Nächste Frage: Wer ist die Opposition?«

»Die Leute, die das Bergwerk betreiben. Sie wissen ja, wie das in Tion läuft. Jemand zahlt jemandem im Industrieministerium und kriegt seine Bewilligung. Die Bergwerksgesellschaft teilt ihr Territorium irgendwie auf und schnappt sich, was sie kann, und zieht Leine, ehe irgendwelche Inspektoren oder Schriftstücke sie einholen können. Gewöhnlich werden sie von irgendeinem Gangsterboß finanziert.

Dieser Verein wird von Zwillingen geführt. Die Frau heißt J'uoch und ihr Bruder R'all. Sie haben auch einen Partner, Egome Fass, das ist ihr Muskelmann. Ein großer, unangenehmer

Humanoid, ein *Houk,* noch größer als unser Chewie hier. Alle drei sind durch eine ziemlich harte Schule gegangen, und so spielen sie auch.«

Han hatte seinen Waffengurt und das Halfter umgeschnallt und schob jetzt seinen Blaster wieder hinein. »Das habe ich auch gesehen. Und von uns wollt ihr bloß, daß wir euch nach Dellalt bringen und wieder abholen?«

In diesem Augenblick ließ der Wookie sich im Intercom vernehmen, daß jemand um Erlaubnis, an Bord zu kommen bitten würde.

»Das wird Skynx sein«, erklärte Badure.

Han forderte den Wookie auf, den Akademiker hereinzulassen.

»Wenn ihr uns zu den Stahlkammern bringt und anschließend wieder von Dellalt abholt«, fuhr Badure fort, »dann bezahle ich euch den doppelten Preis aus dem Erlös, den wir für den Schatz erzielen. Aber wenn ihr mit uns gemeinsame Sache macht, du und der Wook, dann könnt ihr euch einen vollen Anteil holen.«

Hasti schrie: »Halber Anteil!« und kam damit Han zuvor, der »Voller Anteil für jeden!« schrie. Sie blickten einander finster an. »Ein bißchen aufgeputscht, wie, Süße?« fragte Han. »Wie wollen Sie denn ohne uns hinkommen? Mit den Armen schlagen?« Er hörte Chewbaccas Schritte, die sich der Hauptluke näherten.

Hastis Temperatur flammte auf. »Für einen kleinen Hopser wollen Sie und dieser Teddybär einen vollen Anteil?«

Badure hob beide Hände und brüllte: *»Jetzt reicht's!«* Es wurde wieder ruhig. »So ist's netter, Leute. Wir sprechen hier von größeren Beträgen, das genügt für jeden. Wir teilen folgendermaßen: ein voller Anteil für mich, weil ich Hasti lebend von Dellalt geholt habe, und Lanni das, was sie wußte, uns beiden zu gleichen Teilen übergeben hat; zwei Anteile für Hasti, ihr eigener und der der armen Lanni. Und für dich, Skynx und den Wook für den Augenblick je ein halber Anteil. Je nachdem, was der einzelne bei der Suche des Schatzes noch tun muß, verhan-

51

deln wir neu. Einverstanden?«

Han studierte Badure und das immer noch wütende rothaarige Mädchen. »Von wieviel sprechen wir denn?« wollte er wissen.

Der alte Mann neigte den Kopf zur Seite. »Frag doch ihn.«

Badure wies auf das Individuum, das an Bord gekommen war und Chewbacca jetzt ins vordere Abteil folgte. *Warum habe ich eigentlich angenommen, daß er ein Mensch sein würde?* fragte sich Han.

Skynx war ein Ruurianer von durchschnittlicher Größe – ein wenig über einen Meter lang – flach gebaut, mit einem gewachsenen, dicken, bernsteinfarbenen, wolligen Pelz mit braunen und roten Streifen. Er bewegte sich auf acht Paaren kurzer Gliedmaßen. Auf seinem Kopf tanzten federartig wirkende, nach hinten gerichtete Antennen. Skynx hatte große rote Facettenaugen, einen winzigen Mund und eine kleine Nase. Hinter ihm rollte ein Gepäckrobo mit ein paar Kisten und Schachteln auf die Ladebrücke.

Skynx blieb stehen und richtete sich auf den letzten vier Gliedmaßenpaaren auf. Die Finger an seinen Gliedern, je vier, wirkten sehr geschickt und vielseitig. Er winkte den Menschen zu. »Ah, Badure!« rief er mit etwas schrill klingender Stimme. »Und die liebliche Hasti! Wie geht es Ihnen, junge Frau? Diesen Wookie habe ich bereits kennengelernt. Dann sind Sie wohl unser Kapitän?«

»Wohl? Ich *bin* es, Han Solo.«

»Sehr erfreut! Ich bin Skynx von Ruuria, Unterabteilung für menschliche Geschichte, Department Prärepublik, dessen Vorsitzender ich im Augenblick bin.«

»Wie machen Sie das?« fragte Han nach einem Blick auf Skynxs fremdartige Anatomie. Dann fuhr er schnell fort, da er keinen Anlaß sah, in Geldfragen irgendwelche Verzögerungen aufkommen zu lassen. »Hinter wieviel Geld sind wir her?«

Skynx legte den Kopf nachdenklich zur Seite. »Es gibt so viel widersprüchliche Informationen über die *Queen of Ranroon,*

daß ich es am besten folgendermaßen formuliere: Das Schatzschiff von Xim dem Despoten war das größte Schiff, das in jener
Zeit je gebaut wurde. Ihre Vermutung ist genauso gut wie die
meine.«

Han lehnte sich zurück und dachte über die Lustpaläste, Spie-
lerplaneten, Sternenjachten und all die Frauen der Galaxis nach,
die noch nicht das Glück gehabt hatten, seine Bekanntschaft zu
machen. Trotzdem. Chewbacca schnaubte und kehrte ins Cockpit zurück.

»Wir machen mit«, erklärte Han. »Sagen Sie dem Gepäckträ-
ger, er soll Ihr Zeug hier abladen, Skynx. Badure, Hasti, macht
es euch bequem.«

Hasti und Skynx wollten beide den Start im Cockpit erleben.
Als sie allein waren, meinte Badure vertraulich: »Da ist etwas,
das ich vor den anderen nicht sagen wollte. Ich hab' mich herum-
gehört und mich über ein paar von deinen verrückten Jobs informiert. Man sagt, jemand wäre hinter dir her. Es soll um einiges
Geld gehen, aber ich hab' noch keinen Namen gehört. Hast du
eine Ahnung, wer das sein könnte?«

»Die halbe Galaxis, denke ich manchmal.« Han hatte viele
Aufträge erledigt, viele Deals hinter sich, und manchmal war
auch etwas schiefgegangen. »Woher soll ich das wissen?« Aber
sein Gesichtsausdruck wurde ernst, und Badure hatte das Gefühl, daß Han sehr wohl eine Ahnung hatte, wer ihn suchen
mochte.

Han stand in der Mitte des vorderen Abteils und lauschte. Die
Technokonsole und die meisten anderen Geräte im Raum waren
abgeschaltet worden, um den Geräuschpegel zu senken. Er
konnte das Vibrieren der Maschinen der *Millennium Falcon* hören. Er vernahm einen leisen Laut hinter sich.

Er fuhr herum, ging in die Knie, zog, feuerte aus der Hüfte.
Sein Zielobjekt, eine kleine Kugel, die sich mittels Repulsordü-
sen und Preßluft bewegte, konnte seinem Schuß nicht ganz ausweichen. Der Gegenschuß ging über ihn hinweg. Von seinem

53

harmlosen Leuchtstrahl deaktiviert, hing die Kugel reglos in der Luft und wartete auf seine nächste Übungssequenz.

Han sah zu Bollux, dem Arbeitsdroiden, hinüber. Bollux saß mit geöffneten Brustplatten da. Blue Max, das Computermodul, das in die Brusthöhle des Droiden eingebaut worden war, hatte das Zielobjekt gelenkt. »Ich hab' dir doch gesagt, daß ich mehr Mühe haben möchte, als mir die idiotischen Stromkreise dieses Dinges verschaffen können«, tadelte Han Blue Max.

Bollux, ein blitzender, grüner, breitbrüstiger Automat, hatte Arme, die an einen Affen erinnerten, so lang waren sie. Der Computer, ein phantastisch teures Gerät, das für höchste Kapazität gebaut war, war hellblau lackiert, was ihm seinen Namen gegeben hatte. Nachdem Han den Kommerzsektor verlassen hatte, gab er eine beträchtliche Summe für die Modifikation der zwei Mechanos aus, mußte sich allerdings bald auch eingestehen, daß ohne sie er und der Wookie so manchen Strauß nicht überlebt hätten. Bollux enthielt jetzt einen neueren und leistungsfähigeren Receiver, und Max war mit einem kompakten Holoprojektor ausgestattet worden.

»Hab' ich auch getan«, verteidigte sich das kleine Modul. »Kann ich etwas dafür, wenn Sie so verdammt schnell sind? Ich könnte die Reaktionszeit auf null reduzieren, wenn Sie das wollen.«

Han seufzte. »Nein. Und paß ein wenig auf, wie du redest, Max; wenn ich so rede, heißt das noch lange nicht, daß du das auch darfst.« Er nahm die scharfe Ladung, die gewöhnlich in seine Waffe eingebaut war, aus ihrem Etui, das er am Gürtel trug.

Badure lehnte in einem der Beschleunigungssessel. »Du hast während des ganzen Fluges geübt. Und dabei hast du das Bällchen jedesmal geschlagen. Vor wem hast du denn solche Angst?«

Han zuckte die Achseln und meinte nach einer Weile, als wäre es ihm jetzt erst eingefallen. »Hast du je von einem Revolvermann gehört, den sie Gallandro nennen?«

Badures buschige Brauen hoben sich. »*Der* Gallandro? Mit

Anfängern gibst du dich wohl nicht ab, Slick? So ist das also.«

Han sah sich um. Hasti hatte, von Badure unterstützt, darauf bestanden, Hans Kabine – in Wahrheit eine enge Kammer – zugesprochen zu bekommen. Chewbacca saß an den Kontrollen, aber Skynx war anwesend. Han fand, es würde nichts ausmachen, wenn der Ruurianer hörte, was er zu sagen hatte.

»Ich habe Gallandro vor einer Weile zum Aufgeben gebracht; ich wußte nicht einmal, wer er war. Weißt du, er hatte damals keine andere Wahl, weil er mit einer anderen Sache beschäftigt war. Später wollte er die Rechnung mit mir ausgleichen.«

Der Schweiß trat ihm bei der bloßen Erinnerung auf die Stirn. »Der ist *wirklich* schnell. Ich kam nicht einmal bei seinem Übungszug mit. Jedenfalls hab' ich ihn ausgetrickst und die Fliege gemacht. Ich kann mir vorstellen, daß er ziemlich dumm aus der Wäsche guckte, aber ich hätte nie gedacht, daß es ihm so wichtig wäre.«

»Gallandro? Slick, du redest von dem Typen, der ganz alleine die *Quamar Messenger* auf ihrem Jungfernflug geraubt und dieses Piratennest Geedon V ganz alleine geknackt hat. Und dann hat er Jagd auf die Malorm-Familie gemacht und für alle fünf die Kopfprämie kassiert. Und keiner hat je seine Abschußliste übertroffen, die er aufstellte, als er bei Marso's Demons einen Jäger flog. Außerdem ist er der einzige Mann, der je die Assassinengilde dazu gebracht hat, einen Kontrakt zu stornieren. Er hat persönlich die Hälfte ihrer Elite aus dem Verkehr gezogen, Einen nach dem anderen – und dazu noch eine ganze Anzahl Gehilfen und Lehrlinge.«

»Ich weiß, ich weiß«, sagte Han müde und setzte sich. »*Jetzt* weiß ich das. Hätte ich es damals gewußt, dann hätte ich dafür gesorgt, daß zwischen uns beiden ein paar Parsec Abstand sind. Aber was will ein solcher Typ denn von mir?«

Badure sprach, als hätte er es mit einem schwachsinnigen Kind zu tun. »Han, du darfst niemals jemand wie Gallandro dazu bringen, daß er dir gegenüber den Kürzeren zieht, und dann noch weggehen, so daß er wie ein Narr dasteht. Männer wie er leben von ihrem Ruf. Du weißt das genausogut wie ich. Sie schlucken nie eine Beleidigung und geben nie auf. Der wird nicht lockerlassen, bis er seine Rechnung beglichen hat.«

Han seufzte. »Nun, die Galaxis ist groß; er kann schließlich nicht den Rest seines Lebens damit verbringen, mich zu suchen.« Das klang wesentlich überzeugter, als er es selbst war.

Hinter ihm ertönte ein Geräusch, und er kippte sich seitlich aus dem Sessel, feuerte im Flug und warf sich zu Boden, um dem Strahl des Zielautomaten auszuweichen. Sein eigener Leuchtstrahl traf die Kugel in der Mitte. »Nicht übel, Max«, meinte er.

»Ich habe das Gefühl, daß Sie recht geschickt sind, Captain«, sagte Skynx von der gepolsterten Nische auf der anderen Seite der Beschleunigungscouch her.

Han erhob sich. »Sie wissen alles, was es über Blastermeister zu wissen gibt, nicht wahr?« Er musterte den Akademiker. »Warum sind Sie eigentlich mitgekommen? Wir hätten Ihnen die Scheibe bringen können.«

Der kleine Ruurinaer wirkte verlegen. »Äh, ich meine, äh, Sie wissen ja wahrscheinlich, daß der Lebenszyklus meiner Gattung –«

»Ich habe vor Ihnen noch nie einen Ruurianer gesehen«, unterbrach ihn Han. »Skynx, in dieser Galaxis gibt es mehr Lebensformen als je irgendeiner gezählt hat. Aber das wissen Sie doch. Allein schon eine Aufzählung aller vernunftbegabten Gattungen wäre ein Lebenswerk.«

»Natürlich. Aber, um Ihre Frage zu beantworten: Wir Ruurianer durchlaufen drei verschiedene Formen, nachdem wir aus dem Ei schlüpfen. Da ist zunächst die Larve, das, was Sie vor sich sehen; der Puppenzyklus, in dem wir gewisse Veränderungen durchmachen, und schließlich das endgültige Stadium, in dem wir Flügel bekommen und für das Überleben unserer Gattung sorgen. Die Puppen sind ziemlich hilflos, das werden Sie sich vorstellen können. Und die Farbflügler sind, äh, anders beschäftigt. Sie interessieren sich nur für das Fliegen, die Paarung und das Eierlegen.«

»Ich hoffe nur, daß es auf diesem Schiff keine Kokons oder Eier gibt«, warnte Han finster.

»Das verspricht er«, sagte Badure ungeduldig. »Willst du jetzt zuhören?«

Skynx setzte seinen Bericht fort. »Damit bleibt uns Ruurianern im Larvenstadium nur übrig, die Puppen zu schützen und sicherzustellen, daß die recht einfältigen Farbflügler nicht in Schwierigkeiten geraten – und außerdem müssen wir unseren Planeten regieren. Wir sind sehr beschäftigt, von der Geburt weg.«

»Was hat das damit zu tun, daß eine nette Larve wie Sie nach verlorenen Schätzen auf die Jagd geht?« fragte Han.

»Ich habe die historischen Aufzeichnungen Ihrer eigenen weit verstreuten Gattung studiert und bin von diesem Begriff *Abenteuer* fasziniert«, gestand Skynx, als würde er damit eine finstere Perversion beichten. »Von allen Rassen, die auf ein unsicheres Ergebnis hin Gesundheit und Leben aufs Spiel setzen – und statistisch gesehen gibt es davon gar nicht so viele –, ist dieser Wesenszug am ausgeprägtesten bei den Menschen festzustellen; eine der erfolgreichsten Lebensformen, die es gibt.«

Skynx gab sich Mühe, den nächsten Satz sorgfältig zu formulieren. »Die Geschichten, die Legenden, die Lieder und die Holothriller haben mich gefesselt. Einmal, bevor ich meine Puppe spinne, bevor ich meinen tiefen Schlaf beginne und am Ende als Farbflügler geboren und nicht länger Skynx sein werde, ist es mein Wunsch, die Vernunft beiseite zu werfen und ein Abenteuer nach menschlichem Stil zu erleben.« Er klang richtig glücklich, wie er das sagte.

In der Kabine herrschte Schweigen. »Spielen Sie ihm das Lied, das Sie für mich gespielt haben, Skynx«, forderte Badure ihn schließlich auf.

In der gepolsterten Nische, die Skynx den größten Teil der Reise bewohnt hatte, hatte er eine Art Aufbewahrungssystem aufgebaut, ein baumähnliches Gebilde, das er anstelle von Schachteln oder Taschen benutzte. An den verschiedenen Ästen dieses Baumes hingen Skynx' persönliche Habseligkeiten und Gegenstände, die er in seiner Nähe haben wollte. Jedes Artefakt war ein Rätsel, aber eines zumindest war ein Musikinstrument.

Han hatte schon genug nichtmenschliche Musik gehört, um auf das akustische Erlebnis verzichten zu wollen. Vielleicht entging ihm dabei einiges Unterhaltsames, aber ebensogut war möglich, daß ihm erspart blieb, Laute zu hören, die sich wie die Klänge einer ungeölten Muschel anhörten. Er wechselte hastig das Thema.

»Warum zeigen Sie uns nicht lieber, was in den Kisten ist?« Han sah sich um. »Wo ist Hasti? Die sollte das auch mitkriegen.«

»Wir werden bald landen, und sie hat noch einige Vorbereitungen zu treffen«, sagte Badure. »Skynx, zeigen Sie ihm die Überreste; sie sollten ihn interessieren.«

Skynx erhob sich, schüttelte sein bernsteinfarbenes Fell, um es zu glätten, und floß dann elegant aus seiner Nische. Han hoffte, daß ›Reste‹ nicht jene Art unappetitlicher Gegenstände meinte, die er in Museen betrachtet hatte, und trat mit einem Motorstemmeisen an die vorderste Kiste. Auf Skynx' Hinweis öffnete er einen Behälter und stieß erstaunt einen Pfiff aus. »Badure, hilf mir mal dieses Ding aus der Kiste zu holen, ja?« Sie mühten sich beide ab und hoben den Gegenstand heraus und stellten ihn auf das Spielbrett.

Es war der Kopf eines Automaten. Besser gesagt, es war der Schädelturm eines Roboters aus der Antike. Seine Optiken waren lange Zeit der Strahlung ausgesetzt gewesen und daher verdunkelt. Der Schädel war gepanzert wie ein Schlachtschiff, und Han erkannte die grobe, grau schimmernde Legierung nicht. Die verschiedenen Symbole und Markierungen, die in die Oberfläche eingegraben waren, konnte man aber noch erkennen und lesen. Han rechnete jeden Augenblick damit, daß das Sprechgitter ihnen eine Herausforderung entgegenkrächzte.

»Das ist ein Kriegsrobot. Xim der Despot hat eine Brigade davon gebaut, um sich eine völlig vertrauenswürdige königliche

Garde zu schaffen«, erklärte Skynx. »Die waren zu jener Zeit die schrecklichsten Kampfmaschinen in menschlicher Form, die es in der ganzen Galaxis gab. Die Überreste von dem hier sind in den fliegenden Ruinen von Xims Orbitalfestung gefunden worden, wahrscheinlich der einzigen, die nicht in der dritten Schlacht von Vontor zerstrahlt wurde, bei der Xim schließlich besiegt wurde. In den anderen Kisten sind weitere Fragmente. Wenigstens tausend von der Sorte befanden sich auf der *Queen of Ranroon* und bewachten Xims Schatz, als das Schiff verschwand.«

Han öffnete eine weitere Kiste. Sie enthielt eine riesige Brustplatte. Han wußte, daß er ohne Chewbaccas Hilfe nie imstande sein würde, das Monstrum aus der Kiste zu heben. Mitten in der Platte war Xims Symbol eingegraben, ein Totenschädel mit flammenden Sonnen in den Augenhöhlen.

Jetzt kam Bollux herein. Seine Brustplatte stand offen, so daß auch Blue Max sehen konnte, was um ihn herum vorging. Diese zwei Maschinen waren von einer Gruppe gesetzloser Techniker kombiniert worden und hatten vor einiger Zeit eine wesentliche Rolle in einem Abenteuer gespielt, das Han auf einem Gefängnisplaneten der Kommerzbehörde erlebt hatte, der sich Stars' End nannte. Bollux und Max hatten sich dafür entschieden, sich Han und Chewbacca anzuschließen und als Gegenleistung für ihre Passage zu arbeiten, um die Galaxis kennenzulernen.

»Captain, der Erste Maat Chewbacca sagt, daß wir in Kürze wieder in den Normalraum eintreten werden«, verkündete der Droid. Dann fielen seinen roten Fotorezeptoren auf den Schädelturm, und Han hätte schwören können, daß sie dabei heller wurden. In einer Stimme, die hastiger als seine gewöhnlich gedehnte Sprechweise klang, erkundigte sich Bollux: »Sir, was ist das?« Er trat näher, um das Ding besser sehen zu können. Auch Max studierte das Relikt.

»Uralt«, meinte der Droid dann. »Was für eine Maschine ist das?«

»Kriegsrobot«, erklärte Han, der inzwischen in den anderen

Kisten herumstöberte. »Uropa Bollux vielleicht.« Er bemerkte nicht, wie die Metallfinger des Droiden neugierig über den mächtigen Schädel strichen.

Han murmelte halblaut vor sich hin: »Verstärkte Streßpunkte; überschwerer Panzer überall. Wie dick das ist! Mit diesen Energiesystemen könnte man eine ganze Werkstätte betreiben. Hm, und eingebaute Waffen, chemisch und energetisch.«

Er hörte auf zu wühlen und sah Skynx an. »Diese Dinger müssen unwiderstehlich gewesen sein. Selbst mit einem Blaster in der Hand möchte ich mich mit keinem von denen anlegen.« Er schob den Deckel auf die Kiste zurück. »Macht es euch alle bequem. Wir verlassen den Hyperraum, sobald ich im Cockpit bin. Wo ist Hasti? Ich kann doch nicht das ganze –« Dann verstummte er. Hasti – sie mußte es sein – war gerade ins vordere Abteil geschwebt, aber das war nicht mehr das Mädchen von der Fabrikwelt, die Bergarbeiterin. Ihr rotes Haar fiel jetzt in weichen Wellen auf ihre Schultern. Sie trug ein Kleid aus wertvollen irisierenden Stoffen in Schwarz und Purpur, das bis zum Boden reichte. Darüber einen gesteppten Mantel mit voluminösen Ärmeln, mit zurückgeworfener Kapuze. Die goldene Schärpe hing halb offen herunter. Beim Gehen konnte man weiche, prunkvoll bestickte Mokassins sehen.

Sie hatte auch Make-up aufgelegt, aber mit solchem Geschick, daß Han nicht erkennen konnte, welcher Art dieses Make-up war und wo sie es aufgetragen hatte. Sie wirkte kühler, selbstbewußter und schien älter zu sein, als Han sie in Erinnerung hatte. Ihr Gesichtsausdruck forderte ihn heraus, eine dumme Bemerkung zu machen. Er versuchte sich zu erinnern, wie lange es zurücklag, daß er jemanden gesehen hatte, der so attraktiv war.

»Mädchen«, hauchte Badure, »jetzt habe ich einen Augenblick lang gedacht, du wärst ein Gespenst. Das hätte Lanni sein können, die dort steht.«

Vor einer Stunde hätte ich gesagt, die würde nicht einmal in einem Gefängnis mit einem Düsenrucksack auf den Schultern jemanden finden, der sich für sie interessiert. Scheint, daß ich alt

60

werde, dachte Han und fand dann seine Stimme wieder. »Aber warum?«

Während Hasti Han kühl musterte, erklärte Badure: »Als Lanni bei einem ihrer Frachtflüge den Kurs wechselte, um die Recorderscheibe in den Stahlkammern zu verstauen, legte sie dieses Kostüm an, das Hasti jetzt trägt, damit nicht bekannt werden sollte, daß eine Frau aus dem Bergwerkslager dort gewesen war. Zum Glück hatte sie uns den Mietcode und die Kombination genannt, ehe sie von J'ouchs Leuten getötet wurde. Hasti muß der armen Lanni so weit wie möglich gleichen, falls sich das Personal in den Stahlkammern zufällig an ihre Schwester erinnern sollte.«

Hasti deutete auf Hans Kabine. »Einen hübschen Stall haben Sie dort hinten; das sieht ja aus, als hätte dort jemand sechs Tage lang gefeiert.«

Ein ärgerliches Miauen hinderte ihn, darauf zu antworten. Das war Chewbacca, der darauf bestand, daß Han für das Eintauchmanöver nach vorn kam.

»Ist es zuviel verlangt, wenn ich darum bitte, den Vorgang vom Cockpit aus betrachten zu dürfen?« meinte Skynx, zu Han gewandt.

»Aber nein. Wir finden schon irgendwo Platz für Sie.« Han erwiderte Hastis hochmütigen Blick. »Und Sie? Wollen Sie sich's auch ansehen?«

Sie verzog gleichgültig den Mund. Skynx versagte es sich, eine Bemerkung über die menschlichen Balzgewohnheiten zu machen, und eilte erregt ins Cockpit, gefolgt von Badure. Han versuchte, Hastis Gesichtsausdruck zu deuten, und entschied sich dafür, ihr weder den Arm anzubieten, noch sie sonst irgendwie zu berühren.

Keiner von ihnen bemerkte Bollux, der zurückblieb und den Kopf des Kriegsroboters betrachtete und immer noch die kalten Finger auf der imposanten gepanzerten Stirn liegen hatte.

61

In seiner Blütezeit war Dellalt ein wichtiges Mitglied einer Sternwolke von strategischer Bedeutung gewesen. Das war in der präpublikanischen Phase, die in diesen Bereichen als Expansionsperiode in die Geschichte eingegangen war. Doch diese Bedeutung war mit der Zeit verblaßt. Veränderungen in den Handelsrouten, größere Reichweiten der Schiffe, intensive wirtschaftliche Konkurrenz, gesellschaftliche Veränderungen und der Wandel in den Machtzentren der sich entwickelnden Republik – all das hatte den Planeten schon lange zu einem selten aufgesuchten Ziel gemacht, der selbst vom Rest der Tion-Hegemonie isoliert war.

Dellalts Oberfläche wies wesentlich mehr Wasser als festen Boden auf. Die Schatzkammern von Xim lagen in der Nähe eines Sees auf dem südlichsten der drei Kontinente des Planeten, auf einem hakenförmigen Stück Land, das Dellalts Äquator überquerte und fast bis zum Südpol des Planeten reichte. In der Umgebung der Kammern hatte sich die einzige größere Bevölkerungskonzentration Dellalts entwickelt, eine kleine Stadt, die Xims Ingenieure gebaut hatten. Die Reisenden studierten sie während des Anflugs. Die schweren Batterien und Verteidigungsanlagen, die die Stadt umgaben, waren jetzt zerfallene Ruinen, die nur noch von zerbröckelnden Maschinen gefüllt waren. Zerbrochene Pylonen einer Einschienenbahn und einstmals großartige Gebäude, die im Begriff waren, wieder zu Staub zu zerfallen, waren von dicken Schlingpflanzen überwuchert. Die Bautätigkeit der letzten Zeit war ziemlich spärlich gewesen, schlecht geplant und mit primitiven Materialien ausgeführt. Die Überreste einer Abwasser- und Wasseraufbereitungsanlage waren zu erkennen und wiesen darauf hin, wie weit Dellalt zurückgefallen war. Badure erwähnte, daß der Planet eine Rasse von Sauropteroiden beherbergte, große Wasserreptilien, die in einem streng codifizierten Waffenstillstand mit den menschlichen

Bewohnern lebten.

Hafenbehörden gab es nicht; eine Bürokratie hätte unprofitable Aufwendungen dargestellt, und das war etwas, das die Tion-Hegemonie um jeden Preis vermied. Han und Badure, die daran interessiert waren, Aufmerksamkeit zu erwecken, verließen das Schiff und dehnten und streckten sich, ehe sie über die Landefläche gingen, die nicht viel mehr als eine flache Hügelkuppe war, welche die Brandmale ehemaliger Starts und Landungen aufwies. Ihr Atem gefror in der kalten Luft. Han hatte seine Fliegerjacke angezogen. Altehrwürdig und zersprungen, zeigte sie ein paar dunklere Stellen, wo irgendwelche Rangabzeichen entfernt worden waren. Er schlug sich den Kragen hoch, um sich vor dem Wind zu schützen.

Unter ihnen dehnte sich die zerfallende Stadt am Fuße des Hügels und bis hinunter zu dem langen, schmalen See, der ein Teil des komplizierten Wassersystems Dellalts darstellte. Dem Zustand der Landefläche nach vermutete Han, daß diese höchstens drei oder vier Landungen pro dellaltianischem Jahr erlebte – vermutlich nur von Tion-Streifenschiffen und hin und wieder von einem Tramphändler. Das Jahr des Planeten war eineinhalbmal so lang wie ein Standardjahr, während der durchschnittliche Tag kürzer als der des Standardkalenders war. Die Schwerkraft war etwas höher als der Standard, aber da Han die künstliche Gravitation der *Millennium Falcon* bereits während des Anfluges angepaßt hatte, bemerkten sie es jetzt kaum.

Leute kamen aus der kleinen Stadt angerannt. Sie lachten und machten grüßende Handbewegungen. Die Kleidung der Frauen ähnelte der Hastis, wenn auch gewisse Änderungen in Farbe und Schnitt festzustellen waren. Die männliche Kleidung tendierte zu weiten Pluderhosen, Steppjacketts, allen Arten von Hüten und Turbanen und fließenden Umhängen und Roben. Die Kinder kopierten das Aussehen ihrer Eltern in Miniatur. Rings um die Menschen waren Rudel von kläffenden, hüpfenden Haustieren zu sehen, Vierbeiner mit grober Haut und nadelähnlichen Zähnen und Greifschwänzen. Han fragte, wem das einzige Bauwerk auf dem Landeplatz gehörte, ein zerfallender Bau aus gebranntem Sand, der als Lagerhaus oder Hangar benutzt werden konnte. Der Besitzer erschien schnell, indem er sich mit Flüchen und Beleidigungen, die niemand persönlich zu nehmen schien, seinen Weg durch die Menge bahnte. Er war klein, aber kräftig gebaut, und sein zottiger Bart schien von irgendeiner lokalen Krankheit angegriffen zu sein. Seine Zähne waren bräunlichgelbe Stummel. Mangel an medizinischer Versorgung auf den Randwelten war etwas, woran Han sich so gewöhnt hatte, daß es ihn nicht einmal mehr davor ekelte.

Er erkundigte sich nach dem Gebäude. Man sprach Standard auf Dellalt, wenn auch durch kräftigen Akzent verzerrt. Der Mann beharrte darauf, daß die Mietbedingungen so belanglos wären, daß es sich überhaupt nicht lohnte, Hans Zeit damit zu vergeuden, er könne daher mit dem Entladen sofort beginnen. Der Pilot wußte, daß das eine Lüge war, aber die Konfrontation gehörte mit zu Badures Plan.

Bollux erschien und begann, zwischen dem Gebäude und dem Schiff hin und her zu wandern, wobei ihn die kreischenden, lachenden Kinder und die knurrenden Vierbeiner belästigten. Aber die Verwandten des Besitzers verjagten sie und bildeten eine Art Eskorte, um dafür zu sorgen, daß der Arbeitsdroid in relativem Frieden arbeiten konnte. Trotzdem folgten viele Blicke dem funkelnden Bollux; solche Automaten waren hier unbekannt. Die Verwandten des Besitzers öffneten eine der Türen des Gebäudes gerade so weit, daß der Droid sie passieren konnte. Er begann, Kisten, Kanister, Druckbehälter und sonstiges Gerät drinnen aufzustapeln.

Die Menge drängte sich etwas verstört um die *Millennium Falcon,* betastete furchtsam ihre Landestützen und musterte sie mit aufgerissenen Augen, wobei sie die ganze Zeit miteinander schnatterten. Dann bemerkte jemand den Wookie, der im Cockpit saß und auf sie herunterblickte. Ein Geschrei erhob sich, ein paar erhoben die Hände in Gesten, denen man ansah, daß sie den bösen Blick oder sonstiges Übel abwehren sollten.

Chewbacca blickte ungerührt auf all die Aktivitäten hinunter, und Han fragte sich, ob irgendeiner in der Menge wohl auf den Gedanken gekommen war, daß sein Erster Maat die Waffen des Frachters schußbereit hielt.

In dem Gebäude hatte sich bereits eine beachtliche Anzahl von Kisten, Kanistern und sonstigen Behältern angesammelt, als der Besitzer, dessen Verwandten sich an den Türen aufgebaut hatten, seine Willkommensbezeugungen einstellte und eine exorbitante Mietsumme forderte. Badure fuchtelte mit seiner mächtigen Faust unter der Nase des Mannes, und Han stieß eine wilde Drohung aus. Der Besitzer warf die Hände zum Himmel und forderte seine Vorfahren auf, für Gerechtigkeit zu sorgen. Er stieß dann eine paar Beleidigungen bezüglich des Aussehens und der Geburt der Außenweltler aus. Aber seine Verwandten behinderten den Droiden nicht, weiter Kisten ins Innere zu schleppen.

Jedesmal, wenn Bollux das Gebäude verließ, warf einer der Verwandten die Türe, begleitet von einem Ächzen der primitiven Scharniere, zu. Hasti wartete, bis sie dieses Geräusch zum drittenmal gehört hatte und daher sicher sein konnte, daß es Routine war. Sie hatte auch die bewußt langsamen Bewegungen des Droiden mit einkalkuliert, hob den Deckel von ihrem Versandkanister und stieg heraus, wobei sie vorsichtig den Saum ihres Kleides hob und sich dann den Hals rieb, der vom langen Aufenthalt in dem Kanister schmerzte.

Jeder, den die Menge beim Verlassen des Sternenschiffes gesehen hätte, wäre von dieser durch die ganze Stadt verfolgt worden. Und das wiederum hätte die Wiederbeschaffung des Logrecorders unmöglich gemacht. Badures Plan hatte all das einkalkuliert.

Das Gebäude hatte eine kleine Hintertür. Alles war so, wie Badure es vorhergesagt hatte – auf einer Hinterwäldlerwelt wie Dellalt konnte sich niemand teure Schließsysteme an jeder Türe leisten. Deshalb wurde diese Hintertür und auch die größere

Hängetür von innen gesichert, und lediglich eine kleinere, in die große eingelassene Tür war mit einem Schloß versehen. Nicht, daß es etwas ausgemacht hatte. Han Solo hatte Hasti für den Fall, daß sie sich ihren Ausgang mit Gewalt verschaffen mußte, einen Vibroschneider gegeben. Aber sie brauchte nur den Riegel zurückzuziehen und konnte hinter dem Gebäude ins Freie treten, wobei sie die Tür mit der Schulter wieder zuschob.

Sie sah um die Ecke und konnte wenigstens drei verschiedene Zentren der Aufregung erkennen. In einem waren Han Solo und Badure mit dem Besitzer der Halle zu sehen. Die drei beschimpften einander im besten Stil Dellalts, wie es sich beim Feilschen gehörte; in einem anderen Zentrum deuteten die Leute auf Chewbacca und debattierten hitzig über seine Herkunft; schließlich waren noch die Verwandten des Besitzers zu sehen, welche die Menge zurückdrängten, damit Bollux das Gebäude mit Behältern füllen konnte, die sie später konfiszieren würden, wenn die Außenweltler die exorbitante Mietsumme nicht bezahlten. Alle Dellaltianer wirkten glücklich und zufrieden und schienen diesem außerplanmäßigen Feiertag große Freude abzugewinnen.

An diesem Punkt kam es zu einer Ablenkung, die Badure ebenfalls eingeplant hatte. Skynx wogte die Rampe herunter, dem Anschein nach, um mit Han und dem alten Mann zu sprechen. Erstaunte Schreie ertönten, und die meisten Leute, die bisher hinter Bollux hergerannt waren, liefen jetzt auf dieses neue Wunder zu.

Hasti vergewisserte sich, daß ihre kompakte Pistole sicher in einer Innentasche verwahrt war, und setzte sich dann in Bewegung, wobei sie darauf achtete, den Lagerschuppen zwischen sich und dem Rest des Feldes zu halten. Sie hatte sich die Kapuze über den Kopf gezogen und blieb daher unbemerkt. Sie war schon einmal in der Stadt gewesen, als man sie und Lanni aus dem Bergwerkslager dorthin geschickt hatte, um Einkäufe zu tätigen. So erinnerte sie sich an die Anordnung der Anlagen und ging sofort auf Xims Schatzkammern zu.

Die Pflasterung, die man angebracht hatte, als die Stahlkammern neu waren, war inzwischen vom vielen Gebrauch und der Zeit angenagt und teilweise aufgelöst worden. Die Straßen waren in der Mitte hartgetreten und von Furchen durchzogen, während sie an den Rändern schlammig waren, weil hier die Gewohnheit herrschte, Abfälle aus den Fenstern zu werfen. So hielt Hasti sich klugerweise in der Straßenmitte. Rings um sie gab es immer noch Leute, die zum Landeplatz rannten, hinkten oder getragen wurden. Zwei ausgemergelte alte Männer, Angehörige der hiesigen Aristokratie, wurden von sechs gebückten Trägern in einer prunkvollen Sänfte vorbeigetragen. Ein kleiner vierrädriger Wagen, der von zwei bis zum Skelett abgemagerten achtbeinigen Tieren gezogen wurde, folgte dicht hinter ihnen.

Drei Betrunkene taumelten aus einer Kneipe; sie fuchtelten mit Keramikschalen in der Luft herum und bespritzten sich gegenseitig mit Alkohol. Sie musterten Hasti einen Augenblick und stießen sich dann mit den Ellbogen an. Nach den hiesigen Gepflogenheiten war eine Frau ziemlich sicher, zumindest in der Stadt, aber Hasti blickte trotzdem zu Boden und griff unter ihrem schützenden Umhang nach ihrer Pistole. Doch die Betrunkenen entschieden sich, daß das Sternenschiff ihre Aufmerksamkeit mehr verdiente als diese Frau, wenn sie vermeiden wollten, daß sie von einem Ereignis ausgeschlossen wurden, über das der Rest der Stadt noch das ganze Jahr reden würde.

Hasti durchquerte eine Stadt, die vor ihren Augen zu zerfallen schien, und erreichte schließlich die Schatzkammern Xims des Despoten. Die Kammern befanden sich in einem weit ausgedehnten Komplex miteinander verbundener Gebäude mit ungeheuer dicken Wänden, die zur Zeit ihrer Erbauung vor jedem gewaltsamen Zugriff sicher gewesen waren. Trotzdem hatten sich die Diebe im Laufe der Jahre Zugang verschafft, hatten jedoch nur leere Säle, leere Schatzkammern und leere Regale vorgefunden. Sie waren daher bald wieder abgereist. Heute kamen nur noch selten Reisende oder Wissenschaftler hierher, um sich Xims leere Bauten anzusehen. Die Galaxis war reich an Sehenswürdigkeiten und Wundern, die leichter zu erreichen waren; in der spukhaften Leere hier gab es nur wenig Anziehendes.

In die zerfressene Fassade der Anlage waren Xims Symbole eingegraben, der Totenschädel mit den Sonnenscheiben, und darunter in den Schriftzeichen einer antiken Sprache: IN EWIGER VEREHRUNG XIMS, DESSEN FAUST DIE STERNE UMSCHLIESSEN SOLL UND DESSEN NAME LÄNGER LEBEN WIRD ALS DIE ZEIT.

Hasti verharrte, um ihr Spiegelbild im schimmernden Stumpf einer zerborstenen Säule zu betrachten, und hoffte, ihrer Schwester hinreichend zu ähneln. Wütend erinnerte sie sich, wie Hans Verhalten ihr gegenüber sich geändert hatte – wie er ihr zuerst betulich den Sitzgurt umgelegt hatte und dann brutal, wenn auch gekonnt, gelandet war, um sie zu beeindrucken. Entweder konnte dieser aufgeblasene Kerl nicht erkennen, wie sehr sie ihn verabscheute, oder, was wahrscheinlicher war, er wollte es einfach nicht wahrhaben.

Sie überquerte die weite, dachlose Säulenhalle und durchschritt den einzigen gigantischen Eingangsbogen zu den Schatzkammern. Drinnen war es kühl und finster. Sie befand sich jetzt in einer riesigen kreisförmigen Kammer unter einer Kuppel, die einen Durchmesser von einem halben Kilometer hatte – und das war nur eine Art Vestibül zu dem riesigen Komplex.

Aber dieser Vorraum war der einzige Teil der Stahlkammern, der heute noch benutzt wurde. Hastis Augen paßten sich dem Licht der schwachen Glühstäbe und der Talglaternen an, die ihren schwelenden Rauch in den riesigen Saal abgaben, der einmal dafür bestimmt gewesen war, von monumentalen Leuchtscheiben erhellt zu werden. Etwas mehr auf die Mitte zu gab es eine kleine Ansammlung von Arbeitstischen, Trennwänden und Schränken – die Verwaltung für das Wenige an Aktivität, das die Kammern heute noch beherbergten.

Ein paar Dellaltianer mit Datentafeln, altmodischen Drahtspulen und sogar auch mit ein paar Blättern mit Computerausdrucken gingen an ihr vorbei. Hasti schüttelte den Kopf über die primitive Einrichtung. Aber, erinnerte sie sich, die Kammern hatten nur wenige Mieter. Einer davon war die Dellaltianische Bank- und Geldwechselgesellschaft, eine kleine Firma, während das Büro für die Erhaltung historischer Anlagen, eine Behörde, die fast ohne finanzielle Mittel den Auftrag hatte, sich um das verlassene Labyrinth zu kümmern, jene Tische und Trennwände besaß, denen sie sich gegenüber sah.

Ein Mann trat aus dem Halbdunkel auf sie zu – hochgewachsen, breitschultrig und das Haar ebenso weiß wie sein in zwei Spitzen gedrehter Bart. Er bewegte sich schnell, und es folgte ihm ein Helfer, ein kleinerer, finster blickender Mann, dessen langes schwarzes Haar in der Mitte gescheitelt war und eine weiße Strähne zeigte.

Die Stimme des großen Mannes klang herzlich und sympathisch. »Ich bin der Bewahrer der Kammern. Kann ich etwas für Sie tun?«

Hasti antwortete mit hocherhobenem Kopf und war bemüht, den lokalen Akzent nachzuahmen: »Die Schließfächer. Ich will mein Eigentum abholen.«

Der Mann faltete die Hände, was auf Dellalt ein Zeichen der Höflichkeit und des Einladens war. »Natürlich, ich werde Ihnen persönlich behilflich sein.« Er sagte halblaut etwas zu dem anderen Mann, worauf dieser wegging.

Hasti erinnerte sich daran, daß sie rechts von ihm gehen mußte, wie das bei den Frauen von Dellalt Sitte war, und folgte ihm. Die Korridore der Kammern, in denen der Staub der Jahrhunderte lag, zeigten Mosaiken aus farbigem Kristall, die so kompliziert waren, daß Hasti sie nicht ausdeuten konnte. Viele der Stücke waren zersprungen, und ganze Passagen fehlten; sie ragten über Hasti in die Düsternis hinauf. Hier hallten ihre Schritte hohl.

Endlich erreichten sie eine Wand, die aber keineswegs das Ende des Korridors, sondern eine Trennwand aus primitiv bearbeitetem Stein war und ganz offensichtlich nach der ursprünglichen Bautätigkeit hier errichtet worden war. In die Mauer war

69

eine Tür eingelassen, die aussah, als hätte man sie aus einem späteren, weniger bedeutsamen Gebäude geborgen. Daneben war das Mikrofon einer Sprechanlage zu erkennen. Der Weißhaarige deutete darauf.

»Wenn die Dame bitte in den Stimmcodegeber sprechen würde, können wir zu den Schließfächern gehen.«

Als Hastis Schwester ihr und Badure davon berichtete hatte, wie sie die Logrecorderscheibe im Schließfach untergebracht hatte, hatte sie ihnen den Mietcode und die Kombination genannt, aber keinen Stimmcode erwähnt. Hasti spürte, wie ihr Puls schneller schlug.

Der Weißhaarige wartete. Sie lehnte sich über das Mikrofon, als spräche sie einen Zauberspruch: »Lanni Troujow.«

»Mein letztes Angebot«, drohte Badure zum viertenmal, »ist zehn Credits pro Tag, wobei ich mindestens drei Tage garantiere.«

Der Besitzer kreischte und raufte sich die Barthaare, schlug sich mit der Hand auf die Brust und gelobte seinen Vorfahren, daß er sich eher zu ihnen gesellen als zulassen würde, daß plündernde Außenweltler seinen Kindern die Nahrung stahlen. Skynx registrierte alles und staunte über diese sorgsam abgemessenen Beleidigungen der beiden feilschenden Parteien.

Han hörte mit einem Ohr zu und fragte sich, ob es Hasti wohl gelungen sein mochte, die Landefläche unentdeckt zu verlassen. Etwas zupfte an seiner Schulter; es war Bollux. »Ich habe diese Auseinandersetzung bemerkt, Sir. Soll ich mit dem Entladen fortfahren?«

Das bedeutete, daß Hasti es geschafft hatte. Badure hörte und verstand. »Bring alles wieder an Bord, bis dieser Sohn verseuchter Gene, dieser Vermieter, vernünftig mit uns verhandelt.«

»Undenkbar«, kreischte der. »Sie haben mein wertvolles Gebäude bereits benutzt und mich von anderen Aktivitäten abgehalten. Ein Vergleich muß geschlossen werden; ich beschlagnahme hiermit die Ladung, bis jemand die Fakten ermittelt hat.«

Er und Badure tauschten lästerliche Flüche.

Der Vermieter nannte den alten Mann etwas Schreckliches. Skynx, der vor Aufregung zitterte, fühlte sich jetzt aufgerufen, ebenfalls einen Beitrag zu leisten, und schrillte mit zitternden Antennen: »Eierverschlinger!«

Alles verstummte und sah den winzigen Ruurianer an, der schluckte und plötzlich über seine eigene Courage staunte. Der Vermieter entfernte sich mit dem größten Teil der Menge unter weiteren Flüchen und überließ es seinen Verwandten, den Bau zu bewachen. Von irgendwoher hatten diese inzwischen bolzenbetriebene Kugelkarabiner mit sechseckigen Läufen und langen Zielfernrohren zum Vorschein gebracht.

Wieder in der *Falcon* angelangt, warf Badure sich auf einen Sessel. »Dieser Vermieter! Der hätte vielleicht einen Trampfrachter abgegeben!«

Han packte Bollux. »Was ist geschehen?«

»Die Männer, die den Gebäudeeingang bewachen, haben mich dauernd beim Entladen beobachtet. Es dauerte eine Weile, bis sie sich langweilten und sich um Badure kümmerten. Dann tauchte Skynx auf. Hasti war da bereits nicht mehr in ihrer Kiste, und die Innentür war entriegelt. Ich habe auf Vorschlag von Blue Max die Tür dann wieder gesichert.«

»Sag Maxie, daß er ein guter Junge ist«, erklärte Badure. »Ich mag euch zwei; ihr habt so etwas erfrischend Unehrliches an euch.«

Bolluxs Brustplatten öffneten sich, die Hälften schwangen wie Schranktüren auf. Der Fotorezeptor von Blue Max leuchtete auf. »Danke, Badure«, sagte er mit selbstgefälliger Stimme. Und Han dachte, *ich muß auf diesen Computer aufpassen, sonst fängt er noch an, die Farben einer Rockerbande zu tragen und einen Vibrodolch herumzuschleppen.*

Im selben Augenblick erschien Skynx mit Chewbacca, der das Cockpit verlassen hatte. Der Wookie trug die Metallflasche mit in Vakuum destilliertem Düsensaft, den die Partner für besondere Anlässe unter der Steuerkonsole aufbewahrten.

71

»Skynx«, sagte Badure, »ich glaube, jetzt ist die Zeit für Musik gekommen.«

Skynx floß auf die Beschleunigungscouch zu, über ihre Rückenlehne und in seine kleine Nische. Er begann, Gegenstände von seinem baumähnlichen Gebilde zu nehmen.

»Wenn Sie keine weiteren Aufgaben für uns haben, Sir«, meinte Bollux, zu Han gewandt, »würden Max und ich gerne fortfahren, Skynx' Bänder zu studieren.«

»Wie du meinst, alter Junge.«

Bollux begab sich an die Technokonsole, wo er und der Computer sich den alten Aufzeichnungen widmete, die Skynx mitgebracht hatte. Der Arbeitsdroid, der quer durch die ganze Galaxis und bereits einen Körper überlebt hatte, war in einem Maße neugierig, wie es fast einem vernunftbegabten Wesen zugekommen wäre, und Blue Max war stets bereit, neue Informationen zu absorbieren. Die beiden Mechanos interessierten sich ganz besonders für technische Daten und andere Hinweise auf die gigantischen Kriegsroboter des schon lange toten Xim.

Skynx setzte sich auf seine zwei hintersten Gliedmaßenpaare, ergriff mit dem nächsten Paar ein Miniaturverstärkerhackbrett und nahm mit jeder Fingergruppe des nächsten Paares zwei Hämmer. Er schnallte sich ein Paar Trommelpulser um und tippte mit den Fingern seines nächsten Gliederpaares daran. Darüber befestigte er ein Paar kleiner Balgen, um Luft in ein Horn zu pumpen, das er mit dem vorletzten Paar von Extremitäten hielt. Mit dem obersten ergriff er eine Art Flöte und versuchte ein paar Läufe. Es klang wie die Windkegel, an die Han sich von seiner eigenen Heimatwelt erinnerte. Er fragte sich, was für ein Gehirn wohl dazugehörte, all die Aktivität zu koordinieren.

Skynx stimmte eine muntere Weise an, die voll war von plötzlichen Läufen, schrillen Zwischenklängen und vergnügten Akkorden, die alle so klangen, als verlöre Skynx die Kontrolle über die verschiedenen Instrumente. Dann tat der Ruurianer so, als wäre er höchst verzweifelt und als müsse er sich angestrengt bemühen, seine Gliedmaßen wieder unter Kontrolle zu bringen.

Die anderen lachten, besonders Chewbacca, dessen Wookie-Grölen die Wände erzittern ließ. Badure schlug auf dem Spielbrett den Takt, und selbst Han wippte mit den Füßen. Er öffnete die Flasche, nahm einen Schluck und reichte sie dem Wookie. »Hier, damit du ein paar Locken ins Fell kriegst.«

Chewbacca trank und reichte die Flasche dann weiter. Selbst Skynx nahm einen Schluck an.

Sie verlangten eine zweite Nummer und dann eine dritte. Schließlich sprang Badure auf, mit beiden Händen über dem Kopf, um den Bynarrianischen Hopser zu demonstrieren. Er hüpfte im Abteil herum, als wäre er zwanzig Kilo leichter und ebenso viele Jahre jünger.

Auf dem Höhepunkt des Bynarrianischen Hopsers kam ein Signal von der Luke. Badure und Chewbacca rannten davon, begierig zu erfahren, was Hasti mitgebracht hatte. Bollux und Blue Max blickten von ihrem Bildschirm auf. Skynx begann, sich von seinen Instrumenten zu entwirren.

»Erster Schritt abgeschlossen«, sagte er schnell. »Skynx von der K'zagg Kolonie auf Schatzsuche! Wenn mich jetzt meine Freunde sehen könnten!«

Aber als der Wookie zurückkam, beugte er sich bedrückt über seinen Partner und ließ sich auf die Couch sinken, den Kopf auf die haarigen Pranken gestützt. *So schlimm?* dachte Han. Badure folgte ihm, den Arm um die verzweifelte Hasti gelegt. Sie nahm einen Schluck aus der Flasche, hustete, berichtete schnell und nahm einen weiteren Schluck.

»Stimmcode?« rief Han aus. »Niemand hat etwas von einem Stimmcode gesagt!«

»Vielleicht hat Lanni gar nicht bemerkt, daß ihre Stimme aufgezeichnet wurde«, erwiderte Badure.

»Dieser Bewahrer«, murmelte Hasti. »Ich hätte ihm die Pistole in den Nabel drücken und ihm anbieten sollen, seine Gallensteine zu kochen.«

Han reichte die halbleere Flasche seinem Copiloten und stand auf. »Jetzt tun wir es auf *meine* Art.« Er ging aufs Cockpit zu und schlüpfte in seine Fliegerhandschuhe. Chewbacca schloß sich ihm an. »Will jemand wissen, wie man sich zurückzieht? Seht mir zu.«

Badure trat schnell zwischen die zwei Partner und den Hauptgang. »Ruhig Blut, Jungs. Was habt ihr vor?«

Han grinste. »Ich gehe jetzt im Tiefflug auf die Stahlkammern herunter, blase die Türen mit den Rumpfkanonen weg, gehe hinein und hole mir die Scheibe. Bleibt ruhig sitzen, Leute, das ist in einer Minute vorbei.«

Badure schüttelte den Kopf. »Und wenn ein Tion-Kreuzer auftaucht? Oder ein Schiff des Imperiums? Willst du vielleicht ein Killerteam im Nacken haben?«

Han machte Anstalten, ihn beiseitezuschieben. »Das Risiko gehe ich ein.«

Hasti sprang auf. »*Hinsetzen,* Solo! Sie sollten zumindest überlegen, was zur Wahl steht, ehe Sie die Todesstrafe für uns alle riskieren.«

Chewbacca wartete die Entscheidung seines Freundes ab. Bollux beobachtete sie gleichmütig, während Blue Max eine gewisse Erregung an den Tag legte.

»Etwas Überlegung könnte hier nicht von Schaden sein«, war Skynx' Beitrag, den er mit sehr gedämpfter Stimme leistete.

Han mochte keine Komplikationen und Ausflüchte, aber immerhin war er für den Augenblick am übereilten Handeln gehindert, weil auch er der Überzeugung anhing, daß tot zu sein das am allerwenigsten Interessante im Leben war. »Also gut, also gut, wer hat Hunger?« fragte er. »Ich kann die Schiffsrationen nicht mehr ausstehen. Wir wollen sehen, was wir in der Stadt zu futtern kriegen können. Aber wenn bis dahin keinem etwas Neues eingefallen ist, bleiben wir bei meinem Plan.« Er hängte sich die Flasche an den Waffengurt, während Chewbacca sich seine Armbrust und den Patronengurt schnappte. Badure holte sich die kleine Börse mit lokalem Geld, das er sich besorgt hatte. Und Bollux klappte seine Brust über Blue Max zu.

Hasti sah, wie Skynx seine Instrumente ablegte. »He, ich hab' gar nichts gehört.«

Badure sah sich um. »Nehmen Sie sie mit«, bat er Skynx. Der Ruurianer begann, seine Instrumente in einige Tragbehälter zu verstauen, die er an seiner Person befestigte.

Han schlüpfte in seine Fliegerjacke und schloß die Luke hinter ihnen. Sturmwolken waren aufgekommen, und elektrische Entladungen ließen seltsame rote Blitze über die Wolkenränder zucken. Badure wies darauf hin, daß die Verwandten des Vermieters verschwunden waren. »Wahrscheinlich haben die gemerkt, daß sie leere Kisten bewachen.«

»Ich glaube eher, sie hatten keine Lust, in dieser mickrigen Scheune herumzusitzen«, meinte Hasti.

Der Rest der Zuschauer, die das Sternenschiff aus der Ferne betrachtet hatten, hauptsächlich Kinder und die Vierbeiner, waren ebenso verschwunden.

Sie gingen den Abhang hinunter, wobei Bollux die Nachhut bildete. So weit oben, weit von den Docks entfernt, waren die Straßen ungepflegt, und es gab praktisch keine Beleuchtung. Sie kamen nicht weit.

Han bemerkte als erster, daß etwas nicht stimmte – alles war zu ruhig, zu viele Fenster und Läden waren verschlossen. Nirgends ein Licht zu sehen oder eine Stimme zu hören. Er packte Chewbacca an der Schulter und der hob seine Armbrust, während gleichzeitig sein eigener Blaster zum Vorschein kam. Instinktiv standen sie Rücken an Rücken. Hasti hatte den Mund geöffnet, um zu fragen, was los wäre, als die Scheinwerferbalken sie erfaßten.

Han erkannte sofort, daß es sich um das Licht aus einer Taschenlampe handelte, schätzte ab, daß ein Rechtshänder die Lampe so weit wie möglich mit der linken Hand von sich streckte, und zielte auf einen Punkt, den er instinktiv bestimmte.

»Tun Sie es nicht!« befahl eine Stimme. »Wenn auch nur ein Schuß fällt, sind Sie alle erledigt.«

Sie waren umstellt. Han steckte die Waffe weg, und der Wookie ließ seine Armbrust sinken. Menschen und verschiedene andere Geschöpfe erschienen im Lichtkegel und fuchtelten mit Karabinern, Maschinenpistolen und anderen Waffen herum. Han und seine Begleiter wurden entwaffnet und ihre Geräte untersucht. Skynx zirpte erschreckt, als man seine Musikinstrumente betastete, aber man gestattete ihm, sie zu behalten.

Drei Individuen traten vor, um die Gefangenen zu durchsuchen. Die zwei kleineren waren reinrassige Menschen – Zwillinge, ein junger Mann und eine junge Frau, denen das gerade braune Haar und die Geheimratsecken gemeinsam waren, ebenso auffällig schwarze Augen und schmale, blasse Gesichter. Die dritte Person hielt sich im Hintergrund und war im reflektierten Licht der Scheinwerfer nur als riesige Silhouette zu erkennen. Han erinnerte sich an den Namen, den Badure erwähnt hatte: Egome Fass, der Muskelmann des Trios.

Die Zwillinge traten auf sie zu, wobei die Frau die Spitze übernommen hatte. »J' uoch«, murmelte Hasti zitternd.

Die Gesichter der Zwillinge waren starr wie Totenmasken.

»Richtig«, erwiderte J'uoch schnell. »Wo ist die Scheibe, Hasti? Wir wissen, daß Sie in den Kammern waren.« Sie warf Han ein eisiges Lächeln zu. Dann verschwand das Lächeln, und sie fuhr fort: »Her damit, sonst brennen wir Ihre Freunde nieder! Wir fangen mit dem Piloten an!«

Chewbaccas mächtige Arme spannten sich, und seine Finger krümmten sich. Er bereitete sich zum Sterben vor, wie man es von ihm erwartete, als Oberhaupt eine Wookie-Ehrenfamilie, dessen Leben so innig mit dem Han Solos verknüpft war, daß es für diese Beziehung keine menschlichen Worte gab.

Han seinerseits versuchte, zwischen verschiedenen Taktiken zu entscheiden, die alle selbstmörderisch waren, als Bollux plötzlich sprach: »Captain Solo darf kein Leid geschehen. Ich werde für Sie die *Millennium Falcon* öffnen.«

Die Frau sah ihn an. J'uoch war es nicht in den Sinn gekommen, daß der Droid die Freigabe für den Zugang zum Schiff haben könnte. »Sehr gut. Wir wollen nur die Scheibe aus dem Logrecorder.«

76

Han, den ein Adrenalinstoß aufgeputscht hatte, starrte Bollux an und fragte sich, was wohl in den Logiksektoren des alten Arbeitsdroiden vor sich gehen mochte. Eines war ihm nicht entgangen: Er hatte die schrillen Kommunikationslaute gehört, die zwischen Bollux und Blue Max getauscht worden waren.

Sie wurden zur *Falcon* zurückgedrängt. Zu spät begriff Han, weshalb die Dellaltianer sich verzogen hatten. Hoffentlich hatten die zwei Maschinen einen vernünftigen Plan.

Bollux ging als erster die Rampe hinauf und stand jetzt, umgeben von einigen von J'uochs Leuten, an der Hauptluke. Seltsamerweise entschied sich der Droid im gleichen Augenblick, in dem die Hauptluke nach oben rollte, seine Brustplatte aufzuklappen. Dann hörten Han und die anderen die elektronischen Signale von Blue Max.

Das ohrenbetäubende Zischen eines sich mit rasender Geschwindigkeit bewegenden Gegenstandes hallte durch die Luft. Einer der Männer, der Bollux bewachte, wurde von dem schrecklichen Aufprall umgeworfen und lag im nächsten Moment auf der Rampe. Ein anderer, der etwas weiter unten auf der Rampe stand, wurde an der Schulter getroffen und fiel um.

»Los jetzt!« schrillte Blue Max.

Dann brach rings um sie das Chaos aus.

Die zwei Gorillas, die immer noch oben an der Rampe standen, duckten sich instinktiv. Etwas Kleines, Schnelles fegte an Han vorbei, stieß den Humanoiden um, der ihn bewacht hatte. Bollux wirbelte herum, um die weitere Entwicklung zu beobachten. Der jetzt offen daliegende Blue Max ließ weitere schrille Pieplaute ertönen. Han stellte mit einiger Verblüffung fest, daß das Computermodul es fertiggebracht hatte, das Zielobjekt aus dem Inneren der *Falcon* herbeizuholen und es als Waffe einsetzte.

Ehe J'uochs Leute reagieren konnten, schrie Han »Auf sie!« Er riß dem ihm am nächsten stehenden Gegner die Waffe weg, einen Karabiner, der Kugeln verschoß und mit einem Trommelmagazin ausgerüstet war, fuhr dem anderen mit dem Bein zwischen dessen Gehwerkzeuge und warf ihn um.

Badure rammte seinem Bewacher den Ellbogen ins Gesicht und drehte sich herum, um mit ihm zu kämpfen. Chewbacca hatte da weniger Glück. Während er sich anschickte, an dem Getümmel teilzunehmen, hatte sich der hünenhafte Egome Fass von hinten an ihn herangeschlichen. Die harte Faust des Muskelpakets schmetterte dem Wookie gegen den Schädel. Chewbacca taumelte, wäre fast gestürzt. Aber seine ungeheure Kraft ließ ihn wieder hochkommen. Er drehte sich benommen herum, um Widerstand zu leisten, doch Egome Fass' erster Schlag hatte dem Muskelprotz einen beträchtlichen Vorteil verschafft. Er wich Chewbaccas etwas langsam kommenden Gegenschlag aus und landete einen weiteren Schwinger, der diesmal den Wookie an der Schulter traf. Und jetzt ging der Erste Maat der *Falcon* zu Boden.

Badure hatte mit seinem zweiten Wächter, der jung und schnell war, Schwierigkeiten. Sie kämpften miteinander, und ihre Füße wirbelten den trockenen Staub auf, aber gerade, als der ältere dank seinem Gewicht und der größeren Reichweite im Begriff war, die Oberhand zu gewinnen, packte ihn etwas an den Knien und riß ihn herunter.

Das war Hasti. Sie hatte gesehen, daß J'uochs Männer auf der Rampe auf Badure schießen wollten. Von seinem Repulsorfeld und den Druckluftdüsen getrieben, hatte das Zielobjekt zwei weitere Gegner kampfunfähig gemacht. J'uoch schoß mit Hastis konfiszierter Pistole, verfehlte aber ihr Ziel und brüllte Befehle, die von ihren Helfershelfern ignoriert wurden.

Han hatte sich den Karabiner zurückgeholt und wehrte seinen Widersacher mit dem Kolben ab. Jetzt entdeckte er seinen Partner, der sich gerade hochrappeln wollte, während Egome

Fass immer noch über ihm kauerte. Das Muskelpaket hatte seine Kapuze abgelegt, und Han konnte im Licht, das aus dem Schiffsinneren fiel, das mächtige kantige Kinn des Humanoiden und seine winzigen funkelnden Augen unter den dicken Brauen erkennen.

Han drückte den Kolben des Karabiners an seine Hüfte und gab einen Feuerstoß ab. Die Waffe gab ein stotterndes Stakkato von sich, ein Gestank nach verbranntem Treibgas wurde wahrnehmbar, und ein Strom von Kugeln fetzte über die Brust des Hünen, riß aber nur Stoffetzen weg. Egome Fass trug unter seinem überdimensionierten Overall einen Körperpanzer. Ehe Han etwas unternehmen konnte, warf sich der Humanoid in Deckung.

Ein weißer Blitz flammte rechts von Han auf. Han fuhr herum und sah, daß es ein Energiepistolenschuß war, den ein Mann auf der Rampe auf Badure abgegeben hatte. Der Schuß ging fehl, weil Hasti den alten Mann gerade umgeworfen hatte. Dafür traf der Schuß den Mann, mit dem Badure gerungen hatte. Der Mann stieß einen schrillen Schrei aus und starb, ehe er den Boden erreicht hatte.

Han packte Chewbacca am Ellbogen, als der Wookie sich aufrappelte und dabei seinen mächtigen Schädel schüttelte, um wieder klar sehen zu können. Es war unmöglich, die *Falcon* zurückzuerobern; die zwei Wachen an der Rampe knieten jetzt im Schutz des Lukeneinstiegs und feuerten in die Nacht.

»Zurück!« rief Han seinen Begleitern zu. Auch er zog sich zurück, gab dabei noch einige kurze Feuerstöße ab. Hasti und Badure folgten ihm, und Skynx huschte schnell hinterher.

Das Feuer der Gegenseite kam punktweise und war schlecht gezielt, wurde ihnen also nicht gefährlich. Aber einer der Gangster, ein lederhäutiges Geschöpf mit einem Hornpanzer, hinderte Bollux am Rückzug. Blue Max piepste, und sofort blitzte das Zielobjekt aus der Finsternis heran, traf das Geschöpf von hinten und schlug es zu Boden. Da das Zielobjekt in größerer Distanz von dem Sternenschiff nicht funktionierte, gab Max das

Signal, das es wieder an Bord zurückführte.

Der Arbeitsdroid eilte hinter den anderen her, wobei er lange Sätze machte, die ihm seine Sonderfederung erlaubte. Die Gruppe rannte, hüpfte und huschte an den Rand der Landefläche. Die ganze Zeit gab Han Feuerstöße nach hinten ab, um J'ouchs Leute in Deckung zu zwingen. Dann verstummte sein Karabiner.

»Trommel leer«, sagte Han. Hinter sich konnte er J'uoch ihre Gefolgsleute beschimpfen und ein Intercom verlangen hören.

»Sie stellt am Schiff Wachen auf und verlangt Verstärkung«, verkündete Badure. »Am besten tauchen wir auf eine Weile in der Stadt unter.«

Die Gruppe erreichte die Stadt als formloses Rudel, vorbei an Läden mit geschlossenen Rollgittern und versperrten Türen. Nirgends waren Lichter zu sehen; die Dellaltianer, die vorher so neugierig erschienen waren, wollten mit dieser tödlichen Auseinandersetzung zwischen Außenweltlern nichts zu tun haben. Han, der vor den anderen einherlief, stürzte sich in eine Seitengasse, folgte ihr zu einem Marktplatz und eilte eine von Markisen gezierte Straße hinunter, die nach fremdartigen Speisen und Brennstoffen roch.

Sie erreichten ein Fabrikviertel. Dort machten sie einen Augenblick halt, und die Menschen und der Wookie lehnten sich gegen eine Mauer, um Atem zu schöpfen, während Bollux gleichmütig wartete und Skynx, der mit einem überlegenen Atmungssystem ausgestattet war, seine Trageschlaufen überprüfte, um sich zu vergewissern, daß keines seiner wertvollen Instrumente beschädigt worden war.

»Sie hätten sich eine Waffe schnappen sollen«, keuchte Han, »anstatt sich um dieses Ein-Mann-Orchester den Kopf zu zerbrechen.«

»Damit ist in meiner Familie seit einem Dutzend Generationen Musik gemacht worden«, erwiderte Skynx beleidigt. »Und ich weiß wirklich nicht, wie ich diesen übelriechenden Strolchen, die viermal so groß sind wie ich, eine Waffe hätte wegreißen sollen.«

Han verzichtete auf eine Fortsetzung des Disputs und musterte die umliegenden Dächer. »Kann jemand eine Leiter oder eine Treppe sehen? Wir müssen uns vergewissern, ob die uns verfolgen.«

»Jetzt kann ich, glaube ich, helfen«, verkündete Skynx. Eine Stange in der Nähe trug Glasfaserkabel für die innerstädtische Kommunikation. Skynx wickelte sich um die Stange und zog sich spiralenförmig nach oben, wobei er sorgfältig darauf bedacht war, seine Instrumente zu schützen. Da sämtliche Bauten einstöckig waren, hatte er von diesem Punkt aus eine gute Aussicht über die Umgebung.

Nachdem er so Ausschau gehalten hatte, arbeitete er sich in Korkenziehermanier wieder herunter. »Es gibt Suchtrupps, die sich durch die Stadt bewegen«, verkündete er. »Sie tragen Handscheinwerfer, und ich nehme an, daß sie auch Intercoms haben.« Er versuchte, sein ängstliches Zittern zu verbergen.

»Haben Sie ihr Schiff gesehen?« fragte Han eifrig. »Es muß doch irgendwo in der Nähe sein. Vielleicht können wir uns dort etwas Feuerkraft besorgen.«

Aber Skynx hatte es nicht entdeckt. Sie beschlossen, den Suchtrupps aus dem Weg zu gehen und den Versuch der Rückkehr zur *Millenium Falcon* zu wagen. Skynx' federartige Antennen wippten in der Luft, versuchten Vibrationen jeder Art aufzunehmen. »Captain, ich höre etwas.«

Sie hielten den Atem an und lauschten. Ein Poltern war zu vernehmen, das anschwoll, bis der Boden davon erzitterte.

»Scheint, daß J'uoch über Intercom durchgekommen ist«, meinte Badure.

Ein riesiges Schiff mit schweren Kanonen schwebte über der Landefläche, und seine Scheinwerfer strichen über die Stadt. Die Flüchtlinge drückten sich in die Schatten zurück.

Der schwerfällige Leichter konnte nicht lange schweben und suchen, sondern landete jetzt.

»Jetzt haben die Verstärkung«, erklärte Badure. »Skynx, klet-

81

tern Sie noch mal rauf, und sehen Sie sich um. Aber vorsichtig!«

Der Ruurianer erstieg erneut einen Leitungsmast und war fast im selben Augenblick wieder auf dem Boden. »Das große Schiff muß unten am See Trupps abgesetzt haben«, verkündete er hastig. »Die schwärmen jetzt aus und kommen den Hügel herauf. Und drei von ihnen nähern sich von oben. Einer trägt Chewbaccas Armbrust.«

Der Wookie brummte unheilverkündend. Han pflichtete ihm bei. »Dann wollen wir aufpassen.«

Niemand erwähnte Kapitulation; es war offensichtlich, daß J'uoch alles tun würde, um ihr Ziel zu erreichen.

Die Suchtrupps leuchteten mit ihren Taschenscheinwerfern in Gassen und Türen. Gruppen wurden organisiert, die die Dächer absuchen sollten; sie hatten buchstäblich jedes vertrauenswürdige Geschöpf, das im Bergwerkslager entbehrlich war, bewaffnet und herbeigeholt.

Der Mann, der die Gruppe in ihrer Nähe anführte, der Mann, dessen Karabiner sich Han angeeignet hatte, trug Chewbaccas Armbrust und hatte sich Hans Blaster in den Gürtel gesteckt. Er hatte im Holo gesehen, wie eine Wookie-Armbrust benutzt wurde, und war fest entschlossen, die Rechnung mit den beiden auszugleichen, indem er sie mit ihren eigenen Waffen erledigte. So bereitete es ihm großes Vergnügen, als er eine breitschultrige, zottige Gestalt vor sich aus der Finsternis treten sah.

Der Mann blieb stehen, hielt damit seine Begleiter auf, hob die Armbrust und feuerte. Aber Chewbacca duckte sich im letzten Augenlick. Er wußte, daß die mangelnde Vertrautheit des Mannes mit der Wookie-Waffe ihm zunächst einen Fehlschuß eintragen würde. Jetzt warf der Wookie sich blitzartig nach vorn.

Der Mann riß am vorderen Griff der Armbrust, um sie neu zu spannen und den nächsten Bolzen für einen zweiten Schuß aus dem Magazin zu ziehen. Aber er schaffte es nicht; der Mechanismus der Waffe war auf die Kraft und die Armlänge eines Wookies eingestellt. Ehe der Mann sie wegwerfen und Hans

Blaster herausziehen konnte, begrub ihn ein Berg aus zornigem braunem Pelz unter sich.

Seine Leute schwärmten zu beiden Seiten aus. Einer wurde sofort erledigt von Han Solo, der aus dem Schatten hervortrat und ihn mit einem Kolbenschlag fällte. Der andere wurde von Steinen getroffen, die Hasti und Badure nach ihm schleuderten.

Han riß seinem Opfer geschickt die Pistole weg und feuerte auf den von den Steinwürfen halb betäubten Mann. Der schrie auf, griff sich an die Wade und stürzte. Unterdessen hatte Chewbacca sein Opfer von der Armbrust getrennt und ihn gegen eine Mauer geschleudert. Der Mann krachte mit einem eindrucksvollen Laut dagegen und rutschte zu Boden.

»Ich laß dich leben«, entschied Han, nachdem er den Mann, den er zu Fall gebracht hatte, mit der Fußspitze herumgedreht und mit seinem zurückgewonnen Blaster bedroht hatte. »*Wenn* du einen vernünftigen Beitrag zu unserem Gespräch leistest. Wie viel Wachen sind auf meinem Schiff?«

Der Mann leckte sich die Lippen. »Zehn, vielleicht zwölf. Einige wenige an Bord, der Rest ist außen postiert.«

»Was ist mit dem Schiff, mit dem ihr hergekommen seid?« fragte Hasti ihren Gefangenen. »Das erste, nicht der große Leichter.«

Han drückte leicht auf den Abzug seines Blaster.

Der Mann stöhnte. »Hinter der Stadt, unter dem Landefeld, zwischen den Felsen.«

Jetzt kam Badure heran. Er hatte das Intercom aufgehoben, das der Armbrustdieb fallengelassen hatte. »Sonnyboy, du hast dir gerade die Zukunft gesichert.« Dann sagte er ihnen, daß J'uochs Raumboot auf einer flachen Steinebene lag und nur von zwei Männern bewacht wurde.

»Ich halte nicht mehr viel von unnötigem Töten«, erklärte Badure und schaltete eine erbeutete Lähmpistole auf Breitenwirkung. Er drückte ab, worauf blaue Energieringe aus der Mündung der Waffe quollen. Die zwei Wachen brachen sofort zusammen. Badure und Hasti suchten sie nach Waffen oder sonstigen Geräten ab, dann stieg Han ins Boot und ließ sich auf dem Pilotensitz nieder. »Aufgetankt und bereit!«

Chewbacca, der auf dem Copilotensessel Platz genommen und die dort angebrachten Skalen untersucht hatte, *wuffte* eine Frage.

»Nein. Wir werden Dellalt nicht ohne die *Falcon* verlassen; mit diesem Kinderwagen könnten wir ohnehin nicht auf Sternfahrt gehen«, erwiderte Han. »Wir springen jetzt bloß aus ihrem Suchbereich und überlegen uns den nächsten Schritt.« Er begann, Schalter umzulegen und Anweisungen in den Flugcomputer einzutasten.

Eine Warnung ertönte, und das Armaturenbrett leuchtete auf. Chewbacca warf den Kopf in den Nacken und gab ein enttäuschtes Heulen von sich. Aus der Konsole hallte J'uochs Stimme: »Achtung, Landungsboot, Achtung! Warum versucht ihr, die Instrumentensperre zu verletzen? Wachtrupp, Antwort!«

»Ich brauche Werkzeug, die haben die Schaltung blockiert«, sagte Han eindringlich. Chewbacca packte die Tür des Werkzeugschranks mit seinen langen Fingern und riß sie weg. Han hatte sich inzwischen bereits daran gemacht, die Verkleidung der Konsole zu lösen. Der Wookie schnappte sich ein paar Geräte aus dem Werkzeugschrank und reichte sie Han, und bald waren die beiden Partner an dem Sperrmechanismus tätig, wobei sie J'uochs eindringliche Rufe im Hintergrund ignorierten.

Schließlich stieß Chewbacca einen Triumphschrei aus, nachdem er einen Sicherheitskreis neutralisiert hatte.

»Ich hab' den anderen«, krähte Han. Aber als sie das Donnern schwerer Schubaggregate hörten, war ihre Begeisterung gleich wieder verflogen.

»Die kommt jetzt in dem Leichter!« rief Hasti von der Luke. »Wie schnell können wir starten?«

»Die ist mit ihren schweren Kanonen schon zu nahe«, knirschte Han. »Aber zumindest schaffen wir ein Ablenkungsmanöver! Abhauen!«

Die anderen beeilten sich. Auf der Konsole lag eine Karte;

Han schob sie ein und tastete, während er mit einem Fuß bereits durch die Luke war, eine Anzahl Instruktionen in den Computer. Eine automatische Sequenzschaltung ließ die Luke zuklappen, und das Boot startete.

Han kletterte über einen Felsen und duckte sich mit den anderen dahinter und sah zu, wie das Raumboot in den nächtlichen Himmel aufstieg. Der Leichter war bereits auf Abfangkurs gegangen; Han schien der Augenblick günstig, um sich so weit wie möglich von der Startfläche zu entfernen. Da sie jetzt annehmen durften, daß die Besatzung des Leichters andere Interessen als sie hatte, fingen sie zu rennen an. Chewbacca bildete die Nachhut und wischte mit einem abgerissenen Zweig die paar Fußabdrücke weg, die sie auf dem felsigen Boden hinterlassen hatten.

Das Raumboot wurde jetzt immer schneller, so wie Han es programmiert hatte. Die schwere Artillerie des Leichters sprach, und ungeheure Speere grün-weißer Energie machten die dellaltianische Nacht zum Tag. Die erste Salve verfehlte ihr Ziel, ließ die Kanoniere aber die Register einschalten. Die zweite traf, einige Strahlen erfaßten das kleine Boot gleichzeitig. Es explodierte in einem Feuerball; und dann flatterten ein paar Wrackteile brennend vom Himmel.

»Die hatten es doch nicht so eilig, uns einzufangen«, bemerkte Badure.

Sie hatten gerade eine Ansammlung von Felsblöcken erreicht und sich dahinter versteckt, als der Leichter mit brüllenden Schubdüsen zurückkam und dort zu Boden ging, wo kurz zuvor das Boot gestartet war. Binnen weniger Augenblicke wimmelte die ganze Fläche von Bewaffneten mit Handlampen. Die betäubten Wachen wurden schnell entdeckt und das Areal abgesucht.

»Die haben's gefressen«, flüsterte Hasti begeistert. Die Späher entdeckten die von Han und den anderen hinterlassenen Fußabdrücke, als diese sich dem Boot genähert hatten, fanden aber dank Chewbaccas Arbeit keinerlei Spuren ihres Weggangs. Die schlafenden Wachen wurden an Bord des Leichters geschleppt, und dann ging auch der Rest von J'uochs Leuten an

Bord. Wieder flammten die Schubdüsen auf.

Hans Gehirn arbeitete fieberhaft. Jetzt, da sie bewaffnet waren und J'uoch sie offensichtlich für tot hielt, hatten sie eine Chance, die *Millennium Falcon* zurückzuerobern. Han rechnete damit, daß der Leichter neben seinem eigenen Schiff landen würde, um die an Bord zurückgelassenen Wachen wieder aufzunehmen. Statt dessen schwebte das größere Schiff aber über dem Frachter. Die Rampe der *Falcon* war eingezogen und ihre Ladeluken waren verschlossen. Plötzlich begriff Han, was geschah.

Er fing zu rennen an und schrie, so laut er konnte, Chewbacca war nur wenige Schritte hinter ihm. Niemand auf den beiden Schiffen hatte sie natürlich gehört; die Hebeanlage des Leichters berührte die Rumpfoberseite des Frachters, klammerte sich an dem kleineren Schiff fest und ließ jetzt die Ladebäume herunter. Auf die gleiche Weise, wie etwa Bergwerksgerät transportiert wurde, stieg der Leichter wieder auf, die *Millennium Falcon* an seine Unterseite gepreßt.

Der Leichter nahm Südkurs, wurde schneller und stieg immer höher. Han blieb stehen. Verzweifelt sahen er und Chewbacca, wie ihr Schiff quer über den See und über die Gebirgskette dahinter entführt wurde. Jetzt hatten die anderen sie eingeholt.

»Die meinen, die Recorderscheibe sei an Bord, nicht wahr?« fragte Skynx, der schockiert schien. »Die haben uns durchsucht und sie nicht gefunden, und waren bemüht, uns zu töten. Also müssen sie annehmen, daß wir sie an Bord der *Falcon* gelassen haben.«

»Wo sind die hingeflogen?« fragte Han mit unheilverkündender Stimme.

»Geradewegs zum Bergwerkslager«, antwortete Badure. »Dort haben die genügend Zeit und Muße, um sie in Stücke – um sie gründlich zu durchsuchen.«

Han fuhr auf dem Absatz herum und ging auf die Stadt zu. Ein leichter Regen setzte ein.

»Wo gehen Sie hin? Wo gehen *wir* hin?« schrie Skynx.

»Ich will mein Schiff zurück haben«, sagte Han einfach.

»Das ist ein hirnverbrannter Plan, selbst für Sie«, sagte Hasti.

Han spähte in das graue Licht hinaus und wünschte, Badure würde zurückkehren.

Aus dem Nieselregen war in der Nacht ein eisigkalter Wolkenbruch geworden, der sich dann wieder zu einem Nieseln zurückgebildet hatte. Han und die anderen hatten, während sie auf den alten Mann warteten, unter einer Plane hinter Stapeln von Kisten und Fässern in einem aus Holz gebauten Lagerhaus bei den Docks Zuflucht gefunden. Gelegentlich nahmen sie einen kleinen Schluck aus der Flasche, die während der ganzen Aktivitäten der Nacht an Hans Gürtel gehangen hatte.

Sie waren naß, ausgepumpt und müde. Hans Haar klebte an seinem Schädel. Aus Skynx' verfilzter Wolle fielen Tropfen. Und Chewbaccas Pelz hatte angefangen, den typischen Geruch eines nassen Wookie zu verströmen. Plötzlich hob Han die Hand und tätschelte seinem Freund den Kopf, um ihn zu trösten, und wünschte, es gäbe etwas, das er auch für Bollux und Max tun könnte. Die zwei Automaten, die geduldig mit ihnen warteten, waren besorgt, ihre Abdichtung könnte versagen.

»Sie haben nicht die geringste Chance, damit durchzukommen, Solo«, schloß das Mädchen.

Er wischte sich eine feuchte Haarlocke aus der Stirn.

»Dann kommen Sie eben nicht mit. Im Lauf des nächsten Jahres kommt bestimmt wieder mal ein Schiff vorbei.«

Ein Mann in einem schäbigen Umhang tauchte auf. Er schlurfte durch die Pfützen und trug ein Bündel auf der Schulter. Han, der die Zielvorrichtung seines Blasters auf Nachtsicht geschaltet hatte, identifizierte Badure. Der alte Mann duckte sich neben sie unter die Plane. Nachdem er sich von einem Betrunkenen in einer Seitengasse einen Mantel gekauft hatte, hatte er es irgendwie zuwege gebracht, vier weitere zu erwerben. Han und Hasti stellten fest, daß zwei davon einigermaßen paßten, und selbst Bollux konnte sich in einen hüllen, wenn er auch das außergewöhnliche Gefühl von Kleidung seltsam fand. Aber der größte Mantel, den Badure mitgebracht hatte, reichte kaum aus, um Chewbacca zu bedecken; zwar ließ sich mit der Kapuze sein Gesicht vor beiläufigen Beobachtern verbergen, aber seine zottigen Arme und Beine blieben sichtbar.

»Vielleicht sollten wir ihn mit Bändern umwickeln«, meinte Badure und wandte sich dann zu Skynx. »Sie habe ich nicht vergessen, mein lieber Professor.« Mit weit ausholender Bewegung brachte er eine Schultertasche zum Vorschein, die er einladend aufhielt.

Skynx zuckte zurück, und seine Antennen zitterten verärgert. »Sie meinen doch nicht ernsthaft . . . das kommt nicht in Frage!«

»Nur bis wir aus der Stadt sind«, redete Han ihm gut zu.

»Äh, was das betrifft, mein Junge«, sagte Badure, »ich denke fast, wir sollten uns statt dessen eine Weile ganz ruhig verhalten.«

»Tu, wozu du Lust hast; das könnte einen recht üblen Marsch ergeben. Aber wahrscheinlich sind die in ihrem Bergwerkslager daran, die *Falcon* in Stücke zu zerlegen.«

»Welchen Sinn hat es dann, wenn wir gehen?« ereiferte sich Hasti. »Das sind ein paar hundert Kilometer. Ihr Schiff ist bis dahin völlig zerlegt.«

Dann werde ich es wieder zusammensetzen! hätte er fast gebrüllt, beruhigte sich dann aber und sagte: »Außerdem, wie konnten J'uoch und ihre Kollegen denn hier so schnell erscheinen, wenn sie hier keine Kontakte haben? Wir würden hier die reinsten Zielscheiben abgeben, ganz zu schweigen von der Abneigung des Durchschnittsbürgers gegenüber Außenweltlern. Am Ende würden wir dann irgendwo in den Knast wandern.«

Der Regen fing jetzt an, schwächer zu werden, der Himmel wurde heller. Han studierte die Karte, die er mitgenommen hatte. Sie erwies sich als vollständige Übersichtskarte des Planeten, etwas veraltet zwar, aber sehr exakt. »Wenigstens hatten wir das Glück, das hier zu bekommen.«

Hasti schniefte. »Ihr seid doch alle gleich, ob Raumfahrer, Seeleute oder Flieger: keine Religion, aber eine Menge Aberglauben. Immer darauf aus, das Glück zu beschwören.«

Um ein weiteres Wortgefecht zu vermeiden, sprang Badure ein. »Zuallererst müssen wir über den See kommen; auf dieser Seite gibt es keine Verbindung nach dem Süden. Nirgends ein Flugdienst, aber irgendwo dort drüben gibt es einen Bodentransport. Der einzige Weg über den See ist ein Fährdienst, der von den Eingeborenen betrieben wird, den Schwimmern. Sie wachen eifersüchtig über ihr Territorium und verlangen eine Gebühr dafür.«

Han war gar nicht sicher, daß er von einem der Sauropteroiden, dem schwimmenden Volk von Dellalt, transportiert werden wollte. »Wir können ja zu Fuß um den See herumgehen«, schlug er vor.

»Das würde uns zusätzliche fünf oder sechs Tage kosten, sofern wir uns nicht irgendwie ein Fahrzeug beschaffen oder Reittiere besorgen können.«

` »Dann wollen wir uns um die Fähre kümmern. Wie steht es mit Lebensmitteln und Geräten?«

Badure grinste. »Und wie wäre es mit reizenden Damen und heißem Essen? Wir werden unterwegs schon irgendwelche menschlichen Ansiedlungen finden; wir müssen eben improvisieren.« Er stieß die Luft aus und stellte fest, daß sein Atem kristallisierte.

»Kommen Sie jetzt, oder wollen Sie bleiben?« fragte Han Hasti.

Sie warf ihm einen vernichtenden Blick zu. »Was fragen Sie denn? Ich hab' doch keine Wahl.«

Das in Maßen sichere und komfortable Abenteuer, auf das Skynx sich vorbereitet hatte, war ein richtiger Kampf ums Überleben geworden. Aber sein ruurianischer praktischer Sinn machte ihm die Entscheidung leicht. »Ich glaube, ich werde bei Ihnen bleiben, Captain«, sagte er.

Han hätte fast gelacht, aber Skynx' ruhige Stimme, aus der

89

Sinn für Pragmatik sprach, ließ seine Meinung, die er von dem Ruurianer hatte, ein wenig steigen.

»Freut mich, Sie dabeizuhaben. Also gut, hinunter zu den Docks und über den See.«

Skynx kroch widerwillig in die Tasche, die Chewbacca sich dann umhängte. Sie maschierten dicht hintereinander, wobei Badure die Spitze übernommen hatte und Hasti und Han die Flanken bildeten. Der Wookie und Bollux hielten sich in der Mitte der Gruppe, in der Hoffnung, daß sie bei dem schwachen Licht und im strömenden Regen für Menschen gehalten wurden, der eine außergewöhnlich groß, der andere breit.

Skynx schob den Kopf aus der Tasche und seine Antennen vibrierten. »Captain, hier drinnen riecht es schrecklich, und es ist eng.«

Han schob ihn wieder hinein und gab ihm kurz darauf die Flasche.

An den Docks und den Anlegestellen herrschte bereits reges Treiben. Han und Badure ließen die anderen im Schutz eines Lagerschuppens zurück und gingen hinunter, um sich nach einer Passagemöglichkeit umzusehen.

Obwohl in den Docks Platz für viele der Zugflöße war, die von den eingeborenen Sauropteroiden benutzt wurden, schien nur der mittlere Bereich in Betrieb zu sein. Dann sah Han ganz rechts ein einsames Floß. Obwohl Badure ihm die Schwimmer kurz geschildert hatte, empfand Han sie dennoch als verblüffenden Anblick.

Männer verluden Ladung auf die Zugflöße, die an schwimmenden Pontons vertäut waren. Dahinter lungerten träge ungefähr zwanzig Sauropteroiden herum, indem sie entweder im Kreise schwammen oder mit Flossenschlägen von ungeheurer Kraft Wasser traten. Sie maßen zwischen zehn und fünfzehn Meter und hielten die Köpfe auf langen muskulösen Hälsen hoch über dem Wasser. Ihre Hautfarbe reichte von einem hellen Grau bis zu einem tiefen Grün-Schwarz; sie besaßen keine Nasenöffnungen, sondern an der Oberseite ihrer langen Schädel

Blaslöcher. Im Augenblick warteten sie darauf, daß die Männer am Ufer die niederen Arbeiten vollendeten.

Einer der Männer, ein vierschrötiges Individuum mit einem diamantbesetzten Ring in einem Ohr und ein paar Speiseresten im Bart überprüfte gerade die Fracht mit einem Manifest. Als Badure ihre Wünsche erklärte, hörte er zu und spielte dabei mit einem Stift.

»Über das Geld werden Sie mit dem Oberbullen reden müssen«, erklärte er ihnen mit einem schiefen Grinsen, das Han gar nicht gefiel, und rief dann: »Ho, Kasarax! Da wollen zwei Passage!« Er wandte sich wieder seiner Arbeit zu, als wären die zwei Männer überhaupt nicht mehr da.

Han und Badure gingen an den Rand des Docks und traten auf den Ponton. Ein Sauropteroid erschien mit ein paar Flossenschlägen. Han griff unauffällig an seinen verborgenen Blaster. Kasarax' Größe, sein harter, schmaler Schädel mit Fängen, die länger waren als der Unterarm einer Mannes, erzeugten in ihm ein ungutes Gefühl.

Kasarax trat neben dem Ponton Wasser. Als er sprach, ließ das explosive Geräusch seiner Stimme und sein fischiger Atem beide Männer ein wenig zurücktreten. Seine Aussprache war verzerrt, aber verständlich. »Der Passagepreis ist vierzig *Driit*«, verkündete das Geschöpf (das war eine beträchtliche Summe in dellaltianischer Währung), »*pro Kopf*. Und sparen Sie sich jedes Feilschen; davon halten wir hier unten bei den Docks nichts.« Kasarax blies eine Fontäne aus dem Loch in seinem Kopf, um damit seine Feststellung zu unterstreichen.

»Was ist mit den anderen?« murmelte Han, zu Badure gewandt, und wies dabei auf den Rest des Sauropteroidenrudels.

Aber Kasarax hatte Hans Frage gehört und zischte wie ein Druckventil. »Die tun, was ich sage! Und ich sage, Sie machen die Überfahrt für vierzig *Driit*!« Er machte eine Finte, als wollte er zustoßen, eine schlangenhafte Bewegung, die den Ponton schwanken ließ. Han und Badure sprangen hastig aufs Dock zurück, die Ladearbeiter lachten gröhlend.

Der Mann mit dem Manifest trat auf sie zu. »Ich bin der Chef von Kasarax' Hafenmannschaft; Sie können mich bezahlen.«

Han, dessen Gesicht rot angelaufen war, wurde immer wütender. Aber Badure sah wieder zu dem einzelnen Floß hinüber, das sie schon vorher bemerkt hatten, und fragte: »Was ist mit ihm?«

Dort war ein einsamer Schwimmer zu sehen, ein großer, kampfzerzauster alter Bulle, der die Ereignisse stumm beobachtete. Dem Chef der Landmannschaft gefror das Lachen. »Wenn Sie gerne leben, dann kümmern Sie sich nicht um ihn. Dieser Teil des Sees wird nur von Kasarax' Rudel befahren«

Han war immer noch wütend und ging mit langen Schritten das Dock hinunter. Badure folgte ihm, nachdem er einen Augenblick unschlüssig gewartet hatte. Der Mann mit dem Manifest rief ihnen nach: »Ich warne Euch, Fremde.«

Der alte Bulle bäumte sich ein Stück auf, als sie sich ihm näherten. Er hatte etwa die gleiche Größe wie Kasarax, seine Haut war fast schwarz und von unzähligen Narben gezeichnet. Er hatte das linke Auge verloren, wahrscheinlich in einer lang vergessenen Schlacht, und seine Flossen wirkten ausgefranst und zerfressen. Aber als er den Mund öffnete, glänzten seine mächtigen Fänge wie scharfgeschliffene Waffen. »Ihre Gesichter sind neu in den Docks«, sagte er mit pfeifender Stimme.

»Wir wollen über den See«, begann Han. »Aber wir können den Preis nicht bezahlen, den Kasarax fordert.«

»Früher einmal, Mensch, hätte ich Sie so schnell Sie wollen und auch mit Sorgfalt für acht *Driit* pro Kopf hinübergezogen.« Han wollte schon annehmen, als das Geschöpf ihm das Wort abschnitt. »Aber heute schleppe ich gratis.«

»Warum?« fragte Han und Badure gleichzeitig.

Der Bulle gab ein gurgelndes Geräusch von sich, das sie für Gelächter hielten, und stieß einen Wasserstrahl aus. »Ich, Shazeen, habe gelobt, Kasarax zu zeigen, daß jeder Angehörige des schwimmenden Volkes frei ist, auf diesem Dock zu arbeiten. Aber ich brauche Passagiere, und Kasarax' Küstenbande hält sie mir fern.«

Die Leute, auf die er Bezug nahm, hatten sich auch bereits zu einer Konferenz versammelt; es waren vielleicht zwanzig, und sie warfen Han, Badure und Shazeen mörderische Blicke zu. »Können wir uns etwas weiter unten an der Küste treffen?« fragte Han den Dellaltianer.

Shazeen bäumte sich auf, und als das Wasser so von seinem schwarzen Rücken strömte, sah er aus wie irgendein primitiver Kriegsgott. »Worauf es ankommt, ist, daß Sie hier am Dock an Bord gehen. Wenn Sie das tun, dann übernehme ich den Rest, und niemand aus dem schwimmenden Volk wird Sie belästigen. Sie haben es mit Shazeen zu tun. So lautet unser Gesetz, und nicht einmal Kasarax wagt es, dieses Gesetz zu ignorieren.«

Badure zupfte nachdenklich an seiner Unterlippe. »Wir könnten zu Fuß um den See herumgehen.«

Han schüttelte den Kopf. »Und wie viele Tage würde das dauern?« Er wandte sich an Shazeen. »Es kommen noch ein paar Passagiere. Wir sind gleich wieder da.«

»Wenn man Sie an den Docks bedroht, kann ich mich nicht einschalten«, warnte Shazeen. »So ist das Gesetz. Aber sie werden nicht wagen, Waffen einzusetzen, es sei denn, Sie tun das aus Angst, daß die anderen Menschen, die, denen sie die Arbeit genommen haben, sich einschalten könnten.«

Badure schlug Han auf die Schulter. »Ich könnte jetzt eine kleine Kreuzfahrt gebrauchen, Slick.«

Han grinste, und sie machten sich auf den Weg.

Die anderen standen dort, wo sie sie zurückgelassen hatten. Hasti hielt eine große Plasformtüte in der Hand, die einen klebrigen Teig enthielt, den sie und Chewbacca mit den Fingern aßen. Sie bot Badure und Han davon an. »Wir waren am Verhungern; ich habe das einem Straßenverkäufer abgekauft. Was für einen Plan haben Sie jetzt?«

Badure erklärte es ihr, während sie das pappige Zeug aßen. Es war dick und klebrig, schmeckte aber nicht übel, nach Nuß etwa.

»Also«, sagte Han, »keiner schießt, es sei denn, wir haben keine andere Wahl. Wie geht es Skynx?«

93

Der Wookie lachte gurgelnd und öffnete die Schultertasche. Der Ruurianer lag in einen Halbkreis eingerollt und hielt die Flasche fest. Als er Han sah, wurden seine roten Facettenaugen, die etwas glasig wirkten, größer. Er stieß auf und zirpte dann: »Du alter Pirat! Wo bist du denn gewesen?« Er stippte Han mit einer seiner Antennen an und kicherte dann vor sich hin.

»Großartig«, sagte Han, »der ist voll wie eine Haubitze.« Er versuchte, die Flasche wieder an sich zu bringen, aber Skynx rollte sich zu einer Kugel zusammen und hielt sie mit vier Gliederpaaren fest.

»Er sagt, er hätte noch nie so viel Äthanol metabolisiert«, meinte Hasti mit amüsierter Miene. »Genauso hat er es ausgedrückt.«

»Dann behalten Sie sie eben«, sagte Han zu Skynx. »Aber bleiben Sie hübsch in der Tasche; wir machen jetzt eine kleine Fahrt.«

Skynx' halb erstickte Stimme klang aus der Schultertasche. »Perfekte Idee!«

Sie gingen zum Dock zurück. Kasarax' Leute versperrten ihnen den Weg zum Ponton. Andere, die offenbar nicht zu der Mannschaft gehörten, waren inzwischen aufgetaucht und lehnten an den Mauern oder an Kistenstapeln. Sie trugen Luftgewehre, Feuerwaffen und sonstige improvisierte Waffen. Han erinnerte sich an das, was Shazeen gesagt hatte: Kasarax' Bande hatte diesen Leuten die Arbeit weggenommen. Keiner war bereit gewesen, das Risiko einer Fahrt mit Shazeen einzugehen, aber sie würden dafür sorgen, daß keine Waffen gegen Hans Gruppe eingesetzt wurden. Der Rest der Bande hatte sich über die Docks verstreut. Sie waren mit allen möglichen Waffen ausstaffiert. So wie Han die Lage begriff, würde der erste Schuß ein allgemeines Blutbad auslösen, aber alles andere würde zulässig sein.

Als Han herangekommen war, sprach ihn der Anführer der Gang an. »Das ist jetzt nahe genug.« Einige seiner Männer flüsterten miteinander, als sie die riesenhafte Gestalt des in einem

94

Mantel steckenden Chewbacca entdeckt hatten.

Han trat näher und gab ein paar freundliche Worte von sich. Er hatte den Eindruck, daß der Mann sich durchaus auf Prügeleien verstand, und dachte: zuerst den Sieg, und dann Fragen!

Der Anführer hob die Hand, um ihn wegzuschieben. Er warnte: »Ein zweitesmal sage ich es Ihnen nicht, Fremder.«

Wie richtig, pflichtete Han ihm stumm bei. Er zog blitzschnell seine Waffe und schlug sie dem Anführer gegen die Schläfe. Soeben drängte und warnte der Mann noch, im nächsten Moment fiel er, einen überraschten Ausdruck im Gesicht. Han hatte noch Zeit, einen zweiten Gegner mit einem kräftigen Faustschlag zu fällen und einen dritten von sich zu stoßen, so groß war die Überraschung, die er erzeugt hatte. Dann mußte er einem Knüppel ausweichen, und plötzlich brach rings um sie die Hölle los.

Ein junger Mann hatte Bollux eine gut überlegte Eins-zwei-Kombination zugedacht, einen kurzen Haken und einen langen Uppercut, der einem Menschen beträchtlichen Schaden zugefügt hätte. Aber die Faust des jungen Mannes prallte mit metallischem Klirren vom harten Mittelteil des Droiden ab, während sie an seiner verstärkten Gesichtsplatte einen Ton wie ein Gongschlag erzeugte. Als der Junge einen Schmerzensschrei ausstieß, trat Hasti an Bollux vorbei und schmetterte dem Burschen den Pistolenlauf an den Schädel.

Ein anderer Gangster griff nach Han, der momentan anderweitig beschäftigt war. Also stoppte Badure ihn mit dem Unterarm und versetzte ihm einen gezielten Fußtritt. Der Mann fiel hin. Für einen Augenblick hatten sie gute Arbeit geleistet, aber jetzt drängte der Rest der Bande rachedürstend heran.

Diesen Augenblick erwählte Chewbacca, um sich ins Getümmel zu stürzen.

Der Wookie war ein paar Schritte zurückgetreten, um die Schultertasche abzulegen und damit Skynx aus der Gefahr herauszuhalten. Dann hatte er seine Armbrust abgelegt. Die Kapuze immer noch tief ins Gesicht gezogen, packte er nun zwei Männer, schüttelte sie kräftig und katapultierte sie dann nach entgegengesetzten Richtungen davon. Ein Schwinger eines seiner langen Arme fegte den nächsten vom Dock. Chewbacca trat nach der anderen Seite aus und traf einen Mann, der sich auf Hasti hatte werfen wollen. Der Mann flog seitwärts davon, überschlug sich zweimal und blieb auf dem Dock liegen.

Zwei Männer attackierten den Wookie von verschiedenen Seiten. Er ignorierte sie, seine Beine ragten so massiv wie Säulen unter ihm auf. Dann ließ er die Fäuste kreisen und fällte mit jedem Schlag einen der Gegner.

Der Kampf wütete jetzt rings um Chewbacca. Und eine ganze Schar um sich schlagender, verzweifelter Küstengangster umschwärmten ihn. Der Wookie hatte förmlich nach einer tüchtigen Prügelei gelechzt, seit Egome Fass ihn von hinten zu Fall gebracht hatte, und so konnte er ihnen nun den Gefallen gern tun. Um ihn herum purzelten Männer. Der Erste Maat der *Millennium Falcon* hielt an sich, um Blutvergießen zu vermeiden. Seine Begleiter stellten fest, daß der Kampf sie plötzlich eigentlich gar nichts mehr anging und sie nur noch gelegentlich assistieren mußten, etwa unter Beisteuerung eines kleinen Kinnhakens, eines Stoßes oder eines Warnrufes.

Chewbacca fand Zeit, jedes seiner Beine einmal zu schwenken, und die Männer, die sich an ihnen festklammerten, flogen davon. Jetzt versuchten diejenigen, die noch auf den Beinen waren, einen geschlossenen Angriff. Der Wookie breitete die Arme aus, fing sie alle drei auf und schmetterte sie zu Boden. Einer von ihnen, der Anführer der Gang, der sich inzwischen von Hans Schlag erholt und sich wieder in das Getümmel eingeschaltet hatte, zog einen Dolch aus einer Scheide am Unterarm.

Jetzt machte Han sich schußbereit, was auch immer die Folgen sein mochten. Aber Chewbacca hatte die Bewegung bemerkt. Der Wookie fuhr herum, die Kapuze fiel ihm zu erstenmal vom Kopf, er brüllte den Anführer aus voller Kehle an und zog dabei die Lippen von seinen mächtigen Fängen zurück. Der Anführer wurde weiß wie Kalk, die Augen traten ihm aus den Höhlen, und er gab ein leises Quietschen von sich. Der Dolch entfiel seinen plötzlich kraftlos gewordenen Fingern. Der Wookie, der die anderen bereits erledigt hatte, setzte den Mann ab und tippte ihm mit dem Zeigefinger gegen die Brust. Der Anführer fiel nach rückwärts aufs Dock und versuchte, Atem zu holen.

Hasti packte Chewbaccas Armbrust und ihre Tüte mit Teig, die sie hatte fallen lassen. Badure hielt den Sack mit Skynx, aus dem ein vergnügtes Kichern ertönte. Han packte seinen Partner am Arm. »Die Gangway ist bereit.«

Sie rannten auf den Ponton zu und sprangen, einer nach dem anderen, auf das Zugfloß. Shazeen, der sich die Prügelei angesehen hatte, stieß eine Wassersäule aus. Dann schloß er die Nickhaut über seinem einen Auge und tauchte unter, um gleich darauf mit dem Kopf wieder im Zuggeschirr zu erscheinen und zu befehlen: »Ablegen!«

Badure, der als letzter an Bord gegangen war, zog die Leine ein.

Sie hatten erwartet, daß Shazeen sich schnell in Bewegung setzen würde, aber der Schwimmer zog das Floß langsam hinaus. Als er ein paar Dutzend Meter zwischen das Floß und das Dock gelegt hatte, schlüpfte er aus dem Geschirr, indem er untertauchte, kam dann gleich wieder zum Vorschein und hielt das Floß mit seiner mächtigen Schnauze an. »Das hat Spaß gemacht!« rief er. Er warf den Kopf zurück und stieß einen schallenden Ruf aus, der über die Wellen hallte. »Shazeen grüßt euch.«

»Äh, danke«, erwiderte Han etwas verunsichert. »Warum warten wir?«

»Wir warten auf Kasarax«, erwiderte Shazeen würdevoll.

Ehe Han wütend werden konnte, tauchte ein weiterer Sauropteroid neben Shazeen auf und pfiff und zischte mit Mund und Blasloch. »Sprich in deren Sprache, Frau«, schalt Shazeen sie. Sie war kleiner und hellhäutiger, aber fast ebenso vernarbt wie der große Bulle. »Dies sind Shazeens Freunde. Dieser Knirps dort mit dem haarigen Gesicht, der kann wirklich *stoßen*, wie?«

Die Frau sprach jetzt Standard. »Willst du dich Kasarax wirklich widersetzen?«

»Niemand hat Shazeen zu sagen, wo er schwimmen darf und wo nicht«, erwiderte das andere Geschöpf.

»Dann sind wir anderen auf deiner Seite«, antwortete sie. »Wir sorgen dafür, daß sich Kasarax' Gefolge heraushält.« Das Seewasser schloß sich über ihrem Kopf.

»Anker werfen!« schrie Han. »Alle Maschinen stop! Du hast nie etwas von einem Kampf gesagt!«

»Ein Rennen, eine reine Formalität«, beruhigte ihn Shazeen. »Kasarax muß jetzt so tun, als wäre es eine reine Vorfahrtsfrage, um dem Gesetz zu entsprechen.«

» *Wenn* er Passagiere bekommen kann«, unterbrach ihn Hasti. »Schaut!«

Kasarax schien Schwierigkeiten zu haben, seine Ufergang an Bord seines Floßes zu bekommen. Die Auseinandersetzung am Dock hatte in ihnen Zweifel erzeugt; jetzt überlegten sie, ob es wohl klug wäre, sich in einen Disput unter Schwimmern hineinziehen zu lassen. Auch ihr Anführer zögerte.

Kasarax wurde wütend; er stellte sich auf die Schwanzflosse und ragte dabei über sein Zugfloß hinweg, halb aufs Dock. Die Männer wichen vor dem Monstrum und seinem dampfenden, weit aufgerissenen Maul zurück. Kasarax beugte sich über den Anführer.

»Du wirst tun, was ich sage! Es gibt keinen Ort, wo du dich vor mir verstecken kannst. Nicht einmal in dem Unterschlupf, den du unter deinem Haus gebaut hast. Wenn du mich dazu zwingst, dann grabe ich dich aus wie eine Steinmuschel vom Seegrund. Und die ganze Zeit *wirst du mich kommen hören*!«

Das verdrängte alle Gedanken an Aufruhr aus dem Geist des Anführers. Mit weißem Gesicht kletterte er auf das Zugfloß und zog ein paar widerstrebende Männer mit sich, während er einige andere dazu überredete, ihn zu begleiten.

»Sehr überzeugungsstark, dieser Neffe von mir«, meint Shazeen.

»*Neffe*?« platzte es aus Hasti heraus.

»Ja, so ist es. Jahrelang habe ich jeden Herausforderer besiegt, der sich zeigte, aber schließlich war ich es müde, Leitbulle zu sein. Ich zog nach Norden, wo es warm ist und die Fische fett und wohlschmeckend sind. Kasarax hat hier zu lange den Wilden gespielt; das ist zum Teil meine Schuld. Ich glaube freilich, daß die Leute vom Hafen ihm diesen Unsinn in den Kopf gesetzt haben.«

»Ein weiterer Sieg für den Fortschritt«, murmelte Badure. Kasarax schob sein Zugfloß neben das Shazeens.

»Sie brauchen sich jedenfalls keine Sorgen zu machen«, meinte Shazeen. »Das schwimmende Volk wird Sie nicht angreifen, also setzen Sie keine Waffen ein, sonst wird es gefährlich und es geht auf Leben und Tod. So ist das Gesetz.«

»Was ist mit den anderen Menschen?« fragte Han, aber zu spät; Shazeen war bereits untergetaucht, um Kasarax entgegenzuschwimmen. Die Mitglieder der Ufergang hatten ihre von Federkraft betriebenen Harpunen und eine Vielfalt von Hieb- und Stichwerkzeugen mitgebracht.

Die zwei Bullen brachten das Wasser zum Schäumen und brüllten einander Trompetentöne entgegen. Am Ende schaltete Shazeen auf menschliche Sprache um. »Geh mir aus dem Weg!«

»Und du mir aus dem meinen!« erwiderte Kasarax. Sie schossen beide auf ihre Flöße zu, und ihre Flossen flogen mit voller Kraft, tauchten in ihr Geschirr und erzeugten eine mächtige Dünung. Als sie wieder auftauchten, hatten sie die Köpfe im Geschirr, und die Zugtaue waren straff. Die Taue ächzten unter der Belastung, und vom stumpfen Bug der Flöße spritzte das Wasser auf. Die Insassen beider Flöße fielen auf die Decks und tasteten verzweifelt nach irgendwelchen Möglichkeiten, sich festzuhalten.

Hals an Hals wühlten sich Kasarax und Shazeen durchs Wasser und riefen sich mit schriller Stimme Herausforderungen zu. Han begann sich zu fragen, ob es nicht vielleicht doch eine bessere Idee gewesen wäre, einen Fußmarsch um den See herum anzutreten. *Warum denke ich nur immer zu spät an solche Dinge?*

Die Zugtaue summten wie Bogensehnen, die Flöße bewegten sich ruckartig, entsprechend dem Rhythmus der Schwimmer. Han klammerte sich an dem niedrigen Decksgeländer fest. Das Wasser wimmelte von Sauropteroiden, Kasarax' Gefolge ebenso wie das von Shazeen, welche Kasarax' Bündnis mit der Ufergang arbeitslos gemacht hatte.

Lange, schuppige Hälse durchschnitten das Wasser; bei jedem Eintauchen konnte man erneut die breiten Rücken und die beweglichen Flossen sehen, und der Gischt hätte einen glauben machen können, es hätte wieder zu regnen begonnen.

»Chewie!« schrie Hasti, die sich an einer Geländerstütze festhielt. »Die Tasche!«

Die Schultertasche, die Skynx enthielt, rutschte nach hinten. Badure ließ den Träger los, an dem er sich festgehalten hatte, und schlang seine Beine um einen anderen. Skynx hüpfte aus der Tasche, und seine großen roten Augen wirkten jetzt noch glasiger als zuvor.

Der Ruurianer sah sich um, machte sich ein Bild von ihrer Situation und huschte an Badure hinauf, bis er fast seinen Kopf erreicht hatte. Seine Antennen bogen sich in der steifen Brise. Jetzt klammerte er sich mit jedem Finger, den er erübrigen konnte, fest und schleuderte die leere Düsensaftflasche in die Luft und jubilierte dazu: »*Wii-ii hii-ii*! Ich wette fünf *Driit* auf uns!« Als er dann Kasarax' Flossen entdeckte, fügte er verschmitzt hinzu: »Und fünf weitere auf die!« Er sank wieder in die Tasche zurück, die Badure über ihm schloß.

Han störte die rauhe Fahrt bei weitem nicht so sehr wie die Tatsache, daß dies kein gewöhnliches Rennen war. Die zwei Bullen strengten sich an, aber keiner schaffte es, einen Vorsprung gegenüber dem anderen herauszuarbeiten. Kasarax versuchte, die Führung an sich zu reißen, versuchte es ein zweitesmal, aber Shazeen zog jedesmal gleich und hielt sein Tempo.

Han konnte hören, wie sie vor Anstrengung grunzten; er waren Geräusche, die das Brausen des Windes und der Klatschen der Wogen gegen das Floß übertönten.

Jetzt änderte Kasarax seine Taktik, seine Zugleine wurde schlaff. Shazeen tat es ihm gleich. Das jüngere Geschöpf wechselte plötzlich den Kurs und schwamm dicht hinter dem älteren quer über seine Bahn. Er duckte sich unter die Zugleinen und zog. Sein eigenes Zugfloß wurde zur Seite gerissen, und seine Taue scharrten an den ihren.

Han sah, wie der Anführer der Uferbande eine breite Axt hob; Kasarax' Männer beabsichtigten offensichtlich, Shazeens Taue zu kappen, sobald diese von der Bugreling ihres eigenen Floßes aus zu erreichen sein würden. Der Pilot zog, ohne nachzudenken. Ein Strahl aus seinem Blaster zuckte rot über das Wasser, und die Axtschneide ruckte zur Seite. Funken sprangen von ihr auf, und dann konnte man sehen, daß in der Schneide ein schwarzgerändertes Loch brannte. Der Anführer der Ufergang ließ sie mit einem Schrei fallen, und seine Männer duckten sich.

Ein anderer packte die Axt und schwang sie, als die beiden Flöße und die sie schleppenden Schwimmer vom Trägheitsmoment umeinandergedreht wurden. Diesmal traf Han nicht, und die Axt fuhr herunter. Vielleicht war es ein Außerplanetprodukt mit verstärkter Schneide; jedenfalls teilte die Axt das Tau mit einem Schlag und bohrte sich in die Bugreling. Shazeens Floß schwang herum und stellte sich fast seitwärts, jetzt, da es nur noch von einem Tau gezogen wurde.

Jetzt hatte der Anführer die Axt wieder und schickte sich an, das zweite Tau zu durchtrennen. Han zielte sorgfältig auf die Axt, als Shazeen den Kurs änderte, um sehen zu können, was passiert war. Das verbleibende Schlepptau wanderte über die Reling von Kasarax' Floß, erfaßte den Anführer der Gang und riß ihn über Bord. Im gleichen Augenblick zerrte Shazeens Manöver sein eigenes Floß in ein Wellental. Han verlor den Boden unter den Füßen, glitt aus und stürzte, wobei ihm der Blaster aus der Hand gerissen wurde.

Der Anführer klammerte sich immer noch an das intakt gebliebene Zugtau Shazeens, hatte den Unterkörper im Wasser und sägte mit einem Messer daran. Han konnte seinen Blaster nicht finden, war aber fest entschlossen, nicht zuzulassen, daß auch ihr zweites Tau gekappt wurde. Der Obergangster arbeitete an dem Tau, Hasti schrie irgend etwas von »Kein Feuergefecht anfangen!« und Badure und Chewbacca brüllten etwas, das er nicht hören wollte, da er jetzt nicht zu einem Disput aufgelegt war. Er verlor die Geduld, warf seine Fliegerjacke ab, trat über die Bugreling hinweg, sprang und begann sich an dem Tau Hand über Hand nach vorn zu ziehen, die Beine um das Tau geschlungen und von den höheren Wellen umspült.

Der Gangsterboß sah Han und sägte noch wilder an den zähen Fasern. Dann ließ er kurz von seiner Arbeit ab, um nach dem Piloten zu stechen. Plötzlich wurde Han bewußt, wie impulsiv er gehandelt hatte, gerade als hätte einen Augenblick lang ein anderer Mann seinen Körper besetzt. Es gelang ihm nicht ganz, dem Stich auszuweichen, und so traf die Messerspitze sein Kinn. Das Wasser zerrte an ihm.

Dem zweiten Stich freilich wich er mit einem Geschick aus, das er sich in vielen Stunden der Nullgravgymnastik erworben hatte. Er schlug mit ausgestrecktem Arm zu, seine Handkante traf das Gelenk des anderen, und das Messer purzelte ins Wasser. Als das Messer herunterfiel, lockerte sich der Griff des anderen am Tau. Er versuchte, sich an Han festzuhalten, und beide Männer stürzten ins Wasser. Es war bitterkalt und hatte einen eigenartigen Geschmack.

Han tauchte, so tief er konnte, und seine Kleider zogen ihn hinunter. Unter Wasser hörte er ein dumpfes Krachen, als der Bug des Floßes den anderen am Kopf traf. Die Backen aufgeblasen, blickte der Pilot durch das eisige, finstere Wasser nach oben, während das Floß über ihm hinwegzog. Er tauchte unmittelbar dahinter auf. Er griff nach der Heckreling, verfehlte sie und wurde selbst gepackt.

Chewbacca zog seinen Partner mit einem Griff über die Reling, als das Floß zum Stillstand kam. Han schüttelte sich das nasse Haar aus den Augen und stieß unwillkürlich einen überraschten Schrei aus, als er sah, warum sie angehalten hatten. Kasarax' Manöver war die Provokation gewesen, die Shazeen nach dem Gesetz der Schwimmer zum Kampf gebraucht hatte. Die beiden riesigen Bullen waren aus ihren Zuggeschirren geschlüpft und begegneten sich jetzt im entschlossenen Kampf.

Sie rasten aufeinander los und kollidierten. Es war ein Zusammenstoß mächtiger Schädel, deren Aufprall wie das Zerspringen eines Baumstammes über die Wellen hallte. Das Zusammentreffen ihrer muskulösen Hälse und breiten Brüste wühlte die Wellen auf. Aber keiner schien sich verletzt zu haben, sondern sie umkreisten einander, um eine günstige Position zu gewinnen, und ihre Flossen wühlten das Wasser zu Schaum auf. Der Anführer der Ufergangster schwamm auf sein Floß zu, erpicht darauf, den Giganten aus dem Wege zu gehen.

Han spürte, wie Bollux' harter Finger ihn an die Schulter tippte. »Ohne Zweifel wollen Sie das hier, Sir. Ich konnte es auffangen, ehe es über Bord rutschte, aber anscheinend haben Sie mich nicht gehört.« Er reichte Han seinen Blaster.

Ohne die Augen von dem Kampf zu wenden, versprach Han: »Ich verdopple dir dein Gehalt«, wobei er die Tatsache ignorierte, daß er dem Droiden bisher noch keinen Credit gezahlt hatte.

Kasarax stieß ein Heulen aus; er hatte nach Shazeen geschnappt, war aber bei seinem Rückzugsmanöver zu langsam gewesen. Der alte Bulle hatte ihn mit beiden Fängen zu packen bekommen, und Kasarax hatte sich zwar losreißen können, aber jetzt floß das Blut über seine Nackenschuppen. Wild vor Zorn griff Kasarax erneut an.

Shazeen stellte sich ihm mit hocherhobenem Kopf, und jeder von ihnen versuchte, zu stoßen und zu beißen, den anderen unter die Wasserfläche zu drücken. Dabei stießen sie schrille Kreisch- und Trompetentöne aus. Shazeen konnte einem entschlossenen Angriff Kasarax' nicht ausweichen und zuckte zurück, als der Jüngere über ihn glitt und versuchte, seinen Onkel an der Kehle zu fassen. Aber Kasarax war zu eifrig geworden und auf eine Finte des Älteren hereingefallen. Jetzt tauchte Shazeen und rollte sich zur Seite. Seine breite Schwanzflosse schmetterte gegen Kasarax' Schädel, und der jüngere Kämpfer fiel zurück. Jetzt fingen sie wieder an, mit den Köpfen sich gegenseitig zu stoßen, zu beißen, mit den Flossen zu schlagen und miteinander zu kollidieren.

»Festhalten!« warnte Hasti, die als einzige so aufmerksam gewesen war, auch auf andere Gefahren zu achten.

Das Floß erzitterte, und ein paar Stämme splitterten, als sein Bug nach oben geschoben wurde. Es war einer der Schwimmer aus Kasarax' Gefolge, ein junger Bulle, wie es schien. Er hatte mit seinen mächtigen Kiefern das Heck des Floßes gepackt und schüttelte es jetzt, wobei er Fontänen wild aus seinem Blasloch spie. Jetzt riß er ein meterbreites Stück aus dem Floß, spuckte das Holz aus und griff erneut an. Han drehte den Abstimmknopf seines Blasters auf Höchstleistung.

»Töten Sie ihn nicht«, schrie Hasti, »sonst fallen die alle über uns her!«

Als der Sauropteroid erneut das Floß anstieß und es dabei fast zum Kentern brachte, schrie Han zurück: »Was soll ich denn tun, Süße? Zurückbeißen?«

»Es denen überlassen«, antwortete sie und wies nach draußen. Sie meinte die anderen, die sich jetzt näherten. Kasarax' übereifriger Helfer hatte ein allgemeines Getümmel zur Auslösung gebracht. Einer – Han glaubte, es sei die Kuh gewesen, die am Dock aufgetaucht war und Shazeen Unterstützung angeboten hatte – wühlte ein eindrucksvolle Bugwelle auf und schoß geradewegs auf das Floß zu. Aber wieder krachten die Zähne des Angreifers in das Heck des Floßes.

Es kommt bloß darauf an, solange Luft zu behalten, bis Hilfe da ist, sagte sich Han. Er entdeckte die Tüte mit dem klebrigen Zeug, die Hasti mitgebracht hatte und die immer noch halb voll war. Er griff danach und rief: »Chewie! Halt fest!« Han richtete sich unsicher auf. Der lange Arm des Wookie griff nach ihm und erfaßte Hans freie Hand, stützte ihn. Der junge Bulle hatte ihn kommen sehen und das Maul aufgerissen, aber als er feststellte, daß er ihn nicht erreichen konnte, klappte er es krachend wieder zu und spie eine Gischtsäule durch sein Blasloch aus.

Als Han sah, wie die Ränder des Blasloches bei Einatmen vibrierten, stieß er ihm die Tüte mit Teig hinein. Sie landete mit einem seltsam klatschenden Geräusch auf dem Einsaugloch.

Der Schwimmer erstarrte, und die Augen traten ihm hervor. Han hatte keine Ahnung, in welche Luftwege und -kammern das klebrige Zeug eingesogen worden war. Jedenfalls erzitterte das Geschöpf und explodierte dann förmlich in einem mächtigen Niesen, das ihn am ganzen Leib schüttelte. Es schleuderte eine Wasserfontäne in die Höhe, und hätte Han mit dem nachfolgenden, nach Fisch stinkenden Atemzug fast vom Floß gefegt.

In diesem Augenblick traf Shazeens Freundin ein. Sie biß den Jüngeren, und ein wütender Kampf entspann sich. Rings um sie wälzten sich Paare der Schwimmer, duckten sich, bissen und schossen aufeinander los. Ihre Schuppenhäute wurden aufgefetzt, und der Schlachtenlärm drohte, die Menschen zu betäuben. Die aufgewühlten Wellen versprachen, das Floß zum Kentern zu bringen.

Han richtete seine ganze Aufmerksamkeit auf Shazeen und Kasarax und dachte, *wenn dieser alte Bulle den kürzeren zieht, dann gibt das einen sehr feuchten Spaziergang nach Hause. Und die Fische beißen heute.*

Beide Bullen waren verletzt und übel zugerichtet, und jedem fehlten Haut- und Flossenstücke. Der ältere bewegte sich langsam, die jugendliche Leistungsfähigkeit seines Neffen machte ihm schwer zu schaffen. Wieder prallten sie aufeinander. Erstaunlicherweise ging Kasarax unter.

Shazeen suchte seinen Vorteil zu behalten und Kasarax zu folgen, konnte ihn aber nicht entdecken und kreiste daher ziellos. Die Luft war so von den Schlachtrufen erfüllt, daß Shazeen die Warnungen seiner Passagiere nicht zu Kenntnis nahm. Kasa-

rax war raffinierterweise lautlos links hinter seinem Onkel aufgetaucht, im toten Winkel. Jetzt warf sich der jüngere Schwimmer vor und versuchte, einen tödlichen Biß am Schädel seines
Onkels anzusetzen.

Aber Shazeen bewegte sich blitzschnell, fuhr herum und riß
den Schädel scharf in die Höhe, schmetterte die knochigste Partie seiner Stirn gegen Kasarax' Unterkiefer. Es gab einen Knall,
der so laut war, daß er vom gegenüberliegenden Ufer widerhallte. Von dem schrecklichen Schlag benommen, hatte Kasarax
kaum noch Zeit, zu zittern, ehe Shazeen seine Kehle zwischen
den Zähnen hatte.

»Raffiniert!« jubilierte Badure.

Chewbacca und Hasti fielen sich in die Arme, und Han stütze
sich lachend auf die Reling. Shazeen schüttelte den Kopf seines
Neffen unbarmherzig hin und her, vor und zurück, verzichtete
aber auf den Todesbiß.

Endlich begann Kasarax, den Kopf schmerzhaft nach hinten
gebogen und ohne jeden Kampfgeist, ein jammervolles Kräch-
zen von sich zu geben. Rings um ihn verstummte das Kampfgetümmel, als der rituelle Laut der Kapitulation erklang. Nachdem
die anderen sich voneinander getrennt hatten, gab Shazeen Kasarax frei und ließ ihn jämmerlich wassertreten, während er ihn
in der zischenden Sprache ihrer Gattung beschimpfte.

Nach einem letzten durchdringenden Zischen jagte Shazeen
seinen Neffen mit einem harten Stoß seines Schädels davon. Ka-
sarax zog den Kopf ein und schwamm langsam fort, um sein
Floß wieder dorthin zu schleppen, woher er gekommen war.
Sein Gefolge schwamm aufgelöst hinter ihm her, geleitet von
Shazeens siegreichen Helfern.

Shazeen kehrte jetzt zu seinem eigenen Floß zurück und begann die Schmerzen zu fühlen, die er seine Feinde nicht hatte
merken lassen. Aus schrecklichen Wunden blutend, den narbi-
gen, einäugigen Kopf vorsichtig aus dem Wasser haltend, fragte
er: »So, wo waren wir denn?«

»Ich war in der Brühe«, erinnerte ihn Han. »*Sie* wollten das

Floß hinausziehen, um es dem Boß der Ufergang zu zeigen. Hat auch geklappt. Danke.«

Der alte Bulle gab ein gurgelndes Geräusch von sich, das man als Lachen interpretieren konnte. »Ein Unfall, Kleiner; sagte ich Ihnen nicht, daß es ungesetzlich ist, sich in menschliche Streitigkeiten einzumischen?« Wieder gurgelte er und drückte seine breite Brust gegen das Heck des Floßes und schob es zum gegenüberliegenden Ufer.

»Was ist mit Ihrem Neffen?« wollte Hasti wissen.

»Oh, der wird sich jetzt den Gedanken abgewöhnen, daß er den See zu seinem eigenen Tümpel machen kann. Eine blöde Idee. Die hätte ihm über kurz oder lang ohnehin den Tod eingetragen, und dafür ist er viel zu wertvoll. Ich werde sowieso bald einen Stellvertreter brauchen; viele solche Keilereien verkrafte ich nicht mehr. Diese jungen Leute halten sich immer für schlau, wenn sie meine blinde Seite angreifen.«

»Ich würde ihm trotzdem nicht vertrauen«, warnte Han.

»Sie vertrauen doch *keinem*«, schalt ihn Hasti.

»Und Sie haben noch nie gesehen, daß mich einer in die Flosse beißt?« grinste er zurück.

»Oh, Kasarax ist schon in Ordnung«, sagte Shazeen. »Er hat sich bloß eingebildet, daß er von uns gefürchtet werden wollte. Es wird ihm viel besser gefallen, wenn wir ihm Respekt erweisen; das kapieren alle, mit Ausnahme der Schlimmsten, wenn man ihnen Gelegenheit dazu gibt.«

Das andere Ufer war schnell nähergerückt. Shazeen schob sie noch ein Stück weiter, machte dann kehrt und verpaßte ihnen noch einen kräftigen Schlag mit der Schwanzflosse. Das Floß schob sich auf den Strand, und Han sprang auf den feuchten Sand.

Die anderen folgten ihm. Badure trug einen ziemlich kranken Skynx auf der Schulter. Die Schwimmerkuh, die Shazeens Passagiere gerettet hatte, tauchte sichtlich besorgt neben ihm auf. Aber ihr Blick galt Hasti, deren Kapuze jetzt heruntergefallen war, so daß man ihr rotes Haar sehen konnte. »Diesmal hatten

Sie eine recht unsanfte Fahrt, Mensch«, meinte die Schwimmkuh. »Oder waren das nicht Sie?«

Hasti schien verwirrt.

»Waren das nicht Sie?« wiederholte die Schwimmerin. »Damals, bevor Kasarax seinen Coup versucht hat? Tut mir leid, aber das Haar und die Kleider sind doch dieselben.«

Hasti flüsterte: »Lanni! Das sind ihre Kleider!«

Badure fragte, was dieser Passagier getan hätte.

»Sie kam herüber und stellte den Leuten Fragen über die Berge dort, fuchtelte mit einer kleinen Maschine in der Luft herum und verschwand dann wieder«, erwiderte sie.

Han, der Wasser aus seinem Stiefel goß, sah zu den Bergen hinüber, die am südlichen Horizont aufragten. »Was ist dort oben?«

»Nichts«, antwortete Shazeen. »Menschen gehen gewöhnlich nicht dorthin. Noch weniger kommen zurück. Sie sagen, dort oben sei nur Wüste.« Er studierte Chewbacca, der den gehaßten Mantel abgelegt hatte, Bollux' blitzende Gestalt und den jetzt langsam wieder zum Leben erwachenden Skynx.

»Das hatte ich auch gehört«, nickte Badure. »Das Bergwerkslager liegt auf der anderen Seite der Berge, aber ich hatte gedacht, wir würden sie umgehen. Warum sollte Lanni Rave sich für sie interessieren, das würde ich gerne wissen.«

Han richtete sich auf. »Dann sehen wir eben nach.«

Das Terrain stieg vom Seeufer aus in einer Reihe sanfter Hügel an, die mit weichem blauem Moos bedeckt waren, das ihre Schritte dämpfte. Han stellte befriedigt fest, daß das Moos sich hinter ihnen wieder aufrichtete und damit ihre Fußabdrücke löschte.

Die Versorgung hatte keine Schwierigkeiten bereitet. Die Arbeiter auf dieser Seeseite, die alle Kasarax' Gang angehört hatten, waren eilig weggelaufen, als sie die Niederlage ihres Anführers gesehen hatten, aus Furcht, die Rache könnte über sie hereinbrechen. Da Han mit einem zehn- bis zwölftägigen Marsch durch die Berge rechnete, hatte seine Gruppe die Lagerschuppen gründlich durchsucht und sich dort Lebensmittel und Geräte aller Art beschafft.

Sie hatten ihre Taschen mit konservierten Krustentieren aus dem See, Plastikbehältern mit dem teigigen Zeug, das Hasti entdeckt hatte, Dosen mit marinierten Gemüsescheiben, Säcken mit Mehl, geräuchertem Fisch, gepökeltem Fleisch und ein paar harten, purpurfarbenen Würsten gefüllt. Sie hatten sich auch ein paar voluminöse Wasserblasen mitgenommen, rechneten aber damit, in den Bergen wieder Wasser zu finden. Nach der Karte gab es überall reichlich frische Quellen und Bergbäche. Soweit sie Kleidung zu tragen pflegten, hatten sie sich für das kalte Wetter ausgerüstet. Han hatte seine nassen Sachen ausgezogen und sich für die Übergangszeit, bis seine eigenen Kleider trokken waren, ein dellaltianisches Kostüm zugelegt, sowie seine Messerwunde verbunden. Praktische Gründe hatten Hasti dazu veranlaßt, ihr langes Kleid und den Umhang gegen einen Anzug zu vertauschen, den heranwachsende Knaben zu tragen pflegten. Schließlich hatten sie sich noch dicke, isolierte Schlafsäcke ausgesucht.

Reittiere oder Motorfahrzeuge waren keine zu finden gewesen. Das machte Han freilich nichts aus, weil er ebensowenig Vertrauen zu unbekannten Tieren wie zu veralteten und wahrscheinlich im Auseinanderfallen begriffenen dellaltianischen Maschinen gehabt hätte. Bollux, der ein schweres Bündel tragen konnte und dennoch weder Wasser noch Nahrung brauchte, hatte festgestellt, daß seine Popularität gewachsen war. Sie waren glücklich, ihn mit von der Partie zu haben, weil sie wußten, daß von den zahmen lokalen Tierarten oder den hier üblichen Bodenfahrzeugen keines für das bergische Terrain geeignet war und es auf Dellalt nur wenig Flugzeuge gab. Sie hatten sich auch etwas Seil besorgt, aber kein sonstiges Klettergerät. Auch Medizin hatten sie keine gefunden und ebensowenig zusätzliche Waffen, Munition oder Navigationsgeräte, Wärmeeinheiten, Macrobinokulare oder Fernaugen, wenn auch Hans Blastervisier für letzteres notdürftigen Ersatz bot. Um selbst Unterschlupf zu haben, hatten sie das Zelt eines Planwagenfahrers mitgenommen, das sie in einem der verlassenen Schuppen entdeckt hatten.

Und sie waren bewaffnet. Zusätzlich zu Hans Blaster und Chewbaccas Armbrust hatten sie auch noch die Waffen, die sie J'uochs Leuten abgenommen hatten. Badure trug die Lähmpistole, die er bereits eingesetzt hatte, und zwei langläufige Energiepistolen. Hasti besaß einen kompakten Disruptor, einen Bolzenwerfer mit vergifteten Projektilen und einen Blaster. Letzterer war allerdings fast erschöpft, weil Han ihn zum Aufladen des seinen benutzt hatte. Skynx lehnte es ab, Waffen zu tragen, da seine Gattung niemals welche benutzte, und Bollux' Basisprogramm, so sagte der Droid, hinderte ihn ebenfalls daran, Waffen zu gebrauchen.

Während sie die Vorberge hinaufstiegen, sorgten sie dafür, daß die Kämme ihnen Sichtschutz nach hinten boten, obwohl Han bezweifelte, daß jemand nach ihnen Ausschau hielt. Wahrscheinlich galt im Augenblick das ganze Interesse dem Zusammenbruch von Kasarax' Bande. Über das freie Bergland wehte ein heftiger Wind, der das elastische Moos niederdrückte und den Dahinziehenden Haar, Kleidung und Pelz zerzauste. Das Land war karg und leer. Da sie kein zweites Intercom hatten, beschlossen sie, niemanden vorauszuschicken, sondern dicht beieinander zu bleiben.

Chewbacca übernahm die Spitze der kleinen Gruppe und prüfte immer wieder mit geweiteter Nase die Witterung. Seine blauen Augen bewegten sich dauernd, und seinen Jagdinstinkten entging nichts. Ein Dutzend Schritte dahinter trottete Bollux dahin. Der Arbeitsdroid hatte seine Brustplatte auf Bitten des Computers einen Spalt weit geöffnet, und Max nahm den sich ihm bietenden Anblick in sich auf.

Als nächste kamen Badure und Hasti, die nebeneinander gingen. Skynx folgte dahinter. Er trug nur seine Musikinstrumente, weil keines der Bündel ihm paßte und er ohnehin nicht viel hätte tragen können. So wogte er dahin und hatte keine Schwierigkeiten, ihr Tempo zu halten.

Han bildete die Nachhut. Er sah sich immer wieder um und schob sich gelegentlich den improvisierten Rucksack zurecht, den er sich aus Gurten und Planen zusammengepackt hatte. Er beobachtete das Terrain und tat sein Bestes, um ihren Kurs auf der Karte zu verfolgen, da ihnen zu diesem Zweck keinerlei elektronische Hilfsmittel zur Verfügung standen. Von Zeit zu Zeit dachte er über den Schatz nach. Das offene Land und der kräftige Wind machten ihn glücklich. In gewisser Weise erinnerte ihn das an die Freiheit, wie sie der Weltraumflug bot.

Die Gruppe zog eilig durch den Morgen dahin, und Han blieb häufig stehen, um durch das Visier seines Blasters zu beobachten, ob irgend jemand sie verfolgte. Als dann Dellalts weißblauer Stern am Himmel emporstieg und nirgends Verfolger zu sehen waren, verlangsamten sie ihren Marsch etwas, um ihre Kräfte für die lange Reise zu schonen.

Skynx fiel zurück, um mit Han zu sprechen. Der Ruurianer hatte einen sehr schnellen Stoffwechsel und hatte sich daher von seiner Auseinandersetzung mit der Flasche bereits wieder erholt. Han, der das Terrain studierte, drehte sich zu ihm um. Er überlegte, daß Skynx in bezug auf Abenteuer menschlichen Stiles inzwischen sicherlich gründlich desillusioniert war.

»He, Skynx, wie wär's wenn Sie Ihr Westentaschenorchester herausholen würden. Wir sind schließlich im Freien wie ein Käfer auf einem Sonnendach. Ein wenig Musik ist bestimmt nicht gefährlich.«

Der Ruurianer kam der Aufforderung eifrig nach. Ohne sein Tempo zu verlangsamen, benutzte er jetzt nurmehr die vier hintersten Gliedmaßenpaare zur Fortbewegung und ergriff mit den restlichen die Trommelpulsare, das Balgenhorn und die Flöte.

Er begann mit einem Marschlied in menschlichem Tempo, das zum Marschieren über Land und nicht etwa für eine Parade bestimmt war.

Die kleinen Pulsare hatten einen mitreißenden Rhythmus, das Balgenhorn tutete, und die Flöte tirilierte. Han widersetzte sich dem schnelleren Tempo instinktiv, erfreute sich aber an der Musik.

Badure schob die Schultern zurück und verfiel in einen energischen Schritt, zog den Bauch ein und summte zur Musik. Hasti lächelte Skynx zu und schritt schneller aus.

Chewbacca versuchte, im Tritt zu bleiben, aber weil Wookies von Reglementierungen gewöhnlich nicht viel halten, hatte er dabei einige Schwierigkeiten. Immerhin brachte er eine Art munteres Taumeln zuwege, wenn es auch keineswegs im Takt war. Bollux freilich fiel sofort in den Tritt, seine mechanischen Beine hielten den Takt präzise, seine Arme schwangen mit, und sein Kinn hob sich.

Sie schritten über das blaue Moos; der kalte Wind ließ die Landschaft karg und frei erscheinen. So zogen sie über den Hügel.

Sie hatten ein gutes Stück Weges zurückgelegt, als die blauweiße Sonne unterging. Man konnte jetzt die wenigen Lichter der Stadt weit hinter ihnen sehen. Zwischen dem blauen Moos begannen die ersten Felsvorsprünge aufzutauchen. Sie lagerten an einer dieser Felsnasen unter einem Felsüberhang, der ihnen etwas Schutz vor dem Wind bot. Für ein Feuer war kein Brennstoff vorhanden.

Als sie sich zur Ruhe setzten, legte Han die Prioritäten fest. »Ich werd' mir die Gegend mit dem Skop ansehen. Chewie wird die erste Wache übernehmen, nachdem er gegessen hat. Badure, du nimmst die zweite, und ich nehme die dritte. Skynx übernimmt dann das Wecken. Alle einverstanden?«

Badure hatte keine Einwände dagegen, daß Han die Führung übernahm, und war mit den Anordnungen zufrieden.

»Was ist mit mir?« fragte Hasti ruhig.

»Sie übernehmen morgen die erste Wache. Sie brauchen sich also nicht übergangen zu fühlen. Würde es die Bande unserer Zuneigung zu sehr strapazieren, wenn ich Sie bitten würde, mir Ihr Armbandchrono auszuborgen?«

Mit zusammengebissenen Zähnen warf sie es ihm hin, worauf er und Chewbacca sich entfernten. »Bitte!« rief sie ihm nach. »Für wen hält der sich eigentlich?« sagte sie, zu den anderen gewandt.

Badure lächelte mild. »Slick? Der ist gewöhnt, das Kommando zu übernehmen; schließlich war er nicht umsonst sein ganzes Leben Schmuggler und Trampfrachter. Hast du die roten Biesen an seinen Schiffshosen nicht bemerkt? Die verleihen einem den Corellianischen Blutstreifen nicht nur für pünktliches Erscheinen.«

Sie überlegte. »Nun, wie hat er ihn denn bekommen? Und warum nennst du ihn Slick?«

»Ersteres soll er dir selbst sagen. Der Spitzname geht auf unser erstes Zusammentreffen zurück.«

Sie war, ohne dies zu wollen, neugierig. Auch Skynx hörte interessiert zu, ebenso wie Bollux und Blue Max. Die zwei Automaten beschlossen, sich Badure anzuhören, ehe sie sich für die Nacht abschalteten. Ihre Fotorezeptoren glühten in der Dämmerung.

Es wurde jetzt schnell kälter, und die Menschen hüllten sich enger in ihre Mäntel, während Badure seine Fliegerjacke schloß. Skynx rollte seine wollige Gestalt ein, um seine Körperwärme zu bewahren.

»Ich war damals Schiffsoffizier und hatte selbst ein paar Orden«, begann Badure, »aber es gab da etwas Ärger wegen eines Roulettes, das ich auf dem Flaggschiff betrieb. Jedenfalls versetzte man mich an die Akademie zurück.

Der Kommandant war ein typischer Schreibtischpilot. Er hatte die grandiose Idee, ein Ausbildungsschiff zu nehmen, einen alten U-33 Orbitalfrachter, und so umzubauen, daß der

Fluginstruktor Maschinendefekte herbeiführen konnte: *realistische Streßsituationen.*

›Es kann schon genügend schiefgehen, ohne mehr davon einzubauen‹, sagte ich, aber der Kommandant war der Stärkere. Sein Programm wurde bewilligt. Ich war Fluginstruktor, und der Kommandant kam beim ersten Ausbildungsflug mit. Er verpaßte mir meine Anweisungen persönlich und gab sich ganz als erfahrener Veteran.

Mittendrin unterbrach ein Kadett. ›Entschuldigen Sie, Sir, aber die Hauptschubsequenz der U-33 ist vierstufig, nicht dreistufig.‹ Es war ein richtiger schlaksiger Bursche, der nur aus Ellbogen und Ohren bestand. Und sein Grinsen reichte von einem Ohr zum anderen.

Der Kommandant war kalt wie ewiges Eis. ›Da Kadett Solo so ein schlauer Bursche ist – er sagte ›slick‹ für schlau, das ist irgendwie ein archaischer Slang –, da Kadett Solo so ein schlauer Student ist, wird er sich beim ersten Flug ans Steuer setzen.‹ Wir gingen alle an Bord und starteten. Han erledigte alles, was ihm der Kommandant zuwarf, und sein Grinsen wurde immer breiter. Er verstand sich wirklich auf diese Art von Schiff.

Die Kiste war hundertprozentig in Schuß, aber trotzdem ging etwas schief, und im nächsten Augenblick hatten wir alle Mühe, sie in der Luft zu halten. Ich brachte das Fahrwerk nicht raus, also rief ich die Bodenkontrolle an und bestellte einen Traktorstrahl.

Doch die Traktorstrahlen fielen auch aus, beide. Ich schaffte es gerade noch, die Maschine wieder durchzustarten. Der Kommandant war inzwischen ganz weiß im Gesicht; drunten auf dem Feld sammelten sich bereits die Feuerwehren und die Ambulanzen.

Und in diesem Augenblick verkündete Kadett Solo: ›Das Sperrventil am Fahrwerk hängt fest, Sir; das passiert auf diesen U-33s immer wieder.‹

Und ich sagte: ›Nun, hätten Sie Lust, in den Fahrwerksschacht hinunterzukriechen und mit dem Schraubenschlüssel dranzugehen?‹

›Nicht nötig‹, meinte der Junge. ›Wir kriegen das mit ein paar
Manövern auch so hin.‹

Die Zähne des Kommandanten klapperten. ›Sie können doch
nicht mit einem Trainingsschiff Kunstflugmanöver fliegen!‹
Darauf ich: ›*Ich* nicht, Sir. Aber ich weiß ja nicht, von was für
Manövern Slick dort drüben redet. Er wird es wohl oder übel
probieren müssen.‹ Während dem Kommandanten der Mund
offen stehenblieb, erinnerte ich ihn daran, daß er diensthaben-
der Offizier war. ›Entweder landen Sie jetzt diese Kiste, oder ich
lasse den Jungen seine Idee ausprobieren.‹

Er sagte nichts, aber inzwischen war es im Passagierraum laut
geworden. Die anderen Kadetten fingen an, nervös zu werden.
Also drückte Han den Knopf der Sprechanlage. ›Auf Anweisung
des Kommandanten wird dies eine *Übungs*notlandung. Alle
Vorschriften werden exakt eingehalten; ihr werdet nach Leistung benotet.‹ Ich sagte, daß er dafür, daß wir alle gleich vor
unserem Richter stehen könnten, daß er ein ziemlich lockeres
Mundwerk hätte, worauf er mir zugrinste und meinte, ich sollte
ihnen doch die Wahrheit sagen, wenn ich eine Panik im Passagierraum haben wollte. Also ließ ich ihn gewähren, und Han
übernahm das Steuer.

Die U-33 ist wirklich nicht für die Dinge gebaut, die Han jetzt
vollführte. Er flog drei Loopings, um die Sperrklappen zu lösen.
Keiner sah mehr richtig. Wie Han aus diesen versetzten Tragflächen Auftrieb herausbekam, werde ich wohl nie wissen, aber er
grinste bloß und hing in seinen Gurten da.

Dann drehte er eine Faßrolle, um Zentrifugalkraft aufzubauen. Ich dachte schon, er würde die Flügel abreißen, und hätte
ihm fast das Steuer weggenommen, aber da flammte plötzlich
ein Lämpchen am Armaturenbrett auf. Er hatte es geschafft, das
Ventil war offen.

Aber es hätte durch die Schwerkraft wieder zufallen können,
also flog er mit dem Kopf nach unten, während das Fahrwerk
ausfuhr. Die Maschine hatte schon begonnen, Höhe zu verlie-

ren, und der Kommandant schäumte und forderte Han die ganze Zeit auf, er solle doch umdrehen. Han weigerte sich. ›Warten Sie, warten Sie‹, sagte er. Und dann hörten wir dieses lange, scharrende Geräusch, als das Fahrwerk ausfuhr, und ein Klicken, als es einrastete.

Han drehte blitzschnell eine Rolle, gab Gegenschub und fuhr die Klappen aus. Wir entwurzelten zwei Haltenetze und überlebten nur, weil wir in den Wind landeten. Eine recht unsanfte Landung, das kann ich ihnen sagen.

Man mußte dem Kommandanten beim Verlassen des Schiffes behilflich sein. Dann deaktivierten sie die Maschine endgültig. Han machte noch den ganzen Landecheck, wie es in den Regeln steht. ›Slick genug für Sie?‹ fragte er. Und ich sagte nur ›Slick‹. So hatte er seinen Spitznamen weg.«

Es war jetzt dunkel geworden. Die Sterne leuchteten am Himmel, und die beiden Monde Dellalts waren aufgegangen. »Badure, wenn das heute passieren würde«, fragte Hasti leise, »würdest du dann diesen Kadetten sagen, daß sie in Lebensgefahr sind?«

Seine Stimme klang müde. »Ja. Obwohl sie vielleicht dann durchdrehen würden. Sie hatten ein Recht, es zu wissen.«

Damit war die nächste Frage klar: »Nun, wie sind dann *unsere* Chancen? Können wir es schaffen, uns die *Falcon* zurückzuholen?« Auch Skynx und die Automaten warteten auf Badures Antwort.

Er blieb stumm. Er überlegte, welche Wahl er nun hatte. Er konnte lügen, die Wahrheit sagen oder sich einfach zu Seite drehen und schlafen. Aber als er zur Antwort ansetzte, wurde er unterbrochen.

»Das kommt darauf an, was wir vorfinden«, sagte Han Solo aus der Finsternis. Er war so leise zurückgekehrt, daß keiner ihn gehört hatte. »Wenn die Bewachung des Lagers lasch ist, schaffen wir es vielleicht ohne Verluste. Wenn die Wache gut ist, müssen wir sie irgendwie angreifen, sie vielleicht herauslocken. Jedenfalls bedeutet das dann ein Risiko. Das bringt uns wahr-

116

scheinlich Verluste ein, und einige von uns schaffen es vielleicht nicht.«

»*Einige*? Geben Sie es doch zu, Solo! Sie sind so darauf erpicht, das Schiff zurückzubekommen, daß Sie die Fakten einfach ignorieren. J'uoch hat mehr bezahlte Killer als –«

»J'uoch hat Hafengangster und ein paar Schläger«, verbesserte Han Hasti. »Wenn die wirklich Klasse wären, würden sie nicht für einen billigen Verein wie den ihren arbeiten. Irgendeinem Tölpel eine Waffe in die Hand zu drücken, macht noch lange keinen Revolverhelden aus ihm.«

Er trat näher, und sie konnte seine Silhouette vor den Sternen sehen. »Die sind uns vielleicht zahlenmäßig überlegen, aber der einzig wahre Revolvermann im Umkreis von Lichtjahren steht hier vor Ihnen.«

Die Maschine war elegant, glatt und luxuriös ausgestattet, ein Scoutschiff aus Militärbeständen. Flug und Landung waren exakt, und die Maschine setzte präzise dort auf, wo die *Millenium Falcon* vor einigen Tagen gelandet war. Ihr einziger Insasse stieg aus.

Der Mann war schlank und elegant, wenn auch seine Bewegungen manchmal etwas abrupt waren. Obwohl er hochgewachsen und schlank war, wirkte er doch irgendwie kompakt. Seine Kleidung war teuer und bestand aus dem besten Material, wirkte aber ernst – graue Hosen und ein weißes Hemd mit einem kurzen grauen Jackett darüber. Ein langes weißes Halstuch, das oben verknotet war, fiel in weichen Falten herunter. Seine schwarzen Schuhe glänzten. Er trug das grauwerdende Haar kurz gestutzt, aber sein Bart war lang und an der Spitze zusammengedreht und mit zwei winzigen Goldperlen beschwert, was ihm einen verwegenen Eindruck verlieh.

Die Leute aus der Stadt erschienen und drängten sich um ihn, so wie sie die Passagiere der *Falcon* begrüßt hatten. Aber etwas in den starren blauen Augen dieses Fremden, etwas Durchdringendes, Unbarmherziges machte sie vorsichtig. Er brauchte nicht lange, um von ihnen von der Ankunft der *Falcon* und ihrem Abtransport durch das Schiff aus dem Bergwerk zu erfahren. Sie zeigten ihm die Stelle, wo das Raumboot von dem Leichter zerstört worden war. Selbst die Abfallsammler hatten die Wrackstücke gemieden, da sie Reststrahlung befürchteten.

Der Fremde forderte die Stadtbewohner auf, wieder zu gehen, und als sie den Blick in seinen Augen sahen, gehorchten sie. Er zog sich mit gemessenen Bewegungen das Jackett aus und hängte es in sein Schiff. Um seine Hüfte schlang sich ein sorgfältig gearbeiteter schwarzer Waffengurt, der an der rechten Hüfte einen Blaster trug.

Er holte einige empfindliche Instrumente aus seinem Schiff, einige an einem Tragegeschirr, andere an einer langen Stange und wieder andere an einem sehr komplizierten Schwebeobjekt. Er lockerte sein Halstuch und untersuchte die Gegend geduldig, systematisch.

Eine Stunde später brachte er die Geräte in sein Schiff zurück und rieb sich mit einem Lappen den Staub von den glänzenden Schuhen. Er hatte sich davon überzeugt, daß bei der Vernichtung von J'uochs Raumboot niemand gestorben war. Er knotete sich sein Halstuch wieder sorgfältig und überlegte.

Schließlich schlüpfte Gallandro in seine Jacke, sperrte sein Schiff ab und begab sich in die Stadt. Bald hörte er Gerüchte von seltsamen Ereignissen drunten am See und von Kämpfen unter den Eingeborenen. Er konnte nicht viel über die Fremden erfahren, die in die Geschehnisse verwickelt gewesen waren; die einzigen Augenzeugen der Ufergang des Sauropteroiden Kasarax waren untergetaucht. Trotzdem war er bereit, der Geschichte Glauben zu schenken. Das Ganze paßte zu Han Solos Glück.

Nein, verbesserte sich Gallandro. Solo hätte es nicht ›Glück‹ genannt. Er, Gallandro, hatte schon lange jede Mystik und jeden Aberglauben abgelegt, und das machte es noch unerträglicher, mit anzusehen, wie die Ereignisse sich immer wieder zu verschwören schienen, um Solo zu unterstützen.

Gallandro beabsichtigte, den Beweis anzutreten, daß Solo

nicht mehr war, als was er zu sein schien – ein kleiner Schmuggler ohne große Bedeutung. Daß der Revolvermann ohne Zweifel viel mehr über die Sache nachgedacht hatte als Solo selbst, amüsierte ihn. Unter Einsatz der fast unbeschränkten Möglichkeiten seiner Auftraggeber, der Kommerzbehörde, hatte er Solo und den Wookie bis hierher verfolgt, und er würde mit noch etwas Geduld die Jagd hier abschließen.

»Irgend etwas stimmt hier nicht«, sagte Han und blickte mit zusammengekniffenen Augen durch das Zielgerät seines Blasters in den Morgenhimmel. »Ich weiß nicht genau, aber – da, schau du mal, Badure.«

»Sieht aus wie ein Landefeld«, meinte Hasti.

»Bloß weil es groß und eben ist und Schiffe darauf parken?« fragte Han sarkastisch. »Bitte keine vorschnellen Schlüsse; ebensogut könnte es sein, daß wir auf den Ausstellungsplatz eines Händlers für Gebrauchtflugzeuge gestoßen sind. Den einzigen, den es in diesen Bergen hier gibt.«

Eine steife Brise wehte in ihrem Rücken durch das schmale Tal auf das Feld zu. Es hatte heftig geschneit; am ihnen abgelegenen Ende der Ebene fiel ein Schneefeld scharf nach unten ab.

»Auf den Karten, die ich gesehen habe, ist es nicht eingezeichnet«, erklärte Badure und blickte durch das Zielgerät.

»Das sagt gar nichts«, erwiderte Han. »Das kartographische Programm der Tion-Hegemonie ist um etwa hundertachtzig Jahre im Rückstand, und das wird täglich noch schlimmer. Diese Berge hier sind voll von Turbulenzen und Stürmen. Ein Forschungsschiff könnte den Platz übersehen haben. Selbst ein Alphateam oder eine ausgewachsene Betamission hätte ihn verfehlen können.«

Han überlegte und strich sich über das Kinn, wobei er die mehrere Tage alten Stoppeln spürte. Die Strapazen des Marsches hatten ihn, ebenso wie die anderen, ziemlich mitgenommen, und er hatte einiges an Gewicht verloren. Die Messerwunde an seinem Kinn heilte dafür, daß ihm kein Medipack zur Verfügung stand, einigermaßen schnell.

»Badure hat recht«, sagte Hasti nach einem Blick auf das Kartenlesegerät. »Hier ist überhaupt nichts eingetragen. Und was hat ein solcher Landeplatz überhaupt hier draußen verloren? Die müssen ja die Hälfte der Klippe weggeschnitten haben, um ihn zu bauen.«

Han konzentrierte sich mit seinen bemerkenswert scharfen Augen auf das Landefeld. Die Positionslampen ebenso wie die Warnscheinwerfer waren dunkel, was bei einem versteckten Stützpunkt verständlich war; aber sie schienen obendrein ziemlich veraltet. Er konnte ein paar Fahrzeuge ausmachen, die etwa die Größe von Raumbooten hatten, und noch fünf größere. Einzelheiten festzustellen, war ziemlich schwierig, weil die Heckpartien und Nachbrenner in seine Richtung wiesen. Und dann wußte er, was ihn gestört hatte.

»Badure, die haben diese Schiffe mit dem Heck gegen den Wind geparkt.«

Da die Fahrzeuge auf dem Landeplatz nach üblichen aerodynamischen Gepflogenheiten gebaut waren, wäre es vernünftig gewesen, sie mit dem Bug gegen die Luftströmung aufzustellen.

Badure ließ den Blaster mit dem Zielgerät sinken und reichte ihn Han zurück. »Der Wind weht mindestens seit gestern abend regelmäßig. Entweder ist es denen egal, was aus ihren Schiffen wird, wenn einmal ein Sturm aufkommt, oder der Platz ist verlassen.«

»Ist ja auch keine Seele zu sehen«. meinte Hasti.

Han drehte sich zu Bollux herum. »Bekommst du immer noch diese Signale herein?«

»Ja, Captain. Sie gehen von jenem Antennenmast dort unten aus, würde ich sagen. Sie sind sehr schwach. Ich konnte sie nur aufnehmen, weil der Gipfel, den wir erstiegen haben, auf einer Sichtlinie lag.«

Han und Bollux hatten diese Kletterpartie unternommen, weil ein Argwohn Han dazu gedrängt hatte. In dem Bergwerkslager hatten Hasti und Badure Gerüchte gehört, wonach J'uoch und ihre Partner die Sicherheitsvorkehrungen im Lager steigern wollten. Wenn man dazu noch das offensichtliche Interesse bedachte, das Lanni, Hastis verstorbene*Schwester, gezeigt hatte, so hielt Han es für möglich, daß die Berge mit Personensensoren übersät waren, die irgendwie mit dem Schatz in Verbindung standen. Von der Vermutung ausgehend, daß sie als Sensoren aktiv und nicht passiv sein würden, daß man sie daher auch entdecken konnte, hatte Han den vergebens protestierenden Arbeitsdroiden mit auf die Kletterpartie genommen, um zu sehen, ob sie jetzt, da sie sich dem Flachland näherten, irgendwelche Signale entdecken konnten. Unter Einsatz seines eingebauten Kommandosignalempfängers hatte Bollux alle Standardfrequenzen überprüft, und als das zu nichts führte, weitere hinzugefügt. Zuletzt hatte er ein Signal einer ziemlich veralteten Kennung aufgenommen, und Han hatte eine Positionsbestimmung gemacht. Das Signal hatte die Gruppe zu diesem engen Tal geführt, wo sie am Morgen das Landefeld entdeckt hatten. Sie zogen jetzt seit Tagen durch die Berge, und an die Stelle von Liedern und frischem Mut waren Blasen an den Füßen, überlastete Servomotoren, schmerzende Muskeln und von den Rucksäcken wundgeriebene Schultern getreten. Der Besuch des Kurzentrums an der Universität von Rudrig schien Han heute wie ein Traum aus einem anderen Leben. Der Karte nach zu schließen, hatten sie die Bergregion fast hinter sich gebracht.

Jene Landkarte hatte sich als ihr wichtigster Besitz erwiesen, da sie ihnen immerhin erlaubte, den bequemsten Weg auszusuchen. Dennoch waren sie einigemale auf Stellen gestoßen, wo sie hatten klettern müssen. Und da hatte Skynx sich plötzlich als wertvoller Begleiter entpuppt. Der Ruurianer konnte senkrecht aufsteigende Felswände erklettern und dabei ein Kletterseil tragen. Ohne Skynx, das wußte Han, hätten sie bis jetzt höchstens die Hälfte ihres Weges zurückgelegt. Trotzdem begannen ihre Lebensmittelvorräte knapp zu werden. Zum Glück hatten sie unterwegs wenigstens Wasser gefunden.

Aber selbst nach Überqueren der Bergkette würden sie immer noch eine ziemlich weite Ebene überwinden müssen, ehe sie das Bergwerkslager erreichten. Im Augenblick beschäftigte die biologischen und synthetischen Gehirne der Gruppe ein und derselbe Gedanke: Wenn sie sich jetzt ein Schiff verschaffen konnten, würde der lange Marsch wenigstens ein Ende haben; außerdem konnte das Landefeld neben der Transportmöglichkeit vielleicht auch noch Vorräte bieten.

»Könnte es sein, daß das es war, wofür Lanni sich interessierte?« fragte Badure.

»Das werden wir sehen«, antwortete Han.

Sie hatten sich etwa einen Kilometer von dem Landeplatz entfernt hinter Felsbrocken versteckt.

»Chewie und ich gehen als erste hinein. Wenn wir euch ein Signal geben, dann kommt ihr nach.« Han machte eine weitausholende Winkbewegung von links nach rechts. »Aber wenn wir dieses Signal nicht innerhalb einer halben Stunde geben – oder irgendein anderes Signal –, dann verschwindet ihr hier. Schreibt uns ab und versucht, das Bergwerk zu erreichen, oder kehrt zur Stadt zurück, falls euch das klüger erscheint.«

Han und der Wookie fingen an, ihre zusätzlichen Geräte abzulegen.

»Ich bin nicht sicher, ob es nicht klüger gewesen wäre, in der Stadt zu bleiben«, sagte Hasti.

Han versuchte, sie aufzumuntern. »Das wären Sie ganz bestimmt, wenn Sie jemals gesessen hätten ... Fertig, Chewie?«

Das war der Fall. Sie machten sich auf den Weg, wobei sie sich jeder Deckung bedienten, die das Terrain bot. Einer wartete das Handzeichen des anderen ab, ehe er sich bewegte; schließlich war dies nicht das erstemal, daß sie so etwas miteinander machten.

Sie konnten keinerlei Wachen, Streifen, Wachtürme oder irgendwelches Überwachungsgerät ausmachen, fühlten sich aber dennoch ihrer Sache nicht sicher. Als sie schließlich den Rand des Landefeldes erreicht hatten, kam es zu einer hitzigen Debatte – auch wenn diese lautlos und nur mit Handzeichen geführt wurde –, wer als erster ins Freie treten sollte. Jeder bestand darauf, daß dies ihm zukam. Han schnitt die Diskussion schließlich damit ab, daß er sich einfach erhob und aus der Deckung hervortrat, die ein Felsbrocken ihm geboten hatte. Chewbacca hob sofort seine Armbrust und bezog eine Position, von der aus er Sperrfeuer geben konnte. Han ging langsam mit schußbereitem Blaster weiter.

Aber es kam kein Schuß, und er wurde auch nicht angerufen. Und kein Alarm. Das Landefeld war einfach eine ausgedehnte Ebene – zum Teil geglätteter Boden und zum Teil Felsgestein, das, so wie es aussah, vor langer Zeit eingeebnet worden war. Han fragte sich, warum man die Arbeit nicht zu Ende geführt und die ganze Fläche mit Formex oder einem ähnlichen Material gepflastert hatte. Er sah keinerlei Bauten – nur den primitiven Antennenmast, die Landebaken und die Vorsprünge der Scheinwerfer. Er ging außen am Rand des Feldes entlang und suchte immer wieder die Felsvorsprünge ab, ob sich etwa dort jemand versteckt hielt.

Dabei arbeitete er sich immer weiter zu den geparkten Schiffen vor. Als er sich davon überzeugt hatte, daß keines der Fahrzeuge ein Geschützrohr oder eine Werfermündung auf ihn gerichtet hatte, ging er auf sie zu. Als er schließlich dicht genug herangekommen war, um Einzelheiten zu erkennen, verschlug es ihm für ein paar Augenblicke die Sprache.

Was zum – »He, Chewie! Komm mal her!«

Der Wookie setzte sich sofort in Bewegung und kam mit erhobener Armbrust auf ihn zugerannt. Dann verlangsamten sich seine Sprünge, und er blieb schließlich stehen, als er sah, wovon Han sprach. Er gab ein verblüfftes, miauendes Geräusch von sich.

»Richtig«, pflichtete Han ihm bei und schlug mit der Faust gegen eine Schiffswand. Sie gab nach und hinterließ eine tiefe Beule. »Alles Schwindel.«

Chewbacca richtete sich langsam auf, schulterte seine Waffe und packte die Luke des nächsten Schiffes mit seiner mächtigen Pranke. Er konnte sie leicht abreißen. Es handelte sich nur um eine Attrappe aus einer leichten Alulegierung. Er warf das Metallstück mit einer schrillen Wookie-Verwünschung beiseite und beugte sich in das jetzt offene Schiffsinnere. Durch die Scheibe, die als Cockpitschutz angebracht war, drang Licht. Die Schiffsattrappe wirkte finster und roch abgestanden. Sie war völlig leer.

Nachdem Han die Schiffe und die allgemeine Anlage des Feldes studiert hatte, konnte er sich keinen Reim darauf machen. Trotzdem hielt er seine Waffe schußbereit. Die Attrappen waren primitiv, waren aber offensichtlich sehr naturgetreu hergestellt worden, und man hatte sich sehr viel Mühe gegeben, die Landeeinrichtung, das Leitwerk, die Schubrohre und die Kontrollflächen möglichst sorgfältig auszugestalten. Es handelte sich um Kopien – das vermutete er wenigstens –, von Modellen, die er nicht erkannte. Sie waren mit irgendeiner Kunstfaser festgezurrt.

Zuerst glaubte er, es handle sich um eine Art Scheinstützpunkt, Teil eines militärischen Feldzuges oder eines Verteidigungssystems. Aber auf Dellalt hatte es seit vielen, vielen Jahren keinerlei organisierten Konflikt gegeben. Außerdem mußte dieses vorgetäuschte Landefeld in regelmäßigen Abständen gewartet werden, sonst wäre der augenblickliche Zustand undenkbar gewesen. Ein Trick J'uochs? Doch dafür gab es keinerlei logische Gründe.

Chewbacca hatte einen besseren Instinkt. Für ihn beschwor dieser Platz Bilder einer bösartigen Macht herauf, die das Feld als eine Art Falle benutzte, so wie die Netzweber auf den unteren Baumebenen seines Heimatplaneten. Nervös immer wieder über die Schulter blickend und sichtlich bedacht, diesen unheimlichen Ort zu verlassen, schob er Han leicht mit der Pranke an, um ihn zum Weitergehen zu veranlassen.

Der Pilot schüttelte sie ab. »Beruhige dich doch, ja? Vielleicht gibt es hier etwas, das wir gebrauchen können. Sieh dich einmal um, während ich mir den Antennenmast vornehme.«

Der Wookie schlurfte ohne große Begeisterung davon. Er suchte die Fläche schnell, aber gründlich ab und entdeckte keinerlei Beobachter, keine Spuren und keine frische Witterung.

Als Chewbacca zurückkehrte, richtete Han sich gerade von den Instrumentenkapseln am Sockel des Mastes auf. »Das wird von einer gekapselten Energieanlage betrieben, einer ganz kleinen. Die Sendungen können ebensogut gestern oder schon vor vielen Jahren begonnen haben. Ich hab' den anderen das Zeichen gegeben, daß sie nachkommen sollen.«

Chewbacca stieß ein unzufriedenes Geräusch aus. Er wollte diesen Platz verlassen.

Han begann die Geduld zu verlieren. »Chewie, ich bin es jetzt leid. Hier sind Empfänger, die wir dazu benutzen können, nach Sensoren zu suchen und J'uochs Bergwerkslager zu orten. Dieses Ding hier strahlt seit mindestens einem Tag. Wenn in diesem armseligen Sonnensystem jemand kommen wollte, dann wäre er schon lange hier.« Das machte die ganze Anlage zu einer noch viel größeren Kuriosität, das mußte Han einräumen; aber das erwähnte er nicht, weil er seinen Partner nicht noch nervöser machen wollte, als es der ohnehin schon war.

Bald waren Badure, Hasti, Skynx und Bollux zur Stelle und gaben, nachdem sie sich das seltsame Landefeld angesehen hatten, auch ihrer Überraschung Ausdruck.

»Mit J'uoch hat das nichts zu tun, da bin ich ganz sicher«, sagte Hasti.

Badure hatte dem nichts hinzuzufügen, aber man konnte ihm ansehen, daß er sich in seiner Haut nicht wohlfühlte. Skynx' Antennen zuckten etwas unsicher, doch Han schrieb das der allgemeinen Furchtsamkeit des Ruurianers zu.

»Also gut«, erklärte der Pilot entschlossen, »wenn wir uns beeilen, sind wir hier in einer Stunde weg. Bollux, ich möchte dich und Max in die Anlage einschalten, einer vor Max' Adapterarmen sollte passen. Die anderen sehen sich um. Skynx, alles in Ordnung?«

Die Antennen des kleinen Ruurianers flatterten jetzt noch auffälliger. Er wackelte mit dem Kopf und schüttelte sich schließlich am ganzen Leib. »Ja, mir – mir war eine Weile ganz seltsam, Captain. Wahrscheinlich die Strapazen der Reise, kann ich mir vorstellen.«

»Nun, dann ruhen Sie sich ein wenig aus, alter Junge. Sie schaffen es schon.« Han setzte sich mit dem Arbeitsdroid in Bewegung, während die anderen sich über das Feld verteilten.

Dann hörte Han ein erschrecktes Quietschen und fuhr gerade noch rechtzeitig herum, um Skynx in einem vielbeinigen Haufen zusammenbrechen zu sehen. Seine Antennen vibrierten. »Alles wegbleiben!« schrie Han.

Hasti sprang mit einem Satz zurück. »Was ist mit ihm?«

»Ich weiß nicht, aber uns wird nicht das gleiche passieren.«

Sie wußten zu wenig, um auch nur mit einiger Genauigkeit entscheiden zu können, was mit Skynx nicht stimmte; es konnte eine Krankheit sein, oder irgend etwas, das auf seine eigenartige Physiologie zurückzuführen war, vielleicht sogar ein Teil des ruurianischen Lebenszyklus. Aber Han würde jedenfalls nicht riskieren, daß irgendein anderes Mitglied ihrer Gruppe angesteckt wurde. »Bollux, heb ihn auf; wir verschwinden hier. Alle anderen in Deckung!«

Sie bildeten einen Kreis und hielten ihre Waffen schußbereit, während der Arbeitsdroid die kleine, schlaffe Gestalt aufhob und sie mühelos mit seinen glitzernden Armen hochhielt.

Han erteilte Anweisungen: »Chewie, du übernimmst die Spitze.« Aber während sie sich in Bewegung setzten, bemerkte Han, daß auch sein Blick verschwommen wurde.

Er schüttelte heftig den Kopf. Das half ein wenig. Doch jetzt ging sein Atem schneller, sein Herz begann, wie wild zu schlagen. Sie hatten erst ein paar Schritte zurückgelegt, als Badure den Kragen seiner Fliegerjacke öffnete und lallend hervorstieß:

126

»Ich weiß nicht, was das ist, aber mir geht's jetzt wie Skynx.« Er brach zusammen, ehe er ein weiteres Wort hervorbrachte, aber seine Augen blieben offen stehen und sein Atem ging regelmäßig.

Hasti rannte auf ihn zu, doch auch sie bewegte sich bereits unsicher. Chewbacca wollte sie stützen, aber Han packte seinen Partner am Pelz und zog ihn zurück. »Nein, Chewie. Wir müssen hier weg, ehe es uns auch erwischt.« Han wußte, daß sie vielleicht später zurückkommen und den anderen würden helfen können, aber wenn es sie jetzt erwischte, würde wahrscheinlich keiner von ihnen überleben.

Dann versagten Han plötzlich die Beine den Dienst. Der Wookie, dessen Atem wie das Stampfen einer Dampfmaschine klang, nahm die Armbrust in die andere Hand und griff nach seinem Freund. Seine phänomenale Stärke schien ihm zusätzliche Widerstandskräfte zu verleihen, die ihn gegen das immun machten, was die anderen befallen hatte. Er überlegte, ob er wegrennen sollte, denn Hans Feststellung, daß jemand entkommen mußte, war natürlich richtig. Aber die Wookie-Ethik ließ ihm keine Wahl. Er zerrte an seinem Freund und stieß einen kläglichen Laut aus.

Chewbacca schaffte es, den reglosen Körper seines Partners in Schulterhöhe hochzustemmen. Han, die Augen immer noch offen, aber unfähig, zu sprechen, sah benommen zu, wie die Welt um ihn kreiste. Der Wookie ließ seine blitzenden Fänge sehen und setzte entschlossen einen Fuß vor den anderen. Er schaffte es beinahe bis zum Rand des Landefeldes, dann sank auch er auf die Knie und sackte dann vornüber. Han tat es leid, daß er seinem Freund nicht sagen konnte, wie stolz er auf ihn war.

Bollux sah sich einer Entscheidungskrise ausgesetzt – alles Wahrgenommene deutete darauf hin, daß die Mitglieder der Gruppe einen Schaden erlitten hatten oder starben. Eine Verhaltensentscheidung zu treffen, brannte fast seine Logikkreise aus. Dann setzte der Droid Skynx ab, und der Ruurianer rollte sich reflexartig zu einem Ball zusammen. Bollux begann, Han Solo in Sicherheit zu zerren. Nach Auswertung des Droiden war der Pilot derjenige, welcher mit der größten Wahrscheinlichkeit den anderen mittels seiner Talente, seiner Denkweise und seiner Starrköpfigkeit würde helfen können.

Als Chewbacca gestürzt war, war Han so gefallen, daß er Bollux näherkommen sah. Er wollte dem Droiden sagen, er solle lieber Chewbacca nehmen, konnte aber kein Wort hervorbringen. Dann wurde Han der Blick auf den Droiden plötzlich von phantastischen Gestalten versperrt, die um Bollux herumhüpften, tanzten und kreisten und wild gestikulierend auf ihn einredeten. Sie waren in bunte Kostüme gekleidet, die halb wie Uniformen, halb wie eine Maskerade wirkten, und trugen phantastische Kopfbedeckungen, komplizierte Gebilde, die sowohl Helm als auch Maske sein konnten. Selbst in seiner Benommenheit registrierte Han die Tatsache, daß sie Feuerwaffen verschiedenen Typs trugen. Han hielt sie für Menschen.

Nach einer kurzen Konferenz begannen die Neuankömmlinge den verwirrten Droiden wegzustoßen und zu zerren, so daß er Hans Sehfeld verließ. Der Pilot konnte den Kopf nicht bewegen, um den weiteren Verlauf des Geschehens zu beobachten.

Jetzt schob sich ein maskierter Kopf dicht an ihn heran und untersuchte ihn. Han konnte nicht einmal zurückzucken. Die kugelförmige Maske wies große Ähnlichkeit mit dem Helm eines Höhlen- oder Raumanzuges auf, aber viele Einzelheiten der Instrumentenausrüstung, Druckventile, Schaltverbindungen und dergleichen waren nur aufgemalt. Die Luftschläuche und Energiekabel waren nutzlose Schläuche, die herunterhingen und sich mit der Maske bewegten. Unverständliche Worte, gesprochen von einer menschlich klingenden Männerstimme, hallten hohl unter der Maske hervor.

Han spürte, wie er aufgehoben wurde, aber es war ein seltsam entferntes Gefühl, als hätte man ihn in Watte gepackt. Während er hochgehoben wurde, konnte er sehen, daß mit den anderen das gleiche geschah, mit Ausnahme von Bollux, der völlig verschwunden zu sein schien.

Dann wurde er einige Zeit lang getragen. Er konnte dabei den felsigen Boden, die blauweiße Sonne Dellalts und seine Gefährten sehen, dann wieder den Boden, ohne daß er sich irgendwie hätte orientieren können.

Schließlich entdeckte er ein gähnendes Loch im Terrain, offensichtlich den Zugang zu einem unterirdischen Areal, der dreimal so groß war wie die Hauptluke der *Falcon*. Der Felsbrocken, der die Öffnung verborgen hatte, hob sich auf sechs dicken Tragesäulen. Sobald man ihn wieder herunterließ, würde er das Loch völlig verdecken und tarnen, das wußte Han, weil er selbst vorher an dem Felsen vorübergekommen war, als er sich umgesehen hatte.

Unter der Oberfläche waren großvolumige Schläuche hervorgeholt worden. Ihr Pulsieren ließ erkennen, daß Gas durch sie gepumpt wurde, aber Han konnte weder etwas sehen noch etwas riechen. So also hatte man sie gelähmt; benommen schloß er, daß die phantastischen Kopfbedeckungen, die er gesehen hatte, Atemfilter oder sonstige Atemgeräte enthielten.

Die Gestalten, die ihn trugen, bewegten sich auf die Öffnung zu. Plötzlich umgab sie Dunkelheit. Entweder begann er bewußtlos zu werden, oder die Beleuchtung in der unterirdischen Kaverne war ungleichmäßig; das war unmöglich zu entscheiden. Er wußte, daß er ein- oder zweimal die Beleuchtungskörper sah: primitive Leuchtstangen, die sich über die Tunnels wölbten, so wie die Auspuffgase von Raketen, in weichen Farben, abwechselnd blau, grün und rot.

Han wurde an zahlreichen Räumen vorbeigetragen, die eine Vielzahl von Funktionen zu erfüllen schienen. Einmal hörte er erwachsene Stimmen singen, dann die von Kindern. Auch der Rhythmus schwerer Maschinen war zu hören, das Summen von Turbinen, das Mahlen von Zahnrädern und das Knacken und Prasseln von Funkenstrecken. Er roch fremdartige Nahrung und nahm die Ausdünstungen einer Vielfalt von Menschen wahr.

Er versuchte sich zu konzentrieren, entweder um einen Ausweg aus seiner Lage zu finden oder um wenigstens seine letzten Augenblicke voll zu erleben, spürte aber, wie er immer passiver wurde.

Die ersten Anzeichen, daß die Lähmung nachließ, kamen, als man ihn ziemlich unsanft auf den kalten Steinboden warf; er stieß nicht gerade einen Schrei aus, aber viel fehlte nicht. Er prallte mit Schulter und Rücken auf dem Boden auf, und es tat weh.

Er hörte wie jemand – wahrscheinlich war das Badure – stöhnte. Er versuchte sich aufzurichten. Das war ein Fehler; ihm war, als hätte sich eine Fackel an seiner Stirn entzündet. Er legte sich wieder zurück und wußte jetzt, was Badures Stöhnen verursacht hatte. Er hielt sich die Stirn. Dann fuhr er sich mit der Zunge über die Zähne und prüfte, ob dort wirklich schon Pilze zu wachsen begannen.

Plötzlich sah er ein riesiges zottiges Gesicht vor sich. Chewbacca hatte ihn an seiner Fliegerjacke gepackt und aufgesetzt und lehnte ihn jetzt an einen großen Steinbrocken. Hans unsichere Hand tastete sofort nach seinem Halfter, fand es aber leer. Das machte ihm Angst, putschte ihn jedoch gleichzeitig auf.

Er griff sich mit beiden Händen an den Schädel und sprach im Flüsterton, damit er ihm nicht zerplatzte: »Die beste Zeit zum Fliehen ist immer: so schnell wie möglich! Tritt die Tür nieder, und dann verschwinden wir.«

Sein Freund gab ein brummendes Geräusch von sich und wies mit einer angewiderten Geste auf die Tür. Han blickte mit großer Mühe auf, was am Rand seines Sehfeldes eine Anzahl von Sternschnuppen aufstöberte.

Die Tür war kaum wahrzunehmen, ein Rechteck aus Stein, das so gut in der Mauer saß, daß man nur eine haarfeine Spalte erkennen konnte. Zu beiden Seiten der Tür war eine Glühstange zu sehen, aber der Rest des Raumes war unbeleuchtet. Han tastete sich selbst ab – keine Werkzeuge, keine Waffen, nicht einmal ein Zahnstocher.

Badure und Hasti waren nebeneinander auf den Boden geworfen worden. Skynx war immer noch zu einem Ball zusammengerollt, aber von Bollux war keine Spur zu sehen. Der Wookie zerrte Han in die Höhe, und der Pilot trat vor einen der Glühstäbe und zog ihn aus seiner Fassung. Der Stab enthielt genügend Energie, um eine Weile ohne äußere Energiezufuhr weiterzuleuchten, und so konnte Han sich etwas in dem Raum umsehen. Sein Partner hielt sich dicht hinter ihm, die mächtigen Fäuste hoch erhoben.

»Ich muß wissen, wie groß diese Kammer ist«, stieß Han mit einiger Mühe hervor.

Der Wookie grunzte. Die steinerne Decke wölbte sich jenseits der Reichweite ihres Lichts in völliger Schwärze. Han ertastete eine Reihe niedriger Steinmonolithen nach der anderen, die ihm bis zur Brust reichten und zweimal so breit wie hoch waren. Er konnte kein Ende wahrnehmen.

Eine Stimme hinter ihnen ließ die zwei Partner zusammenzukken. »Wo *sind* wir?« Das war Hasti, die sich inzwischen genügend erholt hatte, um sich ebenfalls zu erheben und ihnen zu folgen. »Und was sind das für Dinger? Regale? Arbeitstische?«

»Startbahnen?« sagte Han und zuckte zusammen, als ein stechender Schmerz durch seinen Schädel schoß. »Briefbeschwerer? Wer weiß das schon? Sehen wir uns doch in diesem Turnsaal aus Granit um.« *Zumindest*, dachte er, *hilft es gegen unsere Lähmung, wenn wir uns bewegen. Am besten lassen wir die anderen noch ruhen.*

Aber so gründlich sie auch den gigantischen Saal, der etwa die Größe eines mittleren Raumschiffhangars hatte, durchsuchten, sie fanden doch keine weiteren Türen oder sonstige Öffnungen. Er war einfach ein riesiger Raum, der mit Steinblöcken gefüllt war.

»Der ganze Berg ist wahrscheinlich hohl«, vermutete Han, wobei er sich bemühte, leise zu sprechen. »Aber ich kann mir einfach nicht vorstellen, daß diese hüpfenden Schwachköpfe das gebaut haben.«

Sie gingen wieder zur Tür zurück.

Chewbacca gab ein leises Geräusch von sich.

Han übersetzte: »Er sagte, daß es hier drinnen auffällig trokken ist. Eigentlich müßte man ja meinen, daß es feucht sei, zumindenst vom Kondenswasser.«

Ihre Schritte hallten.

Inzwischen hatte Badure sich aufgesetzt und Skynx sich wieder auseinandergerollt. Wirr durcheinander redend, einigten sie sich schließlich darauf, was wohl mit ihnen geschehen sein mochte.

»Was werden die mit uns machen?« fragte Skynx, ohne dabei sein Zittern verbergen zu können.

»Wer weiß?« erwiderte Han. »Aber sie haben Bollux und Max. Hoffentlich enden die zwei Burschen nicht als Gürtelschnallen oder Drillbohrer.«

Jetzt bedauerte er, daß er und Chewbacca die Raumschiffattrappen auf dem Landefeld so mißhandelt hatten, und fragte sich, ob dies vielleicht die übliche Behandlung von Vandalen war. Er erinnerte sich an die Bemerkung des Schwimmers Shazeen, daß nur wenige Reisende den Weg quer durch die Berge schafften. »Jedenfalls haben sie uns nicht gleich umgebracht; das spricht zu unseren Gunsten, nicht wahr?«

Skynx schien das keineswegs zu beruhigen.

»Ich habe Durst«, verkündete Hasti, »und Hunger wie ein Wookie.«

»Ich werde den Zimmerkellner rufen«, erbot sich Han. »Steaks für vier und ein paar Magnumflaschen gekühlten T'iil-T'iil? Wir können ja auch frisch decken lassen.«

Hasti verzog den Mund. »Sie sollten den Bügelautomaten rufen, Solo, und selbst hineinsteigen. Sie sehen wie ein Düsensaftsüchtiger nach einer achttägigen Sauftour aus.«

Han mußte grinsen. Dann seufzte er und setzte sich hin, den Rücken an einen der Steinpfeiler gelehnt. Chewbacca ließ sich neben Han nieder. »He, Partner, rechte Flanke vorne, sechs Credits auf Sieg.«

Chewbacca verfiel in tiefe Konzentration, das Kinn auf die Faust gestützt, und malte sich vor seinem inneren Auge das Spiel aus, das sie auf der *Falcon* spielen würden. Ohne Computerunterstützung war das viel komplizierter, aber vielleicht würden sie sich damit die Zeit vertreiben können.

Hasti ging an die einzige Tür der Kammer. Han blickte auf und sah, daß ihre Schultern zitterten, ebenso wie der Glühstab, den sie in der Hand hielt. Er erhob sich, um sie zu trösten, da er glaubte, sie weine. Sie stieß seine Hand weg, und er begann zu begreifen, daß sie vor Zorn zitterte.

Und dann warf das Mädchen sich unvermittelt gegen die Tür und schwang die Glühstange dabei. Diese zerbrach in tausend Splitter, in einem Regen von Funken. Hasti schlug mit dem Stummel der Glühstange auf die steinerne Tür ein, schlug dann mit der freien Hand dagegen und stieß Flüche aus, wie sie sie in den Bergwerkslagern und auf den Fabrikwelten der Tion-Hegemonie gelernt hatte.

Als die schlimmste Wut vorbei war, gingen Han und Badure zu ihr. »Niemand darf mich in einem alten Berg einsperren, bis ich verfaule!« brüllte sie. Sie schlug ziellos mit dem Fragment der Glühstange auf die beiden Männer ein, die es daher klüger fanden, sich wegzuducken, als sich auf ein Handgemenge einzulassen. »Ein Teil von diesem Schatz gehört mir, und keiner soll versuchen, ihn mir wegzunehmen!«

Keuchend und ausgepumpt schlurfte sie schließlich zu dem Wookie hinüber. Chewbacca hatte neugierig zugesehen. Hasti ließ den Stummel der Glühstange fallen und setzte sich neben den Ersten Maat der *Millennium Falcon*.

Han wollte gerade etwas sagen, vermutlich eine Bemerkung bezüglich ihrer Habgier fallen lassen, als ein Glissando von Skynx' Flöte durch den Raum tönte.

Der Ruurianer trug immer noch seine Instrumente. Als er sich eingerollt hatte, hatte sein wolliger Pelz sie geschützt. Jetzt stimmte er sie hingebungsvoll. Das war für ihn eine Beschäftigung, die ihm offenbar half, seine Angst zu verdrängen.

Han hörte zu, während Badure an der Tür stehenblieb und sie im Licht der verbleibenden Leuchtstange studierte. Im Zwielicht spielte Skynx eine eindringliche Weise, voller Sehnsucht und Einsamkeit. Han ließ sich neben Hasti zu Boden sinken, und sie lauschten gemeinsam. Die Musik erzeugte ein seltsames Echo in dem riesigen Saal.

Jetzt hielt Skynx inne. »Das ist ein Lied meiner Heimatkolonie, müssen Sie wissen. Es heißt ›An den Ufern des warmen, rosa Z'zag‹. Man spielt es zur Zeit des Kokonwebens, wenn die Larven sich versammeln, um sich zu verpuppen. Gleichzeitig öffnen sich die Kokons des letzten Zyklus', und die Farbflügler schlüpfen aus und verströmen ihre Pheromone, die sie zueinander ziehen. Die Luft ist dann süß und leicht, und alles ist fröhlich.«

In den Augenwinkeln seiner großen roten Facettenaugen sammelten sich Tränen. »Dieses Abenteuer war sehr lehrreich, aber größtenteils ist das nichts anderes als Gefahr und Strapazen weit von zu Hause. Wenn ich jemals wieder zu den Ufern des Z'zag zurückkehren sollte, würde ich sie nie mehr verlassen!« Er fuhr fort, seine traurige Melodie zu spielen.

Hasti, die mit glasigen Augen in die Dunkelheit blickte, wirkte ziemlich zerzaust, aber trotzdem attraktiv, fast so hübsch wie damals, als sie herausgeputzt auf der *Falcon* erschienen war. Han legte ihr den Arm um die Schulter, und sie lehnte sich an ihn, bemerkte ihn aber kaum.

»Erst aufgeben, wenn die letzte Karte gespielt ist«, ermutigte er sie leise.

Sie drehte sich mit einem gequälten Lächeln zu ihm herum und strich mit ihren schmutzigen Fingern über seine Bartstoppeln, fuhr die Narbe nach, die quer über sein Kinn verlief. »Wissen Sie, das ist ein großer Fortschritt, Solo. Jetzt sind Sie nicht mehr Slick, nicht mehr so glatt und sorglos.«

Er beugte sich zu ihr, und sie wandte sich nicht ab. Und dann küßte er sie. In diesem Augenblick war nicht zu klären, wer von beiden verblüffter war. Ohne die Lippen voneinander zu lösen, machten sie es sich bequemer und widmeten ihrem Kuß ihre ganze Aufmerksamkeit. Skynx' Musik begleitete sie.

Schließlich löste sie sich von ihm. »Han, oh, ich – aufhören, bitte aufhören!« Er fuhr verwirrt zurück. »Das hätte mir gerade noch gefehlt, daß ich mich in Sie verliebe.«

Verletzt fragte er: »Warum? Ist etwas an mir nicht in Ordnung?«

»Sie trampeln die Leute nieder und nehmen nie etwas ernst. Sie machen die ganze Zeit nur Witze mit Ihrem albernen Grinsen und sind so selbstsicher, daß ich Ihnen am liebsten den Schädel einschlagen möchte.«

Sie hielt ihn auf Armeslänge. »Solo, meine Schwester Lanni hat Dads Guild-Buch geerbt. Sie hatte also hier in der Tion-Hegemonie Pilotenstatus. Aber ich mußte jede Arbeit übernehmen, die ich kriegen konnte. Küchenhelferin, Hausmädchen, Sanitärdienst, das habe ich alles gemacht, in den Lagern, den Bergwerken, den Fabriken. Leute wie Sie habe ich mein ganzes Leben lang gesehen. Alles ist nur Spaß, und wenn Ihnen danach ist, können Sie jeden einwickeln, aber am nächsten Tag sind Sie weg und sehen sich nie wieder um. Han, in Ihrem Leben gibt es keine *Menschen*!«

Er protestierte. »Chewie –«

»– ist Ihr Freund«, schnitt sie ihm das Wort ab. »Er ist ein *Wookie*. Und dann haben Sie zwei Mechanos als Spießgesellen: Max und Bollux. Und ihr frisiertes Sternenschiff. Aber wir anderen sind nur Ballast. Wo sind die Menschen, Han?«

Er wollte sich verteidigen, aber sie ließ ihn nicht zu Wort kommen. Chewbacca, der interessiert zuhörte, vergaß seinen nächsten Zug.

»Ich bin sicher, daß Sie die Mädchen im Hafen verrückt machen, Solo. Sie sehen aus, als wären Sie aus einem Holofilm getreten. Aber ich bin kein Mädchen von der Sorte, ich war nie eines und werde nie eines sein.«

Ihre Erregung ließ nach. »Ich bin nicht anders als Skynx. Auf meiner Geburtswelt gibt es ein Stück Land, das einmal meinen Eltern gehörte. Ich werde mir meinen Anteil an dem Schatz holen, das schwöre ich bei all den Blasen, die ich mir gelaufen habe, und dann werde ich mir dieses Land zurückkaufen, und wenn ich den ganzen Planeten kaufen muß. Ich werde mir ein Haus bauen und mich um Badure kümmern, weil er für Lanni und mich gesorgt hat. Ich werde Dinge haben, die nur mir gehören, und ein *Leben*, das nur mir gehört. Wenn ich dem richtigen Mann begegne, werde ich es mit ihm teilen, und wenn nicht, dann werde ich allein leben. Solo, mein Lebenstraum ist es nicht, den Haushalt in einem Sternenschiff zu führen.« Sie stand auf und ging zu Badure hinüber und zerzauste sich die roten Locken mit den Fingern.

Skynx beendete sein melancholisches Lied und ließ die Flöte sinken.

»Ich wünschte, ich könnte noch einmal die Heimatkolonie sehen, deren Luft erfüllt ist von den Farbflüglern und ihren Pheromonen und ihrem Hochzeitslied. Was würden Sie sich denn wünschen, Captain Solo?«

Han starrte versonnen Hasti nach und zuckte die Achseln. »Stärkere Pheromone.«

Skynx zuckte zusammen. Dann durchlief ein Zittern seinen wolligen Körper und ein konvulsivisches Lachen nach ruurianischer Manier, zirpend und kichernd nach menschlichem Standard. Chewbacca gab ein amüsiertes Heulen von sich und schlug sich mit den mächtigen Pranken auf die Schenkel. Seine Mähne flog. Das ließ Han etwas betrübt schmunzeln. Er richtete sich auf und gab Skynx einen kleinen Schubs, worauf der Ruurianer sich auf den Rücken rollte und mit seinen kurzen Beinchen in der Luft strampelte. Badure lachte dröhnend, und selbst Hasti fand das Ganze spaßig. Chewbacca riß die blauen Augen auf und schlug Han auf die Schulter, worauf der Pilot umfiel und vor Lachen kaum mehr atmen konnte.

Und in diesem Augenblick öffnete sich die Tür.

Bollux kam herein, und die Tür schloß sich hinter ihm, ehe einer von ihnen einen Laut herausbrachte. Im nächsten Moment hatten sie sich um den Droiden versammelt, stießen einander mit den Ellbogen und riefen wirr durcheinander.

Nach ein paar Sekunden brachte Badure alle mit einem gebrüllten »Ruhe!« zum Schweigen. »Was war los? Was sind das für Leute? Was wollen die von uns?«

Bollux gab jene seltsam menschlich wirkenden Geräusche von sich, derer er sich immer dann bediente, wenn das Thema delikater Natur war. »Das ist eine recht erstaunliche Geschichte. Es ist ziemlich kompliziert. Sehen Sie, vor langer Zeit war einmal –«

»Komm schon, Bollux!« schrie Han und brachte damit die rhetorischen Bemühungen des Mechano zum Ende. »Was haben die mit uns vor?«

Der Droid schien verlegen. »Ich weiß, daß das heutzutage absurd klingt, Sir, aber wenn wir nichts tun, werden Sie alle ... äh ... als Menschenopfer dargebracht werden.«

»Und darunter«, sagte Skynx, vergeblich hoffend, »verstehst du vermutlich ja *nur* Menschen?«

»Nicht ganz«, erwiderte Bollux, »die sind nicht ganz sicher, was Sie und Erster Maat Chewbacca sind, aber sie haben jedenfalls den Schluß gezogen, daß sie nichts zu verlieren haben, wenn sie Sie opfern. Im Augenblick diskutieren sie über die richtige Vorgehensweise.«

Der Wookie knurrte, und Skynx' rote Augen wurden glasig.

»Bollux, wer *sind* diese Leute?« wollte Han wissen.

»Sie nennen sich die Überlebenden, Sir. Das Signal, das wir aufgefangen haben, war ein Notruf. Sie warten darauf, abgeholt zu werden. Als ich sie fragte, weshalb sie nicht einfach in die Stadt gehen, hat sie das sehr verstört und erregt; sie bergen sehr viel Haß gegen die anderen Dellaltianer. Ich entnahm ihren Worten, daß diese Feindseligkeit irgendwie mit ihrer Religion in

Verbindung steht. Es sind extreme Isolationisten.«

»Wie hast du das alles herausgebracht?« wollte Badure wissen. »Sprechen sie Standard?«

»Nein, Sir«, erwiderte der Droid. »Sie sprechen einen Dialekt, der vor dem Aufstieg der Alten Republik in diesem Bereich des Weltraumes sehr verbreitet war. Er war auf einem Sprachband in Skynx' Material aufgezeichnet, und Blue Max hatte ihn mit anderen Informationen verwahrt. Ich habe natürlich nicht zu erkennen gegeben, daß Max existiert; er hat für mich übersetzt, und ich führte das Gespräch.«

»Eine Kultur mit präpublikanischem Ursprung«, sinnierte Skynx, den das für den Augenblick so interessierte, daß er völlig darauf vergaß, Angst zu haben.

»Würden Sie vielleicht jetzt an etwas anderes als an Ihre Hausaufgaben denken?« herrschte Hasti ihn an und wandte sich dann wieder Bollux zu. »Was soll das von wegen Menschenopfer? Und warum uns?«

»Weil sie abgeholt werden wollen«, sagte der Droid. »Sie sind überzeugt, daß die Vertilgung einer Lebensform die Wirkung ihrer Sendung verstärkt.«

»Und da mußten *wir* hereinplatzen, als Energiespender«, feixte Han, der an all die Leute denken mußte, die in den Bergen verschwunden waren. »Wann soll denn die große Sendung stattfinden?«

»Heute nacht, spät, Sir. Es hat etwas mit den Sternen zu tun und wird von beträchtlichem Ritual begleitet.«

Wir haben nur noch eine Trumpfkarte übrig, dachte Han und sagte dann: »Ich denke, das wird ganz gut laufen.«

Man verschwendete keinerlei Nahrung an sie, was Han zu der erregten Feststellung veranlaßte, sie seien offenbar einer ziemlich primitiven Bande in die Hände gefallen. Aber immerhin hatten sie noch genügend Zeit, Bollux auszufragen.

Der Höhlenkomplex war in der Tat recht ausgedehnt, enthielt jedoch nach Bollux' Schätzung nicht mehr als hundert Leute, die in einer komplizierten Familien-Clan-Gruppe zusammenlebten.

Befragt, weshalb man ihn von den anderen abgesondert hätte, konnte der Droid nur sagen, daß die Überlebenden offenbar wußten, was Automaten waren, und ihnen einige Ehrfurcht entgegenbrachten. Sie hatten sich das Opfer nicht ausreden lassen, sich aber seiner Forderung gebeugt, daß er seine Gefährten aufsuchen müsse.

In bezug auf Einzelheiten des Opfers konnte Bollux wenig sagen. Während sie sprachen, wurden zeremonielle Gegenstände und Geräte an die Oberfläche getragen; das Opfer sollte auf der Landeplatzattrappe stattfinden. Obwohl der Droid die konfiszierten Waffen nicht hatte finden können, entschieden die Gefangenen doch, daß jeder Fluchtversuch größere Erfolgschancen haben würde, sofern er an der Oberfläche stattfand. Han schilderte seinen Plan, so vage dieser im Augenblick auch war, den anderen.

Hasti stimmte zu: »Schlimmstenfalls werden wir geopfert, und dazu wird es ohnehin kommen. Wie lange ist es noch bis zum Einbruch der Nacht?«

Sie sah auf ihr Armbandchrono; es war noch viel Zeit. Sie beschlossen, auszuruhen. Chewbacca bellte Han seinen nächsten Zug zu und machte dann ein Nickerchen. Badure schloß sich ihm an.

Han sah den Wookie mit finsterem Blick an, sein Zug war höchst unkonventionell gewesen. »Bloß weil wir geopfert werden, wirst du jetzt wohl übermütig?« Der Wookie ließ zufrieden seine Zähne blitzen.

Skynx schien mit Bollux ins Gespräch vertieft, wobei er sich des obskuren Dialekts bediente, den die Überlebenden sprachen. Hasti hatte sich in eine Ecke zurückgezogen und schien mit sich selbst Zwiesprache zu halten. Han beschloß, sie nicht zu stören. Am liebsten wäre es ihm gewesen, wenn sie etwas hätten unternehmen können, um damit das zermürbende Brüten zu vermeiden. Aber es gab nichts zu tun, und so fand er sich in das, was für ihn das Schlimmste war – Warten.

Als die Tür sich öffnete, riß das Geräusch, das sie dabei erzeugte, Han aus einem unruhigen Schlaf, der von Alpträumen erfüllt gewesen war, in denen Fremde schreckliche Dinge mit der *Millenium Falcon* angestellt hatten.

Und dann rannten plötzlich Überlebende in ihren extravaganten Verkleidungen in den stillen Saal. Sie trugen Leuchtstäbe und Waffen, jeder Widerstand wäre sinnlos gewesen. Ihre Waffen waren ein faszinierendes Sortiment: antike Strahlrohre, die von schweren Batterien betrieben wurden, antike Massivprojektil-Feuerwaffen und ein paar federbetriebene Harpunengewehre von der Art, wie die Seemenschen sie benutzten. Hans schlimmste Angst, daß die Überlebenden wieder ihr Betäubungsgas einsetzen und damit jedes Handeln ihrer Gefangenen unmöglich machen würden, bewahrheitete sich zum Glück nicht. Er atmete auf; er hatte nicht die leiseste Absicht, sein Leben passiv zu beenden.

Unter viel Geschrei trieben die Überlebenden ihre Gefangenen aus dem Saal. Sie bildeten eine Vorhut und eine Nachhut und hielten ihre Waffen sorgsam schußbereit, damit ihren Plänen nichts in die Quere kommen konnte. Chewbacca brummte die ganze Zeit zornig und hätte einmal beinahe einen der Überlebenden angefallen, der den Wookie mit einer Harpune gestoßen hatte, um ihn weiterzutreiben. Han hielt seinen Freund zurück; alle anderen Überlebenden waren außer Reichweite, und in den Steinkorridoren bot sich kein Versteck. Sie hatten keine andere Wahl, als dorthin zu gehen, wohin man sie trieb.

Diesmal bekam Han einen klareren Eindruck von dem Höhlenlabyrinth, in dem sie sich befanden. Die Korridore waren ähnlich wie der Saal, in dem man sie festgehalten hatte, sorgfältig und präzise aus dem Gestein herausgearbeitet und nach einem klugen Plan angelegt. Man hatte Wände, Böden und Decken festgeschmolzen und sie damit als stützende Elemente eingesetzt. Sie wurden von Thermoplatten gewärmt, aber Entfeuchtungsanlagen konnte Han keine sehen, obwohl er sicher war, daß es solche geben mußte. Alles deutete auf eine Techno-

logie hin, die weit über das hinausging, was er den Überlebenden
zutraute. Han wäre jede Wette eingegangen, daß diese Primitiv-
linge die Wartung rein schematisch erledigten, und daß das Wissen der ursprünglichen Erbauer schon seit langer Zeit verloren-
gegangen war.

Jetzt sah er zum erstenmal Überlebende, die keine Helme trugen, reinrassige Menschen, die, sah man von einer ungewöhnlich
großen Anzahl von Geburtsfehlern ab, in keiner Weise auffielen.
Die Gefangenen kamen an geheizten, gut beleuchteten Hydro-
poniksälen vorbei. Die Leuchtstangen und Thermoplatten, die
Han in ihnen entdeckte, ließen ihn über die Energiequellen
nachdenken: irgend etwas angemessen Antikes, nahm er an, vielleicht sogar ein Atommeiler.

Badures Gedanken waren ganz ähnliche Wege gegangen.
»Rückschritt«, sagte der alte Mann. »Vielleicht ist der Stützpunkt von schiffbrüchigen Forschern oder frühen Kolonisten
gebaut worden?«

»Das würde ihren unvernünftigen Abscheu gegenüber den anderen Dellaltianern nicht erklären«, warf Skynx ein. »Sie müssen
umfangreiche Vorkehrungen getroffen haben, um die ganze
Zeit über eine Entdeckung zu vermeiden, selbst in diesem verlassenen –«

Ein Überlebender brachte ihn zum Schweigen, indem er drohend mit seinem Strahler gestikulierte. Das Gespräch verstummte. Han sah, daß Bollux recht gehabt hatte; die Anlage
war ganz offensichtlich für wesentlich mehr Leute gebaut worden. In einigen Bereichen waren Beleuchtung und Heizung abgeschaltet worden, um Energie zu sparen – sofern sie nicht einfach ausgefallen waren.

Sie kamen an einem Raum vorbei, aus dem seltsame rhythmische Klänge zu hören waren. Auf der Höhe der Tür konnte Han
kurz hineinsehen.

Bunte Lichter blitzten in der Finsternis, sie wurden von den
Wänden und der Decke in faszinierenden Wirbeln und Mustern
reflektiert. Jemand sang in der Sprache der Überlebenden, und

das Lied wurde vom Pulsieren eines Unterschallsynthesizers untermalt, dessen Rhythmus man ebenso hörte wie man ihn fühlte.

Han wäre beinahe stehen geblieben, bewegte sich dann aber weiter, um dem Stich einer Harpune auszuweichen. *Hypnoprägung*, dachte er, *primitiv, aber durchaus hinreichend, wenn man früh genug damit anfängt. Die armen Kinder.* Das erklärte eine ganze Menge.

Dann schlug ihnen eisige Nachtluft ins Gesicht, und ihr Atem wurde vor ihnen zu Rauhreif. Sie verließen das Höhlenlabyrinth der Überlebenden durch eine andere Tür als jene, durch die sie es betreten hatten.

Nachts sah die Landeplatzattrappe völlig anders aus als während des Tages; das Schauspiel, das sich ihnen jetzt bot, war barbarisch. Die Sterne und die zwei Monde Dellalts erleuchteten den Himmel; Glühstäbe und flackernde Fackeln beleuchteten das ganze Areal, und ihr Licht spiegelte sich in den Flanken der Flugzeugattrappen. Am Rand des Feldes, an dem Schneefeld, das ins Tal hinunterführte, war ein großer Käfig errichtet worden, eine Pyramide aus Stangen, die man stückweise zusammengetragen hatte. Der Käfig hatte eine massive Platte als Tür, bei der das Schloß in der Mitte angebracht war, so daß man es aus dem Inneren des Käfigs nicht erreichen konnte.

In der Nähe des Käfigs konnte man eine kreisförmige Scheibe aus glänzendem Metall erkennen, die breiter als Han groß war. Sie hing von einem Gerüst und erinnerte an einen gigantischen Gong. Sie war mit unbekannten Buchstaben beschriftet. Letztere bestanden aus Vierecken und Bögen, die mit Punkten und Ideogrammen abwechselten.

Weiter nach innen zu, im helleren Bereich, war ein breiter Metalltisch, offenbar ein medizinisches Gerät. Daneben waren die Waffen und sonstigen Habseligkeiten der Gefangenen aufgetürmt. Die Bedeutung des Tisches war ihnen augenblicklich klar: ein Opferaltar.

Han war bereit, sofort einen Ausbruchversuch zu wagen; der Pyramidenkäfig schien fest mit dem Felsgestein verbunden zu sein und wirkte so massiv, daß selbst Chewbaccas Kräfte ihm wohl nichts anhaben konnten. Aber die Überlebenden vollzogen diese Prozedur nicht das erstemal. Sie waren aufmerksam und wachsam und hielten die Waffen auf ihre Gefangenen gerichtet. Han stellte fest, daß die Mündungen und Harpunen auf ihre Beine zielten. Wenn die ausersehenen Opfer eine falsche Bewegung machten, konnten die Überlebenden schießen und würden dennoch nicht ihres Rituals beraubt werden.

Das ließ den Piloten sich gegen sofortiges Handeln entscheiden. Die Chance, daß sein Plan gelingen würde, bestand immer noch, vorausgesetzt, daß Bollux und Blue Max flexibel genug waren, sich den Umständen anzupassen. Der Droid war von ihnen getrennt worden, wie die Überlebenden es wollten. Han hatte ihn dazu aufgefordert, diesen Befehlen keinen Widerstand zu leisten.

Die anderen Gefangenen wurden jetzt zum Käfig gedrängt, dessen kreisförmige Türplatte sich lautlos vor ihnen öffnete. Han mußte seine ganze Entschlossenheit aufbringen, um die Pyramide zu betreten; drinnen angelangt, drängte er sich am Gitter ganz nach vorn und beobachtete die Vorbereitungen der Überlebenden.

Das seltsame Volk war mit seinen besten Kostümen bekleidet. Jetzt, da er einiges mehr über sie wußte oder zumindest von ihnen ahnte, konnte Han ihre Kleidung interpretieren. Aus dem Schutzanzug eines Angehörigen der Bodenmannschaft war im Laufe der Generationen ein insektenäugiges Kostüm geworden. Aus den Sprechgittern eines Raumanzuges hatten sich Münder mit spitzen Fängen entwickelt, die man auf imitierte Helme gepinselt hatte; Kommunikationsantennen wurden durch ornamentale Spitzen oder Metallhörner dargestellt. Die Rückenkanister und Energiepacks waren mit symbolischen Figuren und Mosaiken verziert, während die Werkzeuggürtel mit Fetischen und Amuletten aller Art behängt waren.

Die Überlebenden wirbelten durcheinander, sprangen und hüpften und lärmten auf ihren Instrumenten, schlugen Fingerglocken und Trommeln an. Zwei von ihnen hauten mit gepolsterten Hämmern gegen die mächtige Metallscheibe, so daß die Gongschläge durch das ganze Tal hallten.

Die Ankunft der Gefangenen trieb die Dinge einem Höhepunkt entgegen. Ein Mann erstieg ein Gerüst, das man in der Nähe des Altars aufgebaut hatte. Schweigen senkte sich über die Szene.

Der Mann trug eine Uniform, die mit Tressen und Orden geschmückt war; seine Hosen waren mit goldenem Tuch gesäumt. Er trug eine Mütze, die ihm etwas zu klein war und deren militärischer Schild vor Gold blitzte. An der Mützenspitze war ein riesiges, blitzendes Medaillon befestigt. Zwei Helfer errichteten auf der Tribüne neben ihm einen kleinen Ständer mit einem dikken kreisförmigen Gebilde aus durchsichtigem Material, etwa von der Größe eines Suppentellers.

»Eine Logrecorderscheibe«, stieß Skynx hervor. Die anderen fragten wirr durcheinander, ob er sicher wäre. »Ja, ja; ich habe schon ein oder zwei davon gesehen, das wissen Sie doch. Aber die aus der *Queen of Ranroon* ist doch wieder in der Schatzkammer, oder nicht? Was ist das?«

Keiner wußte die Antwort darauf. Der Mann auf der Tribüne redete auf die Überlebenden ein, rief mit lauter Stimme Wortfolgen, die sie wiederholten, wobei sie applaudierten, pfiffen und mit den Füßen stampften. Der flackernde Lichtschein der Fakkeln ließ die Szene noch gespenstischer erscheinen.

»Er sagt, sie seien ein gutes, getreues Volk gewesen, und der Beweis dafür stünde in seiner Gestalt auf der Tribüne, und das Hohe Kommando würde sie nicht vergessen«, übersetzte Skynx.

Han staunte. »Sie verstehen dieses Kauderwelsch?«

»Ich habe die Sprache ebenso wie Bollux von den Datenbändern gelesen, ein prärepublikanischer Dialekt. Ist es möglich, daß sie schon so lange hier sind, Captain?«

»Fragen Sie doch bei der Handelskammer nach. Was sagt er denn jetzt?«

»Er sagt, er sei ihr Einsatzkommandant. Und dann irgend etwas von ihren mächtigen Bodenstreitkräften; die Entsatztruppen, die man ihnen versprochen hat, werden sicher bald kommen. Ich – irgend etwas über ihre Generationen der Treue und die Rettung durch dieses Hohe Kommando. Und die Menge schreit die ganze Zeit: ›Man wird unser Signal empfangen.‹«

Dann wies der Einsatzkommandant nach einer letzten Tirade auf den Pyramidenkäfig. Bis jetzt war Bollux beiseite gestanden, umgeben von grau gekleideten maskierten Überlebenden, die ihre Gesänge ausstießen und mit Gebetsklappern hantierten – Nachkommen von Technikern, denen man die Wartung der Maschinen übertragen hatte.

Aber jetzt löste sich der Droid aus ihrem Ring und nützte damit den besonderen Status aus, den man ihm offenbar einzuräumen bereit gewesen war. Er schob sich vor den Pyramidenkäfig und stellte sich mit dem Rücken zur Tür. Die Überlebenden, die gerade im Begriff gewesen waren, ihr erstes Opfer für die »Sendung« abzuholen, wurden unsicher, der Automat schien ihnen Angst zu machen. Der Droid hatte sich keine Waffe beschaffen können, wie Hans Plan es vorgesehen hatte, er war aber der Ansicht, jetzt nicht mehr länger warten zu können. Han mußte unwillkürlich wieder darüber nachdenken, worauf es wohl zurückzuführen sei, daß die Überlebenden vor Mechanos solche Ehrfurcht empfanden. Sicher war doch bisher noch nie ein Roboter oder ein Droid durch die Berge gekommen? Vielleicht erklärte es *das*?

Der Einsatzkommandant munterte jetzt seine Gefolgsleute auf. Bollux, dessen Fotorezeptoren rot in der Nacht glühten, öffnete langsam sein Brustplastron. Blue Max, der von dem Arbeitsdroiden sorgfältig informiert worden war, aktivierte seinen eigenen Fotorezeptor und ließ ihn über die Menge kreisen. Han hörte, wie die Überlebenden andächtig den Atem anhielten.

Jetzt schaltete Max von Optiktaster auf Holoprojektion. Ein Lichtkegel ging von ihm aus, und plötzlich schwebte ein Bild, das er von Skynx' Bändern übernommen hatte, in der Luft. Es war das Symbol von Xim dem Despoten, der grinsende Totenschädel mit der Sonnenscheibe in den schwarzen Augenhöhlen. Aus seinem Vokoder kamen aufgezeichnete Technikformeln von den Bändern in der Sprache der Überlebenden.

Die Menge wich zurück, viele von ihnen streckten Bollux die Daumen entgegen, um das Böse abzuwehren. Max sandte weitere Bilder aus, die er aus Skynx' Bändern übernommen hatte: eine antike Flotte von Raumschlachtschiffen vor den Sternen; das grelle Lichterspiel einer Schlacht mit explodierenden Raketen, blitzenden Kanonen, tastenden Laserstrahlen; Schlachtenwimpel, die in Parade vorbeigeführt wurden, mit Einheitsfarben, die vor einer Ewigkeit vergessen worden waren. Und die ganze Zeit schob sich der Droid unauffällig näher an die Käfigtür der Pyramide heran. Während die Menge wie gebannt Max' Schauspiel in sich aufnahm, manipulierte Bollux hinter seinem Rücken am Türschloß.

Ein Schrei erhob sich unter den versammelten Überlebenden – im gleichen Augenblick, indem es Bollux gelang, den Schließbolzen des widerspenstigen Schlosses zurückzuziehen. Blue Max hatte ein Holo projeziert, das den Schädel des Kriegsroboters zeigte, den Skynx an Bord der *Millennium Falcon* gebracht hatte. Max hielt das Bild fest, nutzte ihre Reaktion, ließ es kreisen, um alle Seiten zu zeigen. Die Überlebenden schnatterten erregt durcheinander und wichen vor dem beängstigenden Geisterholo zurück. Bollux trat von der Käfigtür weg.

Max ließ jetzt sämtliche andere visuellen Informationen ablaufen, die er über Xims Kriegsroboter gespeichert hatte: Schemazeichnungen, Auszüge aus Handbüchern, Bilder der schwerfälligen Kampfmaschinen in Bewegung, Einzeldetails und Totalansichten. Und die ganze Zeit schob Bollux sich immer weiter vor. Schritt für Schritt wich die Menge zurück, anscheinend von Max' Projektionen hypnotisiert. Bei der herrschenden Erregung und dem schlechten Licht bemerkte niemand, daß die Käfigtür jetzt aufgeschlossen war.

»Viel länger wird er sie nicht halten können«, flüsterte Han.

Bollux stand jetzt in der Mitte eines Kreises von Überlebenden. »Zeit zu springen«, sagte Badure.

Han stimmte zu.

»Wir laufen an den Rand des Feldes. Keiner bleibt stehen, auch nicht, wenn einer fällt. Ist das klar?«

Hasti, Badure und selbst Skynx nickten. Unbewaffnet blieb ihnen keine andere Wahl als vor den Überlebenden wegzurennen. Jeder würde für sein eigenes Leben verantwortlich sein; stehenzubleiben, um einem anderen zu helfen, würde einem Selbstmord gleichkommen und von keinem erwartet werden.

Han schob die Tür langsam auf und trat ins Freie. Die schreienden, gestikulierenden Überlebenden waren immer noch mit Bollux beschäftigt. Der Einsatzkommandant hatte seine Tribüne verlassen und versuchte, sich durch die Menge zu Bollux hinzuarbeiten. Aber es fiel ihm nicht leicht, in dem Gedränge seiner eigenen Leute vorwärtszukommen. Han wartete, bis die anderen aus dem Käfig waren. Chewbacca glitt durch die Tür und verschwand wie ein Schatten. Badure bewegte sich weniger elegant. Dann Hasti. Skynx kam heraus und eilte sofort auf die Außenpartien des Landefeldes zu. Klein, wie er war, konnte man ihn kaum sehen. Der Ruurianer sah sich nicht um, sondern befolgte Hans Anweisung aufs Wort, womit er zu erkennen gab, daß er sich einige wichtige Eigenschaften des Abenteurers angeeignet hatte. Han ging um die Hinterseite des Käfigs herum, um die Nachhut zu bilden. Fast wäre er mit Hasti zusammengestoßen. »Wo ist Badure?« hauchte sie.

Zuerst konnten sie ihn nicht sehen, dann entdeckten sie den alten Mann, wie er so, als wäre dies die selbstverständlichste Sache der Welt, um die Menge herumging, auf den verlassenen Altar zu, wo die Waffen lagen. Niemand achtete auf ihn. Alle waren immer noch von Max' Holodarbietung gebannt. Im Augenblick präsentierte er ihnen einen Kriegsroboter, der seine Waffen abfeuerte und verschiedene Infanterietaktiken vorführte.

»Er holt die Waffen«, flüsterte Han. Chewbacca, der ebenfalls stehengeblieben war, beobachtete jetzt den alten Mann. »Wir können ihm jetzt nicht helfen; entweder schafft er es oder nicht.

Wir warten, solange wir können, außen am Feld.« Er wußte nicht, ob er zufrieden war, daß Badure ihre Waffen holen wollte, oder ob er darüber verstimmt war, daß der alte Mann sein Leben riskierte.

In diesem Augenblick trat eine der Wachen der Überlebenden aus der Dunkelheit und wäre fast über Skynx gestolpert. Der Ruurianer stieß ein verängstigtes Zirpen aus und legte den Rückwärtsgang ein. Dem Mann traten die Augen vor Staunen fast aus dem Kopf, als er das wollige, vielbeinige Geschöpf sah, dann griff er nach dem Flammenkarabiner, den er über die Schulter gehängt hatte, und schrie seinen Alarm.

Ein zottiger Arm griff nach ihm und entriß die Waffe seinen Händen. Chewbaccas Faust schoß durch die Luft, und der Wachtposten flog im Bogen in die Höhe, um dann steif wie eine Stange zu Boden zu stürzen. Nur sein Fuß zitterte noch.

Aber einige Überlebende hatten seinen Ruf gehört und wiederholten ihn. Köpfe drehten sich herum. Im nächsten Augenblick nahmen viele Stimmen den Ruf auf. Han rannte, packte den Flammenkarabiner mit der glockenförmigen Mündung und ließ ihn in einem weiten horizontalen Bogen kreisen. Orangerotes Feuer strömte über die Köpfe der Menge. Die Überlebenden ließen sich zu Boden fallen und griffen nach ihren Waffen. Han konnte den Einsatzkommandanten in dem vergeblichen Versuch schreien hören, aus dem Chaos wieder Ordnung zu schaffen.

Badure, der inzwischen den Altar erreicht hatte, war für die Menge nicht sichtbar. Er schulterte Chewbaccas Armbrust und den Munitionsgurt und begann, sich Waffen in den Gürtel zu stopfen.

Jetzt peitschten Schüsse über das Feld.

»Weg mit dir!« brüllte Han und schob Chewbacca beiseite. Er selbst zog sich langsam zurück, wobei er unablässig feuerte und damit die Aufmerksamkeit von Badure ablenkte. Er richtete seine Waffe auf den Boden zwischen sich und der Masse der Überlebenden und erzeugte damit Feuerpfützen, um sie am Zielen zu hindern. Dann hielt er wieder flach über ihre Köpfe. Eine Garbe von Leuchtspurgeschoßen wühlte das Feld ein oder zwei Meter rechts von ihm auf, und einmal verfehlte ihn ein blasser Partikelstrahl nur um Haaresbreite.

Die Flüchtlinge brauchten dringend Deckung, aber der Teil des Landefeldes, auf dem sie sich befanden, war offen. Chewbacca kam plötzlich ein Gedanke, und er rannte auf den Gong zu und hob ihn mit anschwellenden Armmuskeln von den Haken, die ihn trugen.

Die Kugeln, Strahlen und Flammen des Feuergefechts durchschnitten die Nacht. Langsam begann das Feuer der Überlebenden sich besser zu konzentrieren, obwohl sie nicht an eine so hitzige Schlacht gewöhnt waren. Badure, der geduckt über das Feld rannte und versuchte, zu seinen Gefährten zu gelangen, wurde von der Menge entdeckt. Jemand schoß mit einer alten Raketenpistole auf ihn, verfehlte ihn zwar, traf aber einen Felsbrocken, der ihm vor die Füße rollte. Bei dem verzweifelten Versuch, auszuweichen, verlor Badure das Gleichgewicht, und die Schüsse der Überlebenden begannen sich auf ihn zu konzentrieren.

Chewbacca stellte den Gong vor Han ab, und alle suchten Deckung dahinter. Projektil- und Energiewaffen prallten von dem Schild ab; der Gong schien aus sehr massivem Material gefertigt zu sein.

Han feuerte immer noch auf die Überlebenden, um sie davon abzuhalten, Badure anzugreifen. Er hatte die Ladung des Flammenkarabiners rücksichtslos ausgenutzt und wußte, daß die Waffe bald leer sein würde. Badure, der sich aufzurichten versuchte, hatte Schwierigkeiten. Das Feuer der Überlebenden hatte sich auf ihn konzentriert, und er erwiderte es, so gut er konnte.

Ich hab' ihn gewarnt, dachte Han. *Lebensschuld oder nicht, jeder muß sich um sich selbst kümmern.* Aber er hatte Schwierigkeiten, sich von dieser Idee zu überzeugen.

Dann wurde ihm die Entscheidung abgenommen. Einen betäubenden Wookie-Schlachtruf ausstoßend, setzte Chewbacca sich in Bewegung, wobei er den Gong vor sich hielt, um sich zu schützen. Han sah sich um und bemerkte, daß Hasti und Skynx ihn beobachteten. Wenn *ich* es jetzt nicht tue, rennt ohne Zweifel das Mädchen zu Badure, um ihm zu helfen, dachte er.

»Stehen Sie nicht einfach rum«, schrie er. »Gehen Sie in Deckung.«

Er stieß sie auf den Rand des Landefeldes zu und rannte selbst in die entgegengesetzte Richtung davon, feuerte unentwegt, während er im Zickzackkurs hinter dem Wookie herrannte.

»Du verrücktes Pelzgesicht!« brüllte er seinen Ersten Maat an, als er ihn eingeholt hatte. »Was soll das denn, spielst du wieder den Kapitän?«

Chewbacca hielt einen Augenblick inne und gab ein gereiztes Knurren von sich.

»*Lebensschuld?*« platzte es aus Han heraus, während er sich an seinem Freund vorbeischob, um ein paar schnelle Schüsse abzugeben. »Und wer zahlt, wenn wir *unser* Leben verlieren?« Aber er feuerte dabei die ganze Zeit, wobei er immer wieder hinter den Wookie und seinen Gong zurücksprang und mal auf der einen, dann wieder auf der anderen Seite hervorschoß. Die Flammen beleuchteten die Szene, und Rauch und Qualm hingen in der Luft. Die Schüsse des Flammenkarabiners wurden jetzt schwächer, und seine Reichweite ging zurück.

Schließlich erreichten sie Badure, der sich gegen den Boden preßte und mit langläufigen Energiepistolen schoß. Han entlockte seinem Flammenkarabiner ein letztes schwächliches Flakkern und warf ihn dann beiseite. Er kniete nieder und half Badure beim Aufstehen. »Der letzte Bus fährt jetzt ab, Lieutnant-Commander.«

»Dann geben Sie mir bitte eine Fahrkarte«, keuchte Badure und fügte hinzu, »ich bin froh, daß ihr es geschafft habt, Boys.«

Han schnappte sich seinen Blaster aus Badures Gürtel, und plötzlich war er wieder von Zuversicht erfüllt. Er trat aus dem Schutz des Gongs hervor, duckte sich und gab eine Folge schneller Schüsse ab. Zwei Scharfschützen der Überlebenden, die sorg-

150

fältig mit schweren Partikelstrahlern gezielt hatten, fielen rauchend zu Boden. Han duckte sich wieder hinter den Gong, wartete einen Herzschlag lang, feuerte wieder und erledigte zwei weitere Feinde. Aber nun war in dem flackernden Licht zu erkennen, daß die Überlebenden nach beiden Seiten ausschwärmten und so versuchten, ihnen den Rückzug abzuschneiden.

»Jetzt springen wir!« schrie Han.

Chewbacca, der den Gong immer noch festhielt, rannte rückwärts zum Rand des Landefeldes, während Badure und Han aus allen Rohren feuerten. Ihre Energiewaffen erhellten die Nacht, während ihnen Kugel, Blasterstrahlen, Nadeln, Harpunen, Partikelstrahlen und Flammen entgegenschlugen. Wieder half Han dem Wookie, indem er an dem Gong schob.

Jemand kam auf sie zu. Fast hätte Badure die nur silhouettenhaft zu erkennende Gestalt niedergebrannt, aber Han wischte ihm die Pistole weg. »Bollux! Hier!«

Irgendwie schaffte es der Droid, hinter den Gong zu kommen, und dann zogen sie sich Schritt für Schritt zurück. Einige Überlebende hätten sie beinahe von der Flanke packen können, sie kauerten neben dem Antennenmast. Badure hob die zwei langläufigen Waffen und feuerte auf sie. Drei Männer stürzten, und plötzlich stoben Funken von dem Mast auf, und er neigte sich majestätisch zur Seite, in elektrisches Feuer gehüllt. Er krachte auf die Tribüne nieder. Tribüne, Gerüst und Logrecorderscheibe gingen in Flammen auf.

Han hörte, wie jemand seinen Namen rief. Skynx und Hasti kauerten am Rand des Feldes. Abwechselnd feuernd und rennend, erreichten sie sie schließlich.

»Über das Schneefeld können wir uns nicht zurückziehen, dazu ist es zu steil«, erklärte Hasti, »und selbst Chewbacca könnte diesen Gong nicht hinuntertragen. Wir würden perfekte Ziele abgeben.«

Han jagte noch ein paar Schüsse hinaus und dachte über das nach, was sie gesagt hatte. Chewbacca sah sich um, überlegte kurz und bellte dann etwas.

»Partner, du bist *wirklich* verrückt«, meinte Han, nicht ohne einen gewissen Respekt. Aber auch er sah keine Alternative. »Was hält uns auf?« Er zog die anderen näher zu sich heran und erklärte den Plan. Dann machten sie sich fertig. Für Angst oder Zweifel war keine Zeit mehr.

Kurz darauf schrie Han: »Chewie, los!«

Der Wookie rannte rückwärts an den Rand des Feldes, wirbelte herum, duckte sich und legte den konkav geformten Gong zu Boden, so daß die gewölbte Fläche sich in den eisigen Schnee drückte. Han feuerte wütend.

Badure ließ sich schwerfällig auf den Gong fallen und hielt sich an einem der Tragegriffe fest. Bollux kletterte von der anderen Seite hinauf und verband seine Servogriffe mit zwei weiteren Griffen. Skynx huschte an Bord und ringelte sich mit fliegenden Antennen um den Hals des Droiden. Hasti kauerte sich neben Badure nieder, und Chewbacca mußte seine mächtigen Füße in den Schnee stemmen, um den Gong festzuhalten.

Han stand immer noch aufrecht und feuerte aus allen Rohren. Jetzt schrie er: »Ich springe als Letzter auf!«

Chewbacca verzichtete auf Einspruch und streckte einen seiner langen Arme aus, packte seinen Freund wie ein Kind und warf sich auf den Gong. Die Schüsse der Überlebenden zischten über ihre Köpfe hinweg. Das Gewicht des Wookie reichte aus, um sie abzustoßen.

Der Gong beschleunigte seine Fahrt schnell und glitt kreisend über den eisigen Hang hinunter. Chewbacca hob den Kopf und gab einen Ton von sich, der wie der Laut eines Nebelhorns klang. Skynx fügte ein » *Wii-ii-hii-ii!* « hinzu.

Der Gong kippte und drehte nach links, während er über den Schnee dahinzischte. Chewbacca warf sein Gewicht auf die Gegenseite; sie machten einen Satz und glitten ein paar Sekunden lang ziemlich gleichmäßig dahin, dann stießen sie gegen einen kleinen Felsvorsprung, der unter dem Schnee verborgen war.

Dadurch flogen sie durch die Luft, und alle versuchten, sich festzuklammern, und schlugen dabei um sich; jetzt vom Gong zu stürzen und den Rest des Weges ohne Schutz abzugleiten, wäre das Ende gewesen.

Mit einem atemberaubenden Ruck setzten sie wieder auf, und wie durch ein Wunder hatten es alle geschafft, sich an dem sich aufbäumenden Gong festzuhalten. Han packte Hasti, die bei dem Versuch, Badure zu helfen, selbst fast abgestürzt wäre. Der Kapitän der *Falcon* hielt sie mit einem Arm an der Hüfte, während sie ihrerseits Badures Fliegerjacke gepackt hielt. Badure hatte seine Beine um die Chewbaccas geschlungen und half dem Wookie steuern, indem er sein Gewicht im Gleichklang mit ihm verlagerte und an den Griffen zerrte. Chewbacca konnte ebenso wie die anderen kaum etwas sehen; sie rasten so schnell durch die eisige Luft, daß allen die Tränen in den Augen standen.

Einmal lehnte der Wookie sich abrupt zur Seite und schaffte es damit, sie um eine Felssäule herumzusteuern. Er verlor aber dabei sein Gleichgewicht. Bollux fuhr blitzschnell eines seiner metallenen Gliedmaßen aus und schlang die Beine um die des Ersten Offiziers der *Falcon*.

Auch Badure klammerte sich an Chewbacca fest, stützte den Wookie mit der freien Hand. Dabei hätte er freilich beinahe Chewbaccas Armbrust uand Munitionsgurt verloren. Er schrie etwas, aber der Wind riß ihm die Worte weg. Han war völlig damit beschäftigt, sich an einem Handgriff festzuhalten und Hasti zu stützen, die wiederum Badure hielt, während Badure und Bollux alle Hände voll zu tun hatten, um Chewbacca an Bord zu halten. Unterdessen konzentrierte der Wookie seine ganze Aufmerksamkeit darauf, das zu tun, was man im weitesten Sinne als ›steuern‹ bezeichnen konnte.

Und so ließ Skynx in Erkenntnis der Tatsache, daß er der einzige war, der handeln konnte, den Droiden los. Er wurde sofort herumgerissen, knallte beinahe wie eine Peitsche, und griff mit seinen freien Extremitäten zu. Gerade als Badures letzter verzweifelter Versuch, die Armbrust festzuhalten, zu scheitern drohte, konnte Skynx die Waffe packen. Er wurde abrupt in die Gegenrichtung geschleudert, als der Gong wieder den Kurs wechselte.

Der kleine Ruurianer klammerte sich jetzt an Bollux, wozu er nur die Finger seiner untersten Gliedmaßen einsetzen konnte, die ihren Halt beinahe zu verlieren drohten. Aber er hielt entschlossen Waffe und Munition fest, weil er wußte, daß sie sie bald dringend brauchen würden und daß es niemanden gab, der sie auffangen konnte, wenn er versagte. Bei jedem Stoß und jeder Drehung des Gongs spürte Skynx, wie sein Griff sich lockerte. Trotzdem klammerte er sich entschlossen an seiner Bürde fest. Und jetzt gelang es ihm, ein Gliedmaßenpaar nach dem anderen wieder festzukrallen. Chewbacca spürte sein Tasten und schob sein Bein etwas herum, worauf Skynx sich mit zwei Gliederpaaren am dicken Knie des Wookies festhalten konnte.

Sie hatten jetzt die steilste Stelle ihrer Schußfahrt erreicht, rasten durch das Schneefeld, taumelten in Furchen und sprangen über Unebenheiten am Boden. Einige Male sah Han, wie Energiestrahlen verschiedener Färbung in den Schnee stachen, die aber stets weit von ihrem Ziel entfernt waren. *Als Zielscheibe sind wir, glaube ich, ziemlich schnell und unberechenbar,* dachte er.

Er klammerte sich hartnäckig fest, obwohl ihm Finger, Ohren und Gesicht von der Kälte schon fast abgestorben waren und ihm ein beständiger Tränenstrom aus den Augen floß.

»Ich kann mich nicht mehr festhalten!« schrie Hasti verängstigt. »Ich spüre meine Finger nicht mehr!«

Han wußte mit einem Gefühl schrecklicher Hilflosigkeit, daß er nur wenig tun konnte, um ihr beizustehen. Er packte sie, so fest er konnte, und hoffte, daß seine steifgefrorenen Finger sie festzuhalten vermochten.

Badure brüllte: »Wir werden langsamer!«

Chewbacca stieß einen Schrei schierer Freude aus, und Hasti begann halb zu lachen und halb zu schluchzen.

Der Gong hatte jetzt eine sanfte geneigte Stelle des Hanges am Fuß des Schneefeldes erreicht und wurde immer langsamer. Die Stöße und Sprünge wurden weniger dramatisch, und ihre

Drehung verlangsamte sich ebenfalls. Binnen weniger Sekunden glitten sie fast angenehm dahin.

»Ausgezeichnete Arbeit, Erster Maat Chewbacca«, sagte Bollux gerade, als der Rand des Gongs plötzlich einen Felsbrocken traf, der wie eine Sprungschanze in die Luft stieg. Steife Hände, Servogriffe, ruurianische Finger und Wookiezehen verloren alle ihren letzten Kampf. Der Gong warf sie ab. Menschenkörper, der röhrenförmige Skynx, ein schrill miauender Chewbacca und ein blitzender Bollux segelten auf verschiedenen Bahnen durch die Luft, taumelten, kreisten – und stürzten.

Han hörte das Pfeifen der Servomotoren, welches das Klagen des Windes übertönte. Von der Stelle aus, an der er lag, größtenteils vom Schnee begraben, den er bei der Landung aufgewühlt hatte, konnte er Bollux mit dem Bauch nach oben über eine flache Schneewächte drapiert liegen sehen. Die Brusthälften des Droiden klappten auf.

Der Vokoder von Blue Max tönte: »He! Verschwinden wir hier, noch haben wir es nicht hinter uns!«

Ein Schneehügel rechts von Han wölbte sich auf und produzierte eine Eruption. Chewbacca erschien. Er spuckte Schnee aus und brummte eine beißende Antwort für das winzige Computermodul.

»Nein, er hat recht«, stöhnte Han, zu seinem Partner gewandt. Er richtete sich etwas mühsam auf und blickte den Hang empor. Auf eine nebelhafte Weise erfüllte ihn Neugierde, ob sein Kopf nun wirklich herunterfallen würde oder ob er sich etwa nur so anfühlte. Eine tanzende Kette von Lichtern arbeitete sich vom Stützpunkt der Überlebenden herunter. Sie wurden also verfolgt. Die Überlebenden hatten offenbar nicht vor, von ihrer Beute abzulassen.

»Es geht weiter, Leute, alles aufstehen!« Han zappelte einen Augenblick lang wie wild im Schnee herum, rappelte sich dann auf und begann, die Hände gegeneinander zu schlagen, um wieder Gefühl in seine Finger zu bekommen.

Auch Hasti war dabei aufzustehen. Han ergriff ihre Hand und zog sie in die Höhe. Sie rannte zu Badure hinüber. Chewbacca hatte gerade seine Armbrust und den Munitionsgurt von Skynx zurückgeholt, den er aus dem Schnee freigegraben hatte. Der Wookie brummte dankbar und strich dem Ruurianer wohlwollend über den wolligen Rücken.

Hasti rieb Badures Hände und Handgelenke und versuchte, ihn in die Höhe zu bekommen. Han half ihr und sah, daß die Nasenspitze des alten Mannes weiß war, ebenso wie einige Stellen an seinen Wangen.

»Der hat sich Erfrierungen geholt. Auf Deck, Trooper; Zeit, die Gegend hier zu verlassen.«

Sie zogen ihn hoch. Unterdessen hatte Bollux sich mit Hilfe Chewbaccas auch wieder aufrichten können.

Als Han die Köpfe der kleinen Schar zählte, entdeckte er Skynx, der sich über den Gong gebeugt hatte. Letzterer war im Schnee liegengeblieben wie eine flache Kuppel. Der Ruurianer untersuchte die Muster und Hieroglyphen auf der alten Metallscheibe. Im schwachen Licht der Monde und Sterne war das kein leichtes Unterfangen. Als Han nach ihm rief, schrie der Akademiker zurück: »Ich glaube, Sie sollten sich das zuerst ansehen, Captain!«

Sie sammelten sich um ihn. Seine kleinen Finger tasteten über die erhabenen Schriftzeichen. »Ich dachte gleich, daß mir die Zeichen bekannt vorkamen, als ich diesen Gegenstand das erstemal sah. Ich hatte es aber zu eilig, um sie zu studieren. All das hier« – er wies mit gespreizten Fingern auf einige Gruppen von Schriftzeichen – »sind technische Anmerkungen und Bedienungsanleitungen. Sie haben mit dem Druckausgleich und mit irgendwelchen Befestigungsvorgängen zu tun.«

»Dann kommt es von einer Luke«, schloß Badure mit halb er-
stickter Stimme, weil er sich die Hände vor das Gesicht hielt, um
seine Wangen und die Nase wieder aufzutauen. »Irgendeine ornamentale Verschalung einer Luftschleuse, einer ziemlich großen vielleicht.«

Skynx stimmte ihm zu. »Recht seltsam und ziemlich protzig,
aber so scheint es tatsächlich zu sein. Die paar größeren Schriftzeichen dort in der Mitte geben den Namen des Schiffes an.«
Seine hervortretenden roten Augen sahen sie an. »Es ist die
Queen of Ranroon.«

Inmitten des sich erhebenden Stimmengewirrs – menschlich,
nichtmenschlich und elektronisch – stand Han da und malte sich
die Schätze ganzer Welten aus. Frierend, ausgepumpt fast bis
zur Erschöpfung, hinter sich die Verfolger, halb verhungert, erfüllten ihn plötzlich dennoch grenzenlose Energie und die feste
Entschlossenheit, weiterzuleben und den Reichtum der *Queen*
für sich zu beanspruchen.

Dann wurden sie aus ihren Gedanken gerissen. Hans Überlegungen und die wirren Gespräche, die auf Skynx' Feststellung
folgten, wurden von einem langgezogenen Ton unterbrochen,
der durch die Nacht hallte, das klagende Geräusch eines
Jagdhorns oder eines anderen Signalgeräts.

Das ließ sie alle aufschrecken. Die tanzenden Lichter der sie
verfolgenden Überlebenden hatten jetzt den Abhang fast hinter
sich gebracht. Hier und da verließ einer die Reihe und verschwand, wenn der Träger des jeweiligen Leuchtkörpers auf
dem glatten Schnee ausrutschte und zu Fall kam.

Angeführt von Han machten sich die Flüchtlinge in einer
Reihe auf den Weg und unterstützten einander dabei so gut sie
konnten; zum Glück war der Schnee nicht sehr tief. Sie stopften
sich ein paar Hände voll von dem Zeug in den Mund, um es dort
schmelzen zu lassen, weil man sie während ihrer ganzen Gefan-
genenzeit nicht mit Wasser versorgt hatte. Han schlug seine behandschuhten Hände gegeneinander und überlegte, was der Lukendeckel wohl zu bedeuten hatte. Behüteten die Überlebenden

157

etwa Xims Schatz in ihrem Höhlenlabyrinth? Was war aus der *Queen of Ranroon* geworden?

Hasti schloß jetzt in der Gruppe zu ihm auf. »Solo, ich habe nachgedacht. Dieser Verein dort hinten bläst nicht nur ins Horn, weil das Echo so schön klingt, oder damit wir hören, daß sie kommen. Ich glaube, die haben Streifen ausgeschickt und rufen die jetzt zusammen.«

Er blieb stehen und machte sich Vorwürfe, weil er sich in den letzten Minuten nur für den Schatz interessiert hatte.

»Wir sind nicht besonders weit von der Schneegrenze entfernt«, stellte Badure fest. »Vielleicht ist das die Grenze ihres Territoriums.«

Han schüttelte den Kopf. »Wir haben ihre Andacht gestört und einigen von ihnen ziemliche Schmerzen zugefügt. Die sind jetzt auf unser Blut aus und werden nicht nur deshalb stehenbleiben, weil der Schnee zu Ende ist. Wir sollten eine bessere Formation bilden. Chewie, übernimm du die Spitze.«

Der Wookie trottete stumm davon; Kälte und Schnee machten ihm nichts aus. Von seinem dicken Pelz geschützt, suchte er hinter den immer häufiger werdenden Felsbrocken Deckung. Die anderen folgten ihm etwas langsamer, notgedrungen langsamer, weil sie nicht über seine gigantischen Kräfte verfügten.

Aber binnen weniger Minuten war der Wookie wieder zurück und zerrte sie in den Schutz eines besonders hohen Felsblocks und berichtete Han in kurzen gutturalen Lauten, was er bemerkt hatte.

»Da sind noch mehr von denen, die uns entgegenkommen«, übersetzte Han. »Chewie meint, wir können uns hier verstecken. Wenn sie vorbei sind, gehen wir weiter. Alles ganz ruhig jetzt!«

Sie warteten endlos scheinende Minuten, gaben sich Mühe, kein Geräusch zu verursachen, ihre Lage nicht zu verändern oder überhaupt irgendeine Bewegung zu machen, die sie verraten könnte. Langsam drehte Han den Kopf herum, um zu sehen, wie die Überlebenden vorankamen. Die Lichter hatten inzwischen den weniger steilen Teil des Abhangs erreicht und sich verteilt, wohl um das Areal gründlich abzusuchen.

Ein leises Geräusch war zu hören, eine winzige Bewegung auf dem Felsgestein, ein leises Knirschen, wie wenn Eis zerdrückt wird. Alle Muskeln spannten sich. Eine Gestalt schob sich verstohlen um die Felskante, hielt sich in Deckung. Der näherkommende Überlebende war nicht kostümiert, sondern trug eine Kapuze und schwere Kleidung. Der Kopf des Spähers drehte sich langsam herum, suchte die Gegend sorgfältig ab. Augenblicke später erschien ein weiterer Mann, ein Stück von dem ersten entfernt, offensichtlich auf parallelem Kurs.

Han glaubte zu verstehen. Das Tal verbreitete sich von ihrem Standort aus, und einige wenige Wachen würden die Flüchtlinge nicht daran hindern können, an ihnen vorbeizukommen. Die Überlebenden schritten vorsichtig aus. Als sie die Position der Flüchtlinge passiert hatten, glitt Han, nachdem er den anderen mit Handzeichen die Marschordnung angezeigt hatte, hinter dem Felsbrocken hervor. Die Servomotoren Bollux' waren zwar leise, schienen Han jetzt aber unerträglich laut. Er konnte nur hoffen, daß der Wind das Geräusch nicht aufnahm und es zu den gegnerischen Wachen trug.

Sie hatten inzwischen einen weiteren halben Kilometer zwischen den Felsen zurückgelegt und das Schneefeld aus dem Auge verloren. Han begann jetzt zu glauben, daß sie es geschafft hatten, als ein gelber Hitzestrahl aus der Nacht aufblitzte. Er traf einen Felsbrocken zwei Meter rechts von Bollux und ließ Funken und Tropfen von geschmolzenem Gestein aufspritzen.

Plötzlich waren die Kälte, die eiskalten Füße und alle Vorsicht vergessen. Alles suchte hastig Deckung. Hasti hob ihre Disruptorpistole, um den Schuß zu erwidern, aber Han flüsterte ihr zu. »Nicht! Sonst weiß der, wo Sie stehen. Hat einer gesehen, wo der Schuß herkam?« Das hatte niemand. »Dann ganz ruhig halten. Wenn er wieder feuert, nageln wir ihn fest. Auf das Mündungsfeuer schießen.«

»Solo, wir haben nicht die Zeit, hier festzusitzen«, erregte sich Hasti.

»Dann fangen Sie an, sich ein Loch zu graben«, empfahl er.

Aber sie suchte am Boden herum, bis sie einen Stein fand, der ihr groß genug schien, und schleuderte ihn weg. Er landete im lockeren Gestein. Ein zweiter Hitzestrahl blitzte gelb aus dem Schatten am Talrand.

Han feuerte sofort und jagte ein paar Schüsse hintereinander in die Nacht. Die anderen, die langsamer waren als er, schlossen sich ihm im nächsten Augenblick mit Blaster, Energiepistolen, Disruptor und Armbrustschüssen an.

»Genug, genug«, sagte Han. »Ich glaube, wir haben ihn.«

»Gehen wir weiter?« fragte Badure.

Han rechnete nicht damit, daß man vom Hang aus ihre Schüsse wahrgenommen hatte. »Noch nicht. Wir müssen sicher sein, daß man uns nicht in den Rücken schießt. Außerdem hab' ich etwas metallisch blitzen sehen, wo die Hitzestrahlen herkamen. Vielleicht ist dort ein Fahrzeug oder es lagern irgendwelche Vorräte. Wir könnten alles gebrauchen.«

»Dann muß jemand nachsehen«, erklärte Skynx und war verschwunden, ehe jemand ihn hätte aufhalten können. Er floß mit eingezogenen Antennen zwischen den Felsen dahin, so daß man ihn kaum sehen konnte. *Ich werde ihn vor solchen Heldentaten warnen müssen*, dachte Han; *aber der Kleine hat sich schon ganz schön verändert.* Dann flüsterte er, um das Schweigen zu brechen, Badure zu: »Da siehst du's! Zuerst gehst *du* auf Ordensjagd, um unsere Waffen zurückzuholen, und jetzt hält Skynx sich für den mutigen Krieger.«

Der alte Mann schmunzelte. »Aber gebrauchen konnten wir die Waffen schon, oder? Außerdem bekam Chewbacca Gelegenheit, seine Lebensschuld zurückzuzahlen.«

Han blinzelte. »Stimmt. He, was heißt hier Chewbacca? Wir sind *beide* gekommen, um dich herauszuhauen.«

Badure lachte nur.

In diesem Augenblick rief Skynx erregt: »Captain! Hier drüben!«

Sie rannten hastig, aber immer noch geduckt zu einem Felsüberhang, hinter dem Skynx' Stimme hervortönte: »Ich habe einen Glühstab gefunden, Captain Solo. Ich will ihn etwas heller schalten.«

Ein schwaches Glühen zeigte ihnen das Gesicht des Ruurianers.

Er hatte eine niedrige, aber ziemlich breite Höhle gefunden, die weiter reichte, als sie sehen konnten. Der einzige Bewacher lag ausgestreckt da, von einigen ihrer Schüsse getroffen. Aber was Skynx in Wahrheit erregte, war das, was der Mann bewacht hatte.

»Schaut, ein Lastengleiter.« Han nahm den Leuchtstab. »Eine Art Schwebefloß.« Er kletterte in das offene Cockpit der Maschine. »Anscheinend hatte die Kiste einen Defekt; da liegen eine Menge ausgebrannter Teile herum, und das Armaturenbrett ist geöffnet.«

Er verstärkte die Leuchtkraft des Glühstabes. In der Nähe waren zwei weitere Schwebefahrzeuge zu erkennen, deren Armaturenbretter aufgerissen waren, offenbar, weil ihnen Ersatzteile für die erste Maschine entnommen worden waren. Han schob den Knüppel nach hinten, und das Fahrzeug erhob sich ein paar Zentimeter.

Er drehte an ein paar Schaltern; das Armaturenbrett war frei. »Einsteigen, meine Uhr läuft.«

Sie beeilten sich, der Aufforderung nachzukommen und zogen die Köpfe ein, um nicht gegen die Höhlendecke zu stoßen. Mit einem Fuß auf der Leitersprosse hielt Badure inne. »Was war das?«

Jetzt hörten sie es alle – hastige Schritte, Stimmen und das Klirren von Waffen. »Die sind hinter uns her«, antwortete Han. »Ich hab' jetzt keine Zeit, eure Fahrkarten zu lochen, Leute; alles festhalten!«

Er schob den Knüppel ruckartig vor, so daß die Skalennadeln in die roten Felder sprangen. Das Schwebefloß schoß aus der Höhle, wobei sie beinahe Bollux verloren hätten, der gerade im Begriff gewesen war, an Bord zu gehen. Badure und Chewbacca zerrten ihn herein.

Die Überlebenden waren näher gerückt, als Han angenommen hatte; sie hatten sich rings um die Höhle postiert und schlossen jetzt auf. Das Schwebefloß schoß dicht über dem Boden aus der Höhlenmündung, und seine Motoren heulten klagend. Ein oder zwei Überlebende waren geistesgegenwärtig genug, auf sie zu schießen, als das Floß vorbeifegte, aber die meisten standen wie erstarrt da oder suchten Deckung, um nicht niedergerissen zu werden. Die paar Schüsse verfehlten ihr Ziel, und Hasti feuerte ihrerseits einige Disruptorschüsse ab, um dafür zu sorgen, daß die Überlebenden die Köpfe unten behielten. Das Floß beschrieb einen weiten Bogen und raste das Tal hinunter.

»Wohin, Bürger?« grinste Han.

»Schalten Sie die Heizung ein!« schrie Hasti.

Das Tal weitete sich schnell aus und ging dann in eine offene Ebene über, die mit langstieligem, bernsteinfarbenem Gras bedeckt war. Das Schwebefloß war mit rudimentären Navigationseinrichtungen ausgestattet. Han setzte den Kurs auf J'uochs Bergwerkslager. Da er die Scheinwerfer des Floßes nicht einschalten wollte, reduzierte er seine Geschwindigkeit und spähte durch die Windschutzscheibe. Zum Glück war es eine ziemlich helle Nacht.

Der Fahrtwind sog die Wärme förmlich aus den Heizgittern. Hasti entdeckte eine zusammengefaltete Plane in einer Ecke der Ladebrücke und zerrte daran, hielt dann aber inne und rief den anderen zu: »Da, schaut euch an, was die an Bord hatten!«

Han konnte den Blick nicht vom Steuer wenden, aber Chewbacca, der neben ihm saß, zog ein Stück der Plane über den hinteren Teil des Fahrersitzes. An der Plane waren Plastikstreifen befestigt, die wie das bernsteinfarbene Gras der Ebenen aussehen sollten. Eine Tarnplane.

»Diese Kiste hat sogar einen Sensor«, stellte Han fest. »Nach kurzer Zeit dürfte es ziemlich unmöglich sein, uns ohne erstklassige Geräte zu orten.«

Und die Höhle war groß genug gewesen, um weitere Flöße wie dieses zu enthalten. Aber das beantwortete immer noch nicht die Frage, wie eine Gruppe von Primitiven auf einem Hinterwäldlerplaneten wie Dellalt zu solchen Anlagen gekommen waren.

Han verlangsamte ihren Flug, damit Chewbacca das Faltdach der Kabine nach vorn ziehen konnte. Sie drängten sich in die engen Sessel des Cockpits, das nur vom Leuchten der Instrumente und von Bollux' Fotorezeptoren erhellt wurde. Draußen schienen die Monde und Sterne auf ein Meer aus Gras, über das der dunkle Bug ihrer Maschine hinwegzog. Schließlich schafften es die Heizgitter, etwas Wärme zu erzeugen, und Han öffnete seine Fliegerjacke.

Badure seufzte. »Wenn das die Logrecorderscheibe der *Queen* war, können wir sie abschreiben. Der Antennenmast hat sie völlig zerstört.«

Han dachte über die Frage nach. »Aber wie sind die Überlebenden denn an sie herangekommen? Ich dachte, die Scheibe wäre wieder in den Schatzkammern.«

»Die redeten so, als hätte sie die ganze Zeit ihnen gehört«, warf Hasti ein, die immer noch versuchte, zwischen Bollux und Badure auf dem Rücksitz Platz zu finden.

Jetzt schaltete sich Skynx mit seiner besten Kathederstimme ein. »Die Fakten, so wie wir sie kennen, liegen folgendermaßen: Lanni hat irgendwie die Logrecorderscheibe an sich gebracht und sie in einem Schließfach in den Stahlkammern deponiert. Dann hat sie Interesse an den Bergen erkennen lassen. J'uoch entdeckte ihr Geheimnis oder wenigstens einen Teil davon und tötete Lanni bei deren Versuch, die Scheibe an sich zu bringen. Und hier waren die Überlebenden entweder mit derselben Scheibe oder einer identischen.

Nun war Lanni Pilotin, die Frachtflüge durchführte und auch sonstige Einsatzflüge übernehmen mußte. Stimmt das? Angenommen, sie war zufällig in der Luft, als die Überlebenden eine ihrer Zeremonien im Freien abhielten und entweder Lannis Si-

163

gnal geortet oder das Licht gesehen haben.«

Han nickte. »Sie hätte irgendwo landen, sich umsehen und den Logrecorder an sich bringen können.« Er trimmte die Maschine und korrigierte den Kurs ein wenig.

Hasti stimmte zu. »Das hätte sie können. Dad hat ihr das Fliegen beigebracht und sie auch über das Leben in der Wildnis aufgeklärt.«

Badure nahm den Faden auf. »Also hat sie die Scheibe in das Schließfach gelegt und auf der anderen Seeseite Station gemacht, um nachzusehen, ob sie ein Signal aufnehmen oder etwas über den Stützpunkt der Überlebenden erfahren konnte oder ob sie sie irgendwie beunruhigt hatte. Ich wette, der Schatz liegt dort hinten unter dem Berg.«

Eine Weile flogen sie schweigend dahin. Dann meinte Han: »Das würde nur zwei Fragen offenlassen: Wie die *Falcon* zurückgewinnen . . . und wie all das Geld ausgeben.«

Han gelang es trotz aller Mühe nicht, aus dem antiquierten Fahrzeug größeres Tempo herauszukitzeln. Er hatte den Luftsensor eingeschaltet und ihn so weit wie möglich heckwärts zum Horizont abgesenkt, konnte aber keine Verfolgung entdecken. Er war immer noch unbefriedigt, weil ihm bis jetzt keine einleuchtende Erklärung dafür eingefallen war, was die Überlebenden mit jenen Lastfahrzeugen angestellt hatten, was der Lukendeckel der *Queen of Ranroon* tatsächlich bedeutete oder wie das alles mit dem Schatz in Verbindung stand.

Die Sonne Dellalts leuchtete purpurn im Licht der Morgendämmerung, das Grasland verschwand unter dem Bug des Schwebefloßes. Sie hatten inzwischen das Becken, das eine Biegung in der Bergkette bildete, fast hinter sich gelassen und näherten sich dem Bergwerkslager, als Bollux sich über den Pilotsitz beugte und sagte: »Captain, ich habe die Frequenzen immer wieder abgehört, wie Sie das befohlen haben. Und auf der Frequenz der Überlebenden auf Aktivität geachtet.«

Han fragte spontan: »Senden die?«

»Nein«, antwortete der Droid. »Ihr Antennenmast ist ja zer-

164

stört worden. Aber ich habe auch andere Frequenzen überprüft, die in Skynx' Bändern erwähnt waren, und habe dabei etwas höchst Eigenartiges gefunden. Es gibt da Sendungen in einer sehr ungewöhnlichen Wellenfrequenz, die aus der Richtung des Lagers kommen. Sie sind deshalb seltsam, weil ich sie nicht klar empfangen kann. Es scheint sich um Kyberkommandosignale zu handeln.«

Han runzelte die Stirn. Automatenkommandosignale? »Bergwerksgeräte?« fragte er den Droiden.

»Nein«, antwortete Bollux. »Es handelt sich nicht um die üblichen Muster, wie sie bei schweren Anlagen oder Industriesignalen üblich sind.«

Badure schaltete den Kommunikator des Floßes auf die Wellenlänge, die Bollux abgehört hatte, konnte aber nichts klar empfangen. Schließlich veränderte Han den Kurs ein wenig, wobei er der Empfehlung des Droiden folgte, und flog langsam auf die Berge zu. Er schaltete die Luftsensoren auf Vollkreis und forderte Chewbacca und die anderen auf, die Tarnplane auf Anweisung blitzschnell über das Floß zu ziehen. Er kam ganz langsam herein, ließ sich von dem Droiden lenken. Sie waren schon einmal in die Falle getappt, indem sie Signalen nachgegangen waren, und obwohl es wichtig war, daß sie herausbekamen, was diese neuen Signale bedeuteten, hatte Han doch keineswegs die Absicht, ein zweitesmal in einen Hinterhalt zu geraten. Er reduzierte den Auftriebsfaktor des Floßes, bis es das Gras niederdrückte und den Boden fast berührte.

»Signale verstärken sich, Captain«, meldete Bollux.

Sie näherten sich einer leichten Steigung in der Ebene, einer kleinen Welle in der Landschaft, bevor die eigentlichen Berge anfingen. Han setzte das Schwebefloß hinter der kleinen Bodenwelle auf und verließ das Fahrzeug. Das Gras vorsichtig auseinanderschiebend, robbten er und Chewbacca bis an die Kuppe der Bodenwelle, um sich umzusehen.

Weniger als einen Kilometer vor ihnen begannen die ersten Ausläufer der Berge. Han sah mit zusammengekniffenen Augen

165

durch das Zielgerät seines Blasters. »Dort unten ist etwas, dort, wo das Bachbett in die Ebene mündet.«

Der Wookie stimmte ihm zu. Sie zogen sich wieder vorsichtig zurück und berichteten den anderen, was sie gesehen hatten. Bald würde die Sonne aufgehen.

»Skynx und Hasti, Sie beobachten die Umgebung von dieser Welle aus«, ordnete Han an. »Bollux und Badure bewachen das Floß. Chewie und ich gehen weiter. Ihr kennt alle das Signalsystem. Wenn ihr fliehen müßt, habt ihr jetzt wenigstens ein Boot.«

Keiner von ihnen hatte Einwände, obwohl Hasti so aussah, als wäre sie nicht ganz einverstanden. Der Kapitän der *Millennium Falcon* und ihr Erster Maat trennten sich, einer überquerte die Bodenwelle links, der andere rechts. Sie schlichen sich vorsichtig durch das hohe, bernsteinfarbene Gras. Sie hatten so oft zusammengearbeitet, daß sie ihre Bewegungen automatisch aufeinander abstimmten, ohne daß es dazu eines Chrono oder eines Signals bedurft hätte.

Han schob sich nach links und näherte sich der Anomalie im Terrain, die seine Aufmerksamkeit erweckt hatte. Wie er dies angenommen hatte, handelte es sich bei den Ausbuchtungen am Fuß der Vorberge um eine Anzahl von Tarnplanen. Sie waren ein wenig zu plötzlich und dicht beieinander aufgetaucht, als daß sie Teil der Landschaft hätten sein können. Er sah keine Wachen oder Streifen, keinerlei Überwachung, und wechselte daher den Kurs nach rechts.

Er hörte etwas im Gras, das vielleicht das Summen eines kleinen Insekts hätte sein können; ein Geräusch, das kaum ein paar Meter weit drang. Han nahm an, daß das Signal seines Partners schon eine Weile ertönte.

Er arbeitete sich auf das Geräusch zu, schob einen Grasbüschel weg und grinste seinen Kopiloten an. Sie verständigten sich mit ein paar schnellen Handbewegungen; Chewbaccas Scouttätigkeit hatte dieselben Ergebnisse wie die von Han erbracht – mit einem Zusatz: Es gab einen Wachmann, offensichlich einen

Überlebenden, der langsam auf und ab ging. Sie machten ihren Plan und setzten sich wieder in Bewegung. Han neigte ursprünglich dazu, die Lähmpistole einzusetzen, die Badure trug, aber das Risiko war zu groß, daß jemand die Entladung hörte oder das blaue Leuchten des Schusses sah.

Der Posten war nach der allgemeinen Mode Dellalts gekleidet und nicht im Kostüm der Überlebenden. Er schlenderte ziemlich sorglos auf und ab und war mit einem schweren Sturmgewehr vom Typ Kell Mark II bewaffnet. Er trug die Kell nachlässig von der Schulter hängend. Wie es bei den Wachen an den meisten Orten, die Han gesehen hatte, üblich war, war der Mann davon überzeugt, daß nichts passieren und er deshalb hier völlig sinnlos Wache schieben müßte. Er schlenderte vorbei, Gedanken ohne große Tragweite nachhängend, und das war gut so. Im nächsten Augenblick nämlich wurde er aus diesen Gedanken gerissen, als eine hünenhafte Gestalt sich hinter ihm aus dem Gras erhob und ihn fachmännisch mit dem Kolben einer Armbrust hinter dem Ohr antippte. Der Mann fiel mit dem Gesicht nach vorn ins Gras.

Han holte sich das Sturmgewehr, und dann sahen sich die zwei Partner schnell nach allen Seiten um. Es gab keine weiteren Posten, aber das, was Hans Aufmerksamkeit durch das Visier seines Blasters auf sich gezogen hatte, erwies sich als höchst interessant. Eine Vielzahl von Luftkissenfahrzeugen aller Art, sämtlich für die Beförderung von Lasten gebaut, war dort unter Tarnplanen versammelt. Er überzeugte sich schnell, daß keines der Fahrzeuge beladen war.

»Wozu brauchen die denn Ladebrücken?« fragte sich Han im Selbstgespräch, während er seine Gefährten durch Handbewegungen zum Nachkommen aufforderte. »Und noch weitere zwei oder drei in dem Bergstützpunkt?«

Die anderen schlossen auf. Badure erklärte, daß sie das gestohlene Schwebefloß hinter der Bodenerhebung mit der Tarnplane gesichert hatten. Sie halfen Han und Chewbacca dabei, vorsichtshalber die Kommunikationseinheiten der Flotte zu zerschlagen. Keiner von ihnen hatte eine plausible Erklärung, weshalb hier so viele Fahrzeuge herumstanden.

»Es gibt dort ein Trockenbett, das in die Berge führt«, sagte Han und wies mit dem Daumen in diese Richtung. »Wie weit sind wir noch von J'uochs Bergwerkslager entfernt?«

»Gerade dort hinauf«, erklärte Hasti und deutete auf das Bachbett. »Wir können uns an den Kämmen entlangarbeiten, dann sind wir gleich dort. Oder wir können auch die Täler nehmen.«

Han nahm das Kellgewehr auf. »Wir gehen besser; wir alle zusammen. Ich möchte niemanden hinten lassen, falls wir Glück haben und die *Falcon* zurückbekommen; dann könnten wir sofort starten.«

Sie setzten sich in Bewegung, wobei ihre Augen besorgt herumhuschten, ob irgendwo ein Hinterhalt auf sie lauerte. Bollux, der die Frequenzen überwachte, konnte jedoch keinerlei Anzeichen von Sensoren feststellen. Das Bachbett war von häufigen Regenfällen bis auf das Felsgestein ausgewaschen, jedoch zerfurcht und zermahlen, als wären schwere Geräte darübergefahren. In der Ebene hatten sie keine Spuren oder Druckstellen feststellen können, doch das lag vermutlich daran, daß das elastische Gras sich wieder aufgerichtet hatte.

Bolux berichtete, daß die Automatenkommandosignale jetzt viel kräftiger wären. »Die wiederholen sich immer wieder«, informierte sie der Droid, »so als würde jemand immer wieder die gleiche Testfolge senden.«

Das Bachbett durchschnitt die zwei ersten Felskämme und führte sie zum nächsten, dem höchsten, den sie bis jetzt erreicht hatten. Der Boden hier bestand ausschließlich aus Felsgestein und zeigte immer noch Spuren von schweren Maschinen. Daß die Überlebenden besonderes Interesse an J'uochs Lager nahmen, war offensichtlich; blieb nur noch festzustellen, ob das etwas mit dem Schatz zu tun hatte. Aber an vorderster Stelle in Hans Gedanken gab es nur ein Ziel – die Zurückgewinnung der *Millennium Falcon*.

Sie hatten inzwischen den höchsten Punkt des Felskamms erreicht und arbeiteten sich langsam und kriechend nach vorn, um ins Tal hinunterblicken zu können. Hasti stöhnte und Skynx tat es ihr gleich, ein Geräusch, das wie ein halbunterdrückter Schluckauf klang. Bollux starrte wortlos hinunter und war weniger überrascht als die anderen. Hans und Chewbaccas Münder standen offen, Badure flüsterte: »Beim großen Macher!«

Plötzlich gaben die Flotte von Lastfahrzeugen, die Spur im steinernen Bachbett, die Zeremonie der Überlebenden – selbst die riesige Felskaverne, in der man sie gefangen gehalten hatte – sie alle ergaben einen Sinn. Jene monolithischen Steinblöcke tief im Inneren des Berglabyrinths waren keine Tische, Startbahnen oder Wände.

Es waren Bänke.

Und dort unten hatten sich jene versammelt, die auf diesen Bänken saßen, wenigstens tausend der mächtigen Kriegsroboter, die auf Befehl Xims des Despoten gebaut worden waren. Sie standen reglos da, breit und leidenschaftslos, mächtig gepanzert – menschenförmige Kampfmaschinen, eineinhalbmal so groß wie Han. Ihre spiegelblank polierte Haut blitzte, weil sie dazu konstruiert war, Laserschüsse abzulenken. Die Überlebenden bewegten sich mit Testgeräten zwischen ihnen.

»Das sind sie«, flüsterte Skynx vergnügt. »Die tausend Wächter, die Xim an Bord der *Queen of Ranroon* dazu eingesetzt hat, seinen Schatz zu behüten. Ich frage mich, wie oft sie fahren mußten, um sie alle hierher zu bringen? Und weshalb sind sie hier?«

»Der einzig mögliche Grund liegt dort drüben«, erwiderte Hasti.

Von der Stelle aus, wo sie sich befanden, konnten sie J'uochs Bergwerkslager erkennen, das sich in ein enges Felsental schmiegte und beide Talseiten bedeckte. Die Baracken, Werkstätten und Lagerhäuser befanden sich auf der einen Seite, die kilometerbreite Bergwerksanlage auf der anderen, und beide waren durch eine massive Brücke verbunden, die wohl noch von dellaltianischen Händen gebaut worden war. Das Leben im Lager schien seinen gewohnten Lauf zu gehen, und die schweren Maschinen rissen den Boden auf.

Und dann entdeckte Han hinter der Bergwerksanlage etwas, das ihm fast einen Freudenschrei entlockte. Er schlug dem Wookie auf die Schulter. Dort stand die *Millennium Falcon* auf ihren dreibeinigen Landestützen. Das Sternenschiff schien intakt und einsatzfähig.

Aber das ist es bestimmt nicht mehr, sagte sich Han, *wenn diese Tölpel von Xim sie in die Pranken bekommen.*

In diesem Augenblick war unter den Überlebenden plötzlich eine Bewegung festzustellen. Ihre Testsequenzen waren sichtlich abgeschlossen. Sie lösten sich von den unregelmäßig angeordneten Robotern und sammelten sich an einem schimmernden goldenen Podium, das an einer Seite des Tales errichtet worden war. Ein Sendehorn ragte von dem Podium auf, das mit dem Totenschädelemblem Xims verziert war. Der Überlebende auf dem Podium legte einen Schalter um.

Jeder einzelne Kriegsroboter im Tal nahm plötzlich Haltung an, drückte die Schultern zurück und nahm breitbeinig Habacht-Stellung ein. Die Schädeltürme drehten sich, und die Optosensoren richteten sich auf das Podium. Jetzt begann der Überlebende zu sprechen.

»Er ruft den Kommandanten des Corps nach vorn«, erklärte Skynx mit unterdrückter Stimme.

»Ich kenne diesen Mann auf dem Podium«, flüsterte Hasti langsam. »Ich erkenne die weiße Strähne in seinem Haar. Er ist der Assistent des Hüters der Schatzkammern.«

Aus der Masse der Roboter trat ihr Anführer hervor. Er war völlig identisch mit den anderen Angehörigen seiner Streitmacht, mit Ausnahme eines goldenen Abzeichens, das auf seiner Brustplatte glitzerte. Sein schwerfälliger Schritt ließ den Boden erzittern und ungeheure Kraft erkennen. Er blieb vor dem Podium stehen. Aus seinem uralten Vocoder kam eine tiefdröhnende Frage. Skynx übersetzte im Flüsterton.

»Was fordern Sie vom Wächterchor?« tönte die Maschine.

»Das, was man euch anvertraut hat, befindet sich jetzt in Gefahr«, antwortete der Überlebende auf dem Podium, der Assistent des Bewahrers der Kammern.

»Was fordern Sie vom Corps der Wächter?« wiederholte der Roboter, den sichtlich Einzelheiten nicht interessierten.

Der Überlebende winkte mit der Hand. »Folgt dem ausgetrockneten Flußbett, das wir für euch markiert haben. Das bringt euch zu euren Feinden. Vernichtet alle, die ihr dort findet. Tötet jeden, dem ihr begegnet.«

Der gepanzerte Schädel musterte ihn einen Augenblick, und erwiderte dann: »Sie halten die Kontrollplattform besetzt; das Corps der Wächter wird gehorchen. Wir werden programmgemäß vor Ihnen im Paradeschritt vorbeiziehen und dann gehen.«

Der Schädelturm des Kommandanten rotierte, als er seine Signale gab.

Die Kriegsroboter begannen sich zu bewegen, bildeten eine unregelmäßige Reihe und bewegten sich so, wie sich ihr Kommandant bewegt hatte. Ohne besondere Formation gruppierten sie sich auf einer Seite des Podiums. Aber als sie es passierten, wiesen sie die Kommandostromkreise des Sendehorns in Paradeformation. Aus einer dichtgedrängten Gruppe lösten sie sich in Ränge und Reihen und zogen an dem Podium vorbei, jeweils zehn nebeneinander, und ihre schweren Füße hoben und senkten sich im Gleichschritt. Angeführt von ihrem Kommandanten, marschierten die tausend Kriegsroboter einmal im Kreis um das kleine Tal herum.

Selbst die Überlebenden waren von dem Bild hypnotisiert, das sich ihnen bot; für sie war der Anblick der uralten Maschinen, die wieder marschierten, wie Zauberei. Füße dick wie die Hüften eines Mannes schwangen im Gleichklang. Han fragte sich, ob J'uochs Leute ihr Näherrücken nicht trotz der Geräusche ihrer Bergwerksmaschinen hören würden.

Auf ein unsichtbares Signal ihres Corpskommandanten blieben die Roboter stehen. Der Kommandant nahm ruckartig vor dem Podium Haltung an, und aus seinem Vokoder tönten die Worte: »Wir sind bereit.«

Der Überlebende auf dem Podium wies die Roboter an, einen Augenblick zu verharren. »Wir begeben uns jetzt zu einem Aussichtspunkt, von dem aus wir euren Angriff beobachten werden. Wenn wir an Ort und Stelle sind, könnt ihr gegen den Feind vorrücken.« Er und die anderen Überlebenden eilten davon, um das Massaker zu betrachten. Plötzlich herrschte tiefe Stille, und die Kriegsroboter warteten geduldig. Nur das ferne Brausen aus dem Bergwerkslager war zu hören.

»Wir müssen das Lager vor ihnen erreichen«, erklärte Han, als sie sich von der Bodenerhebung zurückzogen und wieder aufstanden.

»Sind Sie jetzt völlig durchgedreht?« wollte Hasti wissen. »Dann kommen wir gerade rechtzeitig an, um durch den Fleischwolf gedreht zu werden!«

»Nicht wenn wir uns beeilen. Diese Aufziehsoldaten dort unten müssen einen Umweg laufen; wir können uns am Kamm entlang bewegen, wenn wir vorsichtig sind und uns beeilen. Die *Falcon* ist für uns der einzige Ausweg von dieser Schlammkugel; wenn wir das nicht schaffen, müssen wir J'uoch einen Tip geben, daß die Roboter auf dem Kriegspfad sind, sonst reißen die mein Schiff in Stücke.«

Er wünschte, er hätte eine Ahnung, weshalb die Überlebenden so darauf erpicht waren, das Bergwerkslager zu vernichten und sein Personal niederzumetzeln. »Also, gehen wir. Ich übernehme die Spitze, dann folgen Hasti, Skynx, Badure, Bollux und als letzter Chewie.«

Han schulterte das schwere Sturmgewehr und setzte sich in Bewegung. Die anderen nahmen die ihnen zugewiesenen Plätze ein. Aber als Chewbacca Bollux winkte, zögerte der Arbeitsdroid. »Ich fürchte, ich funktioniere nicht ganz nach Spezifikation, Erster Maat Chewbacca. Ich werde mitkommen müssen, so gut es geht.«

Einen Augenblick war sich der Wookie unschlüssig, trottete

dann aber hinter den anderen her, wobei er Bollux mit ein paar Knurrlauten und Handbewegungen klarmachte, daß er so schnell wie möglich mitkommen sollte. Der Droid sah zu, bis Chewbacca aus seinem Gesichtsfeld verschwunden war, und klappte dann sein Brustplastron auf, damit er und Blue Max sich akustisch verständigen konnten, wie sie das am liebsten taten.

»So, mein Freund«, sagte er gedehnt zu dem kleinen Computermodul, »vielleicht erklärst du mir jetzt, weshalb du wolltest, daß wir hinten bleiben. Ich mußte den Ersten Maat Chewbacca praktisch belügen, um es zu tun; es kann gut sein, daß man uns zurückläßt.«

Max, der die Situation über Direktverbindung zu Bollux zur Kenntnis genommen hatte, antwortete einfach: »Ich weiß, wie man sie aufhalten kann. Die Kriegsroboter meine ich. Aber dazu müßten wir sie alle zerstören. Wir brauchten Zeit, um das zu besprechen, Bollux.«

Und dann legte Blue Max seinem Kollegen den Plan dar, den er sich ausgedacht hatte.

Der Arbeitsdroid antwortete noch langsamer als gewöhnlich: »Warum hast du das nicht vorher erwähnt, als Captain Solo hier war?«

»Weil ich nicht wollte, daß er die Entscheidung traf. Jene Roboter tun das, wofür sie gebaut worden sind, genau wie wir es tun. Ist das vielleicht ein Grund, sie auszulöschen? Ich war nicht einmal sicher, ob ich es dir sagen sollte; ich wollte nicht, daß du in einem Entscheidungsdefekt deine Sicherungen durchbrennst. Warte; was machst du?«

Das Brustplastron des Arbeitsdroiden begann sich zu schließen, während er an den Rand des Hügelkamms ging. »Ich suche Alternativen«, erklärte er und lief weiter.

Mit diesen Worten pflügte er sich seinen Weg über den Abhang hinunter zum Talboden, wobei er seine Federung auf Höchstleistung schaltete, um nicht beschädigt zu werden. Schließlich kam er inmitten einer kleineren Staublawine schwerfällig zum Stillstand. Er richtete sich auf und ging auf die

Kriegsroboter zu, die exakt aufgereiht, blitzend und glänzend dastanden.

Als Bollux auf den Kommandanten zuging, drehte sich dessen Schädelturm. Ein großer Arm schwang in die Höhe, und die Waffenluken öffneten sich. »Halt! Identifiziere dich oder du wirst zerstört!«

Bollux antwortete mit den Erkennungscodes und Bestätigungssignalen, die er aus Skynx' uralten Bändern gelernt hatte. Der Corpskommandant studierte ihn einen Augenblick und überlegte, ob diese fremde Maschine trotz der Erkennungscodes zerstört werden sollte. Aber die Denkkreise des Kriegsroboters waren beschränkt. Langsam senkte sich der Waffenarm wieder. »Akzeptiert. Erkläre deine Absicht.«

Bollux, der keinerlei diplomatische Programmierung besaß, auf die er jetzt hätte aufbauen können, und sich daher nur auf seine Erfahrung verlassen mußte, begann zögernd: »Ihr dürft nicht angreifen. Ihr müßt eure Befehle mißachten; sie sind unkorrekt erteilt worden.«

»Sie sind über das Kommandosignalsystem des Podiums erteilt worden. Wir müssen akzeptieren. Wir sind auf Reaktion programmiert.« Der Schädelturm drehte sich wieder nach vorn und ließ damit erkennen, daß das Thema keiner weiteren Diskussion mehr bedurfte.

Aber Bollux fuhr hartnäckig fort: »Xim ist tot. Diese Befehle, die man euch erteilt hat, sind falsch. Sie kommen nicht von ihm; ihr dürft ihnen nicht gehorchen.«

Der Turm schwang wieder zu ihm herum, wobei die Optosensoren keinerlei Gefühl erkennen ließen. »Stahlbruder, wir sind die Kriegsroboter von Xim. Keine Alternative ist denkbar.«

»Menschen sind nicht unfehlbar. Wenn ihr diesen Befehlen folgt, werden sie zu eurer Vernichtung führen. Rettet euch!« Er konnte nicht zugeben, daß diese Vernichtung von seiner eigenen Hand ausgehen würde.

Der Vokoder dröhnte: »Ob das nun wahr ist oder nicht –

wir führen unsere Befehle aus. Wir sind die Kriegsroboter von Xim.«

Erneut drehte sich der Corpskommandant nach vorn. »Die Wartezeit ist abgelaufen. Tritt zur Seite; weitere Verzögerung wird nicht zugelassen werden.«

Er gab einen quietschenden Signalton von sich. Die Kriegsroboter setzten sich wie ein Mann in Bewegung, ihre Arme schwangen. Bollux mußte beiseite springen, um nicht niedergetrampelt zu werden. Sein Brustplastron klappte auf, während er ihnen nachblickte.

»Was tun wir jetzt?« wollte Blue Max wissen. »Captain Solo und die anderen werden auch dort unten sein.«

Bollux' Stimmodulation ließ durch ihr Zittern Besorgnis erkennen. »Die Kriegsroboter haben ihre eingebaute Programmierung. Und wir, mein Freund, haben die unsere.«

Sie hatten sich bis an einen Bergkamm herangearbeitet, von dem aus sie auf das Bergwerkslager hinunterblicken konnten, ehe Han feststellte, daß Bollux nicht mehr bei ihnen war. Han schob sich wütend um eine Felsnadel herum, um das Lager besser sehen zu können. »Dabei habe ich diesem niedertourigen Fabrikausschuß *gesagt*, daß wir ihn brauchen, um Sensoren zu orten. Nun, dann werden wir eben besonders –«

Im ganzen Lager begannen Sirenen zu heulen. Die Reisenden warfen sich alle gleichzeitig auf den Boden, aber Han riskierte trotzdem einen vorsichtigen Blick um die Felszacke herum.

Im Bergwerkslager schwärmte es wie in einem Insektennest. Menschen und andere Geschöpfe rannten nach allen Richtungen und nahmen ihre Notstationen ein. Angestellte, denen J'uoch besonders vertraute, erhielten Waffen und bezogen Verteidigungspositionen. Die Vertragsarbeiter wurden von ihren Aufsehern über die Brücke in die Isolation der Baracken geschickt.

Han konnte das Sensornetz nicht entdecken, das er ausgelöst hatte, aber es war offenkundig, daß man ihn geortet hatte. Ein paar Geschützmannschaften hasteten zu ihren Unterständen, die genau gegenüber von Hans Versteck lagen. Han sah, daß unmittelbar neben der *Millennium Falcon* und einem gigantischen Bergwerksfrachter ein weiteres Schiff stand, ein kleines Sternenschiff mit den eleganten Linien eines Scouts.

Plötzlich setzte sich ein Eingreifkommando den Berg hinauf in Bewegung: zwei menschliche Männer mit Disruptorgewehren, ein horngepanzerter *W'iiri*, der auf seinen sechs Beinen dahinhuschte und einen Granatwerfer schleppte, und ein ölhäutiger *Drall* mit leuchtend roter Haut, der einen Gasprojektor trug.

Han, der hinter der Felsnadel halb hockte, halb kniete, zog die alte Kell Mark II herum. Da er den kräftigen Rückstoß der veralteten Waffen kannte, stützte er sich ab, ehe er den Feuerknopf drückte. Blaue Energie schoß aus der Mündung der Kell und fuhr über die Felswand hinunter. Der Rückstoß der Mark II hätte ihn fast umgeworfen. Der Felsen zischte, rauchte und sprühte Funken und zersprang, wobei ein paar Steinsplitter nach unten fielen. Das Eingreifkommando suchte Deckung.

»Damit sollten wir uns die wenigstens so lange vom Hals halten, bis wir verhandelt haben«, erklärte Han. Er hielt sich die Hand an den Mund und schrie: »J'uoch! Hier ist Solo! Wir müssen miteinander reden, sofort!«

Die Stimme der Frau, die von einem Megaphon verstärkt wurde, hallte aus einem der Bunker. »Geben Sie mir diese Logrecorderscheibe, und werfen Sie die Waffen weg, Solo; andere Bedingungen kriegen Sie von mir nicht.«

»Aber sie hat doch gesehen, daß wir die Scheibe nicht hatten«, murmelte Badure. »Hat die sich nicht selbst zusammengereimt, daß wir sie nicht aus dem Schließfach kriegen konnten?«

Han schrie hinunter: »Wir haben keine Zeit, darüber zu debattieren, J'uoch! Sie und Ihr ganzes Lager werden gleich angegriffen!«

Er duckte sich plötzlich, als unten das Feuer auf ihn eröffnet wurde. Die anderen duckten sich ebenfalls und hielten sich die Köpfe, während Energie- und Projektilfeuer die Hügelflanke eindeckte. Felsen zogen Blasen und explodierten, Splitter flogen nach allen Seiten, wobei der Lärm ihnen die Trommelfelle zu sprengen drohte.

»Ich kann mir nicht vorstellen, daß man mit der vernünftig verhandeln kann«, meinte Badure.

»Sie wird wohl müssen«, erklärte Han und überlegte, was wohl aus seinem Sternenschiff werden würde, wenn die Roboter das Lager überrannten.

Das Feuer verstummte einen Augenblick und begann dann, auf ein Kommando hin, das sie nicht hören konnten, noch intensiver wieder.

»Machen Sie sich nichts vor, Solo«, sagte Hasti. »Die wollen unsere Haut und sonst nichts. Unsere einzige Chance, die *Falcon* zu erreichen, ist, hinzurennen, während die Roboter das Lager angreifen.«

»Wenn die J'uochs Leute niedertrampeln? Da kommen wir keine zwei Meter weit.«

In diesem Augenblick verstummte das Feuer erneut, und eine Stimme von unten rief seinen Namen.

Hasti starrte ihn erschreckt an. »Solo, was ist denn? Sie sind ja plötzlich ganz blaß.«

Er achtete nicht auf sie, erkannte aber an Chewbaccas Ausdruck, daß auch der Wookie die Stimme von Gallandro, dem Revolvermann, wiedererkannt hatte.

»Solo! Kommen Sie herunter, und verhandeln Sie wie ein vernünftiger Bursche. Wir haben eine ganze Menge miteinander zu besprechen, Sie und ich.« Die Stimme klang ruhig und amüsiert.

Han merkte, wie ihm trotz der Kälte Schweißtropfen auf der Stirne standen. Dann argwöhnte er plötzlich etwas und warf sich nach vorn, gerade lange genug, um den Lauf der Mark II über den Felskamm schieben zu können. Der Eingreiftrupp hatte sich wieder in Bewegung gesetzt, und ein zweiter kam nach oben, um sich ihm anzuschließen.

Han drückte den Abzug und ließ den Lauf der Waffe willkürlich von links nach rechts wandern. Das schwere Sturmgewehr war ein Produkt von Dra III und für die stärkeren Bewohner jener Welt mit seiner Plusschwerkraft gebaut. Der Rückstoß der Mark II zwang ihn ein zweitesmal zurück, aber erst nachdem ihr ausnehmend kräftiger Strahl die vorrückenden Gegner erneut in Deckung gezwungen hatte.

»Wir müssen hier oben ausschwärmen, sonst nehmen die uns von der Flanke«, sagte Han.

Seine Begleiter kamen eilig seiner Empfehlung nach, als erneut Gallandros Stimme zu ihnen heraufhallte.

»Ich wußte gleich, daß Sie dort hinten bei der Stadt nicht in einem Schiffsgefecht umgekommen sind, Solo. Und ich wußte, daß die *Millennium Falcon* Sie rechtzeitig hierherlocken würde, gleichgültig was sonst geschehen war.«

»Sie wissen so ziemlich alles, wie?« erwiderte Han.

»Bloß nicht das, wo dieser Logrecorder ist. Kommen Sie schon Solo; ich habe mit der reizenden J'uoch hier einen Handel abgeschlossen. Tun Sie das gleiche, machen Sie keine Schwierigkeiten. Zwingen Sie mich nicht, Sie von dort oben herunterzuholen.«

»Reden Sie nicht so viel, Gallandro. Am Ende bleibt doch außer Ihren albernen Bartperlen nichts von Ihnen übrig.«

Chewbacca und die anderen hatten begonnen, auf die näherrückenden Trupps zu schießen, womit sie sie für den Augenblick festhielten. Han machte sich aber wegen der bewaffneten Flugmaschine im Bergwerkslager Sorgen.

Kaum hatte sich dieser Gedanke in ihm gebildet, als er zum Himmel aufblickte und sah, wie sich ein gefährlich aussehendes Gebilde auf sie heruntersenkte. »Hinlegen alle!«

Das Raumboot, ein Zwillingsbruder jenes anderen Bootes, das von dem Leichter in der Stadt zerstört worden war, zog ein-

mal ganz flach über den Bergkamm hinweg und sonderte dabei
ganze Wolken von Pfeilgeschossen ab. Han konnte den Düsen-
strahl des Fahrzeugs spüren, als es vorüberschoß. Er hob den
Kopf, um festzustellen, welchen Schaden es angerichtet hatte.

Glücklicherweise war der erste Anflug etwas hastig gewesen
und hatte daher bei keinem von ihnen zu Verletzungen geführt.
Aber sie lagen dort, wo sie waren, völlig frei da; beim nächsten
Anflug würden sie alle erledigt sein. Han zog mit einiger Mühe
die schwere Sturmwaffe zu sich heran, richtete sie auf und trat
hinter dem Bergkamm hervor.

Im Lager unten konferierte Gallandro mit J'uoch. »Madame,
rufen Sie Ihr Boot zurück. Ich darf Sie vielleicht an unsere Vereinbarung erinnern.« In seinen Worten klang eine Andeutung
von Ungeduld mit. »Solo gehört mir und darf nicht bei einem
Angriff aus der Luft getötet werden.«

J'uoch spähte durch die Bunkerluke hinaus und tat den Einwand mit einer lässigen Handbewegung ab. »Was macht das
schon für einen Unterschied, solange er erledigt wird? Mein
Bruder setzt leichte Bolzen ein; der Logrecorder kann dabei
nicht beschädigt werden.«

Der Revolvermann lächelte und sparte sich den Gegenschlag
für einen geeigneten Augenblick auf. Er strich sich mit dem
Handrücken über den Schnurrbart. »Solo ist gut bewaffnet,
meine liebe J'uoch. Vielleicht werden Sie über seine Findigkeit
noch ebenso überrascht sein wie Ihr Bruder.«

Han rannte, so schnell er konnte, über das kahle Felsland und
hielt dabei die ganze Zeit nach Deckung Ausschau. Obwohl ihn
das schwere Gewicht der Mark II behinderte, schaltete er sie
doch während des Laufens auf Maximalreichweite und höchste
Energie. Er hatte schon daran gedacht, die Waffe dem Wookie
zu übergeben, damit der auf das Boot schießen konnte, aber der
Erste Maat der *Falcon* hatte nicht viel für Energiewaffen übrig
und zog seine Armbrust vor. Han hörte, wie das Boot zum zweiten Anflug ansetzte. J'uochs Bruder R'all stieß im Sturzflug auf
den Fliehenden herunter. Han warf sich in eine flache, trogähn-

liche Senke. Die Mark II schlug klirrend neben ihm auf dem Boden auf. Das Boot blitzte vorbei, so dicht, daß Han sich im toten Winkel zwischen dem Schußfeld der Kanonen befand. Bolzen prasselten beiderseits von ihm gegen die Felsen. R'all zog die Maschine hoch und stellte seine Waffen für den nächsten Anflug nach.

Han sprang hoch, stemmte den Kolben der Mark II gegen den Felsen und feuerte. Der kräftige Rückschlag der schweren Waffe riß sie aus dem Ziel; das Boot war bereits außer Reichweite, ehe Hans Schüsse es auch nur annähernd erreicht hatten, und kippte jetzt zur Seite ab. Beim nächsten Anflug würde R'all sein Ziel nicht mehr verfehlen.

Han zwängte sich wieder in die Steinsenke und zog die Stützen der Mark II herunter. Er hatte jetzt nur noch eine Chance. Wenn es diesmal nicht klappte, würde er sich weder über den Schatz noch über Gallandro oder die *Falcon* Sorgen zu machen brauchen. Er kauerte sich nieder, seine Knie und sein Kreuz waren jetzt höher als seine Schultern. Er zerrte die Mark II herum und stützte sie auf seine Beine. Er stemmte die Füße gegen die Waffe und hielt sie fest.

Er spähte mit zusammengekniffenen Augen durch das Visier der Waffe nach oben. Das Boot kam jetzt wieder auf ihn zu. Jetzt hatte er es im Visier erfaßt und wartete, bis er die ersten Schüsse R'alls hörte.

Dann eröffnete er selbst auch das Feuer, klammerte sich mit Händen und Füßen an die wild ruckende Mark II und schaffte es zum erstenmal, sie wenigstens einigermaßen gerade zu halten. Der Pilot des Bootes erkannte die Gefahr, in der er sich befand, zu spät. Ein Ausweichmanöver mißlang, und damit traf Hans Feuer das leichte Boot mit voller Gewalt und riß ein tiefes Loch ins Leitwerk. Die Kontrolleitungen und die Energieversorgung flammten auf, und plötzlich war in der durchsichtigen Kuppel ein gähnendes Loch zu sehen. Das Boot sackte durch, war sichtlich außer Kontrolle und verschwand im steilen Sturzflug, eine lange Rauchfahne, in die sich Flammen mischten, hinter sich herziehend. Im nächsten Augenblick erzitterte der Boden unter dem Aufprall.

»R'all!« schrie J'uoch den Namen ihres toten Bruders hinaus, während sie sich den Weg aus dem Bunker bahnte.

Das Boot war beim Aufprall explodiert und hatte den Boden mit brennenden Wrackteilen übersät.

Gallandro ergriff sie am Arm. »R'all ist tot«, sagte der Revolvermann ohne besonderes Mitgefühl. »Und jetzt werden wir das so anpacken, wie wir es ursprünglich vereinbart hatten. Ihre Bodenstreitkräfte werden Solo umzingeln, und dann treiben wir ihn heraus und fangen ihn lebend.«

Sie riß ihm den Arm weg, kochte vor Wut. »Er hat meinen Bruder getötet! Das wird er mir büßen, und wenn ich das ganze Gebirge in die Luft jagen muß!« Sie drehte sich herum und rief Egome Fass, ihren Gorilla, der dastand und auf ihre Befehle wartete. »Bringen Sie die Mannschaft zum Lastschlitten, und wärmen Sie die Hauptbatterien an.« Sie wollte sich gerade umdrehen, als ein Geräusch, mit dem sie nicht vertraut war, sie zögern ließ. »Was ist das?«

Gallandro hörte es auch, ebenso wie Egome Fass und alle anderen im Lager. Es war ein gleichmäßiges Stampfen, das die Erde erschütterte, der Hall von tausend Metallfüßen. Jetzt erschien die Heerschar von Xims Kriegsrobotern an einer Stelle außerhalb der Grenzen des Lagers.

In glitzernden Reihen rückten sie heran, mit schwingenden Armen, nicht aufzuhalten. Als ihr Corpskommandant das Signal gab, das sie vom Gleichschritt befreite, schwärmten sie aus, um ihr Vernichtungswerk zu beginnen. J'uoch starrte zu ihnen hinüber und konnte nicht glauben, was sie sah. Gallandro zupfte an einer der Goldperlen, die seine Schnurrbartspitzen zierten, und bemühte sich, ruhig zu bleiben. »Dann hat Solo also doch die Wahrheit gesagt.«

Droben auf dem Berg stieß Chewbacca einen triumphierenden Laut aus und deutete auf das Lager. Han schob sich müde an dem Kamm nach vorn und blickte gemeinsam mit seinen Be-

181

gleitern auf das Schauspiel des Chaos' hinunter. Die Eingreiftrupps und die anderen Verteidiger des Lagers hatten sie völlig vergessen.

Die Kriegsroboter gingen methodisch und getreu ihrem Auftrag daran, alles zu vernichten, was sich ihnen in den Weg stellte. Als erstes erlebte ein von einer Kuppel gedecktes Gebäude, in dem sich Reparaturwerkstätten befanden, die Macht der Kriegsmaschinen. Han sah, wie ein Roboter die Eingangstür der Kuppel zerschmetterte, während ein halbes Dutzend seiner Kameraden sich daran machte, die Schiebetüren herauszureißen. Hart geschmolzenes Sandgestein zerbröckelte wie trockene Erde unter ihren Fingern, und dann schob sich eine Gruppe von Xims Robotern ins Innere der Kuppel und demolierte dort die Arbeitsplätze und das schwere Gerät, riß Kranarme herunter und feuerte die Waffen ab, die in ihre stählernen Hände eingebaut waren. Hitzestrahler und Partikelwaffen blitzten und ließen gespenstische Schatten durch die Kuppel tanzen. Dann flammte das Gebäude auf. Das Feuer der Roboter durchstach die Kuppel, bohrte sich in den Himmel. Weitere Kriegsmaschinen drängten sich hinein, um alles zu zerfetzen, was sie vorfanden.

Und das gleiche tat sich überall in der riesigen Bergwerksanlage. Die Kriegsroboter mit ihrer beschränkten Denkfähigkeit nahmen ihre Befehle wörtlich und verwüsteten Gebäude und Maschinen mit demselben Einsatz, mit dem sie das Lagerpersonal angriffen. Ganze Kompanien der Kriegsmaschinen bewegten sich zwischen den verlassenen Autohunden, Schleppern und Baggern der Bergwerksanlage.

Die Roboter zerfetzten alles und setzten ihre ungeheure Kraft rücksichtslos ein. Einer von ihnen war imstande, ein kleines Fahrzeug binnen weniger Augenblicke in Stücke zu reißen; wenn sie auf größeres Gerät stießen, so fanden sich Gruppen, die zusammenarbeiteten. Gleisketten wurden von Raupenschleppern abgerissen, ganze Fahrzeuge vom Boden hochgehoben, die Achsen abgeknickt, Räder heruntergerissen, Führerkabinen heruntergefetzt und Motoren aus den Triebwerkschäch ten wie Spielzeug herausgerissen. Ein Bataillon arbeitete sich auf eine Halle zu, die die letzte Sendung Erz enthielt. Die Roboter rissen die Tore auf, schlugen mit den Armen um sich, feuerten, vernichteten alles, was sie fanden, und warfen die Stücke beiseite.

Unterdessen verwickelten die übrigen das Lagerpersonal in Einzelkämpfe und verwandelten das ganze Lager in eine Szene unglaublichen Chaos'. Kriegsroboter fluteten durch das Einsatzgebiet.

»Die gehen auf die *Falcon* los!« brüllte Han und rannte hinunter.

Badures Warnungen verhallten ungehört. Chewbacca raste hinter seinem Partner her; jetzt setzte sich auch Badure, gefolgt von Hasti, in Bewegung.

Skynx blieb allein zurück und starrte ihnen nach. Wenn er jetzt seinen Begleitern folgte, so bot das einige Sicherheit dafür, daß er das Puppenstadium nie erleben würde – aber dann wurde ihm klar, daß auch er zu jener seltsam zusammengewürfelten Gruppe gehörte und sich ohne sie eigenartig unvollständig vorkam. Jegliche gute ruurianische Vernunft in den Wind schlagend, wieselte er auf seinen kleinen Beinchen hinter ihnen her.

Unten angelangt, fand Han seinen Weg von einem der Roboter versperrt, der gerade damit beschäftigt war, einen der Bunker zu demolieren, indem er die durch Kernfusion erzeugten Wände in Stücke schlug. Der Roboter drehte sich zu Han herum, und seine Optiken fuhren etwas heraus, als sich ihre Brennweite anglich. Jetzt hob er seine Waffenhand und zielte.

Han riß den Sturmkarabiner hoch und feuerte auf kürzeste Distanz, wobei ihn der Rückstoß einige Schritte zurückwarf. Sein Feuer flammte blau auf der spiegelblanken Brust. Die Maschine selbst wurde einen Schritt zurückgetrieben und aufgerissen. Han ließ sein Visier zu dem Punkt hochwandern, wo der Schädelturm an dem gepanzerten Körper befestigt war.

Der Kopf brach ab, flog herunter, und aus dem geköpften Roboterleib schossen Rauch und Flammen. Han gab einen zweiten

Schuß ab, aber der Strahl der Mark II schimmerte nur noch schwach; die Waffe war fast leergeschossen. Immerhin reichte der Schuß aus, um den Roboter umzukippen, der mit einem weithin hallenden Klirren auf dem Boden aufprallte.

Inzwischen hatten weitere Kriegsroboter diesen Teil des Lagers erreicht. Chewbacca kam gerade rechtzeitig, als eine Maschine Han angriff. Der Wookie riß die Armbrust an die Schulter und zielte. Aber sein Geschoß prallte von der harten Brustplatte des Roboters ab; Chewbacca hatte vergessen, daß seine Waffe noch mit regulärer Munition anstatt mit Explosivgeschossen geladen war.

Han warf den jetzt nutzlos gewordenen Sturmkarabiner beiseite und zog seinen Blaster, schaltete ihn auf Höchstleistung. Chewbacca trat einen Schritt zurück, löste das Magazin von seiner Waffe und nahm eines der größeren von seinem Schultergurt. Han trat vor, um ihm Feuerschutz zu geben, und jagte einen Strahl nach dem anderen hinaus, zielte konzentriert auf den Schädelturm des näherrückenden Roboters. Vier Blasterschüsse brachten die Maschine in dem Augenblick zum Stehen, als sie das Feuer erwiderte. Han duckte sich unter dem Hitzestrahl weg, der an der Stelle, wo er gerade noch gestanden war, durch die Luft zischte. Während der Roboter zu Boden stürzte, beschrieb der Strahl einen Bogen nach oben.

Verteidiger, die hinreichend gut bewaffnet waren, leisteten massiert Widerstand mit Raketenwerfern, Granatwerfern, schweren Waffen und Mannschaftsgewehren. Lebende Geschöpfe und Kriegsmaschinen taumelten in einem Sturm von Energiestrahlen, Kugeln und Feuer hin und her. Vier Roboter hoben das verstärkte Dach von einer schachtelähnlichen Hütte ab, während die Männer, die sie verteidigten, wie wild feuerten. Die Schüsse der Verteidiger rissen ganze Brocken aus dem Erdreich und fetzten Fragmente der angreifenden Maschinen zur Seite. Jetzt rückten weitere Roboter nach. Die Verteidiger feuerten unentwegt, ließen ihre Waffen kreisen, aber es hatte keinen Sinn, die dachlose Hütte wurde schließlich umzingelt und verschwand kurz darauf hinter einer Mauer blitzender Feinde.

Nicht weit entfernt hatte ein Dutzend von J'uochs Leuten eine Feuerlinie in drei Rängen gebildet. Sie konzentrierten sich auf jeden Roboter, der ihnen nahekam, und konnten auf diese Weise für den Augenblick ihr Leben retten. An anderen Stellen arbeiteten sich die Bergleute zwischen den Felsen durch, um auf jene Maschinen zu feuern, welche die Steigung nicht schafften.

Aber ein großer Teil des Lagerpersonals fand sich von Robotern umzingelt. Dort tobten die wildesten Kämpfe – der unversöhnliche Kampfgeist der Roboter gegen die wilde Entschlossenheit der lebenden Geschöpfe. Menschen, Humanoiden und Nichthumanoiden wichen aus, rannten davon oder kämpften, so gut sie konnten. Die Kriegsroboter hingegen rückten einfach nur vor, überwanden Hindernisse oder wurden vernichtet, ohne dabei auf Selbstschutz bedacht zu sein.

Han sah, wie ein kräftig gebauter Maltorraner mit einem schweren Strahlbohrer in den Brachien von hinten an einen Roboter heranrannte und das Gerät gegen den Rücken der Maschine preßte. Der Roboter explodierte, und der Bohrer, der vom Rückschlag ebenfalls explodierte, tötete den Maltorraner. Zwei Bergwerkstechnikerinnen, zwei Menschenfrauen, hatten eine Grabmaschine erreicht und mühten sich entschlossen ab, die Reihen der Automaten zu durchbrechen, wobei sie viele unter den mächtigen Gleisketten der Grabmaschine zermalmten und geschickt manövrierten, um feindlichen Schüssen zu entgehen. Aber bald konzentrierte sich das Feuer zahlreicher Roboter auf sie und fand schließlich den Motor. Die Grabmaschine flog mit einer ohrenbetäubenden Explosion in Stücke. An einer anderen Stelle sah Han einen Roboter, der mit drei *W'iiri* kämpfte, die ihn von allen Seiten gepackt hielten und mit ihren Scheren an ihm zerrten. Die Maschine pflückte sie einen nach dem anderen herunter, zerschmetterte sie und warf sie zerbrochen und sterbend beiseite. Im nächsten Augenblick taumelte aber der Roboter selbst und brach zusammen, von dem Schaden, der ihm zugefügt worden war, bewegungsunfähig gemacht.

»Wir kommen niemals zur *Falcon* durch!« schrie Badure Han an. »Verschwinden wir hier!«

Jetzt rückten weitere Roboter heran. Zu dem Bergkamm unter dem Feuer der Maschinen zurückzukehren, kam nicht in Frage. Also schlug der alte Mann vor: »Wir können uns über die Brücke zurückziehen und uns bei den Baracken verstecken.«

Han blickte zur anderen Seite der Schlucht hinüber. »Das ist eine Sackgasse; es gibt keinen anderen Weg, um das Plateau zu verlassen.« Er erwog, die Brücke hinter ihnen in die Luft zu jagen, doch dazu würde er die Kanonen der *Millennium Falcon* oder die des Leichters brauchen.

Letzterer aber wurde selbst angegriffen. Ein Ring aus einem Dutzend Kriegsrobotern hatte sich um das Schiff gebildet. Alle feuerten wütend, während die Motoren des mächtigen Lastschiffes sich bemühten, es vom Boden abzuheben, und die Hauptbatterien das Feuer der Roboter erwiderten. Viele der Roboterwaffen waren verstummt, da ihre Energiequelle erschöpft war, aber dafür sammelten sich immer mehr der Automaten um den Leichter. Obwohl jede Salve des Schiffes fünf bis zehn Roboter vernichtete und sie als halbgeschmolzene Wracks davonwirbelte, sammelten sich Xims Maschinen um das Schiff, und ihre Waffenhände blitzten. Bald erreichte die Zahl der Belagerer einige Hundert.

Andere wandten ihre Aufmerksamkeit Gallandros Scoutschiff zu, und ihre Hitzestrahlen bohrten sich in seinen Rumpf. Der Leichter stieg jetzt schwankend auf, und seine Abwehrschirme glühten von dem konzentrierten Feuer, und seine schweren Kanonen entluden sich immer wieder. Als es dann so aussah, als könnte er sich retten, versagte einer der Schutzschirme – schließlich und endlich war der Leichter ein altes Industriefahrzeug und kein Schlachtschiff. Plötzlich war das ganze Schiff ein strahlender Ball aus Feuer, von dem abgerissene Rumpffragmente und geschmolzenes Metall in die Schlucht tropften. Die Detonation warf die Kämpfenden, Lebende ebenso wie Maschinen, zu Boden. Im nächsten Augenblick war Han wieder aufgesprungen und rannte mit dem Blaster in der Hand auf die *Falcon* zu, entschlossen, seinem geliebten Schiff nicht gleiches widerfahren zu lassen.

Auf der anderen Seite des Schlachtfeldes schloß sich ein Ring von Kriegsrobotern um den umgebauten Frachter und schickte sich an, ihn zu demolieren. Andere schoben das Wrack von Gallandros Schiff auf den Rand der Felsspalte zu.

Aber eine Maschine, viel kleiner als sie, versperrte den Weg zur *Millenium Falcon*. Sie wirkte zerbrechlich. Bollux' Brustplastron stand offen, und der Fotorezeptor von Blue Max starrte daraus hervor. Sein Vokoder gab die Signale, die er aus den Bändern von Skynx gelernt hatte, und die Geräte, die Bollux vom Podium mitgenommen hatte, verstärkten sie.

Der Vormarsch kam zum Stocken; die Kriegsroboter warteten verwirrt und sahen sich außerstande, sich in den widerspruchsvollen Befehlen zu orientieren. Jetzt erschien der Corpskommandant. Auf seiner Brustplatte blitzte das Totenkopfsymbol Xims. Er ragte über Bollux auf. »Tritt beiseite! Alles hier muß vernichtet werden!«

»Nicht dieses Schiff«, widersprach Max in der Kommandosprache. »Dieses Schiff soll verschont werden.«

Der hochragende Roboter studierte die zwei Maschinen. »Das war nicht unser Befehl.«

Max' Stimme, die durch das Horn, das Bollux vom Podium mitgenommen hatte, verstärkt wurde, klang hoch. »Befehle kann man ergänzen.«

Der mächtige Arm hob sich, und Bollux bereitete sich auf das Ende seiner langen Existenz vor. Statt dessen zeigte ein Metallfinger auf die *Falcon*, und das Kommando kam: »Verschont jenes Schiff.«

Mit bestätigenden Signalen zogen die anderen Kriegsroboter weiter. Der Corpskommandant musterte den Arbeitsdroiden und das Computermodul immer noch. »Ich kenne mich mit euch zwei Maschinen immer noch nicht aus. Was seid ihr?«

»Redende Türstopper, wenn du unseren Kapitän hörst«,

meinte Blue Max.

Der Corpskommandant stand vor Überraschung stocksteif da. »Humor! War das nicht Humor? Was ist aus den Maschinen geworden? Was für Automaten seid ihr?«

»Wir sind deine stählernen Brüder«, erwiderte Bollux.

Der Corpskommandant hatte darauf nichts zu erwidern und setzte seinen Weg fort.

Die Wellen von Robotern hatten Hans Bemühungen, sein Schiff zu erreichen, vereitelt. Einer, der über die Überreste einer Kanone und ihre getötete Mannschaft hinwegtrat, kam auf den Piloten zu. Han blickte gerade in eine andere Richtung und half Hasti, Blaster- und Disruptorschüsse auf Roboter abzugeben, die sich aus der entgegengesetzten Richtung näherten. Hans Schuß traf einen Schädelturm; Hasti, die weniger geübt war, zerfetzte einen Brustkasten. Badure feuerte auf einen anderen und hielt in jeder Hand eine langläufige Energiepistole.

Chewbacca trat dem heranrückenden Roboter in den Weg und feuerte seine Armbrust ab. Die Sehne schwirrte, und der Explosivbolzen detonierte am Brustpanzer des Roboters, durchlöcherte ihn, hielt die Maschine aber nicht auf. Der Wookie wich nicht zur Seite, sondern lud seine Armbrust, feuerte noch zweimal und traf diesmal Kopf und Mittelpartie des Roboters. Die Maschine rückte trotzdem unbeirrt näher. Sie hatte die Waffenhände erhoben, aber ihre Ladung war bereits im Kampf verbraucht. Chewbacca trat einen Schritt zurück und stieß mit Han zusammen, der in die andere Richtung feuerte.

Dann brach der Roboter nach vorn zusammen. Chewbacca, der in seinem Schatten stand, wäre zur Seite gesprungen, bemerkte aber, daß Han die drohende Gefahr überhaupt nicht wahrgenommen hatte. Der Wookie wischte den Piloten mit dem behaarten Arm beiseite, konnte jedoch selbst dem zusammenbrechenden Automaten nicht mehr ausweichen. Der Roboter traf ihn und preßte seinen rechten Arm und sein rechtes Bein am Boden fest. Skynx rannte zu ihm und begann hilflos an dem Wookie zu zerren.

Diesen Augenblick wählte sich ein anderer Roboter aus, um über den hinwegzusteigen, den Han und Hasti soeben gefällt hatten. Da Hastis Disruptor leergeschossen war, trat Han vor und merkte dann, daß der Warnpulsator seines Blasters an seiner Handfläche prickelte und ihn darauf aufmerksam machte, daß auch seine Waffe leergeschossen war.

Er wirbelte herum und rief seinen Freund und sah erst in diesem Augenblick, daß der Wookie versuchte, sich unter dem gestürzten Roboter herauszuwinden. Chewbacca hielt in seinen Bemühungen gerade lange genug inne, um Han mit einer Hand die Armbrust hinzuwerfen.

Han fing sie auf, drehte sich in einer fließenden Bewegung herum, ging auf ein Knie und drückte sich den Kolben an die Wange. Er betätigte den Abzug, und das Explosivgeschoß traf die herannahende Maschine an der Nahtstelle zwischen Schulter und Arm. Das Metallglied fiel herunter, und der Roboter zitterte, bewegte sich aber weiter.

Han versuchte, die Armbrust zu spannen, stellte jedoch ebenso wie der Mann in der Stadt fest, daß seine menschliche Kraft dazu nicht ausreichte. Trotzdem wich er nicht aus; Chewbacca lag unbeweglich direkt hinter ihm. Badure, der einige Meter entfernt war, konnte Hans Hilferufe nicht hören. Hasti feuerte mit der einzigen Waffe, die ihr geblieben war, auf die Maschine, aber obwohl sie einen ganzen Ladestreifen leerte, erzielten die Schüsse keinerlei Wirkung.

Han umfaßte die Armbrust fester, bereitete sich auf seine letzte, hoffnungslose Verteidigung vor.

Der Kriegsroboter schien den Himmel zu verdecken. Eine Maschine, die einem Alptraum entstammte. Aber plötzlich flog ihr Schädelturm in einem Regen verkohlter Stromkreise und zerrissener Energiekanäle auseinander, als ein nadelfeiner präzise gezielter Strahl ihren verletzlichsten Punkt getroffen hatte. Han war gerade noch geistesgegenwärtig genug, einen Schritt nach hinten zu springen, wobei er beinahe auf Chewbacca getreten wäre, als der Automat wie ein alter Baum zu seinen Füßen zusammenbrach.

Er sprang auf den Rücken der Maschine und überblickte das Schlachtfeld. Auf der anderen Seite winkte ihm eine graugekleidete Gestalt zu.

Gallandro! Der Revolvermann zeigte ein fahles Lächeln, dem Han nichts entnehmen konnte. Han drückte ab, ohne zu denken, und erinnerte sich dann daran, daß sein Blaster leer war. In diesem Augenblick erschien hinter Gallandro ein Roboter, der mit weit ausgebreiteten Armen auf ihn zustapfte. Han traf keine bewußte Entscheidung, sondern zeigte nur und rief eine Warnung.

Der Revolvermann war zu weit entfernt, um ihn zu hören, aber er sah Hans Wink und begriff. Instinktiv wirbelte er herum und duckte sich. Dadurch verfehlte ihn der kraftvolle Schlag des Roboters. In einer blitzschnellen Reaktion packte Gallandro den Arm, ließ sich von dem wieder zurückgleitenden Arm mitreißen und jagte der Maschine zwei schnelle Schüsse in den Kopf. Dann ließ er los und wurde davongeschleudert. Er landete leichtfüßig und gab auf die stürzende Maschine einen letzten Schuß ab.

Han beobachtete den Zwischenfall beeindruckt. Die weitaus gefährlichste Maschine von allen war also Gallandro. Der Revolvermann verbeugte sich sarkastisch vor Han, grinste spöttisch und war dann wie ein Gespenst wieder im Kampfgetümmel verschwunden. Die Luft war heiß von den Energiestrahlen der Schlacht. Chewbacca war unterdessen mit Hilfe von Skynx und Badure unter dem gestürzten Roboter herausgekrochen, während Hasti besorgt Wache hielt. Jetzt nahm Chewbacca seine Armbrust zurück, deutete mit einer schnellen Bewegung auf den Roboter, der Han um Haaresbreite getötet hätte, und bellte seine Frage.

»Das war *er*, Gallandro«, erklärte Han seinem Partner. »Ein gebündelter Strahl aus fünfzig oder sechzig Meter.«

Der Wookie schüttelte verblüfft und mit fliegender Mähne den Kopf.

Für sie gab es jetzt kein anderes Ziel mehr als den Wohnbereich des Lagers auf der anderen Seite der Brücke. »Würdet ihr zwei jetzt aufhören, miteinander zu quasseln, und euch endlich in Bewegung setzen?« rief Hasti. »Wenn wir uns nicht beeilen, umzingeln die uns noch.«

Sie strebten, so schnell sie konnten, auf die Brücke zu. Jeder von ihnen hatte eine Anzahl kleinerer Verletzungen und Wunden davongetragen. Sie hatten instinktiv einen Verteidigungsring gebildet, an dessen Spitze Badure mit seinen Energiepistolen lief, Hasti zu seiner Rechten und Skynx zu seiner Linken, während Chewbacca und Han die Nachhut bildeten. Eine metallische Stimme rief Hans Namen.

Irgendwie brachte Bollux es fertig, in den gedehnten Klang seines Vokoders den Ausdruck ungeheurer Erleichterung hineinzulegen. »Wir sind so froh, daß Sie alle in Sicherheit sind. Die *Millennium Falcon* ist unversehrt, zumindest für den Augenblick. Aber ich weiß nicht, wie lange das noch der Fall sein wird. Unglücklicherweise ist sie im Augenblick völlig unzugänglich.«

Han wollte wissen, wie das zu verstehen sei, aber Bollux unterbrach ihn: »Dafür ist jetzt keine Zeit. Ich verfüge über die Mittel, um Ihre Lage zu verbessern, aber ehe ich sie einsetzen kann, müssen Sie die andere Brückenseite erreichen.«

»Geht klar, Bollux! Also, bißchen Tempo!«

Sie rannten weiter. Der Angriff hatte die Brücke bis jetzt noch nicht erreicht, aber der Widerstand brach schnell zusammen.

Am Eingang zur Brücke blieb Bollux stehen. »Ich werde hier bleiben, Sir. Sie müssen alle hinüber.«

Han sah sich um. »Was willst du tun? Sie zum Selbstmord überreden? Du bleibst besser bei uns. Wir schaffen dich auf das Plateau.«

Der Droid weigerte sich, es klang seltsam aufrichtig: »Vielen Dank für Ihre Besorgnis, Sir; Max und ich fühlen uns geschmeichelt. Aber Sie können versichert sein, daß wir nicht die Absicht haben, uns zerstören zu lassen.«

Han kam sich lächerlich vor, daß er mit einem Droiden stritt, sagte aber trotzdem: »Jetzt ist nicht die Zeit für Edelmut, Alter.«

Bollux, der sah, wie die Kriegsroboter heranrückten, blieb hartnäckig. »Ich muß wirklich darauf bestehen, daß Sie gehen, Sir. Unsere Grundprogrammierung läßt nicht zu, daß Max und ich mitansehen, wie Sie hier Schaden erleiden.«

Sie setzten sich widerstrebend in Bewegung. Hasti ging neben dem müden Skynx. Badure tätschelte dem Droiden die harte Schulter und trottete davon, und Chewbacca winkte mit seiner Pranke. »Kümmere dich um Max«, sagte Han, »und paß auf, daß du nicht verschrottet wirst, alter Junge.«

Bollux sah ihnen nach und suchte sich dann auf seiner Brückenseite ein Versteck zwischen den Felsbrocken.

Han und seine Begleiter schlurften müde über die Brücke. Sie waren nicht die einzigen; rings um sie gab es auch noch andere, die den Überfall der Roboter überlebt hatten und jetzt zurückfielen, um sich zum letzten Gefecht zu stellen. Als sie die Hälfte der Brücke hinter sich gebracht hatten, stießen sie auf die Leiche einer Bergwerkstechnikerin, die gestorben war, ehe sie den Zufluchtsort erreicht hatte, eine *T'rinn*, deren buntes Federkleid jetzt vom Kampf verkohlt und teilweise weggebrannt war. Han nahm ihr mit einer fast zärtlichen Bewegung den Raketenwerfer aus den leblosen Klauen. Die Waffe enthielt noch ein halbgefülltes Raketenmagazin. Er richtete sich gerade auf, als sich eine Gestalt aus dem Strom der Fliehenden löste und, einen leeren

Nadelstrahler schwingend, auf ihn losging.

»Mörder!« kreischte J'uoch, und ihr erster Schlag streifte den Piloten über dem Ohr. »Du hast meinen Bruder getötet! Dafür werde ich dich umbringen, du schmutziges Tier!«

Benommen wich Han zurück, um den Schlägen auszuweichen, die sie auf ihn herunterhageln ließ. Er hob den Arm, um sich zu schützen.

Chewbacca hätte die hysterische Frau von seinem Freund weggerissen, aber im gleichem Augenblick traf ihn von hinten ein mächtiger Schlag. Der Wookie fiel auf die Knie, und die Armbrust entglitt seinem Griff, als ein ungeheures Gewicht über ihn hereinbrach: Egome Fass. Die zwei riesigen Geschöpfe wälzten sich übereinander, rangen, rissen aneinander. Zurückweichende Bergleute machten einen Bogen um sie; sie interessierte jetzt nur das Überleben.

Badure, den der bisherige Kampf sehr mitgenommen hatte, richtete seine Energiepistole etwas unsicher auf J'uoch. Aber ehe er feuern konnte, hatte Hasti sich auf die Frau geworfen, die ihre Schwester Lanni getötet hatte. Sie kämpften, rissen und zerrten aneinander, traten sich, fanden Kraftreserven in ihrem wechselseitigen Haß.

Badure zog Han in die Höhe, als J'uoch gerade Hasti an der Kehle packte. Aber Hasti konnte sich dem Griff entwinden, ließ sich fallen und fuhr herum, trieb der anderen die Schulter in den Leib und schob sie zurück. J'uoch wurde gegen das hüfthohe Brückengeländer geworfen und verlor das Gleichgewicht. Sie fiel schreiend, mit flatterndem Overall, in die Tiefe, schlug wild mit Armen und Beinen um sich. Hasti hatte sie mit solcher Wucht gestoßen, daß sie beinahe selbst auch noch über das Geländer getorkelt wäre.

Badure konnte sie gerade noch zurückreißen. Sie rang schluchzend nach Atem, ihr Puls raste. Dann wurde ihr klar, daß das Brüllen, das sie hörte, nicht nur eine Täuschung ihrer Sinne war. Chewbacca und Egome Fass hatten jetzt ernsthaft die Feindseligkeiten eröffnet.

Dies war das zweitemal, daß J'uochs Muskelpaket den Wookie von hinten niedergeschlagen hatte. Was der Erste Maat der *Falcon* jetzt empfand, ließ sich nur schwächlich mit dem Ausdruck »Wut« beschreiben. Han winkte Badure weg, als der alte Mann Anstalten machte, Egome Fass zu erschießen.

Die beiden Riesen schlugen aufeinander ein, versuchten sich zu packen, während Han am Geländer lehnte und dem Kampf zusah.

»Werden Sie ihm nicht helfen?« stieß Hasti hervor. Ihr Gesicht zeigte die Kratzer und sonstigen Spuren ihres eigenen Kampfes.

»Das wäre Chewie nicht recht«, sagte Han und blickte zu den Robotern hinüber, die sich am Ende der Brücke sammelten. Aber dann zog er doch eine Pistole aus Badures Gürtel, für den Fall, daß die Auseinandersetzung sich nicht so entwickeln sollte, wie er das wünschte.

Egome Fass hatte Chewbacca in eine Art Würgegriff genommen. Anstatt sich dem Griff zu entwinden oder irgendeinen Trick anzuwenden, entschied sich der Wookie dafür, den Arm seines Widersachers mit beiden Händen zu packen und einen Wettstreit schierer Stärke daraus zu machen. Egome Fass war kräftiger gebaut, Chewbacca dafür behender, aber die Frage brutaler Kraft stand noch offen. Ihre Arme zitterten, und man konnte sehen, wie sich die Muskelpakete an ihren Rückenpartien spannten.

Stück für Stück wurde der Arm von Chewabaccas Kehle weggedrängt. Der Wookie zeigte in wildem Triumph seine Fänge und sprengte den Griff schließlich ganz. Aber Egome Fass war mit den Kraftproben noch nicht fertig. Er sprang seinen Widersacher an, um ihn in eine tödliche Umarmung zu nehmen. Chewbacca nahm sie an.

Sie taumelten vor und zurück, zuerst lösten sich die Füße des Wookie von der Brücke, dann die seines Gegners. Beide setzten alle Kräfte ein. Egome Fass' Füße wurden von der Brücke abgehoben und blieben oben, als der Wookie ihn hochstemmte, wo-

bei seine Muskeln wie Stahlkabeln unter seinem Pelz hervortra-
ten. Jetzt wurden die Anstrengungen von Fass gehetzter, weniger aggressiv. Man spürte, daß ihn Panik beherrschte. Dann
krachte etwas, und Fass' Körper sackte zusammen. Chewbacca
ließ ihn los, und das Muskelpaket fiel schlaff auf den Boden der
Brücke. Der Wookie mußte sich auf das Geländer stützen, so geschwächt schien er.

Han ging mit dem Raketenwerfer auf der Schulter auf ihn zu.
»Du fängst an nachzulassen; zwei Ansätze, um einen solchen
Schwachkopf fertigzumachen.« Er lachte und verpaßte dem
Wookie einen spielerischen Schlag auf die Schulter.

»Genug, genug«, protestierte Skynx und zerrte an Hans rot
abgesetztem Hosenbein. »Die Roboter sind bereit zum Angriff;
Bollux hat gesagt, wir müssen die Brücke überqueren.«

Han wußte nicht, welche Chance der Arbeitsdroid hatte, die
stählerne Horde aufzuhalten, aber er und die anderen gehorchten Skynx' Bitten. Es gab niemanden, der ihnen am Ende
der Brücke würde helfen können. Die Bergleute, die die Brücke
inzwischen überquert hatten, hatten sich entweder daran gemacht, in den Bauwerken Barrikaden zu errichten oder sich irgendwo zwischen den Felsen zu verstecken.

Han hielt an, als er wieder auf festem Grund stand. Er setzte
sich hin und blickte über die Brücke. »Wir können ebensogut
hier warten.«

Niemand hatte Einwände. Badure gab Hasti eine seiner Pistolen, während Chewbacca ein neues Magazin in seine Armbrust
schob. Hasti legte Han den Arm um den Hals und küßte ihn auf
die Wange. »Versuchen wir's«, sagte sie.

Bollux kauerte zwischen den Felsbrocken auf der anderen Seite
der Brücke. Das Bergwerksgelände war jetzt völlig verwüstet.
Die Maschinen waren verbrannt, die Bauten dem Erdboden
gleichgemacht, und nirgends war ein lebendes Wesen zu sehen.

Der Corpskommandant hatte mit schrillen Lauten seine gesamte Streitmacht zusammengerufen. Jeglicher Widerstand war

niedergeworfen worden; jetzt galt es nur noch, sich das Barakkengelände auf der anderen Brückenseite vorzunehmen, dann würde ihr erster Kampfeinsatz seit Generationen erfolgreich abgeschlossen sein.

Bollux wartete und wollte sich nicht einmischen. Das wäre sinnlos gewesen, das wußte er; sie waren so völlig anders als er. Die Maschinen sammelten sich zu Hunderten um ihren Kommandanten. Der wies mit seinem langen stählernen Arm den Weg und glänzte im blauweißen Licht wie eine Statue des Todes. Er stampfte auf die Brücke zu, und seine schreckeneinflößenden Truppen drängten sich hinter ihm. Aber als die Kriegsroboter seinen Standort erreicht hatten und gerade im Begriff waren, die Brücke zu betreten, löste Bollux mit der Anlage, die er vom Podium mitgebracht hatte, das Kommandosignal aus.

Der Corpskommandant verfiel in Marschtritt, als die Signale ihn erreichten. Er stellte sie nicht in Frage; die Befehle waren automatisch, militärisch, auf einen Bestandteil seines Wesens abgestimmt, das nicht zweifeln oder grübeln konnte. So war er konstruiert.

Hinter dem Kommandanten reagierten die anderen Kriegsroboter ebenso auf das Signal, bildeten Zehnerreihen im Gleichschritt mit ihrem Anführer. Sie füllten die Brücke von einem Geländer bis zum anderen und marschierten mit lupenreiner Präzision. Füße aus Metall stampften, Arme schwangen den Takt dazu.

»Wird es funktionieren?« fragte Bollux seinen Freund.

Blue Max, der ihre beiden Audioempfänger fein abgestimmt hatte, lauschte angestrengt und bedeutete dem Droiden, ihn in diesem kritischen Augenblick nicht zu stören. Auf Max' Anweisung hin veränderte Bollux den Takt der Marschierenden, paßte die Vibration im Schritt der Roboter der natürlichen Frequenz der Brücke an und erzeugte so eine kräftige Resonanz. Die Kriegsroboter marschierten weiter, um für einen Herrscher eine Schlacht zu schlagen, der seit Generationen tot war. Die Brücke begann zu erbeben, Staub erhob sich und legte sich wie ein

Schleier über sie. Balken zitterten, Stützen spannten sich, die Perfektion ihres Marschtritts machte aus den Robotern einen einzigen unvorstellbar mächtigen Hammer. Immer mehr schoben sich auf die Brücke und nahmen den Schritt auf, verstärkten die Erschütterungen.

Schließlich dröhnte die Brücke selbst unter ihnen, als Max das perfekte Tempo gefunden hatte. Jetzt waren alle Roboter auf der Brücke und hatten keinen anderen Gedanken, als die andere Seite zu erreichen und den Feind anzugreifen.

Han und die anderen richteten sich auf, warteten. »Dann hat Bollux wohl seinen Plan nicht verwirklichen können«, sagte Han. Die erste Reihe, die hinter dem glitzernden Anführer einherschritt, war inzwischen groß geworden. »Wir müssen uns zurückziehen.«

»Dafür ist kein Platz«, erinnerte ihn Hasti niedergeschlagen.

Plötzlich rief Skynx aus: »Schaut doch!«

Das tat Han, er spürte ein seltsames Vibrieren durch seine Stiefelsohlen. Die Brücke erzitterte im Takt mit dem Marschtritt der Roboter, ihre Balken ächzten und spannten sich unter der Last, die sie nicht bewältigen konnte. Mit stampfenden Füßen marschierten die Roboter weiter.

Dann war ein Knacken zu hören, das von einem kreischenden Laut begleitet war; die Vibration hatte ein Glied gefunden, das ihr nicht gewachsen war. Ein Balken bog sich und verdrehte sich in seiner Bettung aus Beton. Die Bettung war dieser Bewegung nicht gewachsen, und der Balken zerriß. Alle Stützglieder an jenem Teil der Brücke gaben nach.

Elektronische Klagerufe der Kriegsmaschinen waren zu hören, das Knacken uralter Nieten in den Trageplatten der Stützbalken. Einen Augenblick lang hing das ganze, dem Untergang geweihte Gebilde – Roboter und Brücke – frei im Raum. Dann fielen alle mit mächtigem Getöse in die Spalte, aus der Wolken von Felsstaub und Rauch aufstiegen.

Han wischte sich den Staub aus den Augen und spuckte. Zwischen den Staub- und Rauchschwaden konnte er tief unten

Brückenglieder und zerdrückte Panzerplatten sehen, elektrisches Feuer aus überladenen Energiepaketen und kurzgeschlossenen Waffen. Plötzlich erschien Bollux auf der anderen Seite der Spalte. Er winkte mit steifen Armen. Han erwiderte sein Winken und lachte. *Von jetzt an sind diese zwei Vollmitglieder der Mannschaft.*

Und dann ließ ihn ein neues Geräusch aufblicken. Er stieß einen corellianischen Fluch aus. Die *Millenium Falcon* startete. Auf brüllenden Schubdüsen stieg sie auf und schwang sich über den Abgrund. Han und Chewbacca sahen verzweifelt zu, wie ihnen ihr Schiff vor der Nase weggeschnappt wurde, trotz all ihrer Mühe.

Dann aber setzte der Frachter behutsam auf ihrer Seite der Schlucht auf. Sie erreichten ihn, als die Rampentore sich öffneten und sich die Hauptrampe unter dem Cockpit hervorschob. Die Hauptluke rollte in die Höhe, und da stand Gallandro. Er hieß sie mit einem Lächeln willkommen, seine Waffe steckte im Halfter, seine gepflegte Kleidung und das auffällige Tuch waren schmutzig. Aber davon abgesehen, sah er für einen, der gerade quer durch eine Herde von Kriegsrobotern gewatet war, nicht schlecht aus.

Der Revolvermann deutete eine spöttische Verbeugung an. »Ich sah mich veranlaßt, mich tot zu stellen. Ich konnte nicht an das Schiff heran, bis alle Roboter weg waren, sonst hätte ich Ihnen mehr Hilfe geleistet. Solo, diese Droiden, die Sie da haben, sind unbezahlbar.« Dann verschwand sein Lächeln. »Und das ist Xims Schatz auch, wie? Sie spielen diesmal um hohen Einsatz. Mein Kompliment.«

»Und dazu haben Sie mich vom Kommerzsektor bis hierher verfolgt, um mir das zu sagen?«

Chewbacca hatte die Armbrust auf Gallandro gerichtet, aber Han wußte, daß selbst das keine Garantie gegen die unglaublich schnellen Reflexe des Mannes war.

Der Revolvermann verzog den Mund. »Ursprünglich nicht. Ich war über unser kleines Zusammentreffen dort ziemlich verstimmt. Aber ich bin ein Mann der Vernunft; ich bin bereit, angesichts der in Rede stehenden Beträge darüber hinwegzusehen. Geben Sie mir einen vollen Anteil, dann vergessen wir unseren Groll. Und Sie bekommen ihr Schiff zurück. Wäre das nicht fair?«

Han blieb argwöhnisch. »So plötzlich wollen Sie Frieden schließen?«

»Der Schatz, Solo, der Schatz. Xims Reichtum ist grenzenlos und würde die Zuneigung eines jeden kaufen. Alle anderen Überlegungen sind zweitrangig; das müßte doch eigentlich auch zu ihrer Philosophie passen, oder?«

Han war verwirrt. Hasti, die von hinten herangetreten war, sagte: »Vertrauen Sie ihm nicht.«

Gallandros blaue Augen richteten sich auf sie. »Ah, die junge Dame! Wenn er mein Angebot nicht annimmt, geht es Ihnen auch schlecht, meine Liebe. Die Waffen dieses Schiffes funktionieren.« Seine Stimme wurde jetzt eisig, mit der Schauspielerei war jetzt Schluß. »Entscheiden Sie sich!« wies er Han scharf an.

Die Verteidiger kamen jetzt aus den Baracken hervor. Sie hatten gesehen, wie die Brücke zusammengebrochen und das Schiff gelandet war. Gleich würde die Flucht um vieles schwieriger werden.

Han drückte Chewbaccas Armbrust herunter. »Alle an Bord, es geht weiter.«

In wenigen Augenblicken hatte Han am Steuer Platz genommen, und sie waren gestartet. Er stieß lästerliche Flüche über die Techniker aus, die das Sternenschiff auf der Suche nach der Logrecorderscheibe halb zerlegt und miserabel wieder zusammengesetzt hatten.

»Warum hat J'uoch denn das Schiff überhaupt reparieren lassen?« wollte Badure wissen.

»Sie hatte entweder vor, es selbst zu behalten oder es zu verkaufen«, erklärte Gallandro. »Sie hat versucht, mir eine ziemlich lahme Geschichte glaubhaft zu machen, die ihre Meinungsverschiedenheiten mit Ihnen erklären sollten. In Anbetracht dessen aber, was ich bereits in Erfahrung gebracht hatte, war es nicht schwer, die Wahrheit zu erraten.«

Han ließ das Schiff über dem Lager schweben.

»Was ist mit den anderen Bergarbeitern, mit denen, die überlebt haben?« fragte Hasti.

»Die haben Lebensmittel, Waffen und Vorräte«, sagte Badure. »Die können durchhalten, bis ein Schiff auftaucht, oder sie können sich bis zur Stadt durchschlagen.«

Han hatte inzwischen die gegenüberliegende Seite der Schlucht erreicht und setzte zur Landung an. Eine glänzende, metallene Gestalt erwartete sie. Chewbacca ging nach hinten, um Bollux an Bord zu lassen.

»Wie Sie schon sagten«, meinte Han, zu Gallandro gewandt, »es sind wirklich wertvolle Droiden.«

»Ich sagte, ›unbezahlbar‹«, verbesserte ihn Gallandro. »Jetzt, da wir Kameraden sind, würde ich Sie nie mit der Andeutung beleidigen, daß Sie weich geworden sind. Darf ich mich erkundigen, was wir als nächstes unternehmen?«

»Wir sammeln Informationen«, erklärte Han und startete wieder. »Wir brauchen taktische Informationen, die wir nur von Ortsansässigen bekommen können. Wir werden ein paar Leute dieses Planeten zum Schwitzen bringen und herausfinden, was das alles zu bedeuten hatte.«

Die Überlebenden, die die Kriegsroboter aktiviert hatten, hatten sich dafür entschieden, lieber in einem großen Schwebefahrzeug zu entkommen, als sich in einer ganzen Flotte über die Ebene auszubreiten. Ein paar Anflüge und eine Salve aus den Geschützen der *Falcon* brachte sie zum Anhalten. Sie gaben den Widerstand auf und warteten.

Han ließ klugerweise Chewbacca an den Kontrollen des Schiffes. Er und die anderen gingen mit ihren inzwischen wieder aufgeladenen Waffen hinaus, um die Überlebenden zu stellen. Hasti, die als erste die Rampe hinuntereilte, fuchtelte drohend mit ihrer Pistole und zerrte einen aus dem Floß. Han und Badure mußten sie von dem Mann losreißen, während Gallandro amüsiert und Skynx etwas verwirrt zusahen.

»Das ist er, das sage ich euch!« schrie sie und versuchte, den verängstigten Mann erneut zu attackieren. »Ich habe die weiße Strähne in seinem Haar erkannt! Es ist der Assistent des Bewahrers der Stahlkammern!«

»Nun, trotzdem hilft es nichts, ihn bewußtlos zu schlagen«, meinte Han und wandte sich selbst dem Mann zu. »Am besten packen Sie aus, sonst lasse ich sie wieder los.«

Der andere leckte sich die trockenen Lippen. »Ich kann nichts sagen, das schwöre ich. Wir werden schon in frühester Jugend dazu konditioniert, die Geheimnisse der Überlebenden nicht preiszugeben.«

»Altmodische Hypnose«, tat Han die Bemerkung gleichgültig ab. »Nichts, das sich nicht überwinden ließe, wenn wir Ihnen nur genügend Angst machen.«

Gallandro trat mit einem eisigen Lächeln vor, zog in einer einzigen flüssigen Bewegung die Pistole und justierte sie mit einer Hand. Ein Strahl zischte vor den Füßen des Gefangenen in den Boden und schwärzte das Gras. Der Mann wurde blaß.

Bollux war herangetreten, sein Brustplastron stand offen. »Es gibt eine bessere Methode«, riet Blue Max. »Wir müssen nur seine Konditionierung umgehen, dann können wir alles erfahren, was wir wollen. Wir können ein Stroboskop aufstellen und es auf dieselben Lichtmuster einrichten, die die Überlebenden benutzen.«

Gallandro war noch etwas ungläubig. »Frage, Computer: Kannst du die Lichtpulse der Überlebenden genau duplizieren?«

»Hören Sie auf, mit mir zu reden, als ob ich irgendeine *Küchenmaschine* wäre«, schnarrte Max.

»Ich bitte um Entschuldigung«, sagte Gallandro höflich. »Das vergesse ich immer wieder. Also, fangen wir an?«

Die *Millennium Falcon* bewegte sich mit einer für ihre Verhältnisse konservativen Geschwindigkeit durch den Luftraum Dellalts. Trotzdem brauchte Han nur wenige Minuten, um die Stadt zu erreichen.

Gallandro war irgendwo im Schiff mit Hilfe von Bollux damit beschäftigt, seine Ausrüstung zu vervollständigen. Hasti und Badure hatten auf den Plätzen des Navigators und des Fernmeldeoffiziers hinter Han und Chewbacca Platz genommen. Skynx, dessen Wunden ebenso wie die ihren behandelt und verbunden worden waren, hatte sich auf Hastis Schoß zusammengerollt.

»Es fällt wirklich schwer, sich das vorzustellen«, sagte Hasti. »So viele Jahre! Wie kann man ein Geheimnis Generationen lang bewahren?«

»Geheimnisse sind über ganze Zeitalter hinweg bewahrt worden«, erklärte Badure. »In diesem Fall war es ganz leicht. Die Organisation der Überlebenden hat in Wirklichkeit ja zwei Schichten. Die Tölpel lebten und starben dort in den Bergen und warteten die Kriegsroboter und hielten hin und wieder ihre Zeremonien ab. Und dann gab es die anderen, diejenigen, die das Geheimnis um Xims Schatz kannten und auf den Zeitpunkt warteten, in dem sie es nutzen konnten.«

»Aber sie sind doch schon als Kinder konditioniert worden, nicht wahr?« fragte Han.

»Und als Lanni zufällig auf den Bergstützpunkt stieß und dort die Logrecorderscheibe fand und sie in den Stahlkammern in das Schließfach legte«, murmelte Hasti mit belegter Stimme, »konnte sie unmöglich wissen, daß der Bewahrer der Stahlkammern der Organisation der Überlebenden angehörte.«

So hatte ihr Gefangener es ihnen dargelegt, als man schließlich seine Konditionierung durchbrochen hatte. Er hatte die Scheibe sofort in das Berglabyrinth der Überlebenden zurückgeschickt, als er sie wieder in seinen Besitz hatte bringen können.

Und dann hatte er ein nicht existentes Stimmcodegerät erfunden, um Lanni, Hasti oder sonst jemanden daran zu hindern, sie wieder abzuholen. Es war ihm sehr wohl bewußt, daß J'uoch von Lanni etwas erfahren hatte, ehe sie diese getötet hatte, und daß die Frau aktiv darum bemüht war, diese Scheibe in ihren Besitz zu bekommen. Er hatte ihr über Doppelagenten der Überlebenden die Nachricht zugespielt, daß die *Millennium Falcon* gelandet wäre, im Wissen, daß er dem Sternenschiff, sollte es die Stahlkammern gewaltsam angreifen, nicht gewachsen wäre. Andererseits wußte er, daß J'uoch dies sehr wohl war, und er hoffte, Hasti und die anderen würden im Kampf getötet werden, womit die ganze Angelegenheit erledigt gewesen wäre.

Statt dessen hatte J'uoch einen Hinterhalt gelegt, der zur Eroberung der *Falcon* geführt hatte. Als J'uoch dann die Scheibe nicht an Bord des Sternenschiffs aufgefunden hatte, hatte sie in den Stahlkammern gezielte Nachforschungen angestellt. Dem Bewahrer war es gelungen, sie aufzuhalten. Es war ihm aber sehr wohl auch bewußt gewesen, daß es nur eine Frage der Zeit war, bis sie sich ihrerseits gewaltsam Zugang zu den Schließfächern verschaffen und ihn einem wesentlich unangenehmeren Verhör unterziehen würde. Das war für ihn der Anstoß gewesen, das Wächtercorps aus seinem langen Schlaf zu wecken und es gegen das Bergwerkslager zu schicken, um es zu zerstören. Die Kriegsroboter, die im Hinblick auf einen Notfall genau dieser Art über Generationen hinweg gepflegt und gewartet worden waren, hätten dieses Ziel beinahe erreicht.

»Warum sitzen denn die Überlebenden nach so viel Zeit immer noch auf ihrem Geld?« wunderte sich Han.

»Die Alte Republik war stabil und unbesiegbar«, antwortete Badure. »Sie hatten nicht die leiseste Hoffnung, gegen sie zu bestehen, selbst unter Einsatz von Xims Reichtum nicht. Erst jetzt, wo das Imperium anfängt, Schwierigkeiten zu haben, witterten die Überlebenden eine Situation, die sie ausnützen zu können glaubten, insbesondere hier in der Tion-Hegemonie. Ich wette, daß es an vielen Stellen der Galaxis heute ähnliche Bestrebungen gibt.«

»Ein neuer Xim und eine neue Tyrannei«, sinnierte Hasti. »Wie konnten sie so etwas glauben, selbst bei ihrer Konditionierung?«

»Sie können eines glauben«, sagte Han, der auf die schnell unter ihnen dahinziehende Landschaft hinunterblickte. »Die Überlebenden werden einen gigantischen Verlust erleiden.«

»Sollten wir nicht ein größeres Schiff haben?« erkundigte sich Hasti.

Han schüttelte den Kopf. »Zuerst vergewissern wir uns, daß der Schatz da ist, und schaffen alles, was wir tragen können, in die *Falcon*. Dann bauen wir eine Geschützbatterie und ein paar Schirmgeneratoren aus. Gallandro und ich werden die Festung halten, während ihr euch auf die Suche nach einem größeren Schiff macht. Das sollte nicht zuviel Zeit in Anspruch nehmen.«

»Und was wirst du mit deinem Anteil an dem Geld machen?« fragte Badure beiläufig. Er sah die Zweifel und eine Spur von Verwirrung im Gesicht des Piloten.

»Darüber werde ich mir Gedanken machen, sobald ich einen Stapel Credits habe, der so groß ist, daß ich mir ein Lagerhaus mieten muß«, erwiderte Han schließlich.

Gallandro, der das Cockpit gerade betreten hatte, sagte: »Sehr gut ausgedrückt, Solo. Ein wenig geradeheraus, aber genau richtig.« Er warf einen Blick auf die Instrumente. »Wir sind gleich da. Ich habe schon lange keine Bank mehr ausgeleert; irgendwie hat das einen besonderen Reiz.«

Han verkniff sich eine Antwort und steuerte das Sternenschiff in eine Sturzflugbahn. Die *Falcon* tauchte vor ihrem eigenen Überschallknall aus dem Himmel. Dellaltianer, die sich in der Umgebung der Stahlkammer befanden, sahen, wie plötzlich das Schiff mit donnernden Bremsdüsen und ausgefahrenen Landestützen, die wie Klauen wirkten, über ihnen auftauchte. Sie suchten Deckung, als die Schockwelle des Frachters sie einholte und den Boden erzittern und die Gebäude erbeben ließ. Dann setzte die *Falcon* auf der dachlosen Säulenhalle vor der einzigen Tür der Stahlkammern auf.

Die Außensprecher der *Falcon* dröhnten und heulten im Klang der Notsirenen. Ihre visuellen Warnsysteme blitzten grell. Alles trug dazu bei, höchste Konfusion zu erzeugen, in der niemand sich orientieren, geschweige denn die Mannschaft der *Falcon* an dem hindern konnte, was sie beabsichtigten.

Die Rampe fuhr aus, und Han und Gallandro rannten mit schußbereiten Blastern heraus. Hinter ihnen folgten Badure, Hasti und Skynx. Das Mädchen hatte immer noch Einwendungen: »Sind Sie auch ganz sicher, daß es keine andere Möglichkeit dafür gibt?« Han mußte ihr das, was sie sagte, von den Lippen ablesen, weil er in dem Höllenlärm keinen Ton verstehen konnte. Er schüttelte den Kopf. Chewbacca mußte an den Kontrollen bleiben, weil er das Schiff kannte und weil Han nur dem Wookie die *Falcon* anvertrauen wollte. Auch Bollux blieb zurück, um ebenfalls einen Fotorezeptor auf die Instrumente zu richten für den Fall, daß dem Ersten Maat etwas entgehen sollte. Han wollte, daß wenigstens zwei Leute die Haupttür bewachten: Hasti und Badure. Er und Gallandro würden die Suche übernehmen und Skynx zum Übersetzen mitnehmen.

Das ganze Areal schien ihnen ziemlich sicher; die Dellaltianer waren in keiner Weise darauf vorbereitet, sich mit einem bewaffneten Sternenschiff auseinanderzusetzen. Han winkte seinem Partner im Cockpit und fügte, obwohl der andere ihn natürlich nicht hören konnte, hinzu: »Feuer, Chewie!«

Aus den vorderen Geschütztürmen der *Falcon* zuckten rote Strahlen und konzentrierten sich auf die geschlossene Tür der Schatzkammer. Rauch hüllte binnen Sekunden die Tür ein, als die vier Laser ihre feurige Schrift über sie zogen. Rotes Kanonenfeuer brannte durch Material, das Generationen überdauert hatte, brannte glühende Furchen hinein. Keine Waffe ihrer Zeit hätte die Tür so leicht durchdringen können, aber jetzt dauerte es nur Augenblicke, bis die Tür ihren Widerstand aufgab und in Stücke zerbrach.

Wieder gab Han ein Zeichen, und Chewbacca stellte das Feuer ein. Der Rauch wehte im kühlen Wind davon und ließ ein gähnendes Loch erkennen, dessen rotglühende Ränder schnell abkühlten.

»Bewaffneter Raub«, lachte Gallandro. »Dem kommt doch nichts gleich.«

»Gehen wir hinein«, meinte Han. Sie rannten los und sprangen hintereinander durch die gähnende Tür. Hasti und Badure folgten gleich nach ihnen. »Bleibt hier und haltet die Verbindung mit Chewie«, trug Han ihnen auf.

Badure setzte Skynx ab.

»Vergessen Sie die Verteidigungssysteme nicht!« rief Hasti, als Han, Gallandro und Skynx weiterrannten. Sie hatten unter anderem von ihren Gefangenen erfahren, daß die Schatzkammern mit Sicherheitssystemen ausgestattet waren; das Auftauchen irgendeiner Feuerwaffe in einer Schutzzone würde automatische Waffen auslösen.

Sie drangen tiefer in die düstere Finsternis des mächtigen Vorraumes ein. Han sah den Mann nicht, der mit erhobener Waffe von der Seite auftauchte, aber Gallandro bemerkte die Bewegung, zog und feuerte im selben Augenblick. Der Hüter stieß einen lauten Schrei aus, hielt sich den Leib und brach dann auf dem gekachelten Boden zusammen. Der Revolvermann stieß den Disruptor, den der Hüter hatte fallen lassen, mit dem Fuß beiseite.

»Das dürfen Sie nicht, dürfen Sie nicht«, jammerte der weißbärtige Mann. »Wir haben diese Kammern bewahrt, seit man sie uns anvertraute, und niemand hat sie besudelt.« Seine Lider flatterten und schlossen sich für immer.

Gallandro lachte. »Wir werden sie besser nutzen als du, alter Mann. Zumindest werden wir den Inhalt wieder in Umlauf setzen, wie, Solo?«

Solo rannte weiter und gab keine Antwort. Gallandro folgte ihm, und Skynx mußte sich anstrengen, um Schritt zu halten. Sie eilten über staubige Rampen und breite Treppen, ringsum von den leeren Gewölben umgeben. Einmal mußten sie sich am Kabel einer alten Rettungsplattform hinunterlassen, die nicht mehr funktionierte. Sie handelten dabei exakt nach den Instruktionen, die sie von dem gefangenen Überlebenden unter Hypnose bekommen hatten. Han markierte ihren Weg mit einer Farbleuchte. An der tiefsten Stelle der eigentlichen Stahlkammern kamen sie an eine Wegegabelung. Weiter reichten die Informationen nicht, die sie besaßen. »Es liegt an diesem Korridor, an einem der Nebentunnels«, sagte Han. »Haben Sie Ihre Kopie der Markierungen? Gut.«

»Der Kleine kann bei Ihnen bleiben, Solo«, erwiderte Gallandro, womit der Skynx meinte. »Ich ziehe es vor, allein zu operieren.«

Er stelzte davon.

»Okay, machen wir weiter«, meinte Han, zu Skynx gewandt, und die Suche begann.

Bald waren sie voll und ganz damit beschäftigt, die Seitenkorridore nach den Markierungen abzusuchen, die ihre Gefangenen ihnen beschrieben und die Skynx aufgezeichnet hatte. In diesen untersten Etagen der Kammern roch es schlecht. Staub reichte ihnen bis zu den Knöcheln, und die Dunkelheit war so dicht, daß ihre Handscheinwerfer sie kaum zu durchdringen vermochten. Einen Raum nach dem anderen mit leeren Regalen und Kisten passierten sie.

Schließlich blieb Skynx stehen. »Captain, das ist es! Das sind die richtigen!« Er vibrierte vor Erregung.

Auf Han wirkte der Seitenkorridor genauso wie die anderen, aber Skynx hatte recht: die Markierungen paßten. Han legte sein anderes Gerät ab und hob einen Fusionsbrenner. Skynx nahm das Intercom und versuchte die anderen zu erreichen und über ihren Fund zu informieren, bekam aber keine Antwort.

»Wahrscheinlich sind die Mauern zu dick«, meinte Han, sich an die Arbeit machend.

Als man diesen Bau vor Äonen errichtet hatte, hätten die Mauern jeder Attacke mit tragbaren Geräten standgehalten, aber seitdem hatte die Technik sich weiterentwickelt. Ganze Stücke fielen aus der Wand. Dahinter leuchtete ein Dauerilluminationssystem.

Han legte den Fusionsschneider beiseite, erpicht darauf, das zu sehen, was sich hinter der Mauer verborgen hielt. Ein Schatz, so unendlich groß, daß er ihn niemals würde verbrauchen können! Er konnte fast nicht mehr an sich halten, duckte sich und trat durch das Loch, das er geschnitten hatte, dicht gefolgt von Skynx. Die Kammer, in der er sich jetzt befand, war staubfrei, trocken und ebenso ruhig wie sie zu jener Zeit gewesen war, in der Xims Arbeiter sie abgedichtet hatten wenige Augenblick, bevor sie getötet worden waren. Das lag jetzt Jahrhunderte zurück.

Seine Schritte hallten in der Stille. Han lächelte. »Die *echten* Kammern; die ganze Zeit lagen die hier!« Schatzgräber hatten diesen ganzen Raumsektor nach Xims Schätzen abgesucht, weil seine Kammern leer waren, und dabei waren sie die ganze Zeit hier tief unter falschen Fassaden gelegen. »Skynx, dafür kaufe ich Ihnen einen Planeten, mit dem Sie spielen dürfen.«

Der Ruurianer gab keine Antwort. Die Last der vielen Jahre, die dieser Raum auf sie gewartet hatte, drückte zu schwer auf ihn. Sie folgten dem Korridor, der einige Biegungen machte, und erreichten schließlich eine Stelle, wo Warnlampen an den Wänden blitzten, wie sie es seit Jahrhunderten getan hatten. Diese waffenfreie Zone war ein Vorraum der wahren Schatzkammern Xims.

Han blieb stehen, da er weder den Wunsch verspürte, von den Verteidigungssystemen niedergebrannt zu werden, noch unbewaffnet gehen wollte. Schließlich konnten dort vorn noch andere Gefahren auf ihn lauern. Er kehrte widerstrebend um. An der Öffnung, die er in das Mauerwerk gebrannt hatte, wartete Gallandro.

Han blieb stehen, und Skynx wartete unsicher. »Wir haben es gefunden«, erklärte der Pilot dem Revolvermann mit einer kleinen Handbewegung. »Die echte Schatzkammer. Dort hinten.« Er begriff jetzt, daß Gallandro Skynx' Intercomspruch doch

208

aufgenommen hatte.

Gallandro zeigte keinerlei Freude, nur amüsiertes Verstehen. Han wußte, ohne daß ihm das jemand zu sagen brauchte, daß alles sich verändert hatte. Der Revolvermann hatte seine Geräte sorgsam an der Wand aufgestapelt und seine kurze Jacke abgelegt. Das bedeutete, daß er sich auf ein Duell vorbereitet hatte.

»Ich sagte, der *Schatz* liegt dort vorne«, wiederholte Han.

Gallandro lächelte sein frostiges Lächeln. »Das hat nichts mit Geld zu tun, Solo. Obwohl ich es hinausschob, bis Sie und Ihre Gruppe mir beim Auffinden der Kammern helfen konnten. Ich habe meine eigenen Pläne für Xims Schatz.«

Han schlüpfte vorsichtig aus seiner Jacke. »Warum?« fragte er und schnallte den Riemen seines Halfters auf und drehte ihn nach vorn, damit er ihm nicht im Weg war. Seine Finger öffneten und schlossen sich. Er wartete.

»Sie bedürfen einer Züchtigung, Solo. *Für wen halten Sie sich eigentlich?* Um die Wahrheit zu sagen: Sie sind nichts anderes als ein ganz gewöhnlicher Gangster. Mit Ihrem Glück ist es vorbei. Jetzt sagen Sie es, wenn Sie soweit sind!«

Han nickte. Er wußte, daß Gallandro anfangen würde, wenn er es nicht tat. »Und damit kommen Sie sich jetzt überlegen vor, nicht wahr?« Seine Hand schoß auf seinen Blaster zu, noch nie in seinem ganzen Leben hatte er so schnell gezogen.

Die Technik des Ziehens war bei beiden grundverschieden. Han setzte dazu Bewegungen seiner Schulter und seiner Knie ein. Er duckte sich leicht, drehte sich ein wenig zur Seite. Gallandros Bewegung war maschinenhaft ökonomisch, eine Explosion jedes einzelnen Nervs und jedes Muskels, der seinen rechten Arm bewegte.

Als der Blasterschuß gegen Hans Schulter schmetterte, war seine überwältigende Reaktion die der Überraschung; etwas in ihm hatte bis zuletzt an sein Glück geglaubt. Er selbst konnte seinen Zug nur halb vollenden, und sein Schuß ging in den Boden. Er wurde halb herumgewirbelt und roch im Schock den Gestank seines eigenen verbrannten Fleisches. Im nächsten Augenblick begann der Schmerz der Wunde. Ein zweiter Schuß des vorsichtigen Gallandro traf ihn am Unterarm. Hans Blaster fiel herunter.

Han sank auf die Knie, zu entsetzt, um einen Schrei auszustoßen. Skynx zog sich mit einem erschreckten Zirpen zurück. Schwankend, den verwundeten Arm an sich pressend, hörte Han Gallandro sagen: »Das war sehr gut, Solo; so nahe ist seit langem keiner mehr herangekommen. Aber jetzt schaffe ich Sie in den Kommerzsektor – nicht daß mich die Justiz der Behörde sehr interessieren würde, aber es gibt Leute, denen man zeigen muß, was es bedeutet, sich mir in den Weg zu stellen.«

Han stieß zwischen zusammengebissenen Zähnen hervor: »Ich werde in keiner Schreckensfabrik der Behörde Zeit absitzen.«

Das ignorierte Gallandro. »Aber Ihre Freunde sind überflüssig. Wenn Sie mich jetzt entschuldigen wollen, ich muß Ihren ruurianischen Kameraden sehen, ehe er irgendwie in Schwierigkeiten gerät.«

Er preßte ein paar Handschellen, die er an Bord der *Falcon* gefunden hatte, um Hans Knöchel und zertrat das Intercom des Piloten. »Sie waren nie so unmoralisch, wie Sie sich immer gaben, Solo. Aber ich bin es. In gewisser Weise ist es jammerschade, daß wir uns nicht später begegnet sind, zu einer Zeit, in der Sie schon ein wenig klüger und abgebrühter wären, Sie verstehen sich auf das Kämpfen; sie hätten einen guten Assistenten abgegeben.« Er entlud Hans Blaster, schob ihn sich in den Gürtel und eilte Skynx nach, der, weil er an dem Revolvermann nicht hatte vorbeikommen können, durch die Korridore davongehuscht war, auf die Schatzkammern zu.

Gallandro bewegte sich vorsichtig. Er wußte, daß der Ruurianer unbewaffnet war, hielt aber kein Geschöpf für harmlos, wenn es um sein Leben kämpfte. Er bog um eine Ecke und sah, wie Skynx in einiger Entfernung sich gegen die Wand preßte und ihn aus großen Augen anstarrte, von Furcht gelähmt. Hinter der Biegung des Korridors konnte er Spiegelungen der Warnlichter einer waffenfreien Zone sehen.

Gallandro hob seinen Blaster und grinste. »Es ist wirklich schade, mein kleiner Freund, aber hier steht zuviel auf dem Spiel; Solo ist der einzige, den ich mir lebend leisten kann. Ich werde das so leicht wie möglich machen. Halten Sie sich still.«

Er zielte auf Skynx' Kopf und trat vor.

Aus verborgenen Mündungen blitzten Energiestrahlen, selbst Gallandros vielgerühmte Reflexe boten ihm gegenüber der Lichtgeschwindigkeit keinen Vorteil.

Im Kreuzfeuer der Verteidigungswaffen trafen ein Dutzend tödliche Schüsse den Revolvermann, ehe er sich auch nur bewegen konnte. Er befand sich im Zentrum eines plötzlichen Infernos, und dann fielen seine verkohlten Überreste auf den Korridorboden, und der Geruch verbrannten Fleisches erfüllte die Luft.

Langsam löste sich Skynx von der Wand, an der er sich festgeklammert hatte. Er warf die Warnblitzer beiseite, die er aus ihren Fassungen an der Korridormauer genommen hatte. Zum Glück hatte Gallandro die leeren Fassungen nicht bemerkt. Ein vorsichtiger Ruurianer hätte das wahrscheinlich getan. »Menschen«, seufzte Skynx und machte sich dann daran, Han Solo zu befreien.

»Nicht viel von ihm übrig, was?« fragte Han eher rhetorisch eine Stunde später, als er vor Gallandros geschwärzten Überresten stand. Wie die anderen hatte er seinen Blaster außerhalb der waffenfreien Zone gelassen. Badure und Hasti hatten mit Hilfe eines der Medipacks aus dem Schiff seine Schulterverletzung und die Wunde am Unterarm versorgt. Wenn Han bald von einem kompetenten Arzt behandelt werden würde, würden Gallandros Blasterschüsse keine nachhaltigen Folgen hinterlassen.

Chewbacca hatte unterdessen den Korridor, in dem sie sich befanden, und auch noch den dahinterliegenden gründlich untersucht und jede Schußanlage an der Wand mit Werkzeugen geöffnet und außer Funktion gesetzt. Jetzt war er davon überzeugt, daß es keine Gefahr mehr bedeutete, Energiewerkzeuge und Geräte hereinzubringen, und bellte dies Han zu.

»Dann machen wir uns an die Arbeit; mir gefällt es gar nicht, wenn die *Falcon* unbesetzt ist.«

Als Skynx mit der Nachricht von dem Blasterduell ins Schiff zurückgerannt war, hatte Chewbacca die *Falcon* so aufgestellt, daß sie die Haupttür blockierte, und die Eingangsrampe durch die Türöffnung gefahren. Dann hatte er den Schutzschirm des Schiffes ausgeweitet und die Kanonen auf Autofeuer geschaltet. Wenn jemand dem Schiff zu nahe kommen sollte, würden die Kanonen zunächst eine Warnsalve abgeben und sich dann selbsttätig ihr Ziel suchen. Die Dellaltianer, die bei Ankunft des Schiffes in dem Komplex gewesen waren, hatten sich inzwischen ergeben, worauf man ihnen erlaubt hatte, sich zu entfernen; für den Augenblick würde die *Falcon* imstande sein, die Schatzsucher zu beschützen, aber Han war keineswegs gewillt, sein schon etwas beanspruchtes Glück über die Maßen zu strapazieren.

Sie sammelten ihr Werkzeug ein und zogen weiter. Am Ende des nächsten Korridors gab es eine Metallwand mit einer wookiehohen Abbildung von Xims Totenkopfsymbol. Chewbacca hob den Fusionsschneider und zog damit ein Kreuz über das Bild und begann dann, mit dem weißglühenden Strahl die Wand in Stücke zu schneiden. Hitzewellen hüllten ihn ein.

Kurz darauf gähnte eine breite Öffnung in der Tür. Dahinter, im Schein von Illumischeiben, die den Raum generationenlang erhellt hatten, blitzten Juwelen, glitzerten Metalle, konnte man hoch aufgetürmte Stahlkästen und Regale mit Lagerzylindern erkennen, die sich vom Boden bis zur Decke türmten und sich, so weit das Auge reichte, nach hinten ausdehnten.

Und dies war erst die erste Schatzkammer.

Skynx war still, fast wirkte er ehrfürchtig. Er hatte den Fund seines Lebens gemacht, eine Entdeckung, von der man nur träumen konnte. Auch Badure und Hasti blieben still, als sie den grenzenlosen Reichtum bedachten, der sich ihnen hier darbot. Der Gedanke, wie sehr das alles ihr Leben verändern würde, und die Erinnerung an das, was sie durchgemacht hatten, um hier stehen zu können, raubte ihnen den Atem.

Nicht so Han und Chewbacca. Der Pilot sprang durch das Loch in der Tür, den verletzten Arm in einer Schlinge. »Wir haben es geschafft! Geschafft!« schrie er vergnügt. Der Wookie taumelte hinter ihm her und warf den langmähnigen Schädel mit einem ekstatischem »Huuu-uu!« in den Nacken. Sie schlugen einander auf die Schultern, und ihr Lachen hallte von den Schatzstapeln wider. Chewbaccas riesige Füße klatschten im Siegestanz auf den Boden, und Han lachte voll Freude.

Skynx und Badure hatten sich mit Bollux' Hilfe darangemacht, einige Behälter zu öffnen und sich Xims Beute anzusehen. Chewbacca erbot sich, ihnen zu helfen.

»Breitet es aus«, ermunterte ihn Han. »Ich möchte mich darin wälzen.«

Er hielt inne, als er Hasti bemerkte, die ihn mit seltsamem Blick musterte. »Ich habe mich die ganze Zeit gefragt«, meinte sie, »wie Sie sich verhalten werden, wenn Sie den großen Preis gefunden haben werden, Sie und der Wook. Was jetzt?«

Han war immer noch im Begeisterungstaumel. »Was *jetzt*? Nun, wir, wir –« Er hielt inne und dachte zum erstenmal ernsthaft über das Thema nach. »Wir werden unsere Schulden bezahlen, uns ein erstklassiges Schiff besorgen und eine Mannschaft . . . äh . . .«

Hasti nickte. »Und seßhaft werden, Han?« fragte sie leise. »Einen Planeten kaufen oder ein paar Multis übernehmen und das Leben eines Geschäftsmannes führen?« Sie schüttelte langsam den Kopf. »Ihre Probleme fangen gerade erst an, reicher Mann.«

Seine Freude wich einem Gewirr von Zweifeln, Plänen, dem Bedürfnis, nachzudenken, und der Erkenntnis, wie sehr es ihm an reifer Weisheit fehlte. Aber ehe er Hasti Vorwürfe machen konnte, daß sie eine Spielverderberin war, hörte er Chewbaccas zorniges Brüllen.

Der Wookie hielt ein kleines Stück Metall in der Hand und

musterte es mit sichtbarem Ekel. Er warf es auf den Boden und trat dann danach.

Han vergaß Hasti und fragte seinen Freund: »Was ist denn?«

Chewbacca erklärte es ihm mit enttäuschten Grunzlauten, in die sich gelegentlich ein Stöhnen mischte. Han hob das Metallstück auf und sah, daß sein Copilot recht hatte. »Das Zeug ist *Kiirium*! Das kriegt man überall. Skynx, was hat das bei dem Schatz verloren?«

Der kleine Akademiker hatte einen Auskunftsschirm am Ende der nächsten Regalreihe entdeckt, einen alten TV-Schirm auf einem niedrigen Sockel. Er erweckte ihn mit einem Knopfdruck zu flackerndem Leben, worauf Reihen von Ziffern und Schriftzeichen über den Schirm huschten.

»Anscheinend ist davon eine ganze Menge hier, Captain«, antwortete Skynx abwesend. »Und eine große Menge von Mytagkristallen und Berge von angereichertem Kordhell-Treibstoffkapseln und alles mögliche andere.«

»Mytagkristalle?« wiederholte Han verwirrt. »Davon gibt es doch Wagenladungen. Was soll das für ein Schatz sein? Wo ist der wirkliche Schatz?«

Ein schallendes Lachen lenkte ihn ab; Badure hatte einen Kanister mit Mytagkristallen gefunden und eine Handvoll davon in die Luft geworfen. Die Kristalle regneten rings um ihn herunter und reflektierten das Licht, während er sich vor Lachen krümmte. »Das also ist es! Oder war es zumindest vor einer Ewigkeit. Verstehst du denn nicht, Slick? Kiirium ist ein künstliches Abschirmmaterial. Nach modernen Begriffen nicht sehr gut, aber in seiner Zeit geradezu ein Durchbruch und außerdem schwierig zu produzieren. Mit genügenden Kiiriummengen, um die schweren Kanonen und Motoren abzuschirmen, hätte Xim Kriegsschiffe bauen können, die besser bewaffnet und schneller gewesen wären als alles, was es damals im Weltraum gab.

Und Mytagkristalle wurden früher in den alten Hyperraum-Fernmeldeanlagen eingesetzt; man brauchte Unmengen davon für planetarische und spatiale Verteidigungsanlagen. Und so weiter; all das war kritisches Kriegsmaterial. Mit dem Zeug in den Kammern hier hätte Xim eine Kriegsmaschine aufbauen können, die es ihm erlaubt hätte, diesen ganzen Raumsektor zu erobern. Aber dann unterlag er in der dritten Schlacht von Vontor.«

»Das ist *alles*?« brüllte Han. »Alle Strapazen haben wir für einen Schatz durchgemacht, der *veraltet* ist?«

»Nicht ganz«, meinte Skynx milde, immer noch über den Bildschirm gebeugt. »Ein ganzer Abschnitt ist mit Informationsbändern, Kunstwerken und Artefakten gefüllt. Es gibt hier ein Übermaß an Informationen über diese Periode.«

»Ich wette, die Überlebenden haben schon lange vergessen, was sie überhaupt bewachten«, warf Hasti ein. »Sie glaubten die Legenden so wie alle anderen auch. Ich frage mich, was aus der *Queen of Ranroon* geworden ist.«

Badure zuckte die Schultern. »Vielleicht haben die sie in das Zentralsystem des Systems gestürzt, nachdem der Schatz entladen war, oder sie haben sie mit einer Minimalmannschaft weggeschickt, um eine falsche Spur zu legen. Wer weiß?«

Skynx hatte den Bildschirm verlassen und einen trunken wirkenden Tanz begonnen, zuerst auf den Hinterbeinen, dann auch auf den vorderen. Er hüpfte und tanzte herum, ganz so wie vor wenigen Augenblicken noch Han und Chewbacca. »Wunderbar! Herrlich! Was für ein *Fund*! Ich bin sicher, die richten mir einen eigenen Lehrstuhl ein, nein, eine ganze *Abteilung*!«

Han, der an einer Wand lehnte, ging langsam in die Hocke. »Kunstgegenstände, hm? Chewie und ich klemmen uns ein paar davon unter die Arme und suchen das nächste Museum auf und fangen an zu feilschen, richtig?« Er stützte den Kopf auf den unverletzten Arm. Chewbacca klopfte ihm liebevoll auf die Schulter und gab klagende Laute von sich.

Jetzt schien Skynx' Erregung etwas abgeflaut, und er begann zu begreifen, wie groß die Enttäuschung für die zwei sein mußte. »Es gibt hier einige Dinge von Wert, Captain. Wenn Sie sorgfältig wählen, können Sie Ihr Schiff mit Dingen füllen, die relativ leicht loszuschlagen sind. Das würde einigen Profit einbringen.« Er kämpfte gegen den Drang an, den ganzen Fund zu horten, weil er wußte, daß die *Millenium Falcon* nur einen belanglosen Teil davon bergen konnte. »Genug, kann ich mir vorstellen, um Ihr Schiff ordentlich reparieren und Ihre Wunden in einem erstklassigen Medizentrum behandeln zu lassen.«

»Und was ist mit uns?« warf Hasti ein. »Badure und ich haben nicht einmal ein Sternenschiff.«

Skynx überlegte einen Augenblick, und dann flatterten seine Antennen vergnügt. »Ich kann jetzt an der Universität bestimmen, was ich will. Man wird mir ein unbeschränktes Budget einräumen. Hätten Sie Lust, mit mir zusammenzuarbeiten? Ich kann mir zwar vorstellen, daß akademische Dinge nach all dem für zwei Menschen langweilig sind. Aber die Bezahlung wäre großzügig und die Pensionsregelung auch. Und ich könnte Ihnen wohl auch schnelle Beförderung garantieren. Wir werden daran jahrelang arbeiten. Ich brauche jemanden, der sich um all die Arbeiter, Wissenschaftler und Automaten kümmert.«

Badure lächelte und legte Hasti den Arm über die Schultern. Sie nickte.

Das brachte Skynx auf einen anderen Gedanken. »Bollux, könnte es sein, daß du und Blue Max auch an einer Position interessiert seid? Ihr könntet mir sehr helfen, da bin ich ganz sicher. Schließlich seid ihr beiden die einzigen, die längere Zeit mit den Kriegsrobotern auf Interaktion geschaltet wart. Man wird sich sicher darum bemühen, ihre Überreste zu studieren; wir haben in bezug auf ihre Denkprozesse noch eine ganze Menge zu lernen.«

Blue Max gab für sie beide die Antwort. »Skynx, das würden wir sehr gern tun.«

»*Wenn* es euch die Dellaltianer nicht wegnehmen«, erinnerte ihn Han, während Chewbacca ihm beim Aufstehen behilflich war. Als er ihre Besorgnis bemerkte, fügte er hinzu: »Ich denke, wir werden euch einen tragbaren Schutzschildgenerator und ein paar schwere Waffen und einiges aus der *Falcon* dalassen. Das verschafft uns mehr Laderaum.«

Bollux' Stimme klang uncharakteristisch zornig. »Han, für wie leichtgläubig halten Sie eigentlich den Rest des Universums? Sie wollen immer das Richtige aus dem falschen Grund tun. Nun, was werden Sie denn tun, wenn Ihnen einmal die Ausreden ausgehen, mein Sohn?«

Han tat, als hätte er das nicht gehört. »Wir setzen einen Notruf ab, ehe wir aus diesem System springen. Ein Kanonenboot der Tion-Hegemonie wird hier auftauchen, ehe ihr wißt, wie euch geschieht. Komm, Chewie, holen wir den Schubleiter und laden das Schiff voll, ehe etwas dazwischenkommt.«

»Captain«, rief Skynx. Han blieb stehen und sah sich um. »Eigentlich komisch, nicht wahr: Ich glaube immer noch, daß dieses Abenteuer im wesentlichen nichts anderes war als Gefahr und Strapazen weit von zu Hause. Jetzt, da es vorbei ist und wir uns trennen, stelle ich fest, daß ich traurig bin.«

»Sie können jederzeit bei uns einen Auffrischungskurs buchen«, bot Han an.

Skanx schüttelte den Kopf. »Ich habe hier viel zu tun; allzu bald wird mein Blut mich abrufen, wenn es Zeit ist, mich zu verpuppen. Und dann werde ich eine kurze Zeit als Chroma-Flügel leben. Wenn Sie mich dann betrachten wollen, Captain, kommen Sie nach Ruuria und sehen Sie sich dort nach dem Flieger um, dessen Flügelmarkierungen dieselben wie die meiner Bänder sind. Der Farbflügler wird Sie nicht erkennen, aber vielleicht ein Stück von Skynx.«

Han nickte. Er fand nicht die richtigen Worte, um Lebewohl zu sagen.

Badure rief: »He, Slick!« Han und sein Copilot sahen zu ihm hinüber und lachten. »Danke, Boys!«

»Schon gut.« Damit war der ganze Zwischenfall für Han erledigt. Wieder setzte er sich mit seinem Kameraden in Bewegung, beide waren von ihren Verletzungen etwas geschwächt. »Schließlich ist eine Lebensschuld eine Lebensschuld, nicht wahr, *Partner*?«

Bei diesen Worten stieß er seinem Copiloten die Faust in die Seite. Chewbacca fuhr zornig herum, aber nicht besonders schnell. Han duckte sich, und der Wookie zog die Faust zurück.

»Siehst du«, sagte Han, »das hat man, wenn man anderen Leuten hilft, nicht wahr? Wir sind Schmuggler von Beruf, darauf verstehen wir uns, und dabei wollen wir bleiben.«

Der Wookie brummte seine Zustimmung. Die anderen, die von den endlosen Regalen umgeben waren, die Xims Schatz enthielten, hörten das Echo der Diskussion auf dem Korridor.

Jetzt unterbrach Han Chewbaccas Knurren, indem er sagte: »Wenn die *Falcon* repariert und meine Flosse wieder in Ordnung ist, dann probieren wir es wieder einmal mit Gewürzen.«

Der Wookie krächzte einen Einwand. Doch Han ließ nicht locker. »Das ist schnelles Geld, und wir brauchen nicht im Dreck herumzuwühlen. Wir sehen zu, daß Jabba die Hütte oder sonst jemand uns finanziert. Du, ich hab' schon einen Plan.«

Als sie außer Hörweite gerieten, verstummten Chewbaccas Proteste. Han machte einen Witz und beide lachten vergnügt. Dann wandten sie sich wieder ihren Plänen zu.

»Da sehen Sie die *echten* Überlebenden«, sagte Badure zu Hasti, Skynx, Bollux und Blue Max.

Leseprobe

James Blish
Raumschiff Enterprise 1
Bestellnummer: 23730

Obwohl Kirk, Captain James Kirk, Kommandant des Raumschiffs
Enterprise – Besatzung vierhundert Offiziere und Mannschaften plus
eine kleine Anzahl ständig wechselnder Passagiere – schon gut zwanzig reichlich aufregende Dienstjahre im Weltraum auf dem Buckel
hatte, so war er doch felsenfest davon überzeugt, daß ihm noch nie ein
Passagier so viel zu schaffen gemacht hatte wie Charlie, ein siebzehn
Jahre alter Junge.

Das Patrouillenraumschiff *Antares* hatte Charles Evans auf dem
Planeten Thasus aufgelesen. Er war beim Absturz des Forschungs-
schiffs seiner Eltern als einziger mit dem Leben davongekommen und
hatte in der Folgezeit vierzehn Jahre lang ein regelrechtes Robinson-
Dasein geführt. Da die *Antares* nur etwa ein Zehntel so groß war wie
die *Enterprise* und keine Passagiere an Bord nahm, wurde er so schnell
wie möglich auf Kirks Schiff gebracht. Außer seinen völlig abgerissenen Kleidern und ein paar Habseligkeiten in einem Seesack hatte er
nichts bei sich.

Die Offiziere der *Antares,* die ihn an Bord der *Enterprise* brachten,
konnten sich gar nicht genug tun, Charlies Intelligenz, seinen Lern-
eifer und seine intuitive technische Begabung zu loben – »Er könnte
die *Antares* ganz allein steuern, wenn er es müßte« –, ganz abgesehen
von seinem sanften Gemüt. Etwas kam Kirk dabei merkwürdig vor,
vor allem, daß jeder beim Aufzählen von Charlies Ruhmestaten den
anderen zu überbieten versuchte und daß sie allesamt, als sie damit fertig waren, Kirks Schiff in einer Eile verließen, die eigentlich nicht ganz
üblich war unter Raumfahrern. Nicht einmal eine Flasche Brandy versuchten sie zu schnorren.

Natürlich konnte jeder sehen, wie Charlie seine neue Umgebung
sofort mit äußerstem Interesse musterte. Ich meine, er war zwar trotzdem etwas zurückhaltend, um nicht zu sagen furchtsam, aber das war
ja nicht weiter verwunderlich, wenn man bedenkt, wie lange er ohne

jede menschliche Gesellschaft hatte leben müssen. Kirk gab Bootsmann Rand den Auftrag, ihn zu seiner Kabine zu bringen. Dabei fiel es
Charlie ein, eine Frage zu stellen, die sie alle verblüffte. Er fragte Kirk
ganz unschuldig: »Ist das ein Mädchen?«

Leonard McCoy, der Arzt der *Enterprise,* untersuchte Charlie auf
Herz und Nieren und fand nicht das geringste an ihm auszusetzen:
keine Spur von Unterernährung, keine Anzeichen außergewöhnlicher
Strapazen, nichts, anscheinend ein ganz normal aufgewachsener
Junge. Und das war doch bemerkenswert für jemanden, der sich von
einem Alter von drei Jahren an in einer fremden Welt behaupten
mußte. Andererseits lag es ja auf der Hand, anzunehmen, daß Charlie
vierzehn Jahre später entweder tot war oder in bester Verfassung.
Wahrscheinlich war er schon in den ersten paar Jahren auf dem fremden Planeten mit seiner neuen Umwelt zurechtgekommen.

Charlie selbst war mit Auskünften über diesen Abschnitt seines Lebens ziemlich geizig – eigentlich stellte nur er die Fragen. Er schien allen Ernstes nur wissen zu wollen, wie er sich hier an Bord richtig verhielt, wie er sich den anderen gegenüber benehmen sollte, und vor allem, wie er es anstellen mußte, um von allen gemocht zu werden.

Manche Fragen, die McCoy vorsichtig stellte, schienen ihm sichtlich unangenehm zu sein.

Nein, außer ihm hatte niemand den Absturz überlebt. Woher er so
gut Englisch konnte? Nun, die Computer und Datenspeicher waren
wie durch ein Wunder intakt geblieben, und mit ihnen hatte er sich immer wieder unterhalten. Die Thasianer hatten ihm nicht geholfen – es
gab sie nämlich gar nicht. Zuerst hatte er die Vorräte auf dem Schiff gegessen und dann... dann hatte er etwas anderes gefunden.

Und dann wollte Charlie den Bordcodex kennenlernen. Er sagte,
auf der *Antares* hätte er nicht immer das richtige gesagt oder getan,
und dann wurden die Leute böse und er auch. Und denselben Fehler
wollte er nicht noch einmal machen.

»Das kann ich gut verstehen, Charlie«, sagte McCoy.

»Aber du darfst nicht gleich alles überstürzen. Halt mal zuerst die
Augen offen, und wenn du dir nicht sicher bist, dann lächle und sag gar
nichts. Das klappt meistens ganz gut.«

McCoy grinste, und Charlie tat dasselbe. Als ihn McCoy gehen ließ, gab er ihm einen kräftigen Klaps auf den Rücken. Anscheinend hatte das noch niemand mit Charlie gemacht – so überrascht war er.

Auf der Kommandobrücke unterhielt sich McCoy mit Kirk und Mr. Spock, dem zweiten Kommandanten, über das »Problem« Charlie. Auch Bootsmann Rand war oben und stellte gerade den neuen Dienstplan auf. Sie wollte sich höflich zurückziehen, aber Kirk bat sie zu bleiben. Schließlich hatte sie genausoviel mit Charlie zu tun gehabt wie alle anderen auch. Und Kirk gefiel sie einfach, und es machte ihm Spaß zu wissen, daß sie keine Ahnung davon hatte.

McCoy sagte eben: »Es gibt eine Fülle von Beispielen auf unserer Erde, daß kleine Kinder es fertiggebracht haben, allein in der Wildnis zu überleben.«

»Einige von Ihren Märchen kenne ich«, sagte Spock. Er stammte übrigens von einem nichtsolaren Planeten, der verwirrenderweise den Namen Vulkan trug. »Es mußten allerdings nur zufällig immer ein paar Wölfe in der Nähe gewesen sein, daß die Kleinen überleben konnten.«

»Aus welchem Grund hätte er lügen sollen, wenn es tatsächlich Thasianer gegeben hätte?«

»Immerhin ist es wahrscheinlich, daß es einmal welche gegeben hat, vielleicht vor ein paar tausend Jahren«, sagte Spock. »Bei den ersten Erkundungen auf dem Planeten stieß man auf Relikte, die alles andere als primitiv waren. Und seit wenigstens drei Millionen Jahren haben sich die Lebensbedingungen auf dem Planeten kaum geändert. Also könnte man durchaus annehmen…«

»Charlie sagt, es gibt keine«, sagte Kirk.

»Allein sein Überleben wäre Gegenbeweis genug. Ich habe unsere Datenspeicher über Thasus abgefragt. Viel ist es zwar nicht, was dort steht, aber eins ist sicher – es gibt keine eßbare Pflanze auf Thasus. Irgendeine Hilfe muß er gehabt haben.«

»Ich finde, ein bißchen mehr Glauben könnten wir seinen Angaben schon schenken«, meinte McCoy.

»Gut«, sagte Kirk, »gehen wir vorläufig von Ihrer Annahme aus, Mr. Spock. Sie arbeiten eine Art von Trainingsprogramm für unseren jungen Freund aus. Stellen Sie etwas zusammen, womit er sich beschäftigen kann. Sagen Sie ihm, wohin er gehen kann, usw. Hauptsache, wir können ihn so lange beschäftigen, bis wir zur Kolonie Fünf kommen. Dort werden sich erfahrene Pädagogen seiner annehmen. Bis dahin wird er an Bord nicht viel anstellen können... Bootsmann Rand, was halten Sie übrigens von unserem Sorgenkind?«

›Hmm – nun ja, glauben Sie bitte nicht, daß ich in irgendeiner Weise voreingenommen bin, ich wollte es eigentlich gar nicht sagen, aber... gestern, ich ging gerade einen Korridor entlang, da folgte er mir und schenkte mir ein Fläschchen Parfüm. Noch dazu meine Lieblingsmarke. Ich weiß nicht, woher er die kannte. Außerdem weiß ich ganz genau, daß sie nirgendwo auf dem ganzen Schiff zu haben ist.«

»Hmm... Merkwürdig.«

»Das sagte ich ihm auch und fragte ihn, wo, um Himmels willen, er denn das her hätte, aber alles, was ich zur Antwort erhielt, war ein... ziemlich kräftiger Klaps auf die Schulter. Und seitdem versuche ich möglichst dort zu sein, wo er nicht ist.«

Der Lachanfall, den die anderen daraufhin erlitten, dauerte glücklicherweise nicht sehr lange. Er war auch mehr auf Ungläubigkeit als auf Überraschung zurückzuführen.

»Sonst noch was?« fragte Kirk.

»Nichts besonderes, aber wußten Sie, daß er Kartentricks kann?«

»Wo hätte er denn das lernen sollen?« fragte Spock.

»Ich weiß es nicht, aber er ist ganz große Klasse. Ich war gerade im Aufenthaltsraum und legte eine Patience, als er hereinkam. Leutnant Uhura saß am Harmonium und spielte ›Charlie is my darling‹ und sang dazu. Er meinte wohl zuerst, sie machte sich über ihn lustig, aber als er merkte, daß sie es nicht persönlich meinte, kam er zu mir herüber und sah mir zu. Er schien es gar nicht glauben zu wollen, daß mir die Patience nicht aufging. Also machte er es für mich – ohne auch nur die Karten zu berühren, das schwöre ich. Als er meine Überraschung sah, nahm er die Karten in die Hand und zeigte mir noch eine Reihe anderer Tricks, und verdammt gute. Einer der Männer auf der *Antares* hätte sie ihm gezeigt, sagte er. Ich habe noch nie jemanden gesehen, der die Karten so gut von einer Hand in die andere springen lassen konnte. Und meine Bewunderung schien er sichtlich zu genießen. Aber ich wollte ihn nicht noch mehr ermuntern, nicht nach diesem fürchterlichen Hieb auf die Schulter.«

»Ich fürchte fast, diesen Trick hat er von mir«, lachte McCoy.

»Ziemlich sicher sogar«, sagte Kirk, »aber ich glaube, ich werde besser selbst mal mit ihm reden.«

»Hm, so eine Vaterschaft steht dir ganz gut zu Gesicht, Jim«, sagte McCoy und grinste.

»Sprich dich nur aus, Pille. Ich will ihm nur die Zügel nicht allzu locker lassen.«

Charlie sprang vom Stuhl auf, als Kirk noch gar nicht ganz zur Tür herein war; Finger, Ellenbogen, Knie, alles schien vor lauter »Haltung« am falschen Platz zu sein. Und kaum, daß Kirk ihm zugenickt hatte, platzte Charlie schon los: »Ich habe überhaupt nichts gemacht!«

»Aber Charlie, beruhige dich doch! Ich wollte ja nur fragen, wie du zurechtkommst.«

»Gut. Ich... ich nehme an, ich soll Sie fragen, warum ich nicht... ich weiß nicht, wie ich mich ausdrücken soll.«

»Nur ruhig, Charlie, sag's, wie es dir einfällt, ganz einfach. Das ist meistens das beste.«

»Also, im Korridor..., da sprach ich mit..., als Janice... als Bootsmann Rand...« Völlig unerwartet spannte sich plötzlich sein Gesicht, er machte einen Schritt vorwärts und hieb Kirk auf die Schulter, daß er sich hinsetzte. »Das hab' ich gemacht, und es hat ihr nicht gefallen. Sie meinte, Sie würden es mir erklären.«

»Also«, sagte Kirk und versuchte mühsam ein Lächeln zu verbergen, »es gibt da so ein paar Sachen, die kann man mit einer Dame schon machen. Und es gibt ein paar andere, die kann man mit einer Dame eben nicht machen. Äh, die Sache ist die, es gibt wohl keinen vernünftigen Grund, einer Dame auf die Schulter zu hauen. Von Mann zu Mann, das ist was anderes. Aber von Mann zu Frau, verstehst du?«

»Ich weiß nicht, ich glaube schon.«

»Auch wenn du es nicht glaubst, mußt du dich vorläufig mit dieser Erklärung zufriedengeben. Übrigens, Charlie, ich lasse für dich gerade eine Art Stundenplan aufstellen. Lauter Dinge, die du tun wirst und die dir helfen werden, alles das zu verstehen, was du nicht lernen konntest, als du allein auf Thasus warst.«

»Oh, das ist nett von Ihnen, daß Sie das für mich tun wollen.« Seine Freude darüber war wirklich aufrichtig.

»Sie mögen mich also?«

Die so offen und nüchtern gestellte Frage verschlug Kirk einen Moment lang die Sprache. »...Ich weiß nicht«, sagte er genauso nüchtern. »Es dauert immer eine gewisse Zeit, bis man einen Menschen kennengelernt hat und weiß, ob man ihn mag oder nicht. Du mußt beobachten, was er tut, du mußt versuchen, ihn zu verstehen. Das geht nicht alles auf einmal.«

»Oh«, sagte Charlie nur.

»Captain Kirk«, Leutnant Uhuras Stimme schallte durch die Bordsprechanlage.

»Einen Augenblick, Charlie, ...hier Kirk.«

»Captain Ramart von der *Antares* ist auf Kanal D. Er sagt, er muß Sie sofort sprechen.«

»In Ordnung. Ich komme auf die Brücke.«

»Kann ich auch mitkommen?«

»Das wird nicht gehen, Charlie. Das ist eine reine Schiffsangelegenheit.«

»Ich werde bestimmt nicht stören. Ich werde mich ganz abseits halten.«

Das Verlangen des Jungen nach menschlicher Gesellschaft war für Kirk einfach ergreifend. Daß er dieses Ziel so unbeirrt und aufdringlich verfolgte, war eigentlich nur verständlich. Hier mußten viele einsame Jahre wiedergutgemacht werden.

»Also gut. Aber nur, weil ich es dir erlaube. Einverstanden?«

»Einverstanden«, sagte Charlie eifrig, und wie ein junger Hund folgte er Kirk durch den Korridor.

Auf der Brücke saß Leutnant Uhura vor dem Mikrophon; mit der gespannten Konzentration auf ihrem Bantugesicht sah sie noch mehr den ernsten kultischen Statuen ihres Stammes ähnlich.

»Hallo, *Antares*! Könnt ihr eure Sendeleistung nicht verstärken? Wir können euch hier kaum verstehen.«

»*Enterprise,* wir sind auf vollem Output«, Ramarts Stimme klang sehr weit weg und verzerrt.

»Ich muß sofort Captain Kirk sprechen.«

Kirk nahm das Mikrophon, »Captain Ramart, hier Kirk.«

»Gott sei Dank, Captain. Wir können die Verbindung fast nicht mehr halten, aber ich muß Sie warn…«

Seine Stimme brach ab. Aus dem Lautsprecher kam nur noch das Rauschen des statischen stellaren Feldes – nicht einmal die Trägerfrequenz kam durch.

»Sehen Sie zu, daß Sie sie wieder einfangen«, sagte Kirk.

»Nichts mehr einzufangen, Captain«, sagte Uhura verwirrt. »Sie senden nicht mehr.«

»Halten Sie auf jeden Fall den Kanal frei.«

Hinter Kirks Rücken sagte Charlie ganz ruhig: »Es war schon ein altes Schiff. Und nicht sehr gut gebaut.«

Kirk warf ihm einen kurzen erstaunten Blick zu und wandte sich sofort zu Spocks Pult.

»Mr. Spock, suchen Sie das Sendegebiet mit unserem Radar ab.«

»Hab' ich schon«, sagte Spock sofort, »vollkommene Dispersion. Für diese Entfernung sogar ungewöhnlich gleichmäßig.«

Kirk drehte sich wieder nach dem Jungen um. »Was ist geschehen, Charlie? Du weißt doch etwas!«

Charlie sah ihm in die Augen, trotzig, und er schien sich nicht sehr wohl zu fühlen. »Ich weiß nichts«, sagte er.

»Das Gebiet dehnt sich aus«, sagte Spock. »An den Rändern habe ich ein paar schwache Echos. Zweifellos Trümmer von Materie.«

»Und die *Antares*?«

»Captain Kirk, das ist die *Antares,* oder vielmehr, das war sie«, sagte Spock ruhig. »Es gibt keine andere Deutung dafür. Sie ist explodiert.«

Kirk ließ Charlie nicht aus den Augen. Und Charlie wich seinem Blick nicht aus.

»Es tut mir leid, daß sie explodiert ist.« Er schien sich zwar nicht ganz wohl in seiner Haut zu fühlen, aber das war auch alles. »Es macht mir gar nichts aus, daß die jetzt weg sind. Sie waren nicht sehr nett zu mir. Keiner hat mich leiden können. Das können Sie mir glauben, wenn ich es sage.«

Die Stille auf der Kommandobrücke war lang und schrecklich. Schließlich öffnete Kirk langsam und vorsichtig seine verkrampften Fäuste.

»Charlie«, sagte er, »was du dir als allererstes einmal abgewöhnen mußt, ist deine dreimal verdammte Kaltschnäuzigkeit oder Egozentrik, oder was immer es ist. Wenn du das nicht schaffst oder es nicht wenigstens unter Kontrolle bringst, wirst du immer ein Ungeheuer bleiben.«

Er hätte seinem Herzen zwar gern noch etwas mehr Luft machen wollen, aber was jetzt kam, hatte er nicht erwartet, nach allem, was vorgefallen war – Charlie weinte.

»Was hat er?« Kirk blickte von seinem Arbeitstisch zu Bootsmann Rand auf. Sie war sehr verlegen, aber entschlossen, nichts zu verheimlichen.

»Er hat mir einen Antrag gemacht«, sagte sie. »Keinen formellen Antrag oder so was Ähnliches, nein, er hat ziemlich lang daran herumgestottert – er will mich.«

»Bootsmann, er ist siebzehn Jahre alt.«

»Genau«, sagte das Mädchen.

»Und das nur, weil er Ihnen einen Klaps gegeben hat?«

»Nein, Sir..., es ist..., wie er gesagt hat, Captain. Ich habe seine Augen gesehen. Ich bin keine siebzehn mehr. Wenn jetzt nichts geschieht, werde ich ihn mir früher oder später selbst vom Leib halten müssen. Und wenn ich ihm dann auf die Schulter haue, wird das kein Spaß sein. Das wäre auch nicht gut für ihn. Ich bin nun mal seine ›erste Liebe‹, seine erste ›Zerstörung‹, die erste Frau, die er in seinem Leben gesehen hat...« Sie holte tief Luft.

»Captain, das ist eine verdammt schwere Aufgabe für jeden, dem sie in die Hände fällt. Selbst wenn man sie schrittweise zu lösen versucht. Alles auf einmal ist fast Mord. Und er kennt noch nicht einmal die gängigen Floskeln. Ich müßte ihn auf eine Weise abweisen, die er nicht verstehen würde. Und das kann Schwierigkeiten verursachen. Verstehen Sie, Captain, können Sie mir folgen?«

»Ich glaube schon, Bootsmann Rand«, sagte Kirk, obwohl er nicht gerade geneigt war, die ganze Angelegenheit so ernst zu nehmen. »Ich habe zwar nicht angenommen, daß ich in meinem Alter noch einmal jemandem die Sache mit den Bienen, den Blumen und den Vögeln erklären muß..., aber ich lasse ihn sofort zu mir kommen.«

»Vielen Dank, Sir.« Kirk läutete nach Charlie. Er kam sofort, als ob er darauf gewartet hätte.

»Komm herein, Charlie, setz dich hin!«

Charlie trat näher und nahm in dem Sessel vor Kirks Tisch Platz – fast, als ob er sich in eine Bärenfalle setzen würde. Und wie schon beim ersten Mal, so nahm er auch jetzt Kirk das Wort aus dem Mund.

»Janice«, sagte er, »…Bootsmann Rand, um sie geht es doch, oder?«

Verdammt, ist dieses Küken schnell, dachte Kirk. »Sicher, um sie geht es auch. Aber Charlie, es geht eigentlich mehr um dich.«

»Ich werde sie nie mehr so berühren…, auf die Schulter hauen. Ich hab's versprochen.«

»Das ist es ja nicht nur, Charlie«, sagte Kirk. »Du mußt noch ein paar andere Dinge lernen.«

»Alles, was ich sage oder tue, ist falsch.« Charlie war ganz verzweifelt. »Ich bin überall im Weg. Dr. McCoy will mir die Regeln nicht zeigen. Ich weiß nicht, was ich bin – oder was ich eigentlich sein soll, noch nicht einmal, wer ich bin. – Und ich weiß nicht, warum es die ganze Zeit hier drinnen so weh tut…«

»Aber ich weiß es, und du wirst deswegen trotzdem nicht sterben. Dir fehlt nicht mehr und nicht weniger, als was jedes menschliche Wesen, und zwar seitdem dieses Modell auf dem Markt ist, einmal oder öfter in seinem Leben durchmachen muß. Da gibt's kein Drüberweg, Charlie, und kein Drumherum, da mußt du mitten durch.«

»Aber es ist, als ob mein Innerstes nach außen gedreht wäre. So laufe ich die ganze Zeit zusammengekrümmt herum. Janice – Bootsmann Rand – will mir jemand anderen als Aufsicht zuteilen, Bootsmann Lawton. Aber sie ist, sie ist… sie riecht nicht mal wie ein Mädchen. Auf dem ganzen Schiff gibt es niemanden wie Janice. Und ich will auch niemand anderen!«

»Das ist ganz normal, Charlie«, sagte Kirk sanft. »Hör zu, Charlie. Im ganzen Universum gibt es Millionen Dinge, die du ohne weiteres haben kannst. Und ein paar hundert Millionen Dinge, die du nicht haben kannst. Das einmal kapieren zu müssen, macht sicher keinen Spaß, aber du mußt es. Etwas anderes gibt es nicht.«

»Aber ich mag nicht«, sagte Charlie, als ob das alles erklären würde.

»Aber ich tadle dich doch nicht, Charlie! Versteh mich nicht falsch. Du mußt jetzt nur dranbleiben und sehen, wie du durchkommst. – Da fällt mir ein, der nächste Punkt auf deinem Stundenplan ist doch waffenlose Verteidigung. Komm, wir gehen in den Trainingsraum und fangen mal damit an. Vor ein paar Jahrhunderten, im alten viktorianischen England, da hatten sie so einen Spruch – der hieß, warte mal –, ja, schwere körperliche Übungen halten einen Mann davon ab, an Frauen zu denken. Ich selbst habe es zwar nie ausprobiert, aber ich glaube, einen Versuch ist es schon wert.«

Raumschiff Enterprise

Die Bände:

1: Der unwirkliche McCoy 23730
2: Strafplanet Tantalus 23731
3: Spock läuft Amok 23732
4: Das Silikonmonster 23733
5: Der Asylplanet 23734
6: Die Lichter von Zhetar 23735
7: Das Paradies-Syndrom 23737
8: Der Doppelgänger 23738
9: Rückkehr zum Morgen 23739
10: Ein kleiner Privatkrieg 23740
11: Der Tag der Taube 23741
12: Spock muß sterben! 23742

13: Jenseits der Sterne 23600
14: Klingonen-Gambit 23601
15: Galaxis in Gefahr 23602
16: Die falschen Engel 23603
17: Spock, Messias! 23619
18: Wie Phoenix aus der Asche 23620
19: Der Teufelsplanet 23627
20: Gefangene des Wahnsinns 23616
21: Welt ohne Ende 23613
22: Das Phoenix-Verfahren 23614

Band 4: Das Silikon-Monster 23733

Band 18: Wie Phoenix aus der Asche 23620

GOLDMANN

GOLDMANN TASCHENBÜCHER

Fordern Sie das kostenlose Gesamtverzeichnis an!

Literatur · Unterhaltung · Bestseller · Lyrik
Frauen heute · Thriller · Biographien
Bücher zu Film und Fernsehen · Kriminalromane
Science-Fiction · Fantasy · Abenteuer · Spiele-Bücher
Lesespaß zum Jubelpreis · Schock · Cartoon · Heiteres
Klassiker mit Erläuterungen · Werkausgaben

****

Sachbücher zu Politik, Gesellschaft,
Zeitgeschichte und Geschichte; zu Wissenschaft,
Natur und Psychologie
Ein Siedler Buch bei Goldmann

****

Esoterik · Magisch reisen

****

Ratgeber zu Psychologie, Lebenshilfe,
Sexualität und Partnerschaft;
zu Ernährung und für die gesunde Küche
Rechtsratgeber für Beruf und Ausbildung

Goldmann Verlag · Neumarkter Str. 18 · 8000 München 80

Bitte senden Sie mir das neue Gesamtverzeichnis.

Name: _____

Straße: _____

PLZ/Ort: _____